HEYNE <

HANNAH LUIS

Das Leuchten von Lavendel

ROMAN

WILHELM HEYNE VERLAG
MÜNCHEN

FSC
www.fsc.org
MIX
Papier | Fördert
gute Waldnutzung
FSC® C014496

Penguin Random House Verlagsgruppe FSC® N001967

Originalausgabe 05/2023

Redaktion: Catherine Beck
Umschlaggestaltung: zero-media.net, München
unter Verwendung von HUBER IMAGES / Susanne Kremer;
FinePic®, München
Satz: GGP Media GmbH, Pößneck
Druck und Bindung: GGP Media GmbH, Pößneck
Printed in Germany
ISBN: 978-3-453-42737-2

www.heyne.de

1

Fünf Anzüge in fünf Grautönen. Vielleicht waren es sogar sieben, denn zwei der Sakkos passten farblich nicht ganz zu den Hosen der Herren. Seit einer kleinen Ewigkeit starrte Emilia abwechselnd auf die im Licht der Deckenbeleuchtung glänzenden Stoffe und die Tischplatte im Besprechungsraum, die Frau Wohlgemut am Morgen lange poliert und mit einem Strauß Bartnelken in der alten Firmenvase geschmückt hatte. Der schwache Blumenduft hatte zu Anfang tapfer gegen die Männerparfüms angekämpft, aber schon nach kurzer Zeit verloren. Fast schien es, als würden die Blüten ihre Köpfe hängen lassen, was zu den leeren Wasserflaschen passte, die sich auf dem Tisch verteilten.

Emilias Blick wanderte verstohlen aus dem Fenster, dann zurück zu den Unterlagen und Informationsbroschüren, die sie vorhin säuberlich zusammengeschoben hatte. Gebraucht wurde sie schon lange nicht mehr. Herr Scheller plauderte mittlerweile mit seinen Geschäftspartnern über Golf, erwartete aber, dass sie bis zum Ende des Meetings mit ihrem Tablet neben ihm saß. Vermutlich, weil es ihn wichtiger aussehen ließ. »So.«

Sie spitzte die Ohren. Es war genau der Tonfall, mit dem ihr Chef das Ende eines Geschäftstreffens einläutete. Und wirklich kam Leben in die Runde; die Männer verlagerten ihr Gewicht oder leerten ihre Gläser. Der mit der beginnenden Glatze ihr gegenüber zupfte am Hemdkragen, wie so oft in der vergangenen Stunde. Es war warm im Raum.

»Dann wäre das alles.« Eduard Scheller räusperte sich vernehmlich und stand auf. Die Anwesenden folgten seinem Beispiel. Stimmen wurden lauter, während die letzten Handicaps verglichen und Birdies gepriesen wurden, und man schüttelte sich gegenseitig die Hände.

Auch Emilia erhob sich, strich möglichst unauffällig den Rock ihres Kostüms glatt und erneuerte ihr Lächeln in die Runde, obwohl niemand auf sie achtete. Aber das war in Ordnung, sie war schließlich nicht hier, um Small Talk zu führen, sondern dafür zu sorgen, dass die Kerninhalte und Beschlüsse des Meetings im Anschluss an sämtliche Beteiligten verschickt wurden.

»Sie werden alsbald von uns eine Nachricht erhalten, in der Sie eine Zusammenfassung unseres Gesprächs finden«, sagte Herr Scheller, während er ein Schulterklopfen mit einem Nicken quittierte, in seiner leicht altmodischen Art, die Emilia irgendwie rührend fand. Sein Anzug war von einem hellen Silber und wirkte neben den anderen fast modern. Sicher hatte seine Frau ihn ausgesucht. Anna Scheller legte großen Wert auf die Erscheinung ihres Mannes. Selbst seine sportlich-drahtige Figur hatte er zum Teil ihr zu verdanken, da sie regelmäßig in der Firma auftauchte, eine Sporttasche in der Hand, um ihn mit den Worten »Wenn du das Geschäft noch eine Weile leiten willst, solltest du dich körperlich betätigen!« ins Fitnessstudio zu schicken. Es funktionierte. Ihr Mann war bei bester Gesundheit und würde *Wasserbetten Scheller* sicher noch viele Jahre leiten.

»Wenn es noch Fragen gibt, wenden Sie sich gern an Frau Finke hier, sie ist ein Urgestein meiner Firma und kann Ihnen in allen Belangen weiterhelfen.« Mit einer eleganten Handbewegung deutete er auf Emilia.

Vier Augenpaare hefteten sich auf sie. Eines wanderte sofort wieder zurück zu Herrn Scheller, doch in den anderen las sie Verwunderung und Unglauben. Was sie nur zu gut nachvollziehen konnte. Hier stand sie, in dieser Phalanx aus Grau, kahler werdenden Köpfen und jahrzehntelangen – wenn nicht halbjahrhundertlangen! – Geschäftserfahrungen, und wurde, gerade eben achtundzwanzig, als Urgestein bezeichnet. Sie war selbst überrascht, dass sie ihren Unwillen darüber herunterschlucken musste. Unauffällig musterte sie ihr Kostüm in Hellgelb mit den weißen Stickereien am Rand und fragte sich, warum ihr dieser Kommentar, der in der Welt ihres Chefs doch ein Kompliment war, so missfiel.

»Frau Finke?«

»Natürlich.« Zwar hatte sie nicht mitbekommen, welche Floskeln soeben noch ausgetauscht worden waren, aber sie kannte die Vorgehensweise in den Meetings ihrer Firma zur Genüge und hätte mit schlafwandlerischer Sicherheit an jedem Punkt der Verabschiedung einsteigen können. Also lächelte sie einen nach dem anderen an und setzte eine professionelle Miene auf. »Sie werden die E-Mail im Laufe des Nachmittags erhalten, zusammen mit dem Informationsmaterial sowie den von Herrn Scheller erwähnten aktuellen Konditionen der Produkte. Melden Sie sich jederzeit, wenn danach noch Fragen offen sind.«

Ihre Worte erzeugten einvernehmliches Nicken in Herrn Schellers Richtung, und dann war das Meeting vorbei. Als die Männer gegangen waren, atmete Emilia auf, streckte sich und gähnte. Frau Wohlgemut betrat mit einem Tablett in den Händen den Raum, ging zum Fenster und öffnete es, ehe sie sich daranmachte, die Tassen, kleinen Flaschen und den natürlich leeren Keksteller vom Tisch zu räumen, während sie die Nase in die Luft hielt und vernehmlich schnupperte.

»Mindestens zweimal Hugo Boss Bottled, einmal Valentino Uomo, und das letzte könnte Chanel sein«, sagte sie im Plauderton.

Emilia grinste. Frau Wohlgemut täuschte sich nur selten bei solchen Dingen. Sie war das wahre Urgestein dieser Firma, hatte bereits ihr zwanzigjähriges Jubiläum hinter sich … und trug Grau. Immerhin mit verspielten Accessoires wie einem Halstuch in Pink- und Lilatönen oder ihrer Lieblingskette mit Holzperlen in denselben Farben. »Wie war es?«

»Wie immer«, sagte Emilia und griff nach ihrem Tablet und den restlichen Prospekten. »Etwas Interesse am Geschäft, aber deutlich mehr an Keksen und Golf. Wobei heute zwischenzeitlich auch Poker diskutiert wurde.«

»Unser Chef wird eben auch nicht jünger«, sagte Frau Wohlgemut und wischte mit einem Tuch, das sie irgendwo hergezaubert hatte, über den Tisch. »Und da er diese Firma führen wird, bis er eines Tages umfällt, braucht er mehr Abwechslung zwischendurch. Geh ruhig, ich mach das hier. Du hast sicher noch genug zu tun.«

»Das ist lieb, danke.« Emilia winkte ihr zu und machte sich auf den Weg zu ihrem Schreibtisch. Herr Scheller – Eduard, wie sie ihn außerhalb der Arbeit nannte, schließlich wäre er beinahe ihr Schwiegervater geworden – hatte sich schon wieder in seinem Büro verbarrikadiert und starrte auf seinen Bildschirm. Die Chancen standen gut, dass er sich ein Golfvideo ansah.

Sie schloss die Tür hinter sich, lief einige Male auf und ab, da sie zu lange gesessen hatte, und warf einen Blick aus dem Fenster. Die Sonne schien und ließ den Industriekomplex, in dem sich die Firma befand, gleich viel freundlicher wirken. Die Hecken und wenigen Blumenstauden zwischen den Gebäuden warfen hübsche Farbakzente, und in der Ferne glitzerte der Kanal wie eine Kostbarkeit. Emilia öffnete das Fenster einen Spalt und atmete tief durch. In der Luft lagen die Abgase des steten Verkehrs, aber auch ein Hauch Süße. Nach Feierabend würde sie spazieren gehen und die Sonne genießen, ehe sie für den Videocall mit Diane um sieben Uhr einkaufte.

Ihr Blick fiel auf die Rückwand der Druckerei vor ihr. Grau. So sehr, dass selbst die Sonne nichts Schönes daraus zaubern konnte. »Urgestein«, murmelte Emilia, drehte sich um und ließ sich in ihren Schreibtischstuhl fallen. Sie nahm die Holzente mit der roten Schleife, die sie neben den beiden Monitoren platziert hatte, und drehte sie zwischen den Fingern. Ihr Vater hatte sie ihr geschenkt, als sie nach Münster gezogen war, um ihren ersten Job als Fremdsprachenkorrespondentin bei *Schäfer & Wills* anzutreten. Die Arbeit mit Sprachen hatte ihr Spaß gemacht, und daher hatte sie es bedauert, als sich die beiden Partner zerstritten und ihr Büro auflösten. Zu jener Zeit war sie bereits mit Mirko zusammen gewesen, hatte seine Eltern gekannt und sich gut mit ihnen verstanden. Als Eduard ihr einen Job in seiner Firma anbot, hatte sie nicht lange gezögert. Zwar war diese Mischung aus Kundenbetreuung und rechter Hand nicht das, was sie gelernt hatte, aber durch die Anzahl der Geschäftspartner im Ausland konnte sie ihr Sprachtalent einbringen. Zudem gefiel ihr das Familiäre, das ihr damals so passend erschienen war.

Damals, als Mirko und sie noch ein Paar gewesen waren. Aber das war nun – Emilia überschlug die Monate im Kopf – beinahe ein Jahr her. Zwar war es für sie kein Problem, weiterhin mit ihm zu arbeiten, schließlich hatten sie sich friedlich und einvernehmlich getrennt, aber nicht zum ersten Mal überlegte sie, ob das wirklich noch ihr Platz war. Wollte sie hier alt werden, so wie Frau Wohlgemut? Sie liebte Münster und mochte ihren Job, aber die Vorstellung, auch noch in zehn, zwanzig oder auch dreißig Jahren mit Anzug- und Krawattenträgern am Tisch zu sitzen und dann wirklich ein *Urgestein* zu sein, sorgte für ein unangenehmes Kribbeln in ihrem Bauch. Vor allem, da sie ohnehin niemals hier gelandet wäre, hätte es Mirko nicht gegeben. Nein, dann hätte sie sicher noch eine weitere Sprache gelernt, Spanisch oder Italienisch, was sie nur bruchstückhaft sprach, und vielleicht sogar eine Weile im Ausland gearbeitet.

»Was meinst du? Sollte ich mir Sorgen machen?«, fragte sie die Holzente, die ihren Blick mit frechem Schnabelschwung erwiderte und damit zwar Raum für Interpretationen, aber keine Antworten lieferte. »War das etwa gerade ein Nein? Du nuschelst, Entchen.«

Emilia seufzte, stellte die Ente zurück und bewegte die Maus. Die beiden Monitore erwachten zum Leben, und sie rief das Textprogramm auf, um die wichtigen Punkte des Meetings zusammenzufassen. Sie las gerade über ihre Notizen, als es klopfte.

»Her…« Schon schwang die Tür auf, und sie wusste, dass es Mirko war – jeder andere hätte sie zumindest ausreden lassen.

»Em!«, rief er, noch ehe sie ihn sah, dann knallte die Tür gegen die hintere Wand. Früher hatte sie seinen Enthusiasmus niedlich gefunden, mittlerweile wusste sie, dass er glaubte, andere so beeindrucken zu können. Der energiegeladene, aktive Juniorchef mit der Hands-on-Mentalität, wie man heutzutage so schön sagte. Nur dass Mirko leider mit jedem Jahr weniger Hand anlegte, wenn es um die Firma ging. Emilia hatte ihm um der alten Zeiten willen mehrmals den Hintern gerettet, wenn er bei einer Präsentation zu schlecht vorbereitet gewesen war.

»Hallo Mirko.« Sie öffnete die Daten aus der Besprechung und überflog sie noch einmal, während sie im Augenwinkel seine hellblonden Haare schimmern sah. »Kann ich dir helfen?«

Er schwieg so lange, bis sie erstaunt aufblickte. Unsicherheit oder Zeitverschwendung passten nicht zu ihm. Sein attraktives Gesicht hatte etwas von der Urlaubsbräune von vor zwei Monaten verloren, aber die blauen Augen leuchteten noch immer durchdringend.

»Nein, ich wollte dir nur Jana vorstellen. Sie denkt darüber nach, vielleicht bei uns anzufangen.«

Emilia verbarg ihre Überraschung hinter derselben Fassade, die sie zuvor im Meeting aufrecht gehalten hatte. Natürlich wusste sie, wer Jana war. Mirko hatte nie einen Hehl aus seiner neuen Beziehung gemacht, und sie war alles andere als eifersüchtig. Es war nicht so, dass sie sich für ihn freute, das wäre übertrieben, aber es war ihr gleichgültig, mit welcher Frau er seine Zeit verbrachte. Sein Liebesleben spielte für sie keine Rolle mehr. Aber hatte er erwähnt, dass Jana möglicherweise bei *Scheller* anfangen würde? Sie versuchte, sich zu erinnern, aber die Wahrheit war einfach, dass die Geschichten rund um Mirkos neue Eroberung sie niemals interessiert hatten.

Sie nickte. »Gern.«

Mirko hielt jemandem die Hand hin, schnippte mit den Fingern und zog dann seine Freundin ins Büro. Emilia blinzelte und fragte sich, ob sich ihre Augen so sehr an sanftes Grau gewöhnt hatten, dass schrille Farben momentan schmerzten.

»Hi, ich bin Jana.« Mirkos Neue beugte sich über den Schreibtisch und streckte Emilia eine Hand entgegen. Zum Glück ersparte sie ihr das Klischee eines weiten Ausschnitts, aber dafür war sich Emilia sicher, dass sich unter dem engen Kostüm in Orange und Rot kein BH abzeichnete.

»Emilia Finke, schön, Sie kennenzulernen«, sagte sie und atmete möglichst flach. Frau Wohlgemut hätte vermutlich sagen können, welches Parfum sie soeben einhüllte, sie dagegen wusste nur, dass es zu viel war.

So wie alles an Jana. Sie war groß, sicherlich über eins achtzig, was auch an den Absätzen der knallroten Lackschuhe lag. Ihr dichtes blondes Haar fiel ihr in perfekten Wellen bis zur Taille, an der eine Handtasche baumelte, die recht teuer wirkte. Jana war so gekonnt geschminkt, dass sich Emilia mit Wimperntusche und etwas Lidschatten beinahe unsichtbar vorkam. Sie unterdrückte den Drang, ihre dunkelbraunen Haare zurechtzuzupfen, die sie kinnlang trug, da sie fand, dass sie sonst mit ihrer Stupsnase und den großen Augen aussah wie eine Puppe.

»Ich freue mich auch, Sie endlich kennenzulernen«, sagte Jana und zog ihre Hand zurück.

Emilia starrte auf die sanften Kerben, die von langen, mit Goldornamenten beklebten Nägeln auf ihrer Haut zurückgeblieben waren. »Mirko hat mir schon erzählt, dass er mit seiner Ex zusammenarbeitet und das mit Ihnen ziemlich gut funktioniert. Ich würde mich freuen, wenn ich auch bald Teil der Familie wäre.«

»Kommen Sie aus der Akquise?«

Jana schüttelte den Kopf. »Ich war früher im Vertrieb, aber ich konnte schon immer gut mit Kunden. Mein Anglistikstudium habe ich zwar abgebrochen, aber Englisch bekomme ich verhandlungssicher hin.«

»Super«, sagte Emilia, da sie nicht wusste, was sie sonst sagen sollte. Würde Eduard noch jemanden in der Kundenbetreuung einstellen? Dazu war *Scheller* eigentlich nicht groß genug. Gab es Änderungen, von denen sie nichts wusste? Die ihr sogar gefährlich werden konnten? »Vielleicht sehen wir uns dann ja.«

»Super«, wiederholte Jana, beugte sich zu Mirko und hauchte ihm einen Kuss auf die Wange. »Na, dann komm mal weiter, Juniorchef, es gilt, noch einige Menschen zu begrüßen, die vielleicht meine zukünftigen Kollegen sind.« Sie winkte Emilia zu, rauschte an Mirko vorbei und war verschwunden.

Er hob einen Mundwinkel und schenkte ihr sein Cowboy-Lächeln. »Wir sehen uns, Em.«

Sie konzentrierte sich bereits wieder auf den Bildschirm – zumindest tat sie so. »Alles klar, bis später.«

Nachdem die Tür ins Schloss gefallen war, stieß sie die angehaltene Luft aus und starrte auf das, was sie soeben geschrieben hatte.

Mhasfnrdj udjoas ofesd öjsqu?

Emilia fragte sich, woher plötzlich dieses dumpfe Gefühl im Bauch rührte. Sie blickte sich um, betrachtete die Holzvertäfelung an den Wänden, den alten Schreibtisch und die Gardinen vor den Fenstern, die sie an ihre Kindheit erinnerten. Das Mobiliar stammte noch aus den Zeiten, als Eduard die Firma aufgebaut hatte. Und nun saß sie hier und kam sich einen flüchtigen Augenblick lang in ihrem hellen Kostüm wie ein Fremdkörper vor.

Vorwurfsvoll schlug sie mit einem Fingernagel gegen die Holzente. »Und du hast gesagt, ich soll mir keine Sorgen machen.«

»Du kannst nicht einfach Zitronen statt Limetten nehmen!« Dianes Gesicht wurde riesengroß auf dem Bildschirm des Laptops; die Empörung war nicht zu übersehen. »Was ist denn los mit dir, Emilia? Du bist doch sonst so zuverlässig bei den Vorbereitungen. Es heißt schließlich nicht umsonst Himbeer-Limetten-Kuchen.«

Emilia fragte sich selbst, was mit ihr los war. Nach der Arbeit hatte sie sämtliche Zutaten besorgt für das abendliche Bake Off mit ihrer Cousine – so nannten Diane und sie ihre gemeinsamen Online-Backsessions, mit denen sie kompensierten, dass knapp siebenhundert Kilometer sie voneinander trennten. Aber sie war nicht ganz bei der Sache gewesen. Auch den Spaziergang am Kanal hatte sie sich gespart. Stattdessen war sie nach dem Einkaufen nach Hause gefahren, wo sie aus ihrem Bürokostüm und in ihre Wohlfühlklamotten – eine bequeme Yogahose und ein weiches hellgrünes T-Shirt mit einem kunstvoll gezeichneten Entenkopf – geschlüpft war, um dann auf dem Sofa zu liegen und die Decke anzustarren, während die Gedanken in ihrem Kopf kreisten.

»Sie war nicht wirklich unsympathisch, weißt du«, sagte sie und stupste den Puderzucker an, sodass die Packung ein

Stück über die Arbeitsplatte schlitterte. »Mirkos Jana. Aber ich habe nicht damit gerechnet, dass sie bei *Scheller* anfangen will und er dahintersteht. Ich meine … kann gut sein, dass er es mal in einer Pause erwähnt hat, aber ich habe es nicht abgespeichert. Und auch nicht so recht ernst genommen.«

Diane ließ die Limetten sinken, die sie vorhin noch in die Kamera gehalten hatte, strich ihre blond-braunen Ponyfransen zur Seite und seufzte. »Okay. Reden wir erst mal darüber. Was genau stört dich denn an ihr? Dass sie schrill ist und viel Oberweite hat und du nicht?«

»Nein.« Emilia schüttelte den Kopf und zupfte am Saum ihres Shirts. »Ich meine ja, sie ist schon ein Püppchen, aber nicht auf diese *Baywatch*-Art.«

»Sie würde dich also nicht retten, wenn du in den Aasee fällst, nachdem jemand dein Tretboot gerammt hat?«

»Schwer zu sagen. Vermutlich schon.« Emilia überlegte. »Sie ist auffällig, aber nicht billig. Im Gegenteil: Alles an ihr ist perfekt gestylt. *Und sie hat so eine gute Wirkung auf Kunden, ganz besonders auf die Männer, da sind ihre Quoten hervorragend*«, imitierte sie Mirko, der später in der Kaffeeküche natürlich noch die Vorzüge seiner Jana hervorgehoben hatte. »Was, wenn sie nicht nur bei Mirko meine Nachfolgerin sein soll?«

Diane runzelte die Stirn, während sie Mehl abwog. »Wie meinst du das jetzt?«

Emilia öffnete den Mund, um zu antworten, entschied sich dann aber für eine Gegenfrage. »Denkst du, ich bin bei *Scheller* noch richtig?«

»Hast du Angst, dass sie dich feuern, weil Mirko lieber seine aktuelle Flamme mit im Büro hätte statt dich?«

Sie überlegte. Hatte sie? War das der eigentliche Grund für ihre plötzlichen Bedenken? Eduard und sie arbeiteten nun schon viele Jahre gut zusammen, aber das musste schließlich nichts heißen. Letztlich war jeder ersetzbar. »Das hat zumindest den Ausschlag gegeben, über meinen Job nachzugrübeln, zusammen mit dem Meeting heute. Aber … ich weiß nicht, Di. Seit Jana aufgetaucht ist, frage ich mich viele Dinge. Unter anderem, ob ich auf der Stelle trete. Ob ich irgendwie bei *Scheller* hängen geblieben bin. Ich meine, wer arbeitet denn in der Firma seines Ex-Freunds, der den Laden eines Tages übernehmen wird, wenn er sich in Zukunft etwas mehr zusammenreißt? Für einen Mann, der mal dachte, dass ich seine Schwiegertochter werde, und mich manchmal noch immer so behandelt?«

Diane zögerte. »Ein wenig schräg ist das schon, ja. Aber es hat dir doch immer ganz gut gefallen. Du kennst dich aus, bist nicht die Neue, der man noch alles beibringen muss, du bist …«

»Ein Urgestein«, sagte Emilia und bekam eine Gänsehaut, da ihre Stimme so tonlos klang. »Ursprünglich wollte ich ja etwas ganz anderes machen. Etwas mit Sprachen und dabei zumindest einen Teil der Welt sehen. Selbst Mirko hat sein Leben verändert und sich Jana gesucht. Ich dagegen wohne noch in unserer alten Wohnung, bin seit der Trennung Single und …«

»Emilia.« Diane schob das Mehl beiseite und konzentrierte sich wieder auf den Bildschirm. »Was ist los? So kenne ich dich gar nicht. Bisher fandest du die Sicherheit im Job immer wichtig.«

Emilia lehnte sich auf dem Küchenstuhl zurück. »Das ist sie ja auch.« Sie dachte an ihre Eltern, die beide seit vielen

Jahren in ihren Berufen glücklich waren – ihre Mutter als PTA in der Königsapotheke, ihr Vater als Optiker. Beide würden niemals aus ihrem hübschen Reihenhäuschen in Senden wegziehen, und Emilia konnte es sich auch nicht anders vorstellen. Nur ihre eigene Reise schien noch nicht zu Ende zu sein, und ein wenig war sie Jana dankbar, sie wachgerüttelt und daran erinnert zu haben – an all die Pläne, die sie früher mal gehabt und nie in die Tat umgesetzt hatte.

»Vielleicht macht mich die Sache mit Jana doch misstrauisch. Vielleicht brauche ich einfach mal einen neuen Impuls im Job, wenn alles andere in meinem Leben gleich bleibt.« Sie massierte ihre Schläfe. »Die Arbeit, die Wohnung … erinnerst du dich daran, dass Mirko auf einer Party mal seinen Namen in den Türrahmen im Schlafzimmer geritzt hat? Der steht noch immer da. Sogar meinen Urlaub verbringe ich jedes Jahr mit meinen Eltern an der Ostsee, wie auch schon als Kind.«

»Du liebst die Ostsee!«

»Aber ich mag andere Orte ebenso gern. Du bist ja auch nach München gezogen.«

Diane verdrehte die Augen. »Und damit ins tiefste Ausland. Ich schwöre dir, ich brauche einen Sprachkurs, da ich die Hälfte von dem, was meine Nachbarin sagt, nicht verstehe. Aber wea ko, dea ko.«

»Ja mei, aber immerhin bist du den nächsten Schritt in deinem Leben gegangen. Ich trete auf der Stelle und weiß nicht, ob ich bald durch den Boden breche.«

»Ich glaube«, sagte Di und betonte jede Silbe, »dass du gerade eigentlich überlegst, was du tust, wenn der alte Scheller zulässt, dass die vollbusige Jana dich aus deinem Büro drängt. Hab ich recht?«

Hatte sie, das wusste Emilia, sobald ihre Cousine es ausgesprochen hatte. »O Gott Di, kann man in meinem Alter schon eine Midlife-Crisis haben? Kein eigenes Haus, keine Weltreise, kein Architektenmann, keine Kinder?«

»Vielleicht solltest du mehr daten.«

Emilia verengte die Augen. »Die letzten drei Verabredungen, auf die Sofie, Nina und du mich geschickt habt, waren eine Katastrophe.« Sie dachte an jene Abende zurück, durch die sie sich gequält hatte, weil ihre Dates entweder die Zähne nicht auseinanderbekommen oder ohne Punkt und Komma über sich geredet hatten. Und über Themen, die Emilia wenig bis gar nicht interessierten.

Diane schüttelte den Kopf. »Vergiss das, man greift eben auch mal daneben. Kommen wir zu dem Punkt mit den Kindern … glaub mir, keine Kinder zu haben ist gar nicht mal so verkehrt.«

»Das sagst du nur, weil du mit deinen zwanzig Wellensittichen ohnehin keine Zeit für welche hättest.«

»Zweiundzwanzig. Markus bekommt allmählich die Krise und betont, wie sehr er es bereut, mit mir zusammengezogen zu sein. Aber sie sind doch so süß, die Kleinen!«

»Das sind sie wirklich«, sagte Emilia und meinte es vollkommen ernst. Ihre Cousine und sie teilten das Faible für Vögel. Wo sie stundenlang Enten beobachten konnte und ihre Sammlung an Gummi-Exemplaren im Bad stattlich zu nennen war, hatte Diane ihr Herz an Wellensittiche verschenkt und fuhr regelmäßig im Tierheim vorbei, um zu sehen, ob es traurige Wellis gab, die ein neues Zuhause brauchten.

»Du hast übrigens meine Frage vorhin nicht beantwortet«, sagte Diane. »Hast du Angst, dass der alte Scheller dich entlässt?«

Emilia griff nach einer Zitrone, rollte sie über den Tisch und überlegte. Im Grunde, bei aller Aufbruchstimmung, liebte sie ihren Job. Vermutlich war ihre Unentschlossenheit gerade nur eine Phase, ausgelöst dadurch, dass sie wusste, wie sprunghaft Mirkos Entscheidungen manchmal sein konnten – und dass sein Vater ihn machen ließ. »Ich hoffe nicht. Eine Kündigung würde sich anfühlen, als hätte ich versagt. Aber ja, alles ist möglich, und deshalb denke ich darüber nach, was ich noch tun könnte. Oder sollte.« Sie legte die Zitrone zurück. »Warum mache ich mir überhaupt solche Gedanken? Sollte ich nicht die Gene meiner Eltern geerbt haben? Mama und Papa sind ja auch zufrieden, wenn alles so bleibt, wie es ist. Das größte Abenteuer in ihrem Leben war der Umzug von Singhofen ins Münsterland vor dreißig Jahren, aber hier machen sie genau das, was sie vorher auch gemacht haben. Mama hat sogar einen Lesekreis eröffnet, weil es in Senden keinen gab. Und er ist wie der in Singhofen dienstagabends! Das ist der totale Gegensatz zu … keine Ahnung, zum Beispiel diesen Leuten auf Instagram, und …«

»Moment.« Ein dumpfer Ton erklang, und das Bild wackelte, als Diane gegen den Monitor klopfte. »Ich komme nicht mit. Welche Leute denn? Ich dachte, du bist nur alle Jubeljahre mal auf Social Media unterwegs.«

Emilia winkte ab und fragte sich, ob sie gerade übertrieb. Im Grunde war ihr Leben doch in Ordnung. Sie hatte einen Job mit netten Kollegen und einem tollen Chef, sie liebte ihre Heimatstadt, hatte Freunde, eine hübsche Wohnung. Gut, sie war Single und musste sich gegen den einen oder anderen Verkupplungsversuch wehren, und Di wohnte seit Neuestem viel zu weit weg. Aber es gab Schlimmeres. »Ich folge da ja eigentlich nur Accounts, die mit Backen zu tun haben, aber seit Kurzem auch zweien, die um die Welt ziehen und die schönsten Unterkünfte fotografieren, in denen sie übernachtet haben. Da sind wirklich süße Sachen dabei. Letztens waren sie in einem riesigen Zelt mit unzähligen Laternen und Lichterketten an der Mosel und davor in einer kleinen Holzhütte mit wunderschönen Schnitzereien am Waldrand irgendwo in der Eifel. Vor ein paar Monaten haben sie Fotos aus Spanien gezeigt.« Sie winkte ab, da sie selbst hörte, wie sehr sie gerade schwärmte. Wie ein frisch verliebter Teenager. »Ich glaube, ich muss einfach wieder in den Urlaub fahren. Die letzten Male sind einfach zu lange her, und da habe ich Mirko kaum vom Pool wegbekommen. Manchmal würde ich am liebsten losziehen und eine Weile irgendwo bleiben, um herauszufinden, wie es ist, in einem anderen Land zu leben. Vielleicht nächstes Jahr, wenn es Opa Walter wieder besser geht.«

Erst jetzt wurde ihr bewusst, dass sie seit der Trennung nicht mehr im Ausland gewesen war. Immer hatte sie etwas anderes hier gehalten – zunächst hatte ihr Vater sich das Bein gebrochen, dann hatte sie Di beim Umzug geholfen, und dann war für sie alle überraschend Renate gestorben, die Lebensgefährtin ihres Opas. Schlaganfall. Seitdem tauchte die Familie regelmäßig in Singhofen auf und leistete ihm in seinem kleinen Reihenhaus Gesellschaft, wenn die Welt zu trüb wurde, um allein zu sein. Im Wechsel war das selbst auf die Entfernung hin gut machbar, und in der Woche sahen die Nachbarn bei Walter nach dem Rechten. Vor allem sein Freund, der alte Franz Meißner von gegenüber, hatte sich seine täglichen Besuche zur Gewohnheit gemacht.

Di grinste. »Klingt ganz so, als hättest du neben den Genen deiner Eltern auch eine gute Portion von Opas abbekommen. Das könnte der Grund für dein Dilemma sein.«

»Ich und Opa Walters Gene? Du meinst, dass ich eigentlich eine Lehre als Tischlerin machen und für eine Weile nach Frankreich gehen will, so wie er damals?«

Di hob eine fein geschwungene Augenbraue und legte den Kopf schief. Es ließ sie verschmitzt wirken. »Ich versuche gerade, es mir vorzustellen. Zieh doch einfach demnächst einen Blaumann an, dann kann ich dir vermutlich mehr dazu sagen.«

»Nur weil die Dacharbeiten bei euch gegenüber nun abgeschlossen sind und du in deiner Freizeit keine Handwerker mehr beobachten kannst? Vergiss es.«

»Erwischt«, sagte Diane und schrie auf, als sich die Küchentür öffnete und ein Wellensittich hereinflatterte. Der fluffige gelbgrüne Federball kreiste kurz über dem Tisch, um dann vom Monitor zu verschwinden. »James Bond! Was treibst du hier?«

Ihr Freund Markus erschien, sichtlich gestresst mit einer Pappschachtel in der Hand. »Er ist beim Füttern entkommen. Und dafür, dass ich das übernehme, damit du gemeinsam mit deiner Cousine backen kannst … hi Em!« Er winkte in die Kamera, und Emilia winkte zurück. »Dafür hätte ich gern ein Stück Torte. In spätestens anderthalb Stunden, dann muss ich nämlich zur Spätschicht.« Er stellte die Schachtel ab und fing den Vogel behutsam mit beiden Händen ein, ehe er wieder verschwand.

»Also gut«, sagte Di und wedelte mit einer Limette. »Du hast es gehört. Themenwechsel! Bake Off! Markus und

James Bond waren ein Zeichen, um endlich anzufangen. Und am Wochenende sehen wir uns ja sowieso, oder?«

»Natürlich, ich muss Samstag nur kurz etwas bei meiner Arbeitskollegin abliefern und fahre anschließend los. Wenn alles glatt läuft, bin ich am frühen Nachmittag bei Opa Walter.«

Di sah zufrieden aus. »Super. Lass mich bloß nicht hängen, Markus muss nämlich arbeiten, und ich habe keine Lust, diesen Keller allein auszumisten. Das würde Tage dauern!«

»Keine Sorge. Du wirst dich all den Spinnen da unten nicht ohne Hilfe stellen müssen«, sagte Emilia, in Gedanken bereits halb bei der Frage, ob sie den Kuchen wirklich mit Zitronen variieren sollte.

Ein Zeichen. Genau das war es, was sie brauchte.

2

Emilia atmete auf, als sie vor Opa Walters kleinem, gemütlichem Haus stand, an dem das Efeu dringend gestutzt werden musste. Seit Renates Tod hatte er – hatten sie alle – solche Dinge vernachlässigt, aber das war in Ordnung. Erst einmal würden sie dafür sorgen, dass Opa Walter den Verlust verarbeitete, alles andere konnte warten.

Sie lockerte Arme und Beine, da ihr die lange Fahrt in den Knochen steckte, klingelte und lächelte, als sie Diane aus dem Inneren hörte. Sie freute sich auf das Wochenende, auch wenn die Stimmung nicht immer fröhlich sein würde. Aber die vergangenen Tage waren die schlimmsten gewesen, die sie jemals bei *Scheller* erlebt hatte, und sie musste auf andere Gedanken kommen. Zwar waren ihre Befürchtungen nicht eingetreten – man hatte ihr keine Kündigung ausgesprochen –, aber selbst das wäre besser gewesen. Nein, Mirko und sein Vater hatten sie vorgestern ins Meeting gebeten und ihr die neuen Abteilungspläne vorgestellt.

In denen sie nicht mehr vorkam.

Stattdessen hatte Mirko versucht, ihr einen Platz am Empfang zu verkaufen. »Es hat in der Vergangenheit einige Schwierigkeiten und Fehlinformationen gegeben, und mit einer erfahrenen Kraft wie dir, die die Firma in- und auswendig kennt, würden wir so etwas in Zukunft vermeiden.«

Mit anderen Worten: Man plante, sie zur Sekretärin zu degradieren, und sie ahnte den Grund bereits, ehe sie den

Namen an der Stelle im Organigramm las, an der ihrer stehen sollte: Jana Schumann.

Eduard Scheller war das Ganze sichtlich unangenehm gewesen, und er hatte mehrmals betont, dass sich ihr Gehalt in der neuen Position selbstverständlich nicht verringern würde. Emilia hatte dazu geschwiegen, da sie vor allem perplex gewesen war. Und auch wenn sie es ihrem Chef gegenüber noch nicht ausgesprochen hatte, war ihr klar, dass sie nicht mehr in der Firma bleiben konnte. Nicht, wenn sie täglich Jana begegnete, die nun ihre Aufgaben übernahm, während sie selbst Telefondienst schob und Dienstreisen für die anderen buchte.

Die Tür öffnete sich und riss sie aus ihren Gedanken. Emilia starrte in Opa Walters Gesicht – und erschrak. Er sah so dünn aus, so zerbrechlich! Bei ihrem Besuch direkt nach Renates Tod und den Videoanrufen war ihr das nicht so stark aufgefallen, doch seither schien er weiter abgebaut zu haben. Auf seiner stets braunen Haut lag eine ungesunde Blässe, die zahlreichen Falten hatten sich vertieft, und sein Blick war nicht mehr so entschlossen wie sonst, sondern hilflos. Haltsuchend. Als hätte er nicht nur seine Lebensgefährtin, sondern sich selbst verloren.

»Opa«, sagte Emilia und war selbst erstaunt, wie erschrocken sie klang.

Er versuchte ein Lächeln, doch seine Lippen zitterten. Ebenso wie seine Hand, als er sich über den Kopf fuhr, wo das weiße Haar wie das Efeu zu lang geworden war. »Emilia. Ich freue mich so, dich zu sehen.« Seine Stimme brach, und als ihr sonst so starker Opa versuchte, die Fassung zu bewahren, traten ihr die Tränen in die Augen.

»Ich freue mich auch«, sagte sie, blinzelte und versuchte

ein Lächeln. Im nächsten Moment nahm er sie in die Arme, tätschelte ihren Rücken und hielt sich doch an ihr fest.

Sie legte den Kopf an seine Schulter, wie sie es so oft getan hatte, wenn es ihr nicht gut ging. Nur achtete sie dieses Mal darauf, ihn zu halten. »Ich bin da«, flüsterte sie, als ein Beben durch seinen Körper lief. In ihrem ganzen Leben hatte sie ihn nur zweimal weinen sehen.

Eine Weile standen sie reglos, bis Opa Walter sich von ihr löste und verstohlen über seine Wangen wischte. »Na, dann komm rein und trink einen Kaffee, damit wir den Nachbarn hier draußen keine Vorstellung liefern und deine Cousine ungeduldig wird.«

»Ich bin schon ungeduldig!«, schallte es aus der Diele und schickte ein Lächeln auf Emilias und auch Opa Walters Gesicht. Doch, das Wochenende würde ihnen guttun. Ihnen allen dreien.

»Da hat sich was bewegt!« Diane wich zurück und deutete auf den Boden.

Emilia betrachtete den Bereich, doch sie fand nichts bis auf Regale, in denen Schachteln und Dekorationen lagerten, sowie größere Kartons und Plastikkisten am Boden. Renate hatte dafür gesorgt, dass hier unten Ordnung herrschte; selbst der Werkzeugraum war vorbildlich aufgeräumt. Aber sie hatte auch im Laufe der Jahre viel angesammelt und sich nur schwer von Dingen trennen können. Opa Walter hatte stets betont, dass Renate und seine erste Frau Marie – Emilias und Dianes Oma, die leider kurz nach der Geburt von Emilias Vater verstorben war – nicht unterschiedlicher hätten sein können. Und obwohl er noch immer trauerte, hatte er entschieden, sich von einem Teil hier unten zu trennen. Vielleicht konnte er den Abschied von Renate besser verarbeiten, wenn ihn nicht alles an sie erinnerte.

Die Traurigkeit kam in Schüben, und nachdem sie sich zu dritt ins Wohnzimmer gesetzt sowie einen ersten Kaffee getrunken hatten und die Unterhaltung lebhafter geworden war, hatte ihr Opa sich wieder entspannt und sogar gelächelt. Es gab eben nichts Heilsameres als die Gesellschaft lieb gewonnener Menschen. Kurz darauf hatten sich Emilia und Diane zum Entrümpeln aufgemacht.

»Da ist nichts«, sagte Emilia. »Überhaupt ist das hier einer der ordentlichsten und hellsten Keller, die ich je gesehen habe. Keine Ratten, keine Spinnen. Na los, nehmen wir uns die großen Kartons vor.« Sie griff nach dem ersten und öffnete ihn. »Klamotten. Die können wir nachher zur Altkleidersammlung bringen.«

Diane beobachtete sie eine Weile, machte sich dann aber ebenfalls wieder an die Arbeit. »Ach du meine Güte, das sind meine alten Zeichenmappen. Ich wusste nicht, dass die noch existieren.« Sie zog sie hervor und begann zu blättern.

Nachdem sie drei Kartons voller Kleidung beiseitegestellt hatten, schrie Diane auf.

Emilia fuhr herum. »Eine Spinne?«

»Ein Koffer.« Di schwenkte ein antikes Modell, das an den Ecken völlig abgenutzt war. »Der ist noch aus Hartpappe. Wie alt mag der wohl sein?«

Emilia trat näher. »Schwierig zu sagen. Fünfzigerjahre? Sechzigerjahre?« Der Metallgriff war noch intakt, eines der beiden Schlösser jedoch abgebrochen.

Di schüttelte ihn. »Da ist was drin.« Sie legte ihn auf den Boden, öffnete das zweite Schloss und klappte ihn auf. Zunächst dachte Emilia, sie hätten sich geirrt und er wäre leer, aber dann entdeckte sie die Papiere, die halb vom Innenfutter verdeckt wurden, das sich an einer Seite gelöst hatte. »Das ist ein Umschlag.«

Behutsam griff sie danach. Er fühlte sich brüchig und alt unter ihren Fingern an und flüsterte ihr von Zeiten zu, in denen sie noch nicht geboren war. Der Name des Empfängers war verwischt und mit der Zeit verblasst, lediglich das in geschwungener Schreibschrift verfasste *France* war zu lesen. Opa Walters Name prangte als Absender in der linken oberen Ecke. Emilia drehte den Brief. »Verschlossen. Aber die Poststempel stammen aus Deutschland und Frankreich. Der muss damals zurückgekommen sein. Das hat sicher irgendwas mit Opas Zeit als Tischler in der Provence zu tun.«

»Seltsam«, sagte Di. »Sollen wir ihn öffnen?«

»Nein, das müsste er schon selbst machen.«

»Hm.« Di kämpfte eindeutig mit ihrer Neugier. »Sieh mal, da ist noch mehr.« Kurz darauf streckte sie Emilia zwei Papiere entgegen. In der Mitte des ersten war ein Herz zu sehen.

»Sind das getrocknete Blüten?« Emilia hielt das Blatt schräg, damit die Sonne durch das kleine Gitterfenster darauf fallen konnte.

»Bingo!« Diane wackelte mit den Augenbrauen. »Ich präsentiere: ein aus Lavendelblüten geklebtes Herz.«

»Und was steht da in der Mitte?« Sie tastete über die Bögen und Schwünge, die an vielen Stellen bereits Lücken aufwiesen. Die Blüten hatten im Lauf der Jahre an Farbe verloren, waren teilweise zerfallen, und auch jetzt rieselten feine Partikel im Licht zu Boden. »Jette? Ja, da steht eindeutig Jette.«

Diane runzelte die Stirn. »Ist das nicht ein Frauenname?« Ehe Emilia antworten konnte, zückte sie ihr Handy und tippte darauf herum. »Ha, ich wusste es! Das Internet sagt, er ist althochdeutsch und die Kurzform von Henriette.« Sie machte große Augen. »Oha. Denkst du, es gab damals eine Frau vor Oma Marie?«

Emilia zuckte die Schultern und wandte sich dem zweiten Papier zu. Es war mit wenigen Zeilen auf Französisch beschrieben. Die Übersetzung bereitete ihr keine Probleme, aber sie brauchte einen Moment, um die mit Schwüngen versehene, altertümliche Schrift zu entziffern. »Das ist eine Art Bestätigung über … Arbeit?« Sie las das Ganze noch einmal. »Das ist ja seltsam. Hier schreibt ein gewisser Jacques Borel, dass Opa zwei Monate lang als Helfer auf seiner Lavendelfarm in Monieux war. Vielleicht ist das eine Art Arbeitszeugnis?« Das war ihr neu, und sie versuchte, es mit dem zu verknüpfen, was sie über die Zeit wusste, in der ihr Opa im Ausland gewesen war.

Walter hatte Deutschland mit siebzehn verlassen und war erst nach knapp zwei Jahren zurückgekehrt. Noch immer schwärmte er von der Landschaft, die ihm damals wie eine andere Welt erschienen war, erzählte von seinen Aufträgen und Arbeiten. Nur eine Lavendelfarm hatte er nie erwähnt. Als Emilia klein gewesen war, hatte er ihr einige Sätze auf Französisch beigebracht. *Je veux un biscuit* – ich möchte einen Keks, oder *Mon nounours s'appelle Monsieur Bummel* – mein Teddy heißt Herr Bummel. Was man als Kind eben so benötigte. Die französischen Wörter und Floskeln waren sicherlich einer der Gründe, warum sie sich in diese Sprache verliebt hatte und Fremdsprachenkorrespondentin geworden war. Und manchmal, wenn sie das

Fernweh befiel, sah sie sich einen Film auf Englisch oder Französisch an.

»Vermutlich hatte er auf dieser Lavendelfarm einen Auftrag als Tischler«, sagte Diane. Es war eine logische Erklärung.

»Nein.« Emilia las die wenigen Zeilen ein drittes Mal. »Hier steht eindeutig, dass er bei der Ernte geholfen hat. Davon hat er nie erzählt.«

Diane zuckte die Schultern. »Vielleicht Gedächtnislücken.«

Emilia glaubte nicht, dass er dieses Detail schlicht vergessen hatte. An alles, was weit in der Vergangenheit lag, erinnerte er sich sehr gut. Mit der Gegenwart sah das schon anders aus; manchmal vergaß er Dinge, aber teilweise schob er auch nur sein Alter vor, wenn er sich schlicht nicht erinnern wollte. Wie zum Beispiel, wenn es darum ging, die Spülmaschine einzuräumen. »Warum hat er die Papiere im Koffer aufbewahrt?«, murmelte sie.

Diane richtete sich abrupt auf. »Vielleicht hat diese Jette auch dort gearbeitet, auf dieser Farm, und so haben sie sich kennengelernt. Oder aber er hatte heimlich was mit der Eigentümerin und musste deswegen gehen.«

Emilia verdrehte die Augen. Das war typisch Di. Jeder neue Nachbar war mindestens ein Spion, und an jedem Hundehalsband vermutete sie eine Kamera. Nicht, weil sie paranoid war, sondern weil sie die Vorstellung liebte, sich in einem Action-Abenteuer zu befinden. Auf ihrem Film-Pflichtprogramm standen jedes Jahr die *Mission-Impossible*-Filme mit Tom Cruise sowie die Jason-Bourne-Reihe. »Das mit der Eigentümerin kann ich mir kaum vorstellen, dafür ist er viel zu vernünftig. Meinst du, wir sollen ihn auf das hier ansprechen?« Sie schwenkte die Zeilen von Monsieur Borel. Ganz sicher war sie sich nicht. Vielleicht war es keine gute Idee, Opa in seiner Trauer um Renate mit Dingen aus der Vergangenheit zu konfrontieren, über die er bisher nicht geredet hatte. Dafür musste es schließlich einen Grund geben. Vielleicht war Jette wirklich eine Frau, die er mal gekannt hatte – und sie wollte im Moment keine weiteren schmerzhaften Erinnerungen wecken.

»Ich weiß ja nicht, was er mit dieser Farm verbindet, aber es würde ihn auf jeden Fall ablenken.« Di schien ihre Bedenken erraten zu haben. »Vielleicht lebt diese Jette ja auch noch, die beiden könnten wieder Kontakt aufnehmen und über die alten Zeiten reden. Wenn wir ihm unseren Fund zeigen, kommt er auf andere Gedanken. Du weißt schon, schöne Erinnerungen, die er vielleicht schon vergessen hat und die ihn aufheitern. Von Frankreich hat er doch immer gern erzählt.«

Emilia überlegte. »Du hast recht. Einen Versuch ist es wert.«

»Super«, sagte Di und sprang auf. »Ich hätte es eh nicht mehr lange in diesem Keller ausgehalten, und außerdem habe ich Hunger.« In der nächsten Sekunde war sie auch schon an der Treppe. Emilia schüttelte grinsend den Kopf, betrachtete noch einmal den Koffer und folgte ihr.

Drei Stücke in zwölf Minuten. Opa Walter war der unangefochtene Sieger, wenn es darum ging, Gebackenes zu vernichten. Normalerweise teilte Emilia seine Vorliebe für Süßes und liebte es, sich mit einem guten Stück Torte zurückzulehnen. Nur jetzt fühlte sie sich, als würde sie auf glühenden Kohlen sitzen.

Diane und sie hatten frischen Kaffee gekocht, die Torte angeschnitten und ihm anschließend ihren Fund gezeigt. Zu ihrem Erstaunen hatte er beinahe sofort abgelenkt, nachdem sie ihm das von Monsieur Borel verfasste Dokument vor die Nase gehalten hatten. Den Brief und das Lavendelherz hatte er nicht mal ansehen wollen. Jetzt saßen sie hier, und Emilia grübelte, ob Opa Walter ihre Fragen ignorieren würde, bis sie wieder fuhren.

Er nahm den letzten Bissen Limettentorte, legte die Gabel ab und starrte auf seinen Teller. Emilia sah ihm an der Nasenspitze an, dass er wusste, sie und Diane würden nicht lockerlassen – und dass er keine Lust auf dieses Gespräch hatte.

Sie schüttelte den Kopf. »Opa, ich verstehe nicht, warum du ein Geheimnis aus Dingen machst, die vor so vielen Jahren passiert sind. Solange du niemanden umgebracht hast und in Frankreich polizeilich gesucht wirst, ist doch alles in bester Ordnung.«

»Nichts ist in Ordnung«, brummelte Walter und tastete über seinen Kopf, als wollte er sein Haar kontrollieren. Wenn er auf eines stolz war, dann darauf, auch mit dreiundachtzig Jahren noch keine Glatze zu haben. »Erst versprecht ihr zwei, mir zu helfen, aber dann wühlt ihr in meinem Privatleben herum und bringt Chaos in die Bude!«

»Chaos in die Bude?« Diane klaute sich eine Himbeere. »Komm schon, du bist doch froh, wenn es da unten leerer wird. Vorhin hast du noch gesagt, es wäre kein Wunder, dass du dich alt fühlst, wenn du mit so viel Vergangenheit unter einem Dach lebst.« Ihre Stimme war ungewohnt sanft, als sie sich vorbeugte und eine Hand auf seine legte. »Du hast immer so von der Zeit in Frankreich geschwärmt. Und eine Lavendelfarm in der Provence – das ist doch toll.

Ich würde auch gern mal eine besichtigen, das muss unglaublich romantisch sein!« Sie seufzte entrückt und erzeugte ein Augenverdrehen bei Opa Walter.

»Es ist nicht immer alles so wie in deinen Filmen«, sagte er streng. »Sondern oft harte Arbeit.«

Emilia und Diane warteten, aber er schien nicht gewillt, noch mehr preiszugeben. Immerhin war die Trauer in seinen Augen durch die Strenge und leichte Empörung verdrängt worden, und wenn sie sonst nichts erreichen würden, war das schon ein Erfolg. Schließlich waren sie nicht nur wegen des Kellers hier, sondern auch, um ihm Gesellschaft zu leisten. Nach so vielen gemeinsamen Jahren war Einsamkeit sicher nicht leicht zu ertragen, und ihr Besuch hatte den erhofften Effekt: Opa Walter fand zu seiner alten Energie zurück.

»Na komm«, sagte Emilia sanft. »Nun ist die Katze doch schon aus dem Sack.«

Walter zupfte an den kurzen Ärmeln seines Hemds. »Ihr gebt ja eh keine Ruhe. Habt ihr denn nicht genug mit euren eigenen Leben zu tun?« Als beide ihn nur weiter anstarrten, seufzte er. »Ich bin durch einen Auftrag als Tischler nach Monieux gekommen. Wollte etwas von der Welt sehen, wie das in der Jugend nun einmal so ist. Dort habe ich Jacques Borel kennengelernt. Ihm gehörte die Farm, er suchte Helfer, also bin ich geblieben.«

»Warum?« Manchmal brachten die einfachsten Fragen die größten Wahrheiten zutage.

Walter schüttelte den Kopf, ungehalten darüber, in diese Sackgasse gedrängt worden zu sein. Aber dann schweifte sein Blick in die Ferne, als würde sich ein weiteres Fenster in der Wand auftun, das bis in die Vergangenheit reichte.

»Weil …« Etwas veränderte sich in seinem Gesicht. Wurde weicher. Sehnsüchtiger. »Weil ich mich wohlgefühlt habe. Eigentlich war ich nur neugierig und habe nicht wirklich geglaubt, dass mich so etwas reizen würde. Ich war doch Tischler! Und stolz auf mein Handwerk. Jacques hatte mich für sieben Uhr am Morgen bestellt. Um die Zeit fuhr ein klappriger, kleiner Bus, und den Rest des Wegs musste ich laufen. Aber die Luft war klar, die Sonne schimmerte bereits, und das Gelände ist nur moderat angestiegen. Und als ich dann den ersten Blick auf die Felder geworfen habe …« Er lächelte. »So schöne Farben habe ich selten gesehen. All dieses Lila und Grün, und in der Ferne hat der Himmel den Horizont weichgezeichnet. Ich habe mich etwas verspätet, weil ich lange herumgestarrt und überlegt habe, ob man die Details beim Malen so hinbekommen kann. Dabei war ich damals noch ein zügiger Wanderer.«

Emilia hatte ihren Opa selten so sehr von etwas schwärmen hören. Es waren nicht mal seine Worte, sondern die Wärme darin, die immer wieder aufs Neue vibrierte. Sie weckte eine altbekannte Sehnsucht in ihr.

»Das klingt wunderschön«, sagte sie leise.

Walter nickte. Die silbrigen Funken glitzerten noch kurz in seinen Augen, bis er die Schultern straffte und in die Gegenwart zurückkehrte. »Ja, das war es auch. Aber diese Zeit ist vorbei, und ich war immer sehr glücklich hier in Singhofen.«

Sie erinnerte sich an das, was er soeben über die Farben der Lavendelfelder gesagt, wie er sie beschrieben hatte. »Hast du gemalt, als du in Frankreich warst?«

Ein Hauch des Lächelns kehrte zurück. »Ich konnte gar nicht anders. Aber ich habe alles drüben gelassen, als ich zurück nach Hause gegangen bin. Es war nicht die Zeit, unnötiges Gepäck mit sich herumzuschleppen. Damals war das nicht so leicht wie heute, und ich hatte auch kein Auto.«

Emilia dachte an ihre Kindheit. Opa Walter hatte hin und wieder draußen vor dem Haus gesessen, kurz vor Sonnenaufgang, und die Landschaft skizziert.

Wenn der Himmel den Horizont weichgezeichnet hat.

Es hatte sogar Porträts gegeben von Oma Marie. Emilia hatte es geliebt, sie zu betrachten und die Konturen des sanften, runden Kinns, die feinen Bögen der Augenbrauen und das um den Kopf geflochtene Haar mit den Fingerspitzen nachzufahren. Es war der einzige Weg gewesen, um ihre Oma, die Walter nach seiner Rückkehr nach Deutschland geheiratet hatte, zumindest ansatzweise kennenzulernen.

Mit den Jahren waren Walters Zeichnungen weniger geworden, und irgendwann hatte er ganz damit aufgehört. Emilia fragte sich, ob er noch etwas in Frankreich zurückgelassen hatte. Vielleicht hatte er niemals wieder so schöne Farben gesehen und sich irgendwann gesagt, dass auch die beste Zeichnung seinen Erinnerungen nicht gerecht werden konnte.

»Würdest du gern zurück, um die Gegend noch einmal zu betrachten? Die Borel-Farm und die Sonne morgens über den Lavendelfeldern?«

Ihr Opa starrte sie an, als überlegte er, ob er so eine Reise wirklich wagen sollte. Dann aber schob er den Teller so energisch zurück, dass die Gabel darauf klirrte. »Ich will noch ein Stück von dem ollen Kuchen.«

»Aber was hat es mit diesem Herz auf sich?« Diane dachte gar nicht daran, jetzt lockerzulassen. »Hast du es selbst gebastelt, oder hat es dir jemand geschenkt? Diese Jette? Das ist doch ein Name in der Mitte?« Ihr Opa presste die Lippen aufeinander, aber Emilia hatte den Ausdruck in seinen Augen bemerkt, den auch die vor Falten schweren Lider nicht verbergen konnten. Etwas flackerte dort. Unsicherheit. »Und der Brief? Warum ist er zurückgekommen? Was steht denn drin?«

Walter zögerte lange. Als Emilia schon glaubte, dass er sich wieder in seinen Erinnerungen verloren hatte, schlug er mit der Faust auf den Tisch. »Selbst ein weiteres Stück Kuchen wird mir nicht gegönnt! Und wo ist überhaupt dein Mann, Diane? Warum begleitet er dich nicht, so wie sonst auch?«

»Opa.« Diane schüttelte sanft den Kopf. »Er muss arbeiten. Und danach passt er auf unsere zweiundzwanzig Wellensittiche auf, während ich hier bin.«

»Stimmt«, murmelte Walter und atmete so tief aus, dass es in seiner Brust rasselte. »Die ollen Piepmätze. Ich habe nie verstanden, was du an den Viechern findest.«

Emilia zwinkerte ihrer Cousine zu. »Sie sagt, sie sind niedlich. Und sie steht auf bunte Farben.«

Opa Walter nickte langsam. Wieder schweifte sein Blick in die Ferne – augenscheinlich aus dem Fenster, aber wenn man genauer hinsah, wusste man, dass Walter in diesem Moment viele Kilometer weit weg war. »Wisst ihr, so ein Tag auf der Farm war lang. Aber damals war ich ja noch jung und konnte gut anpacken. Weil ich nie viel Zeit in irgendwelchen Sesseln vor irgendwelchen Bildschirmen verbracht habe, mit all dem Geflimmer und viel zu viel Werbung. Die Damen sagten, ich hätte ein recht breites Kreuz. Gute Schultern.«

»Ach.« Emilia schmunzelte. »Sagten sie das?«

Er zwinkerte ihr zu, wurde aber sofort wieder ernst. »Aber an meinem dritten Tag, da kam Jacques zu mir aufs Feld und meinte: Walter, mach eine Pause und sieh dir das an. Ja, genau das hat er gesagt. Und das habe ich auch getan.«

»Was?« Emilias Stimme war nur ein Hauch. »Was hast du dir angesehen?«

Er legte den Kopf schief, um sich an der Schläfe zu kratzen. »Die größte Schönheit, die ich abgesehen von eurer Großmutter und meiner Renate jemals gesehen habe.« Seine Stimme zitterte leicht, und er räusperte sich. »Die Umgebung. Ein Mensch kann sich nicht nur in einen anderen Menschen verlieben, wisst ihr? Wenn man es spürt, hier«, er legte eine Hand auf seine Brust, »dann ist man richtig.«

Emilia beugte sich vor. »Und warum bist du dann wieder gegangen? Warum bist du nicht in Monieux geblieben?«

»Ach Mädchen.« Er setzte sich aufrecht als Zeichen, dass der kleine Ausflug in die Vergangenheit zu einem Ende kam. »Die Welt, in der wir leben, ist so groß, dass wohl niemand sie ganz begreift, und in ihr passieren Dinge, die wir nicht steuern können. Manche Menschen reisen durch viele Länder, und es genügt ihnen trotzdem nicht, dabei kann eine einzige Begegnung alles bedeuten. Aber ich wollte zumindest eine Ahnung davon bekommen, wie riesig die Welt ist. Und die Welt hat sich gedacht: Na, dem jungen Narren werde ich es schon zeigen. Tja, und dann hat sie mir eure Oma in die Arme geschubst. Was hätte mir auch Besseres passieren können? Mit Marie an meiner Seite gab es keine Grenzen mehr.«

Emilia schluckte. So etwas Schönes hatte sie noch nie gehört. Leise räusperte sie sich. »War Jette auch in Monieux?«, versuchte sie es noch mal mit sanfter Stimme. »Ich meine, als du nach Deutschland zurückgekehrt bist, hast du Oma ja schon kennengelernt.«

Ihr Opa blickte sie nicht an und bewegte lediglich knapp den Kopf, was sowohl ein Ja als auch ein Nein sein konnte.

»Walter!« Die Stimme dröhnte aus dem Erdgeschoss durch das ganze Haus und ließ Emilia zusammenzucken. »Walter, du alter Vogel, bist du da oben? Die Sonne scheint, los, ich will im Garten Karten spielen!« Ein Poltern auf der Treppe mischte sich in das Gebrüll.

Opa Walter wirkte erleichtert. »Ihr kennt Franz von gegenüber, ja? Er sagt, er sei schwerhörig, aber ich glaube, das ist nur eine Entschuldigung, damit er sich aufspielen und alle herumkommandieren kann.« Er stand auf und nahm ein Kartenspiel aus einer Schublade. »Ich gehe besser. Sonst gibt er keine Ruhe mehr.« Ein Winken, dann war er verschwunden und hatte seine restlichen Geheimnisse mit sich genommen. Emilia und Diane blieben noch eine Weile sitzen, lauschten den Stimmen der Männer vor dem Haus – die eine vertraut, die andere dröhnend – und machten sich dann wieder an die Arbeit, wobei sie über das redeten, was Opa Walter gesagt oder vielmehr nicht gesagt hatte. Viel hatten sie nicht erfahren, aber sie beide wussten, dass es sinnlos war, jetzt weiterzubohren.

Als Emilia sich am Abend auf den Weg machte, musste sie an Opa Walters Worte und vor allem eine Aussage denken: Wie groß die Welt durch nur eine Begegnung, durch einen flüchtigen Moment werden konnte.

Ferme de Lavande – Maurice Borel, Monieux.

Sie starrte auf das Suchergebnis ihres Handys und zögerte, den Link anzuklicken. Sie hatte Angst, dass er ins Leere laufen würde und sie herausfand, dass es die Farm nicht mehr gab und sich auf besagter Webseite etwas befand, das zum letzten Mal vor Jahrzehnten aktualisiert worden war und seitdem in den Tiefen des Internets vor sich hingammelte. Ja, in den kleinen Orten in Frankreich liefen die Uhren anders, und daher war es gut möglich, dass die Farm noch immer existierte, auf der Opa Walter gearbeitet hatte. Dass Jacques Borel sie an seine Kinder und irgendwann seinen Enkel weitergegeben hatte.

An Maurice. Maurice Borel.

Trotzdem hielt sie den Atem an.

Als sich jedoch ein neues Fenster öffnete und den Blick auf ein Feld voller Lavendel gewährte, gab sie einen Triumphschrei von sich und vergrößerte es. Die Blütenreihen sahen mit den schmalen Wegen aus, als wäre jemand mit einem riesigen Kamm hindurchgefahren. Im Hintergrund ragten dunkelgrüne Bäume sowie die Konturen eines Gebirgszugs in die Höhe. Damit hatte sie nicht gerechnet; bisher hatte sie die Provence immer nur mit einer sanft geschwungenen Landschaft, Pinienwäldern, wunderschönen alten Häusern und Lavendel in Verbindung gebracht. Der Schriftzug *Ferme de Lavande – Maurice Borel* prangte auf einem schlichten Holzschild, das jemand in einer eher unglücklichen Fotomontage auf das Bild gebracht hatte.

Emilia scrollte die Seite nach unten und vertiefte sich in den Text, während draußen der Verkehr in einem Dauerrauschen an ihr vorbeizog. Ein LKW hupte ganz in der Nähe, und das tiefe Dröhnen ließ sie zusammenzucken.

Eigentlich hatte sie an der Raststätte nur tanken und sich

einen Kaffee holen wollen, aber das Gespräch mit Opa Walter ging ihr nicht mehr aus dem Kopf. Immer wieder sah sie seinen entrückten Gesichtsausdruck vor sich, wenn er von dem kleinen Ort in Südfrankreich gesprochen hatte. Möglicherweise, weil sie wusste, dass es ungewöhnlich war, wenn ihr sonst so phlegmatischer Opa so schwärmte. Aber auch, weil sie mit eigenen Augen sehen wollte, was ihn so lange Zeit in der Ferne gefesselt hatte.

Ehe sie gefahren war, hatten sie und Diane den Nachbarn Franz begrüßt und noch einmal versucht, Opa Walter auf das Lavendelherz und den Brief anzusprechen. Aber schlau wie er war, hatte er ihre Fragen in der Gesellschaft seines Skat-Kumpels mit knappen Bemerkungen abgewunken. Sie hatten ihm schließlich seinen Willen gelassen, was aber nicht bedeutete, dass die Sache damit für sie abgehakt war.

Emilia lehnte den Kopf zurück. Womöglich konnte sie Di oder eine Freundin überreden, mit ihr einen Kurzurlaub in Frankreich zu verbringen? Eine Woche auf dem Land, mit frischem Brot, Croissants, Tarte, gutem Wein und dem Anblick des leuchtenden Lavendels musste wundervoll sein.

Damit könnte Maurice Borel aus Monieux beispielsweise punkten – aber das tat er offensichtlich nicht. Bis auf das wunderschöne Bild der Lavendelfelder waren Aufbau und Informationen seiner Seite eher spartanisch. Vermutlich spielte der Tourismus für ihn keine Rolle.

Emilia seufzte und dachte an all die wunderschönen Bilder, die sie in den vergangenen Wochen und Monaten auf Instagram betrachtet hatte. Die Borel-Farm war prädestiniert, um dort Urlaube in einer gemütlichen Holzhütte anzubieten. Es müsste einen kleinen Shop geben, in dem Lavendelprodukte verkauft würden. Und Kuchen! Wenn es ihre Farm wäre, würde sie genau das tun: ein Café mit Kuchen und Gebäck einrichten, in dem die Besucher genießen und dabei die Farben der Lavendelfelder bestaunen könnten.

Maurice Borel schien so etwas nicht anzubieten. Dafür erfuhr sie, dass sein Besitz eine Fläche von hundertzwanzig Hektar umfasste und auf über der Hälfte davon Lavendel angebaut wurde. Die Farm war von seinem Urgroßvater gegründet worden und befand sich seitdem im Familienbesitz, wobei sie sich in den späten Siebzigern durch den Ankauf von Land noch einmal vergrößert hatte.

Wir zählen zu den gefragtesten Lavendelöl-Produzenten Frankreichs.

Emilia wählte den Unterpunkt *La région* aus.

Die Borel-Farm liegt bei Monieux in der Region Provence-Alpes-Côte d'Azur im Süden Frankreichs.

Sie öffnete ein neues Fenster, um nach Informationen zu dieser Region zu suchen. Sie beinhaltete die Landschaften der Provence, so wie Emilia sie sich vorgestellt hatte, aber auch Gebirgszüge, Seen, ausgedehntes Grün und die französische Riviera an der Mittelmeerküste. Sie vertiefte sich in die Bilder von schneebedeckten Bergen, grünen Schluchten und Burgen aus hellem Stein, die in einen klaren Himmel ragten, und suchte darin die Farben, die Opa Walter niemals vergessen hatte. Anschließend rief sie noch einmal die Seite der Borel-Farm auf. Dort fand sie eine Kontaktadresse samt Karte – die auch notwendig war, denn einen Straßennamen gab es nicht –, unter der eine weitere Zeile zu sehen und sogar verlinkt war.

Aide à la ferme.

Emilia zögerte. Ihr Finger schwebte über den Worten auf ihrem Handy. Spontane Impulse waren nicht immer gut, und in den meisten Fällen war es ratsam, erst einmal nachzudenken. Aber gerade das wollte ihr momentan nicht gelingen. So sehr sie auch nach logischen Argumenten suchte, die ihr sagten, dass Arbeit auf einer Farm ganz sicher nichts war, was sie wollte, sie fand keine. Vor allem, da die Sehnsucht zurückgekehrt war, die sie vorhin im Gespräch mit Opa Walter gespürt hatte – und die Erinnerung an die vergangenen Tage bei *Scheller*. Daran, dass sie sich ihre Zukunft dort unter den gegebenen Umständen nicht mehr vorstellen konnte. Eigentlich hatte sie Diane und Opa Walter davon erzählen wollen, es aber durch den Kellerfund und das anschließende Gespräch vergessen.

Sie tippte auf den Link, wartete, bis sich das Fenster geöffnet hatte, und lächelte, da die neue Seite ein weiteres Bild beinhaltete. Monsieur Borel sollte viel mehr Eindrücke zeigen! Aber vermutlich war das nicht nötig, wenn er nur an Großhändler verkaufte, denen die Qualität wichtig war und nicht der Internetauftritt oder die schöne Landschaft.

Für einen Augenblick betrachtete sie die langen, in Wellen geschwungenen Lavendelreihen, die auf zwei kleine Steinhäuser zuliefen, fast so, als wollten sie darauf aufmerksam machen. Das Foto musste zum späten Nachmittag hin aufgenommen worden sein, denn das Licht überzog die Steinwände mit einem weichen Orange. Fast fühlte Emilia die Wärme auf ihrer Haut. Sie bewegte die Finger, als würden die Sonnenstrahlen darauf tanzen, ehe sie sich auf den Text konzentrierte.

> Helfer gesucht für die Erntezeit im Juli und August für Tätigkeiten auf dem Feld, in der Destille, für kleinere Reparatur- und Säuberungsarbeiten sowie in der Küche und möglicherweise im Büro (auf der Farm). Im Austausch für ungefähr 25 Stunden pro Woche wird Verpflegung und Unterkunft (Zimmer im Haupthaus oder kleiner Anbau) gestellt. Gemeinschaftsküche im Haupthaus. Monieux ist nur wenige Minuten mit dem Auto entfernt. Nutzung der hauseigenen Fahrzeuge nach Absprache möglich; Fahrräder vorhanden. Bei Bewerbung: Bitte um Angaben bezüglich vorheriger Erfahrungen (nicht zwingend notwendig) sowie einen kurzen Lebenslauf.

Jeder Satz sorgte dafür, dass Emilia tiefer atmete. Sie las es noch mal langsam, hob den Kopf, starrte in die Ferne und lächelte. Weil ihr Verstand noch immer kein Veto einlegte und es auf einmal so einfach war, Grau gegen Wärme zu tauschen. Und weil sie wusste, dass Diane und sie zwei Dinge perfekt auf den Punkt gebracht hatten: Vielleicht war es eine gute Idee, Opa Walter mit der Vergangenheit abzulenken, in der er so glücklich gewesen war. Wenn sie jemanden von damals aufspüren könnte … allein bei der Vorstellung wurde sie unruhig. Womöglich fand sie sogar diese Jette! Im Gegensatz zu Diane glaubte sie zwar nicht daran, nach fünfundsechzig Jahren noch ein Happy End heraufbeschwören zu können, aber darum ging es ihr auch nicht. Sondern darum, ihren Opa vor dem Loch zu bewahren, in das er seit Renates Tod immer wieder zu fallen drohte. Außerdem … ja, sie war eindeutig die Tochter ihrer Eltern, aber sie war auch Opa Walters Enkelin. Sie mochte ihr Leben, und Sicherheit war ihr wichtig, aber es zog sie auch in die Ferne, um im Anschluss neue Eindrücke mit zurücknehmen zu können. Sie hatte diese Facette nur viel zu lange ignoriert. Wenn sie in die Provence reiste, konnte sie zwei Fliegen mit einer Klappe schlagen.

Sie las das Gesuch ein drittes Mal, und während ihr Blick über die Sätze flog, wusste sie, dass ihr Herz auf einmal nicht nur schneller schlug, da sich eine unerwartete Chance aufgetan hatte. Sondern auch, weil sie sich schon in der ersten Sekunde dafür entschieden hatte, sie zu ergreifen.

Dianes Auge wurde auf dem Bildschirm so groß, dass Emilia genügend Zeit blieb, den perfekten Verlauf des dreifarbigen Lidschattens zu bewundern. Zwar war sie nicht hilflos, wenn es darum ging, sich für einen Abend schick zu machen, aber in Sachen Make-up war ihre Cousine ungeschlagen. »Du tust *was*?«

»Ich fahre nach Monieux.« Emilia breitete die Arme aus wie eine Zauberkünstlerin – was passte, schließlich zog sie soeben etwas aus dem Nichts hervor, mit dem niemand gerechnet hatte. Am allerwenigsten sie selbst. »Ich habe vorgestern Maurice Borel gemailt, weil er Helfer für seine Farm braucht, und heute die Zusage bekommen. Ich wollte es dir erst erzählen, wenn ich weiß, dass es wirklich klappt, und … *et voilà*!«

Diane trat wieder zurück und sah sich um, als würde sie eine Sitzgelegenheit suchen, obwohl sie direkt neben dem Küchentisch mit den vier Stühlen stand. Sie trug einen Bademantel; die langen karamellfarbenen Haare hingen ihr feucht bis über die Schultern. Emilias Nachricht hatte sie schneller beim Schminken unterbrochen und aus dem Bad gescheucht, als ein Wohnungsbrand oder ein splitterfasernackter Matt Damon es geschafft hätten. »Ist das der … wer ist das?«

»Maurice ist der Enkel von Jacques Borel, der Opa das Schreiben ausgestellt hat. Er führt die Lavendelfarm heute.«

»Und er weiß, dass du mit Opa verwandt bist, und stellt dich deshalb ein?« Diane sah so verwirrt und auch ein wenig hilflos aus, dass sie Emilia beinahe leidtat.

»Nein, das weiß er noch nicht. Ich hatte mich auf einen Aufruf auf seiner Seite gemeldet – er suchte Helfer im Gegenzug für Verpflegung und Unterkunft. Ich habe ihm geschrieben, dass ich keine Ahnung von der Farmarbeit habe, aber gern lerne und ihn auch im Büro unterstützen könnte, und er schrieb zurück, dass er schnell Hilfe braucht, da wohl jemand krank geworden ist. Also … ich muss schon kommenden Montag dort sein.«

»Montag.« Diane sah aus, als würde sie jeden Moment in Ohnmacht fallen. »Montag? O mein Gott. Em, du … du willst nicht wirklich Lavendel pflücken, oder?« Ihre Augen glitzerten. »Sondern herausfinden, was Opa Walter uns nicht erzählen will. Hab ich recht?«

Emilia zuckte die Schultern. »Gut möglich. Ich meine: ja, natürlich. Es tut weh, ihn so zu sehen«, sagte sie leise. »Er versucht für uns, sich zusammenzureißen, und ich bin froh, dass Franz Meißner ihn so oft besucht. Aber wenn wir jemanden finden, den er von damals kennt, heitert ihn das womöglich auf.«

»Schleich di, vielleicht findest du sogar diese Jette! Wirst du es Opa vorher sagen?«

»Besser nicht. Ich habe länger darüber nachgedacht, aber nachher ist es ein Schuss ins Blaue und die Menschen, die er früher in Monieux kannte, sind alle schon tot, und dann mache ich ihm umsonst Hoffnungen. Nein, ich werde mich erst mal auf die Arbeit dort konzentrieren und mich bei ihm melden, wenn ich etwas herausgefunden habe. Oder was meinst du?«

»Das klingt nach einem Plan«, sagte Di bemüht sachlich, konnte sich dann aber nicht mehr zurückhalten. »Ich fass es nicht!«

»Ich auch nicht«, sagte Emilia und meinte es haargenau so. Sie konnte es kaum glauben, wie sehr sich ihr Leben in nur wenigen Tagen verändert hatte. »Aber das ist noch nicht alles.«

Nun ließ sich Diane doch auf einen Stuhl fallen. »Der Farmbesitzer ist sexy und Single?« Es klang überaus begeistert.

Emilia verdrehte die Augen, was als Antwort genügen musste, nahm den Umschlag von der Arbeitsplatte und zögerte, da es sich noch immer so unwirklich anfühlte. Dann aber zog sie den Briefbogen heraus, faltete ihn auseinander und hielt ihn vor die Kamera. »Hier, lies.«

Diane trat wieder näher. Ihre Lippen bewegten sich, dann riss sie die Augen auf, schlug die Hände an ihre Wangen und fluchte leise. »Nein!«

»Doch«, murmelte Emilia. Ihre Hand zitterte leicht, als sie die Bestätigung ihres Kündigungsschreibens wieder zusammenfaltete.

Di schüttelte den Kopf. »Tut mir leid, dass ich gar nicht mehr nachgefragt habe, wie es bei dir auf der Arbeit läuft. Aber ich kann dich verstehen. Es ist nur so ungewohnt, dass du Konsequenzen ziehst, ohne etwas Neues gefunden zu haben. Doch wenn jemand das hinbekommt, dann du.«

Emilia nickte langsam, auch wenn sie nicht so überzeugt war. Sie hatte Di angerufen, nachdem sie wieder in Münster aufgeschlagen war, und ihr die Sache mit dem neuen Job bei *Scheller* erzählt. Ihre Cousine war mehr als empört gewesen und hatte angeboten, Mirko höchstpersönlich an den Sekretärinnenstuhl zu fesseln.

Emilia hatte genau einen Tag lang versucht, sich am Empfang einzuarbeiten, sich aber mit jeder Sekunde mehr wie eine Versagerin gefühlt. Und als Jana vorbeigekommen war und ihr mit einem zuckersüßen Lächeln den Auftrag gegeben hatte, einen ergonomisch besseren Schreibtischstuhl für sie zu besorgen, *und zwar möglichst schnell*, da war das Fass übergelaufen.

»Es ist, als ob sich die Ereignisse überschlagen, Di. Als … ich weiß nicht, als hätte ich eine Vorahnung gehabt.« Sie legte den Umschlag behutsam zur Seite. So oft sie ihn auch in die Hand nahm – er fühlte sich stets wie ein Fremdkörper an. »Ich meine, erst stellt Mirko mir Jana vor, was quasi der erste Wink des Schicksals war, dann schlendert sie durch die Firma, als gehöre ihr der Laden, und duzt selbst Herrn Koch aus dem Vorstand. Der hat in all seinen Jahren nicht mal Frau Wohlgemut das Du angeboten, aber will wohl auch keinen Streit mit dem Junior, daher sagt er nichts dazu. Und zuletzt schnappt sie sich meinen Posten und kommandiert mich herum, als wäre ich ihre Assistentin.«

»Und der alte Scheller hat da gar nicht mitzureden? Mirko ist doch nicht der Geschäftsführer.«

Emilia überlegte. »Schwer zu beschreiben, aber Mirko ist präsenter in letzter Zeit. Er hat unheimlich viel Narrenfreiheit und lässt Kommentare vom Stapel, für die sein Vater ihn früher zurechtgewiesen hätte. Ich denke, er will schon alles vorbereiten, um in spätestens ein paar Jahren an seinen Sohn zu übergeben.«

»Dann war es gut, dass du die Kündigung eingereicht hast.«

»Genau. Es ist ihm deutlich schwergefallen, sie zu akzeptieren, und es war ihm noch immer alles sichtlich unangenehm. Er will sich unter seinen Kontakten nach einer neuen Stelle für mich umhören, sollte ich Interesse haben. Tja, und keine Stunde später kam der Hausmeister mit einer Sackkarre und hat neue Möbel in mein ehemaliges Büro gebracht. Und eine Kleiderstange! Du weißt schon, eine mit Rollen unten. In Pink.« Auf einmal vibrierte etwas in ihrem Magen. Sie legte beide Hände darauf, musste aber trotzdem lachen. »Sie hat einen Kleiderständer im Büro, Di!« Sie hielt sich eine Hand vor den Mund und kicherte, während ihr Tränen in die Augen stiegen. Vor Erheiterung, aber auch aus Traurigkeit, da sie etwas hinter sich ließ, das sie so lange Jahre begleitet hatte … und ein wenig auch aus Angst vor der Zukunft, die noch niemals zuvor auf so unsicherem Boden gestanden hatte.

»Okay, okay«, sagte Diane betont langsam – vermutlich glaubte sie, Emilia erlitte soeben einen Nervenzusammenbruch. »Du bist also schon raus?«

Emilia nickte, wartete, bis das Vibrieren in ihrem Bauch nachließ, und räusperte sich. »Eduard hat es sehr bedauert, aber mich absolut fair freigestellt, weil ich noch so viele Überstunden und Urlaub hatte.«

»Und jetzt?«

»Ich fliege am Sonntag nach Frankreich und besorge mir vor Ort einen Mietwagen. Der Job auf der Farm dauert zwei

Monate, vielleicht länger, und in denen werde ich mir etwas Neues hier in Münster suchen, das sollte nicht so schwierig sein. Außerdem kenne ich Eduard Scheller, wenn der sagt, dass er sich umhört, dann tut er das auch.«

Di machte den Eindruck, nicht mehr mitzukommen. »Okay, das ist sinnvoll. Aber was ist mit deiner Wohnung, wenn du so lange weg bist?«

»Die kann ich untervermieten, an den Sohn von Frau Ahrens von schräg gegenüber. Er fängt hier sein Studium an und freut sich, dass er nicht in die erste schmierige WG ziehen muss, die ein Zimmer freihat, in der niemand das Klo putzt und man Alkoholausdünstungen einatmet statt Luft. Frau Ahrens' Worte, nicht meine.« Emilia zögerte. »Findest du es nicht auch seltsam, wie das alles gerade zusammenpasst?«

»Jetzt komm mir bloß nicht mit Schicksal, Em! Sag mir lieber, wann genau es Sonntag losgeht, damit ich Markus noch die Ohren vollheulen kann, dass ich niemanden mehr habe, der mit mir Bake Offs macht.«

Die übertriebene Verzweiflung in Dianes Stimme sorgte dafür, dass Emilias Unsicherheit dahinschmolz, die sich bei allem Enthusiasmus hartnäckig hielt und ihr jede Minute zuflüsterte, dass ihr Plan womöglich doch ein riesengroßes Hirngespinst war.

Emilia lächelte. »Sie haben in Monieux auch Internet, weißt du?«

»Sicher? Vielleicht ist es schlecht und wackelt, und wir werden Zeitverzögerungen haben, oder es hängt sich auf, und wer weiß, wie sich das auf unser Gebäck auswirkt! Oder du hast keine Zeit, weil du Opas alte Gang ausfindig machst!« Di verfiel zunehmend in ihren Panikmodus, der anfangs nur gespielt war, sich aber nach und nach zu etwas Ernstzunehmendem steigern konnte.

»Daher«, sagte Emilia geheimnisvoll und zog ihren Korb zu sich heran, »werden wir jetzt auch loslegen. Ich habe ein wundervolles Rezept gefunden mit folgenden Zutaten ...« Langsam hob sie eine Zitrone in die Höhe und drehte sie, damit sich das Licht in der Schale spiegelte. Anschließend griff sie nach dem Lavendelsträußchen und schwenkte es vor der Kamera hin und her. »Ich habe dir vorhin noch eine E-Mail geschickt mit einem Rezept für Zitronenkuchen mit Lavendel. Quasi als Einstimmung auf mein Abenteuer in Südfrankreich. Den werden wir jetzt backen.«

Diane runzelte die Stirn. »Wie soll das gehen? Zitronen habe ich noch da, aber Lavendel nicht. Eier sind auch knapp.« Sie sah an sich hinunter, dann wieder auf den Monitor. »Bis ich fertig bin, ist es zu spät, um einzukaufen, und Markus und ich wollten nachher in die *TwinBar*. Hättest du doch bloß gesagt, dass du heute backen willst!«

»Hm«, sagte Emilia. »Ruf mal deinen Mann.«

»Was?«

»Ruf Markus. Na komm schon, Di, tu mir den Gefallen.«

Di war deutlich anzusehen, dass sie nicht begriff, was es damit auf sich hatte, aber dann öffnete sie die Küchentür. »Markus? Em ist in der Leitung, und sie sagt, ich soll ...« Sie verstummte, als ihr Freund erschien und ihr einen Jutebeutel reichte.

»Hier.« Er winkte in Richtung Laptop. »Ich habe alles bekommen, was du brauchst. Und die *TwinBar* hat bis Mitternacht auf, wir haben also noch massig Zeit.« Er gab Diane einen Kuss auf die Wange und verschwand, während sie in den Beutel starrte. »Wie ...?«

»Ich habe ihm gesagt, was er einkaufen soll. Als kleine Überraschung, weil du doch nicht mit nach Frankreich kommen kannst, ich dich aber am liebsten bei mir hätte«, sagte Emilia langsam und leicht stockend, da ihre Kehle plötzlich eng wurde.

»Ach Em«, murmelte Diane und wischte sich über die Augen. »Was mache ich nur, wenn du weg bist?«

Über die Antwort musste Emilia nicht lange nachdenken. »Es dir gut gehen lassen. Und dich freuen, wenn ich zurückkomme und dir alles haarklein berichte.«

So musste es damals bei Opa Walter gewesen sein. Er war eine Weile in Frankreich geblieben und hatte nach seiner Rückkehr seinen Platz im Leben gefunden. Und das machte die ganze Sache noch aufregender, als sie ohnehin bereits war.

3

Emilia fuhr langsamer, als sie die nächste Anhöhe erreichte, auf der sich Parkbuchten zu beiden Seiten der Straße ausbreiteten und eine wundervolle Aussicht auf die Landschaft boten. Nach einem raschen Blick auf die Uhr – sie war bisher gut vorangekommen, auch wenn sie immer wieder Zwischenstopps eingelegt hatte, um Fotos von der Gegend zu machen oder sie einfach nur zu genießen – setzte sie den Blinker, scherte nach rechts aus und parkte. Eine Weile saß sie einfach nur da und genoss den Ausblick, den sie momentan für sich allein hatte.

Bis auf Bäume und Sträucher, die sanft vom Wind bewegt wurden, lag die Gegend ruhig da, und nicht zum ersten Mal hatte Emilia das Gefühl, seit der Ankunft in Marseille mehrmals von einer faszinierenden Welt in die nächste zu schlüpfen.

Beim Anflug, während die Maschine eine Schleife geflogen war, ehe sie zur Landung ansetzte, hatte sie das blaue Wasser des Mittelmeers betrachtet. Der Flughafen schmiegte sich an die Bucht wie sonst Ferienressorts, und daneben breitete sich eine Ebene aus, die sich in einiger Entfernung sanft wellte. Die Mittagssonne setzte die dunkelgrünen Baumreihen und Häuser in hellem Beige am Horizont in Szene, und vor Emilias innerem Auge erschienen Bilder von Hängen voller Blumen, Lavendelpflanzen und Weinreben, dazwischen Holztische und fröhliche

Menschen. Es versetzte sie so sehr in Urlaubsstimmung, dass sie die Minuten bis zur Landung mitzählte. Dabei war sie nicht hier, um sich auf die faule Haut zu legen. Doch der Süden Frankreichs hatte sie bereits verzaubert, und sie war gespannt, wie sehr sich die Landschaft auf dem Weg verändern würde. Ungefähr zwei Stunden würde sie laut Internet mit dem Wagen bis Monieux brauchen, aber sie wollte unterwegs eine Pause einlegen, um etwas zu essen. Monsieur Borel erwartete sie ohnehin erst am Nachmittag.

Auch wenn es ihr schwerfiel, verzichtete sie darauf, zunächst an die Küste zu fahren, da sie sonst ihre Füße ins Wasser halten würde und sich nur schwer losreißen könnte. Also machte sie sich in ihrem weißen Peugeot auf in Richtung Norden und beobachtete immer wieder im Rückspiegel, wie Flughafen und Mittelmeer kleiner und kleiner wurden. Die Sonne schmolz nach einer Weile die letzten Wolken am Himmel, und Emilia öffnete das Fenster und schlüpfte aus ihrer dünnen Jacke. Es war eindeutig wärmer als in Münster, und wenn sie eine Hand nach draußen hielt, glaubte sie, trotz Fahrtwind die Sonnenstrahlen auf ihrer Haut zu spüren.

Ein Lächeln stahl sich auf ihre Lippen, und sie stellte sich vor, wie Opa Walter damals in dieser Gegend angekommen war. Nicht mit dem Flugzeug, sondern dem Zug, doch vielleicht hatte auch er das Gesicht in die Sonne gehalten und nach einer Weile tiefer geatmet. Sich vom Land begrüßen lassen und darauf eingestellt, in den kommenden Wochen viel Neues zu erleben.

Da ihre Route sie durch Aix-en-Provence führte, nutzte sie die Gelegenheit für einen Bummel durch die Stadt mit ihrer Mischung aus Gemütlichkeit und tobendem Leben.

Es gab eine Universität und daher viele junge Leute, die in den Straßen unterwegs waren, aber auch eine stattliche Zahl historischer Bauten, an denen Emilia langsamer vorbeifuhr, bis irgendwer hinter ihr hupte.

Nachdem sie einen Parkplatz gefunden hatte, lief sie ohne ein bestimmtes Ziel los und fand sich kurz darauf auf einer Flaniermeile wieder, die von wunderschönen Platanen eingefasst wurde. Automatisch wurde sie langsamer und nahm sich Zeit, jedes Detail zu betrachten – Pärchen, die miteinander flüsterten, zwei Polizisten, die mit lässigen Mienen herumstanden und abgesehen von ihren Uniformen nicht aussahen, als wären sie im Dienst, oder die ältere Dame mit den vier Hunden, die an jedem Café stehen blieb, um mit irgendwem zu plaudern. Obwohl die Straßen belebt waren, hielt sich die Geräuschkulisse in Grenzen. Emilia genoss es, von der französischen Sprache eingehüllt zu werden, die sie so lange lediglich hin und wieder genutzt hatte.

Fremd und doch vertraut.

Verschiedene Düfte drangen an ihre Nase, die meisten süß und fruchtig. Wie auf Kommando knurrte ihr Magen, also wählte sie das nächste Café für die wohlverdiente Pause und bestellte ein reich mit Avocado und Tomaten belegtes Sandwich, ein Stück Mandarinenkuchen sowie einen Milchkaffee.

Im Anschluss schlenderte sie in Richtung Altstadt und fand heraus, dass das Zentrum vom Aix-en-Provence aus einem römischen und einem mittelalterlichen Teil bestand. Sie streifte am Rathaus und an der ehemaligen Kornhalle vorbei. Vor dem lang gezogenen Gebäude, das diese mediterrane Wärme verströmte, in die sich Emilia bereits verliebt hatte, waren Marktstände aufgebaut. Menschen drängten sich, riefen durcheinander und lachten, aber trotz allem wirkte die Szenerie entspannt. Zu ihrer Freude entdeckte Emilia an einer kleinen Holzhütte Lavendelhonig. Sie zögerte, sagte sich dann aber, dass sie in Monieux sicher ebenfalls fündig wurde, und ging weiter.

So schön es hier auch war und so sehr die Fröhlichkeit um sie herum auf sie abfärbte – ein Teil von ihr war unruhig und wollte ihr Zuhause für die kommenden Wochen kennenlernen. Also saß sie kurz darauf wieder im Auto und machte sich auf den Weg.

Mit der Zeit war das Gelände hügeliger geworden, während in der Ferne die Umrisse der Berge angewachsen waren. Jetzt saß sie hier in der Parkbucht und spürte dieselbe Freude wie bei ihrem Bummel durch Aix-en-Provence. Vor ihr breitete sich ein Tal aus, in dem zwischen intensivem Grün immer wieder weiße oder sandfarbene Häuser mit roten Dächern hervorblitzten. Kaum zwei schienen sich auf einer Ebene zu befinden. Rechts ragte ein kleines Felsmassiv in die Höhe, das zu zwei Dritteln von Grün bedeckt war. Auf seiner Spitze stand eine Kirche. Ein schmaler Steinweg schlängelte sich den Berg empor, und Emilia fragte sich, ob dort noch Gottesdienste abgehalten wurden. Falls ja, musste es ein faszinierender Anblick sein, wenn die Menschen hochpilgerten, um gemeinsam an der Messe teilzunehmen und sich im Anschluss bei einem Blick auf die Gegend zu fühlen, als wären sie dem Himmel noch näher als in der Kirche. Da oben hörte man sicher nichts bis auf den Wind und die Vögel, die hin und wieder kreisten.

Emilia riss ihre Aufmerksamkeit von der Kirche los und stieg aus. Augenblicklich zerrte eine Böe an ihren Haaren und wirbelte die dunklen Strähnen um Gesicht und Hals.

Vorsichtig trat sie an die Kante der Parkbucht heran. Das Gelände fiel vor ihr ab, bewachsen mit Bäumen, deren Kronen sich ineinanderschmiegten. Sie entdeckte Gruppen von Korkeichen, die ihre hellen Blätter über den dunkleren Teppich erhoben, aber auch Kiefern und Kastanienhaine in der Ferne. Die Luft roch anders, leicht würzig. Emilia atmete tief ein und schloss die Augen. Nach einer Weile schaffte sie es, das Rauschen des Windes auszublenden, und fand die Stille dahinter. Da war … nichts. Kein Verkehrslärm, keine Menschen, nicht mal ein Knacken, weil in den Wäldern unter ihr ein Ast brach oder ein Tier durch das Unterholz streifte. Einfach nur absolute Ruhe.

Als sie die Augen wieder öffnete, hatte diese Ruhe von ihr Besitz ergriffen. Die vergangenen Wochen schienen nicht nur weit weg zu sein, sondern hatten sich in eine Geschichte verwandelt, die sie erzählt und dann beiseitegelegt hatte. Plötzlich störte es sie nicht mehr, dass sie in ihrem Job ein Urgestein gewesen war oder Jana mit der Vorliebe für Pink nun ihren Platz einnehmen sollte. Es war einfach passiert, war eine Episode auf ihrem Weg gewesen, an die sie sich irgendwann erinnern und darüber schmunzeln würde. Was zählte, war dieser Augenblick, in dem sie hier stand und in der Stille spürte, wie lebendig sie war.

Sie drehte sich noch einmal um sich selbst, nahm jedes noch so winzige Detail in sich auf und ging zu ihrem Wagen zurück. Jetzt war sie bereit für Monieux, die Borel-Farm und vor allem dafür, auf den Spuren von Opa Walter zu wandeln.

Ihr Blick huschte zu ihrem Handy, das sich seit über einer Stunde nicht gerührt hatte. Darauf befanden sich Fotos des ungeöffneten Briefes, von Jacques Borels Zeilen und des

Jette-Lavendelherzens. Das Herz hatte sie mitgenommen, den Brief jedoch bei Opa Walter gelassen – es musste einen Grund geben, dass er noch ungeöffnet war, und es war ihr daher falsch vorgekommen, ihn ebenfalls einzustecken. Bei ihrem letzten Telefongespräch hatte ihr Opa wieder so gebrochen geklungen, und allmählich wuchs ihre Sorge, dass er immer wieder in diese Trauer rutschte, die ihm nach und nach die Energie raubte.

Emilia strich sich eine Haarsträhne hinter das Ohr. Wenn sie nach Deutschland zurückkehrte, würde sie wissen, was es mit seinen Geheimnissen auf sich hatte. Mit Jette. Zumindest hoffte sie das. Vielleicht konnte das, was Opa Walter mit ihr verbunden hatte, ihn aus seiner Trauer herausholen und dafür sorgen, dass er endlich wieder voll und ganz ins Leben zurückfand.

Monieux schmiegte sich am Fuß eines Bergmassivs in der Hochebene von Sault in die Landschaft, als wollte es sich verstecken und all seine Geheimnisse bewahren. Ein malerisches Dorf, von dem sich Emilia vorstellen konnte, dass es mit seinen Steinhäusern und dem Kirchturm, der in der Ferne aus dem Zentrum hervorstach, vor mehreren Hundert Jahren schon so ausgesehen hatte. Es wurde von Wiesen, kleinen Wäldern und dem teilweise bewachsenen Gebirge im Hintergrund eingefasst, das sich endlos zu beiden Seiten verlief, als wollte es den Ort beschützen.

Auf dem Weg hierher hatte Emilia die Landschaft der Region mit ihren Canyons und Steilwänden, den schmalen Bergkämmen und den Hochebenen, auf denen Vieh weidete, bereits lieben gelernt, und Monieux schien wie geschaffen für diese faszinierende Natur. Sie hatte gelesen, dass hier die Gorges de la Nesque begann, eine bis zu vierhundert Meter tiefe Schlucht aus Kalkgestein, in der sich die Nesque dahinschlängelte. Da sie nicht Vollzeit arbeiten und an manchen Tagen freihaben würde, blieb ihr genug Zeit, um die Umgebung kennenzulernen.

Die Straße verlief in Kurven, sodass sie Monieux immer wieder aus den Augen verlor. Als der Ort erneut in ihr Blickfeld kam, erkannte sie einen violetten Fleck im Hintergrund, und ihr Herz schlug schneller. Ob das bereits ihre Farm war? Maurice Borel war nicht der einzige Lavendelproduzent der Gegend, aber die Chancen standen gut – zumindest wenn sie sich daran erinnerte, wo die Farm auf den Karten lag, die sie im Internet entdeckt hatte. Zwar hatte sie keine genaue Wegbeschreibung für den letzten Teil der Strecke, war sich aber ziemlich sicher, dass sie sich Richtung Osten halten musste, ehe sie Monieux erreichte. Womöglich war die Farm ja auch ausgeschildert, schließlich war Maurice Borel Geschäftsmann und kein Eremit.

In seiner Mail hatte er sich kurz gefasst und lediglich bestätigt, dass ihre Annahmen stimmten und sie nicht bis in den Ort fahren, sondern vorher abbiegen musste. Leider war er nicht ins Detail gegangen, und Emilia hatte auch nicht nachfragen wollen. Entweder war Monsieur Borel ein Mensch, der nur das Nötigste sagte, oder er hatte einfach unwahrscheinlich viel zu tun. Sie tippte auf Letzteres, sonst würde er niemanden suchen, der auf der Farm arbeitete, auf der bereits zwei Helfer beschäftigt waren, so wie er geschrieben hatte.

Die Sonne fand ihren Weg zwischen den Gebirgszügen hindurch und beleuchtete die Straße, als wollte sie Emilia den Weg weisen. Selbst mit geöffnetem Fenster war ihr mittlerweile so warm, dass sie die Beine ihrer Stoffhose bis über die Knie gezogen hatte und aus ihren Schuhen geschlüpft war.

Zwischen den mit Sommerblumen gesprenkelten Wiesen und vereinzelten Kiefern wiesen immer wieder Schilder auf Hofverkäufe, eine Werkstatt oder einen Tierarzt hin. Hinter einem Bauernhaus, das durch einige Mängel in der Fassade nicht an Charme einbüßte und neben dem eine Schafherde graste, zweigte ein Weg nach rechts ab. Emilias Blick verfing sich in dem Pink der Bougainvillea neben dem Gebäude sowie dem weißen Oleander, der einen wunderschönen Kontrast bildete. Es gab ganze Reihen von Hibiskusblüten in Blau über Rosa bis Rot, dazu Strelitzien und ein Rosenbeet. Vor den Fenstern war Lavendel gepflanzt. Eine Frau kniete in einem der Beete und zupfte Unkraut. Sie blickte auf, blinzelte und hob eine Hand. Emilia winkte zurück und fuhr langsamer, als sie die Abzweigung erreichte. Ein ehemals weißes und grünlich angelaufenes Schild war halb von Ranken mit weißen Blüten zugewuchert, aber das Wort *Lavande* war noch immer lesbar.

Lavendel!

Emilia setzte den Blinker und bog ab. Die Straße war schmal und weit schlechter ausgebaut. Sie umklammerte ihr Lenkrad, als der Wagen durch ein Schlagloch holperte, und lauschte mit angehaltenem Atem, als Schotter auf die Karosserie prasselte. Der Weg verlief schnurgerade in die Ferne, in das helle und dunkle Grün und …

»Ha!« Da waren sie, die violetten Felder. Sie musste einfach richtig sein. Trotz des unwegsamen Untergrunds gab sie etwas mehr Gas. Bäume und Wiesen zogen an ihr vorbei. Häuser gab es an diesem Weg nur wenige, und bei den meisten handelte es sich um Ruinen oder Viehställe. Einmal raste ein Schaf über die Straße, sodass sie hart auf die Bremse treten musste. Als sich ihr Puls wieder beruhigt hatte, fuhr sie weiter und achtete darauf, dass die Tachonadel unter vierzig Stundenkilometern blieb.

Die Lavendelfelder wuchsen an, bis sie die einzelnen Reihen erkannte. Innerlich jubelte sie. Das musste einfach die Borel-Farm sein! Sie streckte den Kopf aus dem Fenster und atmete tief ein. Da war er, der Duft, den sie von den Säckchen kannte, die ihre Mutter früher immer in den Kleiderschrank gehängt hatte, um Motten fernzuhalten.

Nachdem die Straße eine Kurve beschrieben hatte, zweigte eine private Einfahrt ab. Dieses Mal entdeckte Emilia kein Schild, entschied aber, es zu versuchen. Jetzt erkannte sie auch die Wege zwischen den Pflanzen mit den grüngrauen Stängeln und den hübschen Blüten. Sie waren mit Pellets ausgelegt, deren Farbe an die der Häuser aus Sandstein erinnerte. Eine Reihe Zypressen begrenzte das Feld an einer Seite, und an der anderen stand ein Haus mit einem langen Anbau. Als sich der Weg noch einmal gabelte, hielt sie sich links – und riss das Lenkrad erschrocken zur Seite, als ein Schatten aus einem der Felder direkt auf ihr Auto zuschoss. Der Motor heulte auf, und sie dachte zu spät daran, auf die Bremse zu treten. Im nächsten Moment pflügte sich der Peugeot auch schon in das Lavendelfeld, um dann mit einem Ruck stehen zu bleiben.

Hastig drehte Emilia den Schlüssel, spürte ihr Herz in der Brust donnern und atmete einige Male durch, ehe sie sich umblickte. Sie war vollkommen allein. Hatte sie sich das gerade etwa nur eingebildet? Womöglich hatte die Sonne ihr einen Streich gespielt.

»Mist«, murmelte sie und griff nach der Fahrertür. Es raschelte, als Emilia sie aufstieß, und der sanfte Widerstand verhieß nichts Gutes.

Als sie einen Blick nach draußen warf, stöhnte sie auf. Ein Teil ihres Bewusstseins registrierte, wie hübsch die Lavendelblüten vor dem Weiß der Wagentür aussahen und wie intensiv es duftete, doch der andere verriet ihr, dass das nur eines bedeuten konnte.

Behutsam stieg sie aus und versuchte zunächst, keine weitere Pflanze zu zerstören, begriff aber, dass das ein unmögliches Unterfangen war.

Sie hatte den Wagen direkt in das Feld gesteuert. »Nein, nein, nein«, murmelte sie und stakste auf Storchenbeinen vorwärts, bis sie einen der schmalen Wege zwischen den Pflanzenreihen erreichte. Erst dann drehte sie sich um.

Die gute Nachricht: Sie war nicht sehr weit gekommen. Maximal anderthalb Wagenlängen Lavendel waren zerstört. Die schlechte: Damit würde sie keinen guten ersten Eindruck machen. Aber sie hatte nicht vor, es Monsieur Borel zu verschweigen. Zum einen hielt sie nichts davon, Verantwortung von sich zu weisen, zum anderen wäre es ohnehin zu auffällig, dass ausgerechnet an dem Tag ihrer Ankunft Reifenspuren in einem Feld zu finden waren.

Emilia ging in die Hocke, um einen Blick auf die niedergewalzten Blüten zu werfen. Vielleicht war ja noch etwas zu retten? Sie versuchte, eine Pflanze wieder aufzurichten, doch die wackelte lediglich traurig und sank zurück auf den Boden. Nein, sie waren eindeutig hinüber. Emilia stand wieder auf und blinzelte in Richtung Haus. Vielleicht war es ja auch gar nicht so schlimm. Schließlich waren diese Felder groß, und gerade am Wegesrand konnte immer mal wieder etwas zerstört werden. Oder ein Schaf brach aus und rannte hindurch, so wie vorhin auf der Straße. Oder eine Kuh! Eine Kuh würde vermutlich zu allem Überfluss zu grasen beginnen, was weder den Pflanzen noch dem Tier bekommen würde.

Ein Geräusch hinter ihr ließ sie zusammenfahren.

Sie drehte sich um, bereit für eine Entschuldigung, eine Standpauke und was auch immer Monsieur Borel für angebracht hielt … und war erstaunt, als sie zwei Hunde bemerkte. Sie hatte sich den Schatten vorhin also doch nicht eingebildet!

»Was macht ihr denn hier?« Sie streckte eine Hand aus. »Ihr gehört sicher zur Farm, oder?«

Die beiden Hunde – Hündinnen, korrigierte Emilia sich – reichten ihr beinahe bis zu den Knien und hatten kurzes Fell, dunkle Schlappohren und wache Augen, mit denen sie Emilia fixierten, als wüssten sie nicht ganz, was sie von der Besucherin halten sollten. Die linke Hundedame war etwas größer und in Brauntönen gescheckt, lediglich an der Brust, den Pfoten und der Schwanzspitze leuchtete es weiß. Das Fell der zweiten war deutlich heller. Sie besaß ein feineres Gesicht und eine etwas spitzere Schnauze. Beide ähnelten sich sehr. Vielleicht Geschwister. Die Rasse kannte Emilia nicht. Womöglich waren es ja auch Mischlinge.

»Ich habe leider nichts für euch dabei, ihr Süßen«, sagte sie und ging langsam in die Hocke.

Die Hunde zögerten, liefen von einer Seite auf die andere und kamen ein Stück näher, um dann sofort wieder Abstand zu nehmen. Sie waren eindeutig zu schüchtern, und augenblicklich schlug Mitleid in Emilia hoch. Lebten die zwei auf der Straße? Aber ihr Fell war glatt und seidig, und die Rippen stachen nicht hervor. Vermutlich gehörten sie zu Monsieur Borel und waren einfach nur zurückhaltend, wenn sie es mit Fremden zu tun hatten.

»Ich werde jetzt weiterfahren«, teilte sie den Hunden mit, die aufmerksam jede ihrer Bewegungen verfolgten und zaghaft wedelten. »Zuerst muss ich beichten, was ich dem Feld angetan habe, und dann herausfinden, was in den nächsten Tagen auf mich zukommt. Vielleicht laufen wir uns ja noch mal über den Weg?« Erneut streckte sie eine Hand aus, und dieses Mal wagte sich die größere Hündin weiter vor, sodass ihre feuchte Schnauze gegen Emilias Finger tippte. Dann bellte sie, sprang zurück, drehte sich um und war im nächsten Augenblick zwischen den Lavendelreihen verschwunden. Der zweite Hund zögerte, bedachte Emilia mit einem letzten Blick aus warmen braunen Augen und folgte. Es raschelte, die knapp einen Meter hohen Pflanzen wackelten, und dann war es wieder still.

»Macht's gut«, rief Emilia ihnen hinterher. »Und wenn wir uns demnächst sehen, verratet ihr mir, wie man es hinbekommt, durch ein Feld zu preschen und dabei die Pflanzen zu verschonen!«

»Madame?«

Das Wort in ihrem Rücken klang tief und geheimnisvoll, aber auch verwundert und irgendwie … ungehalten. Emilia erstarrte, atmete tief durch und setzte ein Lächeln auf, ehe sie sich umdrehte und den hochgewachsenen Mann musterte, der mit verschränkten Armen vor ihr stand.

Im ersten Moment war sie erstaunt und rechnete rasch nach. Wenn Monsieur Borel wirklich der Enkel des Jacques war, für den Opa Walter damals gearbeitet hatte … nein, das konnte nicht Maurice Borel sein. Möglicherweise sein Sohn oder auch einer der beiden Arbeiter, die auf der Farm aushalfen.

Bitte, lass es einen der Arbeiter sein! Vielleicht kann er mir helfen, alles wieder so herzurichten, dass es aussieht, als wäre nichts geschehen! Schließlich habe ich ja nur vermieden, einen Hund zu überfahren. Vielmehr zwei.

Aber wer auch immer der Mann war, der zwischen ihr und dem Peugeot im Feld hin- und herblickte, er war ganz sicher kein Tourist. Seine schweren Stiefel waren voller Erde, die Jeans war alt, und sein Shirt klebte an Brust und Bauch, da er vermutlich in der Nachmittagshitze gearbeitet hatte. An seinen Fingern prangten dunkle Flecken, womöglich Öl.

»Wären Sie so freundlich und würden mir das erklären?« Jetzt deutete er auf den Wagen, falls sie nicht begriff, was seiner Meinung nach nicht in diese Idylle passte. Seine dichten dunkelblonden Augenbrauen, die dieselbe Farbe besaßen wie die an manchen Stellen widerspenstigen Haare, zogen sich zusammen. Die Augen darunter, die soeben noch blau geschimmert hatten, drifteten dadurch ins Graue ab. Ein auffälliger heller Ton, was aber an dem Kontrast zu seiner gebräunten Haut liegen musste.

Emilia war die Situation unglaublich peinlich. Eilig kramte sie ihr Französisch hervor, das vorübergehend gedroht hatte, sie zu verlassen. »Entschuldigen Sie, ja ich … genau, das ist meiner«, stotterte sie und deutete auf den Peugeot. Absolut überflüssig, schließlich war sie die einzige Besucherin weit und breit – und ihr Wagen, sofern sie es sehen konnte, auch die einzige Unregelmäßigkeit in den langen Linien aus Violett und Grün.

Er hob die Brauen und sah fast verzweifelt aus, presste dann aber die Lippen aufeinander. »Sollte das da etwa ein Schnappschuss werden?«

»Wie bitte?« Zwar war sie noch immer etwas durcheinander, aber relativ sicher, ihn richtig verstanden zu haben. Zudem er an ihrem Akzent erkannt haben musste, dass sie keine Französin war, und seitdem etwas deutlicher redete. »Ein Schnappschuss? Sie meinen mit einer Kamera oder dem Handy?« Als er nickte, schnaubte sie fassungslos. »Wozu sollte ich mein Auto für ein Foto in ein Feld fahren?«

Er zuckte die Schultern. »Damit Sie mitten im Lavendel stehen und eine hübsche Kulisse haben?« Es klang abfällig.

»Was, denken Sie etwa, ich wäre ... eine Reporterin?« Als er hartnäckig schwieg, spürte sie die Röte auf den Wangen. »Nein, ich wollte kein Bild machen, das verspreche ich Ihnen. Ich wollte zur Farm, und plötzlich war da ein Hund, und da ...«

»... sind Sie ausgewichen, ehe Sie auf die Idee gekommen sind anzuhalten«, sagte er und klang nicht mehr ganz so düster.

Emilia nickte. »Das kommt ungefähr hin, ja. Ich habe mich so erschrocken und erst beim Aussteigen richtig begriffen, was passiert ist. Zum Glück ist dem Hund nichts geschehen. Den Hunden. Es waren zwei.«

»Braun-weiß gefleckt?«

»Oh, das sind Ihre?« Auf einmal war sie erleichtert. Nicht auszudenken, was passiert wäre, wenn sie Monsieur Borels Hunde überfahren hätte!

Er schüttelte den Kopf. »Nein, aber sie streunen schon seit einer Weile durch die Gegend. Irgendwer füttert sie immer, deshalb bleiben sie wohl in der Nähe.« Er fuhr sich mit einer

Hand über den Nacken und sah wieder zum Wagen. »Bekommen Sie den allein dort raus, oder brauchen Sie Hilfe?«

»Nein, das schaffe ich schon«, sagte Emilia hastig. »Ich hoffe nur, dass … na ja, dass sich die Pflanzen wieder erholen.«

Etwas schlich sich auf sein Gesicht, das ein klägliches Grinsen sein konnte, war aber zu schnell wieder verschwunden. »Glauben Sie mir, die sind hinüber. Aber es wird mich wohl nicht gleich in den Ruin stürzen, wenn ich an der Stelle nachpflanze.«

Innerlich atmete Emilia auf. »Wenn ich etwas tun kann, um zu helfen … nun ja.« Sie räusperte sich und streckte eine Hand aus. »Ich bin übrigens Emilia. Emilia Finke aus Deutschland.«

Er nickte, trat näher und nahm sie, als befänden sie sich auf einem offiziellen Empfang. »Bastien Samain, hallo.« Er war über einen Kopf größer als sie; seine Haut war warm. Zudem war er eindeutig weder Monsieur Borel noch sein Sohn.

»Arbeiten Sie auf der Borel-Farm?« Sie deutete mit einer ausschweifenden Geste über die Lavendelfelder.

Seine Mundwinkel zuckten, als hätte ihn ihre Frage amüsiert, doch sein Gesichtsausdruck blieb weiterhin ernst. »Nein«, sagte er sehr betont. »Ganz sicher nicht. Aber wenn Sie den Wagen aus dem Feld holen und mich ein Stück mitnehmen, verrate ich Ihnen, wie Sie dorthin kommen.«

Verwirrt drehte sie sich zu dem Haus um, das in der Ferne von der Sonne angeleuchtet und regelrecht in Szene gesetzt wurde. »Das hier ist nicht die Borel-Farm?«

»Nein, das ist die Samain-Farm.«

Emilia wartete auf eine weitere Erklärung, begriff dann aber, dass sie keine benötigte. »Oh! Sie gehört Ihnen?« Wie alt mochte er sein? Doch höchstens einige Jahre älter als sie selbst.

Er nickte. »Auf dem Papier steht noch der Name meines Großvaters, aber auch nur, weil wir nicht dazukommen, diese bürokratischen Dinge zu erledigen. Maurices Farm liegt quasi nebenan.« Er deutete in die Ferne, wo für Emilias Augen die Lavendelfelder ins Unendliche liefen. »Sie kennen ihn?«

»Nein, nicht wirklich. Ich bin hier, um für ihn zu arbeiten. Er hat jemanden gesucht, der für mindestens sechs Wochen aushilft im Tausch gegen Kost und Logis, weil wohl ein Helfer krank geworden ist.«

»Verstehe«, sagte Bastien Samain und wirkte nachdenklich. »Und dafür kommen Sie extra aus Deutschland?«

»Ich wollte mal etwas Neues sehen. Bei uns gibt es nur wenige Lavendelfarmen, und so kann ich Arbeit gleich mit Urlaub verbinden.«

In Bastiens Gesicht tat sich etwas, aber er war schwer zu lesen. Skepsis? »Sie verstehen etwas von Lavendel?«

Emilia entging nicht, dass er wieder zu ihrem Mietwagen sah. »Nein, und das habe ich in meiner Bewerbung auch angegeben, aber Monsieur Borel schien das keine Sorgen zu bereiten. Ich kann Ihnen aber versichern, dass er mich nicht angeheuert hat, um Ihre Farm zu sabotieren, weil Sie sein Konkurrent sind.«

Er starrte sie an, als hätte sie soeben etwas wahnsinnig Absurdes gesagt, machte sich dann auf den Weg zu ihrem Mietwagen und öffnete die Beifahrertür. »Was ist, kommen Sie jetzt?«

Emilia sah sich noch einmal um, nickte und stakste durch das Feld zurück zum Wagen, wobei sie sicher war, dass Bastien Samain sie genau beobachtete und jede Pflanze registrierte, die sie auch nur mit der Schuhspitze berührte. Sie atmete auf, als sie endlich neben ihm saß. Ihre Hände zitterten leicht, als sie den Motor anließ, den Rückwärtsgang einlegte und so behutsam wie möglich anfuhr. So hatte sie sich zum letzten Mal gefühlt, als der Fahrprüfer neben ihr gesessen hatte! Sie gab vorsichtig Gas und verrenkte sich beinahe den Hals, da sie versuchte, die bereits ins Feld gefräste Spur nicht einen Zentimeter zu verlassen. Zurück auf dem Weg schlug sie das Lenkrad ein, hielt an und betrachtete noch einmal die Zerstörung, die sie hinterlassen hatte: auf einer zum Glück geringen Fläche, aber dort gründlich. Die abgeknickten Halme und die einst so farbenfrohen Blüten, die jetzt in den Boden gedrückt waren, gaben ein trauriges Bild ab. »Das tut mir wirklich leid«, sagte sie. »Ich komme selbstverständlich für den Schaden auf.«

Bastien Samain brummte. »Das werde ich noch verkraften. Wir müssen da lang.« Er zeigte überflüssigerweise nach vorn, aber dann entdeckte Emilia, dass ein weiterer Weg abzweigte und vom Haus wegführte. Sie setzte vorbildlich den Blinker, obwohl das überflüssig war, und bog ab. Nun schimmerte der Lavendel rechts von ihnen, während sich auf der anderen Seite Schuppen und landwirtschaftliche Geräte aneinanderreihten. Ein Stück dahinter, am Rand des Betriebs, lagen vier Hütten, die ihre besten Zeiten längst hinter sich hatten und anscheinend ungenutzt verfielen. Es war schade, denn die Aussicht von hier war atemberaubend: Die Bergkette schien zu brennen und ragte schützend über dem Tal auf. Einige Häuser in der Ferne lugten hinter einem schmalen Waldgürtel hervor – das musste Monieux sein.

»Sie können mich hier rauslassen«, sagte er, als sie ungefähr die halbe Strecke zum Haus zurückgelegt hatten und eine Holzbank vor einem der Schuppen auftauchte. »Und wenn Sie ohnehin eine Weile nebenan arbeiten, können wir uns auch duzen, wenn Sie einverstanden sind.« Er hatte bereits eine Hand an den kleinen Hebel gelegt, um die Tür zu öffnen, wartete aber auf ihre Antwort. Er hatte ein energisches Profil, fiel ihr auf. Die Nase war geschwungen, das Kinn ausgeprägt und von goldenen Bartstoppeln übersät. Entweder war er seit einigen Tagen nicht zum Rasieren gekommen oder er mochte diesen Look.

»Gern.« Sie wollte ihm noch einmal die Hand reichen, um es zu bekräftigen, aber er nickte nur und stieg aus. Emilia wartete kurz, doch als er keine Anstalten machte, sich herunterzubeugen, um ihr den Weg zur richtigen Farm zu erklären, folgte sie seinem Beispiel, sah sich noch einmal um und stellte sich auf die Zehenspitzen. »Wo ist denn nun die Borel-Farm?«

»Die kann man von hier nicht sehen«, sagte er und deutete vage in die Richtung, wo die Lavendelreihen am Horizont mit der Sonne zu verschmelzen schienen.

Sie streifte die Falten an ihrer Hose glatt und lockerte ihre Schultern. »Ist es nicht irgendwie seltsam, trotzdem von einem Nachbarn zu reden?«

Er schlenderte auf die Bank zu. Auf der Sitzfläche warteten eine Thermoskanne sowie eine große braune Papiertüte. »Nein, warum sollte es seltsam sein? Maurice und wir Samains sind nun einmal Nachbarn, und wir sehen uns ja auch regelmäßig. Es liegen lediglich ein paar Lavendelfelder dazwischen. Ich bin froh, dass ich nicht im Ort wohnen muss, wo mir jeder ins Wohnzimmer starrt.«

Emilia stellte sich vor, wie sich die beiden Männer zwischen den Pflanzenreihen trafen, um eine Weile zu plaudern und dann weiterzuarbeiten. Die Wärme der Sonne sorgte dafür, dass sich ihre von der langen Fahrt und dem kleinen Unglück verkrampften Schultern wieder lockerten. Am liebsten hätte sie sich auf die Bank gesetzt, eine Weile die Augen geschlossen und dem Wind sowie den Vögeln gelauscht, die in dem Baum neben ihnen umherhüpften. Schließlich war sie ja beinahe am Ziel. Andererseits fühlte sie sich unwohl dabei, Monsieur Borel warten zu lassen, während sie sich mit seinem Nachbarn unterhielt. Ganz wurde sie aus Bastien noch nicht schlau. Er schien charmant zu sein, aber auf eine leicht raue Art. Die typischen Eigenschaften eines französischen Farmers, würde Diane nun behaupten und es vermutlich sexy finden. Wenn Di etwas oder jemanden sexy finden wollte, hatte sie immer einen Grund parat.

Bastien hatte mittlerweile die braune Tüte ausgepackt: Auf einem Holzbrett lagen Tomaten, zwei Stücke Käse, ein Messer sowie zwei Stücke Baguette. »Möchtest du etwas?« Er deutete darauf und schraubte die Thermoskanne auf. Der volle Duft von Kaffee füllte die Luft und ließ Emilia schwach werden. Beim Anblick von Baguette und Käse schmunzelte sie.

Ein ganz schönes Klischee.

Sie zögerte und blickte noch einmal in die Richtung, in der die Borel-Farm liegen musste, setzte sich aber dann neben Bastien und streckte die Beine aus. Kurz darauf hatte er den Käse in Würfel sowie das Brot in Scheiben geschnitten.

»Bitte.« Er reichte ihr den Becher mit Kaffee und lehnte sich an die Wand des Schuppens. »Als Einstand. Verbunden mit der Bitte, während deines Aufenthalts nicht mehr mit dem Auto durch die Felder zu fahren. Zumindest nicht für Sightseeing am Nachmittag oder Ähnliches.« Er sprach das Wort aus, als handelte es sich um eine Krankheit. »Maurice hat übrigens Fahrräder, die seine Aushilfen benutzen dürfen. Du kannst doch fahren?«

Emilia, die mit geschlossenen Augen am Kaffee geschnuppert hatte, riss sie wieder auf und blickte ihn empört an. »Natürlich. Ich kann auch Auto fahren. Das vorhin war mein allererster Unfall, wenn man es denn so nennen kann.«

»Mit einem Rad wärst du dennoch eine kleinere Gefahr, solltest du noch einmal einem Hund ausweichen. Oder etwas anderem.« Seine Stimme war ruhig, und er verzog keine Miene.

Emilia konnte nicht sagen, ob er es ernst meinte, daher nickte sie nur und deutete auf die Hütten. Eine davon war etwas größer und stand näher am Haus, während sich die anderen in der Ferne unter die Bäume drückten, als wollten sie sich verstecken, weil sie nicht mehr in diese Zeit gehörten. »Jetzt bin ich doch froh, dass das hier die falsche Farm ist. In der Suchanzeige von Monsieur Borel stand nämlich, dass die Helfer in eigenen Unterkünften untergebracht werden, und die dort sehen doch recht heruntergekommen aus.« Sie nahm sich ein Stück Käse. Es schmeckte köstlich, cremig und mit einem Hauch Aroma, der sie an den Duft von Lavendel erinnerte. Augenblicklich knurrte ihr Magen, und sie griff nach einer Scheibe Baguette.

Bastien betrachtete die Hütten. Seine Augenbrauen zogen sich zusammen, vielleicht wegen der Sonne, vielleicht auch, weil ihm nicht gefiel, was er sah. »Keine Sorge, die gehören mir. Ich wollte sie schon seit Jahren in Angriff nehmen, um sie zu reparieren oder auch abzureißen, das wird sich noch entscheiden. Aber ich komme einfach nicht dazu.« Er nahm eine Tomate und drehte sie nachdenklich in den Händen.

Emilia trank noch einen Schluck und reichte ihm dann den Becher. »Das wäre schade. Es sind ideale kleine Unterkünfte; die Aussicht ist einfach wundervoll. Ich stelle es mir schön vor, morgens aufzustehen und mit der ersten Tasse Kaffee auf einer Bank zu sitzen, so wie hier.«

Endlich lächelte er. Verhalten nur, als wagte er nicht, allzu viel Freude zu zeigen, weil Dinge auf ihn warteten, die erledigt werden mussten. »Der Ausblick hier draußen ist von vielen Stellen aus schön. Am liebsten mag ich ihn kurz vor Sonnenaufgang – oder am Abend, wenn sich das Licht verändert.«

Auch Opa Walter hatte von den Farben und dem Licht gesprochen, und obwohl sie erst seit Kurzem hier war, wusste Emilia genau, was die beiden meinten. Sie aß ein weiteres Stück Baguette und probierte dazu den anderen Käse – stärker im Aroma, mit einem Hauch Schärfe, die noch eine ganze Weile auf ihrer Zunge tanzte. »Hast du denn keine Helfer, die du irgendwo unterbringen musst?«

Er lachte auf, aber es klang nicht sehr fröhlich. »Das kann ich mir nicht leisten, Emilia. Meine Farm ist kleiner als die von Maurice, und ich bin froh, wenn meine Bilanz mir am Ende des Jahres genug Mut für das kommende macht.«

Besonders Mut machend klang das in ihren Ohren nicht. Emilia horchte auf, da Bastien ganz selbstverständlich von *seiner* Farm redete. »Betreibst du sie dann ganz allein?«

Er schüttelte den Kopf. »*Grand-père* hat sich bis vor ein paar Jahren eingebracht, doch nun lässt seine Gesundheit das nicht mehr zu. Aber er ist störrisch und wird vermutlich hier sterben, auf diesem Land.« Seine Stimme hatte einen warmen Klang angenommen.

Emilia wollte zunächst fragen, was mit Bastiens Eltern war; ob sie sich ebenfalls im Betrieb einbrachten oder ihn sogar gemeinsam mit ihm leiteten. Aber er hatte sicherlich seine Gründe, sie nicht zu erwähnen, und letztlich ging es sie auch nichts an. Sie versuchte, sich vorzustellen, was das alles für ihn bedeutete. »Das heißt, du kümmerst dich um deinen Großvater?«

»Wir haben täglich jemanden vom Pflegedienst hier. Sonst würde ich das beim besten Willen nicht schaffen. Außerdem ist es mir lieber, wenn jemand mit Fachkenntnis ein Auge auf *grand-père* hat – ich würde Probleme oder gar alarmierende Zeichen vermutlich nicht erkennen, wenn ich mit den Gedanken noch bei der Ernte oder beim Verkauf bin.«

Ob sein Opa ihren von damals kannte? Sie würde Bastien beizeiten fragen und wollte nur nicht gleich bei der ersten Begegnung mit der Tür ins Haus fallen. Emilia rieb ihre Hände aneinander, um die letzten Krümel loszuwerden, und stand auf. »Vielen Dank für den Imbiss. Ich werde dann mal los – und, das verspreche ich, sehr vorsichtig zur Nachbarsfarm fahren. Vielleicht laufen wir uns ja noch einmal über den Weg.«

Bastien erhob sich ebenfalls und deutete in die Richtung, aus der sie gekommen waren. »Du musst zurück bis zur

Einfahrt. Da geht links ein Weg ab, der ganz gern übersehen wird – wir müssen den Bewuchs mal zurückschneiden. Er führt dich zur Borel-Farm. Achte einfach darauf, dass die Felder nach dem Abbiegen links von dir sind.«

»Das bekomme ich hin«, sagte Emilia. »Vielen Dank. Und ich hoffe, ich habe dich nicht zu sehr aufgehalten.«

Er winkte ab. »Es war eh meine Pause.« Dann trat er vor, fasste sie behutsam an den Schultern und hauchte ihr einen Kuss erst auf die rechte, dann auf die linke Wange. »Viel Spaß. Und nicht erschrecken, die Arbeit kann ziemlich anstrengend sein.«

»Keine Sorge«, sagte Emilia unsicher, da seine Verabschiedung sie aus dem Konzept gebracht hatte, obwohl sie natürlich wusste, dass es für viele Franzosen üblich war. Aber Bastien hatte etwas an sich, das sie verwirrte. Vielleicht war es diese Duftmischung aus Kaffee, einem winzigen Hauch Aftershave, natürlich Lavendel … und etwas anderem, das sie nicht beschreiben konnte. »Wir sehen uns.« Sie winkte, was ihr unbeholfen vorkam, da sie direkt vor ihm stand, und ging dann schneller als nötig zurück zu ihrem Auto. Fast schon wie eine Flucht, aber sie wollte nicht zugeben, dass eine simple französische Sitte sie so verwirrte.

Während sie sich in den Fahrersitz fallen ließ, fragte sie sich, ob ihre Wangen von der Sonne so warm waren. Dann startete sie den Motor, hupte noch einmal und fuhr wie versprochen langsam. Ab und an warf sie einen Blick in den Rückspiegel, wo Bastien stetig kleiner wurde. Er hatte die Tür des Schuppens geöffnet und verschwand darin, was Emilia ein wenig bedauerte. Irgendwie hatte sie darauf gehofft, dass er winken und ihr hinterhersehen würde, bis sie am Horizont verschwand. Schließlich musste er doch sichergehen, dass sie keinen weiteren Schaden anrichtete!

Sie fand den beschriebenen Weg ohne Probleme. Jetzt fuhr sie nicht nur aus Vorsicht langsam, sondern auch, weil der Weg mit dem Lavendel an der Seite sie so faszinierte. In der Ferne verschwanden die Gebäude auf dem Samain-Land hinter einer Baumgruppe, und kurz darauf schälten sich schräg links vor ihr neue heraus.

»Wow.« Sie ging behutsam auf die Bremse, um den Anblick zu genießen. Bastien hatte zwar gesagt, dass Monsieur Borels Farm größer war als seine, aber sie hatte nicht weiter darüber nachgedacht. Nun aber vibrierte die Freude auf die kommenden Wochen in ihrem Bauch. Allein die Vorstellung, jeden Morgen dort aufzuwachen, auf diesem riesigen Hof mit dem lang gestreckten Haus aus Sandstein, das sogar von einem Türmchen geziert wurde, war großartig. Das Gebäude war etwas besser erhalten als das auf der Nachbarsfarm und L-förmig angelegt. Vermutlich beherbergte der lang gestreckte Seitenflügel auch die Schuppen, die bei Bastien ein Stück vom Haus entfernt lagen, sowie die Quartiere für die Farmhelfer. Entzückt musterte Emilia die bogenförmigen Fenster. Hinter dem Anwesen erhoben sich zu beiden Seiten grüne Hügel.

Sie suchte nach ihrem Handy, schoss zwei Fotos und schickte sie an Diane.

Liebe Grüße mit einem ersten Blick auf die Borel-Farm! Und ich habe keinen Filter benutzt, die Farben sind wirklich echt!

Sie starrte auf den kleinen Kreis unter ihren Worten, der sich noch immer drehte – der Empfang hier draußen war nicht der beste. Nun, Diane würde die Nachricht schon irgendwann erhalten und vermutlich vor lauter Begeisterung die halbe Nachbarschaft zusammenschreien.

Am liebsten hätte sie auch Opa Walter ein Foto geschickt, aber erst einmal musste sie ihm beichten, dass sie in der Provence auf seinen Spuren wandelte.

Wieder dachte sie an seine traurigen Augen, aber auch daran, wie energisch er zunächst nicht über seine Zeit in Frankreich hatte reden wollen. Es konnte nicht gesund sein, sich so vor seiner eigenen Vergangenheit zu verschließen. Nur, was mochte der Grund sein? Diese Frage hatte sie sich auf dem Weg hierher oft gestellt. War Jette vielleicht vor Oma Marie seine große Liebe gewesen und hatte ihn abgewiesen? Doch seine Ehe war, wenn auch kurz, sehr glücklich gewesen, und noch heute leuchteten seine Augen, wenn er von seiner verstorbenen Frau sprach. Sie konnte es drehen und wenden, wie sie wollte: Sie musste zunächst mehr über die Zeit herausfinden, die er hier verbracht hatte. Und über das Lavendelherz und Jette.

Die leuchtenden Blüten neben ihr verschmolzen zu einem violetten Wirbel, als sie wieder anfuhr. Nach einer Weile beschrieb der Weg eine leichte Linkskurve, sodass sie genau auf das Haus zuhielt.

Ein Mann trat aus der Tür, als hätte er auf sie gewartet, und winkte. Emilia ließ den Wagen ausrollen, schaltete den Motor aus und stieg aus.

»Bonjour!«

Der Mann musste ungefähr im Alter ihres Vaters sein. Er war schlank, fast schon hager, besaß ein freundliches

Gesicht und volles braunes Haar. Die Tränensäcke und die Ringe unter seinen Augen zeugten davon, dass ihm etwas mehr Schlaf nicht schaden könnte.

»Bonjour«, sagte er und streckte ihr eine Hand entgegen. »Du musst Emilia Finke sein. Willkommen auf meiner Farm.«

4

Obwohl es erst dämmerte, fühlte sich Emilia frisch und ausgeruht, als sie erwachte. Sie warf einen Blick auf ihren Wecker, stellte fest, dass er in einer halben Stunde klingeln würde, und schaltete ihn vorsorglich aus. Mit angehaltenem Atem setzte sie sich auf und lauschte. Irgendwo klapperte es – vermutlich war Maurice schon auf den Beinen –, aber ansonsten war es totenstill. Der Duft von Lavendel zog mit dem ersten Lichtschimmer durch die Lamellen vor dem ein Stück geöffneten Fenster. Gestern hatte sie geglaubt, dass sie ihn heute nicht mehr wahrnehmen würde, aber wenn sie tief einatmete, war da noch immer dieses feinwürzige, warme Aroma.

Sie schlug die Decke zurück und setzte sich auf. Das Holzbett knarrte, als sie die Beine über die Kante schwang. Ihre nackten Füße trafen auf den Läufer am Boden, während sie sich streckte und die letzten Reste des Schlafs abschüttelte.

Sie wohnte in einem winzigen Anbau, der hinter dem Haus lag und bei der Anfahrt nicht zu sehen gewesen war. Er verfügte über ein Minibad ohne Fenster, in dem sie sich gerade einmal zwischen Toilette und Dusche drehen, aber keinen zweiten Schritt tun konnte. Doch das genügte ihr vollkommen. Viel Platz bis auf einen Schrank unter dem Waschbecken und eine Ablagefläche vor dem Spiegel gab es nicht, dafür waren bunte Körbe an den Wänden angebracht und zauberten mit den Handtuchhaltern in Blumenform fröhliche Akzente. Emilia hatte es sich nicht nehmen lassen und die drei Gummienten aus ihrem Gepäck noch am Vorabend in der Dusche platziert. Dort thronten sie nun in den Ecken wie kleine Königinnen.

Vom Fenster des Schlafraums aus hatte sie zwar keinen Blick auf den Lavendel, sondern die Berghänge in der Ferne, aber dafür viel Privatsphäre. Die schmale Tür des Anbaus musste einst von außen blau gestrichen gewesen sein – jetzt waren nur noch Farbsplitter auf grauem Untergrund geblieben. Daneben stapelten sich leere Blumentöpfe. Emilia hatte sich bereits gestern in das winzige Domizil verliebt und beschlossen, in ihrer freien Zeit die Tür neu zu streichen und Blumen in die Keramiktöpfe zu pflanzen. Damit hatte sie quasi ihr eigenes, wenn auch winziges Häuschen auf der Borel-Farm. Mehr als ein Bett, ein schmaler Schrank, eine Kommode sowie ein winziger Tisch mit zwei Stühlen passten nicht hinein, aber für sie allein genügte das vollkommen. Zudem sich laut Maurice im vergangenen Jahr eine Helferin hier ausgetobt hatte, um es gemütlich zu machen – und Emilia fand, dass sie das sehr gut hinbekommen hatte. An den Wänden hingen in pastellfarbenen Rahmen Fotos der Region Provence-Alpes-Côte d'Azur: Eisvögel und Silberreiher in einem der vielen Naturschutzgebiete, eine Landschaft, in der sich Heide und Wälder abwechselten, die fjordähnlichen Buchten im Kalkstein des Nationalparks Calanques, das rötlich gefärbte Esterel-Massiv, das im Meer zu versinken schien, und eine Ansicht der Abtei von Sénanque, das perfekte Postkartenmotiv mit seinen steinernen Mauern aus dem zwölften Jahrhundert, mitten in Lavendelfeldern gelegen. »Das ist heute noch immer ein Kloster des Zisterzienserordens«, hatte Maurice erklärt. »Daher sieht es auch so schlicht aus. Aber man kann es besichtigen, wenn du dich dafür interessierst.«

Bilder von Lavendelfeldern gab es nicht, da die einstige Bewohnerin des Anbaus der Meinung gewesen war, dass man die Schönheit nicht auf diese Weise festhalten musste, wenn das Original vor der Haustür lag und ohnehin nicht übertroffen werden konnte. Emilia stimmte ihr da zu.

Dafür war der Raum in Lavendelfarben getaucht: Der Läufer war wie die Vorhänge am Fenster, das Deckchen auf dem Tisch sowie die Fußmatte im Bad in Blau und Violett gehalten. Zudem gab es eine Keramikvase, deren Batik-Look Emilia an die Achtzigerjahre erinnerte. Daneben hatte sie die Holzente aus ihrem Büro platziert.

»Guten Morgen«, flüsterte sie. »Schon besser, oder?«

Sie stand auf, ging zum Fenster und lugte durch die Lamellen. Das Tal lag noch weitgehend im Dämmerlicht, da die Sonne es zunächst über das Gebirge schaffen musste. Es war noch genügend Zeit, trotzdem würde sie sich anziehen und ins Haupthaus gehen, wo sie zusammen mit den beiden Helfern, die sie gestern kurz kennengelernt hatte, die Küche mitbenutzte.

Jessy und Mike waren ein Paar aus Australien und reisten schon seit über zwei Jahren von Job zu Job durch die Welt. Meist halfen sie auf Farmen oder in anderen landwirtschaftlichen Betrieben aus, aber zwischendurch nahm Mike als gelernter Zimmermann auch immer wieder Arbeiten in seinem Fachbereich an. Beide waren seit zwei Wochen hier und bewohnten ein großes Zimmer im Haupthaus. Wieder dachte Emilia an Opa Walter. Sie hätte so gern ihren Enthusiasmus mit jemandem geteilt, der den Ort kannte und nachvollziehen konnte, wie sie sich fühlte. Nachdenklich fuhr sie mit den Fingern über die weiß getünchte Steinwand. Ob es den Anbau schon damals gegeben hatte? Hatte Opa Walter womöglich sogar hier übernachtet? Was hatte er erlebt, mit wem hatte er abends Hand in Hand auf einer Bank gesessen und den Sonnenuntergang betrachtet?

Diane sorgte mit Nachrichten dafür, dass Emilia während ihrer Zeit auf der Farm nicht vergaß, dass es Spuren aufzudecken galt. *Vergiss vor lauter Pflücken, Destillieren, Crêpes essen und Franzosen anschmachten bitte nicht, dass du einen Auftrag hast*, hatte die letzte gelautet. *Du musst ein Geheimnis lüften.*

Jetzt aber sah ihr Auftrag erst einmal ganz anders aus: herausfinden, was der Tag für sie bereithielt. Maurice – der ihr sofort untersagt hatte, ihn Monsieur Borel zu nennen – war gestern leider wenig Zeit geblieben, um sich länger mit ihr zu unterhalten, und er hatte sie lediglich gefragt, ob sie das Frühstück für alle vorbereiten könnte. Sie hatte natürlich zugestimmt und war nun gespannt, was sie vorfinden würde. Sie wusste, dass das Frühstück in Frankreich aus Croissants oder anderem Gebäck und süßen Aufstrichen bestand, aber Jessy und Mike waren vielleicht mehr als das gewohnt? Zudem war die Arbeit auf den Feldern nicht ohne, etwas gehaltvoller durfte es da morgens auf den Tellern schon sein. Sie würde sich also einen Überblick verschaffen und spontan entscheiden. Ein paar Rühreier mit Kräutern würden niemandem schaden.

Sie öffnete den Schrank, in dem sie gestern ihre Sachen untergebracht hatte, und wählte eine robuste Stoffhose sowie eine kurzärmelige Bluse. Zudem schnappte sie sich ihr großes Handtuch und machte sich auf den Weg ins Bad, um zu duschen. Der Wasserdruck war nicht der beste, aber noch vertretbar, und nachdem sie sich die Haare geföhnt hatte, fielen sie in leichten Wellen um ihr Gesicht. Emilia band sie zu einem lockeren Zopf zusammen. Auf Make-up verzichtete sie, schließlich stand heute Arbeit auf dem Programm.

Kurz darauf schlenderte sie zur Vordertür des Haupthauses. Noch war es etwas frisch, aber Emilia spürte bereits jetzt, welche Kraft die Sonne am Tag haben würde. Irgendwo bellte ein Hund, und sie musste an die beiden Süßen denken, die sie gestern zum Glück nicht überfahren hatte. Bastien hatte erwähnt, dass jemand die Hunde vermutlich fütterte; sie würde Jessy und Mike danach fragen.

Bei dem Gedanken blieb sie stehen und stellte sich auf die Zehenspitzen. Die Samain-Farm entdeckte sie nicht, dafür aber einen Lichtschimmer in der Ferne. Bastien musste also bereits wach sein – oder sein Opa. Emilia erinnerte sich nicht, dass Bastien seinen Namen erwähnt hatte. Vielleicht würde sie ihm als Entschädigung für den kleinen Unfall einen Kuchen vorbeibringen – sie hatte ohnehin vor, während ihrer Zeit in Monieux mit Lavendelrezepten zu experimentieren. Schließlich befand sie sich direkt an der Quelle, und hatte Di versprochen, ihre Bake Offs fortzuführen, sollte die Internetverbindung es zulassen.

Neben der Tür standen mehrere Gummistiefelpaare, auf denen dicke Schlammbrocken getrocknet waren. Die Fenster waren dunkel; die Küche also noch leer. Emilia drückte die Klinke nach unten und die schwere Holztür auf. Sie knarrte, und für einen Moment fühlte sich Emilia wie eine Einbrecherin. Sie blieb stehen und lauschte, während sie nach dem Schalter tastete. Endlich flammte das Licht im

Inneren auf. Sie trat ein, durchquerte die Diele und stand kurz darauf in der Küche. Der Raum bot so viel Platz zwischen der Gerätezeile mit Arbeitsplatte und dem Holztisch, dass Diane vermutlich vor Begeisterung losgekreischt hätte.

Emilia verschaffte sich einen ersten Überblick, ehe sie den Kühlschrank sowie die Vorratsschränke öffnete und alles fand, was sie für ein gutes Frühstück benötigte. Nachdem sie auch auf Kaffeepulver gestoßen war, machte sie sich daran, eine Kanne zu kochen und den Tisch zu decken. Zwar wusste sie nicht, wann die anderen sich blicken ließen, aber es konnte ja nicht schaden, schon einmal alles vorzubereiten. Sie gab gerade die Eier in die Pfanne, als es über ihr polterte. Kurz darauf tauchten Jessy und Mike auf, wobei er den Kopf einzog, als er durch den Türrahmen trat.

Jessy strahlte Emilia an. »Hey, guten Morgen! Ich hätte nicht gedacht, dass du an deinem ersten Tag vor uns wach bist.« Sie schnupperte und seufzte erleichtert, als sie den Kaffee auf dem Tisch entdeckte. Die beiden trugen Jeans, die eindeutig schon bessere Tage gesehen hatten, und Turnschuhe. Mike hatte seine blonden Haare zu einem Zopf gebunden und wirkte mit dem bunten Shirt und der Sonnenbräune, als würde er den Tag am Strand verbringen wollen statt bei der Arbeit. Jessys Top schimmerte in einem samtigen Blau und passte gut zu ihren Locken, die ihr bis zu den Wangenknochen reichten. Die Spitzen mancher Strähnen besaßen ein ausgeblichenes Blau, als hätte Jessy sie vor langer Zeit gefärbt. Brauen und Wimpern waren beinahe weiß und verliehen ihrem Blick etwas Sanftes und Eindringliches zugleich.

»Guten Morgen«, sagte Emilia und deutete auf den Tisch. »Maurice ist gestern nicht dazugekommen, mir zu sagen, welche Aufgaben heute sonst auf mich warten, und hat mich nur gebeten, mich um das Frühstück zu kümmern.«

»Eine sehr weise Entscheidung.« Mikes Stimme war rau und tief und passte damit wenig zum Image des *Sunny Surfers*. »Ich glaube, er war etwas entsetzt, als er uns zum ersten Mal gebeten hat, das Frühstück zu übernehmen.«

Jessy lachte und goss Kaffee in drei Tassen. »Wir haben in unserer E-Mail damals angegeben, überhaupt nicht kochen zu können, also wirklich gar nicht, aber das muss er in all der Hektik wohl vergessen haben. Er hat sich genau ein Mal zu uns an den Tisch gesetzt, kurz nachdem Mike den Toast verbrannt und den Kaffee viel zu stark dosiert hatte, und ist recht schnell wieder verschwunden.« Sie reichte Emilia eine Tasse. »Seitdem gab es Salat, Brote oder Fertiggerichte, weil er sich jetzt in der Erntezeit nur um den Lavendel kümmern kann. Er war heilfroh, als du geschrieben hast, dass Küchen für dich bekanntes Terrain sind.«

Mike warf einen Blick über Emilias Schulter und schnupperte. »Das sieht super aus. Kann ich noch was tun?«

»Vielleicht das Baguette schneiden«, sagte sie. »Ansonsten kann alles auf den Tisch, was ihr sonst noch braucht.«

»Wird gemacht, Küchenchefin.« Er grinste und öffnete den Kühlschrank, während Emilia den Herd abschaltete und die Eier gleichmäßig auf die Teller verteilte. Einen Teil ließ sie in der Pfanne für Maurice.

Jessy ließ sich auf die Holzbank an der Wand fallen und zog etwas aus ihrer Hosentasche. Es knisterte, als sie es auseinanderfaltete.

»Es ist eine Nachricht von Maurice. Klebte vorhin an unserer Tür«, sagte sie auf Emilias Blick hin. »Er schreibt, dass er schon heute früh zur Werkstatt aufgebrochen ist wegen des Ersatzteils für den Traktor.«

Mike brummte, da er den Mund voller Kaffee und sich offenbar soeben die Zunge verbrannt hatte. Er wedelte mit einer Hand herum, bis er endlich schluckte. »Es wird eine Weile dauern, bis er zurück ist, die Werkstatt ist in Avignon, aber die hatten das Ding immerhin vorrätig.«

Jessy nickte gedankenverloren und vertiefte sich wieder in die Notiz. »Babe, er schreibt sonst nur, dass wir alles wie besprochen bearbeiten sollen.«

Mike nickte, während er ein Stück Baguette in den Frischkäse tunkte und es sich in den Mund schob. »Also in der Destille sauber machen oder uns um die Bodendielen im Schuppen kümmern«, nuschelte er. »Wir machen erst den Schuppen fertig. Sonst bricht einer von uns noch ein, wenn er dort arbeitet. Wundert mich eh, dass das noch nicht passiert ist, das ist lebensgefährlich.« Er nahm sich ein weiteres Stück Brot und tunkte es in den Kaffee, ehe er seine Gabel in die Rühreier schob. »Hm, das ist abgesehen von den wenigen Tagen, an denen wir in der Bäckerei im Ort waren, das erste gute Frühstück hier.«

Emilia lächelte. »Das sind nur Rühreier, die bekommt vermutlich jeder hin.«

»Glaub mir, du möchtest keins meiner Rühreier probieren, und Mike schafft es nicht einmal, sie schalenfrei zu halten«, sagte Jessy und zog ein übertrieben zerknirschtes Gesicht. »Ehrlich, wir sind heilfroh, dass du hier bist, Em.« Sie hielt inne. »Versteh das bitte nicht falsch, es war nicht so gemeint, dass du ab sofort die Köchin für uns alle spielen sollst. Wir würden dafür hier sauber machen und uns um die Spülmaschine kümmern.«

Emilia schüttelte den Kopf. »Keine Sorge. Ich habe nichts dagegen, den Kochdienst zu übernehmen, auch wenn ich lieber backe.«

»Kuchen haben wir beide auch regelmäßig anbrennen lassen«, sagte Mike und starrte traurig auf sein drittes Stück Baguette. »Irgendwie vergessen wir immer, wenn wir was in den Ofen geschoben haben. Daher versuchen wir es gar nicht mehr.«

»Was schade ist«, sagte Jessy sehnsüchtig. »Aber das Gebäck aus Monieux ist nicht zu verachten.«

Emilia griff nach ihrer Tasse und pustete den Dampf weg, ehe sie einen Schluck nahm. »Wart ihr vor diesem Job auch schon in der Provence? Oder in Frankreich?«

»Ja«, sagte Mike mit vollem Mund. »Vor ein paar Wochen haben wir alles abgeklappert, um zu sehen, ob wir irgendwo helfen und unterkommen können – Häuser ausbessern, Schuppen reparieren. Davor waren wir in Spanien, auf einer Orangenplantage und im Olivenanbau. Zwischendurch haben wir uns mit anderen Arbeiten über Wasser gehalten. Einmal habe ich sogar ein Gartenhäuschen gebaut und ein Baumhaus für reiche Kids in Navarra.«

Emilia stellte ihre Tasse ab. »Das klingt toll. Ist das eure Haupteinnahmequelle, während ihr unterwegs seid?«

»Bisher sind wir damit ganz gut gefahren«, sagte Mike, zog sein Handy aus der Hosentasche und rief Instagram auf, ehe er es ihr reichte. »Hier, da findest du einige Arbeiten von mir.«

Emilia griff danach und scrollte durch die Fotos. Bei ungefähr der Hälfte handelte es sich um Selfies von Jessy und Mike; auf den anderen waren Felder, Farmimpressionen und besagte Unterkünfte zu sehen.

»Wow, das ist ja schön.« Emilia vergrößerte das Bild des Baumhauses. Mit den Türmchen zu beiden Seiten und den Spitzbogenfenstern hatte es etwas von einer kleinen Ritterburg. Mike hatte sogar ein Wappen an einer Seite eingraviert. Sie scrollte weiter und fand neben Schuppen und Detailaufnahmen von Holzpaneelen und anderen Dingen ein Gartenhäuschen, das in seiner Form einem Festzelt nachempfunden war, mit süßen Details und Schnitzereien. »Mike! Das ist wirklich hübsch!«

»Es hat ihn auch viel Zeit gekostet«, sagte Jessy düster. »Wir saßen dafür ganze zwei Monate in Sopela fest, das ist in der Nähe von Bilbao. Ich habe einfach keinen Job gefunden und war irgendwann den Strand leid.«

»Na komm.« Er griff nach ihrer Hand und hauchte einen Kuss darauf. »Es hätte schlimmer kommen können. Wie auch immer, Jess hatte dann Lust, sich die berühmten Lavendelfelder der Provence anzusehen, also haben wir gegoogelt, Maurice gefunden und sind einfach aufgetaucht. Ich hab ihm gesagt, dass sein Schuppen bald über und unter ihm wegbricht und ich ihn da gern unterstützen kann. Er wollte das nach der Ernte Ende August oder Anfang September machen, also sind Jess und ich erst einmal runter zur Küste.«

Emilia reichte ihm das Handy zurück. »Habt ihr da auch gearbeitet?«

Jessy zuckte die Schultern. »Wie man es nimmt. Wir hatten einen Job als Haus- und Hundesitter, aber nur für ein paar Tage, ansonsten haben wir uns auf die faule Haut gelegt. Bis Maurice anrief und uns erzählte, dass seine Stammhelfer abgesagt haben. Der Mann hatte einen Unfall und sich das Bein und ein paar Rippen gebrochen, und seine Frau wollte ihn nicht allein lassen. Also haben wir angeboten auszuhelfen.« Sie kratzte die letzten Reste Ei vom Teller.

Emilia leerte ihre Kaffeetasse. »Apropos Hunde. Sind euch schon einmal zwei Hündinnen über den Weg gelaufen hier auf der Farm? Total süße Tiere, braun und weiß.« Kurz überlegte sie, ihnen von dem Beinahe-Unfall gestern zu erzählen, entschied sich aber dagegen. Vielleicht war es keine gute Idee, noch vor Arbeitsbeginn auf der Farm anzudeuten, dass sie womöglich eine Gefahr für die Pflanzen darstellte.

Jessy nahm einen Bissen Baguette und strahlte. »Ja klar, die sind echt niedlich, aber wir glauben, es sind Streuner. Ich habe ihnen Namen gegeben; die Kleine ist Mini und die Große Rala.«

Mike zwinkerte ihr zu. »Wir legen ihnen regelmäßig Leckerchen hin. Aber verrate es nicht Maurice.«

»Ach.« Jessy winkte ab. »Der füttert die sicher auch, den Blicken kann nicht einmal der härteste Lavendelbauer widerstehen! Aber wie sieht es bei dir aus, Em? Machst du so etwas öfter?« Ihre Hand flatterte durch die Luft. »Auf Farmen arbeiten oder Menschen vor dem Hungertod retten?«

»Nein, das ist das erste Mal. Mich haben einige Zufälle hergebracht.« Sie horchte ihren Worten nach und war wieder einmal erstaunt, wie sehr die Zahnräder dieser Entscheidung ineinandergegriffen hatten. »Zum einen hatte ich gerade meinen Job gekündigt, weil es mit mir und der Firma nicht mehr passte, und dann hat mein Opa früher für eine Weile hier gearbeitet.«

»Was, auf dieser Farm?« Jessy riss die Augen auf. »Wie cool.«

»Ja, in den späten Fünfzigern, bei Jacques Borel. Daher habe ich gegoogelt, herausgefunden, dass Maurice noch jemanden sucht, und nun bin ich hier.«

Jessy nickte, als wüsste sie genau, wovon Emilia sprach. »Eine kurze Auszeit. Das ist genau das Richtige, wenn sich etwas im Leben verändert. Manchmal läuft man bei neuen Dingen in dieselbe Richtung wie vorher und bedenkt nicht, dass man auch selbst jemand anderes ist als noch vor einigen Jahren und die alten Schuhe nicht mehr passen.« Sie wackelte mit den Augenbrauen. »Diese Weisheiten stammen übrigens nicht von mir, sondern von meiner Mum.«

Emilia nickte nachdenklich. Sie dachte an das letzte Telefonat mit Eduard Scheller. Er hatte sich wie versprochen ins Zeug gelegt und ihr Vorstellungsgespräche bei einem Bauunternehmen und einem Matratzengeschäft vermittelt – beides finanzielle Sicherheiten, aber nichts, was sie wirklich reizte. Dennoch hatte sie ihm versprochen, sich nach ihrer Rückkehr dort zu melden.

»Also.« Sie nickte in Richtung Zettel, der neben Jessy auf dem Tisch lag. »Hat Maurice auch etwas für mich hinterlassen?«

»Nur dass er dich nach seiner Rückkehr rumführen wird und wir dich einfach einbinden sollen. Wir werden uns also zunächst um den Boden in der Destille kümmern. Es bringt wohl nichts, wenn einer von uns anfängt, die Kessel oder die Tanks zu reinigen, dann stehen wir uns nur gegenseitig im Weg.«

Mike angelte nach dem letzten Stück Baguette – selbst für seine Größe von mindestens eins neunzig hatte er einen guten Appetit. »Wenn ihr zwei im Schuppen loslegt, kann ich schon einmal das Holz zurechtschneiden.«

Emilia zuckte die Schultern. »Kein Problem.«

»Nein!«

Emilia fuhr zusammen und sah Jessy an, die sich so energisch eine Hand vor die Stirn schlug, dass es knallte.

»Babe?« Mike beugte sich vor, fasste behutsam ihren Arm und zog ihn zurück. »Alles okay?«

In Jessys hellen Augen funkelte Panik. »Das Hoffest«, flüsterte sie. »Es ist heute. Ich glaube, Maurice hat mit *vorbereiten* gar nicht den Schuppen gemeint.«

»O ja, Mist.« Im Gegensatz zu seiner Freundin wirkte Mike vor allem unbekümmert. »Das habe ich auch vergessen. Tja, sieht aus, als würdest du heute keine Bodendielen rausreißen.« Er grinste so breit, dass Emilia eine Zahnlücke im Oberkiefer sah.

»Das geht doch wieder schief«, jammerte Jessy, legte die Arme auf den Tisch und ließ den Kopf darauffallen. »Em, bitte hilf uns, ja?«

Emilia wechselte einen Blick mit Mike. »Wenn ich wüsste, wobei, würde ich das vermutlich tun. Welches Hoffest?«

Mike tippte mit einem Finger auf den Tisch. »Das heute und hier. Im Sommer veranstalten die Bauern der Region reihum Hoffeste, und dieses Mal ist Maurice dran. So halten sie Kontakt zu ihren Nachbarn und den Leuten aus dem Dorf. Es soll recht gemütlich sein, und so lernen wir gleich Leute kennen. Maurice hat uns gebeten, uns darum zu kümmern, als wir hier eingezogen sind. Hm.« Er kratzte sich am Kopf. »Vielleicht sollte ich besser die Bänke und Tische überprüfen, nachher sind die ebenso marode wie der Schuppen. Und wir müssen alles aufbauen, Jess.«

Die schien ihn nicht zu hören. »Em, wir müssen um die zwanzig Leute sattbekommen heute Abend. Vielleicht mehr; ich weiß ja nicht, wer noch so alles kommt oder wer wen mitbringt.« Aus ihrem Mund klang es, als stünde das Ende der Welt bevor.

Emilia zuckte die Schultern. »Das sollte kein Problem sein. Was habt ihr denn geplant?«

»Noch nichts. Das ist es ja, es ist uns einfach total durchgerutscht. Wir müssen auch noch dafür einkaufen und … am besten holen wir einfach Grillfleisch, Würstchen, Fertigsalate und Baguette.«

»Fertigsalate bei einem Bauernfest?« Die Vorstellung von Menschen, die von und mit der Natur und Landwirtschaft lebten, brachte Emilia einfach nicht mit irgendwelchen Industrieprodukten zusammen. »Nein, das bekommen wir schon hin. Lasst uns doch schnell aufbauen, dann planen wir die Menüliste, und einer von uns fährt zum Einkaufen in den Ort.«

»Gute Idee.« Mike stand auf und räumte die Teller zusammen.

»Lebensretterin«, murmelte Jessy. »Vermutlich hätte Maurice uns wieder weggejagt, wenn wir seinen Gästen heute Abend nichts als Baguette und Käse vorgesetzt hätten.«

Bei der Vorstellung musste Emilia an Bastien denken. Ob er auch kommen würde? Von dem Fest hatte er gestern nichts erzählt, aber sie hatten sich ja auch nur kurz unterhalten. Ihre Gedanken wanderten weiter und kreisten um erste Ideen für den Abend. »Denkt ihr, ich kann ein wenig Lavendel zum Backen abzweigen? Es wäre doch schön, auch Kuchen auf den Tisch zu stellen. Und da wir nun einmal auf einer Lavendelfarm sind …«

»Lebensretterin«, wiederholte Jessy, stand auf und fiel Emilia um den Hals.

Die erwiderte die Umarmung überrascht und schlug Jessy auf den Rücken, als sie kaum noch Luft bekam. »Schon gut.« Jessy ließ sie los und zupfte an einer Locke. Jetzt, da sie einen Plan hatten, schien sie es kaum erwarten zu können, ihn umzusetzen. »Also dann, legen wir los?«

Als müsste er den Rest des Tages hungern, schob sich Mike noch schnell ein riesiges Stück Käse in den Mund, ehe er den Rest im Kühlschrank verstaute. »Affo dann«, nuschelte er. »Auff fehts.«

Die Sonne brach durch die Wolken, als sie endlich alles Nötige auf den Innenhof getragen hatten. Mike sollte recht behalten; einige Holzstühle waren wackelig, ebenso ein Bein des länglichen Tisches.

Mike schüttelte den Kopf, als er locker dagegentrat und es wie ein Strohhalm wegknickte. »Ich denke, darum kümmere ich mich zuerst.«

»Ich wäre auch sehr dafür, wenn es heute Abend möglichst wenige Unfälle gibt«, sagte Emilia. »Ich fang drinnen schon einmal mit den Vorbereitungen an. Und pflücke Lavendel zum Backen.«

»Gute Idee und auch unbedenklich. Maurice benutzt schließlich keine Chemie auf seinem Hof.«

»Was denn dann?«

»Er spritzt zweimal im Jahr mit Kieselpräparaten, das stärkt das Wachstum und die Widerstandskraft. Und falls die geernteten Pflanzen nicht sofort verarbeitet, sondern erst eine Weile gelagert werden, soll es auch gut sein, aber frag mich nicht, warum. Auf jeden Fall ist er sehr stolz darauf, noch echten Lavendel anzubauen, den findet man nämlich nur noch selten. Die meisten nehmen Lavandin, das ist eine Hybridpflanze. Also: Such dir so viel Lavendel zum Backen, wie du brauchst, Maurice wird es sicher nicht stören, und du kannst niemanden damit vergiften.«

Emilia hob einen Daumen und machte sich auf den Weg, während sich Mike probehalber auf jeden Stuhl fallen ließ. Der perfekte Stresstest für die Möbel; bei seiner Körpergröße brachte er genug Gewicht mit.

Nach dem Frühstück hatten sie eine Einkaufsliste erstellt und entschieden, dass es schneller ging, wenn Jessy die Besorgungen allein erledigte – so konnten Mike und Emilia bereits auf dem Hof mit den Vorbereitungen beginnen. Neben Salaten und Fingerfood wollte Emilia einen Birnenkuchen mit Lavendel backen sowie Blätterteigrollen mit einer Füllung aus Lavendelschnee. Die Rezepte hatte sie vor ihrer Abfahrt entdeckt und freute sich darauf, sie auszuprobieren. Und dazu gab es wohl kaum eine bessere Gelegenheit als ein Hoffest auf einer Lavendelfarm! Die Besucher würden doch sicher erwarten, dass Maurice die Pflanzen, die ihm den Lebensunterhalt sicherten, auch auf den Tisch brachte.

Zwar hatte sie sich ihren ersten Tag etwas anders vorgestellt, aber so gefiel er ihr noch besser: erst etwas Organisation, und dann konnte sie sich beim Backen austoben, was ihr ohnehin am meisten Freude bereitete. In der Küche ging sie ihre Notizen durch. Das Fest würde gegen Abend beginnen – Maurice hatte Jessy und Mike keine Uhrzeit genannt und lediglich erwähnt, dass die Gäste kämen, wenn ihre Arbeit für den Tag erledigt wäre. Damit blieb ihr mehr als genug Zeit.

In der folgenden halben Stunde schälte Emilia die Birnen, die sie in der Obstschale gefunden hatte, und kochte in einem großen Topf Wasser mit Zucker, Zimt und Vanillestangen auf. Anschließend legte sie die ganzen Birnen hinein, um sie zu pochieren. Nach kurzer Suche fand sie einen Bastkorb auf einem der Hängeschränke, zog ein Messer aus der Schublade, mit dem sie sich etwas Lavendel abschneiden wollte, und zögerte. Dann nahm sie die angebrochene Packung Würstchen aus dem Kühlschrank und legte sie in den Korb. Nachdem sie in den Küchenschränken gekramt hatte, ließ sie eine alte Plastikschüssel folgen, die sicher niemand vermissen würde, und füllte eine Flasche mit Wasser. Schließlich wusste man nie, wem man unterwegs begegnete. Sie hoffte, Jessy würde an das Hundefutter denken, das sie mit auf die Liste gesetzt hatte.

Mit einem Gefühl der Vorfreude machte sie sich auf den Weg nach draußen. Ihr erster Tag auf der Borel-Farm hatte begonnen!

Sie scheuchte eine Handvoll Sperlinge auf, die in der Nähe der Hintertür auf dem Boden herumhüpften. Am strahlend blauen Himmel zog ein Raubvogel seine Runden. Im Gehen strich Emilia über die von der Sonne bereits erwärmte Fassade. Das Weiß der Fensterrahmen löste sich an vielen Stellen, aber das verpasste dem Haus sein eigenes Flair. Vor ihr breitete sich eine Wiese aus, die Maurice vor nicht allzu langer Zeit gemäht haben musste. Dahinter entdeckte Emilia vereinzelte Sonnenblumen, halb versteckt hinter den Zypressen. Wie schön würde es hier aussehen, wenn sie die gesamte Wiese begrenzten! Es wäre der ideale Platz für einige Sonnenliegen oder eine gemütliche Leseecke. Von der Einfahrt oder dem Hof aus war die Wiese nicht zu sehen, sie wäre also vollkommen ungestört. Sie würde in einigen Tagen Maurice fragen, ob sie sich hier ausbreiten durfte.

Der Lavendelduft, der schon die ganze Zeit über in der Luft lag, wurde stärker, als sie am Haus vorbei auf den Hof trat und den schmalen Fußweg einschlug, der sie zu den Feldern bringen würde. Von hier aus waren die Wellenformen in den Anbaureihen genau zu erkennen – sie folgten den Konturen der Landschaft, hatte Jessy ihr erklärt. Auf diese Weise wurden die Pflanzen besser bewässert und die Erde nicht vom Wind abgetragen.

Es brauchte nicht lange, bis sie das erste Feld erreichte. Sie blieb stehen, stellte den Korb ab und atmete tief ein, während sie den Blick schweifen ließ. Noch immer konnte sie sich nicht sattsehen an dieser faszinierenden Kombination aus leuchtenden Farben, die von der Sonne in Wärme getaucht wurden, und der Weite, die erst durch die Berge begrenzt wurde. Hier atmete man nicht nur tiefer, um den betörenden Duft aufzunehmen, sondern auch, weil der Anblick dieser Freiheit eine Leichtigkeit mit sich brachte. Diese Welt hatte ihre festen Regeln, ihre Abläufe und Jahreszeiten, und solange man im Einklang mit ihnen lebte, fühlte es sich … richtig an.

»Hast du dieses Gefühl gemeint, Opa?«, flüsterte sie und stellte sich vor, dass der leichte Wind, der soeben über ihre Wangen strich, ihre Worte bis in die Vergangenheit trug.

Sie wartete noch eine Weile, lauschte, ob das Rauschen ihr die Antwort verriet, ging in die Hocke und fuhr mit einer Hand behutsam durch den Lavendel. Es sah hübsch aus, wie sich die geöffneten Knospen kurz zur Seite bogen und den Blick auf die graugrünen Stängel freiließen, ehe sie wieder zurückschnellten, um den einheitlichen Teppich aus Violett zu bilden.

Emilia schnitt vorsichtig ungefähr dreißig Stängel ab. Sie wollte gerade zurück zum Haus gehen, als sie in einiger Entfernung eine Bank entdeckte. Sie schlenderte darauf zu und stellte fest, dass das gute Stück wie vieles auf der Farm mit ein wenig Pflege zu neuem Glanz erstrahlen würde. Die Bank war aus weißem Stein gefertigt und an einer Seite von Moos bewachsen. Durch die geschwungenen Füße und die Wellenform der Lehne hatte sie trotz allem etwas Elegantes an sich. Emilia wischte einige Zypressennadeln zu Boden, setzte sich und stellte den Korb neben sich ab. Die Aussicht war perfekt. Vor ihr der Lavendel, zu ihrer Linken das Gehöft. Etwas bewegte sich auf dem Hof; vermutlich reparierte Mike soeben den Tisch. Von hier würde sie auch sehen, wenn sich jemand der Farm näherte – ein Stück Weg blitzte zwischen den Feldern empor. In den Hecken und Bäumen hinter ihr zwitscherten die Vögel, und der Wind ließ Blätter und Zweige leise rauschen. Ja, um die Farm wieder hundertprozentig auf Vordermann zu bringen, war viel Arbeit nötig – aber das hier, das war die perfekte Idylle, an der sich nichts mehr verbessern ließ.

Emilia lehnte sich zurück und streckte die Arme aus. In diesem Augenblick war sie einfach nur glücklich. Die Entscheidung herzukommen, war goldrichtig gewesen, und nachdem sie sich eingewöhnt und einige Leute kennengelernt hatte, würde sie sich der Spurensuche widmen und mit etwas Glück wieder mehr Freude und Licht in Opa Walters Alltag bringen. Was hatte sie beim Bake Off mit Diane gedacht?

»Ich brauche ein Zeichen«, sprach sie ihre Gedanken von vor einigen Tagen laut aus, legte den Kopf zurück und starrte in das Blau des Himmels. »Ein Zeichen, um zu wissen, dass ich auf dem richtigen Weg bin. Soll ich mich nach meiner Zeit in Frankreich wirklich bei einem von Eduards Geschäftspartnern melden?«

Die Stille erschien ihr nach ihren Worten doppelt so tief. Selbst die Vögel waren verstummt. Emilia schloss die Augen und spürte die Wärme auf ihren Wangen. »Oder soll ich etwas Neues wagen? Mich wieder mehr auf Sprachen konzentrieren? Vielleicht sogar eine Weile beruflich ins Ausland gehen?«

Es raschelte.

Emilia riss die Augen auf … und fuhr zusammen, als sich etwas im Lavendelfeld vor ihr bewegte. Es war eindeutig zu groß für einen Sperling oder Grünfinken. Vielleicht gab es hier Hasen? Oder Fasane?

Sie schrie leise auf, als ein heller Blitz aus dem Lavendel auf den Weg schoss, gefolgt von einem zweiten. Die Hündinnen sprangen auf Emilia zu, dann wieder zurück. An ihren Schlappohren klebten Lavendelblüten, und die Kleine – Mini – nieste, als hätte sie einige davon in der Nase.

»Ich denke nicht, dass es Maurice gefällt, wenn ihr seine Felder auf diese Weise halb aberntet«, sagte Emilia und streckte eine Hand aus. »Glaubt mir, ich habe Erfahrung mit Lavendelbauern, deren Pflanzen aus Versehen vernichtet werden. Sie mögen das nicht und grummeln dann herum.«

Die beiden Hunde zögerten, trauten sich aber nicht so recht näher, sondern tänzelten von einer Seite zur anderen, wobei sie permanent wedelten. Emilia warf einen Blick auf ihren Korb. »Ihr riecht, dass da nicht nur Lavendel drin ist, nicht wahr?« Vier Hundeohren schossen in die Höhe. Emilia griff nach den Würstchen, und als die Packung knisterte, kläffte Rala leise.

»Also gut. Hier.« Emilia hielt eines der Würstchen nach vorn. Doch so gern die beiden auch wollten; sie waren zu scheu. Schließlich teilte Emilia das Würstchen in zwei Hälften und legte sie im Gras zu ihren Füßen ab. Jetzt wagten sich die Hündinnen näher, schnappten sich die Leckerbissen und zogen sich zur anderen Seite des Wegs zurück, wo sie sich hinlegten, um die Beute zu genießen. Auf diese Weise verfütterte Emilia auch die restlichen drei Würstchen. Für die zweite Begegnung war das – gerade nach einem Beinahe-Unfall – ein guter Anfang.

»So, das war es leider«, sagte sie und streckte ihre Hände aus, um den Hunden zu beweisen, dass sie nicht log. Die schnüffelten eine Weile lautstark in der Luft herum. »Ich muss jetzt zurück und mit meinem Beitrag für das Hoffest beginnen. Mike will grillen, und da bleibt bestimmt etwas übrig – wenn ihr wollt, können wir uns regelmäßig hier treffen.«

Mini und Rala wedelten stärker und setzten sich, ohne Emilia aus den Augen zu lassen. Die nahm die Plastikschüssel aus dem Korb, stellte sie neben die Bank und füllte sie mit Wasser. Dann machte sie sich auf den Weg zurück zum Haus. Als sie sich umdrehte, bemerkte sie, dass die beiden Hunde ihr folgten, aber immer stehen blieben, wenn sie es auch tat. Das Vertrauen war auch nach den Würstchen noch nicht groß genug.

Mike winkte ihr, als sie den Hof beinahe erreicht hatte. Emilia hob eine Hand und drehte sich ein letztes Mal um. Mini war bereits ein Stück zurückgeblieben, aber Rala stand fast vor Emilia und fixierte sie mit dunklen, glänzenden Augen.

»Danke für die Begleitung«, sagte Emilia leise und ging in die Hocke. »Und dafür, dass ihr mein Zeichen wart. Versprichst du mir, dass ihr mir weiterhin verratet, ob ich auf dem richtigen Weg bin?«

Rala wedelte stärker, schlich geduckt vorwärts und berührte Emilias Hand einen Moment lang mit der feuchten, kühlen Schnauze. Beinahe im selben Moment sprang sie zurück, kläffte, drehte sich um und raste los. Mini folgte ihr, und sie verschwanden im Lavendelfeld.

Emilia schmunzelte, stand auf und machte sich auf den Weg zum Haus.

5

Auf dem Hof wurden Rufe laut, und Emilia schlenderte in den Aufenthaltsraum, um einen Blick aus dem Fenster zu werfen, während sie sich die Hände an einem Tuch abtrocknete. Dafür, dass Jessy und Mike das Fest beinahe vergessen hatten, schien es bisher ein voller Erfolg zu sein. Der Bereich vor dem Haus war erfüllt vom Schimmer der Lampen und Lichterketten, unter denen die Gäste in kleinen Gruppen beieinanderstanden. Bisher waren es fünfzehn, eine überschaubare Zahl, und die meisten hielten bereits Weingläser in den Händen.

Maurice hatte Mike am Grill abgelöst und unterhielt sich mit einem Ehepaar, das in Gummistiefeln und Arbeitskleidung frisch vom Feld gekommen zu sein schien. Er war irgendwann nach dem Werkstattbesuch mit guter Laune aufgetaucht, das benötigte Ersatzteil im Kofferraum, hatte sich bei Emilia entschuldigt, noch keine Zeit für sie gehabt zu haben, und ihr versprochen, das am kommenden Tag nachzuholen. Als er einen Blick in die Küche und auf ihre Vorbereitungen geworfen hatte, war aus seinem sonst eher verhaltenen Lächeln ein Strahlen geworden. Maurice war kein Fan von Small Talk, lebte eindeutig für seinen Hof und hatte niemals eine eigene Familie gegründet.

Emilia mochte ihn, da er sich nicht verstellte. Wenn ihm etwas nicht gefiel, würde er es sie auf seine ruhige Art wissen lassen, und damit kam sie wunderbar zurecht.

Das Büfett für den Abend gefiel ihm eindeutig. Emilia hatte Kräuterfrikadellen, Schafskäsetaschen, gefüllte Eier, Spargelröllchen, eine Gemüse- sowie eine Lachsquiche und diverse Dips vorbereitet. Jessy hatte unter ihrer Anleitung zwei riesige Schüsseln voller Salat gemischt, dazu gab es frisches Brot mit Lavendel sowie die beiden süßen Spezialitäten, die Emilia noch auftischen würde. Die Blätterteigrollen mit der Cremefüllung aus Sahne, Eiern, Zucker und Lavendel waren bereits fertig, und gerade hatte sie den Birnenkuchen aus dem Ofen geholt. Wenn er so schmeckte, wie er aussah, war er ihr gelungen. Zumindest roch er einfach köstlich.

Sie ging zurück in die Küche und dekorierte ihn mit Lavendelblüten und -zweigen. Auf dem langen Holztisch, der nun repariert und von Jessy robust-gemütlich mit Holz, Zweigen und Obst dekoriert worden war, würde sich noch irgendwo ein Platz finden.

Emilia räumte schnell die Spülmaschine ein, band sich die Schürze ab, wusch die Hände und blickte sich um. Sie mochte es, in einer Küche dieser Größe mit der gemütlichen Holzeinrichtung zu arbeiten. Morgen musste sie unbedingt Diane anrufen und ihr eine Minitour über die Farm geben. Bisher hatte es nur für Textnachrichten gereicht, wodurch Dianes Antworten immer ungeduldiger geworden waren.

Eigentlich bist du diejenige, die mich mit Infos bombardieren und nicht so hinhalten müsste! Hier ist alles beim Alten, was hast du auch erwartet?

Emilia grinste; ihre Cousine hatte recht. Sie checkte kurz ihr Äußeres – heute hatte sie sich für eine lockere Leinenwickelhose in Taubenblau sowie ein helles Shirt mit Wasserfallausschnitt entschieden –, nahm das Gitter mit dem Kuchen und ging nach draußen.

Das Stimmengewirr wurde lauter, kaum dass sie aus der Tür getreten war. Als sie die Feiernden erreichte, sprang Jessy von ihrem Stuhl auf und half Emilia, Platz auf dem Tisch zu finden. »Das riecht ja irre«, sagte sie. »Ist das der letzte Kuchen?«

»Ja, und nun müsste genug für alle da sein, was meinst du?« Kritisch betrachtete sie das Büfett und freute sich darüber, dass ein Teil schon geplündert worden war. Auf einem kleinen Tisch hatte Jessy Gläser, selbst gemachte Limonade, Wasser, Wein und Pastis platziert. Der Duft von Kuchen und Gegrilltem überlagerte heute sogar den des Lavendels.

Jessy lachte. »Wenn das nicht reicht, dann weiß ich auch nicht. Tausend Dank, dass du Maurices Fest gerettet hast. Und damit uns.«

»Ich bin ja schließlich hergekommen, um zu helfen«, sagte Emilia. »Dann gehe ich mal zu Maurice und frage ihn, ob noch etwas gebraucht wird.« Sie lachte, als Jessy ihr einen Kuss auf die Wange drückte und zu Mike hüpfte, der sich mit einem dunkelhaarigen Mann unterhielt. Mit ihrem weit schwingenden Rock wirkte sie auf schräge Weise zugleich fehl am Platz und als wäre sie schon immer hier gewesen.

Emilias Blick fiel auf Jessys nackte Füße, ehe sie zu Maurice hinüberschlenderte. Manche Gäste schenkten ihr ein Nicken oder einen fröhlichen Gruß, zwei plauderten kurz mit ihr und zeigten Interesse an ihrer Heimat und warum sie sich als Farmhelferin ausgerechnet für die Provence entschieden hatte. Als Emilia ihnen erklärte, dass ihr Opa bereits in dieser Gegend gearbeitet hatte, klopfte man ihr auf die Schulter, als wäre es nur zu verständlich, dass diese Erfahrung an die Enkelin weitergegeben wurde. Leider sagte niemandem der Name Walter Finke etwas.

»Wie auch immer, dein Opa hatte einen guten Geschmack. Dies hier ist auch einfach das schönste Fleckchen Erde«, sagte eine Frau um die fünfzig, tunkte eine Scheibe Lavendelbrot in den Knoblauchdip und stellte sich als Clara vor, Inhaberin des Lebensmittelladens im Ort. Mit ihrem langen Haar in Karottenrot stach sie vor allem hervor, da das Licht der Laternen ihren Schopf zum Leuchten brachte. »Ich würde an keinem anderen Ort leben wollen.«

»Mich müssten sie auch gewaltsam hier wegbringen«, sagte die ältere Frau neben Clara und schenkte Emilia ein weitgehend zahnloses Grinsen. »Wüsste auch gar nicht, was ich woanders sollte. Hier gehe ich mittags auf die Straße und bin erst am Abend wieder zurück, weil ich mit jedem plaudere.«

»Und das alles nur, um mir nicht im Geschäft zu helfen, *Maman*.« Clara setzte eine gespielt finstere Miene auf, worüber die Ältere noch mehr grinste.

»Ich hab das mit der Arbeit alles hinter mir, *ma petite*. Nun bist du dran.« Sie tätschelte ihrer Tochter den Arm und stibitzte ihr das zweite Stück Brot vom Teller, ehe sie einen großen Schluck Wein nahm. Emilia plauderte mit den beiden Frauen etwas über das Wetter und das Essen, ehe sie weiterging.

»Ich muss mich noch einmal bei dir bedanken«, sagte Maurice, als sie ihn erreichte, und wendete die Würstchen mit fast schon meditativen Bewegungen. »Mike und Jessy sind großartige Farmhelfer. Aber dass sie nicht für das hier verantwortlich sind, war mir sofort klar.« Er deutete mit der Grillzange auf das Büfett. Heute wirkte er gelöster; selbst die Ringe unter den Augen waren nicht so tief wie sonst.

Emilia winkte ab. »Ich hatte ja sonst nichts auf der Tagesordnung. Außerdem hat es mir wirklich Spaß gemacht.« Das stimmte. Es hatte bisher nur wenige Anlässe gegeben, bei denen sie für so viele Menschen gekocht oder gebacken hatte, aber sie mochte es – besonders, wenn sie sah, wie gut es angenommen wurde.

Maurice beförderte eine Handvoll Würstchen auf einen Teller. Mit seinem dunklen Hemd zur Jeans und den zurückgekämmten Haaren sah er beinahe festlich aus. »Morgen schlafe ich eine Stunde länger und repariere als Erstes den Traktor. Komm jederzeit im Schuppen vorbei, wenn du wach bist, dann führe ich dich endlich rum, und wir sehen, wo du dich am besten einbringst. Aber das ist morgen. Heute reden wir nicht mehr über die Arbeit. Warte hier, ich bin sofort wieder zurück.«

Emilia beobachtete, wie er zu dem Tisch mit den Getränken ging, und blickte sich um. Es waren mehr Gäste eingetroffen, seitdem sie nach draußen gekommen war, und alle schienen sich zu kennen. Unterhaltungen und Gelächter erfüllten die noch warme Luft, und die Lichterketten an der Hauswand und über ihnen tauchten die Szenerie in weiches, geheimnisvolles Licht.

»Hier, bitte.« Maurice war zurückgekehrt und hielt Emilia ein Glas Weißwein entgegen. »Ein verspätetes, offizielles Willkommen auf der Borel-Farm.« Er hob sein eigenes Glas, und sie stieß mit ihm an.

»Danke, dass ich herkommen durfte.«

»Hast du im Anbau alles, was du brauchst? Ich hatte nur einmal schnell durchgeputzt und frische Wäsche aufgezogen.«

»Es ist hübsch dort, ich fühle mich sehr wohl.« Emilia nippte an ihrem Wein. Er war fruchtig, nicht zu süß, und damit perfekt für den Abend.

Maurice deutete auf einen Mann mit spiegelnder Glatze und einem Shirt, auf dem das Logo eines Bikerclubs prangte. »Der Wein ist von Aaron, sein Gut liegt in der Nähe von Sault. Er hat in den vergangenen Jahren einige Preise gewonnen, aber wenn ich ehrlich bin, weiß ich nicht, was er offiziell für eine Flasche nimmt. Wir tauschen meist, auch mit den anderen.« Schulterzucken. »Warum noch über Geld reden, wenn man sich auch so einigen kann?«

Die Vorstellung gefiel Emilia. »Sind alle Gäste Nachbarn oder Leute aus dem Dorf?«

»So ist es. Wir mögen die Vorstellung einer großen Familie – aber nur, weil wir dieser auch aus dem Weg gehen können, wenn wir wollen.« Er sagte es vollkommen ernst. »Die meisten von uns haben ihr Leben dem Land gewidmet, und da können die Tage lang sein. Gerade jetzt, im Sommer. Wir bevorzugen ruhige Abende ohne große Aufregungen. Niemand hat die Zeit oder Lust, in eine der größeren Städte zu fahren und dort die Nacht durchzufeiern, inmitten lauter Fremder, die man erst einmal kennenlernen muss, um eine gescheite Unterhaltung zu führen. Daher«, seine Geste umfasste den Innenhof, »haben wir das Nachbarschaftsfest ins Leben gerufen. Mit Pausen von mindestens mehreren Wochen. Wir wollen es ja nicht übertreiben.«

Das war die längste Rede, die Emilia bislang von Maurice gehört hatte. Sie nahm noch einen Schluck Wein. »Du hast heute Nachmittag erwähnt, dass dein Vater bei größeren Entscheidungen auf der Farm noch immer Mitspracherecht hat. Kommt er heute auch?« Sie hatte vergeblich in den Gesichtern der älteren Männer nach Ähnlichkeiten mit Maurice gesucht.

Maurice schüttelte den Kopf. »Pa lebt seit einem halben Jahr im Seniorenheim. Er ist bettlägerig, und hier kann ich mich einfach nicht so um ihn kümmern, wie ich wollte. Ich bin froh, dass es ihm dort gefällt, und es geht ihm gut. Aber diese Feier wäre einfach zu anstrengend für ihn gewesen.«

»Ich verstehe«, sagte Emilia und dachte nach. »Erinnerst du dich an meine E-Mail?«

Maurice leerte sein Glas und stellte es ab, um Fleisch und Würstchen zu wenden. Der Teller neben dem Grill war bereits von hungrigen Gästen geleert worden. »Natürlich. Du hast geschrieben, dass dein Opa hier gearbeitet hat. Ich muss zugeben, dass das ein Grund gewesen ist, warum ich dich eingeladen habe – ich dachte, Pa würde dir gern von den alten Zeiten erzählen. Aber nachdem der Traktor den Geist aufgegeben hat und meine beiden Stammhelfer sich krankgemeldet haben, habe ich es wieder vergessen, tut mir leid.«

Emilia winkte ab. »Das ist doch verständlich. Aber ich würde mich freuen, deinen Vater zu treffen und mit ihm zu plaudern, wenn es nicht zu anstrengend für ihn ist.«

Maurice schenkte ihr sein verhaltenes Lächeln. »Das wird er gern tun. Zwar ist er körperlich nicht immer ganz auf der Höhe, aber wir passen einfach einen Tag ab, an dem es ihm gut geht, und fahren gemeinsam hin.«

»Das wäre toll.« Die Vorstellung, mit jemandem zu reden, der früher hier Zeit mit ihrem Opa verbracht hatte, feuerte ihr Blut mehr an als Aarons preisgekrönter Wein. Maurices Vater musste schließlich ungefähr in Opa Walters Alter sein. Vielleicht hatten die zwei genau hier gestanden und wie sie und Maurice miteinander angestoßen! Und vielleicht … ja, vielleicht würde sich das Rätsel um Jette lösen, wenn sie mit Maurices Vater eine Reise in die Vergangenheit antrat.

»Bonsoir.« Ein hochgewachsener Mann mit beeindruckendem Magnum-Schnurrbart, der sich zuvor als Gustave vorgestellt hatte, trat zu den beiden, lächelte Emilia an und schlug Maurice so fest gegen die Schulter, dass der taumelte. Im selben Moment entdeckte sie Bastien. Er unterhielt sich am Rand der Gruppe mit einer jungen Frau. Beide mussten gerade erst gekommen sein, da sie weder Teller noch Gläser in den Händen hielten. Bastien sah gut aus in dunkler Hose und einem schlichten weißen Shirt. Seine dunkelblonden Haare und die nackten Arme schimmerten. Er lachte, als die Frau sich zu ihm beugte, um ihm etwas ins Ohr zu flüstern. Sie stach noch mehr aus der Menge heraus als Clara mit den roten Haaren oder Jessy, die dieses verspielte Hippie-Flair verströmte. Bastiens Gesprächspartnerin konnte sich Emilia jedoch viel besser in einer Stadt vorstellen. Sie war ganz in Schwarz gekleidet; breite Silberketten baumelten um ihren Hals und an einem Handgelenk. Obwohl sie ihr dunkles Haar sehr kurz trug, wirkte sie nicht burschikos – dafür sorgten die ausladenden Wangenknochen und die vollen Lippen, an denen ein Piercing glänzte. Sie und Bastien schienen vertraut miteinander zu sein. Auf eine unbekannte Weise machte Emilia der Anblick unruhig.

Noch ehe sie dem Gefühl nachgehen konnte, schnitten Scheinwerfer durch die Dunkelheit, und ein Wagen hielt auf die Farm zu – ein Kombi, der schon bessere Jahre gesehen hatte. Auf der Seite musste sich einst ein Logo befunden haben, aber jetzt war nur noch ein Teil der Umrisse zu sehen, aus denen Emilia nichts herauslesen konnte. Der Wagen hielt am Rand des Hofs, und ein Raunen ging durch die Anwesenden, als ein Mann ausstieg. Er musste ein paar Jahre älter sein als Emilia, allerhöchstens Mitte dreißig, und wirkte mit seinem gewellten Haar und der geraden Nase wie jemand, der sich auch gut vor einer Kamera machen würde. Einzig die Tatsache, dass er ein Stück kleiner als Emilia war, die es ohne Schuhe gerade einmal auf eins fünfundsechzig brachte, passte nicht ins Bild. Mit energischen Schritten umrundete er den Wagen, öffnete den Kofferraum, und als er ein großes Blech herausholte, setzte Applaus ein. Jemand pfiff, und der Neuankömmling deutete eine Verbeugung an.

»Wo darf ich das abstellen?«, rief er.

Verwundert erkannte Emilia, dass er Gebäck mitgebracht hatte. Da sie sich für die Verpflegung zumindest teilweise verantwortlich fühlte, winkte sie ihm zu. »Hier!«

Er setzte sich sofort in Bewegung, während sie mit Claras Hilfe drei Stühle nebeneinanderstellte. »Passt das?«

Er strahlte sie an. »Perfekt. Ich bin froh, wenn ich das schwere Teil irgendwo abstellen kann.« Behutsam tat er genau das, sodass Emilia den Inhalt inspizieren konnte: Croissants, teilweise mit Schokolade, daneben Zimtschnecken, Madeleines, Brioche, Schokoladen-, Apfel- sowie Mohnkuchen, und alles definitiv selbst gebacken.

»Wow.« Sie beugte sich darüber und schnupperte. »Ich glaube, nun geht uns zumindest die süße Verpflegung nicht aus.« Sie deutete auf den Tisch, wo vom Birnenkuchen mit Lavendel nur noch die Hälfte übrig war.

Der Mann warf einen Blick darauf und legte anerkennend den Kopf schief. »Oha, das ist ein neuer Anblick auf einem Hoffest. Normalerweise gibt es Salat, Fleisch, Baguette, hier und dort ein paar Snacks, aber es hat noch niemand an das wirklich Wichtige gedacht: den Nachtisch. Daher …« Er deutete auf das Blech und hielt Emilia eine Hand entgegen. »Ich bin Charles, mir gehört die Boulangerie.«

»Ah, ich habe schon gehört, dass man bei dir gut frühstücken kann«, sagte Emilia und schüttelte sie. »Emilia. Ich bin gestern als Erntehelferin angekommen. Ich wusste nicht, dass du die Feier belieferst, tut mir leid. Aber es hat mir so in den Fingern gekribbelt, etwas mit Lavendel zu backen.«

Charles wirkte überrascht. »Nein, um Himmels willen, das ist wunderbar. Ich freue mich, jemand Gleichgesinnten unter all den Backbanausen zu finden!« Die letzten Worte rief er laut und erntete Gelächter. »Ich bringe immer das Gebäck mit zu den Feiern, das am Tag nicht weggegangen ist. Also ist mir am Morgen eines Hoffests immer schon klar, dass ich die Boulangerie eigentlich schließen kann, weil die Sparfüchse nur auf den Abend warten.« Die Worte klangen liebevoll. »Außerdem habe ich meist die gleichen Teilchen im Angebot. So sehr ich manchmal gern mehr experimentieren würde, fehlt mir oft einfach die Zeit dazu. Aber mein oberster Grundsatz ist: Ich lasse keine Teiglinge anliefern, sondern bereite alles morgens oder am Abend zuvor frisch zu.«

»Respekt«, sagte Emilia und meinte es ernst. »Das muss viel Arbeit sein.«

Charles machte ein gequältes Gesicht, hielt das Schauspiel jedoch nicht lange durch, ehe seine gute Laune zurückkehrte. »Ist es auch. Nach ungefähr einem Jahr hatte ich raus, wie viel ich pro Tag ansetzen muss. Wenn Feste wie dieses anstehen, mache ich einfach etwas mehr, und die Leute erwarten mittlerweile auch, dass ich mit dem Blech hier aufkreuze.« Er schnippte dagegen. »Sonst würden sie mich vermutlich lynchen.«

Emilia schnappte sich eines der größeren und mit Puderzucker bestäubten Croissants und biss hinein. Es war mit Marzipan gefüllt, das fein und cremig war. »Das schmeckt wunderbar. Darf ich dir im Gegenzug ein Stück Birnenkuchen mit Lavendel anbieten?«

»Sehr gern.« Charles trat beiseite, da zwei Frauen sich lachend zu dem großen Blech durchdrängten und es eingehend inspizierten. Er nahm einen Teller von Emilia entgegen und unterzog sein Kuchenstück erst einmal einer ausgiebigen Probe, indem er daran schnupperte und mit einem Finger die Konsistenz prüfte. Dann biss er ab … und gleich noch einmal. »Ich verbeuge mich vor deiner Backkunst«, sagte er und tat es wirklich, was Emilia noch vor einigen Jahren die Röte ins Gesicht getrieben hätte.

Jetzt aber winkte sie lachend ab. »Im Gegensatz zu dir ist es nur ein Hobby.«

»Gerade dann ist das Ergebnis beeindruckend«, sagte er und ließ das Stück mit zwei weiteren, schnellen Bissen zur Hälfte verschwinden. »Hast du die Birnen eingelegt?«

»Pochiert. Mit Vanille und Zimt.« In Emilias Hosentasche vibrierte ihr Handy. »Entschuldige«, sagte sie und warf einen Blick auf das Display. Diane. Rasch drückte sie den Anruf weg. »Ich rufe da später zurück.« Ihr schlechtes

Gewissen meldete sich, und sie versprach ihrer Cousine stumm, sich direkt morgen Vormittag bei ihr zu melden, ehe sie das Handy wieder verschwinden ließ. Aber dies war ihr erstes Zusammentreffen mit den Menschen der Umgebung, und da wollte sie sich nicht zum Telefonieren in eine Ecke zurückziehen. Keine zwei Sekunden später vibrierte es erneut, und nachdem Diane es zum dritten Mal versuchte, wusste Emilia, dass sie keine Wahl hatte, als unhöflich zu sein.

»Entschuldige, Charles, aber das ist meine Cousine und damit die hartnäckigste Person der Welt. Ich sage ihr eben, dass ich momentan nicht reden kann.«

»Kein Problem, lass dir Zeit«, sagte Charles, studierte die zwei einsamen Röllchen mit Lavendelschnee und beantwortete eine Frage der beiden Frauen, die noch immer die Auslage auf dem Blech betrachteten.

Emilia nahm den Anruf an und wandte sich ein Stück zur Seite. »Diane, ich kann gerade nicht, daher habe ich dich zweimal weggedrückt. Ich melde mich morgen, versprochen.«

Kurz herrschte Stille in der Leitung, dann schnaubte ihre Cousine empört. »Bist du auf einer Party?«

»Irgendwie schon«, sagte Emilia, »aber das erzähle ich dir noch ausführlich. Ich lerne gerade die Menschen aus Monieux kennen, da wäre es unhöflich, am Telefon zu hängen.«

Diane brummte. »Na gut, überredet. Aber wenn ich morgen nichts von dir höre, mache ich die Nummer der Lavendelfarm ausfindig und terrorisiere deinen Chef, bis er dich ans Telefon holt.«

Emilia stöhnte. »Das traue ich dir sogar zu. Aber ich

wäre dir wirklich dankbar, wenn du mich nicht zum Gespött der Gegend machst. Hier kennt jeder jeden.«

»Ha! Dann habe ich dich wohl in der Hand. Also Süße, hab noch viel Spaß. Gibt es zumindest was Gescheites zu essen?«

»Klar, gerade ist der Inhaber der Bäckerei eingetroffen mit Croissants und Kuchen, und er scheint sein Handwerk zu verstehen.«

»Wehe, du backst fremd!«

»Ach Di, Bake Offs mache ich nur mit dir. Bis morgen, grüß mir Markus und die Wellis.«

»Bis morgen!« Diane schickte noch zwei Küsschen durch die Leitung und legte auf.

Charles, der die letzten Worte gehört und einen Teil davon auch verstanden haben musste, gesellte sich wieder zu ihr. »Bake Offs?«

Emilia schwenkte ihr Handy, ehe sie es wieder in ihre Tasche gleiten ließ. »Ja, das ist so ein Ritual von meiner Cousine und mir. Wir wohnen seit Kurzem weit auseinander, also treffen wir uns online zum gemeinsamen Backen.«

»Als Wettbewerb? Gibt es so etwas nicht auch im Fernsehen?«

Emilia nickte und nahm sich ein Stück Apfelkuchen. »Ja, genau, daher sind wir auch draufgekommen. Anfangs haben wir wirklich einen Backwettbewerb draus gemacht, dann aber gemerkt, dass wir lieber gemeinsam Rezepte ausprobieren.«

»Gute Idee«, sagte Charles. »Vielleicht sollte ich so etwas mal machen. Du weißt schon, frischen Wind ins Geschäft bringen.«

»Ich würde mir deine Bäckerei gern ansehen, sobald ich weiß, wann ich freihabe.«

Er strahlte. »Abgemacht! Sag einfach Bescheid, ich habe auch samstags am Vormittag geöffnet. Vielleicht kommen wir ja dazu, etwas gemeinsam auszuprobieren. Die Kunden wird das nicht stören. Im Gegenteil: Die tun ohnehin meist so, als gäbe es den Vorhang nicht, der den Verkaufsraum abteilt, weil sie nicht nur kaufen, sondern auch quatschen wollen. Manche wollen nur quatschen und kaufen nicht einmal was.«

»Es gibt bei dir einen Vorhang? Was soll der tun, Kunden abhalten?«, fragte jemand neben ihnen, und Emilia erkannte Clara vom Lebensmittelladen.

Charles stöhnte übertrieben theatralisch, und Emilia hob eine Hand. »Das macht unter euch aus. Bis später.«

»Bis später, Kollegin«, sagte Charles und bot Clara ein Stück Birnenkuchen mit Lavendel an.

Emilia schlenderte über den Hof und wurde hier und dort gegrüßt, als wäre sie ebenfalls eine Einwohnerin. Wenn sie stehen blieb, stellten sich die Leute vor, und sie plauderte mit jedem eine Weile, auch wenn sie wusste, dass sie bis morgen die Hälfte der Namen wieder vergessen haben würde. Als sie nach Maurice Ausschau hielt, stellte sie fest, dass er dem Grill den Rücken zuwandte und noch immer in ein Gespräch mit Gustave vertieft war. Schnell stibitzte sie zwei große Würstchen und schlug sie in eine Serviette ein.

»Du lässt dich also nicht gern beim Essen beobachten.«

Sie erstarrte und drehte sich langsam um. Vor ihr stand Bastien und deutete auf das Proviantpäckchen in ihren Händen. »Ähm.« *Eine gute und sehr eloquente Antwort,*

Emilia! Fieberhaft suchte sie nach einer Erklärung, während sie Bastien von Maurice weglotste und somit von der Gefahr, auch von anderen als Lebensmitteldiebin eingestuft zu werden. Dabei kam es ihr vor, als starrte sie jemand an – und als sie den Kopf wandte, traf ihr Blick den der schwarzhaarigen Frau. Sie hielt ein Weinglas in der Hand und stand mittlerweile mit den Dörflern zusammen. Emilia konnte ihren Gesichtsausdruck nicht hundertprozentig deuten, hatte aber das Gefühl, dass ihre Anwesenheit die Fremde irritierte. Augenblicklich fühlte sie sich ertappt, als würde sie hier, mit Bastien, etwas Verbotenes tun. Aber sie kannte ihn schließlich kaum und plauderte mit ihm wie mit den anderen Gästen auch. Nur eben … unter vier Augen.

»Emilia?« Bastien riss sie aus ihren Gedanken und deutete auf das Päckchen in ihren Händen.

»Oh. Ehrlich gesagt ist das nicht für mich. Ich mag Würstchen nicht einmal.«

Seine dichten Brauen zogen sich zusammen und entspannten sich wieder. »Die Hunde.«

Sie hob einen Mundwinkel. »Ich weiß gar nicht, ob ich sie jetzt finde, aber ich dachte, wenn ich die Würstchen irgendwo hinlege …«

Er schien zu überlegen, ehe er mit einer eleganten Bewegung nach vorn deutete. »Dann begleite ich dich besser. Nicht, dass du dich mitten in der Nacht im Lavendel verirrst.«

»Du hast also Angst, dass ich aus Versehen weitere Pflanzen auf deinen Feldern zerstöre«, sagte sie und gab sich Mühe, ernst zu klingen.

Bastien nickte ebenso ernst, der Ausdruck auf seinem Gesicht wirkte beinahe bekümmert. »Genau das ist der

Grund. Ehe ich Verluste einfahre und bei Maurice um ein paar Würstchen betteln muss, die vom Fest übrig geblieben sind.«

Nun stahl sich das Lächeln doch auf Emilias Gesicht. »Das kann ich natürlich nicht riskieren – von daher danke für die Begleitung. Wo müssen wir lang?«

Er deutete nach links. »Den Hauptweg ein Stück runter, dann können wir einen Bogen schlagen und kommen hinter dem Haus wieder raus.«

Eine Weile liefen sie schweigend nebeneinanderher, ließen den Duft des Gegrillten und das Wirrwarr der Stimmen hinter sich und tauchten in das Lavendelaroma ein. Wieder kam es Emilia vor, als würde sie von einer Welt in die nächste gleiten. Was blieb, war Bastiens Gegenwart, die sich auch in der zunehmenden Stille richtig anfühlte. Unwillkürlich atmete sie tiefer, als sie sein Aftershave wahrnahm, dunkle Erdtöne mit einem Hauch Zitrusduft. Als der Weg schmaler wurde, zog Bastien eine winzige Taschenlampe hervor und schaltete sie ein. Der feine Lichtstrahl tanzte vor ihren Füßen, als wollte er sie locken, nicht stehen zu bleiben. Ihre Schultern berührten sich beim Laufen, aber das machte Emilia nichts aus. Im Gegenteil: Trotz des lauen Abends genoss sie die Wärme, die von Bastien ausging.

»Und«, sagte er schließlich, »wie war dein erster Tag?«

»Von der Farmarbeit habe ich noch nichts mitbekommen. Ich war hauptsächlich mit den Vorbereitungen für das Fest beschäftigt, da Maurice wegen eines Ersatzteils unterwegs war.«

»Dann geht es also in den nächsten Tagen bei euch los.«

»Ja, ich bin schon gespannt. Maurice will mich morgen herumführen und zeigt mir meine Aufgaben bei der Ernte.

Und vielleicht schaffen wir es sogar, seinen Vater zu besuchen.« Sie spürte seinen Blick.

»Im Seniorenheim? Das Aufgabenfeld der Borel-Farmhelfer hat sich ganz schön erweitert in diesem Jahr.«

Emilia winkte ab. »Nein, das ist mehr … also ich bin nicht nur hier, um Maurice zu helfen. Sondern ich möchte auch Menschen finden, die vielleicht meinen Opa kannten. Er hat als junger Mann für eine Weile hier gearbeitet, auf der Borel-Farm. Damals hat Jacques Borel sie noch geleitet.«

»Wirklich?« In Bastiens blauen Augen lag ein Funkeln. »Das muss ja …«, er rechnete kurz nach, »vor über sechzig Jahren gewesen sein.«

»Stimmt. Mein Opa ist 1957 nach Monieux gekommen.«

»Spannend. Und du willst in seine Fußstapfen treten?«

Sie überlegte. »Ein wenig, ja. Zumindest hat seine Geschichte überhaupt erst den Ausschlag für mich gegeben herzukommen. Ich habe die Farm recherchiert und bin darauf gestoßen, dass Maurice eine Aushilfe sucht. Aber mein Opa erzählt nur ungern von seiner Vergangenheit in Frankreich, und, na ja, ich möchte so gern mehr darüber wissen. Vor allem«, sie senkte die Stimme zu einem verschwörerischen Flüstern, »könnte es sein, dass eine geheimnisvolle Frau damals eine Rolle gespielt hat.«

»Vielleicht will er das alles ja einfach für sich behalten.«

Emilia ließ die Finger über einen Strauch am Wegesrand gleiten. »Meinem Opa geht es gerade nicht so gut. Er hat seine langjährige Lebensgefährtin verloren, und«, sie zögerte, »vielleicht heitert es ihn auf, und er freut sich, wenn er noch einmal Kontakt zu alten Freunden aufnehmen kann. Oder sogar zu einer Frau, die ihm mal etwas bedeutet hat. Abgesehen davon, würdest du denn nicht mehr herausfinden wollen über das Leben deiner Familie?«

Er schnaubte leise. »Glaub mir, wenn mein *grand-père* nicht wollte, dass ich etwas erfahre, dann würde er Mittel und Wege finden, es vor mir zu verheimlichen.«

Emilia versank in Gedanken an die damalige Zeit, während Bastien sie bis zum Ende des Wegs führte und dann abbog. »Ich glaube, dass die Gegenwart am wichtigsten ist, aber man die Vergangenheit nicht ganz vergessen sollte«, sagte sie nachdenklich. »Schließlich sind wir aus ihr hervorgegangen, aus all den Erlebnissen und Erfahrungen, die wir gemacht haben. Und auch unsere Vorfahren. Wenn man es schafft, die schönen Momente noch einmal aufleben zu lassen, dann kann es doch nicht falsch sein, oder?« Sie warf Bastien einen Seitenblick zu, doch er wirkte nachdenklich im Licht der Lampe und schwieg. »Die wenigen Dinge, die mein Opa über diesen Ort erzählt, klingen, als hätte er eine gute Zeit gehabt. Er ist bei Weitem kein Romantiker, aber wenn er sich an Monieux erinnert, sieht er beinahe verliebt aus. Vielleicht schaffe ich, ihm dieses Gefühl mit nach Hause zu bringen.« Sie wollte ihm nicht sofort auf die Nase binden, dass sie hauptsächlich hier war, um neben der Farmarbeit nach der unbekannten Jette zu suchen.

Bastien lachte leise, ein warmes Geräusch, das sie am liebsten irgendwo gespeichert hätte, um es ein zweites Mal zu hören. Noch kannte sie ihn zu wenig, ihn und seine Vergangenheit. »Wie hieß dein Opa?«, fragte er plötzlich. »Und warum ist er zurückgegangen?«

»Walter. Walter Finke. Und ich glaube, er hatte von Anfang an geplant, zurück nach Deutschland zu gehen. Das hier war quasi seine Auszeit, um sich einen Teil der Welt anzusehen, ehe er eine Familie gründet.« Sie warf einen Blick in den Himmel. Über ihr funkelten Sterne wie winzige Risse im Firmament. »Er war Tischler und wollte in Frankreich eigentlich auch in dem Bereich arbeiten. Aber der Lavendel hat dann wohl gewonnen.«

Er legte ebenfalls den Kopf in den Nacken, folgte ihrem Blick, als würde er über ihre Worte nachdenken. »Ja, so einige Menschen sind fasziniert von dem Leben hier draußen.«

»Ihr habt doch sicher viele Touristen, nicht wahr?«

Bastien runzelte die Stirn. »Ja.« Ein Laut so düster wie der Nachthimmel, hätte es keinen einzigen Stern dort gegeben. »Manche kommen sogar aus den Städten, nur um Fotos für ihre Social-Media-Accounts zu machen, und dabei stört es sie nicht, was sie dabei anrichten. Letztes Jahr habe ich eine Frau gefunden, die drei Schaffelle in einem Feld ausgebreitet und sich darauf geräkelt hat. Mit nichts als Lavendelblüten am Körper.«

»Ach du meine Güte!« Emilia riss die Augen auf und schlug sich eine Hand vor den Mund. »Das ist …« Sie prustete los. »Tut mir leid, ich weiß, dass sie dabei die Pflanzen zerstört hat, aber allein die Vorstellung! Wie hast du reagiert?«

»Ich habe ihr zehn Minuten gegeben, um sich anzuziehen und zu verschwinden, ehe ich die Polizei gerufen hätte«, sagte er mit einem Grollen in den Silben. »Sie hat gezetert und nicht verstanden, warum ich sie nicht einfach liegen gelassen habe. Es wäre ja noch genug Lavendel da.«

»Kommt so etwas oft vor? Dass du Frauen in deinen Feldern findest, die dort nicht hingehören? Oder Autos?«, fügte sie mit schlechtem Gewissen hinzu.

Er hob eine Augenbraue und dachte eindeutig ebenso wie sie an ihren kleinen Unfall. »Zum Glück passiert das eher selten. Aber der Lavendel blüht ja auch nur von Ende Juni bis August. Sobald er abgeerntet ist, lässt das Interesse nach.«

Sie hatten den Weg erreicht, der wieder zurück zu Maurices Haus führte. Weiter oben befand sich die Bank, auf der Emilia zuvor gesessen hatte. Bastien blieb stehen und wandte sich um. Emilia folgte seinem Beispiel, und sie betrachteten die Lichtpunkte in der Ferne, dort, wo der Ort liegen musste. Manche bewegten sich; Menschen fuhren zurück zu ihren Häusern und Wohnungen.

»War für dich schon immer klar, dass du die Farm eines Tages übernehmen möchtest?«, fragte sie leise. Sein Gesicht lag halb im Schatten. Der Anblick flüsterte ihr zu, dass auch Bastien wie jeder Mensch Geheimnisse mit sich herumtrug, und auf einmal wünschte sie sich, mehr über ihn zu erfahren.

Er bewegte eine Hand und schwenkte den Lichtkegel in Richtung seiner Ländereien. »Ich bin dort aufgewachsen und als kleiner Junge meinem *grand-père* überallhin hinterhergelaufen. Er hat immer gesagt, dass er mich hätte anbinden müssen, um in Ruhe arbeiten zu können. Aber er hat sich die Zeit genommen, mir zu erklären, was ich wissen wollte. Nur manchmal hat er mich weggeschickt, wenn es in seinen Augen zu gefährlich für mich war. Daher kannte ich nichts anderes. Die Lavendelfarm war meine Welt, dort habe ich gespielt und gelernt, was Arbeit bedeutet. Auch, was *viel* Arbeit bedeutet.« Er zögerte. »Also ja, ich wollte schon immer mit Lavendel arbeiten.«

»Und deine Eltern?«

Vielleicht lag es an der Bewegung der Taschenlampe, dass sich sein Gesicht verdüsterte. »Meine Mutter hat nie einen Hehl daraus gemacht, dass das Landleben nichts für sie ist. Die Stadt war schon immer ihr Traum. Mein Vater stammt aus Vichy, sie haben sich hier kennengelernt, als seine Familie Urlaub gemacht hat. Da waren sie noch recht jung, aber sie haben Kontakt gehalten.«

»Habt ihr zwischendurch in einer Stadt gelebt?«

»Nein.« Nun klang er wieder versöhnlicher. »Meine Mutter hat es wirklich versucht. Sich hier ein Leben aufzubauen, meine ich. Sie hat in Sault in einem Klamottenladen gearbeitet, aber es hat ihr nie gereicht. Mein Vater war oft unterwegs, das hat ihr ebenso wenig gefallen. Und als Henri mich nach und nach eingearbeitet hat, war sie vor allem erleichtert. Weil ihr aufgegangen ist, dass sie sich niemals mit dem Betrieb befassen muss.«

»Henri ist dein Opa?«

Er nickte. »Vor Jahren hat sich *maman* endlich durchgesetzt, und sie sind nach Marseille gezogen.« Er atmete tief aus, wandte sich abrupt ab und schwenkte die Taschenlampe als Zeichen weiterzugehen.

Emilia folgte ihm, aber sie kam nicht umhin, sich vorzustellen, wie er als kleiner Junge auf den Feldern herumgetollt war. Sie fragte sich, ob er noch Kontakt zu seinen Eltern hatte, aber es war unmissverständlich, dass er das Thema nicht vertiefen wollte.

Sie erreichten die Bank, und Emilia deutete darauf. »Sollen wir uns kurz setzen?«

Er nickte und ließ ihr den Vortritt. Emilia wickelte die Würstchen aus der Serviette und warf sie in das Gras auf die gegenüberliegende Seite des Wegs. Dabei fiel ihr auf, dass die Wasserschüssel beinahe leer war. Sie würde später noch mal herkommen und sie auffüllen. »Hier habe ich die beiden Hunde gestern getroffen«, sagte sie. »Jessy hat sie Mini und Rala getauft. Vielleicht erinnern sie sich und sehen nach, ob es neues Futter gibt. Verrate mich bitte nicht.«

»Versprochen«, sagte er leise.

Emilia lauschte dem Echo der Silben nach – sie hatten so vertraut geklungen –, streckte die Beine aus und lehnte den Kopf zurück. Die Welt um sie herum war erfüllt von Lichtern, und sie und Bastien bildeten das Zentrum.

Lange Zeit saßen sie einfach nur da, genossen die Ruhe und den Anblick der nächtlichen Landschaft. Der Wind hatte sich gelegt, nur die Geräusche der Feier am Haus waren zu hören. Weit genug entfernt, um ihnen die Besonderheit des Augenblicks zu gönnen, aber auch so nah, dass sie sich den Feiernden in kürzester Zeit wieder anschließen konnten.

Nach einer Weile stand Bastien mit einer fließenden Bewegung auf und hielt Emilia eine Hand entgegen. »Wir sollten uns wieder unter die Meute mischen, ehe Gerüchte aufkommen.«

Sie zögerte. Fürchtete er solche Gerüchte? Noch wusste sie wenig über ihn. Bisher hatte er weder eine Frau noch eine Freundin erwähnt, aber das musste ja nichts heißen. Sie dachte an die Schwarzhaarige mit dem Lippenpiercing, mit der er sich vorhin unterhalten hatte, und fragte sich dann, was mit ihr los war. Irgendwo anzukommen und Männer sofort in Dating- oder kein Datingmaterial einzuteilen, war noch nie ihre Art gewesen, und sie würde jetzt auch nicht damit anfangen. Bastien war lediglich ein vorübergehender Nachbar, und sie freute sich darüber, dass sie sich gut verstanden.

»Du hast recht«, sagte sie daher und ließ sich aufhelfen, zog ihre Hand aber rasch wieder zurück. Trotzdem glaubte sie den gesamten Rückweg lang, den sanften Druck seiner Finger zu spüren.

6

Emilia wischte sich den Schweiß von der Stirn, griff nach ihrer Wasserflasche und trank die letzten Schlucke, die bereits Körpertemperatur angenommen hatten. Dann richtete sie sich auf, drückte den Rücken durch und sah sich um.

Schon jetzt war es in der Destille deutlich wärmer als draußen. Wenn Maurice das Öl aus den Lavendelblüten extrahierte, musste es sich anfühlen wie in einem Dampfbad.

Sie hatte ihren zweiten Arbeitstag mit Jessy und Mike hier verbracht, den Boden ausgebessert und die Apparaturen nach Maurices genauen Anweisungen hin gesäubert. Der riesige Sammelbehälter stand in einer Ecke und wartete auf seinen Einsatz auf den Feldern, und die zwei Dampfkessel wirkten durch ihre Deckel und Schläuche noch ein ganzes Stück beeindruckender, als sie es ohnehin bereits waren – wie riesige, fremdartige Ungetüme, die jemanden erschlagen konnten, wenn er nicht aufpasste.

»Einer davon fasst ungefähr dreihundert Kilo«, hatte Maurice ihr erklärt, ehe er zu einem Geschäftstermin aufgebrochen war. Zuvor hatte er mit seinem Kaffee am Haus gelehnt und in völliger Ruhe in den Himmel gestarrt. »Das Wetter bleibt gut«, hatte er gesagt und die Schwalben beobachtet, die in Richtung Scheune und wieder zurück flogen. »Wir haben noch Zeit.«

Emilia hatte gelernt, dass der Lavendel trocken geerntet werden musste und daher auch erst, wenn sich der Morgentau verflüchtigt hatte. »Sonst geht zu viel Aroma verloren«, hatte Maurice gesagt. »Je stärker die Sonne, desto mehr ätherisches Öl produzieren die Pflanzen. Doch wenn die Blüten einmal richtig nass sind …« Er hatte beide Hände zusammengelegt und dann auseinandergerissen, um eine Explosion zu imitieren. »Dann wäre die Ernte nicht so, wie ich sie mir vorstelle. Oder sogar ganz dahin. Sollte alles trocken sein, könnten wir den Ertrag sogar ein paar Tage lagern, es sei denn, wir bekommen eine Druckwetterlage, dann muss es schnell gehen. Aber normalerweise destillieren wir die Ausbeute jeder Ausfahrt sofort.«

Nun verstand Emilia auch, warum Maurice mehrmals am Tag den Wetterbericht kontrollierte, obwohl der immer dasselbe sagte: trocken mit Temperaturen bis zu dreißig Grad, genau so, wie es den Lavendelbauern und -pflanzen am liebsten war. Und warum die Ernte mehrere Wochen dauerte.

»Puh!« Jessy tauchte von der anderen Seite der Destille auf und sah so verschwitzt aus, wie Emilia sich fühlte. Dunkle Flecken prangten auf Wangen und Stirn, und ihr ehemals rotes Top hatte die Farbe von Black-Baccara-Rosen. Zwei, drei Locken klebten ihr auf der Haut, andere standen wild in die Höhe. »Das war es für heute! Ich komme mir vor, als hätte ich Hinkelsteine geschleppt. Mindestens. Was meinst du, Em, spielen wir Schere, Stein, Papier darum, wer als Erste unter die Dusche darf?« Sie rieb sich über die Stirn und verwischte den Fleck dort.

Emilia grinste, ahnte aber, dass sie ähnlich dreckig war. »Ich lasse euch beiden den Vortritt, aber nur, wenn ihr nicht das gesamte warme Wasser verbraucht. Kalt duschen kann ich auch in meinem kleinen Bad, aber ehrlich gesagt bin ich kein Fan davon.«

»Brr, wer ist das schon«, sagte Jessy und tippte sich an die Brust. »Und hey, ich komme aus Australien, ich bin darauf konditioniert, Wasser zu sparen.«

»Dann dürft ihr erst recht zuerst. Ich will noch eine Runde drehen, vielleicht treffe ich ja die beiden Hunde wieder.«

Jessy zupfte an ihrem Top. »Die haben es dir wirklich angetan, oder?«

Da hatte sie nicht unrecht. »Die Würstchen von der Party gestern haben sie sich immerhin abgeholt, die Wasserschüssel war auch schon wieder leer, und nun verlassen sie sich vielleicht auf mich. Gerade, wenn das Wetter so bleibt, haben die Süßen doch Durst. Außerdem möchte ich nicht, dass ihnen etwas passiert, wenn die Ernte demnächst losgeht. Was, wenn sie zum Beispiel in einem Lavendelfeld schlafen?«

Jessy prustete los. »Maurice kontrolliert die Ernteabschnitte vorher. Und die Hunde werden schon aufwachen, wenn der Traktor angeschmissen wird.«

»Wenn sie tief schlafen?«

»Mensch, Em.« Jessy trat vor und zupfte etwas aus Emilias Haaren. »Ich mag es ja, dass du leicht verrückt bist. Aber nun … Mike!«

Mike, der soeben an der Tür der Destille erschien, presste beide Hände auf sein Herz, verdrehte die Augen und sank theatralisch zu Boden. Jessy lachte, rannte zu ihm und gab ihm einen Kuss, der ihn zu neuem Leben erwachen ließ. Kurz darauf trotteten die zwei Hand in Hand zum Haus.

Emilia schnappte sich Wasserflasche und Handy und zog die Tür des Schuppens hinter sich zu. Die Wärme änderte sich von drückend zu stechend, und sie schloss die Augen, als ein leichter Wind über ihre erhitzte Haut strich. Sie breitete die Arme aus und blinzelte enttäuscht, als sich die Brise wieder legte. Mit dem guten Gefühl, heute die erste echte Arbeit für die Lavendelernte gemeistert zu haben, schlenderte sie Richtung Zufahrtsstraße. Hier begegnete sie schließlich niemandem außer Maurice, Jessy und Mike, und die Hunde würden sich nicht daran stören, dass sie dringend eine Dusche brauchte. Dann jedoch erinnerte sie sich daran, was Bastien und später auch Maurice bei seiner Führung über den Besitz gesagt hatten, und machte auf dem Absatz kehrt.

Kurz darauf schob sie ein Damenfahrrad aus dem Schuppen. Abgesehen von einigen Spinnweben und zwei platten Reifen wirkte es fahrtüchtig; zumindest funktionierten Klingel und Bremsen, und die Kette sah auch noch vertrauenerweckend aus. Es war ein altes Modell mit schwerem, aber stolz geschwungenem Rahmen, auf dem man aufrecht saß und das noch über eine Rücktrittbremse verfügte. Jemand – vielleicht einer der vorherigen Helfer – hatte es in hellem Violett gestrichen und mit grünen Ranken verziert. Emilia fand es wunderschön. Am Lenkrad war ein Korb angebracht, leicht angerostet, aber noch immer funktional. Sie löste die Luftpumpe von der Stange und machte sich an die Arbeit.

Als sie wenig später aufstieg, schwankte das gute Stück zunächst von einer Seite auf die andere. Recht schnell hatte sie raus, wie sie das Gleichgewicht auf diesem alten Modell am besten hielt, auch wenn sie am Anfang noch etwas wackelte. Die linke Pedale knarrte, und der Hinterreifen hätte noch mehr Luft gebrauchen können, aber jetzt wollte Emilia nicht mehr absteigen. Sie schlug den Weg zur Straße ein und flog an den Lavendelfeldern vorbei. Insekten surrten und summten; kleine blaue Schmetterlinge stoben auf, flatterten über den Blüten und tanzten davon. Vom Sattel aus hatte sie einen perfekten Blick über den Schwung der Pflanzenreihen. In der Ferne blinzelten allmählich die Konturen von Bastiens Haus hinter den Zypressen hervor.

Unwillkürlich lächelte Emilia, als sie an gestern Abend dachte. Seine Gegenwart hatte die Ruhe der nächtlichen Landschaft verstärkt, während seine Berührung sie innerhalb eines Atemzugs weggewischt hatte. Auch jetzt wurde ein Teil tief in ihr unruhig, als sie sein Haus und die Felder davor im Auge behielt. Energisch verbot sie sich weiterzudenken, zu analysieren oder gar zu grübeln, was das bedeutete.

»Ich würde mich einfach freuen, ihn zu treffen und ein wenig zu plaudern, Ende«, murmelte sie und schüttelte über sich selbst den Kopf. Nach kürzester Zeit auf dem Land führte sie Selbstgespräche auf einem Rad, die sich um den – zugegeben – attraktiven Nachbarn drehten. Wenn sie das Diane erzählte, würde die vermutlich argwöhnen, dass der Zauber Monieux' in einem Rausch aus Lavendeldampf läge.

Beinahe hatte sie die Stelle erreicht, wo der Weg zur Samain-Farm abzweigte. Emilia ließ das Rad ausrollen und genoss den Fahrtwind, der sie auf sanfte Weise abkühlte. Hinter der Kurve wollte sie wieder in die Pedale treten, hielt jedoch inne, als sie Bastien entdeckte. Er stand inmitten des Felds und schien etwas zu überprüfen. Vielleicht, ob die Blüten trocken genug waren? Wollte er etwa schon mit der Ernte beginnen?

Sie bemerkte, wie sehr sie plötzlich strahlte, und klingelte. Der Ton war rau und erstaunlich dunkel, aber laut genug: Bastien hob den Kopf. Abgesehen davon rührte er sich nicht, und Emilia fragte sich, ob er sie nicht erkannte, da er sie nicht auf einem Rad vermutete.

»*Bonjour*«, rief sie und winkte.

Er starrte sie noch eine Weile an, so reglos, dass sie unsicher wurde. Dann wandte er sich ab und ging durch die Lavendelreihen in Richtung Haus.

Es war, als hätte jemand die Fröhlichkeit, die Emilia soeben gespürt hatte, mit einem Schlag verschwinden lassen. Verwirrt hielt sie an und setzte einen Fuß auf den Boden, während sie Bastien hinterherstarrte. Er drehte sich nicht um. Aber vielleicht war er zu sehr in Gedanken gewesen und hatte sie einfach nicht erkannt. Etwas anderes würde schließlich keinen Sinn ergeben. Sie überlegte, ob sie ihn kurz besuchen sollte, aber ein anderer Zeitpunkt war wohl besser – nach einer Dusche beispielsweise. Sie wollte gerade auf ihr Rad steigen und weiterfahren, als sie in der Ferne einen Wagen bemerkte. Er kam aus der Richtung, in der das Haus der Samains lag, und hupte mehrmals. Bastien hielt darauf zu, beugte sich zum Fenster herunter und unterhielt sich mit dem Fahrer. Kurz darauf ging er weiter, und das Fahrzeug setzte sich wieder in Bewegung. Ein hellblauer Citroën, wie Emilia nun erkannte, und er schien seine besten Tage schon hinter sich zu haben. Zu ihrem Erstaunen hielt er erneut, dieses Mal auf einer Höhe mit ihr.

Als jemand den Kopf aus dem Fenster streckte, blinzelte sie. Zunächst konnte sie das Gesicht nicht einordnen, aber dann erkannte sie das schwarze Haar und die schön geschwungenen Wangenknochen, zu denen der verstimmte Ausdruck nicht so recht passen wollte. Das war die Frau, die sich gestern Abend auf dem Fest mit Bastien unterhalten hatte.

Emilia nickte ihr zu. *»Bonjour.«*

Eine Antwort erhielt sie zunächst nicht. Stattdessen starrte die Frau sie weiter an, bis sie schließlich eine Hand ausstreckte und sie in einer Geste in die Richtung schwenkte, in der Maurices Haus lag. »Das dort ist Ihre Seite, *non*?« Sie wartete keine Antwort ab, fuhr das Fenster wieder hoch und gab dann so viel Gas, dass Erde aufspritzte. Völlig perplex starrte Emilia dem Wagen hinterher, während ihr bewusst wurde, dass die Worte nicht wie eine Frage geklungen hatten. Sie waren ein Befehl gewesen. Ein nicht sehr freundlicher Hinweis, dass sie auf dieser Seite der Ländereien bleiben sollte.

Weshalb? Ging es hier um Bastien? Hatte die Frau etwas dagegen, dass er mit Emilia spazieren gegangen war? Sie fuhr sich über die Stirn. Die Frage war wohl eher, ob die Unbekannte das Recht hatte, sich so zu verhalten. Sie war aus Richtung des Farmhauses gekommen – hatte sie Bastien lediglich einen kurzen Besuch abgestattet oder dort übernachtet?

»Das alles geht dich nichts an, Emilia«, murmelte sie, noch immer erstaunt über die Begegnung und die harschen Worte. Schließlich war nichts zwischen ihr und Bastien geschehen, sie hatten sich lediglich unterhalten. Trotzdem trübte das Aufeinandertreffen ihre Stimmung, und auf einmal wurde sie sich wieder bewusst, wie sie aussehen musste nach diesem Arbeitstag, mit Haaren, die ihr am Hals klebten, und verdrecktem Gesicht. *Na wunderbar!*

Besser, sie versuchte, die Frau so schnell wie möglich zu vergessen. Eine Weile hielt sie noch Ausschau nach den

Hunden, aber die hatten sich vermutlich in den Schatten verzogen und dösten. Also stieg sie wieder auf und fuhr langsam einen Bogen zurück zur Farm. Sie musste noch die Plastikschüssel an der Bank auffüllen. In der Zwischenzeit würden Jessy und Mike im großen Bad fertig sein, und sie konnte sich endlich aus ihren Klamotten schälen.

»Emilia!« Maurice trabte mit hochgekrempelten Ärmeln aus dem Schuppen und verengte die Augen gegen die Sonne. »Hast du heute Nachmittag schon was vor?«

Emilia schüttelte den Kopf. »Eigentlich nicht. Brauchst du Hilfe?« Sie sah sich um, als würde der nächste Arbeitsauftrag auf sie warten. Dabei war sie für heute mit ihrem Pensum fertig und hatte den restlichen Tag zur freien Verfügung. Aber nach der Dusche, einem leichten Snack bestehend aus Salat und gegrillten Auberginen mit Baguette sowie mit frischen Klamotten fühlte sie sich bereit für die nächste Herausforderung. Jessy und Mike waren aufgebrochen, um die Gegend zu erwandern, und sie hatte geplant, in der Sonne zu dösen und mit Diane zu facetimen. Aber sie war schließlich hier, um Maurice zu helfen.

Der sah ein wenig entsetzt aus. »Denkst du, ich will euch ausnutzen? Ihr habt den gesamten Vormittag gearbeitet – und das sehr gut übrigens. Die Anlage ist startbereit, ich habe gerade alles kontrolliert.«

»Heißt das, es geht morgen los?«

Er warf einen Blick in den Himmel. »Sieht ganz danach aus. Aber eigentlich wollte ich dich fragen, ob du mit in den Ort möchtest. Ich muss einige Besorgungen erledigen und Gustave besuchen, und soweit ich weiß, warst du noch nicht in Monieux.«

»Oh.« Damit hatte sie nicht gerechnet. Dann dachte sie an den anderen Grund, aus dem sie überhaupt nach Frankreich gekommen war. »Fährst du auch zu deinem Vater?«

Ein Schatten zog über Maurices Gesicht, sodass Emilia sofort bereute, ihn danach gefragt zu haben. Er war aber schnell wieder verschwunden. »Heute leider nicht. Er hasst es, wenn ich vor der Ernte zu wenig Zeit habe und nicht so lang bleibe, wie er gern hätte, was ich auch voll und ganz verstehen kann. Schließlich will sich niemand fühlen, als wäre er nur ein Pflichttermin zwischen Werkstattbesuch und Einkäufen. Aber in den kommenden Tagen sollte es klappen, dann sage ich dir Bescheid.«

»Das wäre toll, danke. Und was die Fahrt in den Ort betrifft: Ich bin gern dabei.«

»Gut.« Er rieb sich den Nacken und sah sich um. Das war typisch Maurice: Manchmal schienen ihm Dinge einzufallen, um die er sich noch kümmern musste, und er nahm sich jedes Mal einige Sekunden, um sie in seinem Kopf zu klären. »Ich muss noch etwas kontrollieren und zwei Telefonate führen.« Er nickte ihr zu und deutete auf seinen Pritschenwagen. »In einer halben Stunde geht's los.«

»Super, ich bin hier.«

Er hob einen Daumen, sah sich noch einmal um und verschwand in Richtung der Lagerräume. Emilia schlenderte zurück zum Anbau, um ihre Handtasche zu holen. Umziehen musste sie sich vermutlich nicht; der helle, knielange Rock, das mintfarbene Top sowie ihre Sandalen würden schon genügen, schließlich ging sie zu keiner öffentlichen Veranstaltung. Sie freute sich darauf, den Ort zu besichtigen und vielleicht den einen oder anderen Gast vom Hoffest wiederzutreffen – und hoffte, dass sie nicht ohne es zu merken in weitere Fettnäpfchen getappt war.

Viele Sehenswürdigkeiten gab es sicher nicht, schließlich lebten in Monieux nur knapp vierhundert Menschen, aber sie wusste bereits, dass Tourismus eine Rolle spielte. Die Region war bei Menschen beliebt, die gern wanderten oder die Abgeschiedenheit suchten. »Von denen gibt es immer mehr«, hatte auf dem Hoffest die Frau mit dem Faible für Gartenzwerge betont, die sich Emilia als Sandrine vorgestellt hatte. »Vor zehn Jahren war ich noch überrascht, wenn sich überhaupt mal jemand in unsere Gegend verirrt hat, und jetzt musste ich neue Bettwäsche kaufen, da ich sie so oft wechseln muss.« Sandrine lebte von ihrer kleinen Rente sowie dem, was ihr vor wenigen Jahren verstorbener Mann hinterlassen hatte, und stockte ihre Finanzen auf, indem sie das alte Zimmer ihres Sohnes vermietete und den Gästen dazu Frühstück bot.

Emilia verstand sehr gut, dass es Menschen in diese Gegend zog. Sie liebte ihre Heimat, und Münster war fast hundertmal so groß wie Monieux. Aber hier auf dem Land kam ein Teil von ihr zur Ruhe. Wider Erwarten vermisste sie nichts, weder Restaurants noch Bars noch den Kiosk an der Ecke, an dem sie nachts noch etwas kaufen konnte. Und auch der Drang, permanent ihre Mails und Nachrichten zu kontrollieren, war bereits abgeklungen.

Sie betrat den Anbau und sah sich um. Bisher hatte sie es geschafft, Ordnung zu halten, auch wenn sich ihre Bücher auf dem Tisch und ihre Klamotten über den Stuhllehnen stapelten. Sie mochte diesen Hauch Abgeschiedenheit, den sie jederzeit gegen die fröhlichen Farben in Kombination mit den Holzmöbeln und dem Gelächter von Jessy und Mike im

Haupthaus eintauschen konnte. Auch den Ausblick liebte sie. Gegen Abend fing sich die Sonne in den Berghängen und wechselte ihre Farben auf atemberaubende Weise, ehe sie verschwand. Es war einer der Anblicke, die Emilia für immer im Gedächtnis behalten wollte – doch davon gab es seit ihrer Ankunft einige. Sie hatte versucht, Fotos des Naturspektakels zu machen, jedoch festgestellt, dass nur die Erinnerung der Realität gerecht wurde.

Noch blieb ihr etwas Zeit, also schnappte sie sich ihre Handtasche, in der sich ihr Handy und ihr Portemonnaie befanden, sowie die Kaustreifen für die Hunde, die Jessy von ihrem Einkauf in Monieux mitgebracht hatte, und machte sich auf den Weg zu ihrer Bank. Dieses Mal musste sie nicht lange warten, denn kaum hatte sie den Platz erreicht, trotteten Mini und Rala aus dem Schatten der Bäume.

Emilia blieb stehen und lächelte. »Na, habt ihr auf mich gewartet?«

Die beiden Hunde stellten die Ohren auf, und während sich Mini wie immer im Hintergrund hielt, um sie und vor allem die Tasche nicht aus den Augen zu lassen, kam Rala auf Emilia zu. Dunkle Augen bemerkten jede Bewegung, aber die Hündin wedelte leicht.

Emilia überlegte, ließ sich auf die Bank sinken und strich über das warme Moos. Vielleicht sollte sie dieses hübsche Teil wieder auf Vordermann bringen! Sie legte die Handtasche neben sich, zog die Leckerli hervor und öffnete die Tüte. Vier Ohren zuckten, als es knisterte. Mini zögerte, entschied aber doch, dass der Anreiz nicht groß genug war, um ihre Scheu zu überwinden. Rala dagegen schlich vorwärts und machte einen langen Hals, um zumindest noch etwas Abstand zu Emilia wahren zu können.

Die hielt einen Kaustreifen in der Hand und bewegte sich nicht. Rala schnappte ihn sich und zog sich damit zu ihrer Gefährtin zurück. Mini beobachtete sie und sah so unendlich enttäuscht aus, dass Emilia es nicht übers Herz brachte, sie länger warten zu lassen, und ihr ihren Anteil zuwarf. Innerhalb weniger Sekunden inhalierten die Hündinnen zwei weitere Leckerli.

»Das war alles für heute«, sagte Emilia und streckte ihnen die Hände entgegen. »Tut mir leid.« Beide schnupperten geräuschvoll und wedelten nun stärker. »Jetzt muss ich auch los, ich fahre mit Maurice in den Ort. Grüßt Bastien von mir, wenn ihr ihn seht, er war vorhin so beschäftigt! Und kennt ihr die Frau, die heute so sauer auf mich war?«

Vielleicht war er ja gar nicht so beschäftigt. Vielleicht wollte er nicht mit mir gesehen werden. Hat er etwa ein schlechtes Gewissen?

Die Hündinnen wedelten und machten den Anschein, sich momentan für niemanden außer Emilia zu interessieren. Gut. Besser, sie nahm sich ein Beispiel und dachte ebenfalls nicht mehr an den Zwischenfall. Also winkte sie, machte sich auf den Weg und freute sich über die Fortschritte mit den Tieren.

Hier auf der Borel-Farm war so vieles neu, aber nach und nach gewöhnte sie sich daran, lernte und hatte vor allem das Gefühl, etwas bewirken zu können. Ja, das hatte sie zuvor in der Firma auch gehabt, und Eduard Scheller hatte nie ein Geheimnis daraus gemacht, wie sehr er sie schätzte. Aber dort war sie ein Rad in einem großen Getriebe gewesen, an dessen Ende Geschäftskunden warteten, die sie in einigen Fällen flüchtig, in den meisten aber niemals zu Gesicht bekam. Hier dagegen erlebte sie die direkten Auswirkungen ihrer Handlungen. Sie würde dabei sein, wenn der Lavendel geerntet und destilliert wurde, würde sehen, wie sich die Farben der Felder veränderten und damit die Landschaft. Dies war ein anderes Leben. Auf gewisse Weise spürte sie es bereits, wenn sie tief einatmete und die Augen schloss. Als könnte sich ihre Seele mit dem Land verbinden.

Emilia lief schneller, als sie Maurice auf dem Hof entdeckte. Er lehnte neben seinem Auto und tippte auf seinem Handy herum. »Bin ich zu spät?«

»Nein, ich muss eh noch zwei Nachrichten schreiben. Steig gern schon mal ein.«

Sie ging zur Beifahrertür, brauchte mehrere Anläufe, um sie zu öffnen, und wurde mit einem protestierenden Quietschen belohnt.

»Das ist normal«, rief Maurice.

»Dann ist es ja gut«, murmelte Emilia und nahm Platz. Das Innere des Pritschenwagens sah aus, wie man es sich bei einem Landbesitzer vorstellte: nicht zu ordentlich und mit Erdklumpen im Fußraum. Natürlich hatte sich der Lavendelduft auch hier verfangen. Am Frontspiegel hing ein Büschel getrockneter Blüten. Ob sie dieses Aroma noch wahrnehmen würde, wenn die Ernte in vollem Gang war?

Kurz darauf riss Maurice die Fahrertür auf, stieg ein und startete den Motor. »Das wäre erledigt, los geht's. Ich denke, ich brauche ungefähr zwei Stunden, in denen kannst du bummeln. So viel gibt es in Monieux allerdings nicht zu sehen.«

»Ich finde schon etwas«, sagte Emilia. »Ansonsten wandere ich einfach am Fluss entlang.« Sie deutete auf ihre Sandalen mit der robusten Sohle.

Maurice nickte und fuhr los. Wieder einmal konnte sich Emilia nicht daran sattsehen, wie die Lavendelreihen an ihnen vorbeiflogen. Als sie die Abzweigung an der Straße erreichten, setzte sie sich aufrechter hin und wandte den Kopf in Richtung der Samain-Farm, aber dieses Mal war von Bastien nichts zu sehen.

Auf der kurzen Fahrt plauderten sie und Maurice über seine Anfänge im Beruf. Wie auch bei den Samains war die Farm Familienbesitz und von Maurices Urgroßvater gekauft worden, als sie nur halb so groß gewesen war. Maurices Opa Jacques hatte sie zu der Zeit zusammen mit seiner Frau erweitert, als auch Opa Walter in Monieux gewesen war – indem er eine kleine Nachbarsfarm aufgekauft hatte. »Mareille, die damalige Besitzerin, hatte schon lange mit dem Gedanken gespielt, sich aus dem Geschäft zurückzuziehen, also sind sie und mein Opa sich schnell einig geworden.« Mit dem Landzukauf richteten sich die Ziele neu aus – wo man zuvor mit kleineren Abnehmern aus dem Kosmetikbereich zusammengearbeitet hatte, orientierten sich Maurice und davor sein Vater Vincent an der Lavendelölgewinnung. Die hofeigene Destille hielt Einzug, als Vincent die Farm von seinen Eltern übernahm. »Das ist wohl auch der Grund, warum ich nie eine Familie gegründet habe«, sagte Maurice. »Ich stecke meine gesamte Zeit in den Betrieb. Alles andere hätte ich da nur vernachlässigt, und das wäre schließlich nicht fair gewesen.«

Sie erreichten die ersten Ausläufer des Orts, und nicht zum ersten Mal schoss Emilia die Vorstellung durch den Kopf, dass Monieux' Häuser in der Nacht mit den umliegenden Bergen verschmolzen. Sie schmiegten sich an die südöstliche Seite des Mount Ventoux, als hätte jemand sie aus den Felsen geschlagen. Die Sonne tauchte alles in fast gleißende Helligkeit und ließ etwas in einiger Entfernung aufleuchten: das träge fließende Wasser des Flüsschens Nesque. Kinder in Badesachen standen darin, tauchten immer wieder die Hände hinein und schleuderten die Tropfen mit wildem Kreischen in die Luft. Abgesehen davon schien der Ort in der Mittagshitze zu dösen. Nur wenige Fahrzeuge waren unterwegs, und hinter der überschaubaren Häusermenge zogen sich Felder, Strauchvegetation und kleine Waldgebiete die Hänge hinauf. In manchen Gärten bildeten Blumen Farbtupfer, und Vögel hüpften auf den Zäunen umher. Doch viele Fensterläden waren geschlossen; die Bevölkerung sperrte die Hitze aus. Ländlicher hätte ein Ort kaum sein können.

Maurice fuhr langsamer, als die Vorgärten weniger wurden und die Steinhäuser mit den roten Dächern bis an die Straße reichten, die keine Randbegrenzungen aufwies. Auch hier verschmolz Stein mit Stein.

Sie parkten neben einem Restaurant mit dem passenden Namen *Les Lavandes*, in dem es dunkel war. Ranken bedeckten die Fassade, die ihre mediterrane Farbe weitgehend verloren hatte. Drei große Glastüren, mehrere Blumenkübel sowie eine pittoreske Steinmauer sorgten dennoch für Wohlfühlatmosphäre.

»Das hier ist schon das Zentrum«, sagte Maurice und deutete über die Schulter zurück. »Ich würde dir ja noch Tipps geben, aber du hast ohnehin mehr als genug Zeit, um dir alles anzusehen. Es gibt mehrere Kapellen, unsere Kirche Saint-Pierre aus dem zwölften Jahrhundert, und das da hinten ist die Fontaine Léon Doux.« Er deutete auf einen Brunnen, über dem eine Bronzestatue aufragte und aus dem träge das Wasser plätscherte, warf einen Blick auf sein Handy und zeigte nach vorn. »Gustave wohnt in dem Haus mit den dunkelgrünen Fensterläden. Wenn es dir zu langweilig wird, komm vorbei, er hat sicher einen Kaffee übrig.«

Emilia winkte ab. »Ich werde mich schon beschäftigen, keine Sorge.« Vielleicht würde sie einfach bis zum Fluss gehen und ihre Füße hineinhalten.

Sie stiegen aus, und Maurice verabschiedete sich, ehe er die Straße hinabhastete. Emilia drehte sich um, strich ihren Leinenrock glatt, schulterte ihre Handtasche und schlenderte zum Brunnen. Monieux wirkte, als wäre es ausgestorben mit dem leisen Zirpen von Grillen in der Nähe und dem Geräusch eines Autos in der Ferne, das aber kurz darauf verstummt war. Die Temperatur der Luft stieg schlagartig, als Emilia aus dem Schatten trat. Es roch nach Hitze, Teer und Blumen – eine eigensinnige Mischung für einen eigensinnigen Ort. Am Brunnen ließ sie eine Hand durch das kühle Wasser gleiten und musterte die Statue: ein junges Mädchen mit einem Krug und einem Arm voller Kornähren. Auch hier hatte man Blumentöpfe aufgestellt und all dem Stein bunte Akzente verpasst. Sie wurden von den roten oder hellblauen Läden der umgebenden Häuser widergespiegelt. Emilia ging weiter, fand das kleine Lebensmittelgeschäft von Clara, der Frau mit den roten Haaren, die sie auf dem Hoffest kennengelernt hatte. Ein Aufkleber an der Tür zeigte einen Hundekopf in einem rosa Herz. Darunter stand: Hier muss niemand draußen bleiben!

Emilia lächelte und trat näher an das Schaufenster. Auch Clara schien Pause zu machen; im Inneren war alles dunkel. Da sie keine Öffnungszeiten fand, ließ Emilia das Geschäft hinter sich und musterte den Kirchturm, der über den Gebäuden aufragte. Sie wollte bereits darauf zugehen, als ihr das Haus in einer Seitenstraße auffiel. Ungläubig schüttelte sie den Kopf. Vor ihr wartete eine wahre Armada an Gartenzwergen. Sie waren überall: im Vorgarten, in den Hecken, Sträuchern und Bäumen, auf den Fensterbänken, in den Fenstern und auf dem Zaun. Einer steckte sogar im Maschendraht fest, während sich zwei andere von der Hausfassade abseilten. Es mussten um die fünfzig sein.

Staunend trat Emilia näher. Jetzt bemerkte sie jemanden, der Unkraut jätete und den sie vom Hoffest wiedererkannte.

»Hallo Sandrine!«

Die Frau richtete sich auf und stemmte eine Hand in ihren Rücken, offenbar froh über die Pause. Ihr Gesicht war hochrot vor Anstrengung. Der Zwerg auf ihrem Shirt stand vor dem Eiffelturm und hielt einen Crêpe in der Hand. *Nain de France* stand darunter. Zwerg Frankreichs.

»Ah, unser Gast aus dem Ausland. Auf Sightseeing-Tour, Emilia?«

Lächelnd beugte sich Emilia über den Zaun und pflückte ihr ein Grasbüschel aus dem Haar. »Ja, ein wenig. Wobei ich mit deinem Haus offenbar die Hauptattraktion gefunden habe.« Sie musterte noch einmal Sandrines Sammlung und stellte fest, sich getäuscht zu haben. Es waren weit mehr als fünfzig Figuren. »Wo hast du die nur alle her?«, fragte sie, während sie eine Zwergendame betrachtete, die einen Zwergenmann mit einem Reisigbesen vor sich her scheuchte.

In Sandrines Lächeln lag Stolz. »Über viele Jahre hinweg gesammelt. Meine ältere Schwester hat mich damit angesteckt. Sie wohnt am Rand von Marseille, und du solltest mal ihr Haus sehen. Aber es ist auch sehr nützlich. Ich vermiete ja ein Zimmer und muss meinen Gästen nur sagen, dass sie zum Haus mit den Zwergen müssen. Das genügt vollkommen als Wegbeschreibung. Apropos …« Sie warf einen Blick auf ihre Armbanduhr und fuhr zusammen. »Schon so spät! Tut mir leid, ich muss noch einiges vorbereiten, heute Abend kommt ein Paar aus Belgien.«

»Dann will ich dich nicht länger aufhalten. Wir laufen uns bestimmt noch mal über den Weg.«

»Darauf kannst du wetten«, sagte Sandrine und wischte sich die Hände an der Hose ab. »Dort hinten ist übrigens die Boulangerie. Charles müsste noch da sein, er freut sich sicher, wenn du ihn besuchst.«

»Gute Idee, danke.« Emilia winkte und machte sich auf den Weg, als Sandrine hektisch ihre Gartenutensilien zusammensammelte. Die Straße verbreiterte sich und gab den Blick auf zwei Läden frei, die von Blumenrabatten gesäumt wurden. Perfekt! Vor einem spendete ein Sonnenschirm Schatten. An der Fassade daneben prangte der hübsch geschwungene Schriftzug *Boulangerie chez Charles*.

Sie überquerte die Straße und stieg die zwei niedrigen Stufen empor. *Chez Charles* war klein; die Tür neben dem Auslagenfenster schmal, aber für einen Ort wie Monieux völlig ausreichend. Auf der oberen Hälfte der Scheibe wiederholte sich der weiße, mit goldenen Applikationen abgesetzte Schriftzug, und hinter dem Glas standen mehrere Etageren mit kleinen Köstlichkeiten. Allein bei dem Anblick der Madeleines lief Emilia das Wasser im Mund zusammen, und ihr fiel auf, dass sie seit dem Frühstück nichts mehr gegessen hatte. Dafür war sie jetzt am richtigen Ort!

Sie drückte die Holztür auf und wurde mit dem Klingeln des obligatorischen Glöckchens belohnt, das es in einem urigen Laden wie diesem einfach geben musste. Der Boden knarrte, als sie eintrat, und sie spürte, wie durchgelaufen die auf Hochglanz gewienerten Dielen waren. Der Raum bot lediglich Platz für die Verkaufstheke sowie zwei winzige Holztische mit Stühlen. Ein fruchtiger Duft strömte ihr entgegen, hinter dem das Aroma von Kaffee beinahe unterging.

»Hey, das ist ja eine Überraschung!«

Sie erschrak, als sich Charles neben der Theke aufrichtete und ihr zuwinkte. Auf seinem dunklen Hemd prangten Mehlflecken, und auch seine Haare hatten etwas Weiß abbekommen.

»Ja, ich habe deine Bäckerei entdeckt. Vielmehr Sandrines Zwergenhaus, und sie hat mir den Tipp gegeben, dass du noch hier bist.«

»Sieh dich ruhig um!« Er deutete auf die Theke vor sich, in der ein breites, wenn auch übersichtliches Angebot auslag. »Das meiste kennst du vermutlich schon vom Hoffest, aber den hier habe ich heute zum ersten Mal ausprobiert. Baiserkuchen mit Apfel.« Von dem Kunstwerk in der Mitte der Auslage fehlten erst wenige Stücke, und Charles zuckte fast schon entschuldigend die Schultern. »Meine Kunden müssen sich erst daran gewöhnen, dass es etwas Neues gibt. Aber sobald es jemand ausprobiert, kommen die anderen meist schnell. Hier läuft fast alles über Mundpropaganda, wobei in den vergangenen Monaten auch viele Touristen auf der Durchreise reingesehen haben.«

Emilias Blick glitt über die Köstlichkeiten und blieb an dem Schokokuchen hängen, der ihr auf dem Fest so gut geschmeckt hatte. »Das heißt, alle kaufen hauptsächlich Brioche und Macarons?« Sie musterte das Gebäck aus Mandelbaiser mit der hauchfeinen, glatten Kruste. Charles hatte sämtliche Farben auf einem riesigen Teller platziert und so einen wahren Hingucker geschaffen. Beim Anblick der kleinen Doppelscheiben in Oliv, hellem und dunklem Violett, Gelb, Orange, Beige und verschiedenen Brauntönen hätte sie sich am liebsten einmal durchprobiert.

»Auch, ja. Oder Eclairs … oder Mille-feuille.« Er deutete auf einen Kuchen.

Emilia beugte sich darüber. »Was ist da drin?«

»Er besteht hauptsächlich aus geschichtetem Blätterteig; ich habe ihn mit Marmelade und einer Blaubeercreme gefüllt.«

»Das klingt super, davon hätte ich gern ein Stück«, sagte Emilia und kramte in ihrer Handtasche, aber Charles winkte ab.

»Nichts da, ich lade dich ein.« Er deutete auf den Tisch. »Setz dich. Möchtest du Kaffee dazu? Ich hätte nämlich gern einen, und erfahrungsgemäß kommen am frühen Nachmittag nur wenige Kunden.«

»Kaffee geht immer, danke.«

»Bin sofort wieder da. Kümmerst du dich schon mal um den Kuchen? Teller sind unter der Theke, Messer findest du schon, ich nehme auch ein Stück!« Schon verschwand er hinter dem roten Vorhang, der den Raum von der Küche trennte. Ein Signalton verriet Sekunden später, dass er die Kaffeemaschine angeworfen hatte.

Emilia trat hinter die Theke, fand die Teller – sowie einen dicken Kriminalroman, in dem als Lesezeichen ein Bleistift steckte –, zog behutsam die Glasplatte mit dem Mille-feuille hervor und schnupperte daran. Die Blaubeeren roch sie sofort, ebenso das Aroma von karamellisiertem Zucker. Sie nahm ein Messer, schnitt zwei Stücke ab und platzierte sie auf den Tellern. Dabei warf sie einen Blick durch die Fensterfront nach draußen, wo die Straße in der Sonne glitzerte, und stellte sich vor, wie es wäre, hier zu arbeiten, umgeben von Gebäck und Ruhe. Für eine Weile würde es ihr sicher gefallen. Aber für immer?

»Wird es dir hier eigentlich manchmal zu ruhig?«, rief sie, reinigte das Messer mit einer Papierserviette und trug die beiden Teller zum Tisch.

Charles erschien kurz darauf, zwei dampfende Tassen in der Hand. »Nein, eigentlich nicht. Ich mag es, Zeit für mich zu haben. Und ich lese ganz gern. Wenn also mal nichts zu tun ist …«

»Ja, den Krimi habe ich gesehen«, sagte Emilia, nahm ihre Tasse entgegen und setzte sich. »Aber wirft die Boulangerie genug ab? Ich meine, weil der Ort so klein ist.«

Er rieb sich den Nasenrücken. »Fast alle Bewohner kaufen hier ein, von der Laufkundschaft mal abgesehen. Ich war selbst superskeptisch, ehe ich mich für Monieux entschieden habe, weil ich befürchtete, hier backt jeder selbst, aber ich wollte es unbedingt versuchen. Ich habe viele Jahre von einer eigenen Boulangerie geträumt, aber in den größeren Städten konnte ich es mir nicht leisten, etwas zu mieten. Bisher klappt es ganz gut.«

»Du kommst also nicht von hier?«

»O nein«, sagte er und blies behutsam über seinen Kaffee. Seine braunen Augen funkelten. »Groß geworden bin ich in Paris, habe aber schnell gemerkt, dass ich einfach aufs Land gehöre. In den vergangenen Jahren habe ich in

Mimet gelebt, unten bei Marseille, und dann entschieden, in Sachen Ruhe noch einen Schritt weiterzugehen. Verrückt, ich weiß. Meine Schwestern haben mich allesamt für unzurechnungsfähig erklärt, und ich habe fünf.« Er hob eine Hand und spreizte alle Finger ab. »Über Freunde habe ich erfahren, dass der alte Bäcker in Monieux in den Ruhestand geht, und voilà, da war ich.«

Emilia stach ein Stück Kuchen ab, probierte und strahlte Charles an. Sie wedelte mit einer Hand herum, während sie kaute, um ihm zu erklären, wie gut es ihr schmeckte – und dass sie unbedingt etwas sagen, aber den Bissen erst noch genießen wollte.

Er wartete ab, grinste aber von einem Ohr zum anderen.

»Das schmeckt ja großartig«, sagte sie schließlich. »Warum kannte ich diesen Kuchen nicht? Gibt es den in mehreren Varianten? Ist da noch eine Zuckergusskruste unter der Sahne? Und die Sahne daher nur wenig gesüßt? Wie oft hast du denn den Blätterteig gefaltet? Mit der Hand oder mit einer Maschine? Wow!«

Charles' Grinsen ging in Gelächter über. »Ich habe die Hälfte deiner Fragen vergessen, aber ja, es gibt ihn mit verschiedenen Füllungen, ja, an der Sahne ist nur ein Hauch Puderzucker und ein drittes Ja für die Zuckergusskruste.«

Emilia untersuchte die einzelnen Lagen ihres Stücks. »Den muss ich ausprobieren. Mit Lavendel und Blaubeeren, das wäre doch großartig!«

Charles nahm einen Schluck Kaffee. »Du bist herzlich eingeladen, dich in der Backstube auszutoben, wenn du möchtest.«

Emilia sah zum Vorhang, der halb offen stand, und stellte sich vor, wie es wäre, dahinter Zutaten zusammenzumischen, umgeben von all diesen Köstlichkeiten und Düften. »Vielen Dank, das nehme ich gern an. Maurice hat zwar auf der Farm auch eine riesige Küche, aber du besitzt sicher all diese spannenden Profi-Geräte. Außerdem macht es mehr Spaß, mit jemandem zusammen zu backen als allein.«

»Daher die Bake Offs mit deiner Cousine.«

»Ah, du erinnerst dich.« Sie nickte. »Zu zweit in einer Küche zu stehen fehlt mir etwas, seitdem Diane nach München gezogen ist. Also ja, zwischen Arbeiten auf der Farm und Spurensuche komme ich gern vorbei. Aber nur, wenn wir diesen Kuchen hier mit Lavendel ausprobieren.«

Charles hielt ihr mit dem förmlichsten Gesichtsausdruck der Welt eine Hand entgegen. »Abgemacht! Aber welche Spurensuche meinst du?«

Emilia aß den letzten Bissen Mille-feuille und erzählte ihm dann von ihrem Opa, von dem ungeöffneten Brief und dem Lavendelherz sowie Walters Hartnäckigkeit, mit der er weitere Gespräche über seine Zeit in Monieux verweigerte. »Maurices Vater muss ihn gekannt haben, aber vielleicht gibt es noch weitere Menschen, die sich an ihn erinnern – und an diejenigen, mit denen er Kontakt hatte, als er auf der Borel-Farm gelebt hat.«

Charles lehnte sich zurück und schob die Krümel auf seinem Teller mit den Fingern zusammen. Er wirkte nicht skeptisch, sondern nachdenklich, als würde er bereits überlegen, welche Bewohner infrage kämen. »Was hoffst du denn herauszufinden?«

Emilia überlegte. »Die Wahrheit. Ob diese Jette vom Lavendelherz eine Geliebte oder Freundin war, die er vor meiner Oma hatte. Daran ist ja nichts Verwerfliches, also wäre es auch nicht schlimm, wenn er davon erzählen würde. Daher verstehe ich seine Reaktion nicht. Mein Opa ist ein traditioneller Mensch, ja, aber vollkommen dichtzumachen passt nicht zu ihm. Doch momentan geht es ihm auch nicht so gut – seine Lebensgefährtin ist vor Kurzem gestorben.«

»Das tut mir leid.«

»Danke.« Sie trank einen Schluck Kaffee. »Meine Cousine und ich dachten, dass wir ihn vielleicht ablenken oder aufheitern können, indem wir Jette finden oder zumindest erfahren, was aus ihr geworden ist.«

»Hm«, sagte Charles und starrte verträumt nach draußen, »ich kann es mir genau vorstellen. Walter, der gut aussehende, deutsche Gastarbeiter, und Jette, die schicke Französin … oder Halbfranzösin? Besonders landestypisch klingt der Name ja nicht.«

»Ist er auch nicht. Er stammt wohl sogar aus Deutschland.«

»So oder so, ich wünsche deinem Opa, dass er hier eine nette Frau kennengelernt hat und einige stürmische Liebeswochen in Frankreich verbringen durfte.« Wieder bekam sein Blick etwas Weiches, Verzücktes. »Da würde ich auch nicht Nein sagen. Schade, dass du aus Deutschland kommst.« Er betrachtete sie so übertrieben abschätzig, dass Emilia losprustete. Sie nahm die Serviette, warf sie in seine Richtung und war froh über den neckenden Unterton in seiner Stimme. Sie mochte Charles sehr, aber auf eine platonische Weise. Ihrer beider Herzen schlugen für das Backen, sie hatten einen ähnlichen Humor, und sie fühlte sich wohl in seiner Gegenwart – so, als könnte sie ihm alles anvertrauen.

Charles hob die Serviette wieder auf. »Warum fährst du nicht allein ins Seniorenheim, wenn Maurice momentan die Zeit nicht findet, und fragst dich dort durch? Es ist ganz in der Nähe.«

»Nein, das käme mir falsch vor. Ich möchte seinen Vater nicht hinter seinem Rücken besuchen.«

»Aber vielleicht haben andere Bewohner Walter gekannt. Oder seine Jette. Fragen kostet nichts.«

Emilia starrte ihn an. Seine braunen Augen blitzten belustigt zurück und flüsterten ihr zu, dass die Welt leicht und locker sein konnte. »Ja, vielleicht hast du recht.«

»Weißt du was?« Er sprang so abrupt auf, dass sein Stuhl über den Boden schabte. »Ich kann mich ja mal umhören, und wenn ich etwas erfahre, melde ich mich bei dir. Gibst du mir deine Nummer?«

»Klar! Warte, ich speichere auch deine direkt ein.« Sie griff nach ihrer Handtasche und wühlte nach ihrem Handy. »Egal, wie groß das ist, was man sucht, man findet es nie auf Anhieb«, murmelte sie und tastete weiter. Mit einem Kopfschütteln nahm sie die Tasche auf den Schoß und warf einen Blick hinein. »Seltsam. Ich bin mir hundertprozentig sicher, dass ich es nach dem Frühstück …«

»Ist ja kein Problem«, sagte Charles und reichte ihr sein Handy. »Kennst du deine Nummer auswendig? Dann gib sie doch eben ein, ich notiere dir meine.« Er stand auf, um Zettel und Stift zu holen.

Kurz darauf verabschiedeten er und Emilia sich mit einer Umarmung, während sie das große Päckchen balancierte, das Charles ihr ungefragt in die Hand gedrückt hatte und in dem sich Kuchen und Teilchen befanden.

»Dafür schuftest du demnächst in meiner Backstube«,

hatte er gesagt und ihr zugezwinkert. Ehe sie auf die Straße trat, warf sie einen Blick auf die Wanduhr und stellte zu ihrem Erstaunen fest, dass sie sich in zehn Minuten schon wieder mit Maurice traf, um zurück zur Farm zu fahren. Der Nachmittag war wie im Flug vergangen.

7

Im Erdgeschoss war es still; Jessy und Mike nutzten den freien Vormittag und blieben über Nacht weg, da sie in den Bergen zelten wollten. Im oberen Stockwerk telefonierte Maurice, und Emilia trat unwillkürlich leiser auf, um ihn nicht zu stören. Zwar hatte er erklärt, dass das Erdgeschoss mit Küche und Gästebad ihnen allen zur Verfügung stand und sie kommen und gehen konnten, wann sie wollten. Sogar das Wohnzimmer durften sie nutzen, da Maurice momentan ohnehin keine Zeit fand, um sich auszuruhen. Emilia war nicht sicher, ob der alte Röhrenfernseher, auf dem sich Papiere und Fachmagazine stapelten, überhaupt funktionierte. Aber trotz allem wollte sie Maurice in seinem Haus so viel Privatsphäre wie möglich gewähren.

Rasch ging sie in die Küche und suchte Tisch und Arbeitsflächen ab, im Anschluss warf sie sogar einen Blick ins Bad, obwohl das völliger Unsinn war, doch ihr Handy blieb verschwunden. Vorhin hatte sie den Anbau komplett durchwühlt, was nicht länger gedauert hatte als fünf Minuten, dann war sie in den Schuppen und die Destille gegangen und hatte sich dabei den Kopf zerbrochen, wo sie es noch vergessen haben könnte. Doch ohne Erfolg.

Sie wartete, bis Maurices Stimme verstummte für den Fall, dass er über das Festnetz telefonierte. Er hatte ihr vorhin auf der Fahrt zurück zur Farm angeboten, dass sie gern seinen Anschluss nutzen könnte, sollte sie ihr Handy wirklich verloren haben – was sie sich nicht vorstellen konnte. Möglicherweise war es in eine Spalte gerutscht oder wie auch immer unter ein Möbelstück geraten.

Emilia wählte ihre eigene Nummer, hielt den Atem an, als das Freizeichen erklang, und lauschte, aber im Haus blieb es bis auf das Knarren der Bodendielen über ihr still. Schnell ging sie, das Telefon in der Hand, zur Tür, um zu hören, ob es im Anbau klingelte … als abgenommen wurde.

Verwundert blieb sie stehen und starrte auf den Hörer in ihrer Hand. Doch sie irrte sich nicht; Stille hatte das Freizeichen abgelöst. Hatte sie ihr Handy vielleicht doch verloren, und jemand hatte es gefunden? Vielleicht hatte Jessy oder Mike es aus Versehen eingesteckt?

»Hallo?«, fragte sie, wobei ihre Stimme leicht zitterte. »Hallo, wer ist da?« Sie erhielt keine Antwort, glaubte aber zu hören, wie jemand am anderen Ende atmete. Ein kalter Schauer rann über ihren Rücken, und sie musste zweimal Luft holen, ehe sie weitere Worte fand. »Mein Name ist Emilia, und Sie telefonieren gerade mit meinem Handy. Wenn Sie mir sagen, wo Sie es …« Sie verstummte, als am anderen Ende aufgelegt wurde, und starrte fassungslos auf den Hörer, aus dem nun der schnelle Signalton kam und verriet, dass das Gespräch beendet worden war.

»Was …« Mit deutlich kälteren Fingern als zuvor wählte Emilia ihre Nummer erneut. Sie lauschte dem Freizeichen, aber dieses Mal nahm niemand ab. Ebenso beim dritten und vierten Versuch.

Unsicher blickte sie sich um und versuchte, das unangenehme Kribbeln im Nacken zu ignorieren. Das gerade war doch keine Fehlfunktion gewesen? Zumindest hatte sie noch nie von einer solchen gehört. Was nur eines bedeuten konnte: Jemand hatte ihr Handy gefunden. Aber warum hatte er oder sie nichts gesagt? Hatte sie es mit einem Diebstahl zu tun? Emilia presste die Finger gegen ihre Schläfen, da die Gedanken in ihrem Kopf wild durcheinanderkreisten. Ihr blieb wohl nichts anderes übrig, als genau das anzunehmen. Als Erstes musste sie also das Handy beim Netzbetreiber sperren lassen; im Anschluss konnte sie in Ruhe nachdenken.

Kurz darauf hatte sie das erledigt und mit Maurice geredet, der sich das Ganze nicht erklären konnte. »Diebstahl? Ich schließe ja nachts nicht einmal das Haus ab, und es ist noch nie etwas passiert. Kann es denn sein, dass du es vorhin im Ort verloren hast? Wobei ich mir auch da nicht vorstellen kann, dass jemand einfach ein fremdes Telefon behält, vor allem, nachdem die rechtmäßige Besitzerin sich gemeldet hat. Vielleicht ist die Verbindung abgerissen?«

Emilia war sich sicher, es nicht in Monieux verloren zu haben, und begleitete Maurice in seine Abstellkammer, wo er lange herumwühlte, bis er eine Kiste mit Schlüsseln fand, einen hervorzog und ihr reichte. »Der gehört zum Anbau. Vielleicht hätte ich ihn einfach stecken lassen sollen, aber das ist bisher niemals nötig gewesen. In den vergangenen Jahren habe ich nicht einmal an Schlüssel gedacht, und meine Helfer haben auch nie danach gefragt.« Er kratzte sich am Kopf und sah so schuldbewusst aus, dass er Emilia fast schon leidtat. »Schließ ab sofort immer ab. Und ich höre mich um wegen deines Handys. Wir regeln das noch, zur Not komme ich für ein neues Gerät auf.«

Emilia lehnte ab, schließlich wusste sie nicht, ob sie es vielleicht doch einfach verloren hatte. Trotzdem fiel es ihr schwer, sich auf etwas anderes zu konzentrieren. Sie und Maurice berieten noch, ob sie die Polizei verständigen oder Anzeige erstatten sollte, und Emilia entschied, bis zum nächsten Morgen zu warten. Vielleicht hatte es wirklich jemand gefunden und wusste nicht damit umzugehen. Es gab ja durchaus auch sehr alte Menschen in Monieux.

Nachdem sie noch einmal eine Runde durch den Betrieb gedreht und den Hof sowie die Wege in den Lavendelfeldern abgesucht hatte – obwohl das keinen Sinn ergab, schließlich wusste sie, dass jemand das Handy gefunden hatte –, kehrte sie in die Küche zurück, setzte Kaffee auf und versuchte, sich abzulenken, indem sie an Maurices Laptop Backblogs googelte.

Sie fand ein Rezept für Mille-feuille, notierte es und grübelte, wie sie es abwandeln konnte, um einen Hauch Lavendel hineinzubringen. Doch obwohl das Jonglieren mit Zutaten sie oft aus der trübsten Stimmung reißen konnte, kreisten ihre Gedanken immer wieder um ihr Handy. Es wäre ihr lieber gewesen, wenn jemand sie wirklich bestohlen, ihr beispielsweise mitten auf der Straße die Handtasche von der Schulter gerissen hätte. Unsicherheit war schwerer zu ertragen als unschöne Fakten, aus denen man Konsequenzen ziehen und daraufhin Handlungen planen konnte.

»Emilia?« Sie fuhr herum, sodass ihr Stuhl protestierend knarrte. Maurice stand im Türrahmen, ungewohnt elegant in Stoffhose, Hemd und mit noch von der Dusche feuchtem Haar. »Tut mir leid, ich wollte dich nicht erschrecken.«

Sie winkte ab. »Schon in Ordnung, ich war nur in Gedanken. Ich suche nach Rezeptspezialitäten aus Frankreich.« Sie deutete auf den Laptop.

Er nickte, zögerte, griff dann in seine Hosentasche und hielt ihr einen Schlüsselbund entgegen. »Das hier sind die Schlüssel für die Vorder- und Hintertür. Falls du lieber hier übernachten und abschließen möchtest. Ich denke nicht, dass Jessy und Mike etwas dagegen haben, wenn du ihr Bett nutzt, ich habe frische Wäsche auf den Hocker im Flur gelegt. Ansonsten kannst du natürlich auch gern auf dem Sofa schlafen. Ich werde heute Nacht vermutlich nicht nach Hause kommen.«

Das erklärte die Aufmachung! »Hast du ein Date?«, rutschte es ihr heraus, ehe sie daran dachte, dass es sich nicht gehörte, den eigenen Chef so etwas zu fragen. Maurice schien ihr die Neugier jedoch nicht übel zu nehmen – vermutlich, weil er damit beschäftigt war, seine Verlegenheit zu verbergen. Er nuschelte etwas und gab vor, sich Dreckspritzern an seinen auf Hochglanz polierten Schuhen zu widmen, also beschloss Emilia, nicht weiter nachzubohren. »Dann wünsche ich dir viel Spaß.«

Er richtete sich wieder auf. »Ist es denn in Ordnung für dich, wenn du allein bist?«

Emilia winkte ab. »Natürlich ist das in Ordnung. Und danke dafür.« Sie schwenkte den Schlüsselbund und nahm sich insgeheim vor abzuschließen, sobald Maurice die Farm verlassen hatte. Normalerweise steigerte sie sich nicht in solche Dinge hinein, aber es war wirklich seltsam, dass jemand ihren Anruf angenommen, aber geschwiegen hatte. Und so sehr sie die Farm liebte – sie würde zum ersten Mal über Nacht allein auf dem riesigen Besitz sein. In Münster und auch davor in Senden war immer jemand in der Nähe gewesen: die Nachbarn in der Etage über ihr, die so energisch staubsaugten, dass Emilia manchmal befürchtete, sie würden durch die Zimmerdecke brechen. Menschen, die auf der Straße hupten und sich unterhielten. Oder der Inhaber des Lebensmittelgeschäfts an der Ecke.

Maurice zögerte. »Meld dich, wenn was ist. Im Dielenschränkchen ist ein Notizbuch mit Telefonnummern, du kannst auch jederzeit jemanden anrufen. Bastien von nebenan wäre innerhalb weniger Minuten hier.«

Emilia lächelte und wedelte mit einer Hand in Maurices Richtung. »Ich komme schon klar, versprochen! Und nun geh und hab Spaß, damit ich mich in der Küche austoben kann und ihr Kuchen essen könnt, wenn ihr wiederkommt.«

»Das klingt gut. Bis morgen!« Und weg war er.

Emilia beobachtete durch das Küchenfenster, wie er zu seinem Wagen ging, die Tür öffnete und den Sitz abklopfte, ehe er einstieg. Als der Pritschenwagen wenig später mit den Lavendelfeldern verschmolz, stand sie auf und streckte sich. Im Haus war es bis auf das Ticken der Wanduhr in der Diele still. Vielleicht war es keine so schlechte Idee, hier zu übernachten. Sie musste lediglich ihre Sachen holen, könnte mit ihren Eltern und Diane quatschen, etwas backen, nach einem Spaziergang in den Feldern ein ausgiebiges Bad nehmen und es sich mit einem Buch auf dem Sofa gemütlich machen. Eine wunderbare Idee!

Sie ging zur Vordertür, zögerte und blieb stehen. Dann trat sie an das Schränkchen mit den Schnitzereien aus Blattwerk und öffnete die obere Schublade. Wie versprochen lag dort ein Notizbuch, der braune Einband rissig und abgegriffen. Emilia schlug es auf, fand eine Adresssektion und blätterte bis zum Buchstaben S. Ganz oben stand Bastiens Nummer. Emilia strich über die Seite und zögerte.

Aber warum nicht? Es war später Nachmittag, und auch wenn er beschäftigt war, hatte er womöglich am Abend Zeit. Sie könnte ihren Spaziergang ausdehnen, nach den Hunden Ausschau halten und mit Bastien plaudern, ehe sie sich wieder auf den Rückweg machte. Vielleicht erfuhr sie dann auch nebenher, was es mit der Frau vom Hoffest auf sich hatte. Beispielsweise, wenn er darauf hinwies, dass die Schwarzhaarige eine Rolle in seinem Leben spielte und er es deshalb lieber bei einem lockeren Nachbarschaftsverhältnis mit Emilia belassen oder sich gar nicht mehr mit ihr treffen wollte. Aber dann wusste sie immerhin, woran sie war, und konnte ihm versichern, dass sie Beziehungen respektierte – nicht, dass der hellblaue Citroën sie eines Tages über den Haufen fuhr.

Kurz entschlossen schnappte sie sich das Festnetztelefon und wählte Bastiens Nummer, auch wenn die Chance groß war, dass er noch auf dem Feld arbeitete und den Anruf nicht hörte.

Das Gespräch wurde jedoch bereits nach dem dritten Klingeln angenommen. »Hallo Maurice.« Bastiens Stimme klang ruhig und sachlich. Im Hintergrund war leise Musik zu hören.

»Nein, hier ist Emilia«, sagte sie und musste unwillkürlich lächeln. »Störe ich dich gerade?«

Stille antwortete ihr. Als sie bereits glaubte, dass etwas mit der Verbindung nicht stimmte, und die Frage wiederholen wollte, räusperte er sich. »Ehrlich gesagt schon.« Trotz der knappen Antwort klang seine Stimme plötzlich anders. Distanzierter, beinahe schon kühl, und sie war eindeutig der Grund dafür.

Emilia schluckte. War etwas passiert? Sie hatte ihm doch

nichts getan! »Oh«, sagte sie und überlegte, während sie mit einem Fingernagel über eine Rille in der Kommode fuhr. »Schade, ich dachte, ich komme vorbei, wenn du Lust auf Besuch hast. Vielleicht später?«

Wieder diese Stille, die nichts Gutes verriet und dafür sorgte, dass Emilia sich verkrampfte. Sie streckte die Finger der freien Hand und kämpfte gegen das dumpfe Gefühl an, das sich in ihr breitmachen wollte.

»Ehrlich gesagt passt es mir nicht.« Die Endgültigkeit in Bastiens Stimme war noch schwerer zu ertragen als die Kälte. »Bis dann.« Es knackte. Er hatte aufgelegt.

Entgeistert starrte Emilia auf den Hörer und fragte sich, was gerade geschehen war. Hätte es sich um einen Chat gehandelt, um kurze Nachrichten auf dem Handy, hätte sie vermutet, dass er gestresst war oder launisch. Zwar hätte sie vermutet, dass er selbst dann höflich und respektvoll war, aber schließlich kannte sie ihn noch nicht allzu lange. Aber da war dieser Unterton in seinen Worten gewesen, der noch immer in ihren Ohren nachhallte. So abweisend, fast schon feindselig, als hätte sie etwas verbrochen. War das etwa seine Art, ihr mitzuteilen, dass er sich aus bestimmten Gründen von ihr fernhalten wollte? Aber warum dann der wundervolle Spaziergang während des Hoffests, bei dem sie beinahe geglaubt hatte, dass …

»Mach dich nicht lächerlich, Emilia«, flüsterte sie. Ihre Stimme kratzte. Hastig legte sie den Notizblock zurück in die Schublade und stieß sie so energisch zu, dass die Kommode wackelte. Wie hatte sie nur denken können, dass zwischen ihr und Bastien etwas Besonderes entstanden war, etwas, das sich anfühlte, als könnte sie ihm alles erzählen? Sie hatte sich schlicht blenden lassen von seinem guten

Aussehen, von diesen blauen Augen, die so energisch und warm zugleich schimmern konnten.

Aber sie hatte sich geirrt. Bastien Samain war für sie nichts weiter als Maurices Nachbar, und genau so würde sie ihn ab sofort auch behandeln: ihn grüßen, wenn sie ihm begegnete, und wenn er es nicht für nötig hielt, den Gruß zu erwidern, so war das seine Sache. Ein Teil von ihr, der harmonische, der Unstimmigkeiten gern sofort aus dem Weg schaffte, um wieder Platz zu machen für schöne Momente, wollte aufbegehren und suchte nach einem Grund, warum das Telefonat so geendet war. Bastien schien ihr nicht der Typ zu sein, der bei Schwierigkeiten den Kopf senkte und wegsah. Aber sie wollte nicht weiter darüber nachdenken. Weil es sie verletzt hatte.

Sie band ihren Zopf neu, dann füllte sie in der Küche etwas von dem trockenen Hundefutter, das Mike unter der Sitzbank verstaut und das Maurice vermutlich noch nicht bemerkt hatte, in eine Plastikbox. Die Stille auf der Farm schien sich vertieft zu haben, als sie aus dem Haus trat und die Tür abschloss: Weder ging Wind noch waren Vögel zu hören. Nur die Zikaden in der Ferne sangen ihr Lied und würden sich auch von einem Wirbelsturm nicht stören lassen.

Im Anbau zog Emilia ihre Sportschuhe unter dem Bett hervor und schlüpfte hinein, schnappte sich den Schlüssel sowie ihre Wasserflasche und wollte den Raum gerade wieder verlassen, als ihr Blick auf den Tisch in der Ecke fiel.

Dort lang ihr Handy.

Sie erstarrte und versuchte zu lauschen, doch ihr Herz hämmerte zu laut in ihren Ohren. Ihr Atem ging schnell und kratzte in ihrer Kehle. Blind tastete sie nach einem

Gegenstand, irgendeinem, ließ jedoch die Tür zum Bad nicht aus den Augen. Schließlich schlüpfte sie ohne hinzusehen aus einem Schuh, hob ihn, bereit zum Schlag, und zählte innerlich bis drei. Dann sprang sie vor und stieß die Tür mit der freien Hand auf. Sie prallte gegen die Wand und gab den Blick auf den Raum frei.

Er war leer.

Emilia starrte noch eine Weile in das Bad, als würde ihr trotzdem noch ein Versteck auffallen, und stieß langsam den Atem aus. Der Schuh polterte zu Boden. Sie nahm ihr Handy und kontrollierte es, doch es war durch ihre PIN geschützt. Telefonieren würde sie nun ohnehin nicht können, nachdem sie es hatte sperren lassen, lediglich Anrufe entgegennehmen, aber sie begriff einfach nicht, was geschehen war. Sie hatte es definitiv nicht übersehen, und da Jessy und Mike irgendwo in der südfranzösischen Natur campten, gab es auf der Farm niemanden, der es gefunden und hier abgelegt haben konnte. Ganz abgesehen davon, dass jemand ihren Anruf entgegengenommen und wieder aufgelegt hatte.

Mit leicht zitternden Fingern zog sie den Schuh wieder an. Dann schloss sie mit einem Ruck die Vorhänge – momentan ertrug sie nicht einmal die Vorstellung, dass jemand durch das Fenster blickte –, ehe sie nach ihrer Jutetasche und der Plastikbox griff, den Anbau verließ und die Tür abschloss.

Dieses Mal schaffte es die Sonne nicht, Fragen und düstere Gedanken zu vertreiben, und auch der Anblick des Lavendels konnte Emilias Aufmerksamkeit nicht vollständig fesseln. Die Temperaturen waren noch nicht gesunken, trotzdem fröstelte sie. Immer wieder grübelte sie, wer ihren

Anruf entgegengenommen hatte, und mehr als einmal warf sie einen Blick über die Schulter zurück.

Sie hatte die Bank fast erreicht, als es vor ihr im Feld raschelte. Lächelnd blieb sie stehen, als die beiden Hündinnen ihr entgegensprangen. Heute schienen sie regelrecht aufgeregt und interessierten sich natürlich besonders für die Box, in der es so aufregend rasselte.

»Na, immerhin ihr freut euch, mich zu sehen«, sagte Emilia, nahm auf der Bank Platz und goss Wasser in die Schüssel. Sie öffnete die Plastikbox und wollte sie auf den Boden stellen, als Rala näher kam und sich setzte, keine zwei Handbreit von Emilias Füßen entfernt. Sie hechelte, die Zunge hing seitlich aus dem Maul, und starrte aufmerksam zwischen Frau und Box hin und her.

»Na sieh mal einer an«, flüsterte Emilia, nahm etwas Trockenfutter und streckte ihr die flache Hand entgegen. Rala sprang auf, drehte sich einmal um sich selbst und setzte sich wieder.

Emilia lachte. »Überredet, du hast es dir verdient.« Wieder erstaunte die Hündin sie, indem sie einen langen Hals machte und das Futter behutsam nahm. Sie kaute, schluckte und hielt Ausschau nach Nachschub. »Na, nun ist erst mal deine Freundin dran.«

Auch Mini verhielt sich deutlich zutraulicher als sonst, hielt aber noch immer einen Sicherheitsabstand, sodass Emilia ihr das Futter vor die Pfoten warf. Nach und nach verteilte sie den Rest, ehe sie beide Hände flach von sich streckte als Beweis, nichts mehr zu verstecken, das man fressen konnte. Rala stupste sie mit ihrer feuchten Schnauze an und ließ sich dann neben ihr im Gras nieder. Nach kurzem Zögern folgte Mini ihrem Beispiel, und eine Weile lang starrten alle drei in einträchtiger Stille über die Felder, auf denen die Sonne den Lavendel in immer dunklerem Violett schimmern ließ, während sie auf den Horizont zuhielt. In der Nähe landete ein Vogel und pickte am Boden herum.

Es war ein so friedlicher Moment, dass selbst die Sache mit dem Handy in den Hintergrund trat. Emilia lehnte sich zurück, schloss die Augen und atmete tief durch. Da war es wieder, dieses Gefühl, die Welt für einen Moment aussperren zu können, weil sie sich selbst vollkommen genügte. Es brachte eine Ruhe mit sich, die dafür sorgte, dass sie sich entspannte und kein Platz mehr blieb für Sorgen und dunkle Gedanken – oder gar Zukunftsängste.

Hatte Opa Walter das auch gespürt? War er länger als geplant hiergeblieben, weil er an diesem Ort gelernt hatte, dass nur das Hier und Jetzt zählte?

Sie atmete tief in den Bauch hinein und öffnete die Augen wieder. Die Hunde dösten noch immer, hoben aber jetzt die Köpfe. »Ihr zwei Süßen«, murmelte Emilia. »Na, wollt ihr mir wieder ein Zeichen geben, was das für mich zu bedeuten hat?« Sie breitete die Arme aus, fasste die Felder, den Weg und Maurices Haus ein.

Ihre Geste scheuchte Mini auf. Mit einem Satz sprang sie auf die Pfoten, bellte und trottete ein Stück in Richtung der Samain-Farm, ehe sie zurückkehrte, sich der Schüssel widmete und geräuschvoll trank.

»O nein.« Emilia schüttelte den Kopf. »Ganz falsches Zeichen. Ich bin nicht sicher, ob Bastien einfach nur wahnsinnig launisch ist oder ich ihm irgendwas getan habe.« Auf einmal dachte sie an die Frau mit den schwarzen, kurzen Haaren vom Hoffest. »Vielleicht ist diese Frau wirklich seine Freundin, und es hat ihr nicht gefallen, dass wir …«

Sie dachte daran, wie sie hier gesessen hatten. Der Moment, an dem sich ihre Hände berührten, war so sehr in ihre Erinnerung eingebrannt, dass sie es noch immer spürte, dieses sanfte Kribbeln auf der Haut. Das war nicht gut. Sie hatte angefangen, Dinge zu analysieren, die nichts bedeuteten. Die Berührung war nur ein Zufall gewesen. »Also Mini, es ist sehr lieb von dir, da vermitteln zu wollen«, teilte sie der Hündin mit. »Aber da müsstest du bei Bastien anfangen. Seid ihr denn ab und zu auf seiner Farm oder nur hier, hm?«

Die zwei legten die Köpfe schräg und musterten sie. Emilia seufzte und stand auf, da sie bemerkte, wie dunkel es bereits geworden war. Die Zeit war so schnell verflogen! Dabei hatte sie lediglich hier gesessen und sich entspannt. »Damit ist der lange Spaziergang wohl hinfällig, aber das hole ich morgen früh nach, ehe es richtig warm wird. Also, wir sehen uns!« Sie schlenderte los und drehte sich – auch mittlerweile eine Gewohnheit – noch mal zu den beiden um. Überrascht stellte sie fest, dass sie ihr folgten. »Passt ihr etwa auf mich auf?« Die Vorstellung gefiel ihr, und ein weiterer Teil der düsteren Gedanken von zuvor schmolz dahin. »Einverstanden. Immerhin sehen sechs Augen mehr als zwei.« Die Hunde liefen zuerst hinter ihr, holten dann aber auf und übernahmen zwischenzeitlich die Vorhut, um immer wieder am Wegrand zu schnüffeln. Unwillkürlich suchte Emilia die Umgebung nach Bewegungen ab, sagte sich dann aber, dass sie übertrieb. Ihre zwei Begleiterinnen würden sich bestimmt melden, wenn jemand in der Nähe war.

Sie umrundete das Haus, hielt auf den Anbau zu … und blieb stehen. An der Tür schimmerte etwas. Ein Zettel. Sie sah sich um und musterte noch einmal die Hunde. Mini schnüffelte unbekümmert weiter, Rala dagegen erwiderte ihren Blick. »Hier ist niemand, oder?«

Der Zettel war mit Klebestreifen am Holz befestigt worden. In großen, wie gemalt wirkenden Buchstaben stand etwas darauf, und Emilia las es dreimal, weil sie einfach nicht glauben konnte, dass sie den Satz korrekt übersetzte. Weil sie es nicht glauben wollte. Aber leider war sie sicher, sich nicht zu irren.

Verschwinde von hier, oder du wirst es bereuen.

Sie presste eine Hand vor den Mund, fest, damit ihre Finger aufhörten zu zittern. Erneut las sie die Notiz, bis die Buchstaben vor ihren Augen verschwammen. Ihr Herz schlug so hart und schnell, dass es schmerzte, und der Atem schien ihr in der Kehle zu stocken. Hastig wich sie zurück, als könnte jemand die Tür öffnen, herausstürmen und sie angreifen, aber das war Unsinn. Sie hatte abgeschlossen, trug den Schlüssel bei sich, und die Tür war unversehrt. Niemand hatte sie aufgebrochen. Was aber trotzdem bedeuten konnte, dass sich der Mensch, der ihr Angst machen wollte, noch in der Nähe befand.

Sie riss den Zettel ab und warf einen Blick über ihre Schulter, in die Dunkelheit, die sich anschlich, als würde sie ihr ebenfalls Angst machen wollen. Nein, niemand war hier. Die Hunde würden es merken, und beide gaben sich noch immer unbekümmert. Aber wer hatte etwas gegen sie? Und warum passierten diese Dinge ausgerechnet heute, als sie allein auf der Farm war? Ihre Gedanken wirbelten durcheinander, riefen ihr immer wieder zu, dass sie abreisen und wieder nach Münster fahren sollte, aber dann straffte sie die Schultern.

Was, wenn es lediglich ein dummer Streich war? Nur von wem? Kinder aus Monieux würden wohl kaum den weiten Weg zurücklegen, um eine Touristin zu erschrecken. Daran, dass sich ihre Anwesenheit in dem kleinen Ort bereits herumgesprochen hatte, zweifelte sie nicht, aus dem Grund, dass sich hier vermutlich alles schnell herumsprach.

Emilia versuchte, gleichmäßig zu atmen und sich auf den nächsten Schritt zu konzentrieren: Sie konnte heute nicht allein bleiben. Schon die Vorstellung, ins Haus zu gehen, bereitete ihr Unbehagen – was, wenn die Person, die ihr so offen drohte, einen Weg hineingefunden hatte? Sie würde es ganz sicher nicht betreten, und damit konnte sie auch weder Maurice noch jemand anderen anrufen.

Emilia starrte auf die Tür. Ihr Autoschlüssel befand sich in ihrem Zimmer, aber sie brachte es nicht einmal über sich einzutreten. Eine dumme Reaktion, aber momentan lagen ihre Nerven einfach blank.

»Wir gehen, Mädels«, murmelte sie und machte sich auf den Weg. Sie lief schneller, bis sie fast rannte, und blieb erst stehen, als sie den Innenhof erreichte. Es war nun beinahe dunkel; Maurices Außenbeleuchtung verfügte nicht über Bewegungsmelder oder einen Zeitschalter. Viel zu viele Schatten hatten sich bereits zwischen den Mauern sowie in den Ecken verfangen. In Emilias Nacken kribbelte es. Wenn sich jemand verstecken wollte, um sie zu beobachten, hatte er gute Chancen. Immer wieder glitt ihr Blick zu den beiden Hunden. Während sich Rala weitgehend an Emilia orientierte, schnüffelte Mini so laut den gesamten Hof ab, als würde der beste Leckerbissen der Welt auf sie warten. Soeben widmete sie sich dem Fahrrad, das neben dem Küchenfenster an der Wand lehnte.

Das Fahrrad!

Im nächsten Moment griff Emilia danach, stieg auf und tastete nach dem kleinen Hebel der Vorderlampe, als sie bereits rollte. Mini kläffte und sprang neben ihr her. Endlich griff der Dynamo, sodass ein schwacher Lichtkegel durch die Dunkelheit tanzte – nicht ausreichend, um sie zu erhellen, aber gut genug, um den Weg zu finden. Jetzt war es Emilia gleichgültig, was Bastien die Stimmung verdorben hatte oder ob er sie nicht sehen wollte. Seine Farm war der nächste Ort, an dem es Menschen gab, und sie wollte jetzt nicht allein sein.

Das Haus lag im Dunkeln, aber zu Emilias Erleichterung brannte im Erdgeschoss Licht. Sie sprang vom Rad, lehnte es an die Mauer und ging zur Tür. Die Hunde hielten Abstand, und als Emilia anklopfte, jaulten sie leise und trotteten in Richtung des Wegs, über den sie soeben hergekommen waren.

»Ich verstehe«, flüsterte Emilia. »Aber danke, dass ihr bei mir wart.«

Die beiden blieben stehen und stellten die Ohren auf, nahmen jedoch beim nächsten Klopfen Reißaus und verschwanden in der Dunkelheit.

Als sich nach kurzem Warten noch immer nichts tat, hämmerte Emilia ein drittes Mal gegen die Tür, länger dieses Mal und lauter, bis eine Stimme erklang. Sie verstand die Worte nicht, aber der Tonfall war eindeutig ungehalten. Doch da musste Bastien nun durch. Sie bemerkte, dass sie wieder zitterte, und fragte sich, ob es die Erleichterung war oder die Abendluft, die ihre erhitzte Haut abkühlte.

Die Tür öffnete sich, und Emilia starrte in Bastiens Gesicht. Zusammengezogene Brauen, verengte Augen und schmale Lippen, ganz so, wie sie es erwartet hatte. Er war barfuß und trug ein schlichtes graues Shirt zu einer Sporthose. Seine Haare waren feucht und standen wild durcheinander, vermutlich war er soeben aus der Dusche gekommen. Den Hauch einer Sekunde später bemerkte sie den Duft von Zitrusfrüchten und einer angenehm holzigen Note, der sich mit seinem eigenen mischte und dafür sorgte, dass sie sich am liebsten an ihn gelehnt hätte. Jetzt musste sie keine Angst mehr haben. Sie war nicht allein. Egal, wer ihr etwas Böses wollte oder ob es bei der ganzen Sache nur darum ging, sie zu erschrecken – sie war in Sicherheit.

»Emilia.« Bastien schüttelte den Kopf. »Ich sagte doch, heute ist es …« Er zögerte. Seine Stirn entspannte sich, nur um sich dann wieder in Falten zu legen. Jetzt wirkte er besorgt. »Ist etwas passiert?« Die Härte in seinem Blick flackerte.

Emilia nickte und schüttelte sofort darauf den Kopf. »Ich weiß es nicht«, stammelte sie. Wo sie sich bisher zusammengerissen hatte, fiel es ihr nun immer schwerer. »Ich habe … da war …« Ärgerlich wischte sie sich über die Wangen, die plötzlich tränennass waren. Sie wollte nicht vor Bastien weinen, aber die Erleichterung war so groß, dass ihre Knie weich wurden und alles aus ihr herausbrechen wollte, was sie bisher zurückgehalten hatte.

Bastiens Stirnrunzeln sprach nun nicht mehr einzig von Besorgnis, sondern von Verwirrung. Er zog die Tür auf und trat zur Seite. »Komm rein. Was ist passiert? Ist etwas mit Maurice?«

Sie schüttelte erneut den Kopf, während sie gegen die Tränen in ihrer Kehle anschluckte und seiner Aufforderung folgte. Im Inneren war es beruhigend warm. Obwohl ihre Neugier auf Bastiens Zuhause momentan in den Hintergrund gedrängt wurde, bemerkte sie die schlichte, aber gemütliche Einrichtung. Die Holzmöbel waren nicht ganz so alt und dunkel wie bei Maurice und zauberten ein Wohlfühlflair. An der Wand der Diele hingen zwei gerahmte Kohlezeichnungen von Sonnenuntergängen über einem Meer. Emilia ging weiter und betrat das Wohnzimmer. Auch hier empfing sie Gemütlichkeit. Das Sofa in einer Ecke war mit Kissen bestückt, und auf dem Holztisch am Fenster stapelten sich Papiere.

Es war still. Still und sicher. Endlich versiegten die Tränen; lediglich Emilias Finger zitterten noch.

»Also«, sagte Bastien, blieb neben ihr stehen und musterte sie. »Was ist los?«

Sie überlegte, wie sie alles am besten zusammenfassen sollte. Auf einmal fühlte sie sich so hilflos, dass es sie wütend machte. »Ich weiß es nicht genau. Erst ist mein Handy verschwunden, und jemand hat abgenommen, als ich darauf angerufen habe, dann war es wieder da und lag in meinem Anbau, einfach so. Danach war ich spazieren und hatte bei meiner Rückkehr eine Nachricht an der Tür, dass ich verschwinden soll. Die war vorher nicht dort, also muss jemand auf der Borel-Farm gewesen sein, um mir das mitzuteilen.« Sie merkte selbst, dass sie immer schneller redete, konnte sich aber nicht mehr bremsen. »Maurice bleibt über Nacht weg, Jessy und Mike auch. Zum Glück waren die Hunde bei mir und haben nicht angeschlagen, also war niemand in der Nähe, aber trotzdem kann ich jetzt nicht allein sein, weil ich das alles nicht verstehe und Angst habe, dass da noch mehr kommen wird. Also mehr als ein Zettel. Vielleicht ist jemand auf dem Hof und will mir weiter drohen! Es gibt genug Möglichkeiten für Verstecke. Ich meine, ich habe doch niemandem etwas getan, also warum will man mir Angst einjagen oder stiehlt mein Handy?« Die letzten Worte presste sie hervor, weil sie keinen Atem geschöpft hatte. Das holte sie nun nach, verschränkte die Hände vor der Brust und ließ sie wieder sinken, weil sie nicht wusste, was sie tun sollte.

»Okay«, sagte Bastien ruhig, als wäre dies eine ganz normale Situation. »Komm, nimm erst mal Platz.« Mit einer federleichten Berührung an der Schulter führte er sie zum Sofa, wartete, bis sie sich gesetzt hatte, und griff nach der Wolldecke. »Hier. Du zitterst.« Er faltete sie auseinander und breitete sie etwas unbeholfen über ihre Beine.

»Danke«, murmelte Emilia. Bastien hatte recht, die Wärme tat gut. Beruhigte sie. Wenn es nach ihr gegangen wäre, hätte sie die Nacht auf diesem Sofa verbracht, in dem Wissen, nicht allein zu sein.

Bastien betrachtete sie, und jetzt waren Härte und Stirnrunzeln völlig verschwunden. Zurückgeblieben war der Mann, der ihr an jenem Abend auf der Bank zugehört und aus seinem Leben erzählt hatte. Der Mann, der in ihr den Wunsch geweckt hatte, mehr über ihn zu erfahren. Als sie den Kopf hob, begegnete ihr Blick seinem, und die Sorge in seinen Augen vertrieb die Erinnerung an das abweisende Telefonat zuvor. »Soll ich dir einen Tee machen?«, fragte er leise.

Sie wollte nicht, dass er sie allein ließ, aber der Gedanke an ein heißes Getränk war zu verlockend. »Gern. Ist deine Haustür abgeschlossen?« Sie schämte sich ein wenig für die Frage, aber sie war nicht bereit, auch nur einen Hauch dieser neu gewonnenen Sicherheit wieder abzugeben.

»Keine Sorge.« Bastien legte eine Hand auf ihre Schulter. »Sie lässt sich ohne Schlüssel nicht von außen öffnen. Ich bin sofort wieder bei dir.« Er stand auf und verließ den Raum.

Emilia hörte ihn im Nebenzimmer herumkramen und dann das Geräusch von fließendem Wasser. Sie lehnte sich zurück, zog die Decke bis zu den Schultern und schloss die Augen. Der Schreck war so groß gewesen, dass die Erschöpfung sie innerhalb weniger Sekunden in den Halbschlaf riss.

Eine Berührung ließ sie in die Höhe fahren.

»Alles gut, ich bin es nur«, sagte Bastien und hielt ihr eine Tasse entgegen, aus der mit dem Dampf ein bekanntes Aroma aufstieg. Natürlich, Lavendel. Was würde ein Lavendelfarmer zur Beruhigung auch anderes anbieten als Lavendeltee? »Ich habe etwas Zitrone und Honig hineingegeben.«

»Danke.« Obwohl ihr nicht danach war, musste sie beim Anblick des altmodischen Blumenmotivs lächeln.

»Lach nicht.« Bastien wusste offenbar genau, was sie dachte. »Das Geschirr ist schon lange in Familienbesitz.«

»Ich mag es«, sagte Emilia leise, pustete über die Flüssigkeit und nahm einen vorsichtigen Schluck. Die Mischung aus Süße, der intensiven Lavendelnote und dem Hauch Zitrone war jetzt genau das Richtige.

Bastien beobachtete sie eine Weile schweigend und nahm neben ihr Platz; sein Bein berührte Emilias Knie durch die

Wolldecke hindurch. »Willst du darüber reden?« Er schien zu begreifen, dass sie sich am liebsten in diesen Kokon aus Decke, Sicherheit und Abstand zu den Geschehnissen hüllen würde. Aber das brachte sie nicht weiter, also nickte sie. Er erwiderte die Geste. »Noch mal der Reihe nach, damit ich alles richtig verstehe. Du warst vorhin etwas zu schnell.«

»Tut mir leid«, sagte sie und klang zerknirscht, was den Hauch eines Lächelns auf seine Lippen zauberte.

»Jemand hat dein Handy gestohlen, zurückgebracht und versucht jetzt, dir mit einer ominösen Nachricht Angst zu machen?«

»So kann man es zusammenfassen, ja. Tut mir leid, dass ich hergekommen bin, aber ich wusste einfach nicht, wohin ich sonst sollte.«

Bastien winkte ab. »Was genau stand in dieser Nachricht?«

»Warte.« Emilia beugte sich vor, um die Tasse abzustellen. Dann kramte sie in ihrer Tasche und zog den Zettel hervor. Er war zusammengeknüllt, aber sie hatte nicht die Energie, ihn auseinanderzufalten und die Drohung noch einmal zu lesen. Stattdessen reichte sie ihn Bastien, nahm ihre Tasse wieder, um ihre Hände zu wärmen, und lauschte, wie neben ihr Papier raschelte. Als Bastien lange schwieg, blinzelte sie in seine Richtung. Er hielt den Kopf gesenkt, als studierte er noch immer diesen einen Satz, der dort geschrieben stand.

»Bastien?«

Er hob den Kopf, und die steile Falte über seiner Nasenwurzel war zurück. »Ich denke, ich weiß, was hier vor sich geht.«

Emilia blinzelte. »Was? Warum?«

»Komm mit.« Er tastete unter der Decke nach ihrer Hand, fand sie und hielt sie fest. Eine Weile, die völlig von der Zeit losgelöst war, blickten sie sich einfach nur an. Das unglaubliche Blau seiner Augen schob Emilias Fragen in den Hintergrund. Dieser Moment war gut so, wie er war; sie wollte ihn weder ändern noch beenden, wollte einfach nur mit Bastien auf dem Sofa sitzen und etwas anderes fühlen als Angst, Unsicherheit oder Wut.

Bastien blinzelte. Unter seinen langen Wimpern entdeckte sie Antworten auf Fragen, die sie bisher nicht laut gestellt hatte. Doch als hätte er dieses Band bemerkt, das soeben zwischen ihnen entstand, verstärkte er den Druck seiner Finger, sprang auf die Füße und zog Emilia mit sich. Die Wolldecke landete auf dem Boden.

Er führte sie zurück in die Diele und durch einen Flur, in dem es nur eine weitere Tür gab. Davor blieb er stehen und klopfte an, während Emilia versuchte, sich einen Reim auf sein Verhalten zu machen. Als sich auch nach erneutem Klopfen nichts tat, knurrte er und ging den Gang zurück, jedoch nicht, ohne ihre Hand loszulassen.

»Bastien?« Emilia war so verwirrt, dass sie sich mitziehen ließ. »Was wird das hier?«

»Ich hoffe, die Aufklärung dieser unangenehmen Geschichte«, sagte er, hielt auf die Haustür zu und betätigte einen Schalter, woraufhin die Außenbeleuchtung ansprang. Mit nackten Füßen trat er nach draußen.

Sie liefen parallel zum Gebäude, und als sie dessen Ende beinahe erreicht hatten, mischte sich etwas in die Abendluft, das Emilia lange nicht mehr gerochen hatte. Zigarettenrauch.

Bastien bog um die Ecke und blieb vor jemandem stehen. Auch hier brannte eine Lampe an der Hausfassade, und dann sah Emilia die schmale Tür – ein Seiteneingang. Sie blinzelte. Vor ihr stand die Frau mit den schwarzen Haaren. Sie war ganz in Weiß gekleidet und hielt eine Zigarette in der Hand, die fast bis auf den Filter abgebrannt war. Bei ihrem Anblick kam sich Emilia unwahrscheinlich dumm vor. Warum hatte sie nicht an die Frau gedacht, als sie den Zettel gefunden hatte? Schließlich hatte sie ihr bei ihrer Begegnung am Feld bereits Andeutungen gemacht. Zudem schien sie wirklich entweder hier zu wohnen, oder sie war sehr oft zu Besuch.

»Hey.« Die Schwarzhaarige lächelte Bastien an, ehe ihr Blick aus dunkel umrandeten Augen zu Emilia wanderte und sich um einige Grad abkühlte. Schweigend drückte sie die Zigarette in einem kleinen Aschenbecher aus.

Emilia zögerte, entschied dann aber, dass es keine Rolle spielte, wer diese Frau für Bastien war – sie würde sich von ihr nicht bedrohen lassen. »Ich habe den Zettel gefunden und das Gefühl, dass wir irgendetwas klären müssen.« Ihre Stimme klang fest, und sie hoffte, dass niemand bemerkte, dass sie ihre Hände hinter dem Rücken zu Fäusten ballte.

Die Schwarzhaarige verschränkte die Arme vor der Brust und lehnte sich an die Mauer. »Ich habe keinen Zettel geschrieben.«

Bastien streckte ihr das Stück Papier entgegen. »Darum geht es, Odile. Weißt du was darüber?«

Sie beugte sich vor, las und schüttelte den Kopf. »Von mir stammt der nicht. Tut mir leid.« Ihr Ton war weich. Es war schwer zu sagen, ob ein Hauch Ironie darin lag oder ob sie immer so klang. »Kann ich dir sonst irgendwie helfen, Emma?«

Emilia atmete hörbar aus und ignorierte die Spitze. »Ein ziemlicher Zufall, nicht wahr? Erst der Spruch an der Grundstücksgrenze und jetzt das?«

Bastien runzelte die Stirn, fragte aber nicht nach. Stattdessen schüttelte er den Kopf. »Odile lügt nicht, Emilia. So viel ist sicher.«

Es war, als würde sich mit seinen Worten ein Gewicht auf ihre Schultern legen. Er hielt zu dieser Frau – Odile. Das war zwar naheliegend, wenn sie … was auch immer für ihn war, aber dennoch enttäuschte es sie. Er musste doch spüren, dass zwischen ihnen etwas ganz und gar nicht stimmte! Sie dachte sich das nicht aus. Aber hier würde sie nicht weiterkommen, also blieb ihr nur, zurückzugehen und sich im Haus einzuschließen, bis Maurice und die anderen zurückkehrten. Wer wusste schon, auf welche Ideen diese Odile sonst noch kam. Mit einem Nicken wandte sie sich ab.

»Allerdings«, Bastiens Stimme hielt sie zurück, »hast du meine Frage nicht wirklich beantwortet, Odile. Sondern nur gesagt, dass du diese kleine Botschaft nicht verfasst hast.«

Langsam drehte sich Emilia wieder um und musterte Odile, die erst einen Mundwinkel und dann beide Hände hob. »Erwischt. Ich war lediglich die Botin.« Das ging in Emilias Richtung, klang aber alles andere als schuldbewusst.

Botin? Allmählich verstand sie gar nichts mehr.

Bastien dagegen seufzte. »Wo ist er?«

Odile starrte ihn eine Weile an und nickte dann zur Seite. Emilia schienen die beiden vergessen zu haben. »Drinnen. Wollte sich einen Cidre holen.«

»Wie wäre es, wenn du ihn zu uns bittest?« Bastiens Vorschlag klang mehr wie ein Befehl, und wirklich zuckte Odile nach einiger Zeit die Schultern und verschwand durch die schmale Tür im Inneren des Hauses.

Emilia schüttelte den Kopf, da sie sich noch immer keinen Reim darauf machen konnte. »Ich verstehe nicht, Bastien. Ich dachte, Odile … also dass sie mich nicht hier haben möchte, weil sie neulich so feindselig mir gegenüber war.«

Er presste die Lippen aufeinander. »Das tut mir leid.«

»Aber sie … ich dachte, du und sie …?« Nun verhedderte sie sich vollends.

Bastiens Lippen zuckten, aber es wollte sich einfach kein Lächeln darauf zeigen. »Nein. Odile arbeitet hier. Sie ist *grand-pères* Pflegerin.«

Natürlich, deshalb die weiße Kleidung! Am liebsten hätte sich Emilia vor die Stirn geschlagen, aber in diesem Moment kehrte Odile auch schon wieder zurück. Hinter ihr lief ein Mann mit weißem Haar und einem Gesicht, das durch die schwarz gerandete Brille noch schmaler schien, als es ohnehin war. Er trug einen Pullunder über einem kurzärmeligen Hemd sowie Fellpuschen an den Füßen. Das also war Henri Samain – und er versuchte eindeutig, seinen Enkel und Emilia zu ignorieren, indem er an ihnen vorbeiging und sich auf einen Klappstuhl neben dem Haus fallen ließ.

Bastien streckte ihm wortlos den Zettel entgegen, den Henri ebenso wortlos betrachtete, um dann einen Blick mit Odile zu wechseln.

Bastiens Kiefer mahlte, und es war ihm anzusehen, dass er nicht mehr so ruhig war wie zuvor. »Ich denke, das ist

Antwort genug«, sagte er und ließ den alten Mann nicht aus den Augen.

Der räusperte sich so laut, dass es in der Stille der Nacht wie eine kleine Explosion klang, und befasste sich mit seiner Stuhllehne. »Sie soll gehen. Ich will nicht mit ihr reden.« Er hob den Kopf und starrte Emilia auf eine Weise an, die sie unruhig machte. Da war so viel Ablehnung und Härte. Seine Stimme klang kratzig, als hätte sie sich im Laufe der Jahre abgenutzt, aber der feindselige Tonfall war nicht zu überhören gewesen.

»Aber … warum?«, brachte sie hervor.

Niemand antwortete. Die beiden Männer lieferten sich ein Blickduell, während Odile unbekümmert eine Zigarettenschachtel aus der Tasche zog.

»Odile, Emilia, das hier möchte ich gern allein mit Henri klären. Würdet ihr uns einen Moment geben?« Bastien wandte den Kopf, ohne sich wirklich umzusehen, und tastete nach Emilias Hand, um sie mit den Fingern zu streifen. Sie nickte, zu perplex für eine Antwort. Odile dagegen zündete sich in aller Seelenruhe die Zigarette an und lehnte sich wieder an die Hauswand.

»Jetzt sofort, Odile, bitte«, sagte Bastien einen Hauch schärfer.

Die Schwarzhaarige verdrehte die Augen und murmelte etwas Unverständliches, ehe sie sich in Bewegung setzte. Emilia hatte keine andere Wahl, als ihr zu folgen.

Vor dem Haus blieben sie stehen, weit genug von dem Gemurmel und den zischenden Worten der beiden Männer entfernt. Emilia beobachtete, wie Odile einen tiefen Zug nahm und den Rauch in den Himmel blies. Die Atmosphäre zwischen ihnen war eisig. Odile war weder ihre Freundin, noch wollte sie es werden, das machte sie ihr soeben unmissverständlich klar. Trotzdem musste sie die Gelegenheit nutzen, um Antworten zu finden.

»Kannst du mir verraten, was das gerade war? Oder was das mit dem Zettel sollte? Was hast du gegen mich? Du kennst mich doch gar nicht.«

Odile ließ sich Zeit mit einer Antwort, dann schnaubte sie leise. »Vielleicht stimmt auch einfach, was draufsteht, schon mal darüber nachgedacht?« Sie pustete den Rauch in Emilias Richtung, ohne sie anzusehen. »Womöglich bist du am falschen Ort und solltest zurück nach Deutschland fahren.« Jetzt musterte sie Emilia von oben bis unten, ehe sie ihr den Rücken zuwandte und in der Nacht verschwand.

8

»Mein Opa hat *was*?« Emilia richtete sich völlig perplex auf Bastiens Sofa weiter auf. Gut möglich, dass sie sich verhört hatte. Oder es handelte sich um ein Verständigungsproblem, wobei sie sich mittlerweile eingestehen musste, dass diese Ausrede nicht mehr funktionierte. Seit ihrer Ankunft hatte ihr keine Unterhaltung Schwierigkeiten bereitet. Ihr Französisch mochte über die Jahre hinweg eingerostet sein, aber bereits bei ihrem Zwischenstopp in Aix-en-Provence war alles zu ihr zurückgekommen, kaum dass sie den Unterhaltungen auf den Straßen gelauscht und die ersten Schilder gelesen hatte.

Sie und Bastien waren mittlerweile zu Wein übergegangen, der im Licht der Ecklampe golden schimmerte. Wassertropfen waren am Glas kondensiert und rannen nach unten, und Emilia nahm einen großen Schluck. Die Fragen waren geklärt und die Unsicherheit verschwunden. Zumindest zum Teil, denn nun wusste sie, dass Bastiens Opa Henri und seine Pflegerin Odile als Komplizin hinter der Sache mit dem Handy und dem Zettel steckten. Die Gründe waren ihr noch nicht ganz klar – vielmehr klangen sie zu skurril, um wirklich wahr sein zu können.

Bastien fuhr sich mit einer Hand durch die Haare. Die Sache schien ihm furchtbar unangenehm zu sein. »Walter Finke hat einen Teil unserer Farm beim Pokern gewonnen, als er damals für Jacques Borel gearbeitet hat.«

Emilia lachte ungläubig. Zunächst dachte sie, Bastien erlaube sich einen Scherz mit ihr. Das alles klang so schräg, als stamme es aus einem Drehbuch für einen schlechten Film. »Das ist absurd, und es kann auch nicht sein. Mein Opa hat niemals etwas in der Art erwähnt, und es ist doch auch offensichtlich, dass kein Meter dieser Farm ihm gehört, nicht wahr?« Sie sah sich um, als könnte wie durch Zauberhand ein Schild mit der Aufschrift *Eigentum von W. Finke* erscheinen. »Wie soll das denn überhaupt funktionieren? Man kann doch nicht einfach ein Stück Land gewinnen. Gibt es irgendwelche Dokumente, die das belegen?«

Bastien atmete langsam aus. Er machte den Eindruck eines Mannes, der eine Schlacht verloren hatte, und suchte eindeutig nach Worten. Emilia reichte ihm sein Glas, und mit einem dankbaren Nicken nahm er einen Schluck.

»Also«, sagte er dann leise. »Das ist mir wirklich unangenehm.« Er schüttelte den Kopf und hob das Kinn, als hätte er eine Entscheidung getroffen. »*Grand-père* war früher spielsüchtig. So sehr, dass es zulasten der Farm ging.«

»Das tut mir leid«, sagte Emilia und hörte selbst, wie unpersönlich die Worte klangen. Henri Samains Gesicht mit dem weißen Haar und den trotzig verzogenen Lippen geisterte durch ihren Kopf. Dieser Mann sollte viel Geld verspielt haben? Sie berührte Bastiens Handrücken als Zeichen, dass er weitererzählen sollte. Dass sie verstehen würde, ohne ihn oder seine Familie zu verurteilen. Es gab niemanden auf der Welt, der keine Fehler machte.

Bastiens Blick drang tief unter ihre Haut. Es lag Dankbarkeit darin, aber auch die Bitte um Entschuldigung und Stolz, den niemals jemand würde brechen können. »Ich habe selten über all das geredet. Selbst mit meinen Eltern nicht, obwohl die natürlich Bescheid wissen, aber ihnen hat die Farm nie so richtig am Herzen gelegen. Es gab diesen riesigen Streit zwischen *maman* und *grand-père*, weil sie unbedingt verkaufen wollte. In ihren Augen wären damit sämtliche Probleme gelöst gewesen – die Schulden, die dauernden Sorgen bei jeder Ernte, ob der Ertrag uns noch ein Jahr weiterbringt. Das alles war noch nie ihre Welt, und meine Eltern haben der Farm bei der ersten Möglichkeit den Rücken gekehrt. Aber Henri kennt nichts anderes, und er würde lieber sterben, als all das hier aufzugeben. Und als ich in seine Fußstapfen treten wollte …« Er zuckte die Schultern, und Emilia ging auf, wie sehr er innerhalb seiner Familie zwischen den Fronten stand. Das musste schlimm sein. Gerade die Menschen, von denen man geschlossene Unterstützung erwarten sollte, waren sich in einer für ihn so wichtigen Sache uneins.

»Das tut mir so leid«, sagte sie leise.

Er blinzelte, als wäre er überrascht, welche Wendung dieses Gespräch genommen hatte. Dann winkte er ab. »Ein Teil der Probleme, die die Farm heute hat, wäre nicht da, wenn Henri nicht so viel Geld verloren hätte. Früher hat er sich in Casinos an der Küste herumgetrieben, später hat er seine Spielrunden auf den Hof verlegt. Seine Eltern haben leider zu spät eingegriffen, und so ist der Samain-Besitz geschrumpft.«

»Ihr musstet verkaufen?«

»Einen Teil.« Sein Lächeln war gequält. »Die Grenze zur Borel-Farm war früher weiter entfernt.«

»Oh.« Sie dachte daran, was Maurice ihr erzählt und wie sich seine Farm vergrößert hatte. Damals hatte seine Familie also auch Samain-Land erstanden.

Bastien lächelte, aber es sah nicht gerade fröhlich aus. »Maurice und ich haben keinen Streit deshalb. Im Gegenteil: Ich bin froh, dass er derjenige war und dass unser Land an seine Familie ging, die es so bearbeitet, wie es sein soll. Das hätte ganz anders ausgehen können.«

»Maurice weiß davon?«

Bastien zuckte die Schultern. »Natürlich, aber er macht da keine große Sache draus. Die Bauern hier halten zusammen. Wirtschaftlich sind wir zwar Konkurrenten, aber wir versuchen, unser Leben davon nicht beeinträchtigen zu lassen.«

»Das ist gut«, sagte Emilia und dachte an das Hoffest. Solche Zusammenkünfte würde es nicht geben, sollten die Menschen Wettbewerbsgedanken entwickeln, und letztlich würde das womöglich an der Dorfgemeinschaft kratzen. Sie war froh über diesen Zusammenhalt, auch wenn sie erst seit Kurzem Teil davon war. Dann aber stutzte sie. »Trotzdem, das alles passt nicht zu meinem Opa. Glücksspiel war nie ein Thema für ihn, und ich verstehe nicht, warum er dieses Land … ich meine, warum er um diesen Einsatz gespielt hat.«

Bastien starrte in die Ferne. »Ich kenne nicht sämtliche Details, weil Henri an diesem Punkt regelmäßig dicht macht. Aber bei unserem Gespräch vorhin ist mir einiges aufgefallen. Leider auch Ungereimtheiten in seiner Geschichte.«

»Zum Beispiel?«

»Zum Beispiel haben seine Besuche in den Casinos irgendwann aufgehört, und zwar zu dem Zeitpunkt, als er regelmäßig mit deinem Opa und Maurices Vater Vincent Karten gespielt hat. Er hat die zwei Feiglinge genannt, weil sie die Einsätze klein halten wollten, aber abgeblockt, als ich nachgebohrt habe. Ihnen ging es wohl um den Zeitvertreib, nicht um den Nervenkitzel. Und es kann gut sein, dass sie Henri einfach davon abhalten wollten, seinen gesamten Besitz zu verschleudern.«

Emilia dachte an die Gespräche mit Opa Walter. »Leider ist mein Opa sehr verschwiegen, wenn es um die Zeit in Monieux geht. Ich weiß nur, dass es ihm hier gut gefallen und dass er Jacques Borel sehr geschätzt hat. Aber mit wem er sonst noch Kontakt hatte ...« Sie hob ratlos die Hände. »Es tut mir leid. Genau das will ich ja selbst herausfinden.«

»Besser nicht bei *grand-père* – du solltest ihn nicht auf die Vergangenheit ansprechen; über manches redet er nicht gern. Und du musst dich ganz sicher nicht bei mir entschuldigen, Emilia.« Bastien sah zu Boden und hob dann entschlossen den Blick. Etwas darin weckte in ihr den Wunsch, nach seiner Hand zu greifen. Aber sie wagte es nicht. »Sondern ich mich bei dir.«

»Was? Warum?«

»Nach unserem Gespräch neulich habe ich Henri erzählt, dass du als Helferin bei Maurice quasi auf den Spuren deines Opas wandelst. Da hat er mir zum ersten Mal das Pokerspiel gebeichtet.« Er suchte nach Worten. »Irgendwie hat er mich davon überzeugt, dass du gekommen bist, um euer Recht einzufordern. Ich meine, der Zufall ist schon ziemlich groß, oder? Dass ausgerechnet Walters Enkelin hier auftaucht?«

Emilias Augen waren bei jeder Silbe größer geworden, und es fiel ihr schwer, seine Worte zu begreifen. »Aber ich habe dir doch erklärt, warum ich überhaupt nach der Farm gesucht habe.«

»Ich weiß. Und ich hätte mit dir über dieses Gerücht reden müssen. Aber ich hatte so viel um die Ohren, und als Henri mir diesen Floh ins Ohr gesetzt hat, habe ich einfach dichtgemacht.« Er verzog das Gesicht. »Es tut mir so leid, Emilia.«

Sie winkte ab. »Schon in Ordnung. Auch wenn ich etwas geknickt bin, dass du geglaubt hast, ich schleiche mich hier unter Vortäuschung falscher Tatsachen ein.« Sie ließ es wie einen Scherz klingen, aber dennoch traf sie sein Geständnis. Hatte er das wirklich von ihr gedacht? Hatte er sie für fähig gehalten, ihn und alle anderen so zu täuschen? »Wirklich, Bastien, mach dir bitte keine Sorgen. Jetzt hat sich ja alles aufgeklärt. Und ich verspreche dir, mein Opa hat niemals auch nur angedeutet, ein Stück Land in Frankreich zu besitzen. Wie groß soll es denn sein?«

Er seufzte. »Sollte Henri irgendwann damit herausrücken, lasse ich es dich wissen.«

»Das ist alles so absurd«, sagte sie. »Gibt es denn überhaupt Unterschriften? Andernfalls dürfte diese Sache vermutlich nicht einmal rechtsgültig sein.«

Endlich war sein Lächeln wieder echt, wenn auch ein wenig zaghaft, aber immerhin ohne den Schmerz darin. »So etwas brauchte der alte Knurrhahn damals nicht. Das lief über die Ehre.«

»Hm.« Sie malte sich aus, wie die Männer in der Sonne gesessen und Karten gespielt hatten. Eigentlich war es eine schöne Vorstellung, dass die Ehre ausgereicht hatte, um wichtige Dinge festzuhalten. Und vielleicht war es gerade diese Ehre, die Opa Walter über all die Jahre davon abgehalten hatte, auf der Farm aufzutauchen und seinen Gewinn einzufordern. Sie musterte Bastien, und ihre Mundwinkel zuckten. Eine kleine Strafe musste sein. »Das heißt, auch wenn mein Opa kein Interesse hat und wir gerade ohnehin von Ehre reden, gehört ein Stück deiner Farm meiner Familie und damit eines Tages mir?«

Bastien sah so bestürzt aus, dass sie ihr Grinsen nicht mehr zurückhalten konnte. Er knurrte, nahm dann aber ein Kissen und warf es nach ihr – absichtlich schlecht, sodass es weit an ihrem Kopf vorbeiflog. »Du bist herzlich eingeladen, Lavendel zu pflücken, wenn du etwas backen willst. Wenn du möchtest, stecke ich dir dafür sogar ein eigenes Beet ab, auf dem du dich austoben kannst – solange du nicht deinen Wagen darauf parkst.«

»Abgemacht«, rief sie und streckte ihm eine Hand entgegen.

Er zögerte und schlug ein – so behutsam, dass es sich anfühlte, als würden seine Finger über ihre streicheln. Emilia erschauerte und zog die Hand zurück, damit er ihre Gänsehaut nicht bemerkte, obwohl sie seine am liebsten noch stundenlang gehalten hätte. »Also hat sich das Rätsel gelöst, nicht wahr? Dein Opa hat mein Handy gestohlen und den Zettel an die Tür geklebt, und ich muss mir keine weiteren Sorgen machen.«

Bastien nickte düster. »Ja, das war er – mit Odiles Hilfe. Sie denkt, dass sie ihn um den kleinen Finger gewickelt hat, aber eigentlich ist es genau andersrum. Die zwei sind ein Team geworden, seitdem sie neben dem Pflegeheim beim mobilen Pflegedienst arbeitet und regelmäßig herkommt, um nach Henri zu sehen.«

»Ein alter Mann und seine Pflegerin haben also versucht, mich zu vertreiben, weil sie dachten, ich wäre hier, um euch ein Stück Feld zu stehlen.« Das war so absurd, dass Emilia ahnte, wie sehr Diane die Geschichte gefallen würde. »Das ist eine Premiere für mich.«

»Glaub mir, er hätte das vermutlich nicht getan, wenn es uns besser gehen würde.«

»Ist die Samain-Farm denn zu klein, um genug Gewinn zu erwirtschaften?«

»Nein, das kann man so nicht sagen. Es spielen so viele Faktoren eine Rolle. Mein Uropa hat sie aufgebaut, Henri hat sie heruntergewirtschaftet. Meine Eltern sind eine Weile eingesprungen, auch finanziell, aber für mich war schon immer klar, dass ich eines Tages alles übernehme. Ich habe nie auch nur über einen Plan B nachgedacht. Nun fehlt das Geld für Helfer, aber es ist auch nicht leicht, es allein zu machen. Das funktioniert nur, wenn wirklich alles glatt läuft, und das kommt in der Landwirtschaft nur selten vor.«

Sie dachte an die Dinge, die sie bislang von Maurice, Mike und Jessy über die Lavendelernte gelernt hatte. »Du meinst, wenn dir beispielsweise das Wetter einen Strich durch die Rechnung macht?«

Er hob die Augenbrauen, als hätte er nicht damit gerechnet. »Zum Beispiel, ja. Oder wenn Reparaturen anstehen, aber keine Zeit dafür bleibt. Und dann sind da noch die Kosten für *grand-pères* Pflege. Aber das soll nun wirklich nicht dein Problem sein.« Er winkte ab. »Ich hoffe, dass ich mit zwei, drei guten Jahren wieder Oberwasser haben werde.«

Emilia sah aus dem Fenster und ließ sich seine Worte durch den Kopf gehen. Die Mondsichel glomm am Himmel, und in einer Ecke ragten Bäume empor. In einiger Entfernung entdeckte sie den Umriss eines Gebäudes – das musste eine der Hütten sein. Es war eine friedliche Stimmung, und Emilia wusste, dass draußen abgesehen von den Geräuschen der Natur nichts zu hören sein würde. Wo erlebte man als Städterin so etwas schon?

»Wenn wir gerade von Reparaturen reden: Es ist so schade um diese alten Hütten«, murmelte sie. »Daraus ließe sich so viel machen. Ich weiß, du möchtest keine Influencer auf deinem Hof, aber ich denke auch mehr an Ferienhäuser. Etwas, das dir einen guten Zugewinn verschaffen kann, ohne deine Arbeit zu beeinträchtigen. Natürlich nur, solange du sie nicht als Unterkünfte für Helfer benötigst.«

Er sah skeptisch aus. »Mir ist klar, dass ich früher oder später solche Dinge in Betracht ziehen muss und eine Konzepterweiterung brauche. Vielleicht einen Hofladen, da könnte sogar Henri mithelfen. Aber darüber denke ich nach, wenn es so weit ist.« Er rieb sich mit beiden Händen über das Gesicht. »Bis dahin kümmere ich mich um die kleineren Probleme. Vielleicht bringe ich meinen *grand-père* sogar dazu, sich bei dir zu entschuldigen, aber das wird eine Weile dauern.«

Emilia riss sich vom Anblick seiner Arme los und trank einen Schluck Wein. Als Bastien sie wieder ansah, verspürte sie den Drang aufzustehen. Ihre Hände zu beschäftigen. Er machte sie unruhig, wenn er ihr so nahe war und ihr diesen Blick schenkte, der so viel tiefer ging, als sie es gewohnt war. »Ich kann euch zumindest versichern, dass niemand aus meiner Familie vorhat, Forderungen bezüglich des Samain-Besitzes zu stellen«, sagte sie eilig, um sich abzulenken. »Wenn es dich und Henri beruhigt, rufe ich meinen Opa an und kläre das ein für alle Mal.«

Bastien ließ die Hände fallen. Die Haare hingen ihm nun verwuschelt in die Stirn, und es juckte ihr in den Fingern, sie zurückzustreichen. »Denkst du, das ist eine gute Idee? Nachher hat er es nur vergessen, und wenn er sich wieder erinnert, will er vielleicht doch Anspruch erheben.«

»Unsinn, der hat gerade andere Dinge im Kopf und seine Heimat schon lange in Singhofen. Den bekommen da keine zehn Pferde weg. Was sollte er denn mit einem Stück Lavendelfeld in Südfrankreich?«

»Ich weiß nicht. Gewinn machen?«

»Nein«, sagte Emilia mit Nachdruck. »Du hast gerade erwähnt, dass du kämpfst, um hier alles am Laufen zu halten. Und mein Opa ist niemand, der Menschen Steine in den Weg legt.«

»Versprochen?« Etwas in seiner Stimme zog sie wie magisch an. Vielleicht diese unausgesprochene Frage, die in jeder Silbe mitschwang, oder die Nähe, die durch ihre Abmachung entstand. Emilia vertraute Bastien, und er zeigte ihr soeben, dass er bereit war, dasselbe zu tun.

Noch einmal streckte sie eine Hand aus, langsam, da sie ahnte, wie wichtig dieser Augenblick war – nicht nur für die Farm, sondern für sie. »Ja. Versprochen.«

Die Geräusche um sie herum traten in den Hintergrund, als Bastien ihr in die Augen sah. Für eine Weile hörte sie noch das Ticken der Wanduhr aus der Diele, bis auch das verschwand. Auf einmal gab es nur noch sie beide und diese zu vielen Zentimeter, die sie voneinander trennten.

Ein Schauer rann ihren Rücken hinab, als Bastien ihre Finger mit seinen umschloss. »Abgemacht.«

Es fühlte sich völlig richtig an, mit ihm zu schweigen, und Emilia fragte sich, wie es wäre, ihn zu küssen.

Nach einer kleinen Ewigkeit blinzelte Bastien, ließ ihre Hand aber nicht los. »Darf ich dich zur Entschuldigung morgen zu einem Ausflug einladen?«

Hatte sie nicht irgendwo gelesen, dass Freude im Körper prickelte? Jetzt erkannte sie, wie perfekt diese Beschreibung war. »Hast du denn überhaupt Zeit?«

Er lachte leise, ein Laut tief aus seiner Kehle. »Die nehme ich mir. Ich kann einen halben Urlaubstag ganz gut gebrauchen, ehe die Ernte losgeht und ich wochenlang nicht mehr wissen werde, was Freizeit ist.«

»Gut«, sagte sie. »Ich denke, dass ich ab dem frühen Nachmittag frei habe.«

»Meld dich einfach. Ich hole dich dann ab.«

Emilia wollte etwas erwidern, schlug dann aber eine Hand vor den Mund, um ein Gähnen zu unterdrücken. »Entschuldige.«

Bastien stand auf, wobei er sie zu ihrer Enttäuschung losließ. »Es ist schon spät. Ich bringe dich noch rüber zur Farm – natürlich nur, wenn es für dich in Ordnung ist, dort allein zu sein. Ansonsten kannst du auch gern hier übernachten. Ich habe ein Gästezimmer, auch wenn es lange nicht genutzt wurde. Oder ich könnte auf dem Sofa schlafen und mein Bett rasch für dich frisch beziehen.«

Ein verlockender Gedanke! Aber dann stellte sich Emilia vor, wie seltsam es wäre, am Morgen Bastiens Opa zu begegnen. Auch, wenn das Missverständnis nun aufgeklärt war, würde der alte Henri sicher nicht damit einverstanden sein, sie hier anzutreffen. Davon abgesehen musste sie damit zurechtkommen, auch mal allein auf dem Borel-Besitz zu bleiben, sonst setzte sich diese Furcht noch fest. »Danke, aber jetzt weiß ich ja, wer hinter all dem gesteckt hat. Morgen lasse ich mein Handy wieder aktivieren.« Sie stand ebenfalls auf und angelte nach ihren Schuhen. Kurz darauf gesellte sie sich zu Bastien in die Diele. Er hielt ihr die Tür auf und trat neben sie in die Nacht.

Es war ein berauschender Anblick. Das Mondlicht tauchte die Lavendelblüten in einen Silberschleier, den kein Fotograf der Welt würde festhalten können. »Wow«, murmelte Emilia. »Das ist faszinierend. Eigentlich sollte man ein Picknick im Dunkeln veranstalten.«

»Das können wir gern mal tun«, sagte Bastien, während sie losschlenderten.

Stellte er ihr etwa soeben eine Verabredung in Aussicht? Oder war das nur eine Höflichkeit unter Nachbarn? Da sie es nicht einschätzen konnte, nickte sie lediglich. Aber es gefiel ihr, dass sie Pläne schmiedeten, und sie freute sich darauf, mehr Zeit mit Bastien zu verbringen – vor allem jetzt, da sie wusste, dass Odile eine andere Rolle in seinem Leben spielte als befürchtet. Schweigend gingen sie den Weg hinab und genossen die Stille und die Schönheit der Umgebung. Hin und wieder berührten sich ihre Hände einen, zwei Sekundenbruchteile länger als nötig, und jedes Mal flammte ein Kribbeln in Emilias Bauch auf. Ob es Bastien ebenso ging?

Viel zu schnell erreichten sie Maurices Haus und blieben vor dem Anbau stehen. Nun war die Stille zwischen ihnen eine andere. Emilia sah von Bastien zur Tür, zu den leeren Blumentöpfen daneben, um die sie sich noch kümmern wollte, dann zu dem Schlüssel in ihrer Hand, den sie bereits hervorgekramt hatte. Sie wollte sich nicht verabschieden, aber mit jeder Sekunde würde es nur schwerer werden. Außerdem würde sie ihn morgen sicher wiedersehen.

»Also dann«, sagte sie leise.

Er nickte. »Also dann. Schlaf gut.« Mit einer raschen Bewegung beugte er sich vor und hauchte ihr einen Kuss auf die Wange. Emilia spürte seine weichen Lippen, das leicht raue Kinn, und atmete den Duft nach Zitrusfrüchten, Wein und Frische ein, der so sehr zu ihm gehörte wie der Lavendel auf den Feldern. Dann drehte sich Bastien um und verschwand in der Nacht.

Maurice hatte recht behalten mit seiner Wetterprognose; auch heute ließen Sonne und blauer Himmel nicht einmal der kleinsten Wolkenfront Platz. Emilia liebte den Sommer, aber jetzt wäre sie dankbar gewesen für den einen oder anderen Schattenflecken. Das Tuch, mit dem sie sich heute früh die Haare zurückgebunden hatte, klebte ihr feucht an der Stirn, und ihr T-Shirt fühlte sich an wie eine zweite Haut, die nicht so richtig passen wollte. Bislang hatte sie ihre Wasserflasche zweimal neu aufgefüllt, aber ihr Mund war schon wieder trocken.

Sie rieb sich über die Nase, wo der Schweiß perlte, und sah sich um. Nicht mehr viele Reihen, und sie hatten es für heute geschafft. Während Jessy und Mike sich um die letzten Handgriffe in der Destille kümmerten, gingen Maurice und Emilia durch die Felder und kontrollierten, ob unerwartete Löcher im Boden klafften, Tiere sich niedergelassen und Bodenbrüter Nester gebaut hatten oder Feldhasenjungen zwischen den Pflanzen hockten. »Die werden zwar in der Regel in Ackerfurchen oder Mulden zurückgelassen und von der Mutter zum Säugen besucht«, hatte Maurice ihr erklärt, »aber ich habe auch schon welche in den Feldern gefunden. Wenn wir alles genau kontrollieren, geht es morgen schneller, wenn wir die Maschine anwerfen.«

Allein der Gedanke an ein verängstigtes Hasenjunges hatte Emilia in Sorge gestürzt, also bemühte sie sich, jeden Flecken Boden abzusuchen. Am Morgen war das noch einem Spaziergang gleichgekommen, doch nach mehreren Stunden, in denen sie die Stängel zur Seite bog, fühlte sie sich, als hätte sie die Zeit im Fitnessstudio verbracht. Immer wieder richtete sie sich auf und beschattete die Augen mit einer Hand, um zu Bastiens Farm hinüberzublinzeln. Sie fragte sich, ob er das alles allein machen musste oder nur Maurice so penibel war. Aber bisher hatte sie niemanden gesehen; vermutlich bereitete Bastien seine Maschinen vor. Maurice hatte ihr erklärt, dass die Farmen stets zur selben Zeit ernteten, da sie sich alle nach dem Lavendel und dem Wetter richteten, und im Moment war es einfach perfekt. Für Emilias Geschmack zwar ein wenig zu warm – die Temperaturen waren laut Maurice in diesem Jahr ungewöhnlich hoch –, aber besser als Regen, der sie alle nur in Panik versetzen würde.

Zu ihrer großen Erleichterung hatte sie keine Tiere gefunden, die sie aus den violetten Blüten verscheuchen musste. Lediglich ein halb zerfetztes Stofftier war aufgetaucht, bei dem es sich um ein Schweinchen gehandelt haben musste und dessen Farben weitgehend verblasst waren – Emilia musste es mit beiden Händen aus der Erde ziehen, in der es halb eingebuddelt war. Sie versuchte vergeblich, es vom Schmutz zu befreien, und platzierte es schließlich unter den Bäumen am Rande der Zufahrt. Vermutlich hatten Mini und Rala es angeschleppt. Die Hündinnen ließen sich den ganzen Morgen nicht blicken, aber um die zwei machte sie sich keine Sorgen mehr – sie würden sich aus dem Staub machen, sobald ihnen der Lärm zu viel wurde.

Emilia blieb am Ende ihrer letzten Reihe stehen, beugte sich vor und stemmte die Hände auf die Knie, um tief durchzuatmen.

»So schlimm?« Sie blickte auf: Maurice war ebenso verschwitzt wie sie, hatte aber trotzdem beste Laune. »Wir liegen gut in der Zeit.«

»Bitte sag mir nicht, dass du irgendwo noch ein Feld versteckt hast, das wir kontrollieren müssen«, sagte Emilia und richtete sich wieder auf. »Ich fühle mich, als wäre ich einen Marathon gelaufen.«

»Das ist gut, dann bist du heute Abend früh im Bett und morgen fit für den großen Tag.«

Sie pflückte sich eine Haarsträhne von der Wange. »Noch bin ich wach, aber ich hätte wirklich nichts gegen einen ruhigen Abend. Solange Jessy und Mike keine Party auf die Beine stellen, werdet ihr von mir nicht mehr viel sehen oder hören.«

Maurice nickte. »Also dann, gehen wir zurück. Gute Arbeit, Emilia.«

»Danke.« Sie zögerte. »Hast du eigentlich schon überlegt, wann du deinen Vater besuchen willst?«

Er wirkte schuldbewusst. »Ich fürchte, in nächster Zeit komme ich nicht dazu – momentan interessieren sich zwei neue Großabnehmer für mein Öl; heute und morgen stehen Gespräche an. *Papa* weiß aber, wie viel in diesen Wochen los ist, und nimmt es mir nicht übel, wenn ich mich rar mache.« Er rieb sich über den Nacken und betrachtete die Lavendelfelder, als würde er in Gedanken bereits den kommenden Tag durchplanen. »Ich drehe noch eine letzte Runde. Bis später.«

»Ja, bis später.« Sie sah ihm nach, wie er durch die Reihen ging, und strich behutsam über die violetten Blüten. »Morgen geht es euch an den Kragen«, flüsterte sie, zupfte an ihrem Shirt und machte sich ebenfalls auf den Weg.

Nachdem sie geduscht und ihre Muskeln unter dem heißen Wasser gelockert hatte, war es noch nicht so spät wie erwartet, also setzte sie sich auf die Bank vor dem Haus, hielt ihr Gesicht gen Himmel, streckte die Beine aus und ließ die Haare von der Sonne trocknen. Die dunkelbraunen Strähnen wellten sich leicht, wenn sie feucht waren, und wenn es nicht zu warm dafür wäre, hätte Emilia sie bei ihrem Picknick offen gelassen.

Der Vormittag war gefüllt gewesen mit neuen Eindrücken und der ungewohnten Arbeit, aber jetzt dachte sie an gestern, an das Gespräch mit Bastien und die Geschichte über Henri und seine Spielschulden. Vorhin hatte sie mit Diane telefoniert, erzählt, was vorgefallen war, und ihr eröffnet, dass sie Opa Walter beichten wollte, wo sie war. Sie hatte unter der Dusche darüber nachgegrübelt und war immer wieder bei einer Frage angelangt: Was sollte schon groß passieren? Ja, vielleicht weckte sie Hoffnungen, die nicht erfüllt wurden, wenn sie außer Henri niemanden mehr fand, den er von früher kannte. Von Jette ganz zu schweigen. Aber sie musste wissen, dass die Sache mit dem Anteil an der Farm hier wirklich keine Probleme mehr bereiten würde.

Di war derselben Meinung und hatte betont, dass sie Opa Walter gefahrlos reinen Wein einschenken konnten. »Jetzt lohnt es sich eh nicht mehr, sich aufzuregen, du bist ja schon dort. Und ehe dieser Henri einen Herzinfarkt bekommt oder dir doch noch eine französische Assassinentruppe auf den Hals hetzt …« Allerdings hatten sie beide entschieden, ihm gegenüber Emilias Wunsch nach einer Auszeit in den Vordergrund zu stellen.

Sie griff nach ihrem Handy und zählte innerlich bis zehn. Zu ihrer Erleichterung war die Kommunikation mit dem Anbieter reibungslos verlaufen und ihr Handy wieder benutzbar, sodass sie jetzt Opa Walters Nummer aufrief und den Kopf an die Hauswand lehnte, als das Freizeichen ertönte.

»Emilia, hast du schon Feierabend?«, fragte er statt einer Begrüßung. Zu ihrer großen Erleichterung klang er nicht mehr so bedrückt, sondern fast wieder normal. Lediglich ein kaum merklicher Unterton verriet, dass ein Teil seiner Gedanken noch immer bei Renate war.

Sie zögerte. »Hallo Opa. Wie geht es dir heute?«

»Franz hat seinen Sohn zu mir beordert, damit der seinen Lieblingseintopf kocht. Als ob er drüben selbst keine Küche hätte!« Er schnaubte.

Wenn er sich schon darüber empörte, war dies einer seiner guten Tage. »Ist Herr Meißner denn noch da?«

»Natürlich. Wenn der einmal hier hockt, werde ich den so schnell nicht los.«

»Gut«, sagte sie, während ihre Gedanken vorausssprinteten. Schnell und schmerzlos! »Ich bin übrigens nicht in Münster, sondern in Frankreich, genauer gesagt in der Provence, in Monieux«, sagte sie rasch und hielt den Atem an. Schweigen antwortete ihr, und sie wünschte sich, sein Gesicht sehen zu können. »Opa? Bist du noch dran?«

Er räusperte sich. »Ist das nicht zu teuer, aus Frankreich anzurufen?«

»Nein, hier gilt der Inlandstarif für mich.« Sie wartete, doch wieder blieb es still in der Leitung. »Ich fand es so faszinierend, als du von der Farm erzählt hast, und da habe ich im Internet recherchiert und herausgefunden, dass sie noch immer existiert. Maurice Borel, der Besitzer, brauchte eine Aushilfe, und ich habe mich beworben. Ich bin ohnehin gerade eh auf der Suche nach einem neuen Job. Bei *Scheller* haben sich leider Dinge ergeben, die für mich nicht mehr tragbar waren, also bin ich gegangen. Ich brauchte einen freien Kopf.« Ihre Finger knibbelten Moosstücke von der Bank. »Und nun bin ich hier. Es ist wirklich wunderschön, Opa. Die Gegend, der kleine Ort und vor allem die Lavendelfelder mit diesen Farben! Die Samains leben auch noch nebenan.«

Er hustete. »Warum bist du ausgerechnet dorthin gefahren, Kind?«, fragte er leise. »Du hättest so viele andere Orte finden können, um Urlaub zu machen.« Allein die Tatsache, dass er mit keinem Wort auf ihre Kündigung bei *Scheller* einging, bewies, dass sie ihn soeben aus der Fassung gebracht hatte.

»Es ist kein Urlaub, ich helfe hier aus. Und wer weiß?« Sie lächelte breit in der Hoffnung, dass er es in ihrer Stimme hörte. »Vielleicht treffe ich ja Menschen, die sich an dich erinnern. Wäre das nicht spannend?«

»Hm.« Es klang unsicher. »Gut möglich, ja.« Er befürchtete eindeutig, dass sie bereits mehr herausgefunden hatte, als er zu erzählen bereit war. In gewisser Weise war das ja auch so.

Emilia entschied, nicht länger um den heißen Brei herumzureden. »Einen habe ich bereits kennengelernt, und … Opa! Warum hast du uns neulich nicht erzählt, dass du damals von Henri Samain ein Stück Land beim Pokern gewonnen hast?« Sie glaubte schon, die Verbindung wäre abgerissen oder er hätte aufgelegt, weil sich die Stille in der Leitung dieses Mal ins Unendliche dehnte. »Opa?«

»Ach, die alten Geschichten«, sagte er unwillig. »Das war doch alles nicht ernst gemeint. Ich war Handwerker, ich brauchte kein Lavendelbeet. Also warum hätte ich euch davon erzählen sollen?«

Sie zog die Beine an und legte das Kinn darauf. Ihre Beine und sogar die Füße hatten bereits Farbe bekommen. »Ich weiß nicht, vielleicht weil es eine ungewöhnliche Geschichte ist? Hätte ich davon gewusst, wäre ich vielleicht auch nicht auf sehr seltsame Weise mit Henri Samain aneinandergeraten. Er dachte nämlich, ich wäre hier, um nach all den Jahren einzufordern, was angeblich dir gehört.«

»Henri lebt also noch«, sagte Opa Walter nach einer kurzen Pause. Seine Stimme klang gepresst.

»Ja, auf der Nachbarfarm, aber das weißt du ja. Bastien führt sie, sein Enkel. Und als Henri mitbekommen hat, wer ich bin beziehungsweise warum ich unter anderem hier bin, hat er versucht, mich loszuwerden. Mit einem Drohbrief, den er an meine Tür gepappt hat.«

Opa Walter murmelte etwas, das in einen Hustenanfall überging.

»Was sagtest du?«, fragte Emilia, nachdem er wieder zu Atem gekommen war.

»Ich sagte, das ist typisch Henri.« Opa Walter klang verärgert. »Der Sturkopf hat schon immer erst gehandelt und dann nachgedacht, ist dann auch auf beiden Ohren taub, und das hat sich wohl bis heute nicht geändert.«

»Du meinst, so wie damals beim Pokern?«

»Ja«, sagte er düster. »Ich kann mich nicht mehr an jedes Detail erinnern, aber daran, dass Vincent Borel irgendwann auf die Idee kam, auf dem Hof zu spielen, um Henri im Zaum zu halten. Der hatte nämlich anfangs noch einiges auf der hohen Kante, aber hinterher war nichts mehr davon übrig.«

Also hatte Bastien recht gehabt – die anderen beiden hatten Henri von den großen Casinos in den Städten fernhalten wollen. Außerdem wusste sie nun schon von zwei Menschen, mit denen Opa Walter damals zu tun gehabt hatte! »Ihr habt also wirklich um Geld gespielt?«

Er seufzte. »Vincent und ich hatten nie Interesse an solchen Einsätzen. Aber Henri wollte den Nervenkitzel, und wir haben versucht, einen Mittelweg zu finden. Außerdem waren wir jung und hatten hin und wieder einen Schluck zu viel Pastis, und der war damals noch ein ganz anderes Kaliber als das, was man heute an die Touristen ausschenkt.«

Emilia sah die drei Männer regelrecht vor sich, in langen Stoffhosen und Feinripphemden, mit Zigaretten in den Mundwinkeln und Mützen auf dem Kopf, wie sie an einem Tisch vor dem Haus saßen, noch brauner wurden, als sie es ohnehin schon waren, und die Karten mit großen Gesten von sich warfen, um zu zeigen, dass ihr Blatt das beste war. Es war ein friedliches Bild aus einer Vergangenheit, die noch nicht so lange her war, um bereits fremd geworden zu sein. Emilia streckte die Beine wieder von sich und zögerte, während sie die nächsten Worte in ihrem Kopf drehte und wendete. Dann schloss sie die Augen und sprach es aus. »Opa, hat die ganze Sache etwas mit den Dokumenten zu tun, die Diane und ich im Keller gefunden haben? Da war ein ungeöffneter Brief dabei.«

Wieder dieses lange Schweigen, aber sie ahnte, dass sie ihm Zeit geben musste. Zum ersten Mal hatte er mehr aus seiner Vergangenheit in Monieux erzählt. Vielleicht erfuhr sie nun auch den Rest.

»Ach ja«, sagte er und räusperte sich mehrmals, wie um die Antwort hinauszuzögern. »Ich erinnere mich nur schwach. Kann sein, dass ich Henri damals schreiben wollte, um ihm diesen Anteil zurückzugeben. Offiziell, damit sich der Knallkopf keine Sorgen machen musste um seinen Besitz. Wobei diese, nennen wir es Übertragungsurkunde, ohnehin niemals anerkannt worden wäre. Ich hab sie nicht einmal mit zurück nach Deutschland genommen, weil das schon damals für mich alles Humbug war. Hab sie in Monieux gelassen, bei meinen Zeichensachen.«

»Wo sind die denn?« Die Frage war Emilia rausgerutscht, und sie ärgerte sich darüber, ihn unterbrochen zu haben.

Opa Walter gab ein Brummen von sich. »Weiß ich nicht mehr. Vielleicht schon längst entsorgt.«

»Und der Brief?«, schob sie schnell hinterher, um das Gespräch nicht stocken zu lassen. »Der ging also an Henri Samain?«

»Ja. Aber als der zurückgekommen ist …« Erneutes Räuspern. »Ach, ich hab es danach einfach gelassen. Die Zeiten waren längst vorbei, und wir alle haben unser eigenes Leben geführt.«

Emilia setzte sich aufrecht. »Und was war mit der anderen Sache?«

»Welcher anderen Sache?« Die Antwort kam zu schnell. Er wusste genau, wovon sie redete.

»Na, das Herz, Opa. Da war ein Herz aus Lavendelblüten, mit dem Namen Jette in der Mitte. Wer war die Frau? Hast du sie in Monieux kennengelernt?«

Er schnalzte mit der Zunge, wie so oft, wenn ihm etwas missfiel. »Weißt du, wenn man alt ist, erinnert man sich nicht mehr an alles. Natürlich habe ich in Frankreich auch adrette junge Damen kennengelernt. Aber mehr als höfliche Gespräche und vielleicht einmal eine gemeinsame Feier hat es nicht gegeben. Man war einfach galant, das gehörte sich so.«

Sie glaubte ihm nicht. Wie konnte er sich an die Pokerspiele erinnern, aber etwas vergessen, das ein so persönliches Geschenk oder Andenken war? »Du weißt also nicht mehr, wer diese Jette war, die dir das Herz geschenkt hat? Oder hast du es selbst gebastelt, weil du in eine Frau verliebt warst?«

»Ganz sicher nicht«, brummte er. Emilia schwieg und dachte über ihre nächsten Worte nach. Irgendwie musste es doch möglich sein, mehr über diese Jette zu erfahren. »Emilia«, sagte ihr Opa auf einmal so eindringlich, dass sie zuerst glaubte, es wäre ihm doch wieder eingefallen.

»Ja?«

»Tu mir einen Gefallen und lass den alten Henri in Ruhe. Erledige meinetwegen deine Arbeit auf der Farm und hab eine schöne Zeit, aber bedräng ihn nicht mehr mit der Vergangenheit. Es scheint ihn sehr aufgewühlt zu haben, wenn er sich so verhält, und sein Herz war damals schon nicht das gesündeste vom vielen Rauchen und all den Schnäpsen, die man als junger Mann nicht abgelehnt hat.«

»Aber ich …«

»Ich hätte mir gewünscht, du wärst nicht gefahren.« Auf einmal klang er so traurig, dass sich etwas in ihrem Brustkorb zusammenzog.

»Aber ich wollte es sehen«, flüsterte sie und drückte den Hörer enger an ihr Ohr, als könnte sie damit auch Opa Walter näher sein. »Du hast so gestrahlt, als du von Monieux erzählt hast, und ich wollte wissen, ob es wirklich so schön ist. Und das ist es.«

Wieder diese Stille, in der sie den Atem anhielt und hoffte, endlich zu ihm durchgedrungen zu sein.

»Hör auf mich, Emilia«, sagte er dann so ungewohnt streng, dass sie die Stirn runzelte. »Ich meine das ernst mit Henri. Bedräng ihn nicht. Er hatte damals eine schwere Zeit, und ich habe ihm stets von Herzen gewünscht, dass er das Ruder herumreißen kann. Was er wohl geschafft hat, wenn es einen Enkel gibt. Also lass die Vergangenheit ruhen, wenn die Gegenwart es besser mit ihm meint. Hast du das begriffen?« Die letzten Worte klangen schärfer als zuvor.

Niemals zuvor hatte er so mit ihr geredet. »Ich verstehe das nicht, Opa. Nun weiß ich doch, was damals passiert ist. Oder ist da noch mehr?«

»Da kommt Franz, ich muss auflegen«, sagte er und beendete das Gespräch, ohne sich zu verabschieden.

Als wollte er weiteren Fragen entgehen. Als würde er sich nicht erinnern wollen. Als könnte er beide Welten voneinander fernhalten, die zu Hause in Singhofen und die hier in Monieux.

Emilia legte das Handy auf die Bank, während Bruchstücke des Gesprächs durch ihren Kopf geisterten. Warum blockte er so ab? Die Sache mit dem Pokerspiel und dem seltsamen Gewinn hatte ja keinen Schaden angerichtet, schließlich hatte er niemals Anspruch erhoben und dazu sogar einen Brief geschickt. Henri hatte den zwar nicht gelesen, aber nach all den Jahren, in denen er nichts mehr von Walter gehört hatte, müsste ihm doch klar sein, dass sich die Sache erledigt hatte. Damit war doch alles geklärt, also warum weiterhin diese Geheimniskrämerei? Und warum war der Brief wieder zurückgekommen?

»Da steckt mehr dahinter«, sagte sie zu einem Sperling, der vor ihren Füßen gelandet war und am Boden herumpickte. »Hat es Streit gegeben zwischen den beiden, und wenn ja, warum? Opa glaubt doch nicht wirklich, dass ich ausgerechnet jetzt mit meinen Nachforschungen aufhöre!« Die nun eine neue Dimension bekommen hatten. Sie suchte nicht mehr nur nach Jette.

Der Vogel hob empört den Kopf, als sie lauter wurde, und flatterte in Richtung Haus davon. Eine gute Idee. Emilia stand auf, rief Diane an, um sie auf den neuesten Stand zu bringen, und machte sich auf den Weg in den Anbau. Von dort schickte sie zuerst Bastien eine Nachricht, dass sie in ungefähr einer Stunde startklar wäre – und freute sich, als seine Antwort postwendend eintraf.

Ich werde da sein.

Mehr nicht, aber trotzdem las sie die vier Wörter dreimal. Sie passten zu ihm. Bastien war niemand, der ins Plaudern geriet, wenn es nicht sein musste, aber er war zur Stelle, wenn er etwas versprach. Mit einem Lächeln schloss sie die App und rief die Suchmaschine auf. Da war noch etwas anderes, um das sie sich kümmern wollte.

In Monieux gab es genau ein Seniorenheim: *La Roseraie – Maison de retraite*. Die Website war schlicht gehalten und beinhaltete neben wenigen Fotos lediglich grundlegende Angaben sowie Kontaktdaten. Sie notierte sich die Adresse und sah erneut auf ihr Handy. Noch war Zeit, also klickte sie Dianes Instagram-Account an und fand natürlich neue Fotos von den Wellensittichen. Auf einem hatte ihre Cousine drei gelbgrüne Federbälle auf der Hand und strahlte in die Kamera, auf einem weiteren schien Markus durch eine Flugattacke bedrängt und zog ein übertrieben eingeschüchtertes Gesicht.

»Ich vermisse diese Verrückten«, sagte Emilia zu ihrer Holzente, die vom Regal aus über den Raum wachte und sie wie immer zu verstehen schien. Einer Eingebung folgend, gab sie Mikes Namen in die Suchmaschine ein und fand sein Instagram-Profil *Verymagicmike* nach kurzer Suche. Sie öffnete es und betrachtete die Fotoreihen. Die neuesten stammten von der Farm und aus der Provence. Gebirgslandschaft, der Ort aus der Ferne sowie Jessys Hände, die eine kleine Eidechse hielten – das mussten die Schnappschüsse von ihrem Ausflug sein. Auf dem Foto darunter saß Jessy in einem Lavendelfeld und hatte sich die Blüten über den Kopf gezogen, als trüge sie einen Hut.

Emilia schmunzelte. »Wenn Bastien das sehen würde. Ihr Influencer.« Sie scrollte weiter und fand mehr Bilder von den Reisen der beiden. Auf einem stand Mike mit nacktem Oberkörper auf dem Dach eines Bungalows und zog eine Grimasse in die Kamera. *Mal eben schnell noch ein Haus ausbessern, ehe es an den Strand geht*, stand daneben. Es folgten Schnappschüsse von Häusern, die an Ferienunterkünfte erinnerten. Bei manchen hatte Mike auch den Zustand vor den Renovierungen fotografiert und die Fotos nebeneinandergestellt. Die Unterschiede waren immens. Klar, den Hütten und Bungalows fehlte es in der Bau- oder Renovierungsphase an Dekoration und persönlicher Note, aber wie gemütlich es dort sein konnte, ließ sich bereits an den hübschen Fensterschwüngen, Erkern und vor allem an der umliegenden Landschaft ablesen.

Emilias Gedanken wanderten zu den Hütten, die auf Bastiens Grundstück nach und nach verfielen. Es war zu schade, dass er keine Zeit hatte, sich um die Instandsetzung zu kümmern und sie wieder zu nutzen. Er hatte erwähnt, dass er sich vielleicht einen Hofladen vorstellen könnte. Eine tolle Idee! Und die größte Hütte, die mit etwas Abstand zu den anderen dreien näher am Haupthaus lag, wäre ideal dafür.

Emilia stellte es sich zauberhaft vor, wenn man alles wieder auf Vordermann brachte. Dieser Ausblick sollte schließlich nicht verschwendet werden! Sie würde Mike um eine Einschätzung bitten. Nichts Verbindliches, lediglich eine Meinung zu den Möglichkeiten und dem Umfang von Arbeit und Kosten, mit der Bastien anfangen konnte, was er wollte.

Froh, diesen Plan gefasst zu haben, schloss sie den Browser, nahm ihren kleinen Rucksack, den sie bereits gepackt hatte, verließ den Anbau und drehte den Schlüssel im Schloss. Zwar glaubte sie nicht, dass Henri Samain oder seine Helferin Odile noch einmal aktiv werden würde, aber sicher war sicher.

Ihre gute Laune stieg, als sie die weißen Wölkchen am Himmel betrachtete. Sie freute sich auf diesen Nachmittag, auch wenn der Gedanke an Bastiens Abschiedskuss sie nervös machte. Sie hatte genug auf ihrer Liste gehabt, als sie hergekommen war: sich auf der Farm einarbeiten, den Ort erkunden, mehr über Opa Walters Vergangenheit herausfinden. Jette ausfindig machen. Jemanden kennenzulernen war kein Teil davon gewesen. Konnte es nicht sein, denn sie würde schließlich nicht für immer bleiben. Aber sie weigerte sich, darüber nachzudenken, ob es gut oder schlecht war, sinnvoll oder zukunftsbringend. Dafür war es noch viel zu früh, wenn sie überhaupt an dieser Stelle von *es* reden konnte. Sie wollte die Sache mit Bastien weder einordnen noch eine Bezeichnung dafür finden. Es *war* einfach, jetzt und hier, und mehr musste sie nicht wissen.

Zumindest sagte sie sich das immer wieder, während sie in Richtung Hausfront schlenderte. Doch leider schaffte sie es nicht, die traurige Stimme in ihrem Kopf zu übertönen, die ihr zuflüsterte, dass sie in knapp zwei Monaten wieder zurück nach Münster gehen und Bastien nie mehr wiedersehen würde.

9

»Vorsicht, hier ist es glatt.« Bastien streckte Emilia eine Hand entgegen, und obwohl sie bisher gut allein vorangekommen war, rutschte sie in diesem Augenblick auf einem der glitschigen Steine ab. Sie holte erschrocken Luft, beugte sich zur Seite, um auszubalancieren, und griff nach Bastiens Fingern. Er zog sie zur Seite und fing sie auf, ehe sie stürzen konnte. Kurz lag ihr Kopf an seiner Brust, sodass sie dem Schlag seines Herzens lauschen konnte. Leider ließ er sie aber wieder los, nachdem er sicher war, dass sie festen Boden unter den Füßen hatte. »Wir sind fast da«, sagte er. »Aber noch kannst du dich nicht setzen, tut mir leid.«

Sie öffnete empört den Mund, beugte sich dann aber herab, schöpfte mit einer Hand Wasser aus dem schmalen Flusslauf und schleuderte es ihm entgegen.

Er lachte, wich mit einer spielerischen Bewegung aus und deutete nach vorn, wo sich ein kaum sichtbarer Pfad zwischen dem Grün von Wiesen und Bäumen abzeichnete. Etwas bewegte sich im Gras und schoss davon, als sie weitergingen. Ein Kaninchen. Überhaupt gehörte die Natur hier draußen eindeutig den Tieren. Das Konzert der Vögel stockte zwar immer wieder, alarmiert durch die zwei unerwarteten Besucher, die viel zu laut durch die Gegend stapften, setzte aber bald wieder ein – wie Wasser, das sich vor ihnen teilte, um hinter ihnen wieder zusammenzufließen.

In den Ästen und Sträuchern herrschte rege Bewegung, und Emilia entdeckte unter anderem Sperlinge, Buchfinken und Schwarzkehlchen. Hin und wieder kreisten über ihnen Schwarzmilane. Das Summen und Sirren der Insekten füllte die Ruhe zwischen den Vogelgesängen.

Sie ließen sich vom Plätschern des Wassers leiten und bahnten sich ihren Weg durch von weißen, gelben und hellblauen Blüten getupften Wiesen. Mit jedem Schritt änderte sich die Zusammensetzung der Düfte. Wo zunächst noch süßliche Aromen dominierten, mischte sich nur wenige Sekunden später der typisch-herbe Geruch von wildem Thymian hinein.

Emilia wischte sich über die feuchte Stirn. Das Gelände ging seit einer ganzen Weile bergauf, aber laut Bastien war es nicht mehr allzu weit. Sie waren von Monieux aus eine halbe Stunde nördlich nach Barret-de-Lioure gefahren, einer winzigen Gemeinde, gegen die Monieux beinahe schon als Stadt bezeichnet werden konnte. Sie lag noch ein Stück höher als die Lavendelfarmen; mehr als tausend Meter über dem Meeresspiegel.

Vor ihr blieb Bastien stehen und drehte sich um. »Wir sind da.« Er trat zur Seite und gewährte ihr den Blick auf den von Gras und Moos bewachsenen Felsen, der fast schon Stufen bildete, über die das Wasser der Méouge floss, das weiter unten stattliche Ausmaße annahm. Hier oben jedoch war es sanft, lieblich und quoll aus dem Stein über ihnen.

»Wir sind an der Quelle!«, rief Emilia.

Bastien deutete nach vorn: Über dem Felsen befand sich eine kleine Ebene, hinter der sich das Grün in die Höhe zog und die ausreichend Platz für sie beide bot. »Das ist mein Lieblingsort. Ich komme manchmal her, wenn ich nachdenken oder abschalten will, und meist habe ich Glück und bin allein.«

Wärme flutete über ihre Haut. »Dann fühle ich mich geehrt, dass du mich mitgenommen hast und dieses Geheimnis mit mir teilst. Ich werde auch niemandem davon erzählen.«

Funken blitzten in seinen Augen, als er lächelte. »Ich wollte dir etwas Besonderes zeigen, auch wenn das in dieser Gegend nicht wirklich schwer ist.« Er ließ seinen Rucksack zu Boden fallen, zog die Decke hervor und breitete sie aus. Emilia kletterte über die letzte Felsstufe, half ihm und staunte darüber, was er alles eingepackt hatte. Neben Wasser und einer Flasche Weißwein von Aarons Weingut gab es Gemüsepasteten, verschiedene Käsesorten, natürlich Baguette, gegrillte Auberginen, getrocknete Tomaten, Kräuterbutter, Weintrauben und Aprikosen. *»Et voilà.«*

Emilia ließ sich am Rand der Decke nieder und griff in ihre Tasche. »Ich weiß, du hast gesagt, du kümmerst dich um alles, aber etwas wollte ich auch beisteuern.« Behutsam nahm sie die Plastikbox heraus, die sie in Maurices Küche gefunden hatte und die genau die passende Größe für einen Kuchen in Kastenform besaß. Sie klappte den Deckel auf und atmete behutsam ein. Der warme, samtige Duft der Orangen mischte sich mit dem würzigen des Lavendels in einem perfekten Verhältnis. Sie war vorsichtig gewesen mit den Dosierungen, damit der ätherische Geschmack nicht zu intensiv wurde und das Ganze dominierte, und hatte zunächst einen kleinen Probekuchen gebacken. Zusammen mit der Glasur aus dunkler Schokolade, auf der lilafarbene Blüten schimmerten, sah das Ergebnis genau so aus, wie sie es sich vorgestellt hatte. »Orangenkuchen mit Lavendel. Ich hoffe, du magst so etwas.«

Bastien beugte sich vor, um daran zu schnuppern. Seine Haare schimmerten in der Sonne, und es juckte Emilia in den Fingern, sie zu berühren, um herauszufinden, ob sie so weich waren, wie sie aussahen.

»Das riecht ziemlich gut«, sagte er und richtete sich wieder auf. Bei seiner Stimme musterte Emilia unwillkürlich die Glasur; beide waren voll und dunkel und beinahe schon verführerisch. Als sie den Kopf hob, stellte sie fest, dass sich der Abstand zwischen Bastien und ihr verringert hatte. Sie hielt den Atem an, als sich ihre Blicke trafen, und versuchte, nicht allzu offensichtlich auf seine Lippen zu starren.

Er lächelte leicht und griff nach der Weinflasche. Die Spannung in der Luft nahm wieder ab.

»Hier, bitte.« Er hielt ihr einen grünen Becher entgegen. »Entschuldige, sie sind unpassend, aber dafür robust. Ich wollte nicht riskieren, dass Gläser unterwegs zu Bruch gehen und wir abwechselnd aus der Flasche trinken müssen. Ich will ja schließlich mit dir anstoßen.«

»Immerhin sind sie grün. Das passt zur Umgebung.« Sie nahm den Becher und ließ den hellgoldenen Weißwein darin kreisen. »Worauf stoßen wir denn an?«

Sein Lächeln war vieles; geheimnisvoll, vielsagend und unglaublich ansteckend. »Da fällt mir einiges ein.« Er hielt seinen Becher in die Luft und wartete, bis sie ihren dagegen stieß. »Zum einen habe ich die Schneise, die du in meinen Lavendel gefräst hast, beseitigen können.«

Emilia hob die Brauen. »Das sind gute Neuigkeiten, ich freue mich für dich und bin auch froh, den Beweis meiner Schande endgültig vernichtet zu wissen. Hast du ein Schild aufgestellt, das unangekündigte Ausflüge in die Lavendelfelder verbietet?«

»Noch nicht, aber ich denke darüber nach. Danke für den Hinweis.«

»Gern geschehen.« Sie blickte sich um. »Ich möchte auf unseren Ausflug trinken und darauf, dass du mir diesen Ort gezeigt hast. Ich verspreche, dass ich nicht unangemeldet herkommen werde, obwohl ich auch hier nirgendwo ein Schild gesehen habe.«

Bastiens Blick glitt über ihr Gesicht, als suchte er nach etwas. »Das dürftest du aber. Ich teile ihn sehr gern mit dir.«

Seitdem Emilia ihn zum ersten Mal gesehen hatte, war seine Haut von der Arbeit unter der Sonne dunkler geworden und hob das Blau seiner Augen hervor. Er nahm einen Schluck Wein, wobei sich die Kerbe über seiner Oberlippe kurzzeitig stärker ausprägte. Mit der hellen Hose und dem weißen Shirt hätte er in diesem Augenblick einen Weinbauern in einem Werbeclip abgeben können, der sich den Erträgen seiner Felder widmete. Wenn alle Stricke für die Samain-Farm reißen würden, könnte sie ihm das noch immer vorschlagen.

Emilia folgte seinem Beispiel, und die Flüssigkeit rann herrlich kühl durch ihre Kehle. Die Süße des Weins explodierte kurz auf ihrer Zungenspitze, um dann von dem vollen, säuerlichen Aroma abgelöst zu werden. »Der schmeckt hervorragend«, sagte sie. »Selbst aus Bechern.«

Bastien hob einen Mundwinkel, was in ihr stets den Wunsch weckte, ihn ganz lächeln zu sehen oder gar lachen zu hören. »Ich werde es Aaron ausrichten. Er hat mehrmals betont, dass zu einem besonderen Ausflug auch ein besonderer Wein gehört, und mich überredet, meine übliche Sorte zu Hause zu lassen.«

»Und?« Sie griff nach einem Stück Käse. »Bereust du es?«

Eine Haarsträhne fiel ihm in die Stirn, als er den Kopf auf die Seite legte, und er strich sie mit einer Geste zurück, die ihm so sehr in Fleisch und Blut übergegangen zu sein schien, dass er sie vermutlich nicht einmal bemerkte. »Überhaupt nicht.« Er lehnte sich zurück und deutete nach oben. »Das dort ist die beste Aussicht.«

Emilia stellte ihren Becher ab, ließ sich ebenfalls nach hinten sinken und starrte in die Baumwipfel. Sie neigten sich einander zu, Nadelbäume auf der einen und Fichten auf der anderen Seite, und ließen gerade genug Platz für ein Stück blauen Himmel mit einem Wolkenfetzen darin. Emilia lächelte, als die Sonne auf ihr Gesicht fiel, und genoss die Stille, die Bastien heute wie so vieles andere mit ihr teilte und in der das Wasser der Quelle vor sich hinplätscherte.

»Ich habe mit meinem Opa telefoniert«, sagte sie leise.

Bastien bewegte sich nicht. »Was hat er gesagt?«

»Ich habe ihn auf die Sache mit dem Pokerspiel angesprochen. Er hat damals von Deutschland aus einen Brief an deinen Opa geschrieben, um den Anteil der Farm, den er gewonnen hat, ganz offiziell zurückzugeben.«

»Wirklich?« Als sich Bastien auf die Seite drehte, raschelte es. Emilia spürte, wie sein Blick über ihr Profil glitt, und wandte den Kopf. »Davon hat Henri nie was gesagt. Wann war das?«

»Keine Ahnung. Allzu viel habe ich nicht aus ihm herausbekommen, aber der Brief kam ungeöffnet zurück. Kann es sein, dass Henri ihn nicht annehmen wollte?« Da es ihr allmählich in ihrer Position zu ungemütlich wurde, legte sie sich ebenfalls auf die Seite und schob ihre Hände unter ihre Wange. Obwohl sich der Abstand zwischen ihnen nicht verringert hatte, kam ihr Bastiens Nähe auf einmal fast schon intim vor.

Er war eindeutig erstaunt. »Das würde keinen Sinn ergeben. Aber wer weiß, wie es vor so vielen Jahren um die Post bestellt war, vermutlich hat der Brief ihn nie erreicht.«

»Oder er erinnert sich nicht mehr«, sagte Emilia nachdenklich.

»Oh, *grand-père* erinnert sich an zu viele Dinge. Er hält mir heute noch vor, dass ich in meinem zweiten Jahr auf der Farm das Wetter falsch eingeschätzt habe und die Qualität unseres Öls gesunken ist.« Er schnaubte. »Manchmal wünsche ich mir, der alte Mann würde mehr alter Mann sein, manche Dinge in seinem Gedächtnis vergraben und nicht mehr wiederfinden, aber den Gefallen tut er mir nicht.« Sein Tonfall verriet, dass er es nicht ernst meinte.

Emilia seufzte. »Manchmal glaube ich, dass meiner das Alter als Ausrede nimmt und nur angeblich Begebenheiten vergessen hat, über die er nicht reden will. Immerhin habe ich ihm das mit dem Brief aus der Nase ziehen können, aber was es mit dem Herz auf sich hat, weiß ich immer noch nicht.«

Auf Bastiens Stirn erschienen drei senkrechte Kerben, um sofort wieder zu verschwinden. »Ein Herz?«

»Warte.« Emilia setzte sich aufrecht, suchte in ihrer Tasche nach ihrem Handy, rief das Jette-Foto auf und hielt Bastien das Display entgegen. »Hier. Das hat zusammen mit besagtem Brief in einem Koffer in Opas Keller gelagert. Es stammt aus seiner Zeit in Monieux, die Lavendelblüten sind ja ein eindeutiges Indiz. Er sagt zwar, dass er hier einige Frauen kennengelernt hat, aber das muss rein platonisch gewesen sein. Nur an eine Jette erinnert er sich angeblich nicht.«

Bastien richtete sich ebenfalls auf, betrachtete das Foto und zoomte heran. »Jette. Das ist kein französischer Name. Vielleicht hat sie hier Urlaub gemacht und er hat sie so kennengelernt?«

»Möglich, ja.«

»Ich kann mir nicht vorstellen, dass man jemanden vergisst, den man sehr mochte«, sagte er und reichte ihr das Handy zurück. »Vielleicht ist dein Opa Walter ein ebenso verschwiegener Sturkopf wie meiner und will nicht über seine Gefühle für Jette reden.«

Emilia hob die Augenbrauen. »Das klingt geheimnisvoll.«

Er griff nach einer Aprikose. »Und das wird es auch bleiben. Ich habe Henri einmal gefragt, welche Frau ihm das Herz gebrochen hat, ehe er meine *grand-mère* Sylvie kennenlernte. Da hat er mich angefahren, dass ich mich um meine eigenen Angelegenheiten kümmern soll – in einer Lautstärke, die man sicher auch auf der Borel-Farm hören konnte. Um meine Nerven und Gehörgänge zu schonen, meide ich das Thema seitdem.«

Emilia zupfte an einem Grashalm. »Wie kommst du darauf? Dass es vor deiner Oma noch jemanden gegeben hat?«

»Sie hat es mal angedeutet. In einem Nebensatz. Für sie war das keine große Sache. Wichtig war, dass sie und *grand-père* zusammen glücklich waren. Und das waren sie.«

Emilia dachte an Henri Samain mit dem strengen Gesicht hinter der dickrandigen Brille und dem weißen Haar. Sie konnte sich vorstellen, dass er in seiner Jugend ein gut aussehender Mann gewesen war, nach dem sich die Frauen umblickten. »Ist deine Oma schon lange tot?«

Er nickte. »Sie ist vor zehn Jahren gestorben. Ich war gerade neunzehn geworden. In jenem Jahr ist Henri zum ersten Mal für längere Zeit ausgefallen, und ich habe einen Einblick bekommen, wie es ist, sich um die Farm zu kümmern.«

Ein Windstoß spielte in den Blättern der Laubbäume und strich hauchzart über Emilias Wangen. »Das tut mir leid. Es muss schwer gewesen sein.«

Bastien winkte ab. »Damals haben mich meine Eltern noch unterstützt, also war es gut machbar.« Er zögerte. »Zu beobachten, wie Henri von einem Tag auf den anderen so viel Kraft verloren hat, war dagegen schwer. Da wurde mir klar, dass ich mich in Zukunft um ihn kümmern werde.«

Emilia nickte langsam. Henri Samain war mittlerweile zu alt, um seinen Enkel bei der Arbeit zu unterstützen. Aber sein Herz hing ebenso wie Bastiens an der Farm, an der Weite der Natur, den stillen Morgen und Abenden, am Leben im Einklang mit dem Land. Bastiens Eltern hatten sich dem niemals verschrieben, aber Henri und er teilten diese Leidenschaft. Daher würde er immer für ihn da sein. Noch etwas, das Bastien vollkommen allein – mit etwas Unterstützung von Odile – meisterte.

Bei dem Gedanken durchflutete Emilia eine so tiefe Zuneigung, dass sie am liebsten nach seiner Hand gegriffen hätte.

»Was ist mit dir?« Ihre Gedanken waren so sehr bei Bastien, dass seine Frage sie verwirrte. »Deine Oma, meine ich. Lebt sie noch?«

Emilia schüttelte den Kopf. »Nein, sie ist kurz nach der Geburt meines Vaters gestorben. Ich habe sie also leider niemals kennenlernen dürfen. Nach ihr hatte Opa eine Lebensgefährtin, Renate, die uns leider auch vor Kurzem verlassen hat. In den Jahren mit ihr hat er hin und wieder von Oma erzählt und an sie gedacht, aber das war für Renate in Ordnung. Sie hat immer betont, dass sie an allen anderen Tagen im Jahr die Frau seines Herzens wäre, das genügte ihr.« Sie überlegte. »Seltsam, nicht wahr?«, fragte sie leise. »Sowohl dein als auch mein Opa haben eine Vergangenheit, in der geheimnisvolle Frauen eine Rolle gespielt haben.«

Er sah sie an, als würde er über ihre Worte nachdenken, streckte eine Hand aus und pflückte etwas von ihrer Wange. Ein Haar vielleicht oder ein Insekt – es spielte keine Rolle, Emilia konzentrierte sich einzig und allein auf das Prickeln, das innerhalb eines Moments über ihren gesamten Körper rann.

Bastien zögerte und zog seine Finger zurück, so sanft, dass sie eine glühende Spur auf Emilias Wange hinterließen. »Eine Florfliege.«

»Danke«, murmelte sie und schluckte gegen das Pochen ihres Herzens an … das in ein Magenknurren überging. Emilia riss die Augen auf und presste eine Hand auf ihren Bauch. Das Bedauern darüber, diesen wunderschönen Moment zerstört zu haben, hielt nicht lange an, da Bastiens Mundwinkel zuckten. Dann grinste er, und zwei Sekunden später brachen beide in Gelächter aus. Es war befreiend, vollkommen natürlich und ebenso schön wie die Berührung zuvor.

Bastien griff nach dem Baguette, brach ein Stück ab und reichte es Emilia. »Es scheint so, Enkelin eines geheimnisvollen Mannes, als wenn wir nicht mehr länger mit dem Essen warten sollten.«

Es war so leicht. Mit ihm zu reden, zu diskutieren, zu lachen. Und als sie später nebeneinanderlagen und in den Himmel blickten, fühlte es sich für Emilia so an, als würde sie diesen Ort schon ewig kennen.

»Du siehst aus, als hättest du noch nie so viel Spaß bei der Arbeit gehabt!«, rief Mike und kontrollierte den Lavendel, den Maurice soeben vom Hänger auf eine der Lagerstellen in der Destille gekippt hatte. Die erste Fuhre befand sich bereits im Kessel, in dem Wasserdampf durch das Lavendelstroh geleitet wurde, um das ätherische Öl herauszuziehen. Anschließend floss es durch Schläuche in einen separaten Tank und kühlte dort ab.

Emilia beobachtete die Geräte sowie Mike, der alles mit so zielgerichteten Handgriffen erledigte, als würde er bereits seit Jahren auf der Farm arbeiten. Er hatte seine Haare am Oberkopf zusammengebunden und trug ein Shirt mit weitem Kragen, das wie eine zweite Haut an seinem Körper klebte.

Ihr selbst ging es nicht besser; ihr T-Shirt mit der niedlichen Entenfamilie und dem Aufdruck *Quakokalypse* sah aus, als wäre sie damit duschen gewesen.

Die Lavendelernte hatte endlich begonnen, und schon beim gemeinsamen Frühstück in der Küche hatte Emilia die besondere Stimmung bemerkt. In jeder Bewegung, jedem Gespräch lag eine unterdrückte Energie. Maurice griff wie immer zu Kaffee und Baguette mit Käse, war aber noch schneller fertig als sonst. Einem weniger ruhigen Mann als ihm hätte man die Aufregung sicher angesehen.

Das Wetter war und blieb ihr Verbündeter, und kurz nachdem die Sonne über den Horizont trat, spürte man bereits die Kraft ihrer Strahlen.

Emilia plauderte mit Jessy und Mike, warf aber immer wieder einen Seitenblick zum Fenster und auf Maurice. Als er schließlich den Stuhl zurückschob, war es wie ein Startsignal, und sie alle – bereits in Arbeitskleidung – stürzten ihren Kaffee herunter und folgten ihm nach draußen. Emilia schnappte sich das gelbe Tuch mit den Entenküken, das sie zuvor an die Garderobe gehängt hatte, und stopfte es in die Hintertasche ihrer Jeans. Sie brauchte etwas, um sich später den Schweiß aus dem Gesicht zu wischen.

Die Lavendelfelder empfingen sie in voller Pracht, das Violett sanft gefärbt von einem stetig helleren Orange, das von den Gebirgszügen im Hintergrund mehr und mehr gespiegelt wurde. Emilia hielt den Atem an. Diese Schönheit würde sie immer fesseln, selbst wenn sie ein ganzes Jahr statt nur wenige Wochen auf der Borel-Farm blieb. Und noch während sie sich in den Fahrradsattel schwang, um vor Erntebeginn die Felder für eine letzte Kontrollrunde abzufahren, wanderten ihre Gedanken zu Bastien. Sie hoffte, dass er sich trotz der vielen Arbeit auch Zeit für schöne Momente nehmen konnte.

Der Fahrtwind war erfrischend, als sie sich zu den Feldern am Rand aufmachte, und während sie durch die Reihen lief, summte es erst leise, dann stetig lauter zwischen den Blüten. Unzählige Bienen und Hummeln schwirrten umher. »Sie sind wichtig für uns«, hatte Maurice ihr erklärt. »Die wissen, wann die Pflanzen so weit sind, dass sie ihr Öl produzieren, und indem sie daran saugen, wirft der Lavendel noch einmal mehr ab.«

Im Gegensatz zu der Morgenromantik war der Erntestart gegen Mittag laut und schweißtreibend. Sie hatten auf dem südlichen Feld begonnen und die erste Ladung Lavendel samt Stielen sofort in den Destillierkessel befördert. Dreihundert Kilogramm Blüten fasste der große Behälter, was nach der Destillation ungefähr drei Liter Öl bedeutete. Es würde noch ungefähr zwei Monate gelagert werden, bis es den vollen, charakteristischen Duft entfaltete.

Emilia warf einen Blick zu den Schläuchen, wo sich Öl- und Wasseranteil voneinander trennten, wischte sich über die Stirn und tastete nach dem Tuch in ihrer Tasche. Sie war leer. Sie tastete nach der anderen, aber auch da: Fehlanzeige.

»Alles okay, Em?« Mike betrachtete ihre Verrenkungen amüsiert.

Sie schüttelte den Kopf und nickte. »Nein, ja. Also doch, schon. Ich hatte ein Tuch dabei, aber muss es verloren haben, als ich vorhin mit dem Rad unterwegs war. Halb so schlimm, es war schon alt.« Sie lächelte. »Ganz schön aufregend, so ein Erntebeginn. Ich meine, darauf haben wir alle hingearbeitet, nicht wahr?«

Mike wischte sich über die Stirn und hinterließ einen Schmutzstreifen. »Nur um dann noch mehr zu arbeiten. Aber ja, ich bin auch froh, dass es endlich losgeht … und ich freue mich vor allem, dass wir gleich für heute fertig sind und etwas essen können.«

Jessy gesellte sich zu ihnen, einen Besen in der Hand. Sie hatte sich ein buntes Tuch um den Kopf gebunden, sodass die Spitzen ihrer Locken darüber herausragten, als stünden sie unter Strom. »Das wird auch Zeit. Ich habe deinen Magen bis in den Vorratsraum knurren hören. Wie kann man nur immer so viel essen wollen?«

Er deutete an sich hinab. »Großer Körper, hungriger Mann.«

Sie schüttelte den Kopf und kreischte auf, als er sie packte und hochhob, nur um ihr einen Kuss auf den Nacken zu drücken. Lachend drehte sie sich um, stellte sich blitzschnell auf die Zehenspitzen und hauchte ihm einen weiteren auf den Mund, ehe sie sich Emilia zuwandte. »Tut mir leid, dass ich dich mit diesem Irren allein gelassen habe.«

Emilia winkte ab. »Wenn du nicht in der Nähe bist, benimmt er sich fast normal.«

»Aber nur fast«, sagte Mike, tippte Jessy auf die Nase und sah sich um. »Ich glaube, wir sind hier fertig. Wo ist Maurice?«

»Auf dem Hof«, sagte Jessy. »Und bereit für eine Pause. Er meinte, wir sollen schon mal Feierabend machen, er übernimmt hier.«

»Gut.« Mike streckte sich. Dann sprang er vor und legte je einen Arm um Jessy und Emilia. Beide kreischten auf und versuchten, ihn von sich zu schieben, doch vergeblich. Mike lachte. »Kommt schon, Mädels, wir sind ohnehin alle hoffnungslos verschwitzt.«

Zu dritt traten sie nach draußen, wo sie eine weniger feuchte Wärme empfing. Emilia machte sich los, um die Tür hinter sich zu schließen.

»Also gut«, rief Jessy. »Duschen und ab in die Natur?«

Mike zwirbelte an einer ihrer Locken. »Deal. Was ist mit dir, Em?«

Emilia schüttelte den Kopf. »Ich bin online mit meiner Cousine zum Backen verabredet. Aber macht euch einen schönen Tag.«

»Du dir auch«, sagte Jessy in vielsagendem Tonfall und stupste sie mit der Schulter an. »Du hast gestern sehr glücklich ausgesehen, als du von deinem Ausflug zurückgekommen bist.«

Emilia hielt das Gesicht in die Sonne und hoffte, so die Röte ihrer Wangen zu verbergen. Konnte ihr noch heißer werden als ohnehin schon? Das Bild von Bastien unter den Bäumen an der Quelle der Méouge schoss ihr in den Kopf, und sie wünschte sich augenblicklich zurück an jenen magischen Ort. Es war nichts zwischen ihnen geschehen – zumindest nichts von den Dingen, die sich Jessy vermutlich vorstellte –, aber dennoch war der Tag wunderschön gewesen. Vielleicht sogar genau deswegen, denn ein leises Stimmchen in ihrem Hinterkopf zweifelte und wollte nicht verstummen. Schließlich lebte Bastien hier, sie dagegen nicht, und es würde nur Kummer und Probleme geben, wenn sie beide … Emilia schüttelte leicht den Kopf und vertrieb den Gedanken. »Es war auch eine tolle Gegend, drüben bei Barret-de-Lioure.«

»Hm.« Jessys Blick war noch vielsagender als der Tonfall zuvor. »Es lag also an der Umgebung?« Ihre Augenbraue schnellte mehrmals hoch und wieder runter.

»Ganz genau. Und wenn du noch länger trödelst, gehe ich als Erste ins große Bad, und mit eurem Ausflug wird es heute nichts mehr, weil ich mir sehr viel Zeit lassen werde. Hat eigentlich schon mal jemand die Badewanne ausprobiert?« Emilia bemühte sich um eine harmlose Miene und scheuchte die beiden mit einer Hand in Richtung Haus. Jessy lachte und zerrte Mike mit sich. Kurz darauf waren sie im Inneren verschwunden.

Emilia folgte ihnen, ging in die Küche, wo sie am Morgen

bereits Futter für die Hunde zur Seite gelegt hatte, und goss sich ein Glas Zitronenlimonade ein. Während sie trank, musterte sie die Lavendelfelder. Von hier sah alles so aus wie immer, als hätten sie nicht bereits riesige Sammelbehälter voll abgeerntet. Sie stellte das Glas in die Spülmaschine, füllte eine Flasche mit Wasser, schnappte sich das Futter, ein Messer, Schwamm und Tuch, eine zweite Plastikschüssel sowie Putzzeug, das sie unter Maurices Waschbecken gefunden hatte, verstaute alles im Fahrradkorb und machte sich auf den Weg. Wenn sie ohnehin schon verschwitzt war, konnte sie sich auch gleich einer weiteren Sache widmen.

Ihre Bank leuchtete ihr entgegen. Sie stellte das Rad ab, leerte zunächst eine Flasche Wasser in die Plastikschüssel für die Hunde, stellte die zweite mit dem Futter daneben und machte sich dann daran, das Moos auf der rechten Seite der Bank behutsam mit dem Messer zu lösen. Anschließend reinigte sie die Flächen. Nachdem sie alles trocken gerieben hatte, richtete sie sich auf und betrachtete ihr Werk. Es war gar nicht mehr nötig, die Bank zu streichen – der *Shabby Chic* passte perfekt.

Kaum hatte sie die Beine ausgestreckt, raschelte es in den Büschen neben ihr. Sie wartete, bis Rala durch das Grün brach. Die Zunge hing ihr seitlich aus dem Maul, und mit den blitzenden Augen sah sie vor allem begeistert aus. Mini folgte keine zehn Sekunden später und ließ ihrer Gefährtin wie immer den Vortritt, wenn es um Kontakte mit Menschen ging.

»Euch ist auch zu warm«, sagte Emilia. »Habt ihr uns gesehen, heute auf den Feldern? Es war laut, und das wird es auch in den kommenden Wochen sein. Tut mir leid. Ich habe das hier als Wiedergutmachung für euch.« Sie beugte sich herab und schob den Hunden den Wassernapf entgegen. »Wart ihr drüben? Bastien hat auch mit der Ernte begonnen, oder?« Sie lehnte sich zurück und blickte in Richtung Samain-Land, während Rala die Nase senkte und trank. Ob er gut durch den Tag kam? Mittlerweile ahnte sie, wie schwer es für ihn war, alles allein zu machen. Beim Picknick hatte er von einer vorübergehenden Durststrecke geredet, von noch maximal zwei oder drei Jahren, bis das Geschäft wieder halbwegs auf sicheren Füßen stand. Sie bewunderte ihn dafür, wie geradlinig und zielgerichtet er versuchte, das geradezurücken, was sein Opa vor langer Zeit verursacht und von dem die Farm sich niemals ganz erholt hatte.

Ihre Gedanken wanderten zurück zu der Quelle der Méouge, wo Bastien und sie friedlich nebeneinandergelegen und den Himmel betrachtet hatten. Wenn es ihr nicht so absurd vorkäme, würde sie beinahe denken, dass sie ihn vermisste.

Rala war fertig, machte Platz für Mini, und Emilia hielt ihr eine Hand entgegen. Zentimeter für Zentimeter kam die Hündin näher und schob schließlich den Kopf unter ihre Finger. Emilia kraulte das kurze Fell. »Ich würde ihm ja gern helfen, wisst ihr?«, sagte sie und freute sich über die Zutraulichkeit – auch wenn ihr bewusst war, dass die Hündin es natürlich auf die Futterschüssel abgesehen hatte. »Wir haben einen Ausflug gemacht, und ich habe es ihm angeboten. Aber er ist zu stolz, um jemanden ohne Bezahlung zu beschäftigen. Vielleicht ändert er seine Meinung, wenn wir uns besser kennen. Von Freunden lässt man sich schließlich auch so helfen, nicht wahr?«

Sie fragte sich, was Bastien in ihr sah. »Eine vorübergehende Nachbarin? Eine gute Freundin? Oder mehr?« Rala legte den Kopf auf die Seite und sprang auf, als wollte sie spielen. Das ließ Mini genug Platz, um sich nach vorn zu wagen und einen Bissen Futter zu stibitzen. »Tut mir leid, Süße, du hast Hunger und ich denke hier über Dinge nach, die dich vermutlich nicht interessieren. Es war nur so ein wundervoller Tag in Barret-de-Lioure. Ich meine, es ist nichts geschehen, bis darauf, dass sich unsere Hände berührt haben. Aber ich hätte stundenlang dort bleiben können. Und nichts ändern wollen. Aber ich kann auch nicht für immer bleiben, nicht wahr?« Sie stand auf und nahm ihr Rad. »Macht euch noch einen schönen Tag, ihr zwei. Ich werde mich jetzt unter die Dusche stellen. Bis bald!« Sie stieg auf und beschloss, noch einen Abstecher zur Straße zu machen, ehe sie den restlichen Tag im Haus verbrachte. Die beiden Hunde starrten ihr hinterher und folgten ihr dann, als glaubten sie, dass es noch weitere Leckereien gab, die man ihnen vorenthielt.

Emilia reckte die Nase in die Luft und genoss den leichten Wind. Über den Lavendelfeldern summte und flatterte es – kleine bläuliche und größere weiße Schmetterlinge. Sie nahm die Füße von den Pedalen, als das Gelände abfiel, und ließ sich rollen. Von rechts hielt in langsamem Tempo ein Wagen auf sie zu. Unwillkürlich lächelte sie, als sie an Bastien dachte, erkannte dann aber einen kleinen, an manchen Stellen verbeulten Citroën, dessen rostige Stellen nur unzureichend mit farbenfrohen Aufklebern verdeckt wurden. Er wurde langsamer und hielt schließlich an.

»Hey!« Odile stieg aus, und zum ersten Mal, seitdem sie sich begegnet waren, wirkte sie freundlich. Ihre Augen waren mit Silber und dunklem Violett betont, was gut zum Lavendel passte. Emilia stellte sich vor, wie sich Odile jeden

Morgen ihren Tagesplänen entsprechend schminkte – Violett für die Samains, Gold- und Rosétöne für einen Besuch auf einem Weingut oder erdfarbene Töne mit starken Farbakzenten, wenn sie in Charles' Bäckerei einkaufte. »Stiehlst du etwa unsere Streuner?«, fragte Odile und runzelte die Stirn. Offenbar hatte sie entschieden, die Spannungen zwischen ihnen nicht nur zu begraben, sondern auch nicht mehr anzusprechen.

Emilia überlegte, ob sie eine Entschuldigung von Odile erwartete, ließ den Gedanken dann aber fallen. Ein frischer Start zwischen ihnen war wohl das Beste. Sie blickte sich zu den Hunden um, die wie zwei Leibwächter hinter ihrem Rad standen. »Ich vermute, sie verfolgen die leere Futtertüte in meinem Korb.«

»Hm.« Odile schien zu überlegen. »Fährst du in den Ort?«

»Nein, ich wollte eigentlich gerade wieder umdrehen. Und du? Hast du Feierabend?« Es war seltsam, so locker miteinander zu plaudern, aber auch erleichternd.

Odile zupfte an ihrem weißen Shirt, das nicht so recht zu ihr passen wollte. »Nein, ich muss eine Besorgung für Henri erledigen.« Sie nagte an ihrer Lippe. »Bastien hat mir erzählt, dass du deinen Opa auf das Grundstück angesprochen hast.«

Emilia nickte. »Ich wollte sichergehen, dass die Sache ein für alle Mal bereinigt ist und auch die Samains das wissen. Mein Opa hat absolut kein Interesse an Landbesitz in Frankreich – und wie ich ihn verstanden habe, war dieses fatale Pokerspiel damals eine ...« Sie überlegte. »Nennen wir es eine Notwendigkeit, um nicht in ein Casino zu fahren.«

Odile winkte ab. »Du brauchst nicht drumherum zu reden, ich kenne Henris unrühmliche Vergangenheit. Daher hätte ich mehr nachdenken sollen, als er mir erzählt hat, du wärst nur hier, um dir Land zu erschleichen. Tut mir echt leid; das mit dem Zettel an deiner Tür und auch davor mit dem Handy war ziemlicher Schwachsinn. Aber Henri kann sehr überzeugend sein, und ich hatte am Vorabend diesen Thriller gesehen.« Das Nagen an der Lippe wurde stärker, und Emilia winkte rasch ab, ehe noch Blut floss.

»Schon vergessen. Du wolltest Henri helfen.«

Odile nickte langsam. »Er ist gar nicht so übel, weißt du? Klar, er hat seine Macken. Zum Glück nicht mehr dieselben wie früher. Aber auch wenn er es niemals laut sagen würde, liebt er die Farm und Bastien, und ich glaube, er schämt sich, dass sein Enkel jeden Tag so hart arbeiten muss.«

Emilia nickte. »Ich habe Bastien angeboten, bei der Ernte auszuhelfen. Maurice braucht mich immer nur halbe Tage. Aber er hat abgelehnt.«

»*Mon dieu*, ja, die Samain-Männer sind nicht nur sehr stolz, sondern auch sehr dickköpfig.« Odile hob theatralisch die Hände. »Ich habe mir angewöhnt, sie machen zu lassen, aber im Auge zu behalten. Wenn sie zusammenklappen, akzeptieren sie zwar noch immer keine Hilfe, können sich aber nicht mehr so gut wehren, wenn man ihnen was Gutes will.«

»Ich muss also einfach warten, bis jemand dort drüben am Boden ist? Danke, das werde ich mir merken.« Emilia bemühte sich um einen ernsten Gesichtsausdruck, bis ihr eine Idee kam. »Sag mal Odile … du arbeitest doch auch im Pflegeheim. Im *La Roseraie*, oder?«

»Korrekt.«

»Wann bist du denn mal wieder dort?« Emilia war überrascht, wie angespannt sie plötzlich klang. Als würde sie etwas Verbotenes tun.

»Heute, wenn ich hier Feierabend habe. Ich muss noch Papierkram erledigen. Warum?«

Emilia zögerte. »Kannst du mich mitnehmen?« Die Idee war ihr spontan gekommen. Diane würde ihr sicher verzeihen, wenn sie ihr Bake Off im Sinne der Spurensuche verschoben. Vielleicht hatte sie ja auch später am Abend Zeit; Kuchen konnte man schließlich immer backen.

»Klar, aber warum fährst du nicht mit Maurice, wenn der den alten Vincent besucht?«

»Er kann nicht.« Emilias Geste fasste die umliegenden Felder ein.

»Verstehe.« Odile nickte und lehnte sich gegen ihren Wagen. »Du willst also seinen Vater für ihn besuchen?«

Emilia zögerte und dachte an Charles' Worte. Vielleicht konnten sich wirklich Heimbewohner an Opa Walter erinnern. Zudem glaubte sie jetzt, nachdem sie nur wenige Stunden der Ernte miterlebt hatte, nicht daran, dass Maurice in den kommenden Wochen Zeit finden würde, seinen Vater zu besuchen.

Fragen kostet nichts.

»Ja. Und nein. Das erzähle ich dir gern unterwegs.«

Odile zuckte die Schultern. »In Ordnung. Ich bin in zwei Stunden fertig, dann hole ich dich ab. Vorn am Haus?« Sie deutete den Weg hoch.

»Gern, dann bis später!« Emilia wendete und fuhr los, als Odile den Motor anließ. Mini und Rala folgten ihr eine Weile, um dann unter aufgeregtem Gebell in den Feldern zu verschwinden. Emilia schüttelte den Kopf und fuhr schneller. Sie war froh, dass die Stimmung zumindest zwischen Odile und ihr bereinigt war. Sie mochte die junge Pflegerin irgendwie, und wenn sie mit ihrer Hilfe endlich etwas über Opa Walters Vergangenheit mit der geheimnisvollen Jette erfuhr, umso besser.

10

Das Letzte, was Emilia in Odiles Wagen erwartet hatte, war klassische Musik. Und ein altes Kassettendeck, aber das passte immerhin hervorragend zu den Sitzen, an denen das Innenfutter aus den Nähten quoll, den vielen Anhängern, die am Spiegel baumelten, sowie den Blumen, die jemand mit buntem Edding an die Decke gemalt hatte.

»Liszt«, hatte Odile erklärt, als wäre es das Natürlichste der Welt. »Ich habe die Kassette von meinem Onkel bekommen, als ich klein war, und mag ihn noch immer. Den Komponisten, meine ich. Onkel René ist leider schon tot. Manchmal würde ich gern auch mal was anderes hören, aber das Ding ist so alt und hatte vor einem halben Jahr einen Aussetzer. Seitdem bekomme ich die Kassette nicht mehr heraus. Aber ich kann damit leben. Zum Glück lässt sie sich noch zurückspulen, also höre ich die eine Seite immer wieder von vorn.«

Den restlichen Weg über erzählte Emilia ihr von Opa Walter und davon, dass sie Menschen suchte, die ihn vielleicht gekannt hatten. Odile ging etwas vom Gas, als vor ihnen die ersten Häuser von Monieux auftauchten. Der idyllische Anblick passte perfekt zu der sanften Klavierpassage. Kurz bevor sie den Ort erreichten, bog Odile ab und folgte einer einspurigen Straße, die sie nach mehreren engen Kurven zu ihrem Ziel brachte.

Das *La Roseraie* machte seinem Namen alle Ehre: Der

lang gestreckte, hellgelb getünchte Steinbau schmiegte sich fast schon herrschaftlich in die Landschaft, umgeben von Bäumen. Eine von Pappeln gesäumte Auffahrt führte zum Haupthaus. Trotz der drei Etagen wirkte es elegant statt massiv, da die Anbauten zu den Seiten schmal ausliefen und mit Steinbögen versehen waren. Am beeindruckendsten war jedoch der Rosengarten. Emilia konnte sich kaum sattsehen an all den Farben. Zwei Brunnen plätscherten auf dem lang gestreckten Grün, miteinander verbunden durch einen Spaliergang, der schwer war von Blüten. Immer wieder blitzten Bänke oder Sitzgruppen auf, und manche Bewohner waren – mit oder ohne Begleitung – im Garten unterwegs.

»Wow.« Emilia gab sich Mühe, ihr Fenster herunterzulassen. Die Kurbel ließ sich nur schwer drehen und quietschte fürchterlich, doch irgendwann konnte sie ihre Nase in den Fahrtwind halten. »Man riecht die Rosen. Ich hätte nichts dagegen, hier zu wohnen, wenn ich mal alt bin.«

Odile lachte. »Kann ich verstehen. *La Roseraie* hat mal einem reichen Kunstsammler gehört, der so verliebt in die Gegend war, dass er unbedingt in Monieux alt werden wollte. Er hatte keine Familie und stellte eine Handvoll Krankenschwestern ein, die mit im Haus gewohnt haben. Überleg mal, welche Gerüchte da im Umlauf gewesen sein müssen! Wie auch immer, es gab wohl nicht genug für alle zu tun, also haben sie sich die Zeit im Garten vertrieben, und dann ist das hier draus geworden. Als der Kerl gestorben ist, hat er Haus und Grundstück dem Ort vermacht, unter der Bedingung, es in ein Seniorenheim zu verwandeln.« Sie ging vom Gas und ließ den Wagen ausrollen. »Es ist immer ganz nett hier. Manchmal gehe ich meine Akten im Garten durch, aber lange hat man da nie Ruhe.« Sie hielt auf einem Parkplatz neben dem Haus. »Ich habe übrigens vorhin noch angerufen und uns angekündigt«, sagte sie und stieg aus. »Vincent weiß also Bescheid und freut sich, dich kennenzulernen.«

»Oh.« Emilia riss sich von der Betrachtung des Rosenmeers los und drehte ihre Tasche in den Händen. »Ich war noch gar nicht sicher, ob ich direkt zu Monsieur Borel soll. Es fühlt sich komisch an, so hinter Maurices Rücken.«

»Unsinn!« Odile winkte ab und schlug die Tür so heftig zu, dass der Wagen wackelte. Emilia war sicher, Rost zu Boden rieseln zu sehen. »Vincent freut sich immer über Besuch, gerade jetzt, wo Maurice so viel zu tun hat. Und der wird dir dafür schon nicht den Kopf abreißen, im Gegenteil. Außerdem hat Vincent schon gesagt, dass er sich an einen Walter aus Deutschland erinnert.« Sie zog die zweite Silbe des Namens in die Länge.

Die Information schoss wie ein Blitz durch Emilias Adern. »Was, wirklich?«

Odile lachte, was viel besser zu ihr passte als das düstere Gesicht, das sie bei ihren ersten Begegnungen gezogen hatte. »Hey, er ist zwar bettlägerig, aber sein Kopf funktioniert sehr gut. Vincent ist der ungeschlagene Meister im Karten- und Schachspiel. Die Belegschaft lässt sich nur schwer zu einer Partie überreden, weil alle wissen, dass sie ohnehin gegen ihn verlieren. Aber nun los, lassen wir ihn nicht allzu lange warten. Ich bring dich hin und erledige meinen Kram, während ihr plaudert.« Sie lief los, und Emilia blieb nichts anderes übrig, als ihr zu folgen.

Odile führte Emilia zu einer Seitentür im Nebengebäude, die von einem Schild als Lieferanteneingang deklariert wurde. Dahinter lag ein Flur, in dem es nach Kaffee duftete.

»Da sind die Vorratsräume und die Küche.« Odile zeigte auf zwei Türen, von denen eine angelehnt war. »Manchmal bleibe ich hier hängen, wenn der Kaffee besonders gut ist, und komme zu spät zu meinen Terminen.«

Der Gang führte durch einen Raum mit hohen Fenstern, in dem Kisten und Kartons lagerten, und dann zu einer Treppe, neben der sich eine weitere Tür befand. Odile klopfte an, öffnete, ohne eine Antwort abzuwarten, und steckte den Kopf ins Zimmer. »Aufwachen, Karine! Ich habe eine Besucherin mitgebracht, die gern zu Vincent Borel möchte. Sie ist mit mir hier, und du weißt ja jetzt Bescheid, dann brauche ich sie nicht vorn bei Brigitte anmelden mit all diesen umständlichen Unterschriften, oder?«

»Ja bitte, komm doch rein, Odile«, kam die sarkastische Antwort. Etwas knarzte, als würde sich jemand aus einem Stuhl erheben, dann erschien eine Frau in der Tür und musterte Emilia. *»Bonjour.«* Sie wirkte streng und freundlich zugleich – und mit ihrer grauen Hochsteckfrisur ein wenig so, als würde sie den alten Tagen nachhängen, in denen Frauen noch Korsetts getragen hatten. »Sie kennen Monsieur Borel?«

»Bonjour«, sagte Emilia. »Nein, noch nicht. Ich arbeite auf der Farm seines Sohnes und …«

Karine winkte ab. »Das genügt. Odile ist ein Wachhund, die würde niemanden mitbringen, der hier nicht hergehört. Auch wenn sie noch an ihren Manieren arbeiten sollte.« Ein scharfer Blick traf Odile, doch der Humor in den Worten milderte ihn ab.

Odile deutete einen Knicks an. »Ich werde mich bessern.«

»Das sagst du, seitdem ich dich kenne«, murmelte die Frau und schenkte Emilia ein Lächeln. »Es ist kein Problem, gehen Sie nur, Vincent wird sich freuen.«

»Vielen Dank.« Emilia lächelte zurück und folgte Odile, die sie am Ärmel zupfte und bereits wieder auf dem Weg war.

Nachdem sie den Flügel für die Mitarbeiter hinter sich gelassen hatten und zwei schmale Treppen nach oben gestiegen waren, gelangten sie in das Haupthaus. Boden und Decke bestanden aus dunklem Holz, und die Wände waren von einer Seidentapete bedeckt, auf der Blumen prangten. Fröhliche Gemälde, ebenfalls mit Blumenmotiven, lockerten die Atmosphäre auf. Neben zwei Fahrstühlen führte die Haupttreppe nach unten. Emilia lehnte sich über die Balustrade und blickte auf den Marmorboden der Eingangshalle, die mit immensen Blumengestecken bestückt war. Eine Flügeltür stand offen und ließ frische Luft und Wärme herein, trotzdem wollte der Geruch nach Desinfektionsmitteln nicht verschwinden. Nur wenige Menschen waren im Haus unterwegs; vermutlich nutzten die meisten das gute Wetter für einen Spaziergang.

Die Plastikschilder neben den Türen sowie der Rollwagen mit Verbandmaterial und anderen Dingen schmälerten den herrschaftlichen Eindruck des Inneren ein wenig, aber trotzdem gefiel Emilia das *Roseraie*. Es strahlte Gemütlichkeit aus.

Odile blieb vor der Tür mit der Nummer 2.11 stehen. »Da sind wir. Bereit?«

Das war eine gute Frage. Emilia blickte an sich hinab, strich über den knielangen hellblauen Leinenrock, zu dem sie Ballerinas und ihre Lieblingsbluse mit den kleinen Stickereien am Saum gewählt hatte. Sollte sie gleich mit der Tür ins Haus fallen? Schließlich wusste Vincent bereits, wer sie war und welche Fragen sie ihm stellen wollte. Wobei sie erst einmal herausfinden musste, wie es ihm überhaupt ging. Vielleicht war er auch heute nicht in der Lage, über die Vergangenheit zu reden. »Ich denke schon.«

»Super«, sagte Odile und hämmerte so energisch gegen die Tür, dass der gesamte Rahmen vibrierte. »Vincent, ich bin es, Odile!« Schon drückte sie die Klinke nach unten und streckte den Kopf hinein. »Sind Sie angemessen gekleidet oder feiern Sie gerade noch eine ausschweifende Party?«

Ein Lachen antwortete und ging in einen Hustenanfall über. Odile wartete, bis er abgeklungen war. »Die Party haben Sie verpasst, meine Liebe, die hat heute Morgen stattgefunden, weil der neuen Köchin irgendwas angebrannt und das halbe Haus im Rauch versunken ist.« Vincent Borels Stimme war tief und rau, aber leise, als wäre nach jahrelangem Gebrauch kaum noch etwas davon übrig. »Kommen Sie herein. Sie haben Besuch mitgebracht?«

»Natürlich.« Odile gab Emilia einen Wink und betrat das Zimmer.

Es war groß und durch eine halb eingezogene Wand in einen Schlaf- und einen Aufenthaltsraum mit dicken Sesseln und einem Bücherregal unterteilt. Emilia betrachtete den dunkel gemusterten Teppich, die Wände mit den zwei Gemälden – Jagdszenen mit Reitern und unzähligen Hunden – und die Möbel aus Eichenholz. Eine Standuhr tickte in einer Ecke, zu groß und massig für den Raum. Es gab nur wenige Dekogegenstände, aber dafür eine stattliche Anzahl Bücher. Ein Foto an der Wand neben einer Tür, die vermutlich ins Bad führte, zeigte ein Paar in altertümlicher

Kleidung auf einer Picknickdecke. Vielleicht Vincent in jungen Jahren mit seiner Frau? Auf den zweiten Blick entdeckte Emilia die Ähnlichkeit zu Maurice.

»Kommen Sie ruhig näher.« Eine Bewegung im hinteren Teil des Zimmers riss sie aus ihren Betrachtungen. Vincent saß aufrecht in einem Bett. Mit seinem Metallgestell und den vielen Funktionen hätte es besser in ein Krankenhaus gepasst als in diese harmonische Umgebung. Der moderne Flachbildfernseher an der Wand war der zweite Stilbruch. In Vincents Heim verband sich eine Welt, die mehrere Jahrzehnte zurücklag, mit einer anderen, die ihr Bestes gab, sich anzupassen.

»So, da sind wir, wie versprochen«, sagte Odile. »Wie geht es Ihnen heute?«

»Ich werde wohl im Bett bleiben müssen, wenn es die Damen nicht stört, aber ich will nicht klagen. Es gab schon schlechtere Tage.« Vincent Borel hatte seinem Sohn eine Menge vererbt: Nase und Stirn, aber auch die Art, wie er die Augenbrauen hob, wenn er jemanden begrüßte. Sein runzliges Gesicht war schmal, was das Kinn unnatürlich spitz und die Ohren größer wirken ließ.

»Schön, dass Sie mal wieder vorbeikommen, Odile. Seitdem Sie in der weiten Welt unterwegs sind, bekommen wir Sie hier kaum noch zu Gesicht.«

Odile lachte. »Die weite Welt beschränkt sich auf Monieux und Umgebung. Aber tadaa, wie angekündigt …« Sie deutete zur Seite. »Das ist Emilia, und mir fällt jetzt erst auf, dass ich ihren Nachnamen nicht kenne.«

Emilia trat an das Bett und streckte Vincent eine Hand entgegen. »Emilia Finke. Schönen guten Tag, ich freue mich, Sie kennenzulernen.«

Vincents Hand zitterte, als er ihre ergriff. »Walter Finkes Enkelin, nicht wahr? Sie sehen ihm ähnlich. Das dunkle Haar und dieser Blick. Da kommen sofort Erinnerungen hoch. Wie geht es Walter? Ich hoffe, das Leben war gut zu ihm.«

Obwohl sich Emilia so sehr gewünscht hatte, dass Vincent sich an ihren Opa erinnerte, machte diese Eröffnung sie einen Moment lang sprachlos. »Es geht ihm gut«, sagte sie dann. »Er lebt in einem Ort namens Singhofen, seitdem er damals aus Frankreich zurückgekehrt ist.«

Vincents Nasenflügel blähten sich, als er tief Luft holte. »Ich freue mich, dass Walter seinen Platz im Leben gefunden hat.«

»Und ich freue mich, dass Sie Zeit für mich haben.«

»Ach, Zeit.« Vincent Borels Augen blitzten auf, als er lächelte. »Man denkt immer, die läuft einem davon, wenn man so alt wird wie ich. Aber wenn man den ganzen Tag im Bett bleibt, kann man das gut kompensieren. Kaum hat man Langeweile, *et voilà,* läuft die Zeit schon wieder langsamer. Und entschuldigen Sie bitte, dass ich auch im Bett bleibe. Der hier ist noch gut dabei«, er deutete auf seinen Kopf, »aber der Körper kann an manchen Tagen nicht mithalten.«

»Das ist überhaupt kein Problem«, sagte Emilia rasch und sah Odile an.

Die zuckte die Schultern. »Ich sehe, ich werde hier nicht mehr gebraucht, dann gehe ich jetzt und bin fleißig. Ich hole dich später ab, Emilia. Falls Vincent dich rauswirft, findest du den Weg, oder?«

Wieder lachte Vincent. »Wir werden uns sehr gut unterhalten, machen Sie sich keine Sorgen. Bis später, *ma chère* Odile.«

Sie tippte sich mit zwei Fingern an die Stirn und war eine Sekunde später verschwunden. Zurück blieb eine angenehme Stille. Vincent betrachtete Emilia eingehend, als studierte er jedes Detail ihres Gesichts. Ob er sie soeben mit Opa Walter verglich? Oder brachte ihr Anblick Details aus der Vergangenheit zurück? Sie hoffte, dass es helle, fröhliche Erinnerungen waren.

»Ich weiß nicht, wie viel Odile Ihnen erzählt hat«, sagte sie, zog sich einen Stuhl ans Bett und setzte sich. »Eigentlich wollte ich mit meinem Besuch warten, bis Maurice Zeit hat, und nicht einfach allein hier auftauchen.«

Vincent nickte langsam, so als hätte er etwas gesucht und endlich gefunden. »Ich weiß genau, wie viel mein Sohn zu dieser Jahreszeit zu tun hat, daher bin ich froh, dass Sie mir auch ohne seine Begleitung die Ehre erweisen. Mein Maurice tut alles dafür, dass es unserer Farm gut geht, so wie ich vor ihm und mein Vater vor mir. Leider kann ich ihn nicht mehr unterstützen. Ich benötige mittlerweile bei zu vielen Dingen Hilfe. Vor zwei Jahren haben wir gemeinsam beschlossen, dass ich hierherziehe. Dabei vermisse ich den Anblick der Farm schon sehr. Wie steht der Lavendel?«

Emilia lächelte. »Maurice ist zufrieden. Die Ernte hat angefangen, und das erste Öl ist bereist destilliert.«

»Gut«, sagte Vincent mehr zu sich. »Gut. Wir haben Glück mit dem Wetter; es wird sich noch eine Weile halten. Das hat es in den vergangenen Jahrzehnten fast immer. Nur zweimal hatten wir Pech mit unangekündigtem Regen. Das hat uns zugesetzt.«

»Maurice hat mir schon einiges erklärt. Ich lerne jeden Tag etwas über den Lavendelanbau dazu.«

»Ah.« Vincents Gesicht leuchtete auf. »Genießen Sie die Zeit auf der Farm, meine Liebe. Es ist harte Arbeit, ja, aber auch das schönste Fleckchen Erde, das man sich denken kann. Gerade am Morgen, wenn die Sonne herauskommt. Meine Frau hat immer gesagt, dass wir in einer Wunderwelt leben, und sie hatte recht, meine Janette.«

»Ja, das stimmt. Der Anblick fesselt mich jeden Tag.«

»Das würde er auch nach Jahren noch tun«, sagte Vincent mit einem seltsamen Glanz in den Augen. Auf einmal war Emilia froh, dass sein Fenster zum herrlichen Rosengarten hinausging. Das war zwar nicht mit der Weite und Freiheit der Farm zu vergleichen, aber dennoch ein guter Ersatz. Vincent blinzelte und deutete auf einen kleinen Tisch in der Ecke. »Ich habe eine meiner netten Damen, die mich hier so gut betreuen, vorhin gebeten, das dort für Sie herauszusuchen.«

»Für mich?« Emilia stand auf, fand eine dicke Mappe aus altem Leder und kehrte damit zum Bett zurück. Auf Vincents Nicken hin schlug sie sie auf: Darin lagen Bleistift- und Kohlezeichnungen sowie mehrere Bilder, die mit Wasserfarben angefertigt worden waren. »Ist das …«

»Von Walter, genau. Zumindest die meisten, manche sind auch von mir. Wir haben damals gern zusammen gezeichnet oder gemalt. Als er abgereist ist, hat er seine Bilder zurückgelassen.« Sein Blick wanderte in die Ferne, zu Dingen, die in der Vergangenheit existierten und nur von Menschen wiederbelebt werden konnten, die sie miterlebt hatten. »Es ist faszinierend, wissen Sie? Als Odile mir von Ihnen erzählt hat, konnte ich mich nicht mehr an Walters Gesicht erinnern, wohl aber an seine Stimme. Doch seitdem … es ist, als hätte sich da oben etwas wieder in Gang gesetzt.« Er tippte sich an die Stirn. »Und immer mehr Bilder von früher kommen zurück.«

»Ich stelle es mir schön vor, wenn man geliebte Erinnerungen wiederfindet«, sagte Emilia und widmete sich der Zeichensammlung. Das Papier war rau; die damalige Qualität war eine andere gewesen. Die meisten Bilder zeigten Naturmotive, und Emilia erkannte die Gebirgszüge hinter der Farm wieder, den Blick über die Felder und Monieux in der Ferne. Manches hatte sich in all den Jahren nicht verändert. »Sie haben das so lange aufbewahrt«, flüsterte sie. »Ich wusste gar nicht, dass mein Opa so viel gezeichnet hat. Hin und wieder malt er noch, aber es dauert, bis ein Bild fertig ist.«

»Er hatte Spaß daran, so wie ich auch, also habe ich öfter versucht, ihn von Henri und seinem Pastis loszueisen. Das war nicht immer leicht.« Vincent lachte. »Die zwei waren enge Freunde.«

Die Worte blieben in Emilias Kopf hängen. Das war seltsam. Wenn sich Walter und Henri so gut verstanden hatten, was war geschehen, dass ihnen heute nichts mehr aneinander gelegen war? Hatte dieses unglückselige Pokerspiel wirklich einen so tiefen Graben geschlagen? Auch jetzt noch, dabei war doch alles geklärt! Und selbst, wenn Henri Samain noch eine Weile brauchte, um sein so lange aufrechterhaltenes Misstrauen zu vergessen und noch mal Kontakt zu Opa Walter aufzunehmen … warum hatte der kein Interesse daran, seinen Freund aus alten Tagen wiederzusehen? Stattdessen hatte er Emilia gebeten, Henri nicht mehr an früher zu erinnern. Und auch Bastien hatte etwas in der Art gesagt.

»Haben Sie noch viel Kontakt zu Henri Samain?«, fragte sie und blätterte weiter durch die Bilder. Nun entdeckte sie auch die Kürzel in den unteren Ecken – W.F. und V.B.

»Nein, wir sind beide auf unsere Weise an den Ort gebunden, an dem wir leben. Henri meidet dieses Haus. Er glaubt, dass er nicht mehr rauskommt, wenn er einmal drin ist. Und irgendwie wollen wir den anderen auch so in Erinnerung halten, wie er war. Jung und kräftig und unbeeindruckt von allem, was auf einen zukommen könnte.« Er zwinkerte. »Nein, Henri ist auf seiner Farm geboren, dort wird er sterben und sie bis dahin kaum verlassen. Ich bin froh, dass Odile ein Auge auf ihn hält.«

Emilia nickte gedankenverloren und fuhr mit einem Finger die Vertiefungen im Papier nach, entstanden durch einen zu energischen Schwung des Bleistifts. Das Bild zeigte eine Lavendelblüte in Nahaufnahme und stammte von Vincent. Es folgten zwei Skizzen des Gebirges aus unterschiedlichen Perspektiven, beide von Opa Walter, und dahinter … Emilia hielt inne.

Zum ersten Mal in dieser Sammlung starrte ihr jemand entgegen. Eine Frau. Sie hatte dem Betrachter den Rücken halb zugewandt und blickte ihn über die Schulter an, wobei ihr Gesicht zur Hälfte im Halbdunkel verschwand. Stoff mit einem Muster aus ineinander verschlungenen Blättern, Kreisen und Rauten fiel locker über ihren Kopf und verdeckte eine Wange, und es war schwierig zu sagen, ob es sich um eine Kapuze oder ein Tuch handelte. Ihr Haar schien dunkel zu sein. Die Frau wirkte zurückhaltend, aber nicht schüchtern – so als grübelte sie noch, ob sie dem Künstler erlauben sollte, sie zu zeichnen. In dem Auge, das nicht von Schatten verborgen wurde, lag eine Eindringlichkeit, die Emilia fesselte, ehe sie mit einem Finger die weichen, runden Linien nachfuhr. Dies war eines jener Bilder, die nicht so sehr das Äußere, sondern vielmehr den Charakter einer Person eingefangen hatten. Wäre diese Frau an ihr vorbeigegangen, ohne sie anzusehen, hätte sie sie nicht erkannt. Ihr Blick machte all ihre Einzigartigkeit aus.

Sie versuchte, die Initialen in der Ecke zu entziffern, und hielt den Atem an. Ihr Opa hatte dieses Bild gezeichnet. »Wer ist das?« Sie zeigte es Vincent.

Er sah nicht mal richtig hin; vermutlich hatte er die Mappe zuvor durchgeblättert und wusste genau, was sie meinte. »Ich muss leider gestehen, dass ich es nicht weiß. Und dass mich mein Gedächtnis an dieser Stelle im Stich lässt, denn ich kann mich nicht an diese Zeichnung erinnern. Aber da die Dame ja leider schlecht zu erkennen ist, wollte Walter vielleicht niemanden im Speziellen darstellen, sondern sich einfach an dem Gesicht einer feschen jungen Frau probieren?«

Emilia ging die wenigen restlichen Zeichnungen durch, doch keine zeigte einen Menschen, geschweige denn eine Frau. Sie dachte an das ominöse Lavendelherz und zögerte. »Vincent, sagt Ihnen der Name Jette etwas? Vielleicht in Verbindung mit meinem Großvater? Hat eine Frau mit diesem Namen vielleicht auch auf einer der Farmen ausgeholfen? Ich hörte, es gab damals noch eine dritte.«

»Ja, die Bugiels. Die haben noch schlechter gewirtschaftet als Henri Samain, irgendwann aufgegeben und an meinen Vater verkauft. Aber zu Ihrer Frage – nein, diesen Namen habe ich noch nie gehört. Sind Sie sicher, dass es wirklich einer ist? Er klingt äußerst seltsam.«

»Ich vermute, er stammt aus Norddeutschland. Gab es damals eigentlich auch Erntehelferinnen?«

Vincent rieb sich den Nasenrücken. »Natürlich, aber die kamen aus der Gegend, haben was für ihre Familien dazuverdient. Ich weiß, mein Gedächtnis ist nicht mehr so gut wie Ihres, Mademoiselle Finke, aber an eine Helferin von weither würde ich mich erinnern. Die wäre einem jungen Burschen wie mir aufgefallen. Ach, was sag ich!« Er winkte ab. »Die wäre das Gesprächsthema bei uns gewesen!«

»Hm«, murmelte Emilia und betrachtete noch einmal die Zeichnung. Vielleicht hatte Vincent recht und sie war keine Spur in Opa Walters Vergangenheit, sondern nur eine Übung. Eine Freizeitbetätigung. »Das ist schade. Wissen Sie denn, ob es noch andere Bewohner gibt, die meinen Opa kannten? Im *La Roseraie* oder auch drüben in Monieux?«

»Leider muss ich das für den Augenblick verneinen, aber ich kann mich umhören, wenn Sie es wünschen.«

»Das wäre sehr freundlich von Ihnen.«

Er senkte den Kopf, als würde er sich verbeugen wollen. »Ich freue mich immer, wenn ich einer jungen Dame behilflich sein kann. Aber wenn Sie mir auch eine Frage gestatten?«

Emilia legte die Bilder zusammen und verstaute sie wieder in der Mappe. »Aber natürlich.«

»Warum fragen Sie Walter nicht selbst? Oder kann er sich nicht mehr an seine Zeit hier erinnern, und Sie möchten ihm helfen?«

Emilia zögerte. Es wäre so einfach, Vincents letzte Vermutung zu bejahen. Aber sie würde sich bei einer solchen Lüge nicht wohlfühlen. »Er sagt, er weiß manche Dinge nicht mehr, aber ich glaube ihm das nicht so recht. Es hat diese Frau namens Jette gegeben, ehe er meine Oma kennengelernt hat, da bin ich fast sicher. Und, ja, ich weiß, dass es sein Leben ist und mich das alles im Grunde nichts angeht.« Zu ihrer eigenen Überraschung traten ihr Tränen in die Augen. »Aber er ist mein Großvater, es geht ihm momentan nicht so gut, und ich möchte ihn so gern auf andere Gedanken bringen. Nicht nur seine Gegenwart kennen, sondern auch seine Vergangenheit, damit ich möglichst viele Erinnerungen habe.« Sie holte tief Luft und starrte auf ihre Hände.

Vincent tätschelte ihren Arm. Da war er wieder, dieser suchende Blick, der nach und nach den Weg unter ihre Haut fand und dort freilegte, was sie nicht zugeben wollte. Schließlich nickte er langsam. »Nehmen Sie die Zeichnung mit, Mademoiselle. Sie gehört ohnehin nicht mir. In der Kommode drüben in der Wohnecke sind Gummibänder.« Er deutete zur Seite.

»Danke«, sagte Emilia überrascht, rollte das Papier zusammen, stand auf und ging in das andere Zimmer. Die Tür öffnete sich, und Odile trat ein.

»Kaum lässt man dich mit einem alten Mann allein, schon raubst du ihn aus«, sagte sie anklagend und verschränkte die Arme vor der Brust.

Emilia stand vor der geöffneten Schublade und hielt ein rotes Gummiband in die Höhe. »Erwischt. Ich hatte vor, es auf dem Wochenmarkt meistbietend zu verkaufen. Wenn es denn hier einen Wochenmarkt gibt.«

Odile verzog die Lippen und trat in den Durchgang. »Was hat sie Ihnen noch gestohlen, Vincent?« Sie klang amüsiert.

Vincent blieb ernst. »Einen winzigen Teil meiner Zeit, aber den hat sie mit charmanter Plauderei bezahlt. Kein Grund, den Wachschutz zu alarmieren, Odile.«

»Da bin ich froh.« Odile klatschte in die Hände und sah äußerst zufrieden aus. »Ihr hattet also Spaß.«

»Den hatten wir«, sagte Emilia und erwiderte Vincents verschwörerischen Blick. »Es war sehr interessant. Ich danke Ihnen vielmals, Monsieur Borel.«

»Kommen Sie gern wieder, bis dahin habe ich vielleicht etwas herausgefunden.«

»Das mache ich. *Au revoir*, auf bald!«

Vincent winkte ab. »Es war mir ein ehrliches Vergnügen. Passen Sie gut auf die Dame auf, Odile, sie muss noch einmal zu Besuch kommen.«

Odile warf Emilia einen Seitenblick zu. »Die Dame passt schon sehr gut auf sich selbst auf. Aber ich fahre sie wieder zur Farm, wenn es Sie beruhigt.«

Vincent lachte, und erneut ging es in einen Hustenanfall über. »Gehen Sie schon, Odile«, keuchte er und winkte, »ehe Sie mich noch ins Grab bringen.«

»Also hatte dein Opa vor deiner Oma eine andere Frau«, brüllte Odile, um den Fahrtwind zu übertönen. »Und du siehst ziemlich überrascht aus. Ist das in eurer Familie etwa ein No-Go?« Sie hatte beide Fenster heruntergelassen und donnerte in halsbrecherischem Tempo die Einfahrt hinab.

Emilia schob sich die dunklen Strähnen hinter die Ohren, die sich aus ihrem Zopf gelöst hatten. »Unsinn, nein. Aber es passt nicht zu ihm, dass er das Thema so vehement von sich schiebt. Irgendetwas stimmt da nicht.«

Odile schenkte ihr ein breites Grinsen. »Du bist besessen von einer alten Geschichte. Ich höre sie mir täglich an, die Episoden aus der Vergangenheit, weil sie das Leben der

Leute ausmachen, mit denen ich arbeite. Sie bleiben mit den alten Erzählungen lebendig.«

Emilia dachte über die Worte nach. »Genau das ist es, nicht wahr? Es gibt vielleicht eine Geschichte, die Teil des Lebens meines Opas ist, aber von ihm verdrängt wird. Und wenn ich sie finde, rutscht vielleicht ein Puzzleteil zurück an seinen Platz.«

»Du meinst, wenn du die geheimnisvolle Fremde von der Zeichnung findest.« Odile wackelte vielsagend mit den Augenbrauen, und nun musste Emilia lachen.

»Es würde mir genügen, wenn ich wüsste, wer sie ist.«

»Und bis dahin schreibst du hier deine eigene Geschichte mit dem schicken Bäcker.« Noch mehr Brauengewackel, dann ging Odile zum Glück vom Gas, da sie sich der Straße näherten.

»Was?« Emilia brauchte einen Atemzug, bis der Groschen fiel. »Nein, Unsinn, Charles und ich verstehen uns einfach gut. Wir backen beide unwahrscheinlich gern, und er hat mir versprochen, dass ich seine Profiküche ausprobieren darf.«

Während sie in Odiles Wagen gestiegen waren, hatte sich Charles gemeldet und gefragt, ob Emilia Lust hätte, sich am nächsten Tag in der Boulangerie auszutoben. Natürlich hatte sie!

Odile musterte Emilia und blickte wieder auf die Straße. »Also wartet zu Hause in Deutschland jemand auf dich? Freund, Freundin, Ehepartner? Swingerclubfreund oder -freundin?«

»Nein, da gibt es niemanden.« *Niemanden mehr,* schob sie in Gedanken nach und bemerkte, dass die Zeit mit Mirko bereits so weit weg war, dass sie sich in ein Echo verwandelt hatte. Selbst die kollegialen Gespräche begannen bereits zu verblassen. Mirko würde ein Teil ihrer Geschichte sein, an den sie sich zwar erinnerte, der aber keine großen Spuren hinterließ. Sie würde ihn nicht wegschieben, so wie Opa Walter es mit der unbekannten Jette tat, aber auch nur selten hervorkramen.

Sie dachte an die E-Mail von Eduard Scheller, die sie ebenfalls vorhin gelesen hatte: Darin betonte er noch einmal, dass sein langjähriger Freund und Geschäftspartner Herbert Olmann vom gleichnamigen Matratzengeschäft großes Interesse habe, Emilia kennenzulernen. Es klang sogar, als hätte sie den Job sicher, sobald sie nach Münster zurückkehrte. Normalerweise hätte sie jubeln müssen über diese Gelegenheit, mit der sie sich über Wasser halten konnte, bis sie etwas fand, das ihr wirklich zusagte. Aber sogar das war momentan weit weg. Jetzt und hier konnte sie sich nicht vorstellen, noch mal in ihrem alten Job zu arbeiten. Aber das würde in einigen Wochen sicher anders aussehen. Schließlich galt es, Miete zu zahlen und den Lebensunterhalt zu bestreiten.

Odile stieß sie an der Schulter an und riss sie aus ihren Gedanken. »Emilia?«

»Entschuldige, ich habe gerade nicht …«

»Das habe ich schon gemerkt. Ich sagte: Dann schnapp dir einen attraktiven Franzosen, während du hier bist. Man lebt nur einmal! Und du hättest eine Geschichte, die du deinem Opa erzählen kannst. Im Austausch gegen seine.«

Emilia schüttelte den Kopf. »Selbst wenn, dann wäre es nicht Charles. Das wäre ja, als würde ich mit meinem Bruder ausgehen.«

»Hm«, sagte Odile und klang dabei seltsam zufrieden. Sie fuhr langsamer, als vor ihnen vier Kinder die Straße überquerten. Sie hielten sich an den Händen und winkten. Odile hupte, was die Gruppe in wildes Gekicher ausbrechen ließ. Kurz darauf ließen sie die Ausläufer des Orts hinter sich und hielten auf das Violett in der Ferne zu. Die Sonne stand tief und schickte Flammenfarben über den Himmel, die Funken auf den Feldern schlugen.

»Es sieht aus, als hätte jemand den Lavendel von innen zum Leuchten gebracht«, sagte Emilia und merkte, dass sie für einen Moment den Atem angehalten hatte. Sie erwartete eine flapsige Antwort von Odile, doch ihre Begleitung schwieg. Als sie ihr einen Blick zuwarf, entdeckte sie dieselbe Faszination auf ihrem Gesicht. Sie fuhren langsamer, und als Emilia ihren Kopf aus dem Fenster hielt, fühlte sich der Wind warm und weich an. Dieser Moment war perfekt, und wenn sie darüber nachdachte, hatte es davon seit ihrer Ankunft viele gegeben. Selbst auf dem Feld, neben dem Lärm der Erntemaschine, war sie heute glücklich gewesen, und sie freute sich auf den nächsten Tag – und darauf, am Abend ein Glas Wein vor dem Haus zu genießen und auf die Felder zu blicken.

»Ich wohne jetzt schon seit über zehn Jahren in der Gegend«, sagte Odile. »Aber der Anblick ist einfach der beste.«

»Auf jeden Fall.« Emilia entdeckte freie Flächen auf den Samain-Feldern; Bastien war fleißig gewesen. Und auch, wenn sie sich gefreut hätte, ihn heute noch einmal zu sehen, war sie froh, dass er offenbar beschlossen hatte, nicht bis zum Abend zu arbeiten. »Danke fürs Bringen, Odile, ab hier laufe ich. Ich will mir noch die Beine vertreten und die Aussicht genießen.« Als Odile anhielt, griff sie nach der Rolle auf der Rückbank. »Und danke für die Kopien!«

Odile hatte im Seniorenheim darauf bestanden, Opa Walters Zeichnung zu vervielfältigen. »Dann kannst du das Original sicher aufbewahren und die Kopien bei deiner Suche herumzeigen«, hatte sie mit einer Bestimmtheit gesagt, die keinen Widerspruch duldete. »Es wäre zu schade, wenn es Flecken bekommen würde.«

Jetzt nickte sie lediglich. »Grüß Henri von mir, wenn du ihn triffst, ich bin erst übermorgen wieder auf der Farm.«

»Vermutlich macht er sich aus dem Staub, wenn er mich sieht.«

Odile winkte ab. »Der kriegt sich schon ein.« Sie wendete, hupte und bretterte zurück Richtung Straße.

Emilia wartete eine Weile und lauschte dem immer leiser werdenden Motorengeräusch, das schließlich der Stille die Herrschaft überließ. Eine Weile stand sie einfach so da, genoss es, an nichts zu denken, und atmete den so typischen Geruch ein. Eine Haarsträhne kitzelte sie an der Wange, und sie schob sie hinter ihr Ohr, ehe sie die Augen öffnete … und zusammenfuhr. Sie war nicht mehr allein.

»Hey.« Bastien hatte die Hände in die Taschen seiner Hose geschoben und sah erschöpft aus. »Tut mir leid, ich wollte dich nicht erschrecken.« Er deutete über ihre Schulter in Richtung Straße. »Besuch im Ort?«

Emilia konnte nicht verhindern, dass sich ein Strahlen auf ihr Gesicht stahl. »Mehr oder weniger. Schön, dich zu sehen. Wie war dein Tag?« Sie trat auf ihn zu und war leicht irritiert, dass er sich nicht rührte – die Hände blieben, wo sie waren, und auch der Ausdruck seiner Augen änderte sich nicht. Ernst, aber auch irgendwie unsicher. Nach ihrem wundervollen Ausflug zur Quelle hatte sie … mehr erwartet.

Freude, vielleicht sogar eine Umarmung. Noch mehr aber irritierte sie die dumpfe Ahnung, dass Bastien ihr eine Entscheidung abnehmen würde. »Ist alles in Ordnung?«

Einige Sekunden vergingen, bis er sich räusperte. »Soll ich dich ein Stück begleiten?«

»Gern.«

Sie liefen schweigend, während ein leichter Wind aufkam und die Lavendelreihen rascheln ließ. Bastien schien etwas auf dem Herzen zu haben, aber nicht damit herausrücken zu wollen, und sie wollte ihn auch nicht drängen. Gleichzeitig kam es ihr falsch vor, jetzt belanglosen Small Talk zu halten. Also streckte sie eine Hand aus und berührte seine mit den Fingerspitzen. »Was ist los?«

Zu ihrem Erstaunen blieb er stehen, starrte auf ihre Hände und strich leicht mit den Daumen darüber, ehe er seine zurückzog. Der Boden darunter wirkte grau im sich verdunkelnden Tag. Bastien räusperte sich und vertrieb damit die Stille, die sich erneut festfressen wollte. »Unser Ausflug war schön.«

»Das finde ich auch«, sagte sie, und das Zögern in ihren Worten war nicht zu überhören. »Aber das ist nicht alles, oder?«

Er atmete tief durch. »Ich muss andauernd daran denken, und dann frage ich mich, ob es richtig war. Nein, das klingt falsch.« Er hob eine Hand, als wollte er sie darum bitten, ihm mehr Zeit zu geben, um die passenden Worte zu finden. Das tat sie, auch wenn ihr Herz nicht wusste, ob es schneller schlagen oder stocken sollte, und sich jede Sekunde endlos zog. Und währenddessen flatterten ihre Gedanken weiter und formten jene Bedenken, die sie so energisch verdrängt hatte.

»Ich bin nicht sicher, wohin das mit uns führen wird. Oder führen kann«, fügte Bastien leise an.

Emilia spürte regelrecht, wie ihre Schultern nach unten sackten, denn ihre Ahnung hatte sie nicht getrogen. Er sprach genau das aus, was sie sich selbst fragte – und nicht fragen wollte. Im Grunde war sie kein Mensch für einen lockeren Urlaubsflirt. Sie stürzte sich nicht gern oder leicht in Liebesabenteuer mit Menschen, die sie kaum kannte oder im Urlaub traf. Mit Bastien war es etwas anderes – das merkte sie genau, wenn sie die Augen schloss und auf ihr Inneres lauschte. Aber das änderte nichts an den Umständen – Monieux war nur ein Zuhause auf Zeit.

»Emilia?«

Sie sah ihn wieder an. Kurzzeitig bekam sein Blick etwas Weiches. »Mein Leben ist hier. Die Ernte, die Farm, *grand-père* und …« Er hob die Hände, ließ sie aber wieder fallen. »Für mich ist das alles, was ich habe.«

»Das verstehe ich«, sagte sie und atmete behutsam aus, da sich Trauer und Erleichterung in ihr regten. Zwei Gefühle, die im ersten Moment nicht zusammenpassten, aber dann so viel Sinn ergaben. »Also, worauf … willst du hinaus?« Sie musste es aus seinem Mund hören, weil sie es nicht über sich brachte, es zuerst auszusprechen.

Bastien schüttelte den Kopf. »Für dich ist es eine Zwischenstation, nach der du dein Leben in Deutschland wieder aufnehmen wirst. Und ich weiß einfach nicht, was besser für uns ist. Wenn wir … wenn wir diese Zeit genießen«, seine Hand berührte ihre so flüchtig, dass sie sich fragte, ob es vielleicht ein Insekt gewesen war, »und das Risiko eingehen, dass der Abschied hinterher umso schwerer wird, oder ob wir … ob wir nur Nachbarn sind. Freunde. Ob es dann letztlich leichter ist. Ich grüble immer wieder darüber nach, aber ich komme zu keiner Lösung.« Er presste Daumen und Zeigefinger gegen seine Nasenwurzel. »Das klingt so schrecklich sachlich.«

»Nein«, sagte sie schnell, und er blinzelte, als hätte er nicht damit gerechnet. Jetzt wünschte sie sich, nichts gesagt zu haben. Sie wusste, dass er recht hatte – es würde schwer werden, wenn sich das zwischen ihnen vertiefte. Aber sie wollte auch nicht ignorieren, was geschehen war. Oder noch geschehen könnte. Doch vor allem wollte sie nicht versuchen, etwas festzuhalten, das sie und Bastien bald wieder loslassen mussten. »Du hast recht. Ich fand unseren Ausflug auch schön, und ich würde mich freuen, wenn wir Freunde sind. Alles andere wäre viel zu kompliziert.« Es war nicht, was sie sagen wollte, sondern was sie sagen musste, um diese Situation hinter sich zu bringen. Um sich zu ersparen, todunglücklich zu sein, wenn sie nach Münster zurückkehrte. Und sie wollte sich nicht lächerlich machen, so wie sie es bei *Scheller* getan hatte, als sie an etwas festhalten wollte, das man ihr schon längst genommen hatte.

Bastien blinzelte, als hätte er nicht damit gerechnet. »Bist du sicher?« Seine Stimme war leise.

»Natürlich.« Sie schenkte ihm ein Lächeln, das sich einfach nur künstlich anfühlte. Erst jetzt wurde ihr vollends bewusst, was sie für ihn empfand. Weil es wehtat. Jedes Wort. »Bitte glaub nicht, dass es mir leichtfällt. Aber … ich muss weiter, ich bin noch mit meiner Cousine online verabredet. Wir sehen uns, nicht wahr?«

Er nickte, und sein Lächeln wirkte ebenso wenig überzeugend wie ihres. »Auf jeden Fall. Und bitte, komm jederzeit vorbei, wenn du etwas brauchst.«

»Das mache ich. Und danke.« Sie zögerte, drehte sich um und ging, langsam, damit es nicht wie eine Flucht wirkte. Es fühlte sich an wie die größte Lüge der Welt. Dabei versuchte sie sich einzureden, dass es nur logisch war. Dass sie beide sich natürlich nicht auf jemanden einlassen konnten, der kurze Zeit später wieder aus dem Leben verschwand. Bastien hatte sich bereits von seinen Eltern verabschiedet, da sie nicht zur Farm gehören wollten. Da brauchte er keine weiteren Komplikationen mit Menschen, die auftauchten, nur um dann wieder zu verschwinden.

Und sie? Emilia biss die Zähne zusammen und blinzelte, während das Farmhaus und die Felder vor ihren Augen verschwammen.

11

Emilia betrachtete erst die Creme in der Rührschüssel, dann die Zuckerblumen, die sie bei Clara im Supermarkt gefunden hatte. Die hatte bei »Ich brauche etwas, das mit Lavendel zu tun hat, aber kein echter Lavendel ist« nur die Augen verdreht und ihr nach kurzer Suche das Päckchen mit der Backdekoration in die Hand gedrückt. Es musste schon lange ein trauriges Dasein als Ladenhüter gefristet haben, denn das Ablaufdatum auf der Rückseite der Schachtel lag nur drei Monate in der Zukunft.

»Die werden gut, du wirst sehen.«

Charles lehnte an der Verkaufstheke und schüttelte mit größter Gelassenheit den Kopf. Sein dichtes Haar war mit einem knallroten Tuch zurückgebunden – noch ein silberner Ohrring, und er hätte einen hervorragenden Piraten abgegeben. Kaum jemand hätte sie besser von ihren Gedanken an Bastien ablenken können als er. Charles und sie ähnelten sich in so vielen Dingen. Der Abend, an dem Odile sie an der Farm abgesetzt hatte, war nun schon einige Tage her, Bastien und sie hatten sich hin und wieder über die Felder hinweg zugewunken, und allmählich schaffte sie es, diesen Freundschaftsstatus zu akzeptieren. Sie hatten sich beide zurückgezogen, ehe es zu spät gewesen war. »Nur, weil du bei Maurice arbeitest, muss Lavendel nicht in jedes Rezept.«

Emilia starrte ihn entrüstet an. »Du hast nichts mit Lavendel im Angebot! Das allein ist schon ein Frevel.«

Er riss die Augen auf und deutete auf die Farbtupfer in der Auslage. »Ich habe violette Macarons.«

»Die Farbe allein zählt nicht.« Emilia probierte von der Creme und reichte Charles die Schüssel.

Der schnupperte daran und kostete ebenfalls. »Es schmeckt gut.«

»Die werden super bei deinen Kunden ankommen, auch wenn es keine französischen Spezialitäten sind. Aber wer weiß, vielleicht fühlt sich Monieux abenteuerlustig beim Anblick dieser Schätze.« Emilia musterte die Cupcakes, die auf zwei Gittern neben ihnen abkühlten. Sie hatte getrocknete Lavendelblüten in den Teig gemischt. »Demnächst können wir noch welche mit Rosenblättern backen, wenn wir ungespritzte finden. Pinkfarbene Creme würde neben der violetten hervorragend aussehen. Ich würde sie schon allein deshalb kaufen.«

»Du«, sagte Charles, zog eine Schublade auf und nahm einen Spritzsack mit gezackter Tülle heraus, »würdest es kaufen, weil es Gebäck ist, so einfach ist das.«

»Du hast mich nach so kurzer Zeit bereits durchschaut.« Das war nicht übertrieben. Es war, als würden sie und Charles sich seit Jahren kennen. Während er sie durch den Arbeitsraum seiner Boulangerie führte, hatten sie viele Gemeinsamkeiten entdeckt. Natürlich hingen die meisten mit der Begeisterung fürs Backen zusammen, aber darüber hinaus hatten sie einen ähnlichen Humor und versuchten, das Leben auf dieselbe Weise zu betrachten: als eine Aneinanderreihung von Möglichkeiten und Lösungen für Probleme, die früher oder später unvermeidlich auftauchten. Als Chance, um schöne Abende mit Menschen zu verbringen und Geschichten zu erschaffen, an die man sich ewig erinnern wollte. Charles war jemand, der Herausforderungen oftmals allein annahm, aber in den meisten Fällen mit Freunden an seiner Seite beendete. Seine Gegenwart fachte eine Freude in Emilia an, die tief aus dem Bauch kam. Sie war sicher, dass er sich großartig mit Diane verstehen würde.

Sie stellte die Schüssel beiseite und bewunderte die Farbe der Frischkäsecreme. Die Backsession heute entschädigte fast dafür, dass sie das Bake Off mit Diane hatte verschieben müssen.

»Hast du genug Fotos?«, fragte er, als hätte er ihre Gedanken gelesen. »Für deine Cousine, meine ich.«

»Vielleicht noch eines mit der Creme … und dann natürlich die fertigen Cupcakes. Hier, du bist dran.« Emilia drückte ihm die Schüssel in die Hände und angelte nach ihrem Handy.

»Warte.« Charles beugte sich vor, fuhr mit zwei Fingern durch das Mehl auf der Arbeitsplatte und zog sie dann quer über sein Gesicht. »So, nun sieht es aus, als hätten wir wirklich hart gearbeitet.«

Emilia verbiss sich das Lachen, schoss ein Foto und betrachtete es, während Charles die Creme in einen der Kühlschränke verfrachtete. In einer Stunde – kurz vor Ladenschluss – würden sie die Cupcakes verzieren und bei einer Tasse Kaffee testen. Maurice, Jessy und Mike würden sich über eine Kostprobe freuen, und vielleicht würde sie eine weitere zur Samain-Farm bringen. Als kleine Geste einer guten Freundin und temporären Nachbarin. Mit etwas Glück würde Henri ihr – jetzt, da das Missverständnis aus dem Weg geräumt war – sogar von der Zeit mit Opa Walter erzählen. Sie hatte ohnehin vorgehabt, ihn demnächst darauf anzusprechen.

Sie blickte sich um und atmete die Düfte nach Karamell, Früchten und Teig ein. Hier fühlte sie sich zu Hause, auf eine neue, aufregende Weise. Wenn sie durch die großen Fenster auf die Straße blickte und das gemächliche Treiben beobachtete, gehörte sie dazu. Vielleicht war das der Zauber von Monieux – er schloss jeden, der es wollte, mit ein, machte ihn zu einem Teil dieser kleinen Gemeinschaft.

Emilia betrachtete das Foto von Charles noch einmal und schickte es dann Diane mit dem Kommentar:

Bake Off in Frankreich – Mehl-Edition.

Die Antwort ließ nicht lange auf sich warten:

Mir egal, was in der Schüssel ist, schick mir sofort den Bäcker rüber.

Emilia antwortete mit einem Zwinker-Emoji und legte ihr Handy auf die Theke, als Charles wieder auftauchte, zwei Tassen Kaffee in den Händen.

Er nickte in Richtung der kleinen Tische. »Jetzt, da wir ohnehin warten müssen, bis die Cupcakes fertig sind, kannst du mir die Zeichnung zeigen.«

Emilia starrte zu ihrer Tasche. Die hatte sie ganz vergessen! Sie hatte ihm am Telefon von ihrem Besuch im Seniorenheim erzählt, und Charles hatte sie gebeten, eine Kopie mitzubringen. Das Original war auf Odiles Rat im Anbau geblieben, gut geschützt von einer Plastikhülle. Opa Walter würde Augen machen, wenn sie ihm sein altes Werk nach ihrer Rückkehr vorlegte!

Sie nahm die Rolle aus der Tasche, zog das Gummiband

ab, und das Papier glättete sich. »Hier.« Sie reichte es Charles und setzte sich. »Das ist sie.«

Er betrachtete die Zeichnung und drehte sie leicht zur Seite, als könnte ein anderer Lichteinfall ihm mehr über die Fremde verraten. »Ziemlich geheimnisvoll mit diesem Tuch«, sagte er und strich über das Papier. Dann griff er in seine Hosentasche, zog einen Zettel heraus und reichte ihn Emilia. »Sieh mal. Was denkst du?«

»Was ist das?« Er machte ein geheimnisvolles Gesicht, also faltete sie den Zettel auseinander. Er war mit einer gleichmäßigen, ordentlichen Handschrift beschrieben.

> Kennen Sie diese Frau? Ihr Name lautet möglicherweise Jette. Die Zeichnung wurde Ende der Fünfzigerjahre angefertigt. Sprechen Sie mich gern in der Boulangerie an.

Sie blickte auf. »Eine Suchanzeige?«

Er strahlte. »Daher habe ich dich gebeten, eine Kopie mitzubringen. Leider habe ich keinen Drucker, aber mich wirklich bemüht, ordentlich zu schreiben, und wenn wir es hier im Fenster aufhängen …« Er zuckte die Schultern. »Es besteht zwar nur eine kleine Chance, aber einen Versuch ist es wert, meinst du nicht auch?«

Emilia starrte auf die Straße und stellte sich vor, wie die Jette von einst daran vorbeischlenderte. »Mehr als klein. Wenn sie hier noch wohnen würde, hätte ich doch sicher davon erfahren. Oder Vincent würde sie kennen. So groß ist der Ort ja nicht.«

Charles nahm einen Schluck Kaffee. »Wir können wild spekulieren oder es einfach versuchen. Schaden kann es nicht. Selbst wenn sie am Rand von Monieux als einsame Katzenfrau lebt, wird sie früher oder später auftauchen. Brot isst schließlich jeder.«

»Oder sie backt selbst. Womöglich hat sie eine eigene Boulangerie!« Sie versuchte erfolglos, ernst zu bleiben.

Charles schlug entsetzt beide Hände ans Gesicht. »Eine Konkurrentin? *Mon dieu, non!* Na, dann will ich auch ein ernstes Wort mit ihr reden.« Er zwinkerte ihr zu.

»Also gut, machen wir es«, sagte sie und stand auf. Schaden konnte ein Aushang schließlich nicht. »Hast du Klebestreifen?«

Mit einem vielsagenden Blick zog er eine Rolle aus der Hosentasche und warf sie ihr zu. Emilia fing sie auf und wollte gerade zur Tür gehen, als sie aufgestoßen wurde und jemand hereinstürmte, als wäre er auf der Flucht. Mit einem erschrockenen Ruf fuhr Emilia zurück, und auch der Besucher blieb wie angewurzelt stehen.

»Odile! Ist alles in Ordnung?«

Die junge Frau trug ihre Arbeitskleidung, hatte ihre Augen heute mit verschiedenen Grüntönen umrahmt und wechselte innerhalb von Millisekunden von erschrocken zu unbekümmert. »Na klar. Hi Charles!« Sie beugte sich zur Seite und winkte ihm mit einem zuckersüßen Lächeln zu. »Hast du noch ein Schokocroissant für mich, oder ist alles weg?«

Er sah zur Theke. »Ich habe nur noch welche mit Marzipan, aber ich kann dir eine heiße Schokolade dazu anbieten.«

»Nehme ich!« Odile zog sich einen Stuhl vom anderen Tisch heran, setzte sich und betrachtete die Zeichnung sowie den Text darunter. »Oh, ihr wollt einen Aushang machen? Das ist eine sehr gute Idee!«

»Sie stammt von Charles«, sagte Emilia und nahm neben ihr Platz. »Viele Chancen rechne ich mir nicht aus. Aber einen Versuch ist es wert.«

»Sehe ich auch so. Danke«, sagte Odile zu Charles, der aus dem Hinterraum zurückkehrte und ihr das Croissant und die Schokolade servierte. Sie schnupperte zunächst an der Tasse und inhalierte dann das halbe Croissant. »Tut mir leid, ich bin fast verhungert. Aber Henri hat heute auf seine geliebte Gemüsesuppe bestanden. Dann koche ich immer einen riesigen Topf voll, und er und Bastien essen drei Tage davon. Aber ich kann das Zeug im Sommer nicht ausstehen, und Bastien ist nicht zum Einkaufen gekommen und hat sonst kaum was im Haus.«

»Charles und ich haben gerade Cupcakes gebacken, wir müssen sie nur noch verzieren. Ich hatte überlegt, den Samains nachher welche vorbeizubringen«, sagte Emilia und war erleichtert, wie locker und normal sie klang. Wenn sie zurück in Münster war, würde es noch leichter werden. »Bei der Gelegenheit könnte ich auch mit Henri reden. Ich habe ihn vorhin gesehen, als ich losgefahren bin. Er ist mit seinem Stock die Einfahrt entlanggeschlendert. Ich habe gegrüßt, aber er hat mich nur angestarrt.«

Odile musterte sie kauend. Krümel klebten an ihrer Lippe. »Ja, ich weiß, er hat mir erzählt, wie rasant du durch die Felder gebrettert bist. Ohne Sinn und Verstand, waren seine genauen Worte.«

»Wie bitte?« Emilia war vollkommen perplex. »Ich bin Schritttempo gefahren. Und zwar exakt auf dem Weg. Ich habe keine Lavendelblüte auch nur berührt.«

Odile winkte ab und steckte sich das letzte Stück Croissant in den Mund. »Zerbrich dir darüber nicht den Kopf. In

Henris Augen kannst du im Moment nur alles falsch machen.«

»Aber warum? Die Sache ist doch geklärt.« Warum war Henri Samain noch immer schlecht auf sie zu sprechen? Hatte der alte Mann doch Angst, dass sich letztlich eine Finke in die Farm einschlich? Das war absurd! Oder hatte es etwas mit Bastien zu tun?

»Hat er denn noch etwas gesagt? Ich dachte, er hätte mich einfach nicht erkannt.«

Odile schlürfte geräuschvoll ihre Schokolade. »Ich habe das Gespräch heute zwischenzeitlich elegant auf dich gebracht, aber er schmollt und knurrt noch immer, wenn er nur deinen Namen hört.«

Emilia runzelte die Stirn. »Das verstehe ich nicht.«

»Ich auch nicht. Irgendwas stimmt da nicht. Henri will nicht über dich oder deinen Opa reden, und wenn er es doch tut, klingt er, als würde er gleich seine Schrotflinte aus dem Schrank holen.«

»Er hat eine Schrotflinte?« Bisher hatte sich Charles zurückgehalten, aber nun wirkte er belustigt und besorgt zugleich. Vorhin hatte er sich seines roten Tuchs entledigt, und nun wellte das Haar um sein Gesicht, als hätte ein Friseur eine halbe Stunde Arbeit hineingesteckt.

Odile sah ihn an, blinzelte, schüttelte den Kopf und nickte, alles innerhalb von Sekundenbruchteilen. »Es würde mich zumindest nicht erstaunen.«

Emilia drehte die Kaffeetasse in den Händen. »Mein Opa hat mir gesagt, ich solle Henri in Ruhe lassen, und Henri misstraut mir trotz allem noch immer. Laut Vincent Borel waren sie aber die besten Freunde. Das ist doch schräg.«

Charles lehnte sich zurück. »Klingt, als wäre damals mehr vorgefallen als nur ein Pokerspiel.«

Die beiden Frauen sahen sich an, dann zuckte Emilia die Schultern. »Aus Opa Walter bekomme ich definitiv nicht mehr heraus.«

Odile kratzte Schokoladenreste aus ihrer Tasse. »Ich habe heute Bewohner im *La Roseraie* gefragt, aber niemandem sagt der Name Walter Finke etwas. Oder Jette.« Sie rieb sich zufrieden den Bauch. »Tja, Emilia, es sieht ganz danach aus, als würden sich die alten Geheimnisse vor dir verstecken. Damit bleibt dir nur, dein eigenes Provence-Abenteuer zu erleben. Meinst du nicht auch, Charles?«

Er schenkte ihr das charmanteste Lächeln, das Emilia jemals gesehen hatte. »Ich denke, das hängt alles zusammen. Monsieur Samains Reaktion auf Emilia zeigt ja schon, dass sie sich nicht völlig von ihrem Großvater lösen kann. Man erbt eben nicht nur das Aussehen, sondern vielleicht auch Charaktereigenschaften und Vorlieben. Manchmal handelt man genau wie seine Vorfahren und wiederholt ihre Erfahrungen, nur in einer …«

»In einer neueren Auflage!«, rief Odile.

Charles nickte. »Ganz genau. Außerdem ist Emilia ja auch erst durch ihren Opa darauf gekommen, nach Monieux zu reisen.«

»Aber wenn sie sich ausschließlich der Spurensuche widmet, rauscht vielleicht ihr eigenes Leben an ihr vorbei. Das wäre doch recht schade.«

»Hm.« Charles fuhr sich über die Oberlippe. »Aber was, wenn sie Antworten aus der Vergangenheit braucht, um in der Gegenwart Probleme wie Monsieur Samains Groll gegen sie zu lösen?«

»Hey!« Amüsiert hatte Emilia den Wortwechsel verfolgt. »*Sie* ist übrigens noch immer hier im Raum.«

Die zwei wechselten einen wissenden Blick, dann blinzelte Charles und stand auf. »Ich denke, das Topping für die Cupcakes ist fertig. Wenn du noch etwas Zeit hast, Odile, bist du die Erste, die Emilias Lavendel-Experimente kosten darf. Ich würde mich freuen.«

»Oh. Ich …« Odiles Blick irrlichterte von Charles zum Tisch, zur Auslage an der Theke, zu Emilia und wieder zurück. »Ich bin eh schon zu spät.«

»Wie schade«, sagte er leise. »Dann sehen wir uns bald.«

Odile stand so energisch auf, dass sie mit einem Knie gegen den Tisch stieß und Charles' Kaffeetasse zum Überschwappen brachte. »Was bekommst du von mir?«

Charles winkte ab. »Betrachte dich als eingeladen.«

Odile schien verwirrt, schenkte ihnen beiden dann aber ein strahlendes Lächeln. »Danke. Bis bald, Emilia!« Sie winkte und war im nächsten Augenblick auch schon an der Tür, wo sie mit einem erschrockenen »Huch« Sandrine auswich.

Die hatte sich nach der Gartenarbeit umgezogen, jetzt zierte ihr Shirt ein Männchen mit einer übergroßen roten Mütze und einem bodenlangen Bart, in dem sich von Spinnen über Wäschestücke bis hin zu Flugzeugen alles Mögliche verfangen hatte.

Sandrine blickte von Odile zu Charles und Emilia. »Ist noch geöffnet?«

Er deutete eine Verbeugung an. »Natürlich, komm gern herein.«

»Gut!« Sandrine hastete zur Theke und schnaufte dabei wie eine kleine Lokomotive. »Ich habe total vergessen, für meine Gäste einzukaufen, aber in den letzten zwei Tagen hat sich alles überschlagen. Mach mir einfach ein kleines gemischtes Paket fertig.«

Die Unterhaltung der beiden trat in den Hintergrund, während Emilia Odile beobachtete, die über die Straße zu ihrem Wagen lief und sich mehrmals zur Boulangerie umblickte. Ein Lächeln stahl sich auf ihr Gesicht. Es hatte den Anschein, als gäbe es hier noch ein ganz anderes Provence-Abenteuer, das nur auf seine Protagonisten wartete.

Die Sonne war noch nicht untergegangen, und der Mond würde sich bald als Sichel zeigen, aber die Farben der Landschaft hatten sich bereits verändert. Emilia stützte die Hände auf der Bank ab und legte den Kopf in den Nacken, um den Himmel zu betrachten. Erste Sterne waren zu sehen, kleine Punkte in den Farbwirbeln aus Blau und einem Rest Feuertönen. Hier draußen war die Natur der größte Künstler, und Emilia wurde nicht müde, ihre Werke zu bestaunen.

Auch die Gerüche hatten sich verändert. Zum Abend, wenn sich die Luft mit der Wärme der Sonne aufgetankt hatte, waren sie schwerer; der Lavendelduft nicht mehr hell-, sondern dunkelviolett und von einer Samtigkeit, von der man sich gern einhüllen ließ. Emilia atmete tief ein. Wenn sie sich nun umdrehte, würde sie hinter den Baumwipfeln die hohen und schwach rötlich beleuchteten Felsen sehen. Aber der Blick auf die Felder war ihr lieber. Die Bienen und Hummeln hatten sich zurückgezogen, dafür füllte der Gesang der Zikaden die Luft.

Rala hob den Kopf, als Emilia die Beine ausstreckte. Die beiden Hündinnen hatten bereits auf sie gewartet beziehungsweise waren in der Umgebung herumgestreunt, nur um als Empfangskomitee vor der Bank Platz zu nehmen. Emilia hatte sie mit Wasser und Futter versorgt und anschließend so lange auf sie eingeredet, bis sie sich niederließen und mit ihr auf den Einbruch der Dunkelheit warteten.

»Hab ich dich geweckt?« Emilia streckte eine Hand aus und wartete, bis Rala aufstand und näher kam. Sie schnupperte an ihren Fingern und schob dann ihr Köpfchen darunter, um sich kraulen zu lassen. Es war ein friedlicher Moment, in dem sich alle Fragen und Probleme für wenige Stunden beiseiteschieben ließen. Wenn es nach Emilia ginge, hätte sie die halbe Nacht hier sitzen und die Stille sowie das ihr entgegengebrachte Vertrauen genießen können.

Rala zog ihr Köpfchen zur Seite und starrte den Weg hinab. Im selben Moment sprang Mini auf und bellte. Emilia lauschte, doch die Geräuschkulisse hatte sich nicht verändert. Das mochte allerdings nichts heißen; die Sinne der Hunde waren um ein Vielfaches ausgeprägter als ihre. Sie war daher nicht erstaunt, als nach einer Weile eine Silhouette sichtbar wurde, die mit gleichmäßigen Schritten auf die Bank zuhielt. Als sie Bastien erkannte, setzte sie sich aufrechter hin.

»Ich habe geahnt, dass ich dich hier finde«, sagte er, blieb stehen und hielt den Hunden seine Hände entgegen. Sie schnupperten zögerlich daran und ließen sich, wieder beruhigt, zu Emilias Füßen nieder. »Vor allem, da die zwei mich den ganzen Tag über immer wieder verfolgt haben und dann plötzlich verschwunden waren.«

Emilia musterte ihn. »Fütterst du sie?«

»Hin und wieder. Damit sie mir nicht so auf die Nerven gehen und sich nicht auf der Suche nach Kaninchen durch meine Felder buddeln.«

Sie lächelte. »Das ergibt überhaupt keinen Sinn. Sag doch einfach, dass du sie ins Herz geschlossen hast.«

Er zuckte die Schultern und zögerte. »Darf ich mich dann zu dir setzen?«

»Natürlich«, sagte sie schnell, nahm die Mappe, in der sie Opa Walters Sachen aufbewahrte und die sie hier draußen eine Weile betrachtet hatte, und legte sie ins Gras.

Bastien nahm Platz und lehnte sich zurück. Er sah gut aus, gebräunt von der Sonne des Tages, aber auch erschöpft. »Ich wollte mich für die kleinen Kuchen bedanken, die ich auf meiner Fensterbank gefunden habe.«

Emilia entdeckte eine Lavendeldolde in den hellen Haaren. »Cupcakes. Charles und ich haben sie heute gebacken. Und gern geschehen. Ich hatte dich nicht auf den Feldern gesehen und geklopft, aber es war wohl niemand zu Hause.« Sie verschwieg, dass sich die Vorhänge bewegt hatten, aber jetzt war nicht der richtige Moment für ein Gespräch über Henris anhaltendes Misstrauen. »Wie war es heute auf dem Feld? Kommst du voran?«

»Farmgespräche, ich verstehe. Du hast dich gut eingelebt.«

Emilia war froh, dass sie so locker plaudern konnten. Noch immer zog sich ihr Herz zusammen, wenn Bastien in ihrer Nähe war, aber es wurde mit jedem Tag besser. Bald würde es zwischen ihnen sein, als wären sie nie etwas anderes gewesen als Nachbarn. Freunde.

Sie biss sich auf die Lippe, da sie nicht wusste, ob sie sich selbst glauben konnte. Es war leicht gewesen, als Bastien lediglich jemand gewesen war, dem sie aus der Ferne zugewunken hatte. Doch jetzt, wo er direkt neben ihr saß, fragte sie sich, ob sie sich all die Tage nur etwas vorgemacht hatte. Ob er ihr bereits zu wichtig geworden war, um ihn einfach so zu vergessen. Aber nein, sie würde das hier nicht zerstören – im Gegenteil: Sie würde sich anstrengen, genau das zu sein, was sie für ihn sein konnte: eine Gesprächspartnerin, der er von seinem Tag und seinen Gedanken erzählen konnte.

Die Blüte fiel auf die Bank, und Emilia tupfte sie mit einem Finger auf, genau beäugt von den beiden Hundedamen – schließlich könnte alles in den Händen eines Menschen essbar sein. »Ich habe bisher viel gelernt. Zum Beispiel, dass echter Lavendel, so wie Maurice und du ihn anbaut, nicht mehr häufig zu finden ist. Maurice hält nichts von klonalen Pflanzen und Lavandin.«

Bastien verschränkte die Hände hinter dem Kopf. »Und er hat recht. Lavandin ist eine Hybridform des Lavendels. Er bildet mehr Blüten, sprich der Ertrag pro Ernte ist deutlich besser. Aber wir setzen hier auf das Ursprüngliche. Ich glaube, Maurice würde eher dauerhaft in einem Büro arbeiten, als auf den echten Lavendel zu verzichten, mit dem bereits sein Großvater gearbeitet hat.«

»Ich kann ihn mir nicht in einem Büro vorstellen.« Ebenso wenig wie Bastien. Mit all seiner Energie wäre er an einem Schreibtisch gefangen. Er gehörte hierher, in die Farben der Felder und die Natur, mit der er so verbunden war.

Er lachte, aber es klang nicht fröhlich. »*Maman* hat immer wieder versucht, mich zu einer anderen Laufbahn zu überreden, eine, die lukrativer ist und in der ich nicht von früh bis spät auf den Beinen bin. Allerdings deckt sich ihre Vorstellung von lukrativ nicht mit meiner. Vielleicht, weil sie hier niemals so zu Hause war wie ich.«

Emilia dachte über seine Worte nach. »Das Wichtigste ist, dass du weißt, was du willst. Du hast deinen Platz gefunden, und das ist so viel wert! Wir können Erfolg und Karriere doch nicht nur in Zahlen messen. Jemand, der glücklich ist mit dem, was er tut, ist vermutlich erfolgreicher als ein anderer, der sich jeden Tag quält, aber dafür viel Geld nach Hause bringt.« Sie musterte ihn. »Ich glaube, dass sich die Dinge fügen, wenn man seinen Platz findet. Auch wenn man dafür mal einen Schritt zur Seite setzen muss, mit dem man nicht gerechnet hat.«

Bastien starrte in die Ferne. »Du weißt, wovon du redest, nicht wahr?«, sagte er dann so sanft, dass Emilia ein Schauer über den Rücken lief.

Sie lauschte auf den Nachhall seiner Worte, und erstaunlicherweise wanderten ihre Gedanken von Bastien weiter. Ihr ging auf, dass Eduard Schellers Mail ihr bereits die ganze Zeit über im Nacken saß. Sie wollte nach ihrer Rückkehr kein Vorstellungsgespräch mit Herrn Olmann führen – im Gegenteil: Allein der Gedanke daran legte sich wie ein Gewicht auf ihren Brustkorb. Plötzlich wusste sie, dass das nicht mehr ihr Weg war. Eine Weile war sie ihn aus Gewohnheit gegangen. Hatte sie wirklich diesen räumlichen Abstand gebraucht, um das zu erkennen?

»Momentan kann ich nur sagen, was ich beruflich nicht will. Es gab Probleme mit meiner Stelle, aber deshalb habe ich nicht gekündigt. Sondern weil ich in meinem Job feststeckte.« Sie war überrascht, wie klar sich die Wahrheit anfühlte. »Ich habe nicht mehr mit vollem Herzen dahinterstehen können. Ich glaube, Maurice und du, ihr habt geholfen, mir die Augen zu öffnen.«

»Inwiefern?«

»Das hier.« Ihre Geste umfasste die Bank, die Felder und den Horizont, und zum ersten Mal begriff sie, dass in seinen Worten darüber, dass sie bald wieder abreisen würde, nicht nur Schmerz steckte. Sondern auch so viel Wahrheit. »Ihr seid damit verbunden, und ihr setzt alles daran, um es zu erhalten. Du hast mir erzählt, wie hart es in den vergangenen Jahren war, aber du investierst all deine Energie in die Farm und gibst nicht auf. Das hat mich nachdenklich gemacht, aber auch dazu gebracht, dass ich … mehr möchte. Mehr wagen, aber auch mehr finden. Etwas, das mich ebenso kämpfen lässt.«

Die Worte schwebten eine Weile zwischen ihnen und verflüchtigten sich dann in der lauen Abendluft.

»Ich wünsche dir von ganzem Herzen, dass du es findest«, sagte Bastien. »Es passt nicht zu dir, dich einzuschränken, nur weil die Situation es erfordert.«

Emilia blickte auf. »Meinst du?«

Er nickte langsam, ohne sie aus den Augen zu lassen. »Wenn du über Dinge sprichst, die dich begeistern, wird deine Stimme heller. Und weicher, wenn man ganz genau hinhört.«

Noch vor einigen Tagen hätte sie sich darüber gefreut, wie sehr er ihr zuhörte. Nun aber verwirrte es sie. Jetzt und hier war es, als hätte es ihr letztes Gespräch nicht gegeben. Als wäre dieses leise Kribbeln zwischen ihnen zurück, das ihr zuflüsterte, mehr Zeit mit Bastien verbringen zu wollen, weil jede Sekunde zu einer kleinen Kostbarkeit wurde.

Energisch riss sie ihre Gedanken von ihm los. »Ich habe erst hier festgestellt, wie sehr es mir gefehlt hat, tief durchzuatmen und mich richtig umzusehen, weiter als nur bis zum nächsten Gegenstand oder bis zur Tür. Als hätte ich das eine viel zu lange Zeit nicht getan.« Sie winkte ab. »Entschuldige, ich rede Unsinn.«

»Nein«, sagte er leise. »Das tust du ganz sicher nicht.« Wieder dieses Zögern, und dann bewegte sich Bastien eine Winzigkeit, um sie direkt ansehen zu können. »Ich würde es auch gern wieder tun. Tief durchatmen.«

»Wegen der Ernte?«

Er schüttelte den Kopf. »Nein. Wegen einer falschen Entscheidung. Das, worüber wir vor ein paar Tagen geredet haben, war vielleicht vernünftig. Und das versuche ich mir auch immer wieder einzureden. Dass es am Ende das Richtige war, weil es weniger schmerzen wird, wenn du Monieux eines Tages verlässt. Aber ich schaffe es einfach nicht, mich davon zu überzeugen. Immer wenn ich dich sehe, kann ich nur an eine Sache denken: Wie dumm ich gewesen bin. Und ich stelle mir immer wieder vor, dass ich dir das sage, und frage mich dann, wie du reagieren würdest. Und ob deine Entscheidung noch steht.« Er zögerte lange. »Weil ich das Gefühl habe, dass du ebenso wenig davon überzeugt bist wie ich.«

Jede Silbe rann wie ein silbriger Schauer über Emilias Haut, und sie wagte kaum zu atmen. Ihre Zweifel waren plötzlich so weit weg – und die Tage seit ihrem letzten Gespräch hatten ihr gezeigt, dass sie ihn nicht vergessen konnte. Und auf einmal wollte sie nicht mehr nur an die Zukunft denken, sondern im Hier und Jetzt leben. »Warum tust du es dann nicht?«

»Tue ich *was* nicht?« Bastiens Stimme klang rau.

»Herausfinden, wie ich reagieren würde«, flüsterte sie.

Er hob eine Hand, um sanft über ihre Finger zu streichen. Emilia hielt den Atem an und verschlang sie mit seinen. Hier saß sie, umgeben von der einbrechenden Nacht und einer Stille, die sie von Münster nicht kannte, und in ihrem Inneren funkelte ein kleines Feuerwerk. Inmitten der Schönheit der Umgebung, der dösenden Hunde, der Sonne, die den Horizont nun erreicht hatte, und den endlosen Feldern bildeten Bastien und sie auf einmal den Mittelpunkt dieser kleinen Welt.

Sie spürte seinen Blick, ehe sie den Kopf wandte. Trotz des Dämmerlichts leuchtete ihr dieses faszinierende Blau entgegen.

Mit der freien Hand strich er ihr eine Strähne aus dem Gesicht und streifte dabei ihre Wange so sanft, dass sie es kaum spürte. Es war eine Frage, auf die es nur eine Antwort gab. Und als Emilia kaum merklich nickte, beugte er sich vor und berührte ihre Lippen mit seinen.

Viel zu schnell löste sich Bastien wieder von ihr und blickte sie an, sein Gesicht so nah an ihrem, dass sie einen Hauch Kaffeearoma erahnte. Sie betrachtete den Schwung seiner Nase und die Grübchen neben seinen Mundwinkeln, so schwach ausgeprägt, dass man sie nur aus der Nähe sah. Sie fuhr eines mit der Fingerspitze nach.

»Emilia«, flüsterte er. »Wenn wir das hier jetzt nicht beenden, wirst du mich heute nicht mehr los.«

Seine Worte schlugen weitere Funken, und Emilia begriff, wie sehr sie diesen Moment herbeigesehnt hatte. Sie legte auch die zweite Hand an seine Wange und zog ihn zu sich. Dieses Mal schmolz die sanfte Zurückhaltung innerhalb von Sekundenbruchteilen, als er ihren Kuss erwiderte. Emilia spürte, wie schnell sein Herz schlug, und versank in der Sanftheit seiner Lippen, die stetig fordernder wurden. Es war wie ein Rausch, als wäre ihr Körper leichter als jemals zuvor, und sie blieb nur hier, weil Bastien sie noch immer festhielt.

Sein Atem strich über ihre Wange, dann hauchte er einen Kuss auf ihren Mundwinkel und einen weiteren auf den Hals. Eine Gänsehaut überzog Emilias Nacken und ihre Arme.

Bastien bemerkte es und schmunzelte. »Ich habe dich gewarnt.«

»Ich wollte das Risiko trotzdem eingehen.« Im selben Moment wusste sie, wie wahr diese Worte waren. Bastien war gefährlich für sie, und das nicht erst seit dem Picknick. Aber spätestens dort hatte er sich in ihr Herz geschlichen. Ausgerechnet jetzt, da sie ihr Leben neu ausrichten musste, ohne zu wissen, welche Richtung sie einschlagen sollte. Nach ihrer Zeit in Monieux würde sie all ihre Energie und Konzentration brauchen, um das herauszufinden.

Bastien durfte nicht mehr sein als ein Urlaubsflirt – doch sobald sie versuchte, sich das einzureden, wusste sie, dass es zu spät war. Niemals zuvor hatte sie sich so in der Gegenwart eines Mannes gefühlt. Es würde schwer werden, wenn sie die Borel-Farm wieder verließ. Aber, so wisperte ihr ein hoffnungsvolles, naives Stimmchen zu, womöglich war Bastien wirklich nur auf einen Flirt aus. Wenn er das zwischen ihnen – was auch immer es war – beendete, sobald sie zurück nach Münster fuhr, konnte sie ohnehin nichts daran ändern.

Ihre Gedanken traten in den Hintergrund, als er behutsam ihren Hals entlangstrich. Er stoppte kurz vor dem Ausschnitt ihrer Bluse und zog seine Finger zurück. »Ist alles in Ordnung?«

Sie griff nach seiner Hand. »Ich habe nur noch mal über das Risiko nachgedacht.«

»Und?«

»Und ich habe keine Ahnung, wohin uns das hier führen wird«, flüsterte sie und wünschte sich, dass ihre Zeit nicht begrenzt wäre. Dass sie einfach mit allen Sinnen genießen könnte, was soeben geschah. »Aber das ist es wert.«

Der Schimmer in Bastiens Augen verdunkelte sich – er wusste genau, wovon sie redete. Aber dann flammte er wieder auf. »Ich würde dir gern etwas zeigen.«

Sie ließ sich von ihm auf die Füße ziehen, angelte nach ihrer Mappe und lief Hand in Hand mit Bastien den Weg hinab, der zu seiner Farm führte. Die Zikaden verstummten kurzzeitig, nur um hinter ihnen wieder einzusetzen.

Es ist magisch, dachte Emilia. *Dieser Weg, dieses Dämmerlicht, alle Komponenten der Natur – als wäre es extra für uns geschaffen worden.*

Rala und Mini folgten ihnen bis zum Hof, drehten sich um und verschwanden in den Feldern, zwei lautlose Schatten in ihrer eigenen Welt. Im Haus brannte Licht, und hinter einem Fenster war Henris Silhouette zu sehen.

Bastien führte Emilia zur Rückseite, wo landwirtschaftliche Geräte, Kisten und andere Arbeitsutensilien herumstanden. Ein Weg aus Kopfsteinpflaster verlief zu einer Buchsbaumhecke. Es war bereits zu dunkel, um jedes Detail zu erkennen, daher zuckte Emilia zusammen, als es vor ihnen quietschte.

»Ich muss mich dringend darum kümmern«, sagte Bastien. »Es steht auf meiner Liste, nur eben nicht sehr weit oben.«

Nun erkannte Emilia das hüfthohe Metalltor. Sie trat hindurch, ließ es zufallen und blickte sich um. »Wo sind wir?«

»Warte, es dauert nur einen Moment.« Bastien drückte ihre Hand und verschwand in der Dämmerung. Emilia hörte seine Schritte, ein Klicken … und rund um sie herum glommen gedämpfte Lichter auf.

Emilia drehte sich einmal um sich selbst. Sie befand sich in einem kleinen, hoffnungslos verwilderten Garten. Zwischen den Hecken wucherten Gräser. Rosen kämpften sich durch Unkraut, und Zierranken tupften das Ganze mit Farbsprenkeln. Jemand hatte eine Schneise geschlagen zu einer Art Podest, auf dem ein Tisch mit drei Stühlen stand. In der Nähe wartete eine Steinstatue; daneben rostete eine Hollywoodschaukel vor sich hin. Es sah aus wie ein verwunschener, lang vergessener Ort, der nur darauf wartete, dass man ihn zum Leben erweckte.

Bastien tauchte wieder auf und strich sich mit einer Hand durch die Haare, beinahe so, als wäre er verlegen. »Mit der Liste meinte ich nicht das Tor, sondern den gesamten Garten. Früher hat sich Henri darum gekümmert, aber jetzt bin ich froh, wenn er seine Spaziergänge machen kann.«

Je länger sich Emilia umsah, desto mehr Details entdeckte sie; Blumen oder Schmetterlinge aus Gusseisen oder die Umrisse eines Brunnens, der halb zugewuchert war. »Ist das dort ein Weg?«

Bastien streckte ihr eine Hand entgegen. Sie legte ihre Finger hinein und staunte erneut über die Wärme seiner Haut, die sofort auf sie überging.

Er hauchte einen Kuss auf ihren Handrücken und zog sie sanft mit sich. Sie folgten dem Weg, schoben sich durch eine Lücke zwischen zwei Hecken – und standen in einer

Märchenwelt: eine winzige Lichtung, von Birken und einem Blütenteppich umschlossen. Von einer Felserhöhung im hinteren Teil führte eine Rinne in ein trocken gelegtes Rund.

»Wenn ich das alles wieder instandgesetzt habe, sprudelt Wasser aus dem Felsen.« Bastien deutete nach vorn. »Es fließt in den Teich und wird im Anschluss wieder hochgepumpt. Ich habe es vor vielen Jahren gebaut und dabei die Quelle der Méouge vor Augen gehabt. So hatte ich auch in der Nähe des Hauses einen Ort zum Nachdenken. Wenn ich die Augen geschlossen habe, konnte ich mir vorstellen, in Barret-de-Lioure zu sein.«

»Es ist wunderschön.« Emilia ging zu der Lichtung und strich mit einer Hand über den Baumstamm. »Man sieht nicht mal euer Haus von hier. Als wäre es eine eigene Welt, in die man sich zurückziehen kann, wenn einem dort draußen alles über den Kopf wächst.«

»Du kannst jederzeit herkommen, wenn du möchtest. Ich würde mich freuen, wenn dies einer der Orte wird, an denen du aufatmen kannst.«

Zwischen seinen Worten lag so viel Unausgesprochenes, dass Emilia an den Kuss auf der Bank denken musste.

»Möchtest du Platz nehmen?« Er deutete auf die Lichtung, die nur teilweise vom Licht berührt wurde. Es war, als würden die Birkenstämme aufleuchten, um den kleinen Bereich zwischen sich in Szene zu setzen.

»Gern.«

Emilia kam keine zwei Schritte weit, als sie sich auch schon in seiner Umarmung wiederfand. Dieses Mal war der Kuss intensiver, drängender, und sie zog Bastien an sich, da sie ihm nicht nah genug sein konnte. Es gab nur noch ihn;

seine Lippen, seine Hände, die über ihren Rücken strichen, sein Atem auf ihrer Haut.

Als sie sich nach einer kleinen Ewigkeit voneinander lösten, wusste Emilia nicht, wie lange sie bereits in diesem kleinen Paradies standen. Vielleicht war es bereits Nacht, zumindest lag Bastiens Gesicht halb im Schatten. »Wirklich ein schöner Ort«, flüsterte sie.

Er strich über ihre Schulter und den Arm entlang, bis er ihre Hand fand. »Ich verspreche, dass ich dir alles zeigen werde. Aber du verstehst es auf sehr gekonnte Weise, mich davon abzuhalten.«

»Das hier«, ihre Lippen berührten seine, so nah standen sie beieinander, »war also nicht geplant?«

Er blinzelte. »Auch. Allerdings mehr erhofft als geplant. Aber nach Ihnen, *Mademoiselle*. Ich möchte schließlich nicht unhöflich sein.« Erneut nahm er ihre Hand und zog sie zur Lichtung. Neben einer Pappel lag eine große Decke. »Einen Moment«, sagte Bastien, »ich bin gleich wieder da.«

Emilia nahm Platz, roch die Frische von Erde und Gras und streckte die Beine aus. Sie wandte den Kopf, als neben ihr etwas leuchtete: Windlichter. Mehr und mehr glommen auf, wie riesige Glühwürmchen, die rund um die Lichtung tanzten. Emilia strahlte und ließ sich auf den Rücken sinken. Über ihr rahmten die Baumwipfel ein Stück Himmel ein, fast so wie an der Quelle. Die ersten Sterne blinkten.

Schritte kündigten an, dass Bastien zurückkehrte. Schweigend setzte er sich neben sie.

»Es ist so schön«, murmelte Emilia. »Übernachtest du manchmal hier?«

»Selten. Es ist einfach zu entspannend. Im Haus stehe ich ohne Probleme zur gewohnten Zeit auf. Hier verschlafe ich regelmäßig, selbst wenn es früh hell wird. Und manchmal trotz Wecker.« Er streckte sich neben ihr aus.

Sie wandte den Kopf im selben Moment wie er. »Irgendwann nach der Ernte musst du das wieder tun. Hier draußen sein und nicht an den nächsten Tag denken.«

»Das würde ich jetzt gern. Nicht an morgen denken, meine ich.«

»Ich auch«, sagte sie leise. »Aber ich möchte Maurice nicht enttäuschen. Die ersten Erntetage liefen gut. Ich bin gespannt, ob ich das nach einigen Wochen noch immer so sehe.«

»Ihr bekommt das hin.«

Auf einmal begriff Emilia, was sie gesagt hatte. »Bastien … entschuldige, ich habe einfach nicht nachgedacht. Wir sind zu viert, und du …«

Er griff nach ihrer Hand und blickte wieder zum Sternenhimmel. »Es ist alles in Ordnung. Maurice könnte eine Farm seiner Größe gar nicht allein bewirtschaften, und wenn er vierundzwanzig Stunden am Tag auf den Beinen wäre. Ich habe meine Routine, mit der komme ich gut hin. Und ich bin sehr froh, dass es Odile gibt, die sich um *grand-père* kümmert und mir damit den Rücken freihält.« Er zögerte. »Anfangs habe ich gedacht, es wäre eine vorübergehende Vereinbarung. Er war gestürzt, nicht sehr schlimm, aber er musste für einige Zeit das Bett hüten. Ich konnte nicht permanent im Haus sein, falls er etwas brauchte, und Odile ist eingesprungen. Aber auch *grand-père* wird nicht jünger.« Er zuckte die Schultern. »Also ist sie geblieben, und mit jedem Tag wird mir mehr bewusst, dass es ohne sie nicht mehr geht.«

Emilia ahnte, dass es für Bastien und all seinen Samain-

Stolz nicht leicht war, jemandem davon zu erzählen. Dankbar lehnte sie den Kopf an seine Schulter. »Du liebst deinen Opa sehr, nicht wahr?«

Bastien schwieg eine lange Zeit. »Natürlich«, sagte er. »Ich habe hier doch nur noch ihn. Daher möchte ich, dass er dabei ist, wenn ich die Farm wieder auf einen guten Weg bringe.«

Er will, dass Henri stolz auf ihn ist. Und dafür wird er so lange versuchen, alles allein zu schaffen, bis er zusammenbricht.

»Weißt du«, sagte sie langsam, »da sind noch immer die Hütten.«

»Die auf meinem Hof?«

Sie nickte. »Genau die. Sie könnten eine zusätzliche Geldquelle sein. Vielleicht sogar eine so große, dass du dir auch jemanden zur Unterstützung für die Feldarbeit suchen könntest.«

Bastien bewegte sich eine Winzigkeit, womöglich schüttelte er aber auch den Kopf. »Indem ich sie vermiete.«

»Entweder das, ja. Oder aber sie wären perfekt für Leute wie Jessy, Mike und mich, die gegen Unterkunft und Verpflegung aushelfen. Mike kennt sich übrigens mit Renovierungen von Ferienunterkünften aus. Vor einiger Zeit hat er sogar ein Baumhaus gebaut.« Sie redete schneller, da ihre eigene Idee sie immer mehr begeisterte. »Er hat Bilder davon auf seinem Instagram-Profil, die musst du dir unbedingt mal ansehen.«

Bastiens Brust vibrierte, und es zuckte Emilia in den Fingern, eine Hand dorthin zu legen. »Bist du nun sehr entsetzt, wenn ich dir sage, dass ich nicht auf Instagram bin?«

»Nein«, sagte sie vollkommen ernst. »Es hätte mich eher überrascht, wenn du überhaupt irgendwo auf Social Media unterwegs wärst. Aber vielleicht kann Mike mal eine Einschätzung geben, wie viel Arbeit nötig wäre, um deine Hütten wieder auf Vordermann zu bringen. Außerhalb der Erntezeit könntest du sie an Touristen vermieten.«

»Und meine Gäste mit Henri auf einem Hof allein lassen?« Er klang skeptisch.

Sie schmunzelte. »Solange er ihnen keine Drohungen an die Türen heftet, könnte es gut gehen. Und natürlich, wenn sie dir nicht den Lavendel zertrampeln.«

»Emilia …« Er zupfte an einem Grashalm. »Es ist nicht damit getan, Arbeit in die Renovierung zu stecken. Alles danach erfordert Zeit, die ich momentan nicht habe. Erst recht nicht, wenn ich daran denken würde, die Hütten zu vermieten.«

»Auch dafür könntest du eine Hilfe einstellen. Oder du überlässt es Henri.« Sie seufzte leise. »Tut mir leid, ich will dich damit nicht nerven. Das Thema lässt mir nur keine Ruhe. Vielleicht, weil ich es so faszinierend fände, jeden Morgen mit diesem Ausblick aufzuwachen, der selbst meinen Opa gefesselt hat. Und der ist alles andere als ein Romantiker.«

Bastien schwieg eine Weile. »Odile hat mir übrigens von der Zeichnung erzählt, die Vincent Borel dir gegeben hat.«

»Oh, die geheimnisvolle Frau, ja. Ich würde so gern wissen, ob das die Jette aus dem Lavendelherz ist. Odile hat Kopien der Zeichnung gemacht, und eine hängt bereits bei Charles.«

»In der Boulangerie?«

»Ja, genau. Möchtest du das Original mal sehen?« Als er bejahte, setzte sie sich auf, griff nach der Kladde und öffnete sie. Das Bild der Frau sah jetzt, im flackernden Licht der Kerzen, noch geheimnisvoller aus. Mit ihrem Blick über die Schulter schien sie mehr zu wissen, als sie jemals bereit war zu verraten.

Bastien betrachtete sie eingehend. »Da hat sich dein Großvater viel Mühe gegeben, jemanden zu zeichnen, ohne ihn wirklich abzubilden. Aber das ist ihm großartig gelungen.«

»Ja, die Dame hält sich sehr bedeckt. Vielleicht haben wir Glück, und es meldet sich trotzdem jemand auf den Aushang. Odile hat ihn auch in irgendeine Ortsgruppe gepostet, hat sie mir heute früh geschrieben. Die Suche ist also in vollem Gange.« Sie verstaute das Bild wieder. »Vielleicht ist es wirklich die Jette, von der mein Opa nichts erzählen will.«

Bastien schürzte die Lippen. »Bei dem Vornamen bist du dir aber sicher?«

»Warte.« Emilia zog das Blatt mit dem Lavendelherz unter der Zeichnung hervor. »Hier, das ist das Original. Meine Cousine und ich haben es in einem Koffer in Opas Keller gefunden.«

Das Kerzenlicht ließ einzelne Stellen auf dem Papier aufleuchten. Bastien runzelte die Stirn, sprang auf die Füße und trat an das Windlicht neben ihnen heran. »Sieh dir das mal an, Emilia.«

Sie stand auf und musterte das Herz, den alten Lavendel, der in all den Jahren zu einem Pastellton ausgebleicht war. »Was meinst du?«

»Dort.« Er deutete auf die Stelle hinter dem Namen, wo die Kerzenflamme das Papier funkeln ließ. »Die Blüten sind mit Klebstoff aufgebracht worden. Aber *Jette* ist nicht das ganze Wort. Dahinter geht es weiter.«

»Bist du sicher?«

Er drückte ihr das Papier in die Hand, und als sie es bewegte, sah sie es auch. Behutsam fuhr Emilia mit einem Finger die Kleberänder entlang, tastete über die restlichen Blüten. »Der Kleber wurde in Form der Buchstaben aufgetragen.« Bastien war den Bruchteil einer Sekunde schneller als sie, beugte sich hinab und grub seine Finger in die Erde, ehe er sie in die Höhe hielt, die Kuppen dunkel. »Darf ich?«

»Natürlich.« Sie klang etwas atemlos, aber vielleicht war dies der Moment, in dem sie Opa Walters Geheimnis einen Schritt näher kam!

Behutsam legte Bastien die Finger auf die Stelle hinter dem Namen und wischte hin und her, als wollte er etwas mit einem Stift schraffieren. Es funktionierte: Durch den zuvor aufgebrachten Klebstoff hob sich ein weiterer Buchstabe hervor, der Emilia bislang nicht aufgefallen war.

»M«, sagte sie aufgeregt. »Das ist ein M. Die Frau hieß gar nicht Jette, sondern … Jettem?« Sie runzelte die Stirn. »Das klingt ja noch ungewöhnlicher.«

Bastien betrachtete noch mal den Namen und reichte ihr dann das Papier zurück. »Nicht unbedingt.« Er deutete darauf, als würde sich durch diese simple Geste alles erklären. »Du sprichst es nur falsch aus.«

»Ich spreche …?«

»Je t'aime«, sagte er. »Wenn man die zweite Silbe betont und es französisch ausspricht, klingt es wie *Je t'aime*.«

»Ich liebe dich«, murmelte sie und wurde rot, da ihr bewusst wurde, wie Bastien das nun auffassen konnte. Aber zu ihrer Erleichterung schien sich seine gesamte Aufmerksamkeit auf das Papier zu richten. Die Faszination der Spurensuche hatte auch ihn gepackt. »Ich … wow. Das könnte es sein, nicht wahr? Ich meine, mein Opa hat fließend Französisch gesprochen, aber womöglich die Frau seines Herzens nicht, und die hat es falsch geschrieben. Dann hat es sie wirklich gegeben, nur hieß sie nicht Jette.«

»Nein.« Bastien hielt ihr das Papier entgegen. »Das zumindest können wir vermutlich ausschließen.«

»Das muss ich unbedingt Diane erzählen!« Emilia klang regelrecht atemlos, während sie alles sorgfältig wieder in der Mappe verstaute und dann innehielt. »Nur vielleicht nicht mehr heute. Ich habe sie letztens schon aus dem Bett gerissen, und sie bringt mich um, wenn das wieder passiert. Ihr Schlaf ist ihr heilig.«

Bastien fuhr sich durch die Haare. »Soll ich dich zurück zur Borel-Farm bringen?« Er trat näher, als sie zögerte. »Du kannst auch gern hierbleiben, wenn du möchtest.«

»Ich will dich morgen nicht von der Arbeit abhalten. Davon, rechtzeitig auf den Feldern zu sein.«

Er hauchte ihr einen Kuss auf den Mundwinkel. »Ich bleibe einfach wach, dann kann ich auch nicht verschlafen.«

»Das ist eine gute Idee«, flüsterte Emilia, schlang beide Arme um seinen Hals und küsste ihn.

Im nächsten Augenblick fand sie sich in einer Umarmung wieder, die nicht eng genug sein konnte. Bastien murmelte etwas an ihre Lippen, das heiser und unwahrscheinlich sexy klang, hob sie auf seine Arme und trug sie zur Decke.

12

Emilia erschrak, als zwei Finger vor ihrem Gesicht auftauchten und energisch schnippten. Mikes Gesicht folgte, amüsiert und mit einem dicken Ölstreifen auf einer Wange.

»Ich weiß nicht, welche Tricks Maurice dir über die Lavendelernte verraten hat«, sagte er mit breitem Grinsen, »aber ich kann mir nicht vorstellen, dass die Blüten von allein in den Kessel rutschen, nur weil du sie anstarrst. Es sei denn, du verfügst über Superheldinnenkräfte.«

Mit jeder Silbe kehrte Emilia mehr in die Gegenwart zurück und begriff, dass sie ins Leere geblickt hatte. Dabei waren nicht einmal ihre Gedanken gewandert, sondern vielmehr ihre Gefühle, hin zu der Nacht, die sie mit Bastien in seinem verwunschenen Garten verbracht hatte.

Wie er geahnt hatte, war von Schlaf keine Rede gewesen. Stattdessen hatte sie ihn gespürt, seine Hände, seine Lippen und schließlich ihn, während die leisen Geräusche der Nacht sie wie ein Kokon umhüllten. Anschließend hatte sie sich an ihn gekuschelt, und sie hatten gemeinsam in den Himmel gestarrt, Sterne beobachtet und sich aus ihrem Leben erzählt, bis die Morgendämmerung sie daran erinnerte, dass selbst die schönsten Momente enden mussten.

Seitdem waren zwei weitere Nächte vergangen, und bis auf wenige Textnachrichten und Anrufe hatte Emilia von Bastien nichts gehört. Aber dafür hatte er sich bereits im Vorfeld entschuldigt, also nahm sie es ihm nicht übel. Sie bekam ja mit, wie es bei Maurice zuging, und der verfügte zumindest für einige Stunden am Tag über drei zusätzliche Paar Hände.

»Em?« Jemand berührte sie am Arm: Jessy war neben Mike getreten und sah besorgt aus. »Ist alles in Ordnung? Wirst du krank?«

»Was? Nein.« Rasch schüttelte sie den Kopf und wischte sich den Schweiß von der Stirn. »Ich war nur in Gedanken, tut mir leid.« Sie blinzelte und fand sich in der Destille wieder. Natürlich, wo sollte sie sonst sein?

Mike schob sich einen Strohhalm zwischen die Zähne. Sein Haarknoten war zur Seite gerutscht und lugte aberwitzig hinter seinem Kopf hervor. »Sie sieht nicht aus, als würde sie gleich ohnmächtig werden«, sagte er zu Jessy.

Die nickte todernst. »Und ihr Backgesicht ist es auch nicht. Keine Ahnung, was mit ihr los ist.«

»Hey!« Nun war es Emilia, die vor seinen Augen schnippte. »Warum reden alle über mich, während ich neben ihnen stehe? Und ich habe ein Backgesicht?«

»Klar«, sagte Jessy. »Dann starrst du den Lavendel an, als würdest du ihn auf der Stelle essen wollen, und kurz darauf kommst du mit einem Kuchen um die Ecke. Oder mit diesen tollen Cupcakes von vor einigen Tagen.«

Beide machten erwartungsvolle Gesichter, und Emilia war froh, sie so leicht von dem Grund ihrer Grübeleien ablenken zu können. Denn die Wahrheit war: Sie bekam Bastien nicht mehr aus dem Kopf. Darüber, ob das gut oder schlecht war, wollte sie nicht nachdenken, weil etwas in ihr ahnte, dass ihr das Ergebnis nicht gefallen würde.

Sie schob das Bild von Bastiens durchtrainiertem Körper beiseite. »Ihr werdet mein Backgesicht heute Nachmittag sehen, solltet ihr in die Küche kommen«, sagte sie dann bemüht ernst. »Ich bin nämlich mit meiner Cousine zu einem Bake Off verabredet, weil ich ihr zeigen will, welche spannenden Rezepte ich in Charles' Boulangerie entdeckt habe.«

»Das klingt super!« Jessy strahlte. »Ich hab jetzt schon ziemliche Lust auf ein schönes Stück Kuchen. Oder was auch immer du dir einfallen lässt. Iss also bitte nicht alles allein.«

»Ich lasse euch etwas über, versprochen.« Emilia lachte. »Aber ich habe vorhin über etwas nachgedacht, zu dem ich gern eure Meinung hätte.« Das war zwar eine Winzigkeit gelogen, aber sie hatte am Abend zuvor darüber gegrübelt, also passte das schon. »Es geht um die Hütten auf dem Samain-Grundstück.«

»Du meinst, ob man aus denen noch etwas machen kann?« Mike schob sich eine Strähne zurück unter sein Stirnband. »Ich hab sie mir schon mal von außen angesehen. Die Grundsubstanz ist nach wie vor in Ordnung, und so wie es wirkt, sind auch Leitungen für Wasser und Strom vorhanden. Man muss nur etwas Arbeit reinstecken, weil sie lange sich selbst überlassen worden sind.«

»Und das wäre machbar? Sie wieder instandzusetzen, meine ich?«

»Klar.« Mike spuckte den Strohhalm in die Ecke. »Warum, hast du vor, dich auch drüben bei den Samains auszutoben?«

Emilia zuckte die Schultern. »Mir tut es leid, dass Bastien völlig allein klarkommen muss. Er hat genug mit der Ernte zu tun, und ich habe überlegt, ob in den Hütten eines Tages Helfer wohnen könnten. Ihr wisst schon, so wie ich im Anbau.«

»Das auf jeden Fall«, sagte Mike. »Wenn die Samains wollen, dann sehe ich mir das gern genauer und vor allem von innen an. Ich wäre bereit, auch nach der Ernte noch ein paar Wochen zu bleiben. Was denkst du, Babe?« Er strich Jessy liebevoll über die Schulter und wurde mit einem Lächeln belohnt.

»Ich hätte absolut nichts dagegen. Mir gefällt es hier.« Sie stellte sich auf die Zehenspitzen, gab Mike einen Kuss und schnappte sich einen Besen. »Aber jetzt mache ich sauber, ehe Maurice einen Herzinfarkt bekommt.« Sie wirbelte herum und machte sich an die Arbeit.

Mike fasste den Deckel des Kessels. »Also, Em? Das Angebot steht.«

Emilia biss sich auf die Lippe. Sie wollte Mike gegenüber nicht erwähnen, wie es um Bastiens Finanzen stand. »Ich bringe es zur Sprache, wenn ich Bastien sehe. Aber danke schon mal!«

Er nickte, und dann kümmerten sie sich um die Dolden. Als sie den Kessel schlossen und anwarfen, konzentrierte sich Emilia wieder vollkommen auf ihre Arbeit. Nur hin und wieder fragte sie sich, was Bastien gerade machte.

Diane bearbeitete das Ei so energisch, dass die Schüssel quer über die Arbeitsplatte rutschte. »Es war eine riesige Anzeige in der Zeitung«, sagte sie und atmete schwer vor Anstrengung. »Und damit meine ich wirklich riesig. Und ziemlich überladen, mit Blumenranken, Sternen und Tauben, die Herzen in den Schnäbeln hatten.« Sie fasste sich an den Hals und tat so, als müsste sie würgen.

Emilia konnte sich die Verlobungsanzeige nur zu gut vorstellen. Mirko machte keine halben Sachen, wenn es darum ging, sich oder die Firma seines Vaters zu präsentieren – und seine Jana schien ähnlich zu denken. Es überraschte sie trotzdem, dass bereits jetzt von Hochzeit die Rede war. Während ihrer Beziehung mit ihm war das Thema niemals zur Sprache gekommen. Sie spürte einen feinen Stich in der Brust und fragte sich, ob es Eifersucht war oder Enttäuschung. Aber nein, die Sache mit Mirko war bereits vor langer Zeit zu Ende gegangen, und sie beide waren sich dessen sehr wohl bewusst gewesen. Ansonsten wäre sie niemals in der Firma geblieben. Warum also diese Enttäuschung? Weil ihr Ex-Freund seinen Platz im Leben gefunden hatte, während sie selbst erst vor Kurzem begriffen hatte, dass sie ihn erst einmal suchen musste?

Ihre Gedanken wanderten zu Bastien und zu der Nacht unter den Sternen. In diesen wenigen Stunden hatte sie sich lebendiger gefühlt als in all den Jahren mit Mirko. Darüber hatte sie nachgedacht, als sie sich an ihn gekuschelt hatte, den Kopf in der Rundung zwischen Hals und Schulter, die wie für sie gemacht zu sein schien. Es war ihr vorgekommen, als hätte sie in diesen Tagen auf der Farm einen Weg wiedergefunden, den sie lange Zeit über verloren zu haben glaubte – und er führte zu niemand anderem als zu sich selbst.

»Em?« Dianes Nasenspitze berührte den Bildschirm, und sie musste lachen.

»Was tust du da?«

Diane pustete sich den Pony aus der Stirn. »Du hast plötzlich so nachdenklich ausgesehen, da habe ich mich gefragt, ob es richtig war, dir davon zu erzählen. Von dieser kitschigen Möchtegern-Promi-Hochzeit, meine ich. Aber wenn ich ehrlich bin, ist es nicht nur das.«

Sie sprach in Rätseln.

Emilia schüttelte den Kopf und kontrollierte die Backformen. »Erstens: Nein, es stört mich nicht. Ich habe nur gerade überlegt, warum wir nie ans Heiraten gedacht haben. Also Mirko und ich.«

»Um Himmels willen!« Diane beförderte die Mehl-Kakao-Mischung behutsam in die Eimasse. »Sei froh, dass du ihm entkommen bist. Anfangs habt ihr ja noch ganz gut zusammengepasst, aber irgendwann ging das gar nicht mehr. Immer wenn ich ihm in den vergangenen Jahren begegnet bin, war ihm sein Image wichtiger als beim Treffen zuvor. Wo soll das denn enden?«, fragte sie im selben Rhythmus, in dem sie rührte. »Nein, sei froh, dass du da raus bist. Jetzt kannst du dir einen Mann suchen, der zu dir passt.«

Emilia blickte in ihre eigene Schüssel. Der Teig sah gut aus, und die durch den Kakao schwere Süße drang verlockend an ihre Nase. Die Madeleine-Formen waren bereits gefettet und mit Zartbitterkakao ausgestreut. »Du hast recht«, sagte sie langsam. »Rückblickend war es nicht mehr das Richtige. Mirko hat sich verändert – seine Vorlieben, seine Hobbys. Aber wenn man mittendrin steckt und sich jeden Tag sieht, dann nimmt man es erst nicht wahr, und später will man es vermutlich ignorieren. Aber alles wurde so oberflächlich. Ich glaube nicht, dass er jemals einen Blick zum Himmel geworfen hat – oder überhaupt in die Umgebung, sofern es sich nicht um ein Schaufenster handelte.«

»Haargenau«, sagte Diane und deutete so enthusiastisch mit dem Löffel auf ihr Tablet, dass einige Teigspritzer auf dem Bildschirm landeten. »Du brauchst niemanden, der deinen Horizont begrenzt, sondern dich dabei unterstützt, ihn zu erweitern«, zitierte sie – vermutlich aus einem der Podcasts, die sie manchmal abends hörte, wenn Markus länger arbeiten musste, und bei denen sie meist einschlief.

Aus unerfindlichen Gründen blieben ihre Worte bei Emilia hängen. Wann hatte sie in Münster denn zuletzt den Himmel so fasziniert betrachtet, wie sie es hier in Monieux tat? Sie erinnerte sich nicht, weil sie in ihren Routinen gefangen gewesen war. In ihrem Leben, in dem sie eine andere Richtung eingeschlagen hatte, nachdem sie mit Mirko zusammengekommen war.

Sie schüttelte den Kopf, probierte den Teig und gab noch etwas Vanille hinzu. »Was ist es denn noch?«

»Hm?« Diane sah sie höchst verwirrt an, während sie ihr Tablet mit einem Tuch reinigte.

Emilia wartete, bis sie fertig war. »Du hast vorhin gesagt: *Wenn ich ehrlich bin, ist es nicht nur das.* Als du meintest, dass ich nachdenklich wirke.«

»Oh. Ja.« Diane probierte ihren Teig, schloss genießerisch die Augen und tauchte dann den Löffel noch einmal hinein. »Du wirkst schon die ganze Zeit über anders«, nuschelte sie und schluckte. »Als hättest du mehr Energie. Warst du joggen, oder liegt es an all den tollen französischen Köstlichkeiten? Der guten Luft?«

Emilia schob die Schüssel auf der Platte hin und her, da sie sich ertappt fühlte. »Ich mag es hier einfach, Di. Die Arbeit ist nicht so romantisch, wie du sie dir vorstellst, aber die wenigen Stunden am Tag gehen schnell vorbei. Abgesehen davon, dass es mir wirklich Spaß macht.«

»Ah. Und was treibst du den restlichen Tag über? Und am Abend?«

Verdammt, Diane kannte sie einfach zu gut. Aber genau deshalb vertraute Emilia ihr. Sie redete zwar gern, wusste aber auch, wann sie den Mund halten musste.

Emilia griff nach dem Schneebesen und drehte ihn in den Händen. »Ich habe eine Nacht bei Bastien Samain verbracht.«

Obwohl sie sich schon so lange kannten, schaffte Diane es hin und wieder, sie zu überraschen. So wie jetzt, da sie weder in aufgeregtes Gekreische ausbrach noch eine altkluge Hab-ich-es-dir-doch-gesagt-Bemerkung machte. Stattdessen nickte sie, als hätte sie damit gerechnet. »Hast du dich verliebt?«

Die Frage nahm Emilia den Wind aus den Segeln. »Wir kennen uns doch erst seit so kurzer Zeit.«

Diane schob den Löffel zurück in die Schüssel. »Aber das spielt doch nicht immer eine Rolle, oder?«

Emilia wünschte sich auf einmal, ihre Cousine wäre bei ihr. Damit sie sich an sie lehnen konnte, während sie all ihre klugen Fragen stellte. »Ich weiß es nicht. Es ist noch zu früh, um das zu sagen. Ich meine, ich empfinde etwas für ihn, ja, und wenn wir noch mehr Zeit miteinander verbringen, dann …« Sie brach ab und verspürte plötzlich den Drang, die Arme vor der Brust zu verschränken. »Er hat mir seinen Garten gezeigt, den er irgendwann instand setzen will, und wir haben auf einer Decke gelegen, die Sterne beobachtet und zwischendurch immer wieder geredet. Über …« Sie schüttelte den Kopf und blinzelte. Warum brannten ihre Augen auf einmal? Sie war eine erwachsene Frau und würde sich nicht Hals über Kopf verlieben, nur um sich dann bei ihrer Abreise das Herz brechen zu lassen. »Über alles. Es hat sich so normal angefühlt, so richtig, als hätte es schon immer festgestanden, dass ich in jener Nacht an diesem Ort sein sollte.« Sie blinzelte. »Klingt das irgendwie seltsam?«

»Nein, Süße«, sagte Diane. »Überhaupt nicht. Und glaub mir, ich freue mich für dich. Wirklich. Aber wir wissen beide, dass du bald abreist, nicht wahr?«

»Bastien und ich haben uns keine ewige Treue geschworen.«

»Nein. Aber es klingt, als wäre es etwas Ernstes. Und ich bin fast sicher, dass du deshalb kurz davor bist, in Tränen auszubrechen.«

Schlagartig wurde Emilias Kehle eng, und ihre Sicht verschwamm. Wütend wischte sie sich über die Augen und presste die Lippen aufeinander, um diese tiefe Traurigkeit zu verdrängen, die irgendwo in ihr gelauert hatte. »Ich bin sentimental, ich bekomme demnächst meine Tage.«

Di seufzte. »Demnächst bedeutet in zwei Wochen.« Verdammt! »Emilia«, sagte sie dann so sanft, wie sie sonst nur mit ihren Wellensittichen oder Opa Walter redete. »Ich möchte doch nur nicht, dass du todunglücklich wieder zu Hause ankommst, weil du dich in diesen Bastien verliebt hast. Ich kenne dich doch, du gibst der Sache keine Zukunft.«

»Natürlich tue ich das nicht. Hast du eine Ahnung, wie viele Kilometer zwischen Münster und Monieux liegen?«

»Viele«, sagte Di ungerührt. »Aber wenn man will, findet sich eine Lösung. Guck mich an.« Sie breitete die Arme aus. »Schau ma moi, na seng mas scho! Und schwupps, schon lebe ich im Ausland.«

Emilia zog eine Grimasse. »Bayern liegt ein klitzekleines Stück näher an Münster als Südfrankreich. Da kann ich nicht mal eben am Wochenende hinfahren. Ganz zu schweigen davon, dass das früher oder später mein Budget sprengen würde.« *Und Bastiens erst recht.* Sie starrte auf ihre Hände. Kleine Mehlflecken prangten dort, und sie rieb sie weg.

Diane wartete, bis sie wieder aufblickte. »Womöglich gibt es noch irgendeine andere Möglichkeit. Ich wünsche es dir so sehr.«

Emilia schüttelte den Kopf. »Weißt du, ich dachte immer, ich wäre vernünftig. Ich habe lange über ihn nachgedacht, weil ich ihn mochte. Mag«, verbesserte sie sich. »Ich mag ihn. Es ist schön, Zeit mit ihm zu verbringen.« Sie ließ die Schultern hängen. »Immer, wenn ich in seiner Nähe bin, macht sich meine Vernunft aus dem Staub. Das ist …«

»Verwirrend«, sagte Diane leise.

»Genau. Aber gleichzeitig auch wunderschön. Vielleicht sollte ich versuchen, ihn nicht mehr so oft zu sehen, damit mein Verstand noch halbwegs funktioniert.« Sie verzog das Gesicht. »Was im Moment ohnehin kein Problem ist. Bastien hat mit der Ernte zu viel um die Ohren.«

Ihre Cousine lächelte, auf diese stille, verständnisvolle Weise, die nur zwischen zwei Menschen entstehen konnte, die füreinander das Beste wollten. »Ich drück dir die Daumen, dass du das für dich Richtige tust. Und bis dahin mach dir einfach die allerschönste Zeit der Welt, ja?«

»Danke«, flüsterte Emilia. »Das mache ich.« Sie blickte sich um. »Ich wünschte, du wärst hier und ich könnte dir das alles zeigen. Du würdest es lieben!«

Diane lachte. »Ich würde sofort losfahren, aber gerade kommt hier viel zusammen. Markus hat mehr Geschäftstermine als je zuvor, bei mir auf der Arbeit ist die halbe Belegschaft krank, und Frau Simon von gegenüber ist im Urlaub. Leider habe ich noch keinen anderen Nachbarn überreden können, sich um die Wellis zu kümmern, wenn ich weg bin. Seltsam, oder? Man muss sie doch nur füttern und ab und zu die Volieren sauber machen.«

»Das wäre seltsam, wenn du wie normale Menschen einen oder meinetwegen auch vier Wellensittiche hättest«, sagte Emilia, froh über den Themenwechsel. »Aber die wenigsten Leute möchten die Verantwortung für einen Zoo übernehmen.«

»Vielleicht hast du recht«, sagte Di nachdenklich und kostete noch einmal von ihrem Teig.

»Ganz sicher.« Emilia nahm ihre Schüssel und hielt sie in die Kamera, um ihrer Cousine das vorläufige Ergebnis zu zeigen. »Wie sieht es aus, wollen wir?«

»Na klar! Ich habe die Formen schon fertig und für die Deko extra getrocknete Lavendelblüten aus dem Feinkostladen am Bahnhof besorgt. Ich kann ja nicht wie du einfach rausgehen und welche abzupfen.«

»Maurice hat mir erlaubt, so viele wie ich möchte zu trocknen. Also keine Sorge, ich bringe dir nicht nur Rezepte mit nach Hause, sondern auch genug Lavendel, um sie alle auszuprobieren.«

Diane strahlte. »Das klingt großartig. Also? Ich bin bereit. Eins, zwei, drei, Bake Off!« Sie lachte und beförderte den Teig mit dem Löffel in die Madeleine-Formen. Emilia folgte ihrem Beispiel und schob dann die Bleche in den vorgeheizten Backofen. »Et voilà. In einer Viertelstunde dürften sie fertig sein.«

»Gut.« Diane stellte ihre Stoppuhr ein. »Ich habe …« Sie riss die Augen auf und erstarrte. Zunächst glaubte Emilia, dass die Übertragung eingefroren war, doch dann hörte sie Schritte hinter sich.

»Hey Em. Du trägst dein Backgesicht.«

Sie drehte sich um und sah Mike, der zum Kühlschrank ging und den Orangensaft herausnahm. Seine Haare waren wie so oft zu einem Zopf gebunden, und seine Sportshorts saß tief auf seinen Hüften. Ein Shirt trug er nicht, und so sah man, dass jeder Millimeter seines Oberkörpers golden gebräunt war. »Ich war laufen und habe mir die Hütten drüben angesehen. Zumindest eine, bei der die Tür nicht abgeschlossen war. Die Renovierung wäre gar keine so große Sache. Sie stammen noch aus einer Zeit, als man für die Ewigkeit bauen wollte.«

Aus Richtung des Tablets kam ein Quieken: Dianes Augen hatten wieder normale Größe angenommen, aber dafür wedelte sie mit einer Hand vor ihrem Gesicht herum, als würde sie gleich in Ohnmacht fallen. »Wow«, sagte sie und winkte. »Hi, ich bin Diane. Bist du Bastien?«

Mike schenkte ihr ein Grinsen. »Nein, tut mir leid. Ich besitze keine Farm, ich arbeite nur auf einer.«

»Ah!« Diane hob einen Finger. »Du musst Mike sein!«

»Genau der.«

Diane nickte und gab vor zu überlegen. Emilia argwöhnte allerdings, dass sie Zeit schindete, um ihn länger betrachten zu können. »Ihr sucht euch also schon eine Hütte? Willst du mit meiner Cousine zusammenziehen?«

Emilia schlug sich innerlich mit der flachen Hand vor die Stirn und hoffte, er würde die Ironie heraushören. »Öhm …«

Mike nahm es jedoch locker. »Ich weiß ja nicht, was Emilia sonst noch für mich geplant hat, aber erst geht es nur ums Renovieren.« Er warf einen Blick in die Schüssel, wischte mit einem Finger am Rand entlang und probierte. »Hm, was wird das?«

»Schoko-Madeleines«, sagte Emilia. »Natürlich mit Lavendel.«

»Natürlich«, wiederholte er. »Dein Herz war doch groß genug, um etwas mehr zu backen?« Er deutete auf sich.

»Klar. Sie müssten auch bald fertig sein.«

»Du kannst gern so lange bleiben«, sagte Diane. »Dann habe ich immerhin etwas zum Gucken.«

»Di!« Emilia rieb sich über die Stirn. »Du hast einen Freund.«

»Ich weiß.«

»Und zweiundzwanzig Wellensittiche.«

»Stand heute sind es fünfundzwanzig.«

»Da siehst du es. Du hast überhaupt keine Zeit, um meine Arbeitskollegen anzuschmachten. Die übrigens auch in einer glücklichen Beziehung stecken.«

»Momentan habe ich die, weil ich hier herumstehe und warte, dass die Madeleines aus dem Ofen können.« Di sah höchst zufrieden aus. »Was hast du später noch vor, Mike?«

»Wir wollen grillen.« Er hatte sichtlich Spaß an der Unterhaltung.

Diane nickte todernst. »Grillen ist heiß.«

»O Mann!« Emilia seufzte, drehte das Tablet zur Seite, sodass Di auf die Schränke blicken musste, und ignorierte den Protest ihrer Cousine. »Wir sehen uns später«, sagte sie und scheuchte Mike mit einer Handbewegung weg. »Und jetzt geh bitte, ehe meine Cousine noch völlig durchdreht und den nächsten Urlaub in Australien bucht.«

Auch wenn es kaum möglich war, wurde sein Grinsen noch breiter. »Bis später, Em. Bye Diane!«

»Bye Mike«, kam es vom Tablet.

Emilia wartete, bis er die Küche verlassen hatte, und drehte es wieder um. »Du bist schlimm.«

»Möglich. Aber ich ärgere mich immer mehr, dich nicht begleitet zu haben. Ich glaube, es könnte mir auf der Borel-Farm gefallen.«

Emilias Handy gab einen Glockenton von sich, und sie warf einen Blick darauf. »Oh, die ist von Charles.« Insgeheim war sie erleichtert und enttäuscht zugleich, dass nicht Bastien sich gemeldet hatte. Die wenigen Textnachrichten zwischen ihnen waren eher sachlich gewesen.

Diane wurde sofort wieder ernst. »Charles, der Bäcker? Der die Kopie von Opas Zeichnung bei sich aufgehängt hat?«

»Genau der. Warte bitte kurz.« Emilia öffnete die Nachricht und las. »Er besucht am Wochenende einen Freund in Paris und fragt, ob ich am Montag nach der Arbeit bei ihm vorbeikommen könnte, er hätte eine Überraschung für mich. Und im P.S. steht, dass ich gar nicht erst nachfragen soll, da er es mir nur persönlich sagen wird.«

Diane beugte sich vor und fegte dabei etwas von der Arbeitsplatte, machte sich aber gar nicht erst die Mühe, es wieder aufzuheben. »Denkst du, es hat etwas mit der geheimnisvollen Frau zu tun?«

Emilia legte ihr Handy zurück. »Keine Ahnung, aber so, wie es aussieht, muss ich mich bis Montag gedulden.«

Diane sah auf einmal sehr nachdenklich aus. »Es ist komisch, dass Opa vorgibt, nicht mehr an Monieux und alles, was damals passiert ist, denken zu wollen.«

Emilia horchte auf. »Wieso meinst du, dass er es nur vorgibt? Hat er noch mal mit dir geredet?«

»Nein, aber meine Eltern waren gestern bei ihm. Sie meinten, er habe sich verändert, sitzt viel im Garten und starrt vor sich hin, und bei ihrer Ankunft war er im Keller, wo er sich alte Fotoalben angeguckt hat.«

Emilia überlegte. »Vielleicht hat es ihn mitgenommen, dass ich hier bin. Und ihm von Henri Samain erzählt habe. Es muss alte Erinnerungen geweckt haben, nur verstehe ich dann nicht, warum er so abweisend reagiert. Die beiden sollen doch beste Freunde gewesen sein damals. Aber etwas sagt mir, dass es nichts bringt, ihn noch mal auf seine Zeit in Monieux anzusprechen. Oder auf die Frau mit dem Schal, die nicht Jette heißt.«

Diane seufzte. »Ja, das stimmt wohl. Dabei war unser Ursprungsplan so gut. Und er scheint funktioniert zu haben, wenn auch anders als erhofft: Opa ist von Renate abgelenkt.« Sie verschwand aus dem Bild, vermutlich, um einen Blick in den Ofen zu werfen. Ihr Wecker klingelte, und ihr strahlendes Gesicht tauchte wieder auf. »Die Madeleines sind fertig! Was jetzt?«

»Jetzt«, sagte Emilia, öffnete die Ofenklappe und sog den Schokoladenduft ein, »lassen wir sie abkühlen, bestreichen sie mit Glasur und streuen Lavendelblüten darauf.« Die Haustür schwang auf, und Schritte polterten in der Diele. »Währenddessen verteidigen wir sie vor sämtlichen Menschen, die von Frischgebackenem angelockt werden und sie essen wollen, ehe sie komplett fertig sind.«

»Guter Tipp«, sagte Diane, nahm ein Gebäckteilchen aus der Form, pustete darüber und biss vorsichtig ab.

Es dämmerte bereits, als Emilia durch die Lavendelfelder auf die Samain-Farm zuradelte. Der Dynamo rasselte und verlor hin und wieder den Kontakt zum Reifen, wodurch der Lichtkegel vor ihr erlosch, aber stets nach wenigen Sekunden zurückkehrte.

Rala und Mini trotteten mit heraushängenden Zungen wie selbstverständlich neben ihr her. Sie hatten sich zunächst in der Nähe von Maurices Hof herumgedrückt, als Mike den Grill angeworfen und Fleisch sowie Würstchen ausgepackt hatte, waren jedoch immer wieder in den Feldern verschwunden. Doch keine zwei Sekunden, nachdem Emilia losgefahren war, tauchten sie neben ihr auf. Mini wie immer mit der Hoffnung auf Leckereien, aber Rala schien es auch auf Streicheleinheiten abgesehen zu haben, worüber sich Emilia besonders freute. Natürlich hatte sie die beiden mit Futter und Wasser versorgt und sich dann wieder auf den Weg gemacht.

Wenn sie die Ohren spitzte, hörte sie das Gelächter vom Borel-Hof. Maurices bester Freund Gustave war vorbeigekommen, und die zwei hatten mit Jessy und Mike eine Flasche Pastis geöffnet. Emilia würde sich später dazugesellen. Aber nachdem sie geduscht hatte, war sie aus unerfindlichen Gründen in ihr rotes Sommerkleid mit den kleinen schwarzen Rosen geschlüpft und fühlte sich etwas overdressed auf dem Klapperrad. Außerdem war es Unsinn, dass sie sich herausputzte, nur um Bastien mit ein paar Lavendel-Schoko-Madeleines zu überraschen. Im Grunde war es schon Unsinn, ihm überhaupt Gebäck zu bringen – gerade nachdem sie Diane erklärt hatte, dass es keine Zukunft mit Bastien gab und es vermutlich besser wäre, Abstand zu halten.

Aber immer, wenn sie an ihn dachte, war es, als würden zwei Seelen in ihrer Brust miteinander kämpfen. Die eine rief ihr ins Gedächtnis, dass sie es sich nur schwerer machte, die andere wollte Bastien unbedingt wiedersehen.

Rala hob immer wieder den Kopf, und Emilia streckte ihr eine Hand entgegen, während sie stärker in die Pedale trat, als das Gelände leicht anstieg. »Du weißt auch nicht, ob ich gerade einen riesengroßen Fehler mache, nicht wahr, Süße?«

Die dunklen Hundeaugen schimmerten im Dämmerlicht, und die Hündin schnupperte an Emilias Hand, so energisch und lautstark, als hätte sie soeben etwas unglaublich Interessantes entdeckt. Dann bellte sie, wirbelte herum und verschwand in den Feldern. Mini folgte ihr, ohne zu zögern.

Verwundert betätigte Emilia die Bremse und blieb stehen. »Was ist denn los?« Zur Antwort raschelte es weit vor ihr. »Soll das etwa wieder ein Zeichen sein?«

Während sie am Lenkrad knibbelte, wo sich der linke Gummigriff löste, fragte sie sich, ob sie besser umdrehen sollte. Bastien und Henri würden sicher auch ohne Gebäck überleben.

»Also«, rief sie in die Nacht. »Ich fahre dann mal wieder! Euch beiden noch viel …« Sie holte Luft, als die zwei ohne Vorwarnung aus einer anderen Stelle des Felds hervorschossen. Rala hielt etwas im Maul, und einen schrecklichen Augenblick lang glaubte Emilia, dass es sich um einen toten Hasen handelte. Dann aber merkte sie, dass besagter Hase sehr dünn sein müsste. Und seine Gliedmaßen wie Seide im Wind wehten.

Rala legte den Nicht-Hasen vor ihren Füßen ab, die Ohren erwartungsvoll aufgestellt.

Emilia streckte verwundert eine Hand aus. »Was hast du …« Erstaunt hielt sie inne, als sie das Stoffstück erkannte: Es war ihr Entchentuch, das sie damals in den Feldern verloren hatte. Mittlerweile war es voller Flecken und hatte an einer Seite ein Loch, aber vielleicht konnte sie es mit viel Waschpulver, etwas Nähgarn und gutem Willen retten. »Danke«, sagte sie und strich Rala über den Kopf. »Ihr gebt super Spürhunde ab.« Sie verstaute das Tuch im Korb am Lenkrad und stieg wieder auf. Die beiden Hunde begleiteten sie bis zum Rand des Hofs und verschwanden dann in der Nacht.

Emilia schob ihr Rad auf den letzten Metern, um sich zu überlegen, was sie sagen sollte. Auf einmal war sie nervös, weil sie mit ihren Grübeleien über Bastien noch immer nicht weitergekommen war. Aber vielleicht würde sie mehr wissen, wenn sie sich nachher auf den Rückweg machte.

Aus dem Inneren kam gedämpft klassische Musik. Im Erdgeschoss brannte Licht und schälte die Schatten der Umgebung heraus. Emilia hätte nichts dagegen gehabt, eine Weile vor dem Haus zu sitzen. Die Angst, hier draußen auf dem Land allein zu sein, war verschwunden, nachdem sie Henri und Odile als Verfasser der Drohnachricht entlarvt hatten.

Vor der Tür zögerte sie, klopfte dann aber an. Kurz darauf waren Schritte zu hören. Rasch zupfte sie ihr Kleid zurecht und schob sich die Haare hinter die Ohren. Als geöffnet wurde, hob sie den Kopf – und schaffte es, ihr Lächeln zu halten, als sie in Henri Samains Gesicht blickte. Er trug eine wilde Kombination aus T-Shirt und Pullunder zur Stoffhose und hatte Filzpantoffeln an den Füßen.

»Guten Abend, Monsieur Samain!« Sie schwenkte den Korb mit den Madeleines. »Ich habe gebacken und wollte Ihnen eine Kostprobe vorbeibringen.«

Er schwieg und starrte sie durch seine dicke schwarze Brille an – so lange, bis Emilia unruhig von einem Fuß auf den anderen trat. »Hier, bitte.« Sie hielt den Korb höher. Vielleicht war die Brille zu schwach, und er hatte ihn noch nicht bemerkt.

Doch Henri Samain dachte gar nicht daran, auch nur einen Blick hineinzuwerfen. Er wirkte nicht gerade erfreut, sie zu sehen – im Gegenteil –, und musterte sie, als wäre sie noch immer seine Erzfeindin, aber auch, als würde er etwas suchen. Hatte er denn vergessen, dass sich die Sache mit dem Grundstücksgewinn aufgeklärt hatte? Oder traute er dem Braten nicht so recht?

»Gehen Sie«, sagte er so unvermittelt, dass sie zusammenzuckte. »Sie haben hier nichts verloren. Und nehmen Sie Ihren Korb mit.«

Emilia war kurzzeitig sprachlos. »Ich … ist Bastien zu Hause? Ich wollte …«

»Ich sagte, Sie sollen gehen!« Er trat zurück und wollte die Tür schließen, aber eine Hand legte sich auf seine.

»*Grand-père.*«

Die Tür schwang wieder auf, und vor Emilia stand Bastien. Er sah müde und angespannt aus, schaffte es aber trotzdem, ihre Laune so sehr zu heben, dass sie unwillkürlich strahlte. »Hallo Emilia. Entschuldige die unhöfliche Begrüßung.« Er warf einen Blick über die Schulter, wo Henri etwas murmelte, sich umdrehte und im Haus verschwand.

Emilia wechselte den Korb von einer Hand in die andere, weil sie nicht wusste, was sie sagen sollte. Bastien war wieder barfuß und trug legere Klamotten, als hätte er sich auf einen gemütlichen Abend eingestellt. Energisch hielt sie sich davon ab, an seinen Körper unter dem lockeren Stoff zu denken oder an seine Umarmungen, die stets zu kurz gewesen waren.

»Wow«, stieß sie schließlich hervor. »Ich verstehe das nicht. Was habe ich Henri denn noch getan?«

»Nichts.« Bastien winkte ab. »Er kann sich manchmal nur schwer von der Vergangenheit lösen. Es gibt Tage, an denen er stundenlang vor sich hinstarrt, und wenn ich versuche, mit ihm zu reden, herrscht er mich an. Nimm es nicht persönlich.«

Emilia fand, dass *Sie haben hier nichts verloren* schon ziemlich persönlich war, entschied aber, das Thema fallen zu lassen. Sie war schließlich nicht hier, um mit Henri zu plaudern, und würde seine Meinung über sie wohl auch nicht so schnell ändern können.

»Ich will auch nicht lange stören, sondern dir nur Madeleines vorbeibringen. Ich habe heute mit meiner Cousine gebacken.«

Bastien lächelte und brachte einen Teil ihres Herzens zum Schmelzen. »Eure Onlinetreffen, ich erinnere mich.« Er nahm den Korb. »Die sehen gut aus, vielen Dank. Ich will schon seit Tagen in die Boulangerie fahren, aber …« Sein Schulterzucken sagte alles.

Eine Weile sahen sie sich einfach nur an. Emilia sehnte sich danach, die Arme um ihn zu legen, noch einmal seine Lippen zu spüren und nicht weiter darüber nachzudenken, ob das, was sie taten, richtig war oder ob Henri sie aus dem Hintergrund mit seinen Blicken zu erdolchen versuchte. Beide fuhren zusammen, als der Dielenboden knarrte:

Henri stand in der Tür zum Wohnzimmer und starrte sie an.

Bastien räusperte sich und stellte den Korb auf der Fensterbank ab. »Was hältst du von einem Spaziergang? Ich hole nur eben meine Schuhe.«

»Gute Idee«, sagte sie und wartete, während er im Haus verschwand. Da fiel ihr wieder die Schrotflinte ein, die Odile erwähnt hatte, und sie trat einige Schritte zur Seite. Es dauerte nicht lange, bis Bastien wieder auftauchte, die Tür hinter sich zufallen ließ und eine Taschenlampe einschaltete.

»Also dann.« Er zögerte, einen Arm halb in der Luft, als wüsste er nicht, ob er sie umarmen sollte oder nicht. Dann aber deutete er nach vorn und schlenderte los.

Schweigend liefen sie nebeneinanderher, und die Spannung zwischen ihnen war nicht zu leugnen. Nachdem sie diese wundervollen Stunden im Garten verbracht hatten, fiel es Emilia schwer, Distanz zu halten. Sie hatte sich Bastien so nahe gefühlt, und jetzt … jetzt kam sie sich vor wie eine Teenagerin, die nach dem ersten Kuss nicht mehr weiterwusste. War es für ihn etwa eine einmalige Sache gewesen? Das konnte sie sich nicht vorstellen; es passte nicht zu ihm. Selbst am Morgen hatte er sie noch geküsst und mit diesem Blick angesehen, der ihr einen Schauer nach dem anderen über den Rücken jagte.

»Möchtest du …«

»Ich …«, begann Emilia gleichzeitig und lachte, beinahe froh über den Moment, der etwas Leichtigkeit zurückbrachte. »Du zuerst.«

Bastien wirkte fast unsicher. »Ich wollte dich fragen, ob du dir die Hütten ansehen möchtest. Nachdem du sie neulich erwähnt hast, war ich noch mal dort und habe zumindest die Ratten verscheucht.« Selbst sein Lächeln brachte seine Augen nicht so zum Strahlen wie sonst. Es irritierte sie ebenso wie diese seltsame Distanz. Dafür zeigten sich die angedeuteten Grübchen neben Bastiens Lippen für eine Millisekunde.

»Gern.«

Kurz darauf öffnete er die Tür der Hütte, die dem Haus am nächsten lag und etwas größer war als die anderen drei.

»Bitte.« Er bedeutete ihr vorzugehen und beleuchtete ihr den Weg.

Emilia fuhr mit den Fingern über den Rahmen, der rau und gesplittert war, und trat ein. Staunend blieb sie stehen. »Hier kann man ja wohnen!« Zwar war der Boden mit Schutt bedeckt sowie mit großen weißen Flocken – Farbe, die von den Wänden geblättert war –, aber sie entdeckte weder Löcher noch eingestürzte Balken, so wie sie es erwartet hätte. An der Wand war ein Lichtschalter, und über ihr baumelte eine Fassung, in der sich einst eine Glühbirne befunden haben musste.

Emilia folgte dem Licht der Lampe und fand hinter einem Durchgang einen weiteren, ebenso großen Raum, der sogar über ein Waschbecken verfügte. Wie auch im ersten war der Fensterrahmen mit Zeitungen zugeklebt. Emilia zupfte eine Ecke ab und warf einen Blick nach draußen. Viel erkannte sie nicht, aber sie wusste, dass sich vor ihr die Lavendelfelder ausbreiteten. Eine Tür führte in den dritten Raum: eine Kammer ohne Fenster. »Das ist toll«, rief sie und drehte sich um.

Bastien war ihr gefolgt und beleuchtete Wände und Decke. »Ich hatte mit Schlimmerem gerechnet.« Es klang nachdenklich. Vielleicht dachte er ja wirklich darüber nach, das hier zu nutzen, und wollte diese Gelegenheit auf zusätzliches Einkommen nicht länger verstreichen lassen. »Die anderen Hütten sind in einem ähnlichen Zustand, aber sie haben je nur einen Raum mit Fenster sowie einen kleineren ohne.«

Emilia wandte sich um. »Du solltest wirklich mit Mike reden. Er wäre bereit, nach der Ernte noch eine Weile zu bleiben, und könnte dir helfen.«

Bastien rieb sich den Nacken. »Nach der Ernte ist ein gutes Stichwort, vorher werde ich nämlich nicht darüber nachdenken können.«

»Das verstehe ich. Aber wenn …« Emilia zuckte die Schultern. Sie hatte ihm bereits mehrmals ihre Hilfe angeboten und wusste mittlerweile, dass sein Stolz ihm niemals erlauben würde, sie einfach so anzunehmen. »Meld dich einfach bei ihm, wenn du eine genauere Einschätzung brauchst. Es wäre wirklich zu schade um all das hier.«

Er nickte, schüttelte dann aber den Kopf. »Woher kommt dieser Enthusiasmus für ein paar Holzbuden?«

Sie riss die Augen auf. Wie konnte er das nur fragen? »Die Lage, Bastien! Die Gegend! Stell dir vor, wie es für jemanden wäre, mit diesem Ausblick aufzuwachen. Ich meine jemanden, der keine Lavendelfarm besitzt. Möglicherweise kommt derjenige aus der Stadt und weiß gar nicht …« Sie trat an ihm vorbei, öffnete die Tür und blieb stehen. »Da. Hörst du das? Da sind Zikaden und sonst nichts. In meiner Wohnung in Münster ist es unmöglich, den Verkehr zu ignorieren, und wenn ich aus dem Fenster meines Schlafzimmers gucke, sind da zwar drei Bäume und eine Grünfläche, aber auch die Nachbarhäuser und eine Straße. Eine Ruhe wie hier kennen viele Menschen nicht.«

»Aber vielleicht wollen sie sie auch nicht.«

»Wie kann man das nicht wollen? Es ist einzigartig. Ich habe noch niemals so viele wunderschöne Sonnenaufgänge gesehen wie hier. Von den Untergängen ganz zu schweigen. Aber es ist nicht nur das Licht, sondern auch der Duft nach Lavendel und …« Ihr fehlten die Worte, aber sie kam sich auf einmal auch ein wenig lächerlich vor, da sie das ausgerechnet jemandem erzählte, der hier aufgewachsen war. Wenn Bastien nun über ihren Enthusiasmus lachte, könnte sie ihm daraus keinen Vorwurf machen.

Aber er lachte nicht. Plötzlich waren die Falten auf seiner Stirn wieder da, und Emilia fragte sich, ob sie etwas Falsches gesagt hatte. Etwas, über das er sich ärgerte oder das ihm Sorgen bereitete.

»Das klingt, als würde dein Herz daran hängen.« Er sagte es unendlich leise und gab ihr so die Chance, es zu ignorieren. Aber diese wenigen Worte luden die Luft zwischen ihnen auf. Innerhalb eines Atemzugs schien sich die Temperatur erhöht zu haben.

Emilia konnte ihren Blick nicht von Bastien abwenden. Etwas hatte sich in seine Augen geschlichen, das ihn verletzlich wirken ließ.

»Genauso ist es«, flüsterte sie.

Bastien schüttelte kaum merklich den Kopf. Dann ließ er die Taschenlampe fallen, fasste Emilia an den Händen, trat auf sie zu und küsste sie so fordernd, dass ihr die Luft wegblieb. So viel lag in diesem Kuss: Hunger, Verlangen, Sehnsucht, aber auch Verzweiflung. Sie reagierte auf alles davon, ehe ihre Gedanken in den Hintergrund traten. Bastien küsste ihre Lippen, ihren Mundwinkel, ihr Kinn und zog dann eine federleichte Spur über ihren Hals bis zu ihrem

Schlüsselbein. Emilia stöhne leise auf, während sie den Kopf zur Seite bog. Bastien knabberte an ihrem Ohrläppchen und kehrte dann zu ihren Lippen zurück.

Im nächsten Moment fand sie sich am Boden wieder, auf ihm, während er sie mit seinen Armen umschlang und etwas murmelte, vielleicht ihren Namen. Seine Finger streichelten ihre Schultern, wobei er ihr geschickt die Träger ihres Kleids nach unten streifte.

Emilia fuhr zusammen, als etwas draußen auf dem Hof polterte, und lachte leise über ihre Reaktion. »Wahrscheinlich die Hunde«, flüsterte sie und berührte seine Lippen erneut mit den ihren, ehe sie sich an ihn kuschelte.

Bastien hauchte ihr einen Kuss auf die Stirn, den nächsten auf ihre Schläfe, ihre Wange, ihren Mund. Und dann sperrte er die Welt aus, als er sie an sich zog.

13

Emilia lächelte, als sie aus dem Wagen stieg und ein Radfahrer klingelte, um dann eine Hand zum Gruß zu heben. Sie winkte zurück, da sie Maurices Freund Gustave erkannte, und stöhnte leise, als sie den Arm wieder sinken ließ und ihre Schulter protestierte. Heute hatten Jessy und sie sich um das destillierte Öl gekümmert und gefühlt über hundert Behälter durch den Schuppen getragen. Morgen würde sie einen gewaltigen Muskelkater haben.

In Charles' Boulangerie stand Kundschaft an der Theke. Emilia machte zwei Menschen aus, was den Innenraum aber bereits voll wirken ließ. Charles reichte einem der beiden soeben eine riesige Tüte.

Abgesehen davon gab sich Monieux wie immer: ruhig, schläfrig und beinahe meditativ. Vor einem Haus fegte ein älterer Mann den Gehweg, blickte dabei aber stoisch zu Boden und bewegte sich Zentimeter um Zentimeter vorwärts. Das Wetter meinte es weiterhin gut mit ihnen, sodass Emilia direkt nach der heutigen Schicht unter die Dusche gestiegen und in ihre Wohlfühlklamotten geschlüpft war: eine luftige Shorts sowie ein Top. Ihre Füße steckten in Flip-Flops; ihre Haut hatte in den vergangenen Tagen bereits Farbe angenommen.

»Allmählich siehst du nicht mehr aus wie eine Touristin«, hatte Maurice erklärt und dabei zufrieden gewirkt.

Sie griff nach ihrer Tasche und betrachtete das Schaufenster. Ihr Aushang – die Kopie der geheimnisvollen Frau – hing nirgendwo. Charles hatte ihn abgenommen. Bedeutete das etwa, jemand hatte sich gemeldet? Nach dem Bake Off mit Diane hatte sie darüber nachgedacht, es aber nicht recht geglaubt. Wie wahrscheinlich war es denn, dass Opa Walters alte Liebe, die nun doch nicht Jette hieß, an der Boulangerie vorbeischlenderte, kurz nachdem sie die Suchanzeige aufgehängt hatten? Später hatte sie nicht mehr daran gedacht – zum einen, weil es so unwahrscheinlich war. Zum anderen, weil Bastien sie mehr als abgelenkt hatte.

Wenn sie an ihr Treffen vorgestern Nacht dachte, glaubte sie, gleichzeitig lachen und weinen zu müssen. Trotzdem war sie erleichtert, dass Bastien wusste, was sie fühlte. Er verstand ihre Zerrissenheit und versuchte, den einfachsten Weg zu gehen. Nur dass es bei dem, was zwischen ihnen entstanden war, keinen einfachen Weg gab. Und obwohl sie es sich nur schwerer machten, hatte er sie an Henri vorbei auf sein Zimmer geschmuggelt. Dieses Mal war Emilia aus dem Haus geschlüpft, ehe sich die Dämmerung gezeigt hatte.

Seitdem schrieben sie sich – kurze, liebevolle oder auch sachliche Nachrichten, und vielleicht war es genau das, was sie gerade brauchten: Abstand mit dem Versprechen auf Nähe.

Emilia warf einen Blick auf ihr Handy und war ein wenig enttäuscht, nichts Neues von ihm zu lesen. Gestern hatte er ihr mitgeteilt, dass es Probleme mit seinem Kessel gab; das Destillat floss nicht richtig ab, und Bastien hatte Stunden damit verbracht, den Fehler zu finden. Maurice war am Abend zur Samain-Farm gegangen, um zu helfen, und erst mitten in der Nacht wiedergekommen.

Wie gut, dass es Charles gab! Sie konnte etwas Ablenkung gut gebrauchen. Sie hängte sich die Tasche über die Schulter, wobei ihre Finger über die Mappe glitten, die daraus hervorragte. Obwohl sie nun wusste, dass der Anbau sicher war, brachte sie es nicht über sich, das Original zurückzulassen.

In der Tür stieß sie beinahe mit Clara vom Lebensmittelladen und ihrer Mutter zusammen. »Ha!« Claras Gesichtsausdruck wechselte in rascher Abfolge von erschrocken über überrascht bis hin zu erfreut. »Da ist ja die Verursacherin! Hallo, Emilia, schön, dich zu sehen.« Sie beugte sich vor und hauchte ihr zwei Küsschen auf die Wangen, wobei sie eine Papiertüte gekonnt mit einer Hand balancierte. Ihre Mutter stand hinter ihr, grinste ihr Zahnlückengrinsen, und Emilia grinste zurück.

»Verursacherin?«, fragte sie dann.

Clara hob die Tüte und strahlte mit ihrem roten Haar um die Wette. »Charles hat die Lavendel-Cupcakes in sein Sortiment aufgenommen. Gewagt von ihm, da uns dieses amerikanische Zeug ja sonst nicht ins Haus kommt. Aber er hat kleine Stücke zum Probieren ausgelegt, und da wir ja weltoffen sind, haben wir welche gekauft.«

»Meine Tochter hat zuerst das Probierschälchen komplett leer geputzt«, flüsterte ihre Mutter so laut, dass man es auf der ganzen Straße hören konnte. »Nur ein winziges Stück hat sie mir abgegeben.«

Clara schnaubte. »Du hast letzte Woche noch gesagt, dass du deinen Zuckerkonsum reduzieren willst, und Zucker ist in den Dingern nun einmal drin.« Sie warf ihr einen strengen Blick zu, der nicht minder streng beantwortet wurde, ehe sie sich wieder Emilia zuwandte. »Wie auch immer,

Charles sagte, die Cupcakes waren deine Idee, als du dich mit ihm zum Backen getroffen hast. Und dann musste ich an die Köstlichkeiten auf Maurices Hoffest denken. Wirklich, Emilia, ich hoffe, du bleibst uns noch eine Weile erhalten. Ich habe nichts gegen weitere deiner kleinen Experimente.«

Emilia lächelte. Sie freute sich über das Kompliment – und auch darüber, wie leicht ihr die kleine Gemeinde einen Platz in ihrer Mitte anbot. »Neulich habe ich Schoko-Madeleines gebacken und mit Lavendel verziert. Vielleicht kann ich Charles ja dazu überreden, so etwas auch ins Sortiment zu mischen.«

»Mach das gern.« Clara zupfte ihre Mutter am Ärmel. »Aber nun müssen wir los, nicht wahr? Der Kaffee wartet. Den setzen wir nämlich immer auf, ehe wir zur Boulangerie gehen, weil wir meist schon wissen, was wir wollen.«

»Na, jetzt wird er wohl kalt sein«, sagte ihre Mutter mit finsterem Blick und stieß sie an, damit sie sich in Bewegung setzte. »Du musstest ja den halben Laden leer futtern. Hast du überhaupt noch Hunger?«

»Appetit«, sagte Clara würdevoll und zwinkerte Emilia zu. »Ich habe Appetit.« Damit verabschiedete sich das ungleiche und doch so perfekt zueinanderpassende Duo, während Emilia die Tür aufdrückte und das Glöckchen erneut zum Klingeln brachte.

Mit dem fröhlichen Läuten begrüßte sie der Duft nach Kaffee, Karamell, Beeren und frisch gebackenem Brot. Charles stand hinter der Theke und wischte eine Kuchenzange ab.

»Hey!« Emilia lächelte ihn an. »Ich habe gehört, in dieser Boulangerie soll es Cupcakes geben, obwohl der Inhaber sich zunächst dagegen gesträubt hat.«

Charles bemühte sich um eine würdevolle Miene. »Ich hätte nicht gedacht, dass sie so gut ankommen. Aber ich habe den Rest nach unserem Backtag zum Probieren angeboten, und die Rückmeldungen waren positiv. Sandrine fand sie zum Beispiel *très international.*«

»So, so. Dann darf ich also noch mal herkommen, um mich in deiner Küche auszutoben?«

»Du bist jederzeit herzlich eingeladen, das weißt du. Und ich freue mich auf ein weiteres Bake Off, auch gern mit deiner Cousine.« Er warf einen Blick zur Uhr, und Emilia tat es ihm gleich.

»Ich weiß, ich bin zu früh. Aber da du nicht die kleinste Andeutung über den Aushang fallen gelassen hast, wollte ich nicht länger warten.«

»Kein Problem.« Charles legte die Zange weg und band sich die Schürze ab. »Ich werde nun auch inoffiziell Feierabend machen. Möchtest du einen Kaffee? Und was zu essen?«

»Beides gern. Überrasch mich mit dem Gebäck, ich nehme alles, wenn du es empfiehlst.«

Er salutierte und verschwand durch den Vorhang in der Küche. Emilia hörte es klappern, sah sich um und setzte sich an den Tisch an der Wand. Gedankenverloren starrte sie aus dem Fenster, nur um sofort wieder aufzuspringen. Ihre Fingerspitzen glitten über die Holzente mit der roten Schleife, die als Glücksbringer in ihrer Handtasche mit dabei war.

Emilia seufzte. Sie hatte einfach keine Ruhe. Wollte Charles etwa mit ihr irgendwo hinfahren? Hatte vielleicht jemand aus dem *La Roseraie* die Zeichnung erkannt? Aber dann hätte sich doch Odile bei ihr gemeldet!

Sie trat an das Schaufenster und rieb mit dem Finger über die Glasscheibe, fand einen Rest Klebestreifen und knibbelte ihn ab.

»So«, sagte Charles hinter ihr.

Emilia fuhr herum. Sie hatte nicht mitbekommen, dass er wieder in den Verkaufsraum getreten war. Mit einem Kopf voller Fragen sah sie zu, wie er zwei Tassen sowie Teller mit Marzipancroissants von einem Tablett auf den Tisch lud. »Es geht um den Aushang, nicht wahr? Komm schon Charles, nun bin ich hier, da kannst du genauso gut mit der Sprache rausrücken.«

»Und den schönen Showeffekt zunichtemachen?« Er setzte sich, nahm die geschäumte Milch und goss in aller Seelenruhe seinen Kaffee damit auf, ehe er dasselbe für Emilia tat. »Ich muss sagen, es macht Spaß, dich zappeln zu lassen. Es erinnert mich an früher, an Weihnachten. Ich musste vor unserer Wohnzimmertür warten, bis meine Eltern alles vorbereitet hatten – Krippe, Tannenbaum, Süßigkeitenteller, Gestecke, Dekoration. Du kannst dir vorstellen, wie lange das gedauert hat. Und als Kind kommt einem die Zeit ohnehin dreimal so lang vor, wie sie wirklich ist.«

Emilia griff nach ihrem Löffel, legte ihn aber wieder hin. »Aber wir haben weder Weihnachten noch musst du einen Baum schmücken. Also, rück schon raus mit der Sprache. Was hast du gefunden? Oder warum hast du sonst die Kopie abgenommen?«

Er nahm einen tiefen Schluck und wischte sich den Schaum von der Oberlippe, ehe er einen Blick zur Wanduhr warf. »Wenn du noch wenige Minuten …«

»Charles!«

»Also gut!« Er hob beide Hände. »*Mon dieu.* Also. Vorgestern kam eine Frau in den Laden. Sie wirkte sehr unsicher, und als ich versucht habe, sie zu beraten, kam heraus, dass es ihr um deinen Aushang ging.«

»Meine Güte.« Sie setzte sich aufrechter hin. »War sie es? Die Frau von der Zeichnung?«

»Nein, dafür war sie zu jung. Aber …«

Beide blickten auf, als sich die Tür öffnete und das Glöckchen klingelte. Eine Frau betrat die Boulangerie, und als sie zögernd stehen blieb, sich an ihrer Handtasche festhielt und von einem zum anderen sah, wusste Emilia, dass Charles soeben von ihr erzählt hatte.

Langsam stand sie auf, und ihre Blicke verhakten sich miteinander. Die Frau war sehr schlank, trug einen dunkelgrünen Rock zu einer taillierten Bluse sowie Pumps und wirkte einen Hauch zu elegant für den Ort. Ihr Haar lag in perfekten Locken, die in einem etwas helleren Braun als Emilias leuchteten. Sie trug einen Hauch Make-up, nicht zu aufdringlich, so als hätte sie versucht, sich an Monieux anzupassen. Aber Charles hatte recht: Sie konnte unmöglich die unbekannte Frau oder Opa Walters Liebschaft sein, denn dafür war sie deutlich zu jung, wenn auch älter als Emilia selbst.

»Rosalie.« Charles eilte ihr mit ausgestreckten Händen entgegen. Die Besucherin schien erleichtert, etwas anderes tun zu können, als Emilia anzustarren, und legte ihre hinein. Die Bewegungen waren fein und schnell, wie die einer Maus. Der Vergleich passte auch sonst gut, was vielleicht an der leicht spitzen Nase, vielleicht aber auch an den schüchternen dunklen Augen lag.

»Ich bin zu früh, nicht wahr?«

Der große Zeiger war noch fünf Striche von der Drei entfernt.

»Aber ganz und gar nicht.« Charles deutete auf den Tisch, ging zurück und rückte seinen Stuhl einladend zurecht. »Bitte, setzen Sie sich. Ich hole Ihnen gern etwas. Einen Milchkaffee?« Als sie zögerte, deutete er auf Emilia. »Das ist die Dame, von der ich Ihnen erzählt habe: Emilia aus Deutschland. Die Zeichnung stammt von ihrem Großvater Walter.«

Rosalie gab sich einen Ruck, ging auf Emilia zu und hielt ihr eine Hand entgegen. »Rosalie Chambres.«

»Emilia Finke. Schön, Sie kennenzulernen.« Sie lächelte und versuchte zu verbergen, wie aufgeregt sie war.

»Das ist eine seltsame Situation«, sagte Rosalie, während Charles in der Küche verschwand.

Emilia deutete auf den Stuhl. »Entschuldigen Sie, wenn ich noch nicht genau weiß, worum es geht. Charles hat Ihren Besuch als Überraschung geplant und sich daher sehr geheimnisvoll gegeben. Aber ich vermute, Sie haben die Frau von der Zeichnung erkannt?« Es irritierte sie, dass Rosalie sie lediglich anstarrte, und einen flüchtigen Augenblick lang fragte sie sich, ob sie aus Versehen Deutsch gesprochen hatte.

Rosalie sah zum Fenster, dorthin, wo Emilia zuvor die Klebereste ertastet hatte. »Ich bin in der Umgebung von Monieux aufgewachsen. Meine Eltern hatten ein Haus außerhalb des Orts, nur zehn Minuten Fahrweg. Heute wohne ich in Banon, eine halbe Stunde von hier. Ich arbeite für eine Versicherung in Aix-en-Provence, von zu Hause aus, also habe ich mir nach meiner Scheidung ein Anwesen auf dem Land gekauft. Aber ich komme regelmäßig für einen

Spaziergang in die Gegend, weil alles so voller Erinnerungen ist. Und die Vergangenheit so allgegenwärtig.« Sie gab einen Laut von sich, der wohl ein Lachen sein sollte, aber nicht gerade fröhlich klang. »Sie verstehen vielleicht.«

Emilia dachte daran, dass es diese Vergangenheit war, die sie hergeführt hatte. »Ich verstehe sehr gut.«

Aus unerfindlichen Gründen schien Rosalie erleichtert. »Normalerweise führt mich mein Weg nicht in den Ort, aber neulich hatte ich Zeit und kam auf die Idee, noch einmal hindurchzuschlendern. Ich habe die Häuser betrachtet und versucht, mich daran zu erinnern, wie sie früher ausgesehen haben. Und dann bin ich auf Ihren Aushang gestoßen.«

Emilia hätte sich am liebsten vorgebeugt, befürchtete aber, Rosalie zu verschrecken. »Sie haben die Frau also erkannt?«, fragte sie noch mal.

Rosalie zupfte an einer Locke in ihrem Nacken. »Zuerst habe ich den Schal erkannt, da das Gesicht ja nicht sehr gut zu sehen ist. Aber dann, die Kopfhaltung … ich bin sicher, dass es sich bei der Frau um meine Tante handelt.«

Emilia blinzelte und verknotete die Finger im Schoß. »Ihre Tante?« Innerlich jubelte sie, obwohl ein Teil von ihr – der vernünftige – ihr zuflüsterte abzuwarten, was Rosalie Chambres noch zu sagen hatte.

Ein flüchtiges Nicken. »Die jüngere Schwester meiner Mutter; zwischen den beiden liegen acht Jahre Altersunterschied.«

»Und Sie sind sicher? Allein wegen der Kopfhaltung der Frau auf der Zeichnung?« Das klang selbst in ihren Ohren trotz aller Hoffnung etwas weit hergeholt.

»Vor allem wegen des Schals. Meine Mutter hat ihn ihr zum Geburtstag geschenkt. Ich habe das Muster erkannt –

es wirkt so exotisch, nicht wahr?« Ihr Blick glitt ins Nichts. »*Maman* hat ihn selbst genäht und anschließend die Verzierungen gestickt. Sie besaß das Gegenstück und trug es bis zu ihrem Tod, auch wenn es zum Schluss sehr fadenscheinig war.« Sie lächelte wehmütig. »Meine Tante hat ihn laut meiner Mutter ebenfalls sehr geliebt. Ich war allerdings noch sehr klein und kann mich nur schlecht an sie erinnern.«

Emilia schwieg, weil es sich so surreal anfühlte, dass sie sich zahlreiche Fragen zu der unbekannten Frau gestellt und über so viele Möglichkeiten gegrübelt hatte. Und nun verwandelte sich das Rätsel mit wenigen Worten in eine Tatsache: Opa Walter war damals Rosalie Chambres' Tante begegnet und hatte sie gezeichnet. Vielleicht waren sich die beiden sogar nähergekommen. Nur warum blockte er das alles so vehement ab? Es gab keinen Grund dafür.

Hatte er diesen Teil seines Lebens etwa wirklich vergessen? Konnten ganze Personen in Lücken rutschen, die sich manchmal in den Erinnerungen auftaten? Emilia merkte, wie trocken ihr Mund war, und trank einen Schluck Kaffee. Nein, das konnte sie sich nicht vorstellen. Sobald man Opa Walter etwas ins Gedächtnis rief, wie beispielsweise Dianes Umzug nach München, kehrte es recht schnell zu ihm zurück.

»Ihre Tante …«

»Marianne. Marianne Racine.«

Emilia nickte langsam und wiederholte den Namen still für sich. Sie hatte ihn definitiv noch nie gehört. »Ihre Tante kannte also meinen Großvater, Walter Finke?« Sie angelte nach ihrer Handtasche, nahm ihr Handy heraus und rief ein Bild von ihm auf. Darauf saß er, ein Stück Kuchen in der

Hand, auf der Hollywoodschaukel vor seinem Haus. »Das ist er. Als junger Mann hat er als Helfer auf der Borel-Farm gearbeitet.«

Rosalie griff nach dem Handy und betrachtete das Bild eingehend. »Nein, tut mir leid. Weder das Foto noch der Name sagen mir etwas.«

Natürlich nicht! Zu Walters Zeit bei den Borels war Rosalie entweder sehr jung oder noch nicht auf der Welt gewesen.

Emilia nahm das Handy wieder an sich. »Die zwei müssen sich über den Weg gelaufen sein. Hier in Monieux, vielleicht sogar auf der Lavendelfarm. Leider hat mein Opa keine Fotos aus der damaligen Zeit, und er … erinnert sich auch nicht mehr an alles.« Sie wollte es nicht noch komplizierter machen und Rosalie erzählen, wie Walter reagierte, wenn es um seine Vergangenheit ging. »Wissen Sie zufällig, ob Ihre Tante etwas mit den Lavendelfarmen außerhalb des Orts zu tun hatte? Möglicherweise hat sie dort ebenfalls ausgeholfen?«

Etwas an ihrer Frage schien Rosalie zu treffen. Sie setzte sich kerzengerade, reckte das Kinn und presste die Lippen so fest aufeinander, dass sie trotz der roten Farbe darauf kränklich wirkten.

Emilia widerstand dem Drang, eine Hand auf ihren Arm zu legen, schließlich kannte sie die Frau kaum. Aber sie sah auf einmal so verlassen und traurig aus, dass sie ihr leidtat, auch wenn sie nicht wusste, was sie Falsches gesagt hatte. »Ist alles in Ordnung?«

Rosalie holte tief durch die Nase Luft und stieß sie durch den Mund wieder aus. »Ja, natürlich. Es ist nur … ich habe mich nicht ganz uneigennützig hier gemeldet, müssen Sie wissen.« Sie griff nach ihrem Kaffee, drehte die Tasse aber dann lediglich in den Händen, als wüsste sie nicht, was sie damit anstellen sollte. »Ich habe Tante Marianne lange nicht gesehen. Sie ist damals verschwunden.«

Emilia versuchte, die Information mit ihrer Suche und Rosalies Auftauchen in der Boulangerie zusammenzubringen. »Damals bedeutet?«

»Im Jahr 1958. Danach haben wir nie wieder etwas von ihr gehört.«

Emilia erstarrte. Das war die Zeit, in der Opa Walter auf der Farm gewesen war. Damit hatte sie nicht gerechnet. Ein unangenehmes Kribbeln rann ihren Nacken hinab. Und dann begriff sie. »Sie haben gehofft, ich wüsste, wo sie sich befindet.«

Rosalie senkte den Kopf. »Ich weiß es selbst nicht genau. Vermutlich habe ich nicht richtig nachgedacht, als ich die Zeichnung gesehen habe. Ich war noch sehr jung, und nach einer Weile war mein Leben wieder so, als hätte es Tante Marianne niemals gegeben. *Maman* … für sie war es schwerer. Sie hat noch so viele Fotos von sich und ihrer Schwester.«

Emilia nickte, auch wenn sie noch immer nicht alles verstand. »Und Sie wissen bis heute nicht, wo Ihre Tante ist? Es gab nie ein Lebenszeichen?«

Rosalie stellte die Tasse ab, ohne auch nur einen Schluck getrunken zu haben. »*Maman* hat nach Mariannes Weggang damals alles versucht, sich sogar an die Gemeindepolizei gewendet, aber ohne Erfolg.« Sie zuckte die Schultern. »Daher hatte ich für mich entschieden, dass die Geschichte Teil der Vergangenheit ist, und da sollte sie auch bleiben. Aber als ich den Aushang gesehen habe …«

Auf einmal traten Tränen in ihre Augen. Erschrocken griff Emilia nach der Papierserviette und reichte sie ihr. Rosalie murmelte einen Dank und tupfte sich die Augen. Dunkle Flecken blieben auf der Serviette zurück.

»Sie hatten Ihre Tante sehr gern«, sagte Emilia behutsam.

Rosalie schüttelte den Kopf, dann nickte sie. »Ach, ich kann mich doch kaum noch an sie erinnern! Aber meine Mutter, sie hat ihre Schwester in all den Jahren niemals vergessen. Es war nicht so, dass sie permanent von ihr geredet hat, aber hin und wieder fiel Mariannes Name, und dann hat sie stets so verloren ausgesehen. Wie jemand, der sich verlaufen hat und nicht weiterweiß. Ich hätte ihr so gern geholfen, und dann ist sie gestorben und wusste nicht, wo ihre Schwester ist.« Sie winkte ab. »Entschuldigen Sie, nun werde ich dramatisch. Sie möchten wissen, wer die Frau auf dem Bild ist, und ich dränge Ihnen meine Familiengeschichte auf und langweile Sie damit. Das tut mir sehr leid.«

»Das stimmt nicht«, sagte Emilia sanft, und nun griff sie doch nach Rosalies Hand. Sie war kühl. Es dauerte eine ganze Weile, bis sie herausbekam, was ihr auf der Zunge lag. »Denken Sie, dass Ihrer Tante … also dass noch mehr hinter der Sache steckt? Dass Ihre Tante nicht nur verschwunden ist?«, fragte sie behutsam, um es nicht direkt aussprechen zu müssen.

Rosalie sah sie verständnislos an, schüttelte dann aber schnell den Kopf. »*Mais non*, das denke ich nicht.«

Emilia hoffte für Rosalie, dass sich ihre Hoffnung bewahrheitete. »Also gut, gehen wir die Sache noch einmal durch. Wir sind beide auf der Suche nach Antworten, und möglicherweise hängen sie zusammen. Mein Opa hat Ihre Tante gezeichnet, warum und wo auch immer. Er meint allerdings, dass er sich nicht mehr an die Frau auf dem Bild erinnert, und Ihnen sagt der Name Walter Finke nichts. Aber es wird eine Gemeinsamkeit geben. Und wenn wir die finden, erfahren wir vielleicht, was damals mit Ihrer Tante geschehen ist.«

Noch immer hielt sie es für gut möglich, dass Marianne Racine etwas zugestoßen war. Verdrängte Opa Walter etwa deshalb so vehement alles, was mit Monieux zusammenhing? Hatte es damals einen schlimmen Unfall gegeben? Aber nein, das war absurd, das hätte er doch niemals verschwiegen. Es sei denn … Begriffe wie *Schock* und *Gedächtnisverlust* kreisten durch ihren Kopf. Energisch riss sie sich zusammen.

»Wenn sie aus der Gegend stammte, weiß möglicherweise noch jemand aus der älteren Generation etwas?« Aber noch während sie das sagte, zweifelte sie daran. Natürlich hatte Rosalies Mutter damals die Einwohner gefragt.

Rosalies Miene verriet ihr genau das. »Glauben Sie mir, es gab niemanden, der nicht erstaunt war. Marianne war ein fröhlicher Mensch und hat sich mit jedem gut verstanden.« Sie rieb über den Tisch auf der Suche nach etwas, mit dem sie ihre Finger beschäftigen konnte. »Selbst meine Großeltern waren laut *maman* wie vor den Kopf gestoßen. Sie haben eine Weile alles probiert, der Polizei sogar Geld geben wollen, um weitere Beamte für die Suche nach Marianne zu erbitten. Aber nach einer Weile haben sie das Thema fallen gelassen. Vermutlich mussten sie ihre Tochter vergessen, um weiterleben zu können. Zumindest kann ich mir das gut vorstellen. Ich habe selbst keine Kinder.« Ihr Lächeln hatte etwas Entschuldigendes. »Lediglich um das Erbe haben sie sich noch gekümmert.«

»Um welches Erbe?«

Rosalies Wangen röteten sich. »Das hätte ich nicht sagen sollen – ich möchte nicht überheblich klingen. Aber meine Großeltern waren nicht arm, und sie hatten ihren beiden Töchtern schon damals eine gute Mitgift zur jeweiligen Hochzeit versprochen. Mariannes Anteil kam nach ihrem Verschwinden meiner Mutter zu. Sie hat das Geld niemals angerührt, und ich nach ihr auch nicht.«

Emilia nickte, in Gedanken noch immer bei Rosalies Geschichte. Sie stellte sich Marianne vor, eine fröhliche, junge Frau, die sich mit Freunden traf und im Sommer ihre Füße in das Wasser der Nesque hielt. »Jemand muss doch etwas wissen«, murmelte sie.

Etwas in Rosalies Gesicht verhärtete sich, sodass Emilia glaubte, etwas Falsches gesagt zu haben. »Ja, da gibt es jemanden. Meine Mutter hat ihn damals aufgesucht, um Antworten zu bekommen. Um zu erfahren, ob Tante Marianne vor ihrem Verschwinden etwas gesagt hat. Ob es Hinweise gab. Aber er hat sie fortgejagt.« Sie schnaubte, nun empört, vielleicht sogar wütend. Von ihrer Verletzlichkeit war nichts zurückgeblieben.

Emilia riss die Augen auf. »Wer?«

Rosalie zupfte an der Papierserviette, und kleine, weiße Flocken rieselten zu Boden. »Mariannes Verlobter. Henri Samain.«

Ein Rotkehlchen hüpfte durch das trockene Gras auf sie zu, legte das Köpfchen schief, als musterte es sie eingehend, und entschied dann, das Territorium den Menschen zu überlassen. Flatternd erhob es sich in die Lüfte, und kurz darauf erklang eine Reihe hoher, feiner Töne aus den Bäumen neben der Bank.

Emilia betrachtete Monieux, das sich vor ihnen ausbreitete, und wechselte einen Blick mit Charles. Nachdem er sich in der Küche beschäftigt hatte, um ihnen Zeit zu geben, war er nach Rosalies überraschender Bemerkung aufgetaucht, um beide zu einem Spaziergang zu überreden.

»Ich kenne meine Backstube in- und auswendig und kann genau sagen, wann die Stimmung angespannt oder zu düster ist und man gut daran tun würde, die Tür zu öffnen. Jetzt zum Beispiel. Was halten die Damen davon, wenn wir das Gespräch an der frischen Luft fortsetzen?«, hatte er gesagt, Stühle gerückt, Tassen geräumt und ihnen keine Chance gegeben zu widersprechen. »Ich kenne einen Platz hinten auf den Hügeln, von wo man einen schönen Blick auf das Dorf hat.« Umsichtig, wie er war, hatte er bereits einen Korb mit Verpflegung vorbereitet.

Und so saßen sie hier, jeder einen Thermobecher mit dampfendem Kaffee in den Händen. Emilia fragte sich, wie viele Geheimnisse dort versteckt waren, in den Häusern, den Straßen und den Bewohnern von Monieux. Wie viele kamen davon ans Licht, und wie viele verschwanden in den Gräbern, wenn die Menschen gingen und etwas mit sich nahmen, das sie niemals mit jemandem geteilt hatten?

Nachdem Rosalie Henris Namen genannt hatte, hatte sie erschöpft gewirkt. Die Geschichte wieder aufzurollen kostete sie mehr Nerven, als sie vermutlich selbst ahnte. Charles' Vorschlag war daher goldrichtig gewesen.

Emilia hatte Rosalie noch in der Boulangerie bestätigt, was sie sich bereits hatte zusammenreimen können: dass sich Opa Walter und Henri Samain gekannt hatten, sogar befreundet gewesen waren. Wobei das ohnehin nahelag, wenn Walter Henris Verlobte gezeichnet hatte. Jetzt fragte sie sich, ob sie es wirklich mit zwei Geheimnissen zu tun hatte. Bezogen auf die verschwundene Marianne – ja, da gab es eindeutig eines. Aber was war mit Opa Walter? Er war Marianne zumindest ein Mal begegnet, aber das war keine große Sache. Schließlich hatte es laut Maurice schon immer Hoffeste auf den Farmen gegeben. Man war sich also früher oder später zwangsläufig über den Weg gelaufen.

Oder steckte etwas anderes dahinter? Hatten sich die beiden Männer deshalb zerstritten – wegen Marianne? Nein, da musste mehr vorgefallen sein. Schließlich gab es noch immer das Herz, über das ihr Opa nicht reden wollte. Und auch wenn Henri Samain nicht gerade der sanftmütigste Zeitgenosse war, fiel es Emilia schwer zu glauben, dass er eine Frau auf der verzweifelten Suche nach ihrer Schwester einfach verjagte.

Rosalie stellte ihren Becher ab und nahm ein Croissant aus dem Korb.

»Was ist damals noch passiert, Rosalie?«, fragte Charles sanft. Offenbar hielt er es für ein gutes Zeichen, dass sie Appetit zeigte. »Fangen Sie doch bitte ganz von vorn an. Ihre Tante und Henri Samain haben sich also geliebt?«

Sie riss ein Stück Gebäck ab und steckte es sich in den Mund. Wie alles an ihr wirkte diese Geste elegant. »Das weiß ich nicht genau. Meine Tante hat ihren Verlobten nicht oft gesehen, und sehr verliebt hat sie nie gewirkt, sagte meine Mutter.« Sie lächelte. »Marianne hatte einige Verehrer, und *maman* gab zu, hin und wieder neidisch gewesen zu sein. Dabei war sie auch sehr schön. Aber wer weiß, vielleicht hat Marianne Henri einmal geküsst, auf einer Feier, andere haben es gesehen, und man musste handeln, ehe sich Gerüchte verbreiteten. Damals waren die Dinge anders als heute.« Jetzt biss sie in ihr Croissant, offenbar war sie auf den Geschmack gekommen. »Laut *maman* standen meine Großeltern sehr hinter Mariannes Verlobung. Viel mehr als hinter der Ehe meiner Eltern. Mein Vater arbeitete als Lehrer und verdiente nicht sehr viel. Aber meine Mutter hat sich durchgesetzt. Das ist Guillaume, hat sie eines Tages gesagt, ihn hinter sich ins Haus gezogen und meine Großeltern vor vollendete Tatsachen gestellt.« Sie lächelte beim Blick in die Ferne, dann sackten ihre Mundwinkel herab. »Er hat die Familie nicht weitergebracht – genau das hat sich meine Mutter mehrmals anhören müssen. Meine Großeltern waren nicht arm«, wieder klang es beinahe wie eine Entschuldigung, »doch das war nicht alles, was zählte. *Mamans* Vater war zwar hier geboren, aber seine Eltern stammten aus dem Norden, aus Reims. Die Leute waren immer freundlich zu ihnen, aber man hat es sie merken lassen. Dass sie nicht aus der Provence waren, meine ich. Immer wieder hat man sie als Gäste bezeichnet. Das muss sie sehr gestört haben. Da waren sie, mit ihrem Willen und genug Geld, um sich zu verwirklichen und ihre neue Heimat zu unterstützen, und dann gab es diese Barriere, mit der sie nicht gerechnet haben.«

Allmählich begriff Emilia, worauf sie hinauswollte. »Daher freuten sie sich über die Verbindung mit Henri Samain, nicht wahr? Seine Familie lebte schon immer hier und führte die Lavendelfarm.«

Marianne nickte. »Die Samains genossen ein hohes Ansehen. Jeder kannte sie, nicht nur in Monieux, sondern durch das Geschäft auch in der gesamten Region.«

Wieder einmal überlegte Emilia, wie es früher hier gewesen sein musste. Der Ausblick und die Häuser hatten sich vermutlich kaum verändert. Man brauchte nicht viel Fantasie, um sich den Ort vor vielen Jahren vorzustellen. Aber es gab nicht nur das Offensichtliche, sondern auch all die Regeln und Gesetze, die sich hinter geschlossenen Vorhängen abspielten. Opa Walter hatte nie erwähnt, dass er sich wie ein Außenseiter gefühlt hatte, und auch sie war freundlich empfangen worden. Aber sie war ja auch genau das, was Rosalies Familie nicht hatte sein wollen – ein Gast.

»Wissen Sie, ob Henri und Marianne sich gestritten haben, ehe sie verschwunden ist?«

Rosalie schüttelte den Kopf, wirkte aber nicht ganz überzeugt. »Nicht, dass ich wüsste. Wenn ja, hat Marianne meiner Mutter nichts davon erzählt. Sie sagte, dass die zwei sich immer bestens verstanden haben. Henri hat Marianne gut behandelt und sich in ihrer Gegenwart zusammengerissen, was Dinge betraf, die ihn mit seinen Freunden verbanden. Sie wissen schon, Kartenspiel, Pastis, derbe Sprüche, all das. Er war kein Gentleman, aber ich denke, er war schon in sie verliebt. Und meine Tante war oft am Wochenende auf der Farm. Sie durfte natürlich nicht über Nacht bleiben, aber meine Großeltern planten bereits die Hochzeit.«

»Rosalie«, sagte Charles so sanft, wie Emilia ihn noch nie zuvor gehört hatte. »Sie haben in Betracht gezogen, dass Marianne etwas zugestoßen ist, nicht wahr? Dass sie damals gestorben ist?«

Rosalie starrte ihn höchst verwirrt an. »Was? Nein!« Sie schüttelte den Kopf. »Oh, das tut mir leid, ich wollte Sie nicht erschrecken. Aber ich habe so oft über die alte Geschichte nachgedacht, dass für mich alles so selbstverständlich ist, und ich habe nicht erwähnt …« Sie stieß ein nervöses Lachen aus. »Nein, Marianne ist wirklich verschwunden und nicht umgekommen, denn sie hat sich von meiner Mutter und mir verabschiedet.«

Emilia, die innerlich schon damit gerechnet hatte, eine Frau beruhigen zu müssen, die den möglichen Tod ihrer Verwandten schlicht leugnete, atmete auf. Jetzt begriff sie auch, warum Rosalie sie vorhin bei ihrer Andeutung so seltsam angesehen und auch von Mariannes *Weggang* geredet hatte.

»Wie war sie damals? Bei ihrem Abschied?«

Rosalie tupfte sich mit einer Serviette die Lippen. »An den Dienstag im August erinnere ich mich noch genau. Ich war gerade von einer Tanzstunde zurück und habe geholfen, den Tisch für das Abendessen vorzubereiten, als jemand so hart an die Tür hämmerte, dass wir uns fürchteten zu öffnen. Und da stand Marianne. Sie wirkte aufgelöst. Ihre Augen waren gerötet, und sie sagte, sie wäre vorbeigekommen, um uns *au revoir* zu sagen. Sie hat sich immer wieder umgesehen. Vermutlich hat sie befürchtet, dass die Leute sie bemerken und tratschen.« Sie faltete die Serviette zusammen, ohne hinzusehen. »*Maman* hat sie hineingebeten, und sie ist in die Diele gekommen, aber keinen Schritt weiter. Dort hat sie uns umarmt und gesagt, dass sie fortgehen müsse. Sie hat mir einen Kuss auf die Stirn gegeben. Aber sie hat auch geweint, und als sie ging, ist meine Mutter ihr hinterhergelaufen. Aber sie kam allein zurück.«

»Das war das letzte Mal, dass Sie Ihre Tante gesehen haben?«, fragte Charles.

Rosalie atmete aus. »Wir haben nie mehr auch nur ein Lebenszeichen von ihr bekommen. Die Zeit danach war seltsam. Erst schämten sich meine Großeltern zuzugeben, dass ihre Tochter verschwunden war. Es war ja ein öffentlicher Skandal, gerade, weil die Verlobung Wochen zuvor verkündet worden war. In den ersten Tagen schwiegen sie daher und verboten meiner Mutter, das Haus zu verlassen.«

»Wahrscheinlich haben sie gehofft, dass sich ihre Tochter besinnt und eines Tages wieder vor der Tür steht«, sagte Emilia.

»Ja«, flüsterte Rosalie. »Das glaube ich auch.« Sie räusperte sich. »Entschuldigen Sie. Die Geschichte ist so lange her, und eigentlich wühlt sie mich nicht so auf. Aber offenbar werden Familienangelegenheiten wichtiger, wenn man älter wird. Womöglich weil man merkt, dass die Zeit doch ein endliches Gut ist. Allzu lange bleibt mir nicht mehr, um herauszufinden, was Henri seiner Verlobten damals angetan hat.«

Emilia starrte sie an. »Sie glauben, er steckt dahinter?«

»Ich kann mir nichts anderes vorstellen. Warum hat er sonst so aggressiv und abweisend auf meine Mutter reagiert? Und auch in den Jahren danach? *Maman* und später ich haben mehrmals versucht, mit ihm zu reden, und letztlich wurde er so wütend, dass wir vermieden haben, auch nur in die Nähe seiner Farm zu kommen.«

Charles räusperte sich. »Seine Verlobte war verschwunden. Sie sagten selbst, dass so etwas damals ein Skandal war. Er musste das ebenso in der Öffentlichkeit ertragen wie Ihre Familie.«

Emilia nickte. »Gerade in einer kleinen Gemeinschaft wie Monieux war das sicher nicht leicht. Und Henri ist, so wie ich ihn kennengelernt habe, ohnehin nicht der freundlichste Mensch der Provence.«

Rosalie wirkte unschlüssig. »Seit Ihrem Aushang habe ich immer wieder darüber nachgedacht, zum ersten Mal seit vielen Jahren. Aber ich komme einfach nicht weiter. Sie müssen entschuldigen, Emilia. Sie haben sich von mir Antworten erhofft, aber stattdessen bombardiere ich Sie mit meinen Fragen und den alten Geschichten.«

»Sie haben mir doch eine Antwort geliefert – die Frau, die mein Großvater gezeichnet hat, ist Ihre Tante.« Emilia überlegte. »Aber dürfte ich Ihnen noch etwas anderes zeigen?«

»Natürlich«, sagte Rosalie, eindeutig froh über den Themenwechsel.

Emilia beugte sich herab, zog die Mappe aus ihrer Tasche, schlug sie auf – und stutzte. Das Lavendelherz mit dem unvollständigen *Jettem* in der Mitte war zerstört. Papierschnipsel lagen kreuz und quer durcheinander, und sie presste mit einem erschrockenen Laut eine Hand darauf, als einige nach unten zu rutschen drohten. »Was …« Sie fuhr mit einem Finger über eine glatte Kante, dann eine weitere. Getrocknete Blüten rieselten zu Boden. Jemand hatte das Herz zerschnitten.

»Ach du meine Güte«, sagte Charles und beugte sich zu ihr. »Was ist da passiert?«

Emilia schüttelte den Kopf. Der Anblick der Papierstücke tat auf seltsame Weise weh. Dieses Herz aus Lavendelblüten hatte einst so viel Bedeutung besessen und so viele Jahre überstanden. »Ich weiß es nicht«, sagte sie stockend. »Als ich es zuletzt gesehen habe, war noch alles in Ordnung. Ich war das nicht.«

»Natürlich nicht«, sagte Charles, und wieder einmal sorgte seine ruhige Art dafür, dass sich ihre Verwirrung legte. »Wann hast du es denn zuletzt in der Hand gehabt?«

»Ich habe es Bastien gezeigt. Er hat bemerkt, dass ein Buchstabe fehlt, weil noch Klebstoff auf dem Papier zu sehen war. Danach habe ich es wieder in die Mappe gepackt.« *Und im Haus der Samains liegen lassen.* Emilia schluckte, dann arrangierte sie die Schnipsel so, dass man das Herz erkennen konnte. »Jemand hat die Blüten aufgeklebt. In der Mitte stand *Jettem*, und Bastien und ich glauben, dass es *Je t'aime* bedeuten könnte – *ich liebe dich.* Aber ganz sicher sind wir uns nicht. Sagt Ihnen das etwas, Rosalie?«

»Nein, tut mir leid.«

Behutsam schlug Emilia die Mappe wieder zu. War das etwa ein weiterer Versuch, sie aus Monieux zu verjagen? Aber warum? Sie konnte es drehen und wenden, wie sie wollte – jede neue Frage führte sie zu Henri. »Ich denke, dass Henri dahintersteckt. Er ist aus irgendeinem Grund nicht gut auf mich zu sprechen.« Rosalie neben ihr holte scharf Luft, und Emilia nickte ihr zu. »Vermutlich sollte ich ihn noch mal ansprechen. Alles hängt irgendwie mit ihm zusammen – der Streit mit meinem Opa, die Sache mit Ihrer Tante, und nun das.«

Emilia legte ihr eine Hand auf den Unterarm. »Ich denke nicht, dass sich Henri Samain sehr verändert hat. Er wird sich weigern, mit Ihnen zu reden.«

Wieder musste Emilia an die Schrotflinte denken, schüttelte dann aber über sich selbst den Kopf. »Einen Versuch ist es wert, nicht wahr?«

Rosalie zögerte. »Soll ich Sie begleiten?« Sie sah aus, als würde sie lieber für den Rest ihres Lebens auf Kuchen und Gebäck verzichten.

»Wenn Sie möchten, dann gern. Allerdings glaube ich,

dass Henri womöglich dichtmacht, je mehr Menschen ihn konfrontieren.«

»Ja.« Rosalie nickte erleichtert. »Da haben Sie wohl recht.«

»Aber könnte ich Ihre Telefonnummer haben? Dann melde ich mich, sobald ich etwas weiß.«

»Natürlich.« Rosalie wühlte in ihrer Tasche, zog ein kleines Notizbuch samt Kugelschreiber hervor, schrieb ihre Nummer auf und riss die Seite heraus. »Sie können mich jederzeit anrufen, Emilia.«

»Das werde ich.« Sie erhoben sich, und Emilia blickte in die Richtung, in der die Lavendelfarmen lagen. Sie musste einen Weg finden, um zumindest eine Tür in den Mauern zu finden, die Henri Samain um sich errichtet hatte. Und es gab jemanden, der ihr dabei helfen könnte.

14

»Emilia?« Odile runzelte die Stirn und blickte sich um, als erwartete sie, dass noch weitere Überraschungsbesucher aus den Ecken springen würden. »Was tust du denn hier?« Sie sah anders aus als sonst, und da Emilias Gedanken noch immer halb bei dem Treffen mit Rosalie waren, brauchte sie einen Moment, um zu begreifen, dass Odiles Haare nun in dunklem Blau leuchteten. Es passte perfekt zu ihrem Lidschatten in Türkis und Silber, der sich bis zu den Schläfen zog.

Vincent Borel dagegen strahlte sie an. Er saß in seinem Bett, trug einen gestreiften Schlafanzug und hielt wie Odile Karten in der Hand. »Mademoiselle Finke, das ist aber eine schöne Überraschung. Und Sie haben Kuchen dabei!«

»*Bonjour*, Vincent! Die nette Dame an der Pforte hat gesagt, ich könnte hochkommen, weil ich dich kenne, Odile. Ich hoffe, das ist in Ordnung«, sagte Emilia und hob den Korb. »Eine kleine Auswahl mit besten Grüßen von Charles' Boulangerie.«

Schlagartig wandelte sich der Ausdruck auf Odiles Gesicht, wurde weicher, beinahe fröhlich. Sie stand auf und streckte beide Hände nach dem Korb aus. »Das ist aber nett von ihm, an uns zu denken.«

Vincent deutete auf den Tisch im Wohnzimmer. »Dort steht noch das Kaffeetablett. Nehmen Sie sich doch eine Tasse.«

Odile nickte. »Emilia und ich kümmern uns um alles. Aber dafür müssten wir natürlich unser Spiel unterbrechen.«

Der alte Mann winkte ab. »Umso besser, ich verliere sowieso. Nach einem guten Stück Kuchen wird das schon ganz anders aussehen.«

Odile gab ihm mit einer Geste zu verstehen, dass sie daran zweifelte, und holte Geschirr aus einem Schrank, während Emilia die kleine Kuchenauswahl auf dem Tisch neben dem Bett abstellte.

»So, wir haben Limettenkuchen mit Lavendel, Profiteroles mit Calvados-Creme, Eclairs und Tartelettes mit Birnen.«

Vincent studierte die Auswahl, schnupperte und schloss genießerisch die Augen. »Das riecht wie früher, wenn meine Frau gebacken hat. Ein Eclair, bitte. Sind die mit Vanillecreme?«

»Sind sie.« Emilia nahm einen Teller von Odile entgegen, platzierte das längliche Gebäckstück aus Brandteig darauf und reichte es ihm mit einer Gabel. »Bitte schön. Odile, für dich hat Charles extra die Profiteroles eingepackt. Er sagte, die magst du am liebsten.«

Noch nie zuvor hatte sie die Pflegerin so strahlen sehen, und allmählich erhärtete sich ihr Verdacht, der sich in der Boulangerie gebildet hatte: Es ging ihr nicht nur ums Gebäck.

Odile schnappte sich eine der köstlichen Kugeln, aus der die helle Creme quoll, und räusperte sich, als sie Emilias Grinsen bemerkte. »Also. Was verschlägt dich hierher?«, fragte sie betont gleichgültig. »Wolltest du uns Kuchen bringen? Das ist nett, aber«, sie verengte die Augen, »das ist nicht alles.«

Emilia sah von ihr zu Vincent. »Das stimmt. Ich brauche eure Hilfe.«

Vincent legte sein Eclair auf dem Teller ab. »Natürlich werden Sie die auch bekommen. Worum geht es?«

Emilia zögerte. »Um Henri Samain.«

Ein erstauntes und ein misstrauisches Gesicht starrten ihr entgegen, also berichtete sie – von Rosalie, der Geschichte rund um ihre Tante und Henris ehemaliger Verlobter Marianne sowie der Tatsache, dass jemand das Lavendelherz zerschnitten hatte. Sie erzählte es zum zweiten Mal an diesem Tag. Zuvor hatte sie Diane angerufen und ihre Cousine bezüglich Marianne Racine auf den neuesten Stand gebracht.

»Das kann nicht alles sein«, hatte Di in ihrer besten Agentinnenstimme gesagt, die stets etwas rauchig klang. »Opa hat nicht einfach die Verlobte seines Kumpels gezeichnet, und das war's. Dann hätte er es uns genauso gesagt. Da steckt mehr dahinter. Aber das ist so spannend! Du musst unbedingt dranbleiben, Em!«

Sie waren übereingekommen, dass Diane noch mal versuchen sollte, mit Opa Walter zu reden, auch wenn sie beide sämtliche Enten und Wellensittiche der Welt darauf verwetteten, dass es vergebliche Liebesmüh war.

Im Gegensatz zu Diane zeigte sich Odile wenig enthusiastisch und wischte sich die Finger an einer Serviette ab. »Wie kommst du darauf, dass Henri das Herz zerschnitten hat? Wegen der Sache mit dem Schlüssel? Das war echt ziemlich blöd.«

Emilia winkte ab. »Das ist längst vergessen, Odile. Nein, weil ich die Mappe immer bei mir oder in meinem Zimmer auf der Farm hatte, abgesehen von einem Abend. Und da war ich bei Bastien.«

Odile hob eine Braue, so langsam und vielsagend, dass Emilia trotz der sorgsam zurechtgelegten Worte rot wurde und sich zugleich darüber ärgerte. Sie hatte geahnt, dass eine solche Frage aufkommen würde, und sich Mühe gegeben, es möglichst beiläufig klingen zu lassen. Trotzdem sprang Odile natürlich darauf an.

»Was hat dich denn so bei Bastien gefesselt, dass du deine Sachen lange genug aus den Augen gelassen hast?«

»Gute Gespräche«, sagte Emilia wie aus der Pistole geschossen und fühlte sich ob des strengen Tonfalls wie ihre alte Grundschullehrerin, die regelmäßig kontrolliert hatte, ob die Fingernägel ihrer Schützlinge sauber waren.

Odile sah zufrieden aus. »Das freut mich. Dass du einen schönen Abend mit ihm hattest, meine ich.«

Vincent bekam die Andeutungen entweder nicht mit oder beschloss, Emilia aus ihrer Misere zu retten. »Ich erinnere mich an Henris Verlobte. Sie hat regelmäßig die Farm besucht. Eine bildschöne junge Dame, diese Marianne. Sehr gewitzt, aber auch schlagfertig. Sie hat sich von niemandem die Butter vom Brot nehmen lassen. Ich hätte sie niemals auf Walters Zeichnung erkannt. Wisst ihr, früher stand vor dem Haus der Samains ein großer Tisch, an dem wir immer gesessen und uns an der Sonne erfreut haben.« Er verengte die Augen, als versetzte er sich zurück in jene Zeit und die strahlende Helligkeit des Sommers, und lachte. »Wir haben an manchen Tagen zu viele Stunden dort verbracht, aber wir waren junge Männer und wollten das Leben genießen.« Er hob einen Zeigefinger. »Doch immer, wenn Henri frisch gekämmt und mit seinem guten blauen Hemd aus der Tür trat und sich beim Pastis zurückgehalten hat, wussten wir, dass seine Marianne zu Besuch kam. Es hat uns nicht erstaunt, als die zwei ihre Verlobung bekannt gaben.«

Odile rieb sich die Nase. »Davon wusste ich gar nichts. Also dass er eine Verlobte hatte, die irgendwann abgetaucht ist.«

»Darüber hat er nie gern geredet«, sagte Vincent. »Daher haben wir es auch nicht getan. Es ist schon so lange her, und er ist ja auch dann mit seiner Sylvie glücklich geworden. Es hat viel Gerede gegeben. Manche sagten, Marianne sei einfach so verschwunden, aber ich habe immer geglaubt, dass sie weggezogen ist. Vielleicht zu einer Tante in die Stadt. Damals wollten doch alle jungen Frauen nach Paris, und die Racines hatten schließlich ...« Er rieb seine Finger aneinander, um zu zeigen, dass er Geld meinte. Die Falten auf seiner Stirn wurden tiefer. »Das ist eine seltsame Geschichte, selbst nach all der Zeit. Und wie schlimm für die Familie, Marianne niemals wieder gesehen zu haben. Für Henri war es auch nicht leicht, selbst wenn er das nicht zugegeben hat.«

Emilia stellte ihren Teller ab. »Ich würde gern mit ihm reden, auch im Namen von Mariannes Nichte. Aber nicht allein.«

»Bloß nicht.« Odile sah ehrlich entsetzt aus. »Selbst wenn er doch keine Schrotflinte haben sollte, hätte ich Angst um dich. Ich musste ihn einmal davon abhalten, die beiden süßen Streuner mit einem Pfannenwender vom Hof zu vertreiben. Wobei ich zu Henris Verteidigung sagen muss, dass es dunkel war und er nur die Geräusche gehört hat. Er dachte, es wären Einbrecher.«

Vincent lachte sein leises Lawinenlachen, bei dem es in der Kehle grollte. »Henri ist ein Hitzkopf und droht schnell, aber er würde nie jemandem schaden. Und für die, die ihm nahestehen, tut er alles. Er hat einmal einen Händler von der Farm verjagt, der nicht gut auf die Deutschen zu sprechen war. Tauchte auf, als wir an unserem Tisch saßen, und echauffierte sich, als er Walters Akzent hörte. Er verlangte, dass Walter sofort die Farm verlässt, oder er würde keine Geschäfte mit den Samains machen.« Er lächelte. »Natürlich kam es zum Streit. Henri hat dem Kerl mit der Flasche in der Hand gedroht und gesagt, dass er verschwinden und sich nicht mehr blicken lassen sollte. Walter und ich haben ihn wieder beruhigt, obwohl Henri natürlich niemals den Pastis vergeudet hätte.«

Es fiel Emilia schwer, sich die Szene vorzustellen. Sie traute Henri Samain zu, Fremde von seinem Hof zu jagen, aber weniger, dass er damit für Opa Walter eingetreten war. »Mein Opa und er waren also wirklich gute Freunde«, murmelte sie.

»Die besten«, bestätigte Vincent. »Walter hat Henri Dinge an den Kopf werfen können, die wir anderen niemals gewagt hätten, laut auszusprechen.« Er streckte eine Hand aus, und Emilia ergriff sie. »Wissen Sie, Mademoiselle, seit Ihrem ersten Besuch möchte ich das alles wieder so gern sehen. Die Lavendelfelder am Morgen und in der Abendsonne. Aber Odile weigert sich, mich mitzunehmen.«

»Weil ich Sie nicht einfach ohne Zustimmung aus dem Pflegeheim entführen darf«, sagte Odile. »Und Sie wollen auch nicht, dass ich Maurice frage.«

Vincent schüttelte den Kopf. »Nicht während der Ernte.«

Wieder einmal wurde Emilia bewusst, wie sehr sich der Lebensrhythmus der Menschen hier von ihrem unterschied.

Odile schnappte sich noch ein Profiterole. »Aber zurück zu dir, Emilia. Warum fragst du nicht einfach Bastien?

Wenn er dabei ist, würde Henri dich zumindest nicht körperlich angreifen. Und er würde dir vermutlich auch sagen, wann ein guter Zeitpunkt für ein Gespräch ist. Du weißt schon, bezogen auf Henris Laune.«

»Das habe ich versucht. Aber er geht nicht ans Telefon, und ich habe ihn weder auf dem Grundstück gefunden noch öffnet jemand die Haustür.«

Sie war mit Herzklopfen zur Farm gefahren und war einerseits enttäuscht, andererseits erleichtert gewesen, Bastien nicht anzutreffen. Diese Sache zwischen ihnen war und blieb kompliziert, vorsichtig ausgedrückt. Zum einen wusste Emilia nicht, wer Bastien für sie war. Jemand Besonderes, ja. Jemand, den sie mehr als mochte. Jemand, der ihr Herz schneller schlagen ließ. Aber hatte sie dieses Herz bereits an ihn verschenkt? War es zu spät und sie zu leichtsinnig gewesen? Und vor allem: Wie sah das bei Bastien aus?

Er hatte ihr gesagt, dass er sich nicht schnell auf Frauen einließ – und ganz sicher spielte er nicht mit ihnen. Aber wenn sie an seine Berührungen dachte, an seine Küsse und daran, wie er sie angesehen hatte … es war so intensiv gewesen. So *echt*. Damit hatten sie offenbar beide noch keine Lösung für diesen Widerspruch aus Realität und ihren Gefühlen gefunden.

»Emilia?«

Sie fuhr zusammen, als Odile ihr gegen den Arm schnippte.

»Ja, ich höre dir zu.«

»Hm.« Mehr Zweifel hätte niemand in einer Silbe unterbringen können. »Ich sagte, dass Bastien losgefahren ist zu diesem Ersatzteilheini, weil seine Anlage spinnt. Das hatte ich ganz vergessen. Maurice hat das Ding zwar repariert, aber das hat auch nur einen Tag gehalten. Momentan bekommt die Stimmung auf der Farm einen Daumen nach unten. Das ist selbst Henri nicht geheuer, und er will mich andauernd überreden, mit ihm einen Ausflug zu machen. Ich schätze, er hat ein schlechtes Gewissen, weil er Bastien nicht hilft. Aber was will er auch tun? Nach zwei Minuten auf der Erntemaschine fällt er doch runter.«

Das erklärte einiges – zum Beispiel, warum es auf den Samain-Feldern so ruhig gewesen oder warum vergleichsweise wenig Lavendel abgeerntet worden war. Emilia dachte an die Gespräche mit Bastien, an seinen Stolz, es allein zu schaffen, auch wenn der Berg Arbeit stetig wuchs. Sie verstand ihn – es ging hier nicht nur um seine Ehre, sondern auch um Henris. Bastien versuchte, die Farm wieder hochzuwirtschaften und den Schaden, den Henri verursacht hatte, zu beseitigen. Für ihn war es eine Familienangelegenheit. Sie dachte an die Wärme in seiner Stimme, wenn er von seinem Großvater sprach.

Ich habe nur noch ihn.

Trotzdem traf es sie, dass er sie so ausschloss. »Das wusste ich nicht. Aber ich habe geahnt, dass er viel um die Ohren hat. Daher kam ich auf dich, Odile. Du kennst Henri gut. Vielleicht fällt dir ein, wie ich mit ihm reden könnte, ohne dass es ihm zu sehr zusetzt.«

Das war nicht die ganze Wahrheit. Es war nicht nur so, dass jedes Treffen mit Bastien in Grübeleien endete. Aber da er momentan keinen Kopf für andere Dinge als die Arbeit hatte, würde er sie vermutlich einfach bitten, seinen Opa in Ruhe zu lassen.

Beide Frauen blickten auf, als Vincent ein heiseres Lachen von sich gab. »Zusetzt? Henri Samain? Der hat die

Verfassung eines Ochsen. Glauben Sie mir, Mademoiselle, Sie könnten ihm nachts als seine eigene Mutter erscheinen, und ihm würde höchstens etwas einfallen, das er ihr noch an den Kopf werfen will. Henri regt sich schnell auf, aber das war schon immer so. Wenn er eines Tages umkippt, dann genau deshalb.«

Odile verbiss sich ein Grinsen. »Wo er recht hat, hat er recht.«

Das war gut, denn das Letzte, was Emilia wollte, war, Henris Gesundheit zu gefährden. »Meinst du, es wäre möglich, dass wir uns auf neutralem Grund treffen? Auf der Farm selbst gibt es womöglich zu viele Erinnerungen an Marianne oder auch an meinen Opa, und dann redet er sicher nicht mit mir.«

Odile sah Vincent an, dann Emilia, und verschränkte die Arme vor der Brust. »Weißt du, eigentlich wollte ich mich nicht mehr einmischen, was Henri betrifft. Die Sache mit dem Schlüssel war schräg genug. Aber gerade deshalb schulde ich dir noch etwas.«

Emilia winkte ab. »Quatsch, das ist doch längst vergessen.«

»Ich tue es nicht nur deswegen. Mensch, Em, ich merke doch auch, dass etwas mit Henri nicht stimmt, seit du aufgetaucht bist. Er ist nicht auf den Kopf gefallen, und ich schwöre dir, er erinnert sich an alles. Also ganz sicher auch an die Sache mit der Verlobten, von der ich nichts wusste. Aber er frisst seit Tagen irgendwas in sich hinein, und das ist nicht gut. Gestern hat er mir gesagt, dass es Momente in seinem Leben gibt, die er bereut, und er wollte nicht damit rausrücken, was er genau meint.«

Emilia hob die Brauen. »Ich bezweifle, dass er davon geredet hat, ein Lavendelherz zu zerschneiden, als wäre er ein beleidigter Schuljunge.«

»Ich auch.« Odile nickte nachdenklich. »Also ja, ich helfe dir.«

»Ein Picknick«, sagte Vincent. »Macht ein Picknick in der schönen Natur. Gutes Essen beruhigt ihn immer, und wenn kein Haus in der Nähe ist, kann er auch rumbrüllen, bis er rot anläuft.«

Emilia zuckte unwillkürlich zusammen. »Ich hoffe nicht, dass es so weit kommt.«

»Keine Sorge.« Odile winkte ab. »Auf fremdem Terrain ist er in der Regel höflicher. Und wenn er uns zu laut wird, hauen wir ab und lassen ihn einfach zurück.« Sie zwinkerte Vincent zu.

»Super Idee«, murmelte Emilia.

»Finde ich auch.« Odile strahlte in bester Laune, da sie einen Plan hatte. »Ich fahre nachher bei ihm vorbei und bringe ihm Essen. Sobald wir etwas ausgemacht haben, schicke ich dir eine Nachricht.«

»Super. Ich weiß das wirklich zu schätzen.« Emilia stand auf. »Dann lasse ich euch zwei mal allein. Danke, Vincent, dass wir hier planen durften.«

Er winkte ihr zu. »Wenn Sie Kuchen mitbringen, dürfen Sie gern auch einen Zug hier durchfahren lassen.«

Sie lachte. »Ich werde es mir merken. Bis bald. *Au revoir*, Odile.«

Sie nahm ihre Tasche, machte sich auf den Weg und schmunzelte, als sie mitbekam, wie Odile und Vincent die Karten wieder aufnahmen und entschieden, um das nächste Stück Kuchen zu spielen.

Tut mir leid, dass ich momentan so eingebunden bin. Mit etwas Glück schaffe ich es heute noch zurück nach Monieux, ansonsten übernachte ich im Wagen. In ein paar Tagen wird es wieder etwas entspannter, wenn alles läuft und ich die verlorene Zeit aufholen kann. Ich hoffe, dir geht es gut. Genieß die freien Stunden. Ich freue mich, wenn wir uns bald wiedersehen.

Bastien hatte die Nachricht spät am vergangenen Abend geschickt, als Emilia bereits zu Bett gegangen war. Nachdem sie die Zeilen gelesen hatte, hätte sie ihn am liebsten sofort angerufen, sich aber zurückgehalten. Allein in den wenigen Sätzen klang er so angespannt, dass sie sich Sorgen um ihn machte. Hoffentlich hatte er das Ersatzteil bekommen und war bald wieder zu Hause, ansonsten würde er vermutlich eines Tages schlicht und einfach umkippen, während er versuchte, zehn Probleme auf einmal zu stemmen.

»Emilia?«

Maurices Stimme riss sie zurück in die Gegenwart, und sie starrte auf den Sammelbehälter, in dem das frisch gewonnene Öl abkühlte, und dann auf die Schaufel in ihrer Hand.

»Tut mir leid«, murmelte sie und machte sich wieder daran, die ausgedampften Pflanzenrückstände auf die Schubkarre zu befördern, um sie zum Kompost zu bringen. Maurice kontrollierte in der Zwischenzeit das destillierte Öl.

Anfangs war Emilia enttäuscht gewesen, da es nicht nach Lavendel duftete, sondern irgendwie grob. Als würde noch etwas fehlen. Maurice hatte ihr erklärt, dass es in der Regel einige Monate lagerte, kühl und luftdicht in dunklen Flaschen, und in dieser Zeit den gewohnten Duft bekam.

Jessy, die bis vor einer Stunde in der Destille geholfen hatte und nun mit Mike auf den Feldern arbeitete, hatte ihr einen Vortrag über die Inhaltsstoffe und Wirkungsweise gehalten – *der Duft von Lavendel aktiviert die rechte Gehirnhälfte, die für Emotionen zuständig ist, daher wirkt er super bei Unruhe, Sorgen und Nervosität!*

Unter anderen Umständen hätte sich Emilia dafür interessiert, aber heute wanderten ihre Gedanken von den beiden Samain-Männern zu Opa Walter, Rosalie, Rosalies Tante Marianne und wieder zurück.

Wenn Jessy recht hatte, würde das Öl ihr helfen, wieder klar zu denken. Maurice hatte noch einen Teilbestand von der vergangenen Ernte, vielleicht konnte sie ihm einfach eine Flasche abschwatzen. Aber das sollte gar nicht nötig sein! Sie waren Tag und Nacht umgeben von Lavendel und mussten laut Jessys Theorie zu den entspanntesten, sorgenfreiesten Menschen der Welt gehören.

»Ich mache mir Gedanken um Bastien«, sagte sie schließlich.

Maurice nickte. »Es ist eine Katastrophe, wenn etwas streikt, nachdem die Ernte begonnen hat. Mit jeder Stunde, die du nicht auf deiner Farm bist, zählst du die Zeit. Und immer wieder wirfst du einen Blick zum Himmel und beobachtest die Wolken. In den Siebzigern hatten wir drei schlechte Jahre nacheinander. Das Wetter.« Er zuckte die Schultern. »Wenn sich der Himmel gegen dich entscheidet, bist du machtlos. Versteh mich nicht falsch, es ist nicht so, dass man im Lavendelanbau acht Wochen Sommer hat und damit glücklich ist. Die Witterung spielt auch in der Wachstumsphase der Pflanzen eine Rolle. Aber in der Ernte ist sie essenziell. Damals hat mein Vater mich losgeschickt nach Aix-en-Provence, um etwas zu besorgen. Ich weiß nicht mal mehr, was es war, nur dass sich der Himmel schon auf dem Hinweg zugezogen hat. Auf der Rückfahrt regnete es so stark, dass ich komplett aufs Gas gegangen bin. Als ich die Farm erreichte, hatten Papa und die Helfer alles versucht, aber ein Teil der Pflanzen war nicht mehr zu gebrauchen. Das war das Schlimmste. Zu wissen, dass Dinge gerade den Bach hinuntergehen und man zugucken muss.«

Er schwieg und wirkte selbst überrascht über den langen Vortrag.

Emilia sah zur Tür, als könnte Bastien hereinkommen und ihnen mitteilen, dass alles in Ordnung war. »Aber du sagst es; ihr hattet damals Helfer. Bastien macht alles allein.«

»Ich verstehe den Jungen. Er will sich durchbeißen und aus den roten Zahlen raus. Henris Schulden tilgen, und damit meine ich nicht nur die auf dem Konto. So stellt er den Ruf seiner Familie wieder her.« Er kratzte sich am Ohr. »Die Samain-Farm war mal das Schmuckstück der Gegend, größer als unsere, mit perfektem Boden. Henris Vater wusste mehr über Lavendel als jeder andere. Aber sie haben den Karren in den Dreck gefahren, und sie werden ihn auch wieder herausholen. Die Samains haben Schädel, da kommt das härteste Holz nicht mit.«

Emilia lehnte die Schaufel an die Wand und wischte sich die Hände an ihrer Arbeitshose ab. Je öfter sie darüber nachdachte, desto mehr verstand sie Bastiens Wunsch, Dinge wieder an die richtige Stelle zu rücken. »Das habe ich auch schon festgestellt.«

Maurice schloss den Deckel des riesigen Dampfkochtopfs mit einer geübten Bewegung. »Mach dir mal keine Sorgen. Ich vermute, dass es die letzte Saison sein wird, die er allein arbeiten muss.« Er blickte auf, als plötzlich *Always The Sun* von den *Stranglers* erklang.

»Entschuldige«, sagte Emilia und zog ihr Handy aus der Hosentasche, um den Anrufer wegzudrücken. Der blieb jedoch hartnäckig, und beim zweiten Anruf warf sie einen Blick auf das Display. »Es ist Odile.« Sie bemühte sich, ihre Stimme fest klingen zu lassen, auch wenn die Aufregung durch ihren Körper pulsierte. Aber dies war ihre Arbeitszeit, und sie wollte nicht alles stehen und liegen lassen, sobald jemand anrief.

Maurice winkte ab. »Geh schon. Du bist für heute ohnehin fast fertig und hast ja auch mal wieder für alle gebacken.«

»Danke, Maurice. Ich bring die Schubkarre nachher noch in den Geräteschuppen, versprochen!«

Er scheuchte sie weg, indem er mit einer Hand wedelte, und widmete sich wieder dem Öl.

Emilia trat nach draußen und nahm das Gespräch an. »Odile, was gibt's?« Sie blinzelte in die Sonne und wischte sich den Schweiß von der Stirn. Ein Rattern erfüllte die Luft: In einiger Entfernung lenkten Jessy und Mike die Erntemaschine durch die Felder und würden nachher die letzte Fuhre für heute einbringen.

»Henri und ich machen heute ein Picknick!« Odile brüllte regelrecht, sodass Emilia das Handy hastig ein Stück von ihrem Ohr weghielt.

»Wo bist du?«

»Na im *La Roseraie*. Warum?«

»Weil du so schreist, als müsstest du gegen einen Kirchenchor ankommen.«

Odile kicherte. »Sorry, aber ich habe mich heute um Madame Friscort und Madame Brasseur gekümmert. Sie wohnen zusammen und hören beide schlecht, weil sie sich weigern, ihre Hörgeräte zu tragen. Die eine sagt, es drückt hinter dem Ohr, die andere, dass die Dinger unangenehm fiepen. Ich kann sie ja schlecht zwingen, also muss ich lauter reden und vergesse dann immer, es nicht mehr zu tun.«

Emilia stellte sich vor, wie sich Odile durch ihre Unterhaltungen brüllte, und kam zu dem Schluss, dass es zu ihr passte. »Okay. Das Picknick.«

»Genau.« Odile holte hörbar Luft. »Ich habe mir das alles noch einmal durch den Kopf gehen lassen. Vincent hat recht, es wird Henri nicht umhauen, wenn wir ihn auf damals ansprechen. Außerdem benimmt er sich mittlerweile nicht nur seltsam, sondern er redet auch immer öfter von früher. Macht Andeutungen, lenkt dann aber ab, wenn ich drauf eingehe. Ich glaube, es ist wirklich gut, wenn er das mal alles von der Seele bekommt. Du willst doch keinen Rückzieher machen, oder?«

»Nein. Ich war unsicher wegen Henri, weil ich ihn nicht unnötig aufregen möchte, aber wenn du sagst, dass es in Ordnung ist …«

»Aufregen wird er sich so oder so, da kommen wir nicht drum herum«, sagte Odile unbekümmert.

Emilia seufzte. Das befürchtete sie auch. »Ist Bastien denn schon zurück?«

»Nein. Zumindest war er das nicht, als ich gerade mit Henri telefoniert habe.«

Emilia dachte an seine Textnachricht, die sie nach langem Überlegen so beantwortet hatte, dass es nicht zu aufdringlich wirkte.

Ich drücke dir die Daumen und freue mich darauf, dass du bald zurück bist. Fahr vorsichtig.

Es sah ganz danach aus, als hätte er wirklich im Wagen übernachtet. Der Anflug eines schlechten Gewissens überkam sie, da sie das Gefühl hatte, Bastien wegen der Sache mit Henri zu hintergehen. Aber sie wollte ihn wirklich nicht zusätzlich stressen. »Also gut. Wie soll es ablaufen?«

»Ich bringe Henri, du Rosalie und Charles. Du hast doch Rosalies Nummer, oder?«

»Ja. Aber warum Charles?«

»Weil er bisher auch beteiligt war und sich Henri dann vielleicht nicht allein unter Frauen fühlt. Außerdem hat Charles diese beruhigende Ausstrahlung. Und er könnte Gebäck mitbringen, um die Situation zu entschärfen.« Odile ratterte ihre Antwort herunter, ohne zwischen den Sätzen Luft zu holen.

Emilia verbiss sich ein Grinsen. »Gebäck kann ich auch mitbringen«, sagte sie betont unschuldig.

Schweigen antwortete ihr. »Na gut, er ist auch irgendwie niedlich«, sagte Odile nach einer Weile. »Zwar einen guten Kopf kleiner als ich, aber vielleicht liegt es sogar daran. Und er sieht nicht schlecht aus. Also ich meine, er sieht sogar so gut aus, dass es mir egal ist, dass ich nach unten gucken muss.«

Emilia stellte sich Charles mit Odile vor. Eine spannende Konstellation! Aber jetzt, wo die Pflegerin mit der Sprache herausgerückt war, gab es keinen Grund mehr, sie länger zu quälen. »Also gut, ich sage ihm Bescheid.«

»Super«, rief Odile, nun wieder lauter, aber dieses Mal eindeutig vor Begeisterung. »Ich hole Henri um fünf ab. Er will zu einem seiner alten Lieblingsplätze. Ist ganz leicht zu finden. Du fährst am *Les Lavandes* vorbei nach Norden. Wenn sich der Weg gabelt, hältst du dich rechts und nimmst die erste Abzweigung links, bis du zu einem kleinen Platz kommst. Da steht dann mein Auto, und wir werden irgendwo in der Nähe sein. Du findest uns schon. Beziehungsweise hörst uns.«

»Alles klar. Ich frage Charles und Rosalie und gebe dir Bescheid. Wir kommen etwas später, dann habt ihr erst mal Zeit für das Picknick.« Sie zögerte. »Ich bin unsicher, Odile. Ob der Plan wirklich gut ist. Oder ob wir die Vergangenheit nicht besser ruhen lassen sollten.«

»Ich glaube«, sagte Odile ungewohnt ernst, »dafür ist es zu spät. Das war es schon, als du bei den Borels aufgetaucht bist und Henri wegen deines Opas durchgedreht ist. Irgendwas schleppt er noch immer mit sich herum.«

»Das tut mir wirklich leid.«

»Unsinn, es ist doch nicht deine Schuld, dass er damals Knatsch hatte. Vermutlich erinnert er sich daran, dass er mal ein ungenießbarer Bock war, und schämt sich nun dafür.« Das klang wieder so sehr nach Odile, dass Emilia insgeheim aufatmete.

»Also gut. Wir sehen uns später.«

»Mit Charles!«

»Ich verspreche, dass ich ihn frage, aber ich kann ihn nicht zwingen mitzukommen.«

»Hast du denn noch nie einen Fesselkurs gemacht? Oder

zumindest einen über nautische Knoten?« Odile klang ehrlich interessiert.

»O Mann, Odile.« Emilia legte auf und winkte, als sie Jessy und Mike bemerkte, die ihre Arbeit beendet hatten und auf das Haus zuhielten. Die beiden wedelten zur Antwort wild mit den Armen, dann gab Mike seiner Freundin einen Kuss auf den Kopf.

Auf einmal vermisste Emilia Bastien, und sie konnte es kaum erwarten, ihm wieder eine der widerspenstigen blonden Haarsträhnen aus der Stirn zu streichen. Sein Lächeln zu sehen, nur um es zu erwidern, und sich erneut von dem tiefblauen Funkeln seiner Augen verzaubern zu lassen. Bei der Vorstellung verspürte sie einen Stich. Jessy und Mike würden nach der Ernte weiterziehen, vielleicht zu einem neuen Job, vielleicht flogen sie auch zurück nach Australien. Aber ganz egal, wohin es die beiden verschlug – sie teilten ihre Erinnerungen miteinander. Wie gern hätte Emilia jemanden gehabt, mit dem sie das tun konnte!

Sie blinzelte, als das Violett des Lavendels vor ihr verschwamm, und begriff, dass sie sich verliebt hatte. In diesen Ort, die Farm, die Atmosphäre und die Menschen.

Und trotz allem auch in Bastien. Vor allem in Bastien.

Die Erkenntnis kam so plötzlich, dass sie die Augen schloss. Aber hatte sie es nicht schon längst gewusst?

»Em!«

Jessy stand vor ihr, als sie blinzelte. Sie wirkte bestürzt, zog sich das bunte Tuch aus den Haaren und tupfte damit behutsam über Emilias Wangen. »Was ist passiert?«

Mike tauchte neben Jessy auf und legte stumm eine Hand auf Emilias Schulter. Die simple Geste sorgte dafür, dass ihre Tränen stärker flossen.

Zitternd holte sie Luft. »Nichts. Ich habe nur gerade festgestellt, wie sehr ich das alles vermissen werde, wenn ich zurück nach Deutschland muss.«

Jessy nickte und streichelte ihr über die Wange. »Wir reden hier auch von manchen Menschen, nicht wahr? Und von einem ganz speziell?«

Obwohl Emilia versuchte, sich zusammenzureißen, machten die sanften Worte es nur schlimmer. Sie schüttelte den Kopf, nickte und fand sich eine Sekunde später in Jessys Umarmung wieder. Die junge Frau, die in kürzester Zeit zu einer Freundin geworden war, strich ihr über die Haare und sagte etwas zu Mike, woraufhin der seine Arme um beide Frauen schlang.

Emilia lehnte den Kopf an seine Schulter. Es tat so gut, einfach miteinander zu schweigen und zu wissen, dass die beiden für sie da waren.

»Also Mädels«, sagte Mike nach einer Weile. »Ich würde gern den ganzen Tag mit euch hier stehen bleiben. Aber ich bekomme ein schlechtes Gewissen, weil ich euch mit meinem Arbeitsschweiß foltere. Vielleicht sollte ich besser duschen. Und ihr müsst das jetzt auch.« Auf seine Worte herrschte kurze Stille, dann lachten sie gleichzeitig los.

Emilia rieb sich noch einmal über die Augen, aber die Traurigkeit verflog bereits, und sie war dankbar für Jessys Feinfühligkeit und Mikes Fähigkeit, selbst die traurigsten Momente aufzulockern.

»Danke«, murmelte sie. »Es geht schon wieder.«

»Gut.« Jessy strich ihr noch eine Haarsträhne aus dem Gesicht und musterte sie. »Was hast du heute denn noch vor?«

»Ich treffe mich später mit Odile.«

Jessy sah zufrieden aus. »Was hältst du davon, wenn wir uns wirklich erst frisch machen, und dann schlagen wir uns in die Küche?«

»Kuchen«, sagte Mike und nickte. »Perfekte Idee. Wir backen zusammen. Das wollten wir eh machen, seitdem du hier bist. Ich hab meiner Mum erzählt, dass wir mit einer Bäckerin arbeiten, und sie meinte, sie reißt mir den Kopf ab, wenn ich das nicht ausnutze und zumindest ein Rezept von dir lerne.«

Emilia schmunzelte. »Das klingt gut. Abgesehen davon, dass ich keine Bäckerin bin.«

»Aber so gut wie.« Mike zupfte an seinem Shirt. »Also abgemacht?«

»Abgemacht.« Jessy strahlte in die Runde und schlug ihrem Freund gegen die Schulter. »Mal sehen, wer als Erster unter der Dusche ist!« Damit rannte sie los und verschwand im Inneren des Hauses.

Mike sah Emilia an. »Ich hatte in dem Moment verloren, als ich diese Frau kennenlernte.«

»Aber sie ist es wert«, sagte Emilia leise.

»O ja. Das ist sie.«

15

Der frische Duft von Zitronen begleitete Emilia, als sie mit der Trageform in der Hand aus dem Haus trat. Nachdem sie ein Faible für Eclairs entwickelte, hatte sie sich entschieden, die kleinen Köstlichkeiten mit einer Lemon-Curd-Mascarpone-Creme zu füllen und – da Mike für Fotos, die er seiner Mutter schicken wollte, darauf bestanden hatte – mit Lavendel zu verzieren. Weil sie auf Blüten in der Creme verzichtet hatte, prangte nun eine feine Dolde auf jedem Gebäckteilchen. Sie war erleichtert, dass ihr der Brandteig gelungen war, und hoffte, dass ihr Glück auch für das bevorstehende Picknick und das Gespräch mit Henri reichte.

Es klopfte hinter ihr an das Fenster der Küche, und als sie sich umdrehte, hielt Jessy von innen beide Daumen in die Höhe. Weiße Creme pappte daran, die sie Mike auf die Nase tupfte, der neben ihr auftauchte.

Die beiden hatten sich mit Feuereifer in die kleine Backstunde gestürzt, und auch Emilia hatte Spaß daran gehabt, ihnen die einzelnen Schritte zu erklären. Nebenher hatte sie ihnen alles über Rosalie und deren Tante Marianne erzählt.

Jessy und Mike standen voll und ganz hinter ihrem Plan. Das Argument, sie fühlte sich, als würde sie Bastien hintergehen, hatte Mike abgeschmettert. »Er hätte gerade eh keinen Kopf dafür, und außerdem ist er nicht für seinen Großvater verantwortlich. Genauso wenig wie du für deinen. Halt durch, ich bin sicher, heute klärt sich alles auf.« Dann hatte er es geschafft, sich ein ganzes Eclair in den Mund zu stopfen, und die restlichen Worte hatten sich in Genuschel verwandelt.

Emilias Handy meldete den Eingang einer Textnachricht. Sie zog es aus der Tasche und hielt den Atem an, da sie fest damit rechnete, dass Odile das Picknick absagte. Wahrscheinlich hatte sie sich nicht mehr zurückhalten können und Henri von ihren Plänen erzählt, woraufhin er darauf bestanden hatte, wieder nach Hause zu fahren.

Aber die Nachricht war von Diane.

Ich habe es vierunddreißigmal bei Opa Walter versucht, aber entweder geht niemand ans Telefon, oder er lässt mir über Franz Meißner ausrichten, dass er schläft. Der alte Sturkopf lügt! Meißner hat mir selbst gesagt, dass er auf dem Sofa sitzt und Dokus über Lokführer guckt!!!

Emilia atmete auf, schickte ihrer Cousine ein kurzes

Versuch es weiter; Herr Meißner soll sagen, du bist vom Verein *Weiche und Waggon* und suchst Interessierte für eine Umfrage über die Ästhetik von Triebfahrzeugen.

und machte sich auf den Weg.

Mike und Jessy hatten recht. Was sollte schon schiefgehen? Entweder sie brachte die Sache mit Henri ins Lot oder aber er behandelte sie weiterhin wie jemanden, den er am liebsten niemals getroffen hätte. Was Rosalie anging: Sie würde ihre eigene Schlacht schlagen müssen, deren

Ausgang nicht in Emilias Verantwortung lag – was Jessy und Mike ebenfalls betont hatten.

Sie erreichte ihren Wagen, stellte die Eclairs auf den Beifahrersitz und blickte noch einmal an sich hinab. Kleidung, die man mochte, sollte angeblich Sicherheit und Selbstbewusstsein verleihen, aber dieser Logik zufolge hätte sie soeben nackt sein müssen. Sie strich über den Rock und das mintfarbene Top mit der Perlenstickerei, über das sie eine kurzärmelige Bluse gezogen hatte. Die Stoffschuhe verliehen dem Outfit eine sportliche Note. Zwar war Emilia sicher, dass Odile Henri nicht quer durch das Gebirge klettern lassen würde, aber man konnte ja nie wissen.

»Also dann.« Sie informierte Charles, dass sie losfahren würde, und startete den Motor. Ein letzter Blick in den Rückspiegel – Jessy und Mike standen vor dem Haus, winkten, was das Zeug hielt, und gaben wirklich alles in Sachen mentaler Unterstützung –, dann fuhr sie im Schritttempo in Richtung Straße.

Wieder konnte sie nicht widerstehen, ließ das Fenster hinab, streckte eine Hand aus und lenkte behutsam an den Rand des Wegs. Ihre Fingerspitzen berührten die Lavendelblüten, sanft und flüchtig, wie ein Versprechen, dass sie wiederkommen würde. Zur Linken klaffte bereits eine Lücke im satten Farbteppich.

Emilia erinnerte sich daran, dass Maurice ihr erklärt hatte, die Felder nach der Ernte sich selbst zu überlassen. »Es gibt keinen Pflegeschnitt oder so etwas. Aber wir werden kontrollieren, ob größere Löcher oder kahle Stellen entstanden sind und wir gegebenenfalls nachpflanzen müssen. In der Regel sorgt der Lavendel da aber schon ganz gut für sich selbst.«

Es klang so einfach, und vielleicht war es das auch. Dinge würden sich fügen, Probleme würden sich lösen. Vielleicht brauchte sie nur ein wenig Geduld.

Emilia streckte den Kopf aus dem Fenster und blinzelte in den Himmel, der seine Klarheit bereits wieder in Nuancen von Orange und Rosa färbte. Zumindest das Licht würde beim Picknick himmlisch sein.

Sie hatte beinahe die Stelle erreicht, wo der Weg zur Samain-Farm abzweigte, als etwas die Lavendelreihen in Bewegung versetzte. Dieses Mal war sie gewappnet, trat auf die Bremse und rollte behutsam aus. Keine Sekunde zu früh, denn Mini sprang auf den Weg und vor dem Wagen hoch.

»Hey, Süße!«, rief Emilia und wurde mit einem Bellen belohnt.

Die Hündin war mutiger geworden und schickte nicht mehr ihre Gefährtin vor. Nun schob auch Rala den Kopf aus den Blüten. Verschlafen blinzelte sie, ehe sie vorwärtstrottete, gähnte, sich streckte und dabei ein Hinterbein in die Luft hob.

Emilia öffnete ihre Handtasche und zog die Tüte mit den Hundesnacks heraus. Als sie ausstieg, standen die Vierbeiner bereits vor ihr und wedelten, was das Zeug hielt. »Jessy hat euch ja schon gefüttert, aber ich dachte, falls ich euch sehe …« Sie ging in die Hocke und hielt Mini einen Streifen hin. »Hier, heute darfst du als Erste, weil du so mutig warst.«

Die Hündin stellte die Ohren auf, blinzelte sie aus ihren Knopfaugen an und zog ihr den Leckerbissen behutsam aus den Fingern. Emilia holte einen zweiten aus der Tüte und bot ihn Rala an. Die nahm ihn, lief um Emilia herum und verschwand mit einem Satz im Wagen.

»Hey!« Emilia beobachtete, wie sich Rala auf dem Fahrersitz zusammenrollte und in aller Seelenruhe an ihrer Errungenschaft knabberte. »Ich kann dich nicht mitnehmen. Ich gehe zu einem Picknick und hoffe, nicht von Henri Samain in eine Bergschlucht geworfen zu werden. Das würde euch nur langweilen. Abgesehen davon … nachher macht ihr euch aus dem Staub und findet nicht mehr zurück. Und dann?«

Rala hob ein Ohr und schien darüber nachzudenken, dann sprang sie auf und mit einem Satz zu Boden. Kurz darauf fuhr Emilia im Schritttempo weiter – einerseits, um nicht wieder durch ein Ausweichmanöver im Feld zu landen, andererseits hoffte sie, Bastien zu begegnen. Allzu lange trödeln wollte sie jedoch nicht, da Charles und Rosalie auf sie warteten. Also hielt sie an der Straße kurz an, zählte innerlich bis drei und bog dann mit einem leisen Gefühl der Enttäuschung ab.

Kaum parkte sie vor der Boulangerie, traten die zwei auch schon aus der Tür. Charles war wie immer gut gelaunt und hielt einen Picknickkorb in den Händen. Dafür sah man Rosalie die Aufregung umso mehr an. Sie wirkte elegant in ihrem Leinenkostüm und zupfte permanent an ihrem Halstuch.

Emilia stieg aus. »Tut mir leid, dass es so lange gedauert hat. Aber ich bin von zwei Hündinnen aufgehalten worden, die am liebsten mitgefahren wären. Zumindest eine von beiden.«

Rosalie nickte, aber es war offensichtlich, dass sie gerade keinen Gedanken für andere Themen übrighatte.

Charles tippte ihr auf die Schulter. »Rosalie?«

Sie fuhr zusammen. »Es tut mir leid, ich bin einfach nervös.«

Emilia verstand sie gut. Sie rollten eine Geschichte auf, mit der Rosalie vor vielen Jahren versucht hatte abzuschließen. Und jetzt würde sie erneut auf Henri treffen, den Mann, an dem sie und ihre Mutter sich so lange die Zähne ausgebissen hatten.

Charles seufzte theatralisch. »Dabei habe ich vorhin extra meinen Karamellkaffee kredenzt. Der hat bisher immer gewirkt, wenn ich aufgeregt war.«

Emilia öffnete die hintere Tür. »Du und aufgeregt? Das kann ich mir kaum vorstellen.«

Er legte einen Finger an sein Kinn. »Aber vielleicht sollte ich das sein? Schließlich hast du mir verraten, dass Odile auf meine Anwesenheit bestanden hat.«

»Ganz so dominant hat sie es nicht formuliert, aber sie hat vorgeschlagen, dass ich dich frage.« Emilia beobachtete Charles genau, doch sein Gesicht verriet nichts. »Magst du sie? Odile, meine ich.«

Er gab sich nachdenklich. »Sie ist sehr selbstbewusst, das gefällt mir. Und einen Kopf größer als ich, aber das gefällt mir auch. Ansonsten kenne ich sie leider zu wenig, aber vielleicht ändert sich das ja heute.«

»Na dann.« Emilia vollführte eine einladende Geste. »Steig ein, wir wollen die Holde ja nicht allzu lange warten lassen.« *Wenn wir weiter trödeln, ist Rosalie ein einziges Nervenbündel – und ich vermutlich auch.*

Charles deutete eine Verbeugung an, glitt elegant auf die Rückbank und stellte den Korb neben sich ab. »Ich habe Brioches eingepackt.« Er schnupperte. »Und du? Zitronen-Tartelettes?«

»Fast«, sagte Emilia, ging um den Wagen herum und ließ sich in den Fahrersitz fallen. »Eclairs mit Lemon-Curd-Mascarpone. Mir war heute nach etwas Frischem, um die Laune zu heben.« Sie startete den Motor. »Also dann. Alle bereit?«

Sie fuhr auf die Straße und hielt sich Richtung Norden. In der Ferne glitzerte das Wasser der Nesque im Sonnenlicht, als bestünde es aus unzähligen Silberstücken, die wild durcheinandertanzten. Kurz nachdem sie Monieux erreicht und das Restaurant *Les Lavandes* hinter sich gelassen hatten, erreichten sie die Gabelung und hielten sich rechts, bis irgendwann ein schmaler Weg abzweigte. Emilia setzte aus Gewohnheit den Blinker, wofür Charles sie neckte, weil sie ihm zufolge das einzige Auto im Umkreis von vielen Kilometern waren. Birken und Fichten ragten neben ihnen empor, und hier und dort tupfte Ginster gelbe Akzente in das Grün. Der Weg war schmal und an manchen Stellen so schlecht einsehbar, dass Emilia die Geschwindigkeit weiter drosselte. Ein regelrechtes Vogelkonzert begrüßte sie, und als sie in die Baumwipfel blickte, entdeckte sie Bewegungen – Meisen und Rotkehlchen, die aufflatterten oder den Peugeot ein Stück begleiteten. Zur Linken zeigten sich die Erhebungen des Gebirges; ein Anblick, der Emilia immer wieder aufs Neue faszinierte. Vor ihrer Abfahrt in Deutschland hatte sie die liebliche, weiche Seite der Provence auf Bildern im Internet betrachtet; sanft geschwungene Hügel, hell getünchte Häuser mit blumenbunten Vorgärten und natürlich Lavendelfelder. Aber diesen schroffen, wilden Charakter hatte sie nicht erwartet – und sie fand ihn wunderschön.

Rosalie starrte aus dem Fenster und knetete unablässig den Riemen ihrer Handtasche. Emilia hätte ihr am liebsten versichert, dass nichts Schlimmes auf sie wartete, aber je näher sie ihrem Ziel kamen, desto unruhiger wurde auch sie.

Charles berührte sie an der Schulter und deutete nach vorn. »Dort.« Zu ihrer Rechten wurde eine Grasfläche von Bäumen eingegrenzt, und darauf stand Odiles hellblauer Wagen.

Sie parkte daneben, stellte den Motor ab und lehnte sich zurück. Eine Weile rührte sich niemand; alle lauschten dem Wind, der hier draußen gegenwärtiger zu sein schien als auf der Farm. Monieux hatte sich sicherlich in den vergangenen Jahrzehnten kaum verändert, aber diese Gegend strahlte etwas Urtümliches aus.

»Also dann«, sagte Emilia, öffnete die Tür und stieg aus.

Die Wärme des Tages war geblieben, aber dennoch strich ein Windhauch über ihre Wangen, kühlend und beruhigend zugleich. Sie nahm die Eclairs und blickte sich um. Der Weg verlief sich in Sträuchern und Gräsern. »Gehen wir.«

Rosalie zupfte an ihrem Leinenkostüm. »Ich hoffe, alles geht gut.«

»Was soll schon passieren?« Charles' Lächeln war verlässlich positiv. »Im Extremfall wird er sich aufregen und verlangen, dass Sie verschwinden. Und dann stehen Sie nicht schlechter da als zuvor. Im Gegenteil: Sie können sich sagen, dass Sie es noch einmal gemeinsam mit Emilia versucht haben.«

Rosalies Finger kamen zur Ruhe. Sie tastete über ihre Frisur, musterte ihre Schuhe, als wäre ihr soeben klar geworden, dass sie nicht besonders gut für diesen Weg geeignet waren, und nickte. »Sie haben recht. Ich sollte mich nicht so sehr von einem alten Mann einschüchtern lassen, den ich mit dürftigen Manieren in Erinnerung habe.« Mit jedem Wort wurde ihre Stimme fester.

»So gefallen Sie mir schon viel besser«, sagte Charles und bot ihr einen Arm. »Wollen wir? Tut mir leid, Emilia, wenn ich dir keine Stütze bin, aber deine Schuhe sehen aus, als wären sie perfekt für dieses Gelände geeignet.«

Sie winkte ab – er hatte die Stimmung aufgeheitert, und das war tausendmal mehr wert. »Keine Sorge, ich schaffe das schon.«

Sie ließen den Parkplatz hinter sich. Nach etwa fünf Minuten hörte Emilia etwas: Jemand lachte. Nur wenige Schritte weiter entdeckte sie einen Trampelpfad, der zwischen den Bäumen verschwand. Das Gras knisterte und raschelte unter ihren Füßen, als sie die tief hängenden Zweige beiseitebog, wartete, bis Charles und Rosalie zu ihr aufgeholt hatten, und den Stimmen lauschte. Das mussten Henri und Odile sein!

Sie passierte den Baumtunnel und stand vor einer kleinen Lichtung, die zu beiden Seiten von Sträuchern und Bäumen eingerahmt wurde. In dieser Bilderbuchkulisse saßen zwei Menschen auf einer Picknickdecke – Odile im Schneidersitz, Henri auf einem Holzschemel. Er hatte die nackten Füße von sich gestreckt, ein Lächeln auf den Lippen und ein Glas in den Händen. Auf der Decke standen eine Flasche Wein, zwei Teller und viele Schälchen. Ein Baguette war bereits zur Hälfte vernichtet worden und hatte eine Krümelspur auf dem Stoff hinterlassen.

Henris gute Laune erstarb, als er den Kopf wandte und Emilia direkt in die Augen sah. Mit einem Ruck zog er die dichten weißen Brauen zusammen. Die Brille mit dem schwarzen Rand ließ ihn beinahe angriffslustig wirken. Vielleicht aber war das nur Wunschdenken und hatte nichts mit dem Gestell zu tun, sondern mit der Art, wie er zunächst die Zähne fletschte, um die Lippen dann so fest zusammenzupressen, dass sie schneeweiß wurden. »Was wollen *die* hier?«

Emilia erschrak, als er so abrupt aufsprang, dass er den Holzschemel umstieß und taumelte. Odile wollte ihn stützen, aber er fegte ihre Hand weg. Sein Blick flackerte vom Emilia zu Rosalie, und nach einigen Sekunden der Verwirrung wurden seine Augen größer.

»Was ihr hier wollt, habe ich gefragt!«

Emilia öffnete den Mund, aber Odile war schneller und redete leise auf Henri ein. Der schüttelte den Kopf und vollführte eine Handbewegung nach der anderen, als versuchte er, ein lästiges Insekt abzuwehren. »Nein! Ich will mit denen nicht reden!«

Rosalie berührte Emilia an der Schulter. »Gehen wir besser wieder«, flüsterte sie. »Er macht mir Angst. Und ich möchte nicht, dass er einen Herzinfarkt bekommt.«

Emilia blieb, wo sie war. »Keine Sorge. Mir wurde glaubhaft bestätigt, dass er nicht dazu neigt.« Allmählich fand sie, dass Henri Samain die Sache übertrieb. Niemand wollte ihm etwas Böses. Außerdem tat Rosalie ihr leid. Sie war so höflich und zurückhaltend, und die Tatsache, dass Henri nicht Gentleman genug war, um angemessen zu reagieren, ärgerte sie. Also räusperte sie sich so laut, wie es ihr möglich war.

»Monsieur Samain«, rief sie mit ihrer Bürostimme, die sie in den Meetings bei *Scheller* immer dann genutzt hatte, wenn die Gespräche der Geschäftspartner zu sehr durcheinandergegangen waren. Heimlich tastete sie in ihrer

Tasche nach der Holzente mit der roten Schleife, die ihr auch heute Glück bringen sollte.

Es wirkte – Henri hielt inne und starrte sie an. Charles stieß einen leisen Pfiff aus und brachte die Lippen dicht an ihr Ohr. »Gut so! Jetzt nicht aufgeben.«

Das hatte sie auch nicht mehr vor. »Monsieur Samain, es tut mir leid, wenn wir Sie und Odile beim Picknick stören. Aber ehrlich gesagt ist uns nichts anderes eingefallen, um mit Ihnen ins Gespräch zu kommen, ohne dass Sie uns von Ihrem Grundstück jagen.«

Er starrte sie weiterhin an, eine Hand zur Faust geballt. »Genau das hätte ich getan.«

Emilia nickte. »Das glaube ich Ihnen. Sie wollten mich ja schon einmal loswerden, weil Sie gedacht haben, dass ich mir einen Teil der Farm unter den Nagel reißen will. Das hat sich als Fehlannahme herausgestellt. Vielleicht können wir auf dieser Basis ein Gespräch beginnen? Indem Sie im Hinterkopf behalten, dass niemand böse Absichten hegt?«

Schweigen folgte auf ihre Worte. Henri wirkte verwirrt, als wäre er nicht gewohnt, dass jemand so mit ihm redete. Auf Odiles Wange zuckte es. Sie sah nun nicht mehr zu Henri, sondern mit größtem Interesse zu Charles, als wüsste sie bereits, dass ein Teil des Eises gebrochen war.

»Wir haben auch Gebäck mitgebracht«, sagte Charles und hob seinen Korb, woraufhin Odiles Gesicht aufleuchtete.

»Großartig.« Sie deutete auf die Decke. »Dann setzt euch doch bitte. Nur nicht auf den Schemel, der ist für Henri!«

Der schien kurzzeitig überrumpelt, schüttelte dann aber den Kopf. »Nein, wir gehen, Odile.«

»Henri.« Sie klang noch immer freundlich, doch gleichzeitig unnachgiebig, wie es nur Menschen konnten, die in Pflegeberufen arbeiteten. Zu Emilias Erstaunen ließ sich Henri mit einem Grummeln und recht umständlich wieder auf seinem Sitz nieder.

Sie wechselte einen Blick mit Charles, der neben Odile Platz nahm, was diese mit einem entzückten Laut kommentierte. Emilia setzte sich ebenfalls – in ausreichendem Abstand zu Henri –, öffnete den Tragebehälter und stellte ihn in die Mitte. »Das sind Eclairs mit Lemon-Curd-Mascarpone-Creme. Bitte probieren Sie, und dann können wir uns unterhalten.«

Henri starrte sie an, als wäre sie verrückt geworden, nahm ein Eclair und schnupperte daran. »Riecht verdammt komisch«, sagte er mit Grabesstimme, die keinen Zweifel daran ließ, dass er sich nicht mit ihren Backkünsten würde anfreunden können, und legte es wieder zurück.

Odile beugte sich vor, schnappte sich eines und biss hinein. »Hm, die sind super, Em.«

Henri verschränkte die Arme vor der Brust. »Ich hätte nicht gedacht, dass du mit denen unter einer Decke steckst, Odile. Nie.«

Odile grinste. Auf ihrer Oberlippe prangten zartgelbe Cremetupfen. »Das hier ist doch kein Komplott. Emilia und Rosalie möchten nur reden. Sie sind doch Rosalie, oder?«

Emilia begriff, dass Rosalie noch immer leicht verloren neben ihnen stand. »Genau, das ist Rosalie Chambres. Rosalie: Odile. Und Henri kennen Sie ja bereits. Setzen Sie sich doch.«

Rosalie zögerte, schüttelte dann aber den Kopf. Der Riemen ihrer Handtasche war mittlerweile völlig verdreht. »Monsieur Samain«, sagte sie und räusperte sich.

»Sie werden sich nicht an mich erinnern, aber vielleicht an meine Mutter, Aline Chambres. Ihr Mädchenname lautete Racine.«

»Natürlich erinnere ich mich«, sagte Henri zu seinen Füßen, da er sich weigerte, Rosalie anzusehen. »Ich mag alt sein, aber nicht dement.«

Emilia spitzte die Ohren, aber er schien nicht gewillt, mehr zu sagen. Immerhin, das war ein guter Anfang. Insgeheim hatte sie befürchtet, er würde mit der Baguettehälfte auf sie losgehen. Mit seinem Schweigen nach der kurzen Bemerkung nahm er Rosalie allerdings den letzten Teil ihres Muts. Gut möglich, dass es wenig brachte, weiter auf ihn einzureden, also zog sie die Mappe aus ihrer Handtasche und öffnete sie. Die Papierschnipsel rieselten zu Boden und entließen die eine oder andere vor langer Zeit getrocknete und liebevoll aufgeklebte Lavendelblüte.

»Das war ein selbst gebasteltes Herz mit einem Wort in der Mitte. *Jettem*. Mein Opa hat es vor langer Zeit aus Monieux mit nach Deutschland genommen. Bis vor Kurzem war es völlig intakt, aber nachdem ich die Mappe über Nacht auf Ihrer Farm vergessen habe, sah es so aus.«

Henri hielt sein Schweigen, aber sie bemerkte, dass sein Blick flackerte – in ihre Richtung, aber dann wanderte er weiter, als wollte Henri vermeiden, sich in all die Erinnerungen zu stürzen, die sie mitgebracht hatte. Seine Hände waren noch immer zu Fäusten geballt, aber sie zitterten nicht, also wagte sie den nächsten Schritt. »Mein Opa hat einige seiner Sachen bei seiner Abreise hiergelassen, und Vincent Borel hat sie aufbewahrt. Unter anderem Bilder. Eines davon haben Sie sicher auch in der Mappe gesehen.« Noch immer keine Reaktion. »Opa hat fast ausschließlich

Landschaften gezeichnet. Mit einer Ausnahme. Als ich noch dachte, das Wort im Lavendelherz wäre ein Frauenname, habe ich eine Kopie seiner Zeichnung einer Frau in das Schaufenster von Charles' Boulangerie gehängt und so Rosalie kennengelernt. Sie hat ihre Tante Marianne erkannt, vornehmlich an dem Schal auf dem Bild. Und daher sind wir hier. Weil Marianne Ihre Verlobte war, Monsieur Samain, und Rosalie nichts mehr von ihr gehört hat, seitdem sie damals verschwunden ist. Vielleicht wissen Sie ja mehr darüber.«

Endlich war es heraus! Emilia hatte ihre Worte so locker und leicht wie möglich klingen lassen, fühlte sich aber, als hätte sie soeben sämtliche Lavendelfelder im Alleingang abgeerntet. Ihr Herz schlug schnell und kämpfte dagegen an, dass sie den Atem anhielt. So unauffällig wie möglich stieß sie ihn aus und musterte betont unbeteiligt die Landschaft. Unter anderem, weil alle anderen nach ihrer kleinen Rede Henri anstarrten, und so wie sie ihn einschätzte, würde er umso einsilbiger reagieren, je größer die Aufmerksamkeit war.

Das schien auch Charles zu bemerken, denn er gab sich einen Ruck und wandte sich an Odile. »Ich habe gehört, du hast dir etwas Süßes für das Picknick gewünscht.« Er schob den Korb in ihre Richtung. »Hoffentlich habe ich deinen Geschmack getroffen.«

Odile öffnete ihn. »Oh, bei Gebäck bin ich nicht sehr wählerisch.« Sie hob eine Augenbraue.

Emilia bedeutete Rosalie erneut und deutlich energischer, sich zu setzen. So wie sie neben der Decke stand, die Hände verkrampft und allzeit bereit zur Flucht, sorgte sie nicht dafür, dass sich die Situation entspannte. Rosalie zögerte und ließ sich umständlich auf dem Boden nieder. Seufzend streckte sie die Beine aus und sah überall hin, nur nicht zu Henri.

Emilia dagegen musterte ihn möglichst unauffällig. Er starrte noch immer zu Boden, während Charles und Odile eine leise, aber lebhafte Diskussion über die unbewussten Botschaften und Auswirkungen von Gebäck führten. Odile war fest davon überzeugt, dass Macarons die Neugier förderten, während Eclairs Eleganz und manchmal auch Erotik ausstrahlten.

Das muss ich mir merken.

Schließlich wanderte Henris Blick zu den Papierschnipseln. Er wirkte nicht überrascht, aber damit hatte Emilia auch nicht gerechnet. Sie zählte innerlich bis drei. »Warum haben Sie das Herz zerschnitten, Henri?«

Ihre Worte hatten die Durchschlagskraft eines Presslufthammers. Odile und Charles verstummten, Rosalie sog die Luft ein, und Henri … blickte sie endlich an. Sie hatte es geahnt. Mit Samthandschuhen war man bei ihm an der falschen Adresse.

»Ihr Walter«, sagte er und schüttelte den Kopf. Es hatte düster geklungen, fast schon drohend. »Er hat unsere Sprache nicht einmal richtig gelernt.«

Emilia blinzelte. »Ich denke, da haben Sie …«

»Oh, ich meine nicht die Wörter. Die kannte er, jedes einzelne, das er für den Alltag brauchte, und noch einige mehr.« Auf einmal wirkten seine Augen hinter der Brille riesig. »Aber seinen Akzent, den höre ich bis heute, auch wenn ich ihn am liebsten vergessen würde. Diese harte, deutsche Aussprache, die einfach nicht verschwinden wollte, und wenn wir ihm noch so oft vorgemacht haben, wie es klingen soll!«

Jetzt griff er nach den Papierschnipseln und warf sie mit einem Ruck in die Luft. Sie wirbelten durcheinander und sanken zu Boden – Erinnerungen aus einer Zeit, die gründlich daran scheiterten, Unbeschwertheit vorzutäuschen. »Jettem!«, rief er mit verstellter Stimme – vermutlich wollte er Opa Walter imitieren, aber es klang einfach nur falsch. »Eine Verballhornung der schönsten Aussage, die es gibt. Oh, er konnte es korrekt aussprechen, und er hat es vermutlich auch oft getan, wenn wir anderen nicht dabei waren. *Je t'aime.*« Seine Stimme wurde weich, und wie bei allen Franzosen floss die Liebeserklärung über seine Lippen, als gehörte sie nirgendwo anders hin. Dann blinzelte er als hätte er gemerkt, dass seine Fassade bröckelte, und schnaubte. »Wir haben uns über seine Aussprache lustig gemacht, Vincent und ich, und dann hat er sich absichtlich nicht korrigiert, und es wurde zu einem persönlichen Witz zwischen ihm und ihr. Ein Witz! Als ob sie niemals bemerkt haben, dass sie auch mich damit verhöhnen!« Er packte einen Papierschnipsel, zerknüllte ihn und starrte auf seine Hand, als wüsste er nicht mehr weiter. »Sie hat es letztlich auch gesagt. *Jettem.* Als hätte sie ihre Nationalität gewechselt. Sie fand ihn charmant, diesen Klang. Es war so ein Ding zwischen den beiden, ein …« Er schüttelte den Kopf, ungehalten und wütend auf der Suche nach Worten, die ihm nicht einfallen wollten.

»Une blague privée«, sagte Odile sanft. Ein Running Gag. Sie griff nach Henris Hand, öffnete sie und nahm das Papierstück heraus. »Zwischen Emilias Opa und …?«

Er saß still wie eine Statue und schwieg. Seine Finger bewegten sich, als suchten sie nach dem Papier oder einem anderen Halt, damit er dieses Gespräch überstand.

Emilia schielte zu Rosalie. Ihre Gedanken ratterten, und allmählich fügten sich all die Puzzlestücke um Opa Walter und Henri Samain zu einem Bild zusammen. Aber das konnte einfach nicht sein! Und wenn doch, dann musste es irgendwo einen Denkfehler geben. In Opas Vergangenheit war keine Französin aufgetaucht. Er hatte nie von einer Frau aus Monieux erzählt, die ihm viel bedeutet hatte! Im Gegenteil: Er hatte das Thema stets heruntergespielt.

»Monsieur Samain?« Rosalies Stimme war so leise, dass sie beinahe im Gezwitscher der Vögel untergegangen wäre. »Meine Mutter hat damals nach ihrer Schwester gesucht. Meiner Tante Marianne. Diese Frau, von der sie soeben sprachen, wollen Sie sagen …«

»Natürlich rede ich von Marianne!« Erneut sprang Henri auf, und dieses Mal verpasste er dem Holzschemel einen Tritt, mit dem er ihn in die nächste Hecke beförderte. Rosalie schlug die Hand vor den Mund, und Odile erhob sich ebenfalls, wohl um Henri zu stützen, sollte er noch einmal taumeln. Die anderen folgten ihrem Beispiel.

»Henri?« Odile fasste nach seinem Arm, aber er schüttelte sie ab.

Dafür trat Rosalie auf ihn zu. Der Name ihrer Tante hatte ihren Mut geweckt. »Hat Mariannes Verschwinden etwas mit Walter Finke zu tun?«

Emilia öffnete den Mund, um zu widersprechen, hielt sich dann aber nach einer Geste von Charles zurück. Er hatte recht. Wenn Henri schon mal von damals erzählte, unterbrach sie ihn besser nicht, auch wenn Rosalies Frage eindeutig in die falsche Richtung ging. Was dachte sie denn von Opa Walter? Dass er Marianne irgendwo vergraben hatte? Eine alberne Vorstellung. Ihr Großvater war einer der sanftmütigsten Menschen, die sie kannte.

Henri schüttelte den Kopf. »Das werden Sie ja wohl wissen.«

Rosalie fuhr zusammen. »Ich weiß nichts, außer dass meine Mutter nach Mariannes Verschwinden zu Ihnen gefahren ist, um Antworten zu bekommen. Aber Sie haben sie weggejagt. Sie haben nicht eine Sekunde lang daran gedacht, ihr Angst und Trauer zu nehmen.«

Man sah Henri nahezu an, wie die alten Geschichten an die Oberfläche brodelten. Seine Gesichtsfarbe wurde dunkler, die Finger waren nun permanent in Bewegung, so wie Rosalies zuvor. »Hätte ich Ihre werte Frau Mutter etwa zu Walter Finke schicken sollen? Der hätte zumindest Antworten liefern können. Nicht wahr, Mademoiselle?« Das ging an Emilia.

»Was auch immer Sie gerade andeuten«, sagte sie betont ruhig, »sprechen Sie es bitte aus. Denn auch, wenn Sie es womöglich nicht wahrhaben wollen, haben Sie eines mit meinem Opa gemeinsam: Sie beide weigern sich, von damals zu erzählen. Was kann heute, so viele Jahre später, denn noch so schlimm sein, dass ich überall auf halsstarrige Menschen treffe?« Die Worte waren ihr unangenehm, aber sie wusste ja nun, dass man bei Henri Samain nur auf direktem Weg weiterkam. Zudem liefen ihre Gedanken mittlerweile auf Hochtouren und sorgten dafür, dass das flaue Gefühl in ihrem Magen nicht mehr verschwinden wollte. Was wusste Opa Walter über Marianne Racine?

Ein Schatten glitt über Henris Gesicht. »Geben Sie sich nur weiter unschuldig. Warum erzählen Sie ihr nicht, was sie wissen will?« Er deutete auf Rosalie. Seine Hand wischte dabei nur wenige Zentimeter vor Emilias Nase her.

Die blieb, wo sie war. Mittlerweile brannten die Blicke der anderen auf ihrer Haut. »Weil ich nichts zu erzählen habe. Aber verraten Sie uns doch einfach, was geschehen ist«, sagte sie leise.

Trotzdem zuckte Henri zusammen und starrte sie an, als suchte er nach einer anderen Antwort als der, die er nicht laut aussprechen wollte. »Walter hat schon damals nicht von ihr lassen können.«

Sie hatte geahnt, dass er darauf hinauswollte! »Sie wollen sagen, dass sich mein Opa und Marianne ineinander verliebt haben? Aber dann ist sie verschwunden?« Emilia schüttelte den Kopf. »Er hat nie etwas davon erwähnt. Im Gegenteil. Nur wenige Wochen nach seiner Rückkehr nach Deutschland hat er meine Oma bei einem Arbeitsauftrag an der Mosel kennengelernt. Sie stammte aus Koblenz, und beide haben bald darauf geheiratet.« Als niemand etwas sagte, blickte sie sich um und entdeckte Zweifel in Odiles und Charles' Gesichtern. Rosalie dagegen war in Gedanken und sah aus, als wäre sie auf etwas gestoßen, das sie nicht akzeptieren wollte.

Emilia versuchte es noch mal. »Sollte mein Opa noch Kontakt mit Marianne …«

»Ihr Opa«, fuhr Henri dazwischen, »ist mit meiner Verlobten durchgebrannt. Sie haben mich aufgesucht und mir gebeichtet, dass sie Gefühle füreinander haben. *Jettem!*« Fast glaubte Emilia, er würde auf die Papierfetzen spucken. »Und da Mariannes Familie niemals der Verbindung mit einem Gastarbeiter zugestimmt hätte, sind sie gegangen. Nach Deutschland. Walter hat sie einfach mitgenommen.«

Aus unerfindlichen Gründen fror Emilia plötzlich. »Nein, Sie müssen sich irren. Das würde ja bedeuten, mein Opa und Marianne hätten sich ziemlich bald getrennt und er sie in einem fremden Land allein gelassen. Das hätte er niemals getan.«

»Aber meine Tante war plötzlich verschwunden, und meine Großeltern redeten von einer großen Schande für die Familie«, sagte Rosalie leise. »Niemand wollte etwas Genaueres sagen.«

Henri starrte weiterhin Emilia an. »Marianne hatte sogar die Frechheit, mir Geld anzubieten. Als Entschädigung. Zuvor war von einer Ehe die Rede, davon, das Leben gemeinsam zu verbringen, und sie hat mir Geld geboten wie einem Bettler! Ich hätte ihr alles gegeben, aber sie hatte nur Mitleid und Almosen für mich übrig.«

»Das Geld, das sie nicht wollte«, flüsterte Rosalie. Sie war bleich geworden. »Sie hat es zurückgelassen, und wir haben es nie angerührt.«

Unwillkürlich trat Emilia einen Schritt zurück. »Wenn ihr wirklich glaubt, dass mein Opa so herzlos war, Marianne in der Fremde zu verlassen, weil er meine Oma kennengelernt hat, dann liegt ihr falsch.«

»Deine Oma hieß wie noch einmal, Liebes?«, fragte Charles.

»O nein.« Emilia lachte auf. »Komm mir nicht so. Meine Oma hieß Marie Thalmann und …«

»Sie sehen ihr ähnlich.«

Henris Bemerkung fiel in die Diskussion wie etwas Schweres, das keinen Platz mehr für Wörter oder Bewegungen ließ. Emilia war wie erstarrt, dabei tobte etwas tief in ihrem Inneren.

»Daher wollte ich, dass Sie verschwinden, als ich hörte, wer Sie sind.«

Sie schluckte gegen die Trockenheit in ihrer Kehle an.

»Ich dachte, es ging um die Farm. Und den Teil, den mein Opa gewonnen hat.«

Er winkte ab. »Zuerst war das auch so. Aber dann habe ich Ihr Gesicht näher betrachtet, Ihre Haltung, und mir war alles klar. Sie bewegen sich sogar wie Marianne.« Die Silben klangen leicht verzerrt. »Und Sie behaupten, Mademoiselle Finke, dass Sie nicht wissen, wo sie ist? Dass Sie sie niemals kennengelernt haben? Ich dachte, Marianne und Walter …« Er presste die Lippen aufeinander.

»Es stimmt«, sagte Rosalie. »Es sind Ihre Augen, Emilia. Und die Art, wie Sie den Kopf halten. Wie meine Großmutter. Ich habe es erst nicht bemerkt, weil ich mich auf die Zeichnung konzentriert habe und dann auf das Gespräch mit Monsieur Samain.«

Emilia schwieg, da sie schlicht nicht mehr wusste, was sie glauben sollte. Sie fühlte sich, als würde sie fallen, während sie mit beiden Füßen fest auf dem Boden stand. Wenn Henri und Rosalie recht hatten, würde es bedeuten, dass Opa Walter sie ihr ganzes Leben lang belogen hatte. Sie hielt den Atem an.

Wenn das alles stimmte, waren Rosalie und sie verwandt.

Aber sollte sie wirklich Mariannes Enkelin sein, was war dann mit Oma Marie? Sie wusste genau, was Charles vorhin hatte sagen wollen – Marie und Marianne. Zwei Namen, die sich eindeutig ähnelten. Oder hatte es zwei Frauen in Opa Walters Leben gegeben? Hatten er und Marianne sich getrennt, und Oma Marie hatte ein fremdes Kind großgezogen?

Zwei, rief sie sich ins Gedächtnis. Erst war Dianes Vater geboren worden und zwei Jahre später ihrer.

»Em?« Sie erschrak, als Charles ihren Unterarm berührte, die braunen Augen voller Sorge. »Em, geht es dir gut?«

»Ich bin durcheinander«, sagte sie.

»Verständlich. Es kommt alles etwas unerwartet, nicht wahr?«

»Das ist eine elegante Umschreibung.« Sie war froh über seine Ruhe, die vermutlich auch durch eine Gebirgslawine nicht erschüttert werden konnte. Jetzt bemerkte sie die Stille rund um sie herum. Henri, Odile und Rosalie starrten sie an und wirkten zum ersten Mal durch ihr Schweigen vereint.

Auf einmal war Emilia zum Zentrum ihrer kleinen Runde geworden.

»Das ist absurd, Charles«, flüsterte sie. »Ich meine, wir sind hier, um etwas über Rosalies Tante zu erfahren, und jetzt …«

»Jetzt haben wir vielleicht die ganze Zeit über von deiner Großmutter geredet.« Er lächelte, als würde er solche Situationen jeden Tag erleben. »Aber nehmen wir mal an, es stimmt. Ist deiner Familie nie etwas an Marie oder Marianne aufgefallen? Ein französischer Akzent vielleicht?«

»Nein.« Emilia zuckte die Schultern. »Sie ist kurz nach der Geburt meines Vaters gestorben. Opa Walter hatte keine Eltern mehr, und Oma besaß Familie in Koblenz, aber der Kontakt ist mit ihrem Tod abgebrochen.«

»Gibt es Fotos?« Charles strich ihr über den Arm, und sie bemerkte, wie angespannt sie war.

»Nur wenige, aber ich habe keines bei mir.«

Henri Samain wandte sich von ihnen ab und ging langsam auf die Bäume zu. Vielleicht wollte er einfach nichts mehr von alldem hören. Ein Teil von Emilia konnte ihn gut verstehen.

Dafür hatte Rosalie mittlerweile auch den Rest ihres Selbstbewusstseins wiedergefunden. »Monsieur Samain! Warten Sie!« Und wirklich blieb Henri stehen und kam zurück, auch wenn es dauerte, bis er sich umdrehte. »Sie haben meine Mutter damals weggeschickt und alle weiteren Kontaktversuche abgeblockt. Aber Sie haben die ganze Zeit geahnt, wo meine Tante war, oder?«

Er winkte ab. »Ich wusste, dass sie Walter nach Deutschland gefolgt ist. Danach wollte ich von der Sache nichts mehr wissen.«

Zum ersten Mal, seitdem Emilia Rosalie kannte, wirkte sie aufgebracht. »Sie wollten nichts mehr davon wissen? Meine Familie hat Marianne gesucht, und Sie … Sie wollten nichts mehr davon wissen? Ihre Ehre war gekränkt, und daher haben Sie uns alle um ein Wiedersehen gebracht?«

Seine Nasenflügel blähten sich, so tief holte er Luft. »Das ist nicht Ihre Angelegen…«

»Oh, die ist es sehr wohl.« Rosalie wurde nicht lauter, nur energisch. Aber das genügte, nachdem sie zuvor wie ein Reh aufgetreten war: Henri wich zurück. »Sie haben es für sich behalten, und zwar aus verletztem Stolz. Sie haben nicht nur mich und meine Mutter, sondern auch Marianne um ihre Familie gebracht! Wie konnten Sie das nur tun? Warum waren Sie so egoistisch? Haben Sie sie denn so wenig gemocht?«

»Rosalie«, sagte Emilia erschrocken.

Aber es war zu spät. Mit einer Schnelligkeit, die sie dem alten Mann nicht zugetraut hätte, hob Henri etwas von der Decke auf. Dann setzte er sich in Bewegung, und schließlich hastete er in leichter Schräglage den Weg hinab, den sie zuvor hergekommen waren.

»Was …?« Odile machte Anstalten, Henri zu folgen, drehte sich aber um, als Rosalie aufschluchzte.

»Ich hätte das alles nicht sagen sollen.« Tränen glitzerten in ihren Augen.

Odile zögerte, hob ihre Tasche auf und warf einen Blick hinein. Kramte, öffnete einen Reißverschluss und kramte weiter. Emilia trat zu Rosalie, um sie zu beruhigen, als Odile so laut fluchte, dass alle zusammenzuckten. »Meine Schlüssel! Henri hat meine Wagenschlüssel.«

Einen Atemzug lang starrten sich alle einfach nur an.

»Nein«, murmelte Emilia und rannte zeitgleich mit Odile los. Als sie die halbe Strecke zum Parkplatz zurückgelegt hatten, hörten sie, wie ein Motor ansprang. Sie brachen in dem Moment aus den Büschen hervor, als Henri Odiles Citroën wendete, beschleunigte und eine Staubwolke hinter sich zurückließ.

16

Emilia entdeckte die Silhouette in den Feldern, kaum dass sie vor dem Samain-Haus hielt, und stieg aus dem Wagen. Zunächst glaubte sie – hoffte sie –, dass Henri hierher geflüchtet war, in die so vertraute Umgebung aus Stein, Lavendel und Sonne, aber nach einer Weile erkannte sie die energischen, kraftvollen Bewegungen nur zu genau.

Bastien war zurück.

Odile schlug die Beifahrertür zu. »Ich sehe im Haus nach.«

»Dein Wagen ist nicht hier.« Emilia beschattete die Augen und sah sich um. »Vielleicht hat er ihn hinten geparkt.«

Charles lief los. »Ich übernehme das.« Im nächsten Moment war er auch schon um die Ecke verschwunden, so wie Odile in der Eingangstür.

Rosalie trat von einem Bein aufs andere und fühlte sich eindeutig nicht wohl in ihrer Haut. »Es ist alles meine Schuld«, murmelte sie. Das Zupfen am Handtaschenriemen war wieder zurück, und wenn sich Emilia nicht täuschte, hatte sich bereits ein Teil der Naht gelöst. »Ich hätte ihn nicht so hart angehen sollen.«

Für Schuldgefühle war nun keine Zeit. »Rosalie, Sie sehen im Schuppen nach.« Emilia deutete auf das Gebäude, das schräg hinter dem Haus aufragte. Als Rosalie nickte, machte sie sich auf den Weg in die Felder.

Jetzt, am späten Nachmittag, herrschte auf den Lavendelblüten noch Hochbetrieb. Bienen und Hummeln summten,

Schmetterlinge tanzten über dem Violett oder landeten darauf, so zart und verspielt, als wollten sie der Situation die Schwere nehmen.

Emilia folgte einer der Furchen und strich mit den Fingern über die Blüten, ließ sich vom mittlerweile so vertrauen Duft umhüllen und versuchte, nicht zu sehr auf ihr Herz zu achten, das mit jedem Schritt schneller schlug. Nicht nur, weil sie sich freute, Bastien endlich wiederzusehen, sondern auch, weil sie ein schlechtes Gewissen hatte. Henri Samain mochte die Verfassung eines Ochsen besitzen, aber ihre Fragen hatten ihn getroffen. Ihre Fragen und die Tatsache, dass sie ihn in eine Ecke gedrängt hatten, aus der er nur durch seine Flucht wieder herausgefunden hatte. Was hatten sie nur angestellt?

Bastien richtete sich auf und blickte ihr entgegen. Er versuchte eindeutig, die Zeit wieder wettzumachen: Das weiße Shirt mit irgendeinem verblassten Sportaufdruck klebte ihm am Körper, die hellen Haare waren zerzaust.

»Emilia! Schön, dich zu sehen.« Sein Lächeln war so ansteckend, dass sie es am liebsten erwidert hätte. Noch lieber wollte sie nach seiner Hand greifen und den Kopf an seine Schulter lehnen in dem Wissen, das alles gut war.

Aber das war es nicht. Wenn sie die winzigen Funken in seinen Augen sah, die so sehr zu ihm gehörten wie sein umwerfendes Lächeln, die Farm und die Tatsache, dass sie sich in seiner Gegenwart so unglaublich wohlfühlte, tat ihr umso mehr leid, was sie ihm nun beichten musste.

Bastiens Lächeln verblasste und machte Sorge Platz. »Was ist los? Geht es dir gut?«

»Ja«, sagte sie, meinte aber das Gegenteil. »Es ist etwas passiert, Bastien. Und es tut mir so leid.«

Er warf einen Blick über ihre Schulter zum Wagen. »Ist was mit Maurice?«

»Nein, mit Henri.«

»Was? Wo ist er?« Bastien klang angespannt, und er machte sich auf den Weg zum Haus, ohne eine Antwort abzuwarten. Die Arbeit war vergessen.

Emilia beeilte sich, ihm zu folgen. »Das wissen wir nicht.«

Nun blieb er doch stehen. »Ich verstehe kein Wort.«

Emilia bat ihn stumm um Verzeihung, holte Luft und erzählte ihm von dem Picknick, dem Gespräch über Marianne und Henris Flucht. »Wir haben ihn noch in der Ferne gesehen, vielmehr die Staubwolke, aber als wir an der Straße ankamen, war er verschwunden. Wir wissen nicht mal, in welche Richtung er gefahren ist«, sagte sie und rieb ihre Hände aneinander, da sie plötzlich eiskalt waren.

Bastien starrte sie an. »Ihr habt *grand-père* in einen Hinterhalt gelockt?«

Hastig schüttelte sie den Kopf. »Nein, so war es nicht.«

»Nun«, sagte er mit einer Ruhe, die noch kühler war als ihre Hände. »So klingt es aber.«

Genau so hatte er sie angesehen, als er geglaubt hatte, sie wäre hinter ihrem Anteil der Farm her. Emilia überlegte fieberhaft, was sie sagen oder tun konnte, um zu verhindern, dass die Situation eskalierte. Denn sie entglitt ihr, das spürte sie genau, und sie durfte nicht zulassen, dass irgendetwas, das mit Bastien zu tun hatte, außer Kontrolle geriet und gegen eine Wand krachte. Sie wollte diesen Riss nicht zwischen ihnen, der sich soeben andeutete und langsam, aber sicher wuchs, ohne dass sie es verhindern konnte.

»Bastien.« Sie griff nach seiner Hand. »Wir haben nur mit ihm geredet.« Verdammt, sie konnte ihm nicht einmal sagen, dass sogar Odile das Gespräch befürwortet hatte. Bastien wusste nichts von den Gedanken an die Vergangenheit, die seinen Großvater quälten, und Emilia wollte weder so klingen, als würde sie die Schuld von sich schieben, noch Bastiens Zorn auf jemand anderen lenken. »Wir finden ihn. Und dann erklären wir dir alles. Es war für Henri sicher ein Schock zu erfahren, dass seine ehemalige Verlobte …« Als er seine Hand zurückzog, fuhr sie zusammen.

»Du hättest vorher mit mir reden sollen.«

»Aber du warst nicht da, und …«

»Und was, Emilia?« Nun war das Blitzen seiner Augen nicht mehr aufregend, sondern hart und abweisend. »Sag mir nicht, dass euch keine Zeit geblieben ist. Du reist wohl kaum morgen ab und hättest die ganze Angelegenheit mit mir besprechen können, ehe du *grand-père* damit konfrontierst.«

»Natürlich reise ich morgen nicht ab, aber ich habe einfach nicht daran gedacht, dich für ein Gespräch mit Henri um Erlaubnis zu fragen.« Am liebsten hätte sie noch einmal eine Hand nach ihm ausgestreckt, aber das hatte nun keinen Sinn. Und jetzt war auch nicht die Zeit, um darüber nachzugrübeln, ob zwischen Bastien und ihr etwas existierte, das soeben zerstört worden war. Aber allein dieser Gedanke tat bereits weh.

Er presste die Lippen aufeinander und nickte knapp. Es sah nicht nach einem Einverständnis aus. »Was hättest du denn gedacht, wenn ich deinen Opa Walter einfach hinter deinem Rücken kontaktiert hätte?«

Sie starrte ihn an. »Ich weiß es nicht, Bastien, das kommt auf die Situation an. Aber lass uns jetzt nicht streiten, sondern ihn suchen. Wenn du auf den Feldern zu tun hast, übernehmen das Odile, Charles, Rosalie und ich.«

»Nein.« Er ging an ihr vorbei, ohne sie noch einmal anzusehen. »Ich kümmere mich um Henri und um das, was ihr angerichtet habt. Odile!«

Odile, die gerade aus dem Haus trat, drehte sich zu ihnen um. »Drinnen ist er nicht, und laut Charles auch nicht auf dem Hof!«, brüllte sie.

Rosalie hastete aus dem Schuppen und winkte mit beiden Armen ab. Bastien beachtete sie nicht länger als nötig. »Wo wart ihr?«, fragte er Odile. »Wo habt ihr das Picknick gemacht?«

»An seinem Lieblingsplatz. Du weißt schon, die erste Abfahrt nördlich von Monieux.«

Bastien überlegte. »Also gut. Ich suche dort die Gegend ab. Du fährst erst in den Ort, dann zum Pflegeheim. Vielleicht ist er bei Vincent.«

»Alles klar.« Als Odile aufging, dass ihr fahrbarer Untersatz mit Henri verschwunden war, blickte sie sich um.

»Ich komme mit«, sagte Emilia schnell.

»Nein.« Bastiens Kiefer mahlten. »Du hast schon genug angerichtet, und ich glaube nicht, dass Henri dir jetzt begegnen möchte. Wenn du wirklich helfen willst, dann gib Odile deinen Wagen.«

Odile spielte mit ihrem Lippenpiercing, eindeutig erschrocken über den harten Ton. »Bastien, es ist nicht Emilias Schuld. Ich war auch dabei und habe gedacht, dass Henri ein klärendes Gespräch guttun würde. Wenn du ihn in den vergangenen Tagen erlebt hättest …«

»Später. Ich hole mein Handy. Ruf mich an, wenn es was Neues gibt.« Damit verschwand er im Haus. Die Wut nahm er mit sich, das Erschrecken blieb zurück.

Emilia verschränkte die Hände ineinander, um zu verbergen, dass sie zitterten, und bemühte sich um ein Lächeln in Odiles Richtung. Ihre Mundwinkel wollten ihr nicht richtig gehorchen. »Der Schlüssel steckt.«

Odile zögerte. »Er meint es nicht so. Er macht sich nur wahnsinnige Sorgen, weil er hier nur noch Henri hat. Ich rede später mit ihm. Versprochen.«

Emilia war dankbar für den Versuch, die Wogen zu glätten. »Geh ruhig. Wir telefonieren herum, vielleicht hat jemand Henri gesehen. Oder dein Auto, es ist ja nicht gerade unauffällig. Viel Glück.«

Odile überlegte, dann trat sie auf Emilia zu und umarmte sie. »Euch auch. Wir finden ihn, keine Sorge. Und falls es dich beruhigt: Henri kann noch immer fahren. Ich habe ihn einmal dabei erwischt, wie er auf dem Hof herumgekurvt ist. Ich wollte nur meine Zigaretten holen, und als ich wieder rauskam, saß er am Steuer meiner Schrottlaube. Dem geht es blendend.«

»Das hoffe ich«, flüsterte Emilia.

Charles bog um die Hausecke, als Odile den Wagen anließ, dreimal auf die Hupe und dann aufs Gas drückte. »Gibt es was Neues?«

»Nein. Und Bastien ist nicht sehr gut auf uns zu sprechen. Komm, gehen wir rüber zu Maurice, vielleicht können Jessy und Mike euch zwei zurück zur Boulangerie fahren.«

Charles sah aus, als hätte sie ihn beleidigt. »Unsinn. Wir bleiben. Oder, Rosalie?«

Die zuvor so elegante Frau hatte sich in ein Häufchen Elend verwandelt. Stroh hing in ihren Haaren, und ein Schmutzfleck zierte ihr Kinn. Sie musste im Schuppen sogar unter den Planen nach Henri gesucht haben. »Natürlich bleiben wir.« Sie zögerte. »Ich kann noch immer nicht glauben, dass …«

Ihr Blick flackerte zu Emilia, und die Anspielung lag auf der Hand. Wenn Henris Geschichte stimmte – woran Rosalie nicht zu zweifeln schien –, dann waren sie miteinander verwandt. Oma Marie wäre nicht die Person, die Emilia durch Walters Erzählungen gekannt zu haben glaubte, und ihre eigenen Wurzeln lägen teilweise hier, in der Provence.

Aber das war zu viel für den Moment. Jetzt und hier wollte und konnte sie nicht darüber nachdenken.

»Darum kümmern wir uns, wenn wir Henri gefunden haben.« Sie bedeutete den beiden, ihr zu folgen, und machte sich auf den Weg zur Borel-Farm. Fast war ihr, als spürte sie Bastiens Blick in ihrem Rücken. Gut möglich, dass er am Fenster stand, während er sich rasch ein frisches Shirt überzog oder auf der Suche nach Henri am Telefon hing. Schlimm genug, dass er sich so sehr sorgte, aber dass er sie allein für alles verantwortlich machte, traf sie tief. Diese Verkettung von Ereignissen hatte einen Keil zwischen sie getrieben, und er schmerzte auf eine Weise, die sie nicht für möglich gehalten hatte.

Aber war es nicht das, was sie gewollt hatte? Dass ihr jemand oder etwas eine Lösung für diese Zwickmühle bot, die Bastien für sie bedeutete? Bald würde sie diesen Ort ohnehin verlassen, mit dem sie womöglich viel mehr verband, als sie jemals geahnt hatte. Und wie Opa Walter ließ sie jemanden zurück, der wichtig war und den sie vergessen musste. Es würde ihr leichter fallen, wenn sie mit Monieux, Bastien und auch der Geschichte um Marianne Racine abschloss. Vielleicht, mit etwas Glück, konnte sie dann gute Erinnerungen mit nach Hause nehmen.

Sie erreichten den Weg, an dessen Ende ihnen die Bank entgegenleuchtete. Rosalie und Charles liefen noch immer hinter Emilia, in ein verhaltenes Gespräch vertieft, als ahnten sie, dass sie mit ihren Gedanken allein sein musste.

Sie blieb erschrocken stehen, als etwas aus dem Feld schoss und zwei Schritte später an ihr hochsprang: Rala wedelte so heftig mit dem Schwanz, dass ihr gesamtes Hinterteil wackelte. Ihre Zunge hing ihr seitlich aus dem Maul. Mini blieb hinter ihr stehen und beobachtete die Neuankömmlinge aufmerksam.

»Na, ihr zwei?« Emilia ging in die Hocke, und kaum kuschelte Rala ihr Köpfchen an ihren Bauch, liefen ihr die Tränen über die Wangen. Sie verbarg ihr Gesicht an der weichen Hundestirn und erlaubte sich, für eine Weile an nichts zu denken.

Rala zappelte und fuhr mit der Zunge über Emilias Wange, sodass sie endlich wieder lächeln konnte. »Wieder okay«, flüsterte sie und stand auf, als Charles einen Arm um sie legte.

»Das wird schon«, sagte er leise. »Henri hat die Gelegenheit auf ein kleines Abenteuer ergriffen und bringt die alte Kiste noch einmal an ihre Grenzen. Der kehrt zur Farm zurück, sobald er Hunger bekommt.«

Emilia nickte. Mit etwas Glück hatte er den Nagel auf den Kopf getroffen. Doch selbst wenn Henri strahlend vor

Begeisterung über seinen Roadtrip wieder auftauchte, war etwas zwischen ihr und Bastien zerbrochen.

Er drückte sie noch mal kurz an sich. »Gehen wir. Uns fällt schon noch etwas ein. Rosalie?« Er drehte sich um, bot ihr einen Arm, und sie hakte sich ein.

Die beiden Hunde fielen neben Emilia in einen lockeren Trott, wobei sie immer wieder im Feld verschwanden und mit Nasen voller Dreck und Blüten wieder auftauchten, als wollten sie ihnen sagen, dass jedes Problem mit ein wenig Buddelei beseitigt werden konnte.

Es dämmerte bereits, als sie Maurices Haus erreichten. In einigen Zimmern brannte Licht. Abgesehen von ihren Schritten, dem Hecheln der Hunde und dem Gesang der Zikaden war es totenstill. Erste Sterne zeigten sich, winzige Nadelstiche am Himmel – wie geschaffen für eine romantische Nacht, aber weniger für eine Suche voller Sorge und schlimmer Befürchtungen. Emilia verdrängte die Bilder von Odiles Wagen in irgendeinem Graben samt Henri mit blutiger Stirn am Steuer und öffnete die Tür.

Im Inneren duftete es wie so oft nach Kaffee. Aus der Küche erklangen Stimmen. Drei Gesichter blickten ihnen entgegen, als sie eintraten: Maurice, Jessy und Mike saßen an dem riesigen Holztisch, der mit Brot, Aufschnitt, Käse, Antipasti und Kuchen bestückt war. Jessy, die ihre noch nassen Locken zu einem Knoten auf dem Kopf gebunden hatte und ein mit Wasserflecken verziertes Top mit dem Bild einer Meerjungfrau trug, hielt ein Glas Weißwein in der Hand und hob es nun ein Stück höher.

»Em, du kommst genau richtig. Wusstest du, dass man deinen Lavendel-Zitronenkuchen supergut aufbacken kann? Ich habe ihn für fünf Minuten in den Ofen …« Sie ließ ihr Glas sinken und stand so abrupt auf, dass ihr Stuhl über den Boden schabte. »Ist etwas passiert? Du siehst ja schrecklich aus.«

Mike erhob sich ebenfalls. »Komm, setz dich und trink ein Glas Wein.« Er machte sich am Schrank zu schaffen, als Charles und Rosalie hinter Emilia auftauchten.

»Guten Abend«, sagte Charles so höflich, als wäre nichts geschehen. »Das hier ist Rosalie Chambres. Es tut mir leid, dass wir stören, aber es gibt ein kleines Problem mit Henri Samain.«

Maurice wurde hellhörig. »Ist alles in Ordnung drüben?«

»Nein.« Emilias Stimme kratzte, und sie räusperte sich. »Nicht wirklich. Wir haben Henri ein Gespräch aufgedrängt, das er so nicht wollte, und er ist mit Odiles Wagen geflüchtet.«

»Er ist was?« Maurice war bereits auf den Beinen und schnappte sich seinen Schlüsselbund von der Arbeitsplatte. »Sucht ihn bereits irgendwer?«

»Ja, Odile und Bastien. Er ist ziemlich sauer.«

Maurice winkte ab. »Der Junge meint es gut, aber der alte Henri ist noch immer sein eigener Herr. Und bei seinem Dickkopf wird sich das auch nicht ändern, selbst wenn man jahrelang auf ihn einredet.«

Jessy und Mike wechselten einen Blick. Das Abendessen war vergessen. »Habt ihr irgendeine Vermutung, wo er sein könnte?«, fragte Jessy, während Mike aus der Küche hastete.

»Mittlerweile vermutlich überall. Odile hatte ein Stück nördlich vom Ort in einem Feldweg geparkt. Sie haben dort ein Picknick gemacht.« Emilia schüttelte den Kopf. »Wir hätten ihn einfach in Ruhe lassen sollen.«

»Was geschehen ist, ist geschehen.« Maurice traf, ohne es zu ahnen, den Kern der ganzen Angelegenheit. »Emilia, willst du mit mir fahren? Und was ist mit dir, Charles, und Ihnen, Rosalie? Erst einmal willkommen, entschuldigen Sie die Unhöflichkeit.« Er streckte ihr eine Hand entgegen.

Sie legte ihre hinein. »Tut mir leid, dass ich einfach so in Ihre Küche geplatzt bin, Monsieur Borel.«

Maurice winkte ab. »Ich freue mich, Sie später besser kennenzulernen, aber erst sollten wir los.«

Sie trafen Mike, der seinen Wagenschlüssel schwenkte, in der Diele. Rosalie schloss sich Maurice und Emilia an, während sich Charles auf die Rückbank des alten Geländewagens quetschte. Emilia war einfach nur froh über die kleine Gemeinschaft, die sich in kürzester Zeit gebildet hatte. Sie wusste, sie konnte sich auf all diese Menschen verlassen, die ihr so ans Herz gewachsen waren, und als sie sich in den Beifahrersitz des Kastenwagens fallen ließ, erlaubte sie sich einen Moment der Hoffnung und sagte sich, dass alles gut werden würde.

Die beiden Hunde liefen auf dem Hof hin und her, spürten die Nervosität der Menschen und folgten ihnen bis zur Einfahrt. Emilia beobachtete im Rückspiegel, wie sie immer kleiner wurden. Dann sah sie aus dem Fenster und hoffte, hinter jeder Ecke, jeder Biegung Odiles Citroën oder Henri Samains weißen Flammenhaarschopf zu entdecken. Sie würde diesen Zwischenfall wieder gutmachen, und dann würde sie noch einmal mit Bastien reden und hoffen, dass er ihr verzieh.

Es war stockdunkel, als sie zurückkehrten. Maurices Scheinwerfer schnitten Momenteindrücke aus der Dunkelheit – Lavendelreihen, Sträucher, Wegränder. Und zwei Silhouetten. Die Hunde hatten ihre Rückkehr erwartet.

Zwei Stunden hatten sie gesucht und waren immer wieder ausgestiegen, um einzelne Wege zu Fuß abzugehen, doch ohne Erfolg. Selbst der so unerschütterliche Maurice war stetig stiller geworden, abgesehen von den Flüchen, mit denen er Henri bedachte, weil er sie zu dieser nächtlichen Aktion zwang. Mit jeder Minute sank Emilias Mut, vor allem, als Odile ihr per Textnachricht mitteilte, keinen Erfolg gehabt zu haben. Bastien meldete sich nicht, egal wie oft sie auf das Display ihres Handys starrte, und sie wagte es nicht, ihn anzurufen. Als sie seinen Wagen in der Einfahrt neben ihrem sah, schlug ihr Herz schneller.

Das Motorengeräusch lockte eine Gestalt aus der Tür. Die Außenbeleuchtung sprang an: Odiles Gesicht war düster, und sie hatte beide Arme vor der Brust verschränkt.

Emilia stieg aus, ehe der Motor verstummt war. »Nichts?«

Kopfschütteln. »Er war nicht im *La Roseraie*. Im Ort hat ihn auch niemand gesehen, ganz zu schweigen von meinem Wagen.« Sie deutete über die Schulter. »Bastien hat die Polizei angerufen, aber die sagen, es ist noch zu früh, um Henri als vermisst einzustufen. Immerhin hat es weder einen Unfall in der näheren Umgebung gegeben noch ist Henri in einem der Krankenhäuser aufgenommen worden. Wir haben den gesamten Kreis abtelefoniert.«

Emilia blickte zum Haus. »Ist Bastien drinnen? Wie geht es ihm?«

Odile rieb sich die Stirn, als hätte sie Kopfschmerzen. »Er ist besorgt und wütend, aber vor allem erschöpft, was er allerdings niemals zugeben würde. Ich glaube, er hat nach seiner Rückkehr nicht geschlafen, weil er auf den Feldern aufholen wollte, und nun das.«

»Verdammt.« Emilia starrte auf ihre Füße. Die ehemals weißen Sneaker waren von Staub, Dreck und Gras verfärbt.

»Hey.« Odile schlug ihr gegen die Schulter. »Komm mir jetzt nicht mit Selbstmitleid. Du weißt ebenso gut wie ich, dass du nicht alles auf deine Kappe nehmen musst. Und«, fuhr sie mit erhobener Hand fort, als Emilia etwas entgegnen wollte, »Bastien weiß das auch. Aber er ist einfach am Ende, und es war am leichtesten, die erste Person für alles verantwortlich zu machen, die ihm vor die Nase gelaufen ist.« Sie beugte sich zur Seite und winkte. »Hallo!«

Hinter ihnen brummte Maurice einen Gruß.

Emilia blickte noch mal zum Haus. »Ich rede mit ihm.«

»Bist du sicher?« Odiles Augen mussten schmerzen, so sehr riss sie sie auf.

»Nein. Aber wenn ich es nicht tue, fühle ich mich noch schlechter.«

»Verstehe. Du schaffst das schon, und wenn du Hilfe brauchst, brüll einfach laut. Irgendwas. Meinen Namen, deinen, ist mir egal, ich komme dann und rette dich. Er ist im Arbeitszimmer.« Odile zwinkerte ihr zu. »Ich kümmere mich um die restliche Such-Crew, die sitzt in der Küche. Charles hat ein hervorragendes überbackenes Baguette gezaubert. Maurice, Rosalie, kommt doch rein und esst mit uns.«

Emilia verkniff sich die Bemerkung, dass Charles vermutlich auch ein simples Butterbrot hätte schmieren können, um Odile in Entzücken zu versetzen, ehe sie tief durchatmete und sich auf den Weg ins Haus und dann ins Arbeitszimmer machte.

Aus der Küche hörte sie Stimmen und erkannte an der unbeschwerten Tonlage Charles. Wie gern wäre sie nun abgebogen, um zwei freundliche Gesichter zu sehen! Aber sie ging weiter, den Flur entlang, und wurde langsamer, als Lichtschimmer auf den dicken Teppich fielen.

Die Tür war nur angelehnt. Im Inneren lief Bastien vor dem Schreibtisch auf und ab und starrte auf das Handy in seiner Hand. Die Adern an seinem linken Unterarm traten vor, so fest hatte er die freie Hand zur Faust geballt.

Emilia zählte innerlich bis drei, klopfte an den Türrahmen und trat ein. »Hallo.« Als er sie lediglich anstarrte, deutete sie auf das Handy. »Irgendwelche Neuigkeiten?«

»Was tust du hier?« So, wie er sie betrachtete, hätte sie ebenso eine Fremde sein können. Jemand, der ohne Befugnis in seinem Haus auftauchte.

Sie versuchte, es nicht persönlich zu nehmen, aber das fiel ihr schwer. »Wir haben Henri gesucht, aber leider ohne Erfolg.« Sie zögerte. »Odile hat gesagt, du hast die Polizei kontaktiert?«

»Ja«, sagte er bitter. »Aber sie haben ihre Richtlinien, und *grand-père* muss sich erst allein in der Nacht zu Tode frieren, ehe man sich auf die Suche macht. Oder sich überhaupt dazu durchringt, etwas ins System einzutragen!«

»Bastien.« Sie trat ins Zimmer. »Die Temperaturen fallen nachts nicht so stark, dass er frieren muss.«

Er verengte die Augen. Dunkle Ringe lagen darunter, und sein Gesicht wirkte bleich und müde. »Woher willst du das wissen? Er ist ein alter Mann.« Da war sie wieder, diese unterschwellige Feindseligkeit.

»Ich habe auch einen Opa. Und Walter käme sehr gut allein klar, wenn er sich eines unserer Autos ausleihen würde.

Damit will ich nicht herunterspielen, was passiert ist«, sagte sie hastig. »Sondern dir nur sagen, dass Sorgen angebracht sind, aber du nicht allzu schwarzmalen solltest.«

Er schwieg, trat ans Fenster und wandte ihr den Rücken zu. »Vielleicht ist es gerade nicht so angebracht, von deinem Großvater zu reden.«

Er hätte sie genauso gut anbrüllen können. »Das ist unfair, und das weißt du so gut wie ich«, flüsterte sie.

Bastien fuhr herum. »Was erwartest du von mir, Emilia? Was soll ich sagen oder tun? Etwas, damit du dich besser fühlst?« Er warf das Handy auf den Schreibtisch. Durch den Schwung rutschte es quer über die Platte. Emilia fing es auf, ehe es zu Boden fallen konnte. Sie zögerte, trat dann aber neben Bastien ans Fenster. In der Ferne schimmerten Lichter und verwandelten die Umgebung in eine Welt aus Mysterien.

»Odile hatte uns erzählt, dass du die Gegend im Norden absuchen wolltest«, sagte sie, aber er schwieg. »Also sind wir Richtung Süden gefahren. Maurice, Rosalie und ich bis Lioux, Charles, Jessy und Mike haben sich östlich gehalten. Wir könnten gleich wieder los, aber ich wollte erst wissen, ob es Neuigkeiten gibt. Und wenn nicht, wie dein Plan aussieht.«

Er stützte beide Hände auf das Fensterbrett. »Es hat keinen Sinn, wild durch die Gegend zu fahren. Er kann überall sein, er kennt die kleinen Straßen und Wege wie kaum ein anderer.« Die Haare fielen ihm in die Stirn, als er den Kopf senkte. »Es hat nirgendwo einen Unfall gegeben, und die Krankenhäuser haben in den vergangenen Stunden niemanden aufgenommen, auf den Henris Beschreibung passt.«

»Das ist doch schon mal gut.«

»Findest du?« Er musterte sie von der Seite. »Es bringt uns kein Stück weiter.«

»Natürlich finde ich das.« Sie hielt seinem Blick und der Ablehnung darin stand, auch wenn es ihr schwerfiel. »Das bedeutet, dass ihm nichts passiert ist und er demnächst zurückkommt. Oder aber er parkt irgendwo und denkt über alles nach.« Sie bemerkte, dass sie noch immer sein Handy in der Hand hielt, und auf einmal kam ihr eine Idee. »Bastien.«

Es musste an der Dringlichkeit in ihrer Stimme liegen, dass seine Mauer aus Sachlichkeit und Abweisung bröckelte. »Hm?«

»Was ist, wenn er wirklich über alles nachdenkt?« Vor lauter Aufregung stolperte sie über die Worte.

Die Falte auf seiner Stirn vertiefte sich. »Wovon redest du?«

»Wir haben ihn mit der Vergangenheit konfrontiert, ehe er verschwunden ist. Womöglich hat er einen Ort aufgesucht, den er von früher kennt. Der ihm viel bedeutet hat.«

»Das bringt uns leider nicht weiter. Ich habe keine Idee, wo er noch sein könnte.« Er machte keine Anstalten, sein Handy zu nehmen, also drückte sie es ihm in die Hand und zückte ihr eigenes. »Aber vielleicht hat die jemand aus der Vergangenheit. Ja, Henri ist nicht gut auf seinen alten Freund Walter zu sprechen, so wie du gerade auf mich. Aber ich versuche hier wirklich zu helfen, und vielleicht fällt meinem Opa noch etwas ein.«

Er starrte sie an. Die Mauer bröckelte weiter, aber ganz würde Bastien sie nicht aufgeben. Er war am Ende und zog seine Kraft aus dieser Wut, die ihn gemeinsam mit seinem

Verantwortungsgefühl aufrecht halten würde, bis sie Henri gefunden hatten. »Du hast doch selbst gesagt, dass sich dein Opa nicht an alles erinnert.«

»Ja, und ich glaube, dass er mir da ebenso wie anfangs Henri Unsinn erzählt hat. Die zwei erinnern sich sehr gut. Aber mein Opa hat deinem damals die Verlobte ausgespannt, was ihn offenbar so tief getroffen hat, dass ihre Freundschaft gestorben ist. Das hat Opa Walter nicht vergessen. Es hat ihm nicht gefallen, dass ich hier bin. Oder Henri belästige, so hat er es ausgedrückt. Aber wenn wir ihm sagen, was geschehen ist …«

Bastien wirkte nicht überzeugt. »Es ist mitten in der Nacht.«

Emilia zuckte mit den Schultern. »Es ist allerhöchstens später Abend. Und das ist es doch wert, oder?«

Er überlegte eine Weile, dann nickte er. »Also gut. Ruf ihn an.«

17

Eine vertraute Melodie zog durch Emilias Träume, ehe die gesamte Welt zu schwanken begann.

»Em? Em, wach auf, dein Handy!«

Sie schlug die Augen auf und starrte in Charles' Gesicht. Prompt kam die Erinnerung zurück: Sie war auf Bastiens Sofa eingeschlafen, nachdem sie über eine halbe Stunde lang versucht hatte, Opa Walter zu erreichen. Ja, es war spät gewesen, aber normalerweise riss ihn das Telefon noch aus jedem Schlaf – wie damals, als Diane wegen des ersten Nachwuchses ihrer Wellensittiche nachts um drei wie eine stolze Mutter sämtliche Verwandten, Nachbarn und Freunde aus dem Bett geklingelt hatte. Aber Emilias Anrufe hatte Opa Walter nicht entgegengenommen, und sie ahnte, warum. Er und Henri Samain hatten wirklich mehr gemeinsam, als beide zugeben wollten.

Sie starrte auf das Display, wo Dianes Name blinkte, und setzte sich dann so schnell auf, dass ihr schwindlig wurde. Nach Opa Walter war Diane ihre nächste Anlaufstelle gewesen – nicht nur, um sie um Hilfe zu bitten, sondern auch, um sie auf den neuesten Stand zu bringen und ihr zu sagen, dass sie mit absoluter Sicherheit eine französische Oma besaß.

Diane hatte die Eröffnung mit einer Mischung aus Begeisterung und Fassung aufgenommen und sich alles in Ruhe erzählen lassen, ehe ihr Faible für Agentengeschichten mit ihr durchgegangen war. »Vielleicht musste sie damals in ein Zeugenschutzprogramm und ist hier in Deutschland untergetaucht! Das könnte doch sein?«

Jetzt trug sie ihre metallicblaue Jacke und sah aus, als hätte sie jede Situation auf der Welt im Griff.

Emilia blinzelte sich hastig den Schlaf aus den Augen. »Di! Ist alles in Ordnung?«

Ihre Cousine winkte in die Kamera. »Klar. Ich bin mitten in der Nacht nach Singhofen gefahren und habe unterwegs zehn Liter Kaffee getrunken. Ich bin also die mit Abstand wachste Person in ganz Deutschland! Markus ist vermutlich tausend Tode gestorben, weil ich ihn erst von unterwegs angerufen und ihm alles erzählt habe.« Emilia erinnerte sich daran, dass er auf Geschäftsreise in Belgien war, und fragte sich, welche Wellen diese ganze Geschichte noch schlagen würde. »Hier habe ich dann Sturm geklingelt und Opa aus dem Bett geholt. Ich hab ihm Tee gemacht, mit einem kräftigen Schuss Rum, und ich denke, er ist nun bereit, mit dir zu reden.«

»Ach Di«, sagte Emilia und war dankbar, dass sie sich auf ihre Cousine uneingeschränkt verlassen konnte. »Warte bitte kurz.« Sie wandte sich zu Charles um. »Gibt es etwas Neues?«

Er reichte ihr einen dampfenden Becher. »Nein, nichts. Bastien ist mit Odile noch mal losgezogen, Maurice und ich halten in der Küche die Stellung, die anderen schlafen.« Er deutete auf das zweite Sofa in der Ecke, wo Rosalie so vornehm vor sich hin schnarchte, wie man es von ihr erwartet hätte.

»Danke.« Sie nippte an dem Kaffee. Charles hob einen Daumen und verschwand wieder. Emilia stand auf und ging langsam ins Arbeitszimmer, um Rosalie nicht zu wecken. Keiner von ihnen hatte daran gedacht aufzugeben, ehe Henri gefunden war. Und auch wenn Bastien dazu geschwiegen hatte, war ihm anzumerken, dass er dankbar für den Beistand war, um den er niemals gebeten hätte. Nachdem Diane am Telefon verkündet hatte, von München nach Singhofen zu fahren, hatte er den Kopf geschüttelt, während Emilia ihm erklärte, dass die Aktion gar nicht so abwegig war, wenn man Diane kannte. Einen Anruf konnte Opa Walter ignorieren. Jemand, der den Daumen auf der Klingel festklebte, um hinterher an die Tür und sämtliche Fenster im Erdgeschoss zu hämmern, war dagegen schon etwas ganz anderes.

Sie ließ sich in den breiten Sessel hinter dem Schreibtisch fallen. Er war alt und leicht durchgesessen, die Naht hatte an vielen Stellen bereits nachgegeben – aber er roch nach Bastien und war warm und gemütlich, sodass sie sich tiefer hineinkuschelte und die Beine anzog. Das Display ihres Handys zeigte mittlerweile einen Wirbel aus Farben und eine Menge Gewackel. »Di? Bist du noch da?«

Das Bild beruhigte sich, und das bekannte Gesicht strahlte ihr entgegen. »Denkst du, ich fahr die halbe Nacht durch, um dann das Finale nicht mitzubekommen?« Sie starrte in die Kamera. »Weißt du, das klingt alles, als hättest du es dir ausgedacht, aber dann habe ich Opa Walters Reaktion gesehen. Ich glaube, in seinem ganzen Leben war er noch nie so bleich.«

Emilia schloss kurz die Augen. »Das tut mir leid.«

»Das muss es nicht. Eines Tages kommen die Dinge doch immer ans Licht. Ich verstehe nur nicht, warum die Sache so ein Geheimnis geworden ist. Nur weil sich eine Frau in einen anderen Mann verliebt, muss sie doch nicht gleich untertauchen. Es sei denn, sie musste wirklich ihre Identität …«

»Di!«

»Schon gut, schon gut.« Wieder schwankte das Bild. »So, ich reiche dich weiter. Opa? Ich hab Emilia in der Leitung.«

Am Rande des Sichtfelds tauchte ein Licht auf, vermutlich die Stehlampe im Wohnzimmer, dann starrte Opa Walter ihr entgegen, als würde er sie nicht erkennen. Emilia entschied, ihm die Zeit zu geben, die er brauchte, um sich zu sammeln.

»Emilia«, sagte er schließlich und blickte zur Seite, als würde er darauf warten, dass ihm jemand einen Rat oder eine Anweisung gab.

»Hallo Opa«, sagte sie leise. »Diane hat dir ja schon erzählt, worum es geht. Henri ist noch nicht wieder aufgetaucht und sein Enkel sucht ihn gerade. Er macht sich große Sorgen, so wie ich auch.« Sie zögerte. »Wir sind die Gegend rund um Monieux abgefahren. Fällt dir noch ein Ort ein, an dem Henri sein könnte? Es ist mitten in der Nacht, und Bastien möchte einfach nur, dass er wieder nach Hause kommt.«

Ihr Opa starrte sie an, als hätte er sie nicht verstanden. Dann räusperte er sich. »Nein.« Seine Stimme war brüchig wie Papier, das jahrelang in der Sonne gelegen hatte. »Wenn er nicht auf der Farm ist …« Er rieb sich die Stirn. »Ach Emilia, so viel Chaos nach all den Jahren.« Er ließ die Hand wieder sinken. »Du hättest gar nicht erst dorthin fahren sollen«, flüsterte er. »Wir hätten die Vergangenheit ruhen lassen müssen. Es hat viel zu viel böses Blut gegeben.«

»Du meinst wegen Marianne«, sagte sie leise.

Opa Walters Lippen bewegten sich, ohne dass er einen

Ton herausbrachte, und Diane drückte ihm eine Tasse in die Hand. Er nippte daran und schien auf einmal unendlich weit weg zu sein. »Marianne. Ja«, murmelte er, nicht als Antwort, sondern einzig und allein zu sich selbst. Er nahm noch einen Schluck, straffte die Schultern und reichte die Tasse zurück. »Du hast es also herausgefunden. Marianne. Marie.« Es klang zärtlich. Der eine Name nur eine Abkürzung des anderen, eine Koseform. Wie hatte sie das übersehen können?

»Dann stimmt es?«, fragte Diane. »Oma stammte aus Frankreich? Sie war einst mit diesem Henri verlobt?«

Opa Walter griff nach der gehäkelten Decke, die über das Sofa gebreitet war, und bearbeitete den Saum mit den Fingern. »Es war ihr Wunsch, in Deutschland ganz von vorn anzufangen. Die Eröffnung, dass sie ihre Verlobung mit Henri zu lösen wünscht, um mit mir zusammen zu sein, hat damals sehr viel aufgerührt in Monieux. Für ihre Familie war ich ein Störenfried, und schlimmer noch, ein Deutscher. Natürlich war der Krieg schon lange vorbei, und die Ablehnung lag nicht darin begraben.« Je länger er sprach, desto angestrengter klang es. Nicht nur Henri machten die alten Geschichten zu schaffen. »Ich war einfach ein Fremder aus dem Ausland, der einem der ihren das Mädchen weggenommen hätte, so sagten sie damals. Dabei hätte sich Marie niemandem wegnehmen lassen. Sie hat stets selbst bestimmt, wohin sie gehen wollte – und sie wollte bei mir sein.« Er lächelte mit solcher Wehmut, dass sich Emilias Herz zusammenzog. »Aber ihre Leute hatten Geld. Und auch einen gewissen Einfluss. Sie haben uns gedroht, dafür zu sorgen, dass wir niemals zusammen glücklich werden. Wir haben Mittel und Wege, um ein gemeinsames Leben zu verhindern, sagten sie. Und ich habe ihnen geglaubt. Was wusste ich als junger Mann auch schon?«

»Also ist Marianne gegangen und hat den Kontakt zu ihrer Familie abgebrochen.« Am liebsten hätte Emilia ihren Opa in den Arm genommen, so verloren sah er aus. »Nur von ihrer Schwester und deren Tochter Rosalie hat sie sich verabschiedet.«

Er nickte. »Davon hat sie sich nicht abhalten lassen. Aber ja, niemand durfte wissen, wo wir waren. Unsere Angst vor möglichen Konsequenzen war zu groß.« Die Decke rutschte von der Rückenlehne, aber er schien es nicht zu bemerken. Di nahm sie und breitete sie über seine Beine. »Also habe ich meine Eltern angelogen, auch wenn mir nicht wohl dabei war. Ich fühlte mich respektlos und undankbar gegenüber den zwei Menschen, die mich großgezogen hatten. Sie haben mir viel beigebracht, aber Lügen gehörte ganz gewiss nicht dazu.«

»Aber wie?« Obwohl Emilia die Wahrheit bereits geahnt hatte, war es etwas anderes, das alles von Opa Walter zu hören. Mit jedem Detail wuchs die Fassungslosigkeit darüber, dass ein Teil ihres Lebens schon immer eine Illusion gewesen war. »Oma war Französin.« Die Worte kamen holprig heraus, so ungewohnt waren sie. »Das muss doch aufgefallen sein.«

Opa Walter räusperte sich. »Manchmal schaffen die Waghalsigen ungewöhnliche Dinge. Wobei wir uns einredeten, dass es Mut war, der uns antrieb. Und die Liebe.« Sein Lächeln war traurig. »Einen genauen Plan hatten wir nicht, aber wir waren jung, und dann hält man vieles für möglich. Ich wollte für ein Zuhause sorgen, weit weg von meinen Eltern, sodass es nur wenige Gelegenheiten für Besuche gab.

Die Behörden wussten natürlich Bescheid, schließlich haben wir rasch und sehr privat geheiratet. Marie lernte unsere Sprache, gab sich schüchtern, und wir versuchten, ihren Akzent mit einer französischen Mutter zu erklären. Außerdem behaupteten wir, ihre Eltern wären verstorben. Ich weiß nicht, ob meine mir geglaubt haben. Sie haben das Thema niemals angesprochen.« Er schüttelte den Kopf. »Damals redete man nicht über Dinge, die den Alltag durcheinanderbringen könnten. Ich vermute, sie wussten, dass Maries Vergangenheit nicht die war, die wir ihnen vorspielten, aber sie haben niemals danach gefragt. Dann kam der kleine Gerd auf die Welt, und damit war Marie in den Augen meiner Eltern ihrer Aufgabe nachgekommen: Sie hatte mir einen Sohn geschenkt. Von da an waren sie mit ihr zufrieden.« Er sah zur Seite, wo Diane saß, und streckte eine Hand nach ihr aus. »Dein Vater war das hübscheste Kind, und Marie hatte so viel Freude an ihm.«

»Von irgendwem muss ich das ja haben«, sagte Diane, lehnte den Kopf an seine Schulter und zwinkerte Emilia zu.

Opa Walter tätschelte ihren Arm. »Dein Vater, Emilia, kam zwei Jahre später. Und als meine Marie gestorben war, ist das Geheimnis mit ihr gegangen, und es gab keine Veranlassung mehr, es noch einmal aufzudecken. Ich habe ihr versprochen, dass ich die Vergangenheit ruhen lasse. Dass ich die Geschichte erzähle, mit der wir unser gemeinsames Leben in Deutschland begonnen haben, und genau das habe ich getan.«

»Bis Emilia alles wieder aufgerüttelt hat«, sagte Di. »Und jetzt sind wir zu einem Viertel Französinnen.« Sie nahm die Sache recht locker.

Emilia wusste, dass sie damit vor allem Opa Walter zu beruhigen versuchte, aber Diane fühlte sich auch nicht dafür verantwortlich, dass Henri Samain allein durch die Nacht gondelte. Trotzdem brachte sie ein Lächeln zustande. »Ich habe unsere Tante Rosalie bereits kennengelernt.« Sie schüttelte den Kopf. »Das ist gerade ganz schön viel.« Sie war froh, dass Diane bei Opa Walter war, auch wenn sie sich gerade jetzt mehr als alles andere wünschte, ihre Oma kennengelernt zu haben.

Marianne.

Di hielt einen Daumen in die Kamera. »Ich möchte dich so bald wie möglich da unten besuchen kommen, Em, um zu sehen, wo Oma Marie … Marianne? Na ja, woher sie kommt.«

Opa Walter seufzte. Zunächst glaubte Emilia, dass er noch mehr Probleme befürchtete, wenn nun auch noch Diane mit ihrer enthusiastischen und manchmal forschen Art das Dorf aufwirbelte. »Eure Großmutter stammt ursprünglich nicht aus Monieux«, sagte er dann aber. »Sie wurde in Montbrun-le-Bains geboren, das ist ungefähr eine halbe Stunde entfernt. Wobei die Straßen sicher heute besser ausgebaut sind. Früher waren es oft Schotterwege.«

»Okay«, sagte Emilia und ließ es wie eine Frage klingen.

Opa Walter war nun aufgeregt. Das Handy wackelte, weil er es schüttelte, um ihre ungeteilte Aufmerksamkeit zu erlangen. »Der Ort unterscheidet sich im Grunde nicht von all den anderen in der Umgebung, aber Marie hat ihn geliebt wegen ihrer schönen Kindheitserinnerungen. Wir sind manchmal für ein Picknick hingefahren.«

Emilias Herz setzte einen Schlag aus. »Du glaubst, Henri könnte dort sein?«

»Es ist das Einzige, was mir noch einfällt. Marie hat ihn sicher auch mal mitgenommen.«

»Danke Opa«, sagte Emilia eilig und war bereits auf dem Weg zur Tür. »Ich melde mich, wenn es etwas Neues gibt. Wir reden später!« Es tat ihr leid, das Gespräch so hastig zu beenden, aber Diane würde ihm eine Stütze sein. Etwas, das auch Henri dringend brauchte.

Charles trat auf den Flur, als sie die Tür aufriss. »Was ist passiert?« Er sah müde aus, allmählich zehrte die lange Nacht auch an ihm.

Emilia schwenkte ihr Handy. »Ich weiß, wo Henri sein könnte.«

Charles verschwendete keine Zeit, lief zurück in die Küche und kehrte mit Maurices Wagenschlüssel zurück. »Maurice ist am Küchentisch eingeschlafen, und ich schlage vor, wir wecken ihn nicht. Er muss morgen früh raus. Aber allein fahren lasse ich dich nicht.«

»Gut.« Mehr gab es nicht zu sagen. Aber sie nahm sich die Zeit, ihn zu umarmen und fest an sich zu drücken. »Danke«, flüsterte sie. »Dafür, dass du so ein guter Freund geworden bist.«

Er lächelte, als sie sich von ihm löste. »Das gebe ich gern zurück. Nach all den Jahren, die ich hier lebe, muss erst jemand aus dem fernen Deutschland kommen, der mich und meine Leidenschaft für Gebäck versteht. Wobei …« Er legte den Kopf schief. »Ich habe schon geahnt, dass irgendwo eine Französin in dir steckt.«

Emilia lachte. »Spinner.«

Charles deutete eine Verbeugung an. »Also. Ich fahre, du rufst Bastien an. Wäre doch gelacht, wenn wir den alten Sturkopf heute Nacht nicht zurück nach Hause bekommen.«

Sie zog eine Grimasse. »Vermutlich wird sich Henri mit Händen und Füßen wehren, mit uns zu kommen, sobald wir ihn gefunden haben.«

Charles gluckste. »Wer sagt, dass ich von Henri geredet habe?«

Vermutlich lag es daran, dass Charles das Gaspedal beinahe bis zum Anschlag durchdrückte, aber sie brauchten nur knapp zwanzig Minuten. Die nächtlichen Straßen waren wie ausgestorben; die Scheinwerfer schnitten als einzige Lichtquelle durch die Nacht. Rechts fiel das Gelände ins Nichts ab, ehe es wieder zu einem bewaldeten Hügel anwuchs, der bei den Sichtverhältnissen wirkte, als bestünde er aus Rauch. In den Kurven leuchtete die Steinmauer zur Linken auf, wann immer das Licht sie streifte. Nur selten entdeckten sie ein Haus. Die Menschen hatten den Tag bereits beendet, und Emilia hoffte von ganzem Herzen, dass sie das auch bald tun konnten.

Ihre Augen brannten, so sehr konzentrierte sie sich auf die Straße und die angrenzenden Büsche.

»Dort«, sagte Charles und deutete auf das rot umrandete Schild am Straßenrand.

Montbrun-les-Bains.

Eine Infotafel mit dem Umriss eines Gebäudes informierte sie darüber, dass es sich um eines der schönsten Dörfer Frankreichs handelte. Die Bebauung wurde dichter, das Grün durch Häuser und Mauern ersetzt. Hier und dort blinkte es in der Dunkelheit, und nach einer Weile kam ihnen sogar ein anderes Auto entgegen, was Emilia beruhigend fand.

Odile lehnte sich auf der Rückbank vor und deutete auf

ein Haus in Pastelltönen. »Das da vorn muss das Restaurant sein, von dem Bastien erzählt hat.«

Sie war in der Auffahrt zur Farm beinahe mit Emilia und Charles kollidiert und hatte Emilias Wagen kurz entschlossen an der Seite – halb im Lavendel – stehen lassen, um sich ihnen anzuschließen. Als Charles wieder anfahren wollte, waren zwei dunkle Gestalten auf den Weg gehuscht: Rala und Mini starrten in die Scheinwerfer, als wären sie wild entschlossen, sich mit dem Wagen zu messen. Charles fuhr an und hupte. Beide Hündinnen zuckten zusammen, dachten jedoch nicht daran, ihre Plätze zu verlassen. »Was ist nur los mit denen?« Er schien ratlos. »Wenn es um Futter geht, werden sie immer dreister.«

Emilia wollte gerade antworten, als sich etwas an ihrem Fenster bewegte: Rala sprang hoch und kratzte mit der Pfote an der Tür.

Charles hupte noch mal. »Dumme Viecher.« Es klang liebevoll. »Die Kiste ist zwar alt, aber noch mehr demolieren müssen die Süßen sie nicht.« Er rollte ein Stück vorwärts. Mini legte die Ohren an und duckte sich, aber Rala wich nicht von der Beifahrerseite.

»Warte kurz.« Emilia öffnete die Tür und stieg aus – mit dem Ergebnis, dass Rala mit einem eleganten Satz in den Fußraum hüpfte und sich dort zusammenrollte. Sie hob ein Ohr und starrte nach oben, als wäre dieser Mensch begriffsstutzig, weil er wie angewurzelt herumstand.

Emilia zuckte die Schultern. »Hast du was dagegen, wenn wir sie mitnehmen?«

Keine zehn Sekunden später hatte Mini auf der Rückbank gehockt, so weit wie möglich von Odile entfernt, und sie misstrauisch beäugt – die gesamte Fahrt über.

Jetzt sprang sie auf, als ahnte sie, dass sie am Ziel waren, quengelte und drückte die Schnauze an die Scheibe. Rala, die noch immer zu Emilias Füßen lag, hob den Kopf.

Gegenüber dem Restaurant standen drei Fahrzeuge in einer Parkbucht. Charles setzte den Blinker, wurde mit dem Aufleuchten von Scheinwerfern belohnt und hielt an. Sie stiegen aus, als sich die Fahrertür des Wagens neben ihnen öffnete. Die beiden Hunde sprangen nach draußen, klebten die Schnauzen an die Straße und schnüffelten, was das Zeug hielt.

Emilia fröstelte in ihrer dünnen Jacke, was mit Sicherheit am Schlafmangel lag. Falls Bastien in Jeans und Shirt ebenfalls fror, ließ er es sich nicht anmerken. Lediglich die Müdigkeit konnte er nicht verbergen, was in Emilia den Wunsch weckte, ihn zu umarmen und sich einige Sekunden für sie beide zu stehlen, in denen die Welt mit all ihren Problemen keine Rolle spielte.

»Hey«, sagte sie stattdessen und erntete ein erschöpftes Blinzeln. »Mein Opa hat mir den Weg beschrieben. Willst du bei uns einsteigen oder hinterherfahren?«

»Du siehst müde aus«, sagte Bastien leise statt einer Antwort. Noch klang er nicht wieder wie der Mann, der sie geküsst und mit dem sie zwei wunderbare Nächte verbracht hatte, aber der abweisende Tonfall war verschwunden. Vielleicht würde sich der Graben zwischen ihnen ein Stück schließen, sodass sie sich zumindest die Hände reichen konnten.

Sie nickte. »Daher fährt auch Charles, der ist mit Abstand der Fitteste von uns allen.« Es stimmte – Charles hatte neue Energie getankt, als Odile aufgetaucht war. »Na los, steig ein.«

»Also gut«, sagte Bastien und zögerte. »Und was machen die zwei hier?« Er deutete auf die Hunde, die ihre Umgebungsinspektion beendet hatten und sie aufmerksam beobachteten.

Emilia schmunzelte. »Sie haben sich geweigert, uns allein aufbrechen zu lassen. Vielleicht merken sie, dass wir Beistand brauchen.« Sie öffnete die Beifahrertür, und schon hüpfte Rala hinein. »Siehst du?« Mini zögerte und quetschte sich dann voller Wachsamkeit wieder auf die Rückbank.

Sie verloren keine weitere Zeit, stiegen ein und fuhren los. Im Spiegel beobachtete Emilia, wie sich Bastien zurücklehnte und die Augen schloss. Auf einmal tat er ihr einfach nur leid, und sie war froh, dass er nicht mehr allein war.

Sie bogen an der nächsten Möglichkeit ab und passierten eine Häuserreihe, bis sich die Landschaft auftat, in der hier und dort Lichter funkelten. Es ging stetig bergauf. Als Emilia das Fenster herunterließ, empfingen sie ein kühler Fahrtwind und die Geräuschkulisse der französischen Gebirgsregion.

Nach weiteren Kurven verbreiterte sich der Weg und wurde durch mehrere Eichen geteilt. Neben einem halb verfallenen Rundturm aus Sandstein standen Bänke, Mülleimer sowie Laternen, die allerdings kein Licht spendeten.

»Da ist mein Wagen!« Odile schnellte geradezu nach vorn und krallte ihre Hand dabei nicht nur in Emilias Rückenlehne, sondern auch in ihre Schulter. Und wirklich parkte der Citroën zwischen zwei Bänken.

Charles lehnte sich aus dem Fenster. »Unbeschädigt. Und leer.«

Emilia hörte, wie Bastien hinter ihr ausatmete. »*Dieu merci.*«

Sie parkten und stiegen aus. Odile fluchte leise, als die Hunde sie beinahe umrannten, um dann im Gebüsch zu verschwinden, ging zu ihrem Wagen und öffnete die Fahrertür. »Der Schlüssel steckt«, rief sie. »Ansonsten sieht alles ganz normal aus – bis auf das hier.« Sie hielt etwas in die Höhe. »Ein Stofftaschentuch. Henri muss es verloren haben. Zum Glück hat er es noch nicht benutzt.«

Bastien legte die Hände an den Mund. »*Grand-père?*« Seine Stimme hallte durch die Nacht. »*Grand-père,* steckst du hier irgendwo?«

Für einen Augenblick verstummte sogar das Lied der Zikaden, und alle lauschten in der Stille auf eine Antwort. Doch da waren lediglich der allgegenwärtige Wind und der Atem der anderen.

»Henri!«, versuchte es nun auch Odile. »Schön, dass mein Wagen noch lebt. Ich habe Ihr Taschentuch gefunden!« Sie schwenkte es wie eine Siegesfahne.

Bastien rief noch einmal, als würde Henri irgendwo schlafen und sich melden, wenn er nur hartnäckig blieb und ihn aufweckte. Dabei war die Vorstellung nicht unwahrscheinlich. Gut möglich, dass Henri durch die Flucht und die ungewohnte Zeit am Steuer müde geworden war und sich hingelegt hatte, um kurz die Augen zu schließen.

Emilia schlenderte zum Rundturm und warf einen Blick hinein. Es dauerte eine Weile, bis sie sich an die Dunkelheit im Inneren der Ruine gewöhnt hatte. Aber Fehlanzeige; außer Schutt und Müll gab es hier nichts. Sie trat zurück, drehte sich um – und bekam den Schreck ihres Lebens, als etwas auf sie zuschoss. »Mini!« Die Hündin blieb stehen und starrte sie an. »Du hast mich zu Tode erschreckt.« Rala tauchte neben ihrer Gefährtin auf und wirkte, als würde dieses nächtliche Versteckspiel sie begeistern. Emilia schüttelte den Kopf … und hielt inne. Warum hatte sie nicht schon vorher daran gedacht? »Odile!« Sie gab den Hunden einen Wink. »Na los, kommt.« Und wirklich folgten sie ihr, wie auch auf Maurices Farm, wenn sie sich einen Snack erhofften. Als sie Odile erreichten, streckte Emilia eine Hand aus. »Gib mir das Taschentuch.«

Odile runzelte die Stirn. »Ich habe im Wagen noch welche aus Papier, dann musst du nicht Henris benutzen. Nachher ist es sein Glückstuch, und er wird dir nie verzeihen, wenn du …«

»Odile! Gib mir das Tuch!«

Überrascht von der Dringlichkeit in ihrer Stimme gehorchte Odile, auch wenn ihr tausend Fragen im Gesicht abzulesen waren.

»Was hast du vor?« Charles tauchte neben ihnen auf, stellte sich zu Odile und gab vor, sich für einen besseren Blick zur Seite lehnen zu müssen. Als seine Schulter ihre berührte, grinste sie.

»Das Taschentuch«, sagte Emilia und hielt es Bastien entgegen, als er sich zu ihnen gesellte. »Die Hunde haben mir mal ein Tuch zurückgebracht, das ich in den Feldern verloren habe. Vielleicht funktioniert das ja auch auf umgekehrtem Weg.« Es war ein Schuss ins Blaue, aber die beste Option, die sie momentan hatten.

Bastien sah vor allem skeptisch aus – und müde. Für Hoffnung schien er keine Energie mehr zu besitzen. »Emilia, auch wenn das vorhin nicht so gewirkt hat: Ich weiß zu schätzen, dass du dir Gedanken machst, wirklich. Aber nur, weil man so etwas aus Filmen kennt, muss es nicht funktionieren.«

Sie schüttelte den Kopf und ging in die Hocke – reden konnten sie noch immer, nachdem sie es ausprobiert hatten und gescheitert waren. »Hey, ihr zwei.« Sie schwenkte das Tuch, und die fließende Bewegung weckte augenblicklich Ralas Aufmerksamkeit. »Kommt mal her. Wir suchen Henri. Ja, er hat euch bestimmt mehr als einmal vom Hof gejagt, weil er nicht gerade ein Sonnenschein ist, aber vielleicht verzeiht ihr ja schneller als wir Menschen?«

Aus Odiles Richtung kam ein unterdrücktes Kichern, und Emilia glaubte, Bastiens ungehaltenen Blick zu spüren. Im Augenwinkel bekam sie mit, dass er die Arme vor der Brust verschränkte, aber das spielte nun keine Rolle. Viel wichtiger war, dass Rala näher trottete und zunächst ihr Köpfchen an Emilias Arm schmiegte, um dann mit zunehmendem Interesse an dem Tuch zu schnüffeln. Da sie das Stoffstück als spannend ausgemacht hatte, war Mini in der nächsten Sekunde neben ihr. Sie zupfte an Henris Taschentuch, aber Emilia schnalzte mit der Zunge und hielt es fest. »Ihr sollt nicht damit spielen, ihr sollt Henri finden.« Sie stand auf.

»Das sind keine Spürhunde, Em«, sagte Odile. »Oha!« Sie sprang zur Seite, stolperte und wurde von Charles aufgefangen, als die beiden Hündinnen wie auf ein geheimes Zeichen hin losrasten und zwischen den Bäumen verschwanden. »Was haben die immer nur davon, ausgerechnet mich umzurennen?« Erst dann bemerkte sie, in wessen Armen sie lag. »Oh.«

Charles schenkte ihr eines seiner schönsten Lächeln. »Ich finde die beiden äußerst intelligent.«

»Genau das, was ich gerade sagen wollte«, murmelte Odile.

Bastien blickte den Hunden unschlüssig hinterher – bis auf wenige zitternde Zweige war nichts von ihnen zurückgeblieben. In einiger Entfernung raschelte es, wurde aber stetig leiser. »Denkst du wirklich, sie finden ihn?«

Emilia zuckte die Schultern. »Einen Versuch ist es wert. Zumindest besser, als hier herumzustehen.« Damit lief sie los und folgte den Hunden in das Dickicht. Es war nicht so einfach, wie sie es sich erhofft hatte – die Äste der Nadelbäume kratzten unangenehm über ihre bloßen Arme.

»Warte, lass mich das tun.« Bastien hatte aufgrund seiner Größe und längeren Gliedmaßen deutlich bessere Chancen, ihnen den Weg frei zu machen. Nachdem sie den ersten Baumgürtel hinter sich gelassen hatten, stießen sie auf einen schmalen Fußweg, der zwischen Bäumen und Gras verlief.

Emilia blieb stehen. »Willst du lieber allein gehen? Oder vielleicht Odile mitnehmen?«

Hier war es zu dunkel, um seine Reaktion zu erkennen, aber dann berührte er sie an der Schulter. »Am besten gehen wir alle. Wir wissen noch immer nicht, wo genau *grand-père* ist, und dann sind mehrere Augenpaare besser.« Sein warmer Atem streifte ihre Wange und brachte das aufregende Gefühl von Vertrautheit zurück.

»Gut«, flüsterte sie. »Gehen wir weiter.« Sie tastete nach ihrem Handy und schaltete die Taschenlampe ein, während Bastien Odile und Charles zurief, ihnen zu folgen.

Der Weg endete kurz darauf – vielmehr war er von beiden Seiten zugewachsen. Vier Lichtkegel tanzten wie riesige Glühwürmchen über Blätter, Äste, Gräser und mannshohe Büsche. Niemand sagte etwas, sodass Emilia ihrem

Herzschlag lauschen konnte. Er war ihren Schritten stets voraus, trieb sie an und schenkte ihr die Hoffnung, bald am Ziel zu sein und diese schreckliche Suche ebenso der Vergangenheit überlassen zu können, wie sie es mit anderen Dingen hätte tun sollen.

Als sich Hecken und Sträucher zurückzogen, flackerten die Lichter der Handys über eine winzige, mit Geröll und Steinen bedeckte Fläche, in deren Mitte eine Bank stand. Ein Teil der Rückenlehne fehlte, die Metallfüße waren von Rost überzogen, und das Holz wurde von weißen Graffiti bedeckt. Auf der Bank saß Henri mit kerzengeradem Rücken, die Füße nebeneinander und die Hände auf die Knie gelegt, und starrte in die Schwärze. Etwas bewegte sich im Hintergrund – Rala und Mini trotteten von einer Seite auf die andere.

»Sie haben ihn wirklich gefunden«, murmelte Bastien, und für einen Moment glaubte Emilia, dass er nach ihrer Hand greifen wollte. Aber dann blinzelte er lediglich, als hätte ihn seine eigene Reaktion verwirrt, und ging weiter, auf die Bank zu.

Henri hatte in seiner Reglosigkeit etwas von einem Bild, strahlte aber gleichzeitig eine tiefe Einsamkeit aus. Er musste sie bemerkt haben – die Hunde, das Rascheln und nun die Lichter –, aber er rührte sich nicht. Wie lange hatte er hier gesessen, allein in der Dunkelheit und der zunehmenden Kühle der Nacht?

»Grand-père«, flüsterte Bastien und ging neben ihm in die Hocke. »Ist alles in Ordnung?«

Als Henri nach einer endlos erscheinenden Weile den Kopf wandte und seinen Enkel ansah, trat Odile vor. Sie hielt eine Decke in den Händen, die sie in Maurices Wagen gefunden haben musste, und legte sie mit einer Sanftheit, die Emilia ihr nicht zugetraut hätte, um Henris Schultern. Zunächst starrte der alte Mann sie einfach nur an, dann fasste er den Stoff, hielt sich daran fest und brach in lautlose Tränen aus.

18

Henri saß in derselben Haltung auf dem Sofa im Wohnzimmer wie auf der Bank zuvor. Die Stehlampe in der Ecke verströmte warmes Licht. Im Nachhinein wunderte es Emilia, wie kalt ihre Hände gewesen waren, als sie den anderen in das Samain-Haus folgte, da sie die Sommernächte auf der Farm bisher als mild empfunden hatte. Aber sie wusste auch, dass Kälte manchmal aus dem Inneren kam. Sie alle hatten das in dieser Nacht erlebt.

Bastien brachte eine dampfende Tasse Tee aus der Küche und stellte sie vor Henri ab. Schweigend, so wie die gesamte Heimfahrt verlaufen war. Henri hatte neben seinem Enkel auf der Rückbank gesessen und so verloren gewirkt, dass Emilia es nicht gewagt hatte, ihn im Spiegel zu beobachten. Sämtliche Wut war verraucht und hatte diesen Mann kleiner zurückgelassen, ihn in jemanden verwandelt, den er längst vergessen zu haben glaubte. Odile war ihnen mit ihrem Wagen gefolgt, während Bastien vorläufig in Montbrun-le-Mains blieb. Sie würden ihn am nächsten Tag dort abholen.

Sie hatten das Haus leer vorgefunden, mit einer Notiz von Maurice auf dem Küchentisch: Er hatte Rosalie mit auf die Borel-Farm genommen und ihr angeboten, die restliche Nacht im Gästezimmer zu verbringen. Eine hervorragende Idee. Emilia hatte kurz mit dem Gedanken gespielt, sie zu informieren, dass Henri wieder zu Hause war, aber dann entschieden, in dieser Nacht niemanden mehr um seinen Schlaf zu bringen.

»Hier.« Bastien berührte seinen Opa an der Hand und hielt ihm die Tasse entgegen, und endlich reagierte Henri: Er schüttelte den Kopf. Sichtlich ratlos stellte Bastien den Tee ab. »Du musst dich aufwärmen.«

Henri starrte weiter ins Nichts. »Mir war kalt, als ich mich auf die Bank gesetzt und in die Dämmerung gesehen habe. Mit jeder Sekunde ist mir kälter geworden, weil die Vergangenheit immer näher kam. Ich habe sie so lange verdrängt. Aber ich bin Teil von ihr, nicht wahr? Und sich selbst kann man nicht entkommen.« Den letzten Satz flüsterte er.

»Dir war kalt, weil du mitten in der Nacht stundenlang draußen gesessen hast«, sagte Bastien fest. Vielleicht hoffte er, dass Sachlichkeit diese Schwere verdrängte. Vielleicht glaubte er aber auch, Henri ablenken oder sogar überzeugen zu können. »Du solltest dich nicht erkälten. Wenn du willst, hole ich einen Schuss Rum für den Tee.«

Dieses Mal reagierte Henri nicht, und Emilia grübelte, ob er gerade eine so hohe Mauer um sich errichtete, dass er selbst nicht mehr wusste, wer sich auf der anderen Seite befand. Sie wandte sich zu Odile und Charles um, die am Fenster standen und die Szene voller Sorge beobachteten.

»Wie sie«, sagte Henri schließlich, und allein bei diesen zwei Silben brach seine Stimme.

Bastien griff nach seiner Hand. »Was meinst du?«

Henri presste die Lippen aufeinander und stützte sich auf dem Sofa ab. Sein Blick glitt durch den Raum und blieb an Emilia hängen. »Wenn Sie nachdenken, sehen Sie aus wie sie.«

Emilia nickte, auch wenn sie nicht wusste, ob es stimmte, und starrte zu Boden, um ihre Fassung wiederzufinden. »Es tut mir leid, was ich beim Picknick gesagt habe, Monsieur Samain.« Sie hob den Kopf. »Ich hatte nicht vor, Sie an Dinge zu erinnern, die schmerzhaft für Sie waren. Alles, was ich wollte, war zu erfahren, was damals passiert ist.«

»Zu viel. Ich habe gegrübelt, seitdem Sie bei Maurice arbeiten, Mademoiselle Finke. Und sie haben mir nicht gefallen, all diese Ausflüge dorthin.« Er tippte sich mit zwei Fingern gegen die Schläfe. »Anfangs konnte ich es noch verdrängen und dachte, es hört auf, wenn ich Sie nicht mehr zu Gesicht bekomme.«

»Daher haben Sie versucht, mich zu vergraulen. Mit etwas Hilfe.« Sie warf Odile einen Blick zu, die ihn mit zerknirschter Miene beantwortete, und atmete insgeheim auf, da Henri sie offenbar nicht mehr auf Biegen und Brechen als Feindin betrachtete. Zumindest hatte er sich entschieden, mit ihr zu reden, statt sie aus dem Haus zu werfen.

Er kratzte sich am Kopf und starrte auf seine Hände, als würden ihn die Altersflecken dort überraschen. »Ich habe all die Jahre versucht, nicht an Marianne zu denken, und an vielen Tagen hatte ich damit auch Erfolg. An anderen nicht.«

Emilia spürte einen leisen Stich in der Brust und bereitete sich darauf vor, ihren Opa zu verteidigen. Denn darum ging es hier schließlich – in Henris Augen trug Walter die alleinige Schuld an all dem Schmerz, der selbst jetzt, so viele Jahre später, noch immer da war.

Henri räusperte sich. »Ich war wütend, und es hat mich verletzt, aber ich hatte auch ein schlechtes Gewissen. All das hätte im Laufe der Zeit abnehmen müssen. Manche Menschen vergessen doch sogar wichtige Erlebnisse. Nicht, dass ich jemand sein möchte, der nur vor sich hin stiert und abends nicht mehr weiß, was er morgens getan hat. Aber es wäre schön, wenn diese schweren Gefühle irgendwann schwächer werden, nicht wahr? Oder sogar verschwinden. Aber den Gefallen tun sie einem nicht.«

Weil Sie sich niemals damit auseinandergesetzt haben. Wenn man Dinge verdrängt, werden sie nicht leichter.

»Warum hattest du ein schlechtes Gewissen?«, fragte Bastien so beiläufig, als würden sie über alltägliche Dinge plaudern. Er griff nach der Teetasse und wollte einen Schluck nehmen, als Henri sie ihm abnahm und seine Hände darum legte, um sie zu wärmen. Er schwieg für eine lange Zeit. »Walter hat all diese Probleme ins Rollen gebracht«, sagte er dann, »und ich war so wütend auf ihn. Momentan weiß ich gar nicht, ob ich es noch bin. Ich ...« Er stotterte, verhaspelte sich, schwieg erneut.

Bastien legte ihm eine Hand auf die Schulter. »Es ist in Ordnung. Es war etwas viel. Am besten gehen wir alle schlafen und sehen morgen weiter.«

»Nein!« Nicht nur Emilia zuckte zusammen. Zum ersten Mal in dieser Nacht klang Henris Stimme energisch. »Wie stellst du dir denn vor, soll ich jetzt noch ein Auge zutun, Junge? Wenn ich das loswerden will, dann jetzt.« Die Tasse klirrte, als er sie abstellte. Seine Fingerknöchel knackten. »Wir alle haben damals Fehler gemacht. Es fing damit an, dass meine Eltern mir sagten, sie hätten eine Braut für mich gefunden. Da habe ich erst einmal rebelliert, wie junge Menschen das eben tun, wenn man sie zu etwas drängt.«

»Moment«, sagte Emilia. »Entschuldigen Sie, Monsieur Samain, ich wollte Sie nicht unterbrechen. Aber Ihre Verlobung mit Marianne war arrangiert?«

Er nickte langsam. »Ja, die Verbindung ist nicht aus Liebe entstanden. Aber ich habe Marianne immer gut behandelt, und ich glaube, dass sie sich wohlgefühlt hat. Schließlich ist sie regelmäßig auf der Farm aufgetaucht.«

»Irre.« Odile klang erstaunt und fasziniert zugleich. »Aber Sie haben mir doch einmal erzählt, wie verliebt Sie nach Ihrer Verlobung gewesen sind. Wissen Sie noch? Wir waren hinten an den kleinen Feldern spazieren, und Sie haben über Wildblumensträuße philosophiert.«

Henri schnaubte. »Natürlich weiß ich das noch; so alt bin ich noch nicht. Ich habe mich zunächst meinen Eltern gefügt, mich dann aber recht schnell verliebt. Es war nicht schwer. Marianne war eine fröhliche, aufgeschlossene Frau. Und sehr hübsch dazu.«

»War das damals gängig?«, fragte Emilia. »Und warum haben Ihre Eltern ausgerechnet Marianne für Sie ausgesucht?« Wenn sie an die Gespräche mit Maurice, Bastien, Opa Walter und Vincent Borel dachte – sogar an das, was Rosalie ihr erzählt hatte –, ahnte sie die Zusammenhänge bereits.

Henri schien ein Stück in sich zusammenzusinken, aber dann kehrte eine Spur seines Trotzes zurück. »Es war notwendig. Ich hatte die Farm heruntergewirtschaftet und viel Geld beim Pokern und noch mehr am Roulettetisch verloren. Marianne stammte aus einer wohlhabenden Familie. Aber ihren Leuten fehlte es in Monieux an etwas, das sie nicht so einfach bekommen konnten. Ich konnte es ihnen geben. Ironisch, nicht wahr?«

Emilia nickte. »Ansehen.«

»Ganz genau. Bei uns werden Neuzugänge freundlich begrüßt, aber es dauert, bis sie dazugehören. Mariannes Eltern wollten so schnell wie möglich Teil der Gemeinschaft sein. Sie hatten sich ein großes Haus gekauft und hegten den Traum, hier sesshaft zu werden. Da kam ich ins Spiel.«

Odile gab einen leisen Pfiff von sich. »Sie meinen, es war so eine Art Deal?«

Die Furchen auf Henris Stirn vertieften sich. »Wenn man das heute so bezeichnet, dann ja. Es war eine Vereinbarung. Natürlich hat man uns jungen Leuten Zeit gegeben, einander kennenzulernen. Aber damals war es anders als heute. Pflichtgefühl spielte eine große Rolle, und da ich für die Schulden unserer Farm verantwortlich war, habe ich nicht im Traum daran gedacht, Nein zu sagen. Als ich Marianne dann kennenlernte, war ich erleichtert. Henri, habe ich mir gesagt, du hast echtes Glück.« Es raschelte, als Odile und Charles in den Sesseln ihm gegenüber Platz nahmen und sich so gespannt vorbeugten, als würden sie sich einen Film ansehen. »Eine Weile lief es gut, aber dann lernten Marianne und Walter sich kennen. Und …«, Henri blinzelte mehrmals, »ich habe mich so betrogen gefühlt. Nicht nur von den beiden, sondern auch von mir selbst! Weil ich so wütend auf Walter war, dass er mir mein Mädchen weggenommen hat. Er war doch mein Freund.« Er sah Emilia an. »Die beiden haben es mir eines Tages gebeichtet, weil sie mich nicht länger anlügen wollten. Sind zu mir gekommen, hier auf die Farm, in dieses Zimmer.« Sein Zeigefinger pikste in das weiche Polster des Sofas. »Walter hat herumgedruckst, aber Marianne ist mit der Sprache rausgerückt, damit hatte sie nie ein Problem. Hat mir gesagt, dass die Sache mit Walter so nicht geplant war, aber dass sie nichts dagegen tun könnte, da sich ihr Herz entschieden hätte. Sie hat mich um mein Verständnis gebeten, schließlich wäre das mit ihr und mir nichts weiter als ein Arrangement unserer Eltern. Sie sagte, ich solle niemandem etwas verraten.« Der Finger bohrte sich tiefer und zitterte vor Anspannung. »Es hat mich getroffen. Meine Zukunft war dahin. Und mehr noch, die der Farm. Wegen mir. Ohne die Heirat war auch das Geld weg, und ich würde meine Eltern ein zweites Mal enttäuschen. Marianne hat das natürlich gewusst, schlau wie sie war, und mir angeboten, einen Teil des Gelds dennoch auf meinen Namen umzuschreiben.« Sein Blick flackerte zu Bastien, und so etwas wie eine Entschuldigung lag darin. »Ich habe ihr gesagt, dass ich keine Almosen annehme und den Karren schon selbst irgendwie aus dem Dreck hole.«

»Das hätte ich ganz genauso gemacht«, sagte Bastien.

Henri schüttelte den Kopf. »Nein, Junge. Du hättest nicht alles so gemacht wie ich. Damals ist eine Menge zerstört worden. Freundschaften. Ganze Leben.« Er rieb sich über das Gesicht. »All die Jahre«, flüsterte er. »All die Jahre habe ich nicht gewusst, dass sie tot ist. Ach, hätte ich nur …« Er seufzte und nickte Emilia zu. »Aber das ist noch nicht alles. Da war noch mehr zwischen Ihrem Opa und mir. Dinge, die er vermutlich nicht mal weiß.«

Sie zögerte. »Mein Opa hat immer gut von Ihnen geredet, auch wenn er nicht viel preisgeben wollte. Erst als er erfahren hat, dass Sie verschwunden sind, hat er zugegeben«, ihr Blick flackerte zu Bastien, »dass meine Oma nicht die Frau war, für die ich sie gehalten habe.«

Henri nickte. »Wir haben alle Dinge getan, die andere nicht von uns erwartet hätten«, murmelte er und rieb über einen imaginären Fleck auf der Tischplatte. »Walter hat mich hintergangen und ich ihn.«

Damit hatte Emilia nicht gerechnet. Sie zuckte die Schultern, als Bastien sie fragend anblickte.

Henri war deutlich anzusehen, dass seine Gedanken in die Vergangenheit wanderten. »Als Walter und Vincent Borel vorgeschlagen haben, hier auf dem Hof zu pokern, war mir klar, dass sie das nur tun, um mich von der Stadt fernzuhalten, wo ich viel zu viel Geld losgeworden bin. Walter hat Pokern anfangs gar nicht leiden können. Erst nach und nach hat er Gefallen daran gefunden, und ich war froh darüber, weil er mir ein guter Kerl zu sein schien. Ich dachte mir: Das ist einer, der versteht mich, dem kannst du alles erzählen. Dann kam die Sache mit Marianne, und ich habe ihm gesagt, dass unsere Freundschaft beendet ist. Ich weiß nicht mehr, wie oft er versucht hat, mit mir zu reden.« Henri rieb sich über das Gesicht. »Aber ich habe ihn weggejagt. Und dann …« Seine Schultern bebten. »Dann bin ich zu Mariannes Eltern und habe ihnen alles über die beiden erzählt. Sie waren entsetzt. Weil sie die Zukunft ihrer Tochter anders geplant hatten. Aber vor allem, weil eine Beziehung mit einem deutschen Hilfsarbeiter für sie ein Skandal war. Monsieur Racine war ein strenger Geschäftsmann mit Geld und guten Kontakten. Er kannte Leute in der Politik. Beim Militär. In den hohen Rängen der Städte. Und er schwor, Walter das Leben so lange schwer zu machen, bis er Marianne aufgeben würde. Er hatte seine Mittel und Wege.«

»Mittel und Wege?«, fragte Emilia leise nach.

Henri nickte langsam. »Er verlangte, dass Walter Marianne aufgeben oder sich von seiner Freiheit verabschieden sollte. Große Worte, aber ich habe ihm geglaubt, und das zu Recht. Damals folgte die Welt anderen Regeln als heute. Es war einiges möglich, und Monsieur Racine hat es uns bewiesen.«

Emilia runzelte die Stirn und versuchte zu begreifen, was er wirklich sagen wollte. Worauf dieser Unterton in seinen Worten anspielte, der plötzlich noch düsterer und schuldbewusster klang als zuvor. Sie öffnete den Mund, fand aber keine Worte, während sich ihre Gedanken überschlugen.

Bastien beugte sich vor. »Was meinst du damit, *grand-père*? Was hat er bewiesen?«

Henri leckte sich über die Lippen, und auf einmal schien die Luft zum Schneiden dick. Er starrte auf einen Punkt in der Ferne, und sein Mund zuckte, als wüsste er nicht, ob oder was er antworten sollte. »Seine Macht. Und dass er ein Mann der Tat war.« Er lachte so bitter, dass Emilia zusammenzuckte. »Einige Tage nach dieser Ankündigung fuhr ein Wagen der Gemeindepolizei auf den Hof. Sie waren gekommen, um Walter mitzunehmen.«

»Was?« Innerhalb eines Sekundenbruchteils fand Emilia ihre Sprache wieder. »Warum? Was hatte er denn getan?«

»Angeblich hatte man ihn beobachtet, wie er andere Verkehrsteilnehmer gefährdete. Wir wussten alle, dass das Unsinn war. Walter war stets mit dem Rad unterwegs, und da hat er sich nie einen Schnitzer geleistet. Nein, die Beamten haben ihm gezeigt, dass Monsieur Racines Worte keine leeren Drohungen waren. Zwei Nächte haben sie ihn eingesperrt.«

Auf seine Worte folgte tiefstes Schweigen.

Emilia erschauerte bei der Vorstellung von Opa Walter, der unschuldig Zeit im Gefängnis hatte verbringen müssen – und das, weil er sich in eine Frau verliebt hatte! Sie wollte aufbegehren, fragen, ob die Beamten damals keine Beweise hätten vorlegen müssen, aber sie wusste, dass es nichts bringen würde. Das alles war lange her, und Henri hatte ihnen bereits verdeutlicht, wie anders die Dinge damals gehandhabt worden waren. Auf einmal spürte sie einen Anflug von Wut auf diesen Mann, der dafür gesorgt hatte, dass ihr Opa diese Ungerechtigkeit hatte durchmachen müssen. Aber sie ahnte auch, wie betrogen sich Henri gefühlt hatte, so voller Wut, obwohl ein Teil von ihm wusste, dass das, was er aus Rache tat, falsch war. Und wie es für Opa Walter gewesen war, erfahren zu müssen, dass ausgerechnet sein Freund, dem gegenüber er so tiefe Schuldgefühle hegte, den Graben zwischen ihnen bis ins Unermessliche vergrößert hatte. »Daher haben die zwei Monieux so überstürzt verlassen, nicht wahr?« Sie wartete, bis Henri nickte. »Marianne ist zu ihrer Schwester und der damals noch kleinen Rosalie, um sich von ihnen zu verabschieden. Weil sie Angst hatte, dass ihre Eltern alles daransetzen würden, um sie und meinen Opa auseinanderzubringen. Und weil sie ihnen einen Vorgeschmack darauf gegeben hatten.«

»Oh, das hatten sie.« Henris Lachen klang bitter. »Tja, und von einem Tag auf den anderen war Marianne verschwunden und Walter abgereist. Erst hat es das ganze Dorf aufgewirbelt. Es gab Gerede, man suchte nach ihnen, und sogar die Polizei wurde kontaktiert. Aber die Zeit verging, und man hörte immer weniger davon. Irgendwann war ich froh darüber. Ich musste mit allem abschließen und habe entschieden, nie wieder darüber zu reden. Oh, ich weiß, dass Walter versucht hat, mich per Post zu erreichen.«

»Ich habe den Brief gesehen«, sagte Emilia leise. »Er kam wieder zurück.«

»Ja, ich habe Etienne, dem Postboten, an jenem Tag gesagt, dass ich ihm den gesamten Inhalt seiner Tasche in den Mund stopfe, wenn er das Schreiben aus Deutschland nicht schleunigst von meinem Hof trägt.«

Odile prustete und hielt sich rasch eine Hand vor den Mund. Auch Emilia erlaubte sich ein Lächeln. Sie konnte sich die Szene gut vorstellen und war sicher, dass Etienne sich das nicht zweimal hatte sagen lassen.

Henris Gesicht entspannte sich, wurde aber schnell wieder ernst. »Kurz darauf habe ich deine Großmutter kennengelernt, Bastien.« Er schwieg, und Emilia sah Tränen auf seinen Wangen glitzern. Sie tropften auf seine Oberschenkel, als er Bastiens Arm tätschelte. »*Ma chère* Sylvie war eine treue Frau, und ich habe sie sehr geliebt. So wie Marie zuvor. Die Farm war noch immer verschuldet, und ich musste einen Teil verkaufen.« Seine Hand lang nun still. Als wollte er sich an Bastien festhalten, wagte es aber nicht. »Es tut mir so leid, mein Junge.« Die letzten Silben verschwammen miteinander, dann schluchzte Henri leise auf und senkte den Kopf.

Bastien legte beide Arme um seinen Großvater und zog ihn an sich. Auf einmal wirkte Henri so klein und zerbrechlich. Von seiner Energie, die so schnell in Wut umschlagen konnte, war nichts mehr geblieben, als sein Körper vom Weinkrampf geschüttelt wurde. Bastien hielt ihn einfach nur fest, schenkte ihm Kraft und auch eine Ruhe, die Emilia überraschte.

Als Henri nach einer Weile den Kopf hob, waren seine Augen rot und verquollen. »Es tut mir so leid«, wiederholte er. Doch dieses Mal meinte er nicht Bastien. »Alles, was ich damals getan habe. Und was ich nicht getan habe. Manchmal erinnern Sie mich so sehr an Marianne, aber auch an Walter, dass ich mich schäme. Ich habe die zwei vertrieben. Schlimmer, ich habe Marianne und ihre Familie für immer auseinandergebracht.« Seine Lippen bewegten sich weiter, aber es kam kein Wort mehr heraus. Er hob eine Hand.

Emilia zögerte. Aber dann griff sie danach, spürte Henris Zittern, hörte die unverständlichen Worte, die er vor sich hin murmelte. Doch als sich Bastiens Arm um sie legte und seine Finger über ihre Schultern strichen, wagte sie es endlich, die Augen zu schließen.

Emilia kam sich vor wie jemand, der mit nackten Füßen auf zu heißem Untergrund stand. Ein Teil von ihr wollte hier sein, ein anderer war davon überzeugt, kein Recht dazu zu haben.

Im Haus war es mittlerweile still. Charles und Odile waren gefahren, auch wenn Emilia argwöhnte, dass es ihnen nicht darum ging, noch ein paar Stunden Schlaf zu bekommen. Die Sache mit Henri hatte bei einigen Menschen viel aufgewühlt und anderen Stoff zum Nachdenken gegeben, aber vielleicht kam immerhin etwas Gutes dabei heraus. So wenig sie sich anfangs hatte vorstellen können, dass mehr zwischen Odile und Charles sein könnte als Freundschaft, so sehr passten die beiden zusammen. Die gemeinsame Suche hatte sie noch mehr miteinander verbunden – das war mit Sicherheit eine Geschichte, die sie ihren Freunden und Familien auch nach Jahren noch erzählen konnten.

Die Nacht, in der wir einen alten Mann von einer Picknickdecke verscheucht und anschließend mit einem gestohlenen Wagen viele Kilometer entfernt wiedergefunden haben.

Hinter ihr knarrte der Boden, und Emilia drehte sich um. Im gedämpft beleuchteten Flur stand Bastien. Er sah so müde und gleichzeitig entwaffnend aus, dass Emilias Lächeln um einige Nuancen verstärkt zurückkehrte. »Wie geht es ihm jetzt?«

Bastien rieb sich über die Nasenwurzel. »Er war hundemüde, er ist beinahe sofort eingeschlafen.«

»Ich höre es.« Henris Schnarchen drang gedämpft durch das Haus. »Es war eine lange Nacht.« Sie zögerte und fragte sich, ob das der passende Moment war, um sich ebenfalls zu verabschieden, damit sich Bastien noch für ein paar Stunden ausruhen konnte – oder ob sie sich mit ihm aussprechen sollte. Sichergehen, dass zwischen ihnen wieder alles gut war. Dass er ihr verziehen hatte. Sie zögerte, gab sich aber dann einen Ruck. »Ich gehe dann mal besser, damit ich morgen auf dem Feld nicht einschlafe.« Es klang wie eine Frage.

»Nach dieser Nacht hast du dir eigentlich einen freien Tag verdient«, sagte er leise.

Sie spielte die Erstaunte. »Ah. Ein Tipp von jemandem, der mit gutem Beispiel vorangehen wird?«

Er schüttelte den Kopf. »Ich habe auf den Feldern schon zu viel Zeit verloren.« Mit einem unterdrückten Gähnen lehnte er sich an die Wand und blinzelte gegen die Müdigkeit an, die jetzt überhandnahm. »Weißt du, ich habe geahnt, dass da mehr ist, als *grand-père* mir jemals erzählt hat. Ich wusste, dass er die Farm verschuldet hat, das hat er niemals verschwiegen. Aber manchmal, wenn das Gespräch auf früher kam, hat er vor sich hingestarrt, und es war so glasklar, dass ihn etwas beschäftigt. Ich habe ein paarmal versucht, mit ihm darüber zu reden, aber er hat mir immer gesagt, dass ich mir das nur einbilde. Was eindeutig eine Lüge war.« Er rieb sich die Augen. »Irgendwann habe ich ihn nicht mehr gefragt. Ich schätze, dass ich Henris Geheimnisse einfach als Teil seines und damit meines Lebens akzeptiert habe. Und jetzt grüble ich die ganze Zeit, ob ich es mir damit nur leicht gemacht habe. Und ihm vielleicht schwerer.«

Emilia runzelte die Stirn. »Du hast das Thema aus Respekt vor deinem Opa fallen gelassen. Weil er es so wollte. Es tut mir alles so leid. Ich hätte es ignoriert, wenn ich gewusst hätte, was es auslöst.« Wieder musste sie an Opa Walter denken, der unschuldig in einer Gefängniszelle gesessen hatte. Darauf würde sie ihn nicht ansprechen, um zumindest dieser Erinnerung die Chance zu geben, vergessen zu bleiben.

»Du konntest nicht ahnen, dass mein Opa Autos stiehlt.«

»Nein, mit diesem Ausmaß an Kriminalität habe ich beim besten Willen nicht gerechnet«, sagte Emilia und rang Bastien damit ein Lächeln ab.

»Ich verstehe mittlerweile, dass du nicht lockergelassen hast, Emilia. Ich weiß nicht, was ich getan hätte, wenn es um meine Vergangenheit gegangen wäre und um meine Familie. Es tut mir leid, dass ich dich so angefahren habe.« Er streckte eine Hand aus.

Emilia zögerte, ergriff sie und schüttelte sie leicht. Es hätte eine verspielte Geste sein sollen, aber sie fühlte sich schrecklich förmlich an. »Verziehen und vergessen. Hauptsache, Henri ist wieder hier, und ihm ist nichts passiert. Vielleicht können diese alten Wunden nun endlich anfangen zu heilen.«

Die Uhr im Arbeitszimmer schlug, und Emilia bemerkte, dass Bastien auf ihre Hand in seiner starrte. Die Berührung hatte nichts Zärtliches, doch sie weckte eine Sehnsucht, die sie so gern als unvernünftig beiseitegeschoben hätte. Es verwirrte sie mehr, als sie sich eingestehen wollte. Aber sie waren beide übermüdet. Diese Nacht hatte ihnen viel abverlangt. Wahrscheinlich sehnte sie sich einfach danach, endlich aufzuatmen und jemanden neben sich zu haben, der das alles mit ihr teilte.

Bastien riss sie aus ihrer kleinen Trance, indem er seine Hand zurückzog. »Emilia.« Er blickte zu Boden, als würde er dort die Worte finden, nach denen er so offensichtlich suchte. »Ich bin froh, dass sich *grand-père* alles von der Seele geredet hat. Aber das bedeutet nicht, dass er mit der Sache abschließen kann. Marianne und Walter, das wird ihn immer beschäftigen, und ich habe Angst, dass es irgendwann schlimmer ausgehen könnte als dieses Mal. Vielleicht ist es daher besser, wenn wir noch einmal über uns nachdenken.« Er rieb sich mit beiden Händen über das Gesicht. »Der Vorfall mit Henri hat mir gezeigt, dass manche Dinge nicht so sind, wie sie vorgeben zu sein, und dass etwas sehr Kompliziertes daraus entstehen kann. Etwas, das Schmerz mit sich bringt. Wir zwei, du und ich, haben versucht, vernünftig zu sein, um es uns leichter zu machen, wenn die Ernte vorbei ist. Aber nun geht es nicht mehr nur um uns, nicht wahr? Und das tut mir unendlich leid. Bitte glaub mir.« Er zögerte. »Aber es wäre nun auch für *grand-père* einfacher, wenn wir uns nicht mehr treffen …« Er machte eine Pause, als würde er eine Antwort erwarten, und räusperte sich, als sie schwieg. »Es steht mittlerweile einfach so viel zwischen uns.« Vielleicht redete er weiter, oder seine Worte verloren sich in der Nacht. Doch sie wusste, was er sagen wollte. Und obwohl er nur aussprach, was ihr immer wieder durch den Kopf gegangen war, hätte es ihr keinen größeren Schlag versetzen können. Es war wie eine kalte Dusche – eine, die sämtliche Gefühle mit einer Schockstarre überzog, sodass nichts zurückblieb als diese Leere, die sich im Magen zusammenballte und mit jedem Atemzug zu wachsen schien.

Der Ausdruck in Bastiens Augen entging ihr nicht. War er traurig? Erleichtert? Oder schlicht rational genug? Immerhin hatte es bereits so viele Probleme und Schwierigkeiten gegeben, dass er weitere nicht zulassen wollte. Bastien schien das akzeptiert zu haben, und Emilia stellte fest, dass sie noch nicht so weit war. Ja, ihr Kopf hatte sich eine Lösung dafür gewünscht, dass sie sich zu einem Mann hingezogen fühlte, der viele Kilometer von ihrem Zuhause entfernt in der Provence lebte. Aber ihr Herz wollte etwas ganz anderes.

»Ja«, sagte sie und rang sich ein Lächeln ab, da sie vermutlich sonst in Tränen ausgebrochen wäre. »Es wäre eh nicht für immer gut gegangen, das wissen wir beide. Spätestens, wenn ich zurück nach Deutschland fahre, müssen wir uns voneinander verabschieden.« Er nickte und zögerte, also redete Emilia hastig weiter. »Allerdings werde ich noch bis zum Ende der Ernte hier sein. Gut möglich also, dass wir uns noch ab und zu begegnen. Und auch, dass Henri mich sieht.«

Sie würde Bastien ganz sicher nicht wie eine liebeskranke Ex-Freundin hinterherlaufen. Dabei war sie noch nicht mal das, sondern einfach nur eine Frau, die er für eine Weile gekannt hatte. Vielleicht dachte er in einigen Jahren noch an sie oder aber sie verschwamm gemeinsam mit den Erinnerungen, die er nicht mehr brauchte.

Bastien schüttelte den Kopf. »Herrgott, Emilia, ich will dich doch nicht von hier vertreiben.« Er hob eine Hand, als wollte er sie berühren. »Es ist einfach der beste Zeitpunkt und die logische Schlussfolgerung. Du erinnerst Henri an diesen Teil Vergangenheit, mit dem er einfach nicht umgehen kann.« Die letzten Worte waren kaum zu verstehen.

Emilia winkte ab. »Natürlich verstehe ich das.« Mittlerweile wollte sie nur noch allein sein, da sie nicht wusste, wie lange sie diese gleichgültige Fassade noch aufrecht halten konnte. »Du hast recht, es ist vernünftig so. Aber jetzt muss ich mal los, damit wir beide noch etwas Schlaf bekommen.«

»Soll ich dich hinbringen?« Er rieb sich den Nacken.

Emilia winkte ab. »Nicht nötig. So wie ich die Hunde kenne, werden sie auftauchen und mich ein Stück begleiten.«

»Bei den beiden muss ich mich auch noch bedanken.« Sein Blick flackerte kurz zu ihr. »Ohne sie und den Hinweis deines Opas hätten wir Henri nie gefunden. Danke, Emilia. Ich weiß nicht, ob ich das schon gesagt habe.«

»Hast du.« Sie zögerte, doch schließlich gab sie sich einen Ruck. »Viel Glück mit der Ernte, Bastien.« Schnell wandte sie sich ab und ging zur Tür.

»Bis zum nächsten Hoffest«, sagte er hinter ihr.

Sie blieb stehen und wandte sich um, wagte einen letzten Blick in seine Augen. Dieses Mal war ihr Abschied anders. Endgültiger. Es würde keine Gespräche zwischendurch geben, keine kurzen, nachbarschaftlichen Besuche. Ab sofort waren sie lediglich zwei Menschen, die am selben Ort lebten. Ihre Haut kribbelte, als hätte er sie berührt. Dann hob sie eine Hand zum Abschied und eilte los. Doch erst, nachdem sie ausreichend Abstand zum Haus hatte, flossen die Tränen. Emilia lief schneller und wischte sich immer wieder über die Wangen. Morgen würde alles besser aussehen. Sie würde sich auf ihre Arbeit konzentrieren, mit Charles und Odile treffen und lange Gespräche mit Rosalie führen. Ihr blieb also keine Zeit, um Bastien zu vermissen.

Der Wind fuhr durch die Lavendelreihen, als sie den Anbau erreichte, und flüsterte ihr zu, dass sie sich gerade selbst belog.

19

Die Sonne würde in ungefähr einer Stunde aufgehen, aber der Himmel hatte sich bereits verfärbt. Das von Sternenglitzer überzogene Blau leuchtete über den schemenhaft sichtbaren Lavendelfeldern – ein Anblick, der Emilia noch immer den Atem raubte. Egal, was sie auch tat, sie würde einen Teil ihres Herzens hierlassen, wenn sie abreiste.

Bei ihrer Rückkehr hatte das Haus still dagelegen, und obwohl sie den Schlaf dringend gebraucht hatte, wälzte sie sich in ihrem Bett hin und her und versuchte, nicht an Bastien zu denken. Vergeblich. Immer wieder tauchte sein Gesicht vor ihr auf. Emilia weinte lautlos, in den Kissen vergraben und ihre kleine Holzente in den Händen. Irgendwann stand sie auf und kühlte ihr Gesicht im Bad mit kaltem Wasser, ehe sie eine Nachricht an Diane schickte. Die Antwort traf beinahe augenblicklich ein: Di lag ebenfalls wach – im Gästezimmer in Singhofen. Emilia rief sie sofort an, froh darüber, dass das Dämmerlicht ihre geröteten Augen verbarg. Sie brauchte Ablenkung, ehe sie ihrer Cousine erzählen konnte, dass Bastien und sie ab sofort nichts weiter als Nachbarn füreinander waren.

»Hast du schon mit deinen Eltern telefoniert?«, fragte sie daher. Ihre eigenen hatte sie noch nicht informiert, dazu war bislang keine Zeit gewesen.

»Klar. Sie haben das alles auch nicht gewusst.« Diane gähnte. Im Gegensatz zu Emilia hatte sie das Deckenlicht eingeschaltet und zeigte gnadenlos ihre Schlaffrisur. »Ich habe sie im Holland-Urlaub aus dem Bett geklingelt. Sie haben sich erst fürchterlich beschwert, dass ich ihre Nachtruhe nicht respektiere, aber dann habe ich Mama überzeugt, dass die Neuigkeit jeden Schlafmangel der Welt wert ist.«

Emilia kannte diese Gespräche zwischen ihrer Tante und Di, die manchmal an einen Wettbewerb erinnerten. Wenn beide gleichzeitig losplapperten, redeten sie einfach weiter, ohne dabei lauter zu werden und die andere übertrumpfen zu wollen. Sie setzten darauf, dass jede trotzdem alles mitbekam oder der anderen irgendwann die Luft ausging. »Und, wie haben sie reagiert?«

Erneutes Gähnen, so laut, dass Emilia die Lautstärke an ihrem Handy nach unten regelte. »Mama hat sich aufgeregt, Papa war eher geschockt. Der war ja noch so klein, dass er sich nicht mehr an Oma erinnert, aber er sagte, er fühlt sich jetzt, als hätte man ihn adoptiert. Die zwei wollen morgen nach Hause fahren. Vermutlich gibt's eine Familienversammlung bei Opa Walter. Der tut mir einerseits leid, aber andererseits hat er so keine Zeit, um Renate zu vermissen.« Sie legte den Kopf schräg und überlegte. »Im Grunde ist es doch genau das, was wir wollten, oder? Etwas in der Provence finden, das ihn ablenkt, damit er nicht mehr so einsam ist. Gut, seine alte Jugendliebe haben wir nicht mehr aufspüren können, um ihm ein Happy End zu schenken, weil sie ja nun mal tot ist, aber immerhin haben wir neue Verwandtschaft. Oma Maries Nichte beispielsweise.«

»Abgelenkt haben wir ihn, ja, aber so habe ich mir das nicht für ihn gewünscht. Wir wollten ihn aufheitern, nicht die Probleme von damals wieder an die Oberfläche zerren«, sagte Emilia skeptisch. »Und … Marianne.«

»Was?«

»Omas Name war Marianne. Sie haben ihn auf Marie verkürzt, damit sie nicht so leicht gefunden werden kann und Opa nichts Schlimmes widerfährt.« Emilia entschied, auch Di nichts von Opa Walters Gefängnisaufenthalt zu erzählen, und lehnte den Kopf an die Wand. »Es ist schon seltsam, nicht wahr? Dass die Geschichte unserer Familie so völlig anders ist, als wir immer dachten.«

»Für mich hat sich nichts geändert. Selbst wenn wir Oma kennengelernt hätten, wäre sie noch immer die mysteriöse Frau, die sie immer war. Okay, vielleicht wäre uns ein kleiner französischer Akzent aufgefallen.« Sie presste Daumen und Zeigefinger aufeinander und hielt sie in die Kamera.

Emilia überlegte. »Da hängt so viel mehr dran. Da ist Rosalie, Omas Nichte. Also die Cousine unserer Väter und damit unsere Tante. Sie hat Familie, und wir damit hier noch mehr Verwandte.«

»Super. Das bedeutet mehr Urlaub in Frankreich.« Diane hob einen Daumen. »Ich bin neugierig auf diese Leute, ja. Aber für mich ist unsere Familie noch immer die alte. Abgesehen …« Ein breites Grinsen zog über ihr Gesicht. »Abgesehen davon, dass wir zu einem Teil Französinnen sind, Em! Das ist verdammt sexy!« Sie hielt das Handy über ihren Kopf, stand auf und wackelte mit dem Hintern, was durch das knielange Nachthemd mit dem verblassten Kleine-Meerjungfrau-Aufdruck wirkte, als wäre sie auf einem Kindergeburtstag.

Trotzdem musste Emilia schmunzeln. »Du bist das wandelnde Klischee.«

»Ich gebe mir Mühe.« Diane horchte auf. »Ich glaube, Opa hat gerade gehustet. Ich bin besser still, ehe er ganz aufwacht und sich beschwert. Aber kann ich dich allein lassen? Bist du okay?« Sie tippte mit dem Zeigefinger gegen das Handy. »Ich dachte, du bist einfach nur müde, aber du klingst auch traurig. Ist es wegen Bastien?«

Natürlich hatte sich ihre Cousine das schwerste Thema für den Schluss aufgehoben. Auf einmal war es fast unmöglich, den neutralen Gesichtsausdruck zu halten. »Wir sind beide erwachsen und bekommen das schon hin.«

»Aber was bekommt ihr hin, Em?«, flüsterte Diane.

Es war wie ein leichter Schlag in den Magen. Sie wollte die ganze Sache sauber abschließen und nicht wie Opa Walter etwas zurücklassen, das sie niemals loswurde. »Wir haben uns heute darauf geeinigt, die Sache zwischen uns zu beenden. Es ist der ideale Zeitpunkt.«

Di ließ das Handy fallen und fluchte. Der Bildschirm wurde dunkel, bewegte sich, und dann tauchte das vertraute Gesicht wieder auf. Ein Auge war skeptisch zusammengekniffen. »Sagt wer?«

Emilia griff nach der Holzente und drehte sie in der freien Hand. »Wir können nach meiner Abreise keine Rolle im Leben des jeweils anderen spielen, das ist uns beiden klar. Es waren wunderbare Tage, aber die wären früher oder später eh zu einem Ende gekommen.«

»Hm.« Diane klang unzufrieden. »Das ist so unglaublich vernünftig. Ich habe fast die alte Emilia vor Augen, die im Vorzimmer von *Wasserbetten Scheller* sitzt und den alten Herren in zu engen Anzügen erklärt, wo es zum Besprechungsraum geht.«

»Weil du Vernunft mit Langeweile gleichsetzt.«

»Nein, ich frage mich einfach nur … Mensch, Em, du weinst ja!«

Emilia schüttelte den Kopf, aber nun war es zu spät. Mit einem Zipfel ihres Schlafshirts wischte sie sich über die Wangen. »Es geht schon. Das war heute Nacht nur alles ein bisschen viel.«

Dianes Gesichtsausdruck wurde sanft. »Natürlich. Und ich wäre nun so gern bei dir und würde dich in den Arm nehmen, Süße.«

»Ich weiß«, flüsterte Emilia.

Diane zögerte. »Bist du wirklich sicher, dass du das willst? Einen Schlussstrich ziehen? Ich meine, du hast hier gerade ohnehin keinen Job. Vielleicht könntest du länger bleiben. Frag doch mal Maurice, ob er Hilfe im Büro braucht.«

Emilia atmete tief durch. »Damit würde ich es ja auch nur hinauszögern. Außerdem war es Bastiens Vorschlag, nicht meiner.«

»Echt?« Auf einmal wirkte Diane zu allem entschlossen. »Soll ich vorbeikommen und mal mit ihm reden? Das Angebot steht. Du erinnerst dich, ich hatte vor ein paar Jahren diese Schnupperstunde im Kickboxen.«

Trotz allem musste Emilia schmunzeln. »Lieb von dir, aber ich bezweifle, dass ich einen Bastien mit gebrochener Nase weniger vermissen würde. Ich brauche einfach eine Weile. Es ist ja nicht so, dass wir eine Beziehung hatten. Da waren nur diese wundervollen Tage mit ihm. Daher sollte es auch keine große Sache sein, dass wir nur noch Nachbarn sind.« Sie zuckte die Schultern, da die einfachsten Worte manchmal am schwersten zu finden waren.

Di nickte. »Aber du hast dich in ihn verliebt, nicht wahr?«

Da war sie, die Wahrheit, die sie sich nicht hatte eingestehen wollen. »Ja«, flüsterte sie.

Ihre Cousine tröstete sie, wartete, bis sich Emilia ins Bett legte, und redete so lange mit beruhigender Stimme auf sie ein, bis sie endlich in einen unruhigen Schlaf fiel.

Nach dem Aufstehen fühlte sich Emilia wie erschlagen. Sie probte ein Lächeln vor dem Spiegel, bis es halbwegs natürlich aussah, schlüpfte in eine knielange Stoffhose und ein Shirt mit dem Aufdruck *Crazy Duck Lady* – ein Geschenk von Diane und Markus – und trat nach draußen. Zum ersten Mal seit ihrer Ankunft auf der Farm hatte sich der Himmel zugezogen, aber an manchen Stellen blitzte noch immer Blau durch die Wolkenfelder. Emilia band sich die dunklen Haare zum Zopf und ging zum Haupthaus.

Aus der Küche drangen Kaffeeduft und Stimmen: Jessy und Mike saßen am Tisch und drehten sich zu ihr um, als sie in der Tür erschien.

»Em!« Jessy sprang auf, eilte zu ihr und umarmte sie.

Emilia versteifte sich kurz, da ihre mühsam aufgerichtete Mauer an Selbstbeherrschung nicht bröckeln sollte, aber da sie sich über die herzliche Begrüßung freute, drückte sie Jessy an sich. »Wo ist Maurice? Habt ihr den Himmel gesehen? Da sind Wolken. Viele Wolken.«

Die zwei wechselten einen Blick, dann winkte Mike ab. »Er meinte vorhin, wir sollen uns keine Sorgen machen, es wird heute nicht regnen. Aber es ist schön, wenn uns die Sonne bei der Arbeit nicht die ganze Zeit auf den Kopf knallt.« Er tippte auf das rote Bandana, mit dem er seine Haarpracht im Zaum hielt. »Wir haben schon gehört, wo ihr Henri gestern gefunden habt. Was für ein Trip!«

Jessy dirigierte Emilia zu Tisch und schenkte ihr Kaffee ein. »Komm, setz dich. Ich hab mich am Rührei versucht.«

Sie deutete auf eine Pfanne, in der das Ei eindeutig zu lange gebrutzelt hatte. »Möchtest du etwas? Und dazu getoastetes Baguette? Du musst todmüde sein.«

Emilia beobachtete sie verwirrt. »Woher wisst ihr das alles schon?«

Mike grinste. »Odile hat uns aus dem Bett geworfen und wollte wissen, ob du schon wach bist. Ich glaube, sie war froh, dass sie uns die News erzählen konnte.«

Emilia nippte an ihrem Kaffee. Odile und Diane würden sich bestens verstehen – beide teilten sich den Hang zur Dramatik. »Was ist mit Rosalie?« Auf dem Tisch stand lediglich noch ein benutztes Gedeck, vermutlich von Maurice.

Mike deutete über seine Schulter. »Sie hatte einen frühen Termin. Ich habe sie vorhin nach Hause gefahren und soll dir ausrichten, dass sie hofft, ihr zwei würdet euch demnächst in Ruhe unterhalten.«

Emilia nickte gedankenverloren. Darauf freute sie sich wirklich – mehr über die Familie der Frau zu erfahren, die erst Marianne und dann Marie gewesen war und die sie niemals hatte kennenlernen dürfen.

»Mensch, Em«, sagte Jessy und ließ sich neben sie fallen. »Wer hätte gedacht, dass du hier Verwandte hast? Das ist so unglaublich spannend. Rufst du sie an? Rosalie, meine ich?«

»Auf jeden Fall«, sagte Emilia und versuchte, nicht das Gesicht zu verziehen, als sie sich eine Gabel Rührei in den Mund schob. Jessy hatte es mit dem Salz übertrieben. »Ich möchte alles erfahren, was sie über meine Oma weiß, auch wenn sie sich kaum an sie erinnert. Und natürlich will ich sie näher kennenlernen. Es kommt mir nur so vor, als müsste ich die ganze Sache erst noch richtig begreifen.«

Jessy drückte ihre Hand. »Lass dir Zeit. Die Nacht war hart, und an deiner Stelle wäre ich total durcheinander. Vielleicht ist die Arbeit auf den Feldern jetzt genau das Richtige. Da kannst du den Kopf ausschalten. Und nachher legst du dich wieder hin, du siehst mitgenommen aus.« Sie lächelte und machte sich daran, den Tisch abzuräumen.

Emilia widmete sich ihrem Frühstück. Jessy hatte den Nagel auf den Kopf getroffen. Beinahe.

Mike leerte seine Tasse und stand auf. »Wie sieht's aus, Em, willst du heute lieber aufs Feld oder in die Destille?«

»Wenn ich es mir aussuchen kann, nehme ich Letzteres.« Heute war ihr danach, die vollen Behälter zu wiegen, Blüten in die riesigen Dampfkochtöpfe zu füllen und so lange zu schwitzen, bis das Öl ausgekocht war und sie die Pflanzenrückstände zum Kompostieren beiseiteschaffen und mit dem Besen herumwirbeln konnte.

»Abgemacht.« Er hielt ihr eine flache Hand entgegen und hob die Brauen, als sie so schwach dagegen schlug, dass man es kaum hörte. »Vielleicht sollten wir dir eine Trillerpfeife umbinden. Du weißt schon, wenn du vor Erschöpfung umkippst, kannst du uns alarmieren.«

Sie schob sich eine Kirschtomate in den Mund. »Keine Sorge, ich schaffe das schon.«

»Sicher?« Jessy sah skeptisch aus. »Maurice versteht bestimmt, wenn du dir heute eine Auszeit gönnst.«

»Unsinn. Ich bin hier, um zu helfen, da werde ich nicht den halben Tag im Bett liegen.« Sie deutete zur Tür. »Aber was ist mit dir, Mike, drängst du mir hier ein Gespräch auf, um dich zu drücken?«

Er schenkte ihr ein strahlendes Lächeln, salutierte und war in der nächsten Sekunde verschwunden.

Die nächsten Tage verliefen so, wie Emilia es sich erhofft hatte: voller Arbeit und mit wenig Zeit zum Grübeln – zumindest in den Stunden auf dem Feld oder in der Destille. Maurice sprach die Suche nach Henri nur kurz an und fragte, warum Emilia die Samains nicht mehr besuchte. Sie erklärte ihm, dass Bastien und sie nur Nachbarn waren, was auch für Henri das Beste wäre, und damit gab er sich zufrieden.

Seitdem sie und Bastien sich voneinander verabschiedet hatten, herrschte Funkstille zwischen ihnen. Sie hatte gewusst, dass er sich dieses Mal auch wegen Henri daran halten und nicht wieder auf sie zukommen würde, aber dennoch tat es weh. Selbst die Holzbank mied sie, da die Erinnerungen an den Abend dort mit Bastien zu sehr schmerzten. Und auch, wenn sie allmählich wieder in den Alltag zurückfand, war etwas anders geworden. Die Borel-Farm war noch immer ein wunderschöner Ort, aber das Gefühl, zu Hause zu sein, war verschwunden und Emilia nur noch Gast auf Zeit.

Rosalie schrieb ihr, dass sie für einige Tage verreisen müsste, sich aber nach ihrer Rückkehr über ein Treffen freuen würde. Emilia antwortete, dass sie das auf keinen Fall missen wollte und wünschte ihr eine gute Reise. Abgesehen davon schien sich die Geschichte – und das überraschte sie am meisten – noch nicht in Monieux herumzusprechen. Zumindest erwähnte weder Gustave bei seinen regelmäßigen Besuchen auf der Farm noch Clara aus dem Lebensmittelgeschäft Emilia gegenüber irgendwas. Die rothaarige Frau interessierte sich vielmehr dafür, ob die beiden

Hündinnen nun fester Teil der Borel-Farm waren, da Emilia schon wieder Futter orderte, und fragte, wann die nächste Backsession in Charles' Boulangerie stattfinden würde. »*Maman* und ich lieben sein Gebäck, aber nun hätten wir gern ab und zu einen Ausflug in andere Gefilde.«

Emilia versprach, sie zu informieren, sobald ein neuer Termin in der Boulangerie anstand.

Charles rief an und fragte schlicht, ob alles in Ordnung war. Emilia erzählte ihm von dem Gespräch mit Bastien, woraufhin er ihr Mut zusprach und betonte, später ausführlich *vis-à-vis* darüber zu reden, da ein Telefongespräch ihm zu lapidar für wichtige Themen erschien. Odile dagegen fehlte seine Feinfühligkeit – sie hatte Emilia seit dem Morgen nach der schlimmen Nacht mit Textnachrichten bombardiert:

Und, warst du schon auf Rosalies Anwesen?

Macht ihr eine Verwandtschaft-gefunden-Party hier in Monieux? Das wär der Kracher, sag Bescheid, wenn ich bei der Orga helfen soll.

Darf ich Vincent erzählen, was passiert ist?

Ich hab Vincent erzählt, was passiert ist! Er sagt zwar, dass er sich so etwas schon gedacht hat, aber ich kenne ihn, er will einfach nur cool wirken. Der ist genauso überrascht wie wir!

Die Nachricht traf keine zehn Minuten später nach der vorherigen ein.

Ziehst du nun bei den Samains ein und plauderst mit Henri über deine Oma? Er ist doch nun lieb zu dir, oder? Wenn nicht, sag Bescheid, dann knöpfe ich ihn mir vor.

Was ist denn eigentlich nun mit Bastien? Er ist doch nicht mehr sauer, oder? Schließlich hast du den Autodieb mit deinen treuen Wächterhunden gefunden. Habt ihr also Wiedersehen gefeiert?

Dahinter prangten zwei Emojis mit hochgezogener Augenbraue sowie eines mit einer Sonnenbrille.

Emilia! Meldest du dich etwa nicht, weil ihr noch immer Wiedersehen feiert??

Vier Emojis mit hochgezogener Augenbraue sowie ein Herzchen.

Emilia antwortete Odile, dass sie gerade mit der Ernte beschäftigt war und Henri Zeit geben wollte, um alles zu verarbeiten. Die Antwort bestand aus einer Reihe Symbole, bei der Emilia grübelte, ob Odile einfach nur wild auf ihrem Handy herumgedrückt hatte, aber immerhin fragte sie nicht weiter nach.

Bastien meldete sich auch weiterhin nicht, hatte sie einfach so aus seinem Leben gestrichen. Als spielte all das, was geschehen war, all die Küsse, die ihre Lippen allein bei der Erinnerung kribbeln ließen, keine Rolle mehr. Als wäre es ein Leichtes, sie zu vergessen.

Obwohl sie wusste, dass sie sich damit nur quälte, saß sie abends auf einem Stuhl vor dem Anbau, blickte in den

Sternenhimmel und fragte sich, was Bastien für sie empfand.

Empfunden hatte.

Sie suchte sich weitere Aufgaben, um sich abzulenken. Zunächst kümmerte sie sich um den Anbau, schliff die Tür ab und strich sie in einem hübschen Hellgrün, das Sandrine ihr von einem Shoppingtrip aus Aix-en-Provence mitgebracht hatte. Anschließend pflanzte sie Lavendel, Rosmarin und kleine Kakteen in die Blumentöpfe und platzierte sie an der Tür und auf der Fensterbank des Anbaus. Nachdem Maurice ihr einen alten Stuhl sowie einen kleinen Tisch aus seinem Keller überlassen hatte, die ebenfalls einen Neuanstrich erhielten, schien ihr Wohlfühlort fast komplett. Trotzdem fehlte etwas, und Emilia wusste, dass sie es nicht zurückbekommen würde. Stattdessen verfrachtete sie die beiden Hundenäpfe von der Bank zum Anbau.

Seit der Suchaktion stand für Rala und Mini offenbar fest, dass sie zur Borel-Farm gehörten. Mittlerweile lagen sie oft in der Sonne vor dem Haus und störten sich kaum noch daran, wenn jemand in ihre Nähe kam. Lediglich Besucher wurden mit Gebell begrüßt, ehe die zwei für eine Weile in die Sicherheit der Felder eintauchten.

Am Abend hatte Emilia es sich zur Gewohnheit gemacht, mit dem Rad die Wege entlangzufahren, sich die wachsenden Fortschritte ihrer Arbeit anzusehen und dabei zu versuchen, den Kopf freizubekommen. Rala und Mini begleiteten sie jedes Mal, und es tat ihr gut, bei all der wohltuenden Ruhe nicht allein zu sein. Anfangs war es ihr schwergefallen, nicht nach rechts zu blicken, wo sich die Samain-Ländereien anschlossen, doch selbst das funktionierte von Tag zu Tag besser. Als sie eine Gestalt auf den Feldern entdeckte, hob sie lediglich eine Hand zum Gruß, während ihr das Herz bis zum Hals klopfte.

Bastien richtete sich auf und blickte so lang zu ihr herüber, dass Emilia bereits glaubte, er würde sich einfach umdrehen und verschwinden, wie damals, als Henri noch Angst um sein Land gehabt hatte. Aber dann winkte er ebenfalls, wandte sich jedoch nicht ab. Sie wartete eine Weile, doch dann war sie es, die sich umdrehte und den Rückweg antrat.

Hin und wieder traf sie sich mit Charles, der einzigen Person neben Diane, der sie alles erzählte. Er tat sein Bestes, um sie abzulenken, indem er neue Rezepte mit ihr und Diane besprach. Emilia vermutete, dass er Odile regelmäßig ins Gewissen redete, das Thema Bastien zu meiden – zumindest verlor die Pflegerin kein Wort mehr darüber. Dafür redete sie umso mehr von Charles, davon, wie gern sie Zeit mit ihm verbrachte, und es erstaunte Emilia zu erfahren, dass zwischen den beiden bis auf lange, innige Gespräche noch nichts geschehen war.

»Er ist was Besonderes, das lasse ich langsam angehen«, lautete Odiles Begründung. »Wenn ich eine große Reise plane, sagen wir, um Jessy und Mike eines Tages in Australien zu besuchen, dann stürze ich mich ja auch nicht kopflos da rein, sondern bereite mich vor. Du weißt schon, welche Schutzimpfungen ich brauche oder welche Waffen, um mir giftige Tiere vom Leib zu halten. Was ich nach einem Schlangenbiss tun muss und welche Maden ich essen darf, falls ich im Outback verloren gehe und welche ausbuddele. All so was.« Aus ihrem Mund klang das sogar irgendwie logisch, auch wenn es im Grunde nichts mit dem eigentlichen Thema zu tun hatte.

Emilias Eltern riefen mehrmals an, um mit ihr über ihre Oma zu sprechen. Zwar nahm ihr Vater das Ganze lockerer auf als sein älterer Bruder, aber er hatte eindeutig Redebedarf. Der heimatliche Familienrat hatte mit vielen Tränen und Umarmungen stattgefunden, aber mehr, als sie bereits wussten, war dabei nicht herumgekommen. Doch dafür hatten alle beschlossen, mehrere Tage in Singhofen zu bleiben, was genügend Gesellschaft für Opa Walter bedeutete. Emilia war froh darüber, und sie lachte, als ihre Mutter erzählte, dass Franz Meißner von nebenan quasi eingezogen war. »Der ist froh, dass hier nun regelmäßig gekocht wird und will sich das nicht entgehen lassen.«

Zudem war die gesamte Finke-Sippschaft neugierig auf Rosalie, die sich noch auf Reisen befand. Emilia hoffte, dass der Schock über die neue Verwandtschaft sie nicht auf Dauer vertrieben hatte.

Dass Rosalie gewiss nicht unter Schock stand, erfuhr sie fünf Tage nach dem Henri-Desaster, wie Odile, Mike und Jessy es mittlerweile nannten. Emilia saß in der Dämmerung mit einem Glas Wasser und einem Eclair vor dem Anbau, dachte an ihre Zukunft in Münster und kraulte Ralas Kopf, den die Hündin vertrauensvoll auf ihre Knie gelegt hatte, als ihr Handy sich meldete. Rala stellte die Ohren auf, und als Emilia auf ihr Display blickte, fand sie eine Nachricht von Rosalie.

Liebe Emilia, tut mir leid, dass ich mich jetzt erst melde, aber es gab einiges zu regeln. Hast du zufällig Zeit?

Emilia antwortete und bot Rosalie an zu telefonieren, doch die schrieb zurück, dass sie bereits an der Auffahrt zu den Lavendelfarmen stand. Kurz darauf schnitten die Scheinwerfer ihres Wagens durch die einbrechende Dunkelheit. Die Hündinnen sprangen auf, wedelten und folgten Emilia, als sie Rosalie entgegenging.

Die stieg aus einem schnittig-sportlichen Renault in dezentem Silber und sah in ihrem Kostüm und mit dem roten Lippenstift aus, als hätte sie sich aus der Großstadt hierher verirrt. Als sie lächelte, kehrte allerdings die Rosalie zurück, die so herzlich, aber auch so schüchtern sein konnte.

»Wie schön, dich zu sehen!« Keine zwei Sekunden später fand sich Emilia in ihrer Umarmung wieder, nachdem Rosalie ihr die obligatorischen Küsschen auf die Wange gedrückt hatte. »Entschuldige, wenn ich dich so überfalle. Aber ich bin gefahren und gefahren, und plötzlich war ich unten an der Straße, habe mich aber nicht heraufgetraut, ohne mich vorher anzumelden. Wie ist es dir ergangen? Du siehst zauberhaft aus.« Sie zupfte an einer von Emilias noch feuchten Locken.

Wenn sie Rosalie betrachtete, fühlte sie sich alles andere als zauberhaft in ihrem bunten Kleid, das seine besten Tage bereits hinter sich hatte, aber sie freute sich trotzdem über den spontanen Besuch. »Durchwachsen«, sagte sie nach einigem Zögern. »Ich glaube, die Situation mit Henri hat sich beruhigt. Wir haben geredet, und er hat uns erzählt, dass die Ehe mit Marie arrangiert gewesen war. Vermutlich hat sie ihn niemals geliebt, und als dann mein Opa kam …« Sie zuckte die Schultern.

»Ja, ich hörte davon«, sagte Rosalie leise. »Charles hat

mich angerufen und wollte wissen, wo ich stecke. Vermutlich hat er gedacht, dass ich geflüchtet bin. Ich hoffe, dass du das nicht auch geglaubt hast.« Sie griff nach Emilias Händen und drückte sie. Ihre Augen leuchteten im Schein der Außenlampe, und zum ersten Mal erinnerten sie Emilia an die ihres Vaters. Zwar waren sie blau statt braun, aber die Form hatte etwas Vertrautes.

»Unsinn. Du hast doch gesagt, dass du zu tun hast. Unsere Leben stehen ja nicht still, nur weil sich die Vergangenheit plötzlich als eine andere entpuppt, als wir dachten.« Emilia deutete über die Schulter. »Sollen wir uns setzen? Ich habe noch einen zweiten Stuhl im Zimmer. Kann ich dir etwas anbieten? Drüben in der Küche sind Eclairs, die habe ich gestern gebacken, und sofern Jessy und Mike ihn nicht vernichtet haben, dürfte noch Weißwein im Kühlschrank sein.«

»Sehr gern. Soll ich dir helfen?«

Emilia winkte ab. »Wenn du dich um den Stuhl kümmerst, hole ich alles.«

In der Küche fand sie wirklich noch drei Eclairs sowie die Flasche Wein und stellte alles mit Gläsern und einem zweiten Teller auf ein Tablett. Als sie zurückkehrte, hatte Rosalie bereits Platz genommen und redete auf die Hunde ein, die vor ihren Füßen auf dem Boden lagen. Ihre Handtasche baumelte über der Stuhllehne, und auf dem Tisch lag ein brauner Umschlag.

»So, bitte.« Emilia reichte Rosalie den Teller und schenkte ihnen Wein ein. Sie stießen an, tranken einen Schluck und starrten in die Ferne. Es war ein entspannter Moment. »Also«, sagte Emilia schließlich. »War deine Reise erfolgreich?«

Rosalie blinzelte und strich sich eine Haarsträhne hinter das Ohr. »Ich würde sagen ja. Aber das musst du entscheiden.«

»Wieso denn ich?«

Rosalie lächelte, stellte ihr Glas ab, nahm den Umschlag und hielt ihn ihr hin.

»Was ist das?«

Die Antwort bestand in einem kurzen Schwenk, also griff Emilia danach, schob die Lasche hoch und nahm ein Papier heraus. Sie faltete es auf, überflog es … und überflog es noch einmal, stolperte über die Anwaltssprache, die es unmöglich machte, sämtliche Details eines jeden Satzes zu verstehen. Aber die grundlegende Bedeutung war glasklar.

»O nein«, sagte sie, legte das Schreiben auf den Tisch und schob es so hastig zu Rosalie hinüber, als hätte sie sich verbrannt.

Rosalie winkte ab. »Doch, meine Liebe. Meine Mutter und ich haben immer gesagt, dass wir auf Tante Mariannes Geld achten und es nicht anrühren werden. Sie hat es *maman* überlassen, als sie mit deinem Opa nach Deutschland gegangen ist. Es war ihr nicht so wichtig wie das Glück, das sie mit ihm gefunden hat, und sie hat gehofft, dass es hier einen Teil der Wogen glätten kann. Du siehst, es stand uns im Grunde niemals zu. Und daher habe ich mich entschieden, es dir zukommen zu lassen. Tante Mariannes Enkelin. Was anschließend damit geschieht, musst du entscheiden, Emilia.«

Sie betonte ihren Namen auf der letzten Silbe, und auf seltsame Weise hatte der fremde Klang etwas Tröstliches. Trotzdem kamen Rosalies Worte Emilia vor, als wären sie Teil einer Geschichte – und nicht ihres eigenen Lebens.

»Wir haben es auf einem gesonderten Konto angelegt; die Summe auf der Rückseite ist der aktuelle Wert. Daher musste ich einige Tage verreisen. Ich habe alles mit Monsieur Colette geregelt, *mamans* altem Anwalt. Er ist vor einigen Jahren auf seinen Landsitz bei Belfort gezogen und arbeitet nur hin und wieder für seine alten Klienten. Es ist alles rechtsgültig und bestätigt.« Sie deutete auf das Papier. »Das ist natürlich eine Kopie, aber Monsieur Colette sagt, er reist auch gern nach Deutschland, um all diese rechtlichen Dinge mit dir durchzugehen, die mir Kopfschmerzen bereiten.«

»Rosalie, das kann ich nicht annehmen. Das sind knapp hunderttausend Euro!«

»Ja«, sagte Rosalie schlicht.

Emilia schüttelte den Kopf. »Nein. Wirklich, das ist sehr freundlich von dir, aber …«

»Es war nie meines.« In Rosalies sanfte Stimme hatte sich Unnachgiebigkeit geschlichen. »Wäre Marianne nicht gegangen, hätten wir es nicht einmal zu Gesicht bekommen. Und daher bitte ich dich, es anzunehmen und keine große Sache daraus zu machen.«

»Keine große Sache?« Emilia schüttelte fassungslos den Kopf.

Rosalie lächelte. »Ich lebe ein gutes Leben, und ich habe alles, was ich brauche. Vielleicht sogar ein wenig mehr. Das Einzige, was ich dafür möchte, all die Jahre auf diese Summe aufgepasst zu haben, ist eine Wahl. Zu bestimmen, an wen es gehen soll. Und bei dir ist es in guten Händen, so viel habe ich bereits herausgefunden.«

Emilia schüttelte erneut den Kopf, da ihr allmählich die Argumente ausgingen. Sie konnte Rosalies Gedankengänge nachvollziehen. Andererseits sträubte sie sich, es anzunehmen. Natürlich träumte sie wie vermutlich viele andere auch von einem Lottogewinn, mit dem sie sich einen oder mehrere Herzenswünsche erfüllen konnte – was unmöglich war, da sie kein Lotto spielte –, aber damit hätte sie etwas fair gewonnen. Eine so große Summe dagegen als Geschenk von jemandem entgegenzunehmen war etwas anderes. »Ich muss darüber nachdenken.«

»Natürlich, nimm dir alle Zeit der Welt.« Rosalie trank einen Schluck Wein und streckte mit einem wohligen Seufzer die Beine aus. »Ich freue mich, wenn Mariannes Nachfahren das erhalten, was sie hier zurückgelassen hat. Es ist, als ob sich ein Kreis schließt.« Sie starrte in die Ferne und lächelte. Dann stellte sie ihr Glas ab, legte ein Eclair auf ihren Teller und schnupperte daran. »Hm, das duftet ungewöhnlich, aber gut.«

Emilia lächelte. »In der Creme ist ein Schuss Orangenlikör. Und natürlich Lavendel.«

Rosalie biss ein Stück ab, kaute und schloss die Augen. »Es schmeckt hervorragend.« Sie blinzelte. »Die Faszination fürs Backen hast du wohl von deiner Großmutter geerbt. An mir ist sie leider vollkommen vorbeigegangen, aber meine Mutter hat auch mit Begeisterung Kuchen in den Ofen geschoben, und zwar jeden Sonntag.« Sie streckte eine Hand aus. »Ich kann es kaum erwarten, dich näher kennenzulernen. Dich und meine Verwandtschaft in Deutschland.«

Emilia griff nach Rosalies schmalen Fingern mit den sorgfältig lackierten Nägeln. Ihre Familie hatte sich vergrößert. Bei allem, was damit zusammenhing und hier auf der Farm geschehen war, hatte sie noch nicht die Zeit gefunden, das in all seinen Facetten zu verinnerlichen, und jetzt freute sie sich auf alles, was noch kommen würde.

Lediglich der Wunsch, Bastien davon zu erzählen, dämpfte ihre Euphorie. Aber an der Seite ihrer Tante konnte sie ihren Blick über den Lavendel schweifen lassen, bis dorthin, wo sich der Samain-Besitz anschloss. Und auf einmal wusste sie, was sie tun musste, um endlich wieder zur Ruhe zu kommen. Sie dachte an den Tag, als sie die Felder zum ersten Mal gesehen hatte, und lächelte. Egal, wo sie war, mit Rosalie würde sie für immer mit dieser Gegend verbunden sein.

20

Maurice schloss den Deckel des Kessels, während sich Emilia einen Besen schnappte und sich daranmachte, die Lavendelblüten zusammenzukehren, die auf dem Boden gelandet waren. Ihr Shirt war durchgeschwitzt, und ihre Arme und Schultern schmerzten auf eine gute Weise – der Tag war lang gewesen, aber sie wusste, was sie geschafft hatte.

»Hier.« Wie von Zauberhand tauchte eine Flasche Wasser vor ihrem Gesicht auf.

Sie stellte den Besen ab, griff danach, nahm einen tiefen Schluck und wischte sich über die Lippen. »Danke.«

Maurice sah zufrieden aus. »Ich hätte nicht gedacht, dass wir die Ernte von heute noch in den Kessel bekommen. Ihr habt euch gut geschlagen.« Gestern hatte er sich allein um die Felder gekümmert, da Emilia, Jessy und Mike frei gehabt hatten. Weil es sich nicht mehr gelohnt hatte, mit der Destillation loszulegen, hatte er den abgeernteten Lavendel in der Scheune zwischengelagert. Bei trockenem Wetter war das drei, manchmal sogar vier Tage möglich, bis die Blüten an Aroma verloren.

Heute hatten sie doppelt so schnell gearbeitet, um die Zeit wieder aufzuholen, und es sah ganz danach aus, als hätten sie ihr Ziel erreicht.

Emilia nahm noch einen Schluck Wasser. »Wenn du uns schon einen Tag freigibst, dann müssen wir uns auch revanchieren. Außerdem wollten wir unbedingt mit dem unteren

Feld fertig werden. Es soll ja niemand behaupten, dass deine Erntehelfer in diesem Jahr zu wünschen übrig lassen.« Sie grinste und reichte Maurice die Flasche zurück.

»Diese Behauptung aufzustellen würde wohl niemand wagen«, sagte er. »Schließlich wissen alle, dass eine waschechte Racine bei mir arbeitet.«

Emilia verzog das Gesicht. Obwohl Rosalie und die gesamte Borel-Farm Stillschweigen über die Erkenntnisse behalten hatten, waren die Neuigkeiten schließlich doch durchgesickert und hatten Emilia zum Dorfgespräch gemacht, zur temporären Prominenz: die unbekannte Deutsche, die eines Tages als Helferin auftauchte, um sich als Enkelin einer lang verschollenen Einheimischen zu entpuppen. Wie die Einwohner von Monieux nun einmal waren, hielten sie mit ihren Gedanken nicht hinter dem Berg.

Am Vortag hatte zunächst Sandrine angerufen, dann Clara aus dem Lebensmittelgeschäft und sogar Aaron vom Weingut. Zwar wusste offenbar niemand von dem Geld, das Rosalie Emilia überlassen wollte – etwas, das sie samt dem Anwaltsgespräch mit Monsieur Colette vor sich herschob –, aber viele erinnerten sich an die Racines und daran, *dass sie nicht gerade von der Hand in den Mund gelebt hatten*, wie Clara es ausdrückte. Laut Odile waren Vincent und vielleicht sogar Henri selbst die undichten Stellen. Aber das spielte nun auch keine Rolle mehr.

Emilia hob eine Augenbraue. »Da muss ich dann wohl durch.«

»Sei froh, dass du nicht im Haupthaus wohnst. Gestern hat sogar Claras Mutter angerufen und wollte dich sprechen.« Maurice schnaubte. »Als hätte ich nichts anderes zu tun, als Klatsch und Tratsch zu beantworten.«

»Was hast du ihr gesagt?« Sie war nicht sicher, ob sie die Antwort hören wollte.

»Dass ich keine Zeit für solche Dinge habe, weil ich raus aufs Feld muss, so wie du auch, egal ob Racine oder nicht.«

Emilia war froh über Maurices Pragmatismus. Für ihn hatte sich nichts geändert. Einen flüchtigen Moment huschten ihre Gedanken zu dem Mann, der ebenso pragmatisch war wie Maurice und sich nicht im Geringsten davon beeindrucken ließ, woher jemand stammte. Sie hatte Bastien noch immer nicht gesprochen und nur ab und zu aus der Ferne gesehen. Jedes Mal grüßten sie sich und gingen dann weiter ihrer Wege, als wären sie alte Bekannte, die gerade etwas zu tun und keine Zeit für eine Plauderei hatten.

Mittlerweile wusste sie, dass sie sich nur etwas vormachte, wenn sie sich einredete, irgendwann mit der Situation umgehen zu können. Bastien war einer der wenigen besonderen Menschen, denen man im Leben begegnete, und er würde immer einen wichtigen Platz in ihren Erinnerungen haben. Wieder einmal war sie froh darüber, endlich eine Entscheidung getroffen zu haben, auch wenn sie ihr nicht leichtgefallen war.

Emilia seufzte und schenkte Maurice ein gequältes Lächeln. »Ich werde euch alle ziemlich vermissen. Immerhin lenkt mich das von meinem schlechten Gewissen ab.« Sie hatte Maurice vorgestern gefragt, ob er damit einverstanden war, wenn sie zwei Wochen eher abreiste als geplant. Ganz nach seinem Naturell hatte er nicht weiter nachgefragt, sondern ihre Entscheidung lediglich bedauert – aber dennoch beteuert, dass er die restliche Arbeit gut mit Jessys und Mikes Hilfe erledigen würde.

Nachdem das geklärt war, spürte Emilia vor allem Erleichterung. Sie brauchte eine vertraute Umgebung und Menschen wie ihre Eltern oder Diane, um über all die neuen Erkenntnisse und Entwicklungen nachzudenken – und natürlich auch, um Bastien endgültig zu vergessen. Nach einer Weile, vielleicht einige Monate oder ein halbes Jahr, würde sie zurückkehren, um alles mit Rosalie zu klären, aber auch, um Charles und Maurice wiederzusehen.

»So.« Maurice warf das Tuch, mit dem er die Zulaufschläuche abgewischt hatte, zur Seite. »Bist du bereit für heute Abend?«

»Eigentlich nicht.«

Ein weiteres Hoffest stand an, das ursprünglich auf Aarons Weingut geplant gewesen war. Allerdings lag der seit gestern mit einer schweren Erkältung flach – und das Dorf hatte sich schnell darauf geeinigt, dass die Borel-Farm einspringen sollte. Es würde gleichzeitig Emilias Abschied sein; morgen würde sie sich in den Wagen setzen und sich auf den Weg nach Hause machen. Sie hatte wenig Lust auf inquisitorische Fragestunden mit den Dörflern, aber die Vorstellung verblasste neben der, dass sie Bastien wiedersehen würde. Allein der Gedanke machte sie nervös. Sie hatte überlegt, wie sie sich ihm gegenüber verhalten sollte, hatte sich Sätze zurechtgelegt und immer wieder gesagt, dass sie nur Freunde waren. Wenn überhaupt. Aber so sehr ihr Kopf das alles auch für richtig hielt – ihr Herz sagte genau das Gegenteil. Blieb also nur zu hoffen, dass sie sich auf dem Fest in seiner Gegenwart nicht blamierte. Aber nein, sie würde sich zusammenreißen. Keine Tränen, keine Andeutung, nicht einmal ein längerer Blick oder gar eine Berührung.

»Maurice, was verlangst du dafür, wenn du heute Abend die Gäste ablenkst, während ich mich durch die Hintertür aus dem Staub mache?«

»Vergiss es.« Er kontrollierte noch einmal den Kesseldruck und gab ihr ein Zeichen, ihm nach draußen zu folgen. »Da musst du durch. Aber es wird halb so schlimm. Die Menschen sind nur so unglaublich neugierig, wenn es um ihr Zuhause geht. Sie wollen alles über jeden in Monieux wissen, damit es keine Überraschungen gibt und sie weiterhin entspannt ihr Leben führen können.«

Emilia wartete, bis er die Tür des Schuppens geschlossen hatte, und sie gingen zum hinteren Feld, auf dem Jessy und Mike eine Kontrollrunde drehten. Sie hoffte von ganzem Herzen, dass er recht behielt. Vor dem Hoffest würde sie sich auf jeden Fall ablenken, indem sie mit Charles und Diane backte, damit sich am Abend nicmand über zu wenig Kuchen auf den Tischen beschwerte.

Mike und Jessy kamen ihnen Hand in Hand entgegen. Jessy strahlte vor guter Laune, und Mike deutete eine Verbeugung an.

»Hoheit«, sagte er zu Emilia, »ich hoffe, Euer Arbeitstag in der Destille war ein angenehmer?« Emilia und Jessy schlugen ihm gleichzeitig gegen den Arm, und er hob beide Hände. »Gnade, ich wollte mich nur angemessen verhalten!«

»Das tust du, wenn du dich heute Abend an den Grill stellst«, sagte Jessy, nickte zufrieden, als Mike etwas murmelte, und zog ihr Handy aus der Tasche. »Maurice, wir haben nur wenige Stellen gefunden mit größeren Löchern in den Pflanzenbeständen. Ich habe sie fotografiert, immer mit Mikes Riesenfüßen daneben, damit du einen Vergleich hast.«

Sie alle blickten auf Mikes Schuhe, in denen vermutlich Rala und Mini schlafen konnten, wenn sie sich zusammenrollten, dann nahm Maurice das Handy und wischte durch die Bilder. »Das sieht gut aus. Wir müssen nur an zwei Stellen nachpflanzen, hier … und hier. Der Rest reguliert sich selbst.«

»Super«, Jessy steckte das Handy wieder weg. »Sollen wir das gleich morgen als Erstes machen oder alles nach der Ernte?«

»Nach der Ernte reicht völlig«, sagte Maurice und betrachtete den Himmel – eine Gewohnheit, die sich vermutlich nicht abschütteln ließ. »Aber jetzt geht und kümmert euch um den Aufbau für heute Abend, ich beaufsichtige noch den Durchgang in der Destille.«

Emilia gab einen Laut von sich, der irgendwo zwischen Seufzen und Jammern lag, während Maurice zurück zum Haus ging.

»Mach dir keine Sorgen.« Jessy stupste sie an. »Das bekommen wir schon hin. Wenn es dir zu viel wird, dann wink mir einfach, und ich erlöse dich von wem auch immer.«

»Das ist eine gute Idee.« Emilia deutete zum Haus. »Kann ich heute die erste Dusche haben? Charles kommt gleich, und wir haben eine kleine Liste, die wir noch für das Fest abarbeiten wollen.«

»Klar.« Jessy strahlte sie an, dann wurde ihre Miene ernst. »Und du bist dir noch immer sicher, dass du dich heute Abend von allen verabschieden willst?«

Emilia schluckte hart. »Es ist die richtige Entscheidung. Das bedeutet aber nicht, dass es mir leichtfällt.«

Jessy nickte, trat vor, legte beide Arme um Emilia und zog sie an sich. »Wir werden dich vermissen, Em.«

Da waren sie, die Tränen, die Emilia bislang so gut hatte zurückhalten können. Sie schloss die Augen und überließ sich Jessys Umarmung, die so unwahrscheinlich guttat. »Danke«, flüsterte sie.

Jessy klopfte ihr auf den Rücken und löste sich behutsam wieder, um Emilia eine Haarsträhne von der Wange zu zupfen. Auch ihre Augen glänzten verdächtig. »Wir sehen uns später.«

»… Hoheit«, fügte Mike an und lockerte damit die Stimmung. Er lachte, als Jessy ihm mit Anlauf auf den Rücken sprang und dort mit den Fäusten auf ihn eintrommelte.

»Ich glaube, es gibt niemanden in ganz Frankreich, der so viele Lavendelrezepte zusammengetragen hat wie ihr zwei.« Charles sah von Emilia zu ihrem Laptop, auf dem Diane eine Grimasse schnitt. Er horchte auf, als sich sein Handy meldete, und zog es aus der Hosentasche.

»Das ist die siebte Nachricht, seitdem wir das Bake Off vor genau siebenundachtzig Minuten gestartet haben«, sagte Di. »Und ich wette um einen Becher Sauerrahm, dass sie von Odile ist.«

Charles schielte in ihre Richtung. *»Qui, mon cœur.«*

Diane seufzte und legte in einer dramatischen Geste beide Hände auf ihr Herz. »Wenn das so weitergeht, Em, dann ziehe ich meinen Urlaub vor und überrede Markus, statt in die Dominikanische Republik nach Frankreich zu fliegen.«

»Ich bin nicht sicher, was Markus dazu sagen wird, wenn du die Einheimischen anschmachtest«, sagte Emilia und betrachtete die restlichen Zutaten auf der Arbeitsplatte.

»Du hast recht. Ich lasse ihn zu Hause, dann muss ich mir auch niemanden suchen, der auf die Wellis aufpasst. Also, Charles? Charles!« Diane winkte. »Sie ist von Odile, oder? Die Nachricht?«

Charles lächelte. »Sie kommt etwas früher, um uns bei den Vorbereitungen zu helfen.«

»Eure Vorbereitungen kann ich mir vorstellen«, meinte Di, öffnete ihren Kühlschrank und holte die Schüssel mit Lavendelblüten auf gekochtem Rahm heraus. »Vermutlich zerrt sie dich in eine dunkle Ecke, und wir bekommen euch für den Rest des Abends nicht mehr zu sehen. Aber so geht das heute nicht, hörst du? Emilia braucht deine Unterstützung.« Wenn sie wollte, konnte sie nicht nur streng gucken, sondern auch Furcht einflößend energisch klingen.

Emilia genoss das Geplänkel der beiden. Diane und Charles hatten sich auf Anhieb verstanden und verhielten sich nach kürzester Zeit, als würden sie sich schon ewig kennen. Seitdem veranstalteten sie ihre Bake Offs zu dritt. Wobei heute neben Gebäck auch Lavendelblütencreme auf dem Programm stand, die Diane in den Tiefen des Internets gefunden hatte und die Emilia zu französischen Butterkeksen reichen wollte.

Außerdem freute sie sich für Odile und Charles. Seit der verhängnisvollen Suche nach Henri waren die zwei ein Herz und eine Seele. Wenn Odile nicht im *La Roseraie* oder bei den Samains war, besuchte sie Charles in seiner Boulangerie.

Eines Tages würde der Gedanke an Bastien Samain Emilia hoffentlich ein Lächeln auf die Lippen zaubern. Bis dahin würde sie Odile und vor allem Charles wahnsinnig vermissen.

»Emilia.« Charles' sanfte Berührung riss sie aus ihren Gedanken.

Sie blickte auf und bemerkte die Stille in der Küche. Offenbar hatten er und Diane ihre Diskussion beendet – dafür sprach zumindest, dass Di sie vom Monitor aus anstarrte. Emilia schüttelte über sich selbst den Kopf. »Tut mir leid. Vermutlich bin ich einfach nur nervös. Ich will das Fest nicht verderben.«

Charles nahm ihre Hände in seine. »Mach dir keine Gedanken. Odile weiß, dass es dein Abschied sein wird, so wissen es die Leute im *La Roseraie* und damit wiederum der gesamte Ort. Du wirst nichts erklären müssen, sondern nur einige Umarmungen hinnehmen. Und mir mindestens zehnmal versprechen müssen, dass du bald wiederkommst.«

»Versprochen«, hauchte sie, da ihr bereits wieder die Tränen kamen.

Draußen lachte jemand, und als sie aus dem Fenster blickte, sah sie in der einbrechenden Dämmerung Mike und Jessy, die halb auf einem Tisch lagen, hilflos mit den Armen ruderten und das Ganze anscheinend unglaublich komisch fanden. Einer von beiden musste gestolpert sein und den anderen mitgerissen haben.

»Ah, sie prüfen, ob die Tische genügend Gewicht tragen können«, sagte Charles mit Kennerblick und zwinkerte Emilia zu. »Sehr gut. Wollen wir uns dem letzten Punkt auf unserer Liste zuwenden?«

»Die Creme«, sagte Emilia, froh über den Themenwechsel, und holte die riesige Schüssel aus dem Kühlschrank. »Wir rühren jetzt erst einmal einen Teil Lavendelrahm mit Mascarpone, Puderzucker und Salz an.«

Geklapper folgte ihren Worten, und eine Weile kümmerten sie sich um die zarte Süßigkeit. Als sie das Resultat zurück in die Schüsseln füllen wollten, um es kaltzustellen, polterte es draußen. Kurz darauf wurde die Tür aufgerissen.

»Hey!« Odile war außer Atem, so als wäre sie den gesamten Weg vom *La Roseraie* bis hierher gerannt. Sie sah sexy aus in ihrem kurzen schwarzen Kleid. Ihr Lippenpiercing glänzte mit ihren Augen um die Wette. »Seid ihr fertig? Die ersten Gäste sind da.« Sie winkte erst Diane und dann Emilia zu, obwohl die nur zwei Schritte von ihr entfernt stand, und lächelte Charles an.

»Mensch, Odile«, kam es vom Laptop, »nun küss ihn schon. Aber stellt euch so hin, dass ich es sehen kann. Ich will die französische Leichtigkeit genießen.«

Sie taten Diane den Gefallen, auch wenn der Kuss flüchtig war. Es war immer wieder faszinierend, Odiles schüchterne Seite zu erleben. Charles hatte da weniger Probleme. »Du kommst genau richtig, um Dianes Rezept für Lavendelblütencreme zu kosten.« Er nahm einen Löffel, tauchte ihn in die Schüssel und hielt ihn Odile hin.

Sie probierte und überlegte. »Ungenießbar«, sagte sie mit todernster Miene. »Das könnt ihr den Gästen keinesfalls anbieten. Lasst die Creme am besten hier in der Küche, ich kümmere mich darum.« Sie wollte nach der Schüssel greifen, was Charles verhinderte.

»Süß, die zwei«, sagte Diane. »Aber es war wieder schön mit dir, Em. Und mit Charles auch. Ich freue mich, wenn wir uns nächste Woche sehen, und ich verspreche dir, dass mich niemand davon abhalten wird, Bayern zu verlassen und zu dir nach Deutschland zu düsen.«

Emilia rang sich ein Lächeln ab, auch wenn sie sich auf Di freute. Aber sie mochte gar nicht daran denken, dass sie dann nach dem Aufwachen wieder Häuserwände und nicht das Violett des Lavendels sehen würde. Dass sie nicht mit dem ersten Kaffee einen Spaziergang durch die Felder unternehmen konnte, wenn die Welt noch still war, keine Zeit für Fragen oder Sorgen ließ und die Sonne sich langsam über den Horizont tastete. Momentan erschien ihr die Rückkehr in ihr so geliebtes Münster unvorstellbar. Was sollten denn nur Mini und Rala ohne sie anfangen? Maurice hatte zwar gesagt, dass er sich weiterhin um die zwei kümmern würde, aber Emilia würde sie schrecklich vermissen.

Wie schnell einem manche Dinge ans Herz wachsen konnten! Dinge, Landschaften, Menschen. Wenn man es weit genug geöffnet hatte, dieses Herz, konnte man all jene hineinlassen, die es verdienten. Aber das ging nur, wenn …

»… alles am richtigen Platz ist«.

Emilia schüttelte den Kopf. »Entschuldige, was hast du gesagt?«

Ihre Cousine schenkte ihr einen wissenden Blick. »Ich habe überlegt, ob ich direkt übermorgen vorbeikomme und die Wohnung unserer Nachbarin überlasse. Aber die hat letztens innerhalb von drei Tagen solch ein Chaos angerichtet, dass Markus beinahe einen Herzinfarkt bekommen hat. Es hat vierundzwanzig Stunden gedauert, bis alles wieder da stand, wo es stehen sollte.«

Emilia lächelte, und als sie sich umdrehte, blickte sie in Odiles zweifelndes Gesicht. Allmählich fühlte sie sich umzingelt, daher klatschte sie in die Hände. »Also los, bringen wir alles nach draußen. Di, wir sehen uns.« Sie warf einen Handkuss in Richtung Laptop.

Di winkte. »Halt durch! Und lass dich heute bedienen, wenn du eh schon die Dorfprominenz bist.«

Emilia stöhnte. »Erinnere mich nicht daran.« Das Backen hatte sie wunderbar abgelenkt, aber nun fiel ihr wieder ein, dass Gäste warteten, die tausend Fragen hatten. »Rosalie macht das schon ganz richtig, die weilt momentan nämlich am Meer.«

»Du schaffst das!« Ein letztes Winken, dann wurde die Übertragung beendet.

Odile naschte noch etwas Lavendelcreme. »Gib denen da draußen einfach, was sie wollen, dann lassen sie dich schnell in Ruhe.«

Emilia war nicht überzeugt. »Am liebsten wäre mir, das Thema würde erst gar nicht aufkommen. Es ist ja auch für Henri nicht schön, wenn den ganzen Abend über Marianne geredet wird.«

»Oh, da mach dir keine Sorgen.« Odile drückte die Schüssel an ihre Brust. »Die Samains kommen heute nicht. Bastien hat zu viel zu tun, und Henri ist müde. Ich war gerade noch drüben und habe nach ihm gesehen.«

»Oh.« Emilia war erleichtert, aber auch enttäuscht. Insgeheim hatte sie trotz allem darauf gehofft, Bastien ein letztes Mal zu sehen. Wenn ganz Monieux wusste, dass sie sich morgen verabschieden wollte, dann musste doch auch er davon gehört haben.

Odile legte ihr eine Hand auf den Arm. »Es tut mir wirklich leid. Das mit Bastien. Ich weiß, dass er manchmal ein Sturkopf ist, und …«

»Nein, alles in Ordnung.« Ihr Lächeln fühlte sich künstlich an. »Bastien und ich haben eine sinnvolle Vereinbarung getroffen.«

Odile und Charles wechselten einen Blick. Um das Thema zu beenden, nahm Emilia die Schüssel aus Odiles Händen und machte sich auf den Weg nach draußen. »Denkt ihr an die Kekse und die Eclairs?«, rief sie, während sie die Tür öffnete.

Augenblicklich drang der Geruch von Gegrilltem an ihre Nase, und viel zu früh war sie mitten im Geschehen.

Eine große Feuerschale, Windlichter sowie die von Jessy liebevoll arrangierten Lampionketten erhellten den noch immer angenehm warmen Abend. Aus den Lautsprechern klang Musik und vermischte sich mit Gesprächen und Gelächter. Mike kümmerte sich um den Grill, da Maurice mit Gustave plauderte. Die restlichen Gäste – die meisten kannte Emilia aus dem Ort oder von ihrem ersten Hoffest – standen in kleinen Gruppen zusammen oder beäugten den Tisch, wo Jessy Speisen, Getränke und Geschirr platziert hatte. Einen Augenblick lang blieb Emilia stehen und sog den Anblick in sich auf.

»Da ist sie ja!« Sandrine, die heute ein Minikleid trug, das über und über mit Schlümpfen bedruckt war, winkte Emilia zu. »Mademoiselle Racine!«

Einen besseren Schlachtruf hätte sie kaum wählen können: Die Hälfte der Anwesenden drehte sich um, beäugte Emilia einen Atemzug lang … und kam auf sie zu.

»Jetzt geht es los«, flüsterte Charles ihr ins Ohr, stellte die Kekse auf den Tisch und nahm Emilia die Schüssel mit der Creme ab. »Halt durch. Du schaffst das. Denk immer daran, wir sind ganz in deiner Nähe.«

Emilia beobachtete zu ihrem Entsetzen, wie er von zwei Frauen zurückgedrängt wurde. Schlagartig war sie von einer Traube Menschen umringt. Manche redeten auf sie ein, andere wollten nur zuhören, da sie auf neue Details hofften oder der mysteriösen Erbin einer wohlhabenden Familie ins Gesicht sehen wollten. Zwei wollten wissen, warum sie morgen schon wieder abreiste.

Emilia beteuerte, dass sie bis vor Kurzem nichts von besagter Verwandtschaft gewusst hatte, dass sie außer Rosalie noch niemanden aus dem französischen Zweig ihrer Familie kennengelernt habe, das aber nachholen wolle, und dass sie sich natürlich sehr freue, einen Grund zu haben, öfter in die Provence zu reisen, sich nun aber erst einmal um ihr Leben und einen neuen Job kümmern müsse. Fragen nach ihrem Großvater und seiner Ehe mit Marie, die Marianne gewesen war, wich sie aus, indem sie sich ein Glas Wein oder ein Stück Kuchen holte. Sandrine, Gustave und die anderen aus dem Dorf umarmten sie und forderten sie auf, die Nacht mit ihnen durchzufeiern und möglichst bald zurückzukommen. Immer wieder sah sie Charles, Odile oder Jessy in der Nähe, die vermutlich nur auf ein Zeichen warteten, um sie zu retten. Eine verlockende Vorstellung, aber gleichzeitig sagte sich Emilia, dass Odile vermutlich recht hatte: Sobald die erste Neugier gestillt war, würde das Interesse nachlassen und die Menschen wandten sich dem nächsten Thema zu. In dieser Hinsicht unterschied sich Monieux nicht vom Rest der Welt. Also hielt sie ihr Lächeln, beantwortete Fragen und lachte mit den anderen darüber, dass sie dem Charme der Franzosen so erlegen war, dass sie sofort die Nationalität wechselte.

Doch nachdem sie ihr Weinglas geleert hatte, fragte die schlanke Françoise von einem Bauernhof in der Nähe zum ersten Mal nach Henri Samain und ihrer Oma.

Zum Glück redeten die anderen noch immer durcheinander, weil es zur Stimmung passte und es ohnehin viel zu sagen gab, da man in der großen Runde nur selten zusammenkam. Aber dennoch war es, als schnitte dieser eine Name durch alle Stimmen und würde ein Vakuum erschaffen, das die Leichtigkeit des Augenblicks schluckte. Mit der Aussage kam dieser Blick, wissend und lauernd zugleich, und Emilia ahnte, dass es nur eine Frage der Zeit war, bis Françoise ihre Worte wiederholte und die Aufmerksamkeit aller auf sich lenkte.

Sie schaffte es, ihr Lächeln zu halten, und nickte Sandrine zu, die neben ihr stand und über den Zusammenhang von Ernte und Mondphasen philosophierte.

»Ich meine ja nur«, sagte Françoise, nun lauter. »Weil damals …«

»Emilia!« Mike pflügte sich wie ein Rettungsschwimmer durch die Menschen, nutzte seine breiten Schultern und hatte sogar die Arme leicht angewinkelt. »Wir müssen noch immer reden. Du kannst mir nicht den ganzen Tag ausweichen.« Er trug seine Haare offen, sodass sie im Licht der Laternen golden schimmerten, und sorgte für den einen oder anderen Seufzer. Zum Glück auch bei Françoise, die offenbar vergessen zu haben schien, kurz zuvor noch über den alten Henri nachgedacht zu haben.

Mike zwinkerte ihr zu und hauchte Sandrine einen Kuss auf die Hand, was diese mit einem stolzen Blick in die Runde quittierte, ehe er Emilia erreichte. »Tut mir wirklich leid, wenn ich dich nun hier wegholen muss, aber du hast mir versprochen, dass wir das vor deinem Abschied noch klären.« Er redete so laut, dass manche Gespräche verstummten, legte eine Hand an Emilias Rücken und dirigierte sie sanft, aber bestimmt von den anderen weg.

»Tut mir leid«, sagte sie gut verständlich und schenkte ihm einen schuldbewussten Blick. »Ich bin vor dem Fest einfach nicht mehr dazugekommen.«

Mike winkte ab. »Für unsere Pläne müssten Jessy und ich es heute noch wissen.«

»Natürlich«, sagte Emilia und sah kurz zu Jessy, die ihr breites Grinsen hinter einer Gabel voller Kuchen zu verbergen versuchte.

Bei dem Tempo, das Mike an den Tag legte, hatten sie bald die ersten Lavendelreihen erreicht. Zwei Schatten hüpften auf sie zu, und dann schob Rala ihren Kopf in Emilias Hand und forderte die Streicheleinheiten ein, um die sie sich bei all dem Stress des Tages betrogen fühlte.

»Weitergehen«, flüsterte Mike, »und unterhalten sollten wir uns auch.«

Emilia merkte verwundert, wie leicht ihr plötzlich das Atmen fiel – was schlicht bedeutete, dass sie zuvor im Gespräch mit den anderen die Luft angehalten hatte. »Danke«, flüsterte sie. »Das war Rettung in letzter Sekunde.«

Er nickte. »Ich hab erst nichts mitbekommen, aber dann haben Jessy und Odile mir zugewunken. Charles war bereits auf dem Weg zu dir, wurde aber von Clara aufgehalten, also bin ich eingesprungen.« Er seufzte tief. »Ich hoffe, Maurice kümmert sich um die Würstchen. Es wäre schade, wenn sie verbrennen.« Wie zur Bestätigung knurrte sein Magen.

Emilia lachte. »Ich danke dir, dass du meine Rettung deinem Abendessen vorgezogen hast.« Sie war froh über ihre Freunde, die ein Auge auf sie gehabt hatten und eingeschritten waren, als die Situation brenzlig wurde. Aus einem Impuls heraus blieb sie stehen, stellte sich auf die Zehenspitzen und schlang beide Arme um Mikes Hals.

Er lachte überrascht auf und drückte sie an sich. »Falls du vorhast, Jessy eifersüchtig zu machen, muss ich dich enttäuschen«, murmelte er in ihr Haar. »Sie weiß, dass sie mich in der Hand hat. Vielmehr, dass ich ohne sie vollkommen hilflos bin.«

Emilia lachte und klopfte ihm auf den Rücken. »Das wissen wir alle.«

Sie schwiegen eine Weile, und all die Fragen, Wünsche und Ängste, die Emilia geplagt hatten, seitdem sie und Bastien sich nach Henris Rückkehr voneinander verabschiedet hatten, schwiegen mit ihnen. Emilia fühlte unendliche Ruhe und war auf eine tiefe Weise froh. Weil sie nicht nur neue Freunde gefunden hatte, sondern auch einen Zweig der Familie, der in der Zukunft ein Abenteuer für sich zu werden versprach.

Mike stieß sie sanft an. »Ich vermute übrigens, du hast heute noch ganz andere Dinge zu tun, als dich ausfragen zu lassen.«

Emilia musterte sein Profil. »Was meinst du?«

Mike blickte über ihre Schulter in die Dunkelheit. »Na ja, ich bin mir nicht sicher.« Er rieb sich über das Kinn. »Aber ich könnte schwören, dass die dort nicht wirklich etwas mit dem Hoffest zu tun haben. Und dass sie für dich bestimmt sind.«

Emilia drehte sich um. Zunächst begriff sie nicht, was er meinte, sondern war nur erstaunt über die Lichter, die dort flackerten, wo eigentlich keine sein sollten: an der Bank, auf der sie so gern gesessen hatte, um die Felder zu betrachten. Dann bemerkte sie, dass sich eine ganze Reihe vor ihnen entlangzog, wie eine Schnur aus Sternen, die den Weg auf die Erde gefunden hatten. Sie verloren sich in der Dunkelheit des Wegs, die von der Borel-Farm zu den Samains führte.

»Was …?« Emilia setzte einen Schritt nach vorn, blieb dann aber stehen, da sie befürchtete, dass der Zauber verschwand, wenn sie sich ihm näherte. Die Realität reichte eben nur selten an die Grenzen der Fantasie heran.

Mike räusperte sich. »Ich mache mich besser auf den Rückweg und sage allen, dass du noch Geschäftsgespräche führst und später wieder zu uns stößt.«

Ehe Emilia reagieren konnte, hatte er sich umgedreht, ließ sie allein mit dem lauen Nachtwind und ihren Fragen. In der Ferne flackerte die Feuerschale, und jemand sang laut zu *Beautiful Day* von *U2* – vermutlich Gustave, der über eine beeindruckende Stimme verfügte. Emilia wandte sich nach links und hielt auf die Steinbank zu. Überrascht starrte sie auf die Flammenschnur aus unzähligen Teelichtern. Einige waren bereits erloschen, aber es waren so viele, dass es keine Rolle spielte. Eine Gänsehaut überzog ihre Arme, da etwas in ihr aufwallte – Hoffnung, Zuversicht, Aufregung. Ihr Körper war ihr einen Schritt voraus, sehnte sich danach, die Antwort bereits zu kennen, während ihr Kopf noch immer damit beschäftigt war, Eindrücke zu sammeln und zu einem Bild zu verarbeiten.

Auf der Bank drängten sich die Teelichter aneinander, und was immer diese wundervolle Lichtschnur bedeuten sollte, hatte dort seinen Ursprung.

Emilia hielt den Atem an. Der schimmernde Kreis auf der Sitzfläche tanzte, als würde er sie zu sich winken wollen. In der Mitte lag etwas – ein Stück Papier, mit Steinen beschwert. Behutsam nahm sie es an sich.

Emilia.

Jemand hatte ihren Namen aus Lavendelblüten aufgeklebt. Sie drehte es um, doch die Rückseite war leer. Unter ihrem Namen prangte ein Pfeil, und er hatte zuvor in die Richtung gezeigt, in der sich die Lichter verliefen – den Weg zur Samain-Farm hinab.

Ihr Puls donnerte los, und ihr blieb nichts anderes übrig, als seinem Takt zu folgen. Sie lief parallel zur Lichtlinie, während sie an ihrem Rock zupfte, dann an ihrem Leinentop und den Haaren, die sie hochgesteckt trug bis auf einige widerspenstige Locken, die sich an Schläfen und Nacken entlangringelten. Sie zog eine nach vorn, strich sie wieder zurück und fragte sich dann, warum sie sich in ein nervöses Schulmädchen verwandelt hatte.

Der Zettel, der Name aus Lavendelblüten, all die Kerzen – es konnte nur Bastien dahinterstecken. War das seine Art, sich von ihr zu verabschieden?

Zwischenzeitlich zählte sie die winzigen Flammen, doch ihre Gedanken verliefen sich immer wieder, da sie sich auch auf den Weg konzentrierte. Wie lange musste es gedauert haben, all das aufzustellen?

Schließlich tauchten die Umrisse des Farmhauses vor ihr auf, und die Teelichter endeten. Beinahe wäre Emilia gestolpert, als jemand vor ihr auf den Weg trat.

Bastiens Gesicht wurde nur schwach beleuchtet, und es war schwer, den Ausdruck darauf zu deuten. Aber Emilia spürte seinen Blick, der auf jedem Zentimeter ihrer Haut ein sanftes Brennen hinterließ.

Sie wollte etwas sagen, wollte die Stille zwischen ihnen mit Antworten füllen, aber dieser Moment war so magisch und einzigartig, dass sie schwieg.

»Es hat funktioniert«, sagte Bastien leise.

Emilia lagen tausend Erwiderungen auf der Zunge und mindestens ebenso viele Fragen, aber keine davon passte. Also nickte sie.

Er verschränkte die Hände im Nacken und trat näher. Zu ihrem Erstaunen fand sie ihre eigene Unsicherheit in seinen Augen wieder. Dann blickte er zur Seite, auf die Lichter, die er in mühseliger Kleinarbeit entzündet haben musste, während sie auf dem Hoffest in Gesprächen gefangen gewesen war. »Ich habe gehört, dass du morgen abreist.«

Sie blickte auf ihre Finger. Was sollte sie auch sagen? Wenn sie ihm ihre Beweggründe erklärte, würde es entweder trotzig oder verletzt klingen, und beides wollte sie nicht sein. Doch Bastien schwieg, und als sie den Kopf hob, entdeckte sie einen Ausdruck in seinen Augen, mit dem sie nicht gerechnet hatte.

Hilflosigkeit.

»Es ist doch besser, Bastien«, sagte sie und hörte sich nicht mal an wie sie selbst – sondern, als hätte sie die Worte nur einstudiert. »Die Dinge müssen sich ein wenig beruhigen. Für Henri ist es gut, wenn ich wieder in Deutschland bin, und … ich muss auch so langsam zurück in mein Leben finden.«

»Ich dachte, das hier ist Teil deines Lebens«, sagte er so leise, dass sie es kaum hörte. Als sie schwieg, spannten sich seine Schultern sichtlich an. »Weißt du, am Anfang konnte ich akzeptieren, dass wir nur Freunde sind. Aber dann sind wir uns nähergekommen, und ich habe diese Entscheidung wegen *grand-père* getroffen und wirklich versucht, nicht an dich zu denken. Jeden Morgen habe ich mir eine andere Begründung einfallen lassen, warum es keine gute Idee ist, in deiner Nähe zu sein. Oder das zwischen uns zu vertiefen.«

Ihr Herz setzte einen Schlag aus. »Da gibt es noch etwas? Zwischen uns?«

Er blickte sie fassungslos an. »Natürlich. Auch wenn wir immer wieder versucht haben, auf die Vernunft zu hören. Oder willst du mir etwa sagen, dass da nicht mehr war als die Nächte, die wir miteinander verbracht haben?«

Sie schüttelte den Kopf. Das würde sie niemals tun – allerdings hatte sie auch nicht damit gerechnet, dieses Gespräch zu führen. Es war seltsam, Bastien so unsicher zu erleben. Von seiner Gelassenheit war nur wenig geblieben, und er wirkte so nervös, dass sie ihn am liebsten umarmt hätte. Und so sehr sie auch versuchte, all diese Gedanken hervorzukramen, die ihr sagten, dass es keine gute Idee war, Bastien noch näher zu kommen und sie sich besser von ihm fernhalten sollte – es gelang ihr nicht.

Er fuhr sich durch die Haare. »Ich weiß nicht, was ich zuerst sagen soll. Oder ob du mir überhaupt zuhören willst. Daher habe ich gedacht …« Er deutete auf die Lichter. »Die ganze Zeit über konnte ich weiterarbeiten, weitermachen. Ich habe alles von mir geschoben und mir eingeredet, dass das bedeutet, ich hätte mit uns abgeschlossen. Mit dir abgeschlossen.« Er lachte auf. »Aber als ich gehört habe, dass du morgen abreist, wurde mir bewusst, dass ich mir die ganze Zeit etwas vorgemacht habe, denn ich hatte längst nicht damit abgeschlossen. Ich habe es einfach zur Seite geschoben. Aber nur weil man seine Gefühle nicht beachtet, verschwinden sie nicht.« Wieder dieses Zögern, als fürchtete er, etwas Falsches zu sagen. Allein das brachte einen Teil ihres Herzens zum Schmelzen. »Ich habe die ganze

Nacht wach gelegen, und mit jeder Sekunde ist mir bewusster geworden, dass es mit uns schwierig war. Aber dass es ohne dich unmöglich ist. Also habe ich Mike gebeten, dich von den anderen wegzulotsen.«

Mike. Dieser Schauspieler.

Bastien senkte den Kopf. »Verdammt, Emilia, bitte sag etwas.« Langsam hob er ihn wieder. »Es tut mir so unglaublich leid. Ich habe gedacht, wenn ich mich nur lange genug von dir fernhalte, kommen wir wieder dorthin, wo wir ganz am Anfang waren: Wir kennen uns, aber nicht mehr. Mit den meisten Menschen funktioniert das schließlich. Körperlicher Abstand bringt in der Regel auch hier Distanz.« Er berührte seine Brust, genau dort, wo sein Herz schlug. »Aber mit dir ist es anders. Und ich hoffe, dass es noch nicht zu spät ist, um dir das zu sagen.«

Es war gar nicht mal so leicht, etwas darauf zu erwidern. Mit jeder Sekunde fühlte sie sich mehr, als würde sie schweben. »Hat es funktioniert?«

Bastien blinzelte. »Hat was funktioniert?«

»Die Begründungen. Du hast gesagt, dass du jeden Morgen versucht hast, dir eine neue einzureden, warum du nicht in meiner Nähe sein willst.«

Er wirkte fassungslos, ehe so etwas wie Hoffnung in seinen Augen aufblitzte. »Lass mich überlegen. Erst habe ich mir gesagt, dass wir nicht zusammenpassen, weil du in einem Büro in der Stadt arbeitest und vielleicht nur vorgibst, die Farm und das Landleben zu mögen.«

»Guter Punkt.«

»Dann habe ich unsere unterschiedlichen Nationalitäten überdacht. Ich meine, dein Französisch ist hervorragend, aber vielleicht kommt es dennoch hin und wieder zu

Missverständnissen. Oder du verlangst von mir, Deutsch zu lernen – was ebenfalls dagegenspräche, dass wir uns weiterhin sehen. Denn wann soll ich die Zeit dafür finden?«

»Hm.« Allmählich fiel es ihr schwer, ernst zu bleiben.

»Auch wichtig: Dein Hobby ist Backen, und der Besitzer der örtlichen Boulangerie ist ein guter Freund von dir. Was, wenn du mich mästest und ich irgendwann keine Kondition mehr habe, um auf den Feldern zu arbeiten?« Seine Verzweiflung wirkte beinahe echt. Doch dann änderte sich etwas. Sein Tonfall, seine Haltung. Die Art, wie er sie betrachtete. »Ich habe mir gesagt, dass es Wahnsinn ist, mich in dich zu verlieben, da du bald zurück nach Deutschland gehst, und ich habe noch keine Lösung dafür gefunden. Aber ich weiß, dass es eine geben muss, da ich keinen Tag länger ohne dich sein will.« Er streckte eine Hand aus. »Also nein, Emilia, es hat nicht funktioniert, und das wird es auch nicht. Vielleicht wird das mit uns wahnsinnig problematisch, und wir sind auf einige Hindernisse gestoßen. Aber momentan kann ich nicht weiterdenken als bis zu dem Moment, in dem ich dich endlich wieder bei mir habe.«

Mit diesen letzten Worten stahl er ihr alles: den Rest ihres Herzens, den sie verzweifelt für sich hatte behalten wollen. Den Funken Widerstand, an den sie sich geklammert hatte und der sie genau anderthalb Meter vor Bastien stehen bleiben ließ. Und auch den allerletzten Hauch ihrer Logik, die ihr vermutlich zugeflüstert hätte, dass sie nicht jedes Wochenende nach Frankreich fliegen konnte.

Aber das spielte nun keine Rolle mehr.

Sie ergriff seine Hand und kuschelte sich im nächsten Moment an ihn. Bastien schlang seine Arme um sie, verbarg sein Gesicht in ihrem Haar und murmelte ihren Namen.

Irgendwann hob er den Kopf, und ihre Lippen berührten sich so behutsam, als würden sie noch immer befürchten, dass der andere einen Rückzieher machte. Es war ein zarter Kuss, der trotzdem so viel veränderte. Als sich Bastien von ihr löste und sie unendlich liebevoll betrachtete, schossen ihr zu ihrem Erstaunen Tränen in die Augen.

»Hey«, flüsterte er und streichelte ihre Wange. »Was ist los?«

Sie zögerte, doch dann sprudelten die Worte nur so hervor. »Weißt du, ich bin wegen Opa Walter hergekommen, aber auch, weil ich eine Veränderung brauchte. Mein Leben in Deutschland war festgefahren, also wollte ich weg, den Kopf freibekommen und neue Impulse sammeln, um für einen frischen Start wieder in Münster anzukommen. Das war der Plan, und im Planen war ich immer gut. Man könnte sagen, dass es neben dem Backen mein zweites Hobby ist.« Sie blinzelte. »Das hier war als Auszeit gedacht. So wie bei meinem Opa damals. Aber dann ist alles ganz anders gekommen. Er hat sich verliebt, und meine Oma ist ihm gefolgt, weil sie nicht mehr ohne ihn sein konnte. Sie hat ihre Familie niemals wiedergesehen.« Ihre Tränen flossen stärker. Es war, als hätte sie sich in den Tagen ohne Bastien zusammengerissen und alle Gefühle weitgehend von sich geschoben – und jetzt kehrten sie geballt zurück. Nicht nur die Erleichterung und die Liebe, sondern auch alles, was mit Opa Walter, den Racines und jener Nacht zu tun hatte, in der sie Henri erst verloren und dann wiedergefunden hatten.

Aber Gefühle ließen sich nicht in Etappen aufteilen, um nur manche an die Oberfläche zu lassen, und jetzt prasselten sie ungebremst auf Emilia ein. Sie weinte um ihre Oma Marie, die Marianne gewesen war und die sie niemals kennengelernt hatte. Darum, dass sie damals so viel hatte aufgeben müssen, um bei dem Mann sein zu können, den sie liebte. Um Rosalie und ihre Mutter, die nicht gewusst hatten, was mit Marianne geschehen war. Um ihren Opa, der dieses Geheimnis mit sich herumgetragen hatte. Und auch um Henri Samain, der noch immer so tief verletzt war. Aber vor allem weinte sie darum, dass Menschen, die sich liebten, einander so viel Schmerz zufügten, obwohl das niemals ihre Absicht gewesen war.

Als Bastien sie in seine Arme zog, war es, als rückte ein Puzzlestück an seinen Platz. Sie wartete darauf, dass ihr Kopf ihr sagte, dass sie soeben das Falsche tat. Aber er schwieg, und Emilia ließ sich fallen. Weil es das einzig Richtige war.

In Bastiens Schlafzimmer war es abgesehen vom Ticken der Wanduhr totenstill. Er hatte eine Lampe in der Ecke entzündet. Sie ließ die Konturen sanft verlaufen, überzog sie mit einem Hauch Samt, als hätte die Welt in diesen Stunden weder Ecken noch Kanten.

Jetzt und hier war es so leicht, alles zu vergessen: die Unsicherheiten, die Umgebung und auch die Menschen, die auf dem Nachbarhof feierten und vermutlich überlegten, wo sich Marianne Racines Enkelin verkrochen hatte. Emilia zögerte. Noch ein Schritt, und sie würde neuen, aufregenden Grund betreten, ohne zu wissen, ob er sie tragen würde. Aber ihre Zehenspitzen berührten ihn bereits, und sie konnte nicht mehr zurück.

Wollte es auch nicht.

Dieses Mal war sie es, die eine Hand nach Bastien ausstreckte. Er kam näher, sodass sie beide Arme um seinen

Hals schlingen konnte. Seine Finger fuhren langsam ihren Rücken hinab, so zart, dass sie es sich jederzeit anders überlegen konnte. Aber gerade diese Behutsamkeit ließ sie bleiben.

Sein Atem strich über ihre Lippen, Frage und Versprechen zugleich. Als sie nickte, legte er eine Hand an ihre Wange, beugte sich vor und küsste sie.

Emilia schloss die Augen, erwiderte den Kuss und grub die Finger in Bastiens Schultern. Ihr Atem ging schneller. Sie zog ihn näher an sich, löste sich nur lange genug von ihm, um Atem zu holen. Der nächste Kuss war intensiver, drängender. Jetzt umarmte Bastien sie nicht mehr, sondern presste sie an sich, als könnte er jeden noch so winzigen Abstand zwischen ihnen nicht ertragen. Er strich ihre Arme entlang, über ihren Bauch, und dann fuhren seine Daumen über ihre Brüste.

Emilia stöhnte auf, hielt inne und vergrub das Gesicht an seinem Hals.

»Sollen wir aufhören?« Jetzt kitzelte sein Atem ihr Ohr. Seine raue Stimme fachte ihr Blut weiter an und verstärkte das Kribbeln.

»Nein.« Sie schüttelte den Kopf.

Er lächelte. »Heißt das, du bleibst? Zumindest noch eine Weile?«

Sie überlegte, und schließlich erwiderte sie sein Lächeln. Ihr Blick flackerte über seine Schulter in Richtung Bett. Bastien verstand, hauchte ihr einen Kuss auf die Lippen und zog sie mit sich.

21

Die Sonne kitzelte Emilia wach. Es konnte höchstens eine Stunde her sein, dass sie eingeschlafen war, aber mittlerweile hatte sie die Schwelle der Erschöpfung überwunden und war nicht mehr müde. Im Gegenteil. Wären da nicht die sanften, gleichmäßigen Atemzüge neben ihr gewesen, wäre sie nun voller Elan aus dem Bett gesprungen und hätte den neuen Tag begrüßt.

Langsam, um Bastien nicht zu wecken, drehte sie sich auf die Seite und betrachtete ihn. Einige Haarsträhnen hingen ihm in die Stirn. Seine Lippen waren leicht geöffnet, und er sah entspannt aus. Hitze kroch durch Emilias Adern, als sie an die vergangenen Stunden in seinen Armen dachte. Sie hatten zweimal miteinander geschlafen, erst fiebrig und voller Verlangen, dann langsam und so zärtlich, dass sie allein bei der Erinnerung eine Gänsehaut bekam. Sie spürte wieder seine Küsse, mit denen er so viele Stellen ihres Körpers unter Feuer gesetzt hatte. Bei keinem anderen Mann hatte sie sich so fallen lassen können.

Bei keinem anderen Mann war sie so glücklich gewesen.

Sie hob eine Hand, um über sein Gesicht zu streichen, über die markante Nase, die vollere Unterlippe und die hellen Bartstoppeln am Kinn, entschied dann aber, ihn nicht zu wecken. So verwirrt sie zuvor gewesen war, was Bastien betraf, so sehr ruhte sie nun in sich selbst. Jetzt zählte nur der Augenblick. Über alles andere würde sie sich Gedanken machen, wenn es so weit war.

Ihr Handy brummte irgendwo hinter ihr – sie hatte es vorsorglich auf Vibrationsalarm gestellt. Nachdem sie sich herumgerollt hatte, fand sie es zwischen ihren Klamotten auf dem Boden.

Maurice hatte geschrieben.

Mike sagt, du bist drüben bei den Samains. Richte ihnen meine besten Wünsche aus, und lass dich blicken, wann es dir passt. Wir liegen gut in der Zeit und fangen erst am Nachmittag an.

Sie legte das Handy auf den Nachttisch, dankte Maurice im Stillen und drehte sich wieder auf den Rücken.

»Gute Neuigkeiten?«

Bastiens Stimme war bereits so vertraut, dass sie nicht einmal erschrak. Dafür huschte ein Lächeln über ihr Gesicht. »Entschuldige, ich wollte dich nicht wecken.« Sie drehte sich wieder auf die Seite und erschauerte, als er unter der Decke eine Hand auf ihre Hüfte legte und sie träge streichelte. »Maurice hat geschrieben, sie fangen heute erst spät mit der Arbeit an. Mike hat ihm verraten, dass ich hier bin, und ich soll dich und Henri grüßen. Vermutlich wartet er darauf, dass ich mich von ihm verabschiede.«

»Und nun wird er einen Schock bekommen, wenn du ihm eröffnest, dass du doch noch bleiben wirst.« Bastien lachte leise. »Ich bin froh, dass du mich geweckt hast.« Er griff nach ihrer Hand, um seine Finger mit ihren zu verschränken.

»Und ich bin froh, dass du ein wenig schlafen konntest«, sagte sie leise. »So wie ich dich kenne, wirst du nämlich gleich wieder auf den Feldern stehen. Mit etwas Glück werde ich dich vorher zu einem Frühstück überreden können.«

»Wie spät ist es denn?«

»Kurz vor sieben«, sagte sie und erwartete beinahe, dass er aufspringen würde.

Bastien blieb jedoch, wo er war, und schien zu überlegen. Dann zuckte ein Mundwinkel, und er zog sie näher an sich. »Vielleicht werde ich noch eine Weile hier mit dir liegen bleiben.«

Emilia schmiegte sich an seinen warmen Körper und seufzte leise, als Bastien ihr einen Kuss auf den Hals hauchte. »Die Arbeit vernachlässigen? Ich hätte nicht gedacht, das aus deinem Mund zu hören.«

»Ich auch nicht. Aber ich hätte vieles nicht gedacht.« Er legte seine Stirn an ihre und schlang einen Arm um ihre Taille. »Zum Beispiel, dass ich noch einmal mit dir aufwache und das Gefühl habe, alles andere schon irgendwie hinzubekommen. Egal, was mich erwartet. Die Ernte, noch mehr streikende Maschinen, das mit Henri und deinem Opa. Oder auch die Tatsache, dass du auch hier in Frankreich Wurzeln hast.« Er zögerte. »Vielleicht ist das ja ein Grund für dich, um weiterhin zu bleiben, nachdem deine Zeit bei Maurice vorüber ist. Ich wüsste da jemanden, der dir gern ein Zimmer anbieten würde. Oder zumindest ein Bett.«

Als hätte die vergangene Nacht wirklich alles verändert, kam ihr dieser Vorschlag nicht mal abwegig vor. Vielleicht war es leichtsinnig, ihre Auszeit ohne all die Pläne, auf die sie stets ihr Leben gebaut hatte, auf unbestimmte Zeit zu verlängern. Aber das war es, was sich ihr Herz wünschte.

Was sich so richtig anfühlte, dass alle anderen Möglichkeiten nur falsch sein konnten.

Außerdem hatte Bastien recht. Sie hatte hier Wurzeln. Eine Familie, die sie kennenlernen wollte. Zudem war sie sicher, dass Henri endlich auftaute. Er musste unzählige Fragen haben, die Marianne und vielleicht auch Opa Walter betrafen, und er verdiente es, Antworten zu bekommen.

»Hm.« Sie beugte sich vor und hauchte einen Kuss auf Bastiens Lippen. »Das ist ein sehr freundliches Angebot von dir. Aber ich weiß nicht, ob mir ein Bett reicht.«

Seine Augen weiteten sich, aber dann fasste er sie, drehte sich auf den Rücken und zog sie auf sich. Emilia lachte auf, ehe sie mit den Lippen eine Spur über seine Wange und seinen Hals hauchte und an seinem Ohrläppchen knabberte. Mit Genugtuung spürte sie, wie er zusammenzuckte, und strich fasziniert über die Gänsehaut auf seinem Arm.

Bastien schob ihr eine Haarsträhne hinters Ohr. »Ich lasse mit mir reden. Vermutlich hätte auch Henri nichts dagegen, wenn du dich öfter hier blicken lässt. Er wollte es niemals öffentlich zugeben, aber mit diesen Blätterteigrollen, die du beim ersten Hoffest aufgetischt hast, hättest du ihn beinahe umgestimmt.«

»Gut zu wissen«, sagte sie und küsste seinen Mundwinkel. »Aber womit bekomme ich dich auf meine Seite?«

Er wurde schlagartig ernst. »Das hast du vermutlich schon an dem Tag geschafft, als du deinen Wagen in meinem Feld geparkt hast. Zumindest sind mir diese faszinierenden braunen Augen nicht mehr aus dem Kopf gegangen.« Zart wie ein Schmetterlingsflügel strich er über ihre Brauen. »Und jetzt bist du hier.«

Emilia ließ sich neben ihn gleiten und legte den Kopf auf seine Brust. »Ich bin froh, dass es so gekommen ist.«

Bastien küsste ihre Stirn. »Das heißt, du denkst darüber nach? Länger hierzubleiben, meine ich.«

Emilia nickte. »Ja«, sagte sie leise. »Ich möchte Rosalie näher kennenlernen. Wer weiß, vielleicht kann ich dir sogar weiter auf der Farm helfen. Zumindest eine Weile, bis ich weiß, was ich als Nächstes tun möchte.« Sie sah ihn an. »Das ist neu für mich, Bastien. Nicht bereits ein Jahr im Voraus zu wissen, wie mein Leben aussehen wird. Mehrere Möglichkeiten zu haben und spontan eine auszuwählen.«

Er nickte. »Ich weiß, was du meinst. Einerseits war mir immer klar, dass ich diese Farm übernehmen möchte. Aber es gab viele Durststrecken, während der ich mir nicht sicher war, ob wir verkaufen. Es hätte gut sein können, dass ich bei irgendwem hätte anheuern müssen. An manchen Tagen hat mich das komplett heruntergezogen, an anderen habe ich mir gedacht, dass es keine große Sache sein würde. Aber du …« Sanft strich er über ihre Wange. »Du hast wichtige Dinge erfahren, die dein Leben beeinflussen können, wenn du sie lässt. Nimm dir alle Zeit der Welt, um darüber nachzudenken.«

»Danke«, flüsterte sie. »Dass du es verstehst.«

»Es ist nicht ganz uneigennützig. Ich hätte dich gern noch eine Weile bei mir.« Er warf einen Blick auf die Uhr. »Das gilt übrigens auch für diesen Morgen. Aber falls wir vor *grand-père* im Bad sein wollen, ist nun die richtige Zeit.« Ein flüchtiger Kuss. »Oder wir bleiben liegen und sehen, was passiert.«

Wenn es nach Emilia gegangen wäre, hätten sie den gesamten Tag im Bett verbracht, aber sie wusste, dass das in der Erntezeit Wunschdenken bleiben musste. Sie würden es sich für die Zukunft aufheben. Es war eine wunderbare Vorstellung, morgens an Bastien geschmiegt hier zu liegen, während die Sonne oder fahles, silbrig weiches Winterlicht durch das Fenster fiel, Herbststürme tobten oder Schneeflocken wirbelten und die Landschaft in eine Zauberwelt verwandelten.

Aber jetzt war Sommer, also hauchte sie ihm einen Kuss auf die Nasenspitze und entwand sich seinen Händen. »Du hast draußen ein paar Reihen aufzuholen. Ich gehe ins Bad, damit ich fertig bin, wenn die Männer dieser Familie endlich mal die Beine aus dem Bett bekommen.« Sie lachte, als das von Bastien geworfene Kissen sie lediglich streifte, schnappte sich ihre Klamotten vom Boden und schlüpfte rasch hinein.

»Handtücher sind unter dem Waschbecken«, sagte Bastien, beobachtete sie und sah dabei ziemlich zufrieden aus.

Emilia nickte und huschte aus dem Zimmer.

Im Flur war es still, und sie lauschte auf Geräusche aus der unteren Etage, wo sich Henris Zimmer befand. Doch es war nichts zu hören. Irgendwo musste ein Fenster offen stehen, denn verhaltener Vogelgesang erfüllte das Haus. Emilia warf einen Blick nach draußen: Die Sonne schickte die ersten Strahlen über die Felder und würde sie bald in voller Pracht erstrahlen lassen. An diesem Morgen war alles genau so, wie es sein sollte. Wie sie es liebte.

Sie schlich den Flur entlang und wollte gerade eine Hand nach der Badezimmertür ausstrecken, als diese aufgerissen wurde. Emilia schrie leise auf, wich zurück … und blickte in das knurrige Gesicht von Henri Samain. Er trug ein

Hemd mit Seemannsknoten-Motiven zu einer Baumwollhose. Sein sonst so stürmisches Haar war feucht und ordentlich zurückgekämmt, und er musterte sie nicht sonderlich überrascht, während sie langsam die Hand sinken ließ, die sie vor Schreck auf ihr Herz gepresst hatte.

»Monsieur Samain. Entschuldigung, ich wusste nicht …« Sollte er nicht noch schlafen?

»Tut mir leid, dass ich hier wohne«, sagte Henri. »Daran sollten Sie sich gewöhnen, wenn wir uns nun öfter über den Weg laufen.« Er blinzelte den Gang hinab in die Richtung, wo Bastiens Zimmer lag, und Emilia begriff, dass sie ihn unterschätzt hatte. Henri bekam mehr mit, als er sollte.

Rasch schüttelte sie den Kopf. »Sie haben mich nur erschreckt, das ist alles. Ich … wir dachten, dass Sie noch schlafen.« Am besten, sie tat so, als wäre es das Normalste der Welt, dass sie am frühen Morgen aus Bastiens Zimmer kam. Denn Henri hatte recht – vermutlich würden sie sich in Zukunft öfter begegnen, und sie war froh, dass er damit keine Probleme zu haben schien.

»Ah, dachtet ihr also.« Seine Unterlippe zitterte; vielleicht die Henri-Version eines Lächelns. »Tja, die Alten sind nicht immer so berechenbar, wie man es vielleicht gern hätte. Aber nun gehen Sie und machen sich frisch, so können Sie schließlich nicht herumlaufen.« Mit einem hoheitsvollen Blick stapfte er an ihr vorbei und verschwand in Richtung Treppe. Er wirkte fitter als sonst. Heute war wohl für alle ein guter Tag.

Emilia ging ins Bad, schloss die Tür ab und warf einen Blick in den Spiegel. »Au weia.« Henri hatte seine Sturmhaare an diesem Morgen an sie weitergereicht – ihre Locken hingen ihr wild zerzaust bis auf die Schultern. Dazu entdeckte sie einen dunklen Fleck auf ihrem Schlüsselbein und begriff, dass sie ihre Bluse schief zugeknöpft hatte. Schlagartig wurden ihre Wangen rot, und sie fragte sich, was Henri bei ihrem Anblick gedacht haben musste. Dann aber grinste sie. Er hatte eine Menge mitgemacht in seinem Leben und würde es verkraften, wenn sein Enkel eine Frau mit nach Hause brachte.

Die zufällig die Enkelin der ehemaligen Verlobten ist.

Aber war das alles wirklich so verworren? Oder konnten sich die Dinge nun klären, nachdem die Wahrheit ans Licht gekommen war – so wie eine Wunde heilte, wenn man die Ursache beseitigt hatte?

Emilia hoffte es.

Nachdem sie ihr Haar mit den Fingern vergeblich zu ordnen versucht hatte, hüpfte sie unter die Dusche und kehrte kurz darauf zurück in Bastiens Zimmer. Auch er hatte sich bereits angezogen und betrachtete die Felder vom Fenster aus mit höchster Konzentration. Er konnte einfach nicht aus seiner Haut, und dafür liebte sie ihn. Nach einem Kuss – der deutlich länger ausfiel als geplant – sagte sie ihm, dass das Bad frei und Henri schon auf den Beinen war. Bastien versprach, nur kurz unter die Dusche zu springen, um anschließend gemeinsam mit Henri und ihr zu frühstücken.

Emilia machte es sich in der Zwischenzeit auf der Fensterbank gemütlich und ließ den Blick schweifen. Es war beinahe wie Meditation. Von hier aus sah sie sogar die alten Hütten, die ihr immer wieder im Kopf herumspukten.

Nach einer Weile stand sie auf und nahm ein Buch von Bastiens Nachttisch: *Lavendel – Stecklinge, Samen und*

Teilung. Es war das einzige im Raum, aber da war ja auch noch das Arbeitszimmer mit seinem deckenhohen Bücherregal. Abgesehen von dem Bett, das groß und gemütlich war, gab es im Zimmer nur einen breiten Sessel, über den Bastien einige Klamotten geworfen hatte, einen Nachttisch, einen Kleiderschrank sowie eine Kommode, über der ein gerahmtes Foto der Gegend hing. Emilia trat näher – es hatte einen Sepiastich und war eindeutig älter, und wenn sie sich nicht irrte, zeigte es die Gebirgshänge hinter dem Farmgelände.

Die Tür öffnete sich. »Du hast *grand-pères* romantische Ader entdeckt.« Bastien deutete auf das Bild.

»Das hat er gemacht?« Sie musterte es erneut. Henri hatte den perfekten Moment erwischt. Es stimmte einfach alles: Licht, Winkel und natürlich das Motiv.

»Irgendwann in den Achtzigern, ja. Er hat schon immer gern fotografiert, aber seine Kamera in den vergangenen Jahren kaum noch zur Hand genommen. Schade eigentlich.« Er trat hinter sie, schlang beide Arme um ihre Taille und hauchte einen Kuss auf ihre Schulter.

Sie drehte sich um und musterte ihn. Ein entspanntes Lächeln lag auf seinen Lippen. Auch Bastien hatte sich verändert, wie so vieles seit gestern Abend.

»Also«, sagte er. »Wenn du nicht sofort rüber zu Maurice möchtest – was hältst du davon, wenn wir in Ruhe frühstücken?«

Ihr entging nicht, dass er schon wieder einen Blick auf die Uhr warf, also nickte sie. »Sehr viel. Anschließend kannst du loslegen, während ich in Erfahrung bringe, was gestern auf dem Hoffest passiert ist.«

Bastien küsste ihren Hals. »Ich mag deine Ideen.«

Sie blinzelte. »Alle?« Unwillkürlich wanderte ihr Blick zum Fenster. »Wusstest du, dass man von hier aus die Hütten sehen kann?«

Er versuchte sich an einem finsteren Gesicht, aber es gelang ihm nicht ganz. »Ich wohne hier schon eine Weile. Also ja.«

»Hm.«

»Emilia, ich weiß, was du gerade denkst.«

»Hm«, sagte sie noch einmal und bemühte sich um einen möglichst unschuldigen Blick.

Bastien küsste ihren Mundwinkel. »Und, ja, ich habe darüber nachgedacht.«

»Wirklich?« Sie musste über die Begeisterung in ihrer Stimme lachen – und darüber, dass Bastien beide Hände hob, als wollte er sie aufhalten. »Keine Sorge, ich verlange nicht, dass du sofort rausrennst und mit den Renovierungen beginnst. Aber du kannst dir wirklich vorstellen, Fremde auf deinen Hof zu lassen?«

Er nickte langsam. »Ich bin die Strecke in den vergangenen Tagen mehrmals abgeschritten – auch, weil ich an dich denken musste.« Er rieb sich über den Nacken. »Mehr Abstand zum Haus wäre natürlich besser, aber ich denke, ich könnte damit leben – wenn die Besucher verstehen, dass manche Bereiche tabu sind. Und damit meine ich auch, dass mir keine Kinder vor die Maschinen laufen.«

Während er sprach, formten sich Bilder vor Emilias geistigem Auge. Sie dachte an Mikes Instagram-Profil und die Gespräche, die sie mit ihm geführt hatte. Und da war sie wieder, diese spezielle Aufregung, die sie vor Energie vibrieren ließ. Sie erinnerte Emilia an die Zeit nach ihrer

Ausbildung als Fremdsprachenkorrespondentin, als sie sich auf ihre erste Anstellung gefreut hatte, darauf, etwas Neues zu lernen und zu erleben, und das alles in einer der Sprachen, die ihr so ans Herz gewachsen waren.

Hier in Monieux war sie mühelos in den französischen Alltag gerutscht. Anfangs hatte sie ihre Sätze noch bewusst formuliert, hin und wieder überlegt, welche Vokabeln am besten passten, aber mittlerweile redete sie einfach drauflos. Gut möglich, dass sie Fehler machte, aber bisher hatte es zumindest keine Probleme gegeben. Eine andere Sprache konnte durchaus ein Abenteuer für sich sein! Wie sehr es ihr gefehlt hatte, ein solches zu erleben, hatte sie so viele Jahre verdrängt.

»Emilia?«

Noch immer berauscht von dem Gefühl, dass manche Dinge soeben an ihren Platz rückten, strahlte sie Bastien an. »Das mit der Sicherheit auf der Farm lässt sich regeln. Du könntest Schilder aufstellen und natürlich bei Ankunft der Gäste darauf hinweisen, dass die Felder und der Privatbesitz tabu sind. Außerdem könnte ich noch einmal mit Mike reden – vielleicht kann man den Weg durch einen hübschen Holzzaun so teilen, dass …«

»Langsam.« Er strich so behutsam über ihren Rücken, dass sie erschauerte. »Noch ist das alles Zukunftsmusik, denn auch Mike würde nicht umsonst arbeiten. Ganz zu schweigen davon, dass Renovierungen und Vermietungen betreut werden müssten. Aber mittlerweile halte ich die Idee gar nicht mehr für so abwegig und verspreche dir, dass ich mich damit befassen werde. Nur nicht jetzt.« In seine Stimme hatte sich ein flehender Unterton geschlichen. »Weil ich nämlich sonst verhungere und Henri wirklich ungenießbar wird, wenn er so lange auf seinen ersten Kaffee warten muss. Warum muss er auch schon wach sein?«

»Das sind schwerwiegende Argumente«, sagte sie und lächelte. »Also, gehen wir.«

Auf dem Weg ins Erdgeschoss drang ein typischer, aromatischer Duft an Emilias Nase. »Was ist los?«, fragte sie, als Bastien mitten auf der Treppe stehen blieb.

»Kaffee«, sagte er nur.

»Ja, genau. Was ist daran so schlimm?«

Er legte den Kopf schräg und lauschte, doch es war nichts zu hören. »Ich erinnere mich nicht, wann Henri zum letzten Mal selbst welchen gekocht hat.«

»Vielleicht ist Odile schon da und hat sich darum gekümmert?«

Er schüttelte den Kopf. »Es ist totenstill dort unten.«

Er hatte recht – absolute Ruhe und Odile passten nicht zusammen.

Die Küche war leer. Eine silberne Dose stand neben der Maschine, und auf der Anrichte waren Spuren von Kaffeepulver zu sehen. Die Tür eines Hängeschranks stand offen. Auf dem Tisch lag eine Packung Zucker und auf einem Holzbrett ein halbes Baguette. Eine Spur aus Krümeln zog sich über die Fläche und letztlich über den Boden.

»Sieht aus, als hätte er nicht länger mit dem Frühstück warten wollen«, sagte Emilia.

Bastien wirkte da nicht so sicher. »Und wo steckt er dann?«

»Vielleicht …« Sie brach ab, als sie ein Geräusch hörte. Es kam von draußen, vor dem Haus, und klang wie Gelächter. An sich nichts Ungewöhnliches – vielleicht war Odile wirklich für eine sehr zeitige Stippvisite vorbeigekommen und hatte sich zu einem Frühstück in der Morgensonne überreden lassen –, doch etwas an dem Tonfall ließ sie aufhorchen.

Im nächsten Moment war sie bereits aus der Küche und auf dem Weg zur Tür. Bastiens erstaunten Ruf ignorierte sie, da sie wissen musste, was hier vor sich ging. Ihr Hirn gaukelte ihr Dinge vor, die einfach nicht zusammenpassten.

Sie erreichte die Haustür, riss sie auf, ignorierte, dass sie noch immer barfuß war, und trat nach draußen. Warme Luft empfing sie zusammen mit dem samtigen Orange der Sonne, doch abgesehen davon sah alles aus wie immer.

»Emilia?« Bastien tauchte hinter ihr auf und musterte sie zu Recht, als wäre sie verrückt geworden.

Wenn sie ehrlich war, kam es ihr selbst so vor. Sie sah sich um, doch da war niemand. Nur die Insekten und Vögel, die fleißig den Tag begrüßten. »Ich dachte, ich hätte etwas gehört.«

Er deutete zur Seite. »Es kann gut sein, dass Henri an seinem Platz neben dem Haus sitzt. Er mag den Schatten dort.«

Da! Da war es wieder! Jemand murmelte etwas, gefolgt von einem verhaltenen Lachen. Es klang irgendwie unsicher und setzte Emilia unter Strom. Sie fasste Bastiens Hand und zog ihn mit sich.

Neben dem Haus stand ein kleiner Plastiktisch. Er musste einmal weiß gewesen sein, hatte aber dem Staub und Schmutz der Jahre nicht standhalten können. Er war gedeckt mit zwei Kaffeebechern, Baguette, mehreren Stücken Käse, getrocknetem Schinken und einem Glas Gewürzgurken. Keine Teller, kein Besteck, nur zwei große

Papierservietten. Aber für all das hatte Emilia nur einen flüchtigen Blick übrig, denn auf einem der beiden Plastikstühle saß Opa Walter.

Sie blieb wie angewurzelt stehen, blinzelte und musterte Henri, der ihren Blick erwiderte und sich mit unglaublicher Gelassenheit ein Stück Baguette in den Mund schob. Emilia suchte nach Worten. Der Anblick der beiden Männer, die einträchtig zusammen frühstückten, war einfach vollkommen unerwartet. Und absurd.

»Opa?«

Walter sah entspannt aus, als wäre es etwas völlig Alltägliches, hier mit seinem alten Freund, der ihn über so viele Jahre als Feind betrachtet hatte, Kaffee zu trinken. Jetzt stand er auf. »Emilia. Kind, du hast Farbe bekommen!« Er fasste sie bei den Schultern und drückte sie an sich.

Sie erwiderte die Umarmung, kam aber nicht umhin, Henri einen weiteren Blick zuzuwerfen. Er tat so, als würde er ihn nicht bemerken, und beobachtete die Szenerie mit hoheitlicher Ruhe.

Emilia schob ihren Opa von sich. »Was tust du hier? Wie bist du hergekommen? Seit wann bist du da? Und warum sitzt ihr hier und … na ja, frühstückt?«

Henri schnaubte. »Das ist die Jugend, Walter. Kommt und begräbt uns unter Fragen, weil sie denkt, dass keine Zeit bleibt, um eine nach der anderen zu beantworten. Immer muss alles schnell-schnell gehen, und dann beschweren sie sich, wenn sie irgendwann dastehen und merken, dass sie das Leben verpasst haben.«

Emilia sah zu Henri, dann wieder zu ihrem Opa. Der hatte immerhin den Anstand, zerknirscht zu wirken. »Wollt ihr euch nicht zu uns setzen?«

Offenbar war das die gemeinsame Taktik der beiden: so tun, als wäre alles vollkommen normal, und unangenehmen Fragen ausweichen.

Emilia wandte sich zu Bastien um, aber wo sie die Fassungslosigkeit erwartete, die sie fühlte, sah sie lediglich mildes Erstaunen. »Sie sind also Emilias Großvater.«

Emilia hätte sich unzählige andere Fragen vorstellen können.

Sie sind also der Mann, der sich damals mit Marianne aus dem Staub gemacht hat? Der alte Freund und gleichzeitig Erzfeind von grand-père? *Derjenige, der all das hier ins Rollen gebracht hat? Wegen dem Emilia überhaupt in Monieux aufgetaucht ist? Der einen Teil meiner Farm im Pokerspiel gewonnen und hoffentlich ganz ernsthaft wieder zurückgegeben hat? Sie sind also heute Nacht mal schnell von Deutschland aus nach Frankreich gereist? Nicht in der Lage gewesen, Ihre Enkelin vorher von Ihrem Besuch zu informieren?*

So viele Möglichkeiten, und er wählte ausgerechnet die offensichtlichste! Eines musste man den Samains lassen: Entweder sie veranstalteten wie Henri das Drama des Jahres, oder aber sie nahmen selbst die größten Überraschungen und Katastrophen mit stoischer Ruhe hin.

Opa Walter nickte und streckte Bastien eine Hand entgegen. »Dann müssen Sie Bastien sein. Ich habe schon einiges von Ihnen gehört.«

»Wann?« Emilia war nicht bereit, ihn einfach so vom Haken zu lassen. »In den zehn Minuten, in denen ihr hier sitzt und Kaffee trinkt? Oder bist du schon heute Nacht angekommen? Wussten Sie etwa Bescheid?«, wandte sie sich an Henri.

Der winkte ab. »Natürlich. Warum hätte ich sonst so früh aus den Federn sein sollen? Walter hat mich gestern angerufen und informiert, dass er sich zu einem Besuch entschlossen hat. Was hätte ich da tun sollen, hm? An Bastiens Tür klopfen? Ich habe nicht damit gerechnet, dass wir euch vor dem Mittagessen zu sehen bekommen.«

Emilia versuchte zu ignorieren, dass ihre Wangen warm wurden, und wandte sich wieder an Opa Walter. »Gestern? Wie bist du denn hergekommen? Warum bist du allein? Du hättest doch Diane oder Papa fragen können, ob dich jemand begleitet.«

Er lächelte und ließ sich wieder auf seinen Stuhl sinken – mit einem extralauten Stöhnen, um zu zeigen, wie angeschlagen er war und dass man ihn momentan nicht mit komplizierten Fragen löchern durfte. Emilia ignorierte auch das, verschränkte die Arme vor der Brust und starrte ihn an, bis er beide Hände hob. »Ja, ja, ich erzähle dir ja alles, aber doch nicht in dieser Hektik am frühen Morgen. Damit zerstören wir doch nur die schöne Stimmung. Und zu deiner letzten Frage: Ich bin alt, aber nicht hilflos. Nach Frankreich reisen, das bekomme ich wohl noch hin.«

Sie wollte fragen, welche Stimmung er meinte, und grübelte, wie er und Henri momentan zueinander standen, als sie Opa Walters leicht entrückten Blick bemerkte – und verstand. Nach all der Zeit war er wieder zurück in der Provence.

»Also gut«, sagte sie. »Bastien, was hältst du davon, wenn wir uns dazusetzen?«

»Viel. Wie gesagt, ich sterbe vor Hunger.« Er legte ihr beruhigend eine Hand auf den Rücken. Es funktionierte.

Mit einem letzten Blick auf die beiden Männer, die sich schon wieder einträchtig gegenübersaßen, drehte sich Emilia um und ging zurück zum Haus. Bastien wollte sich um zwei weitere Stühle kümmern, während sie ein Tablett mit allem befüllte, was sie für das Frühstück benötigten. Weil sie etwas Zeit brauchte, um ihre Gedanken zu ordnen, schlug sie Eier in die Pfanne und gab frische Kräuter, Tomatenstücke und etwas Käse hinein. Zudem briet sie Pfirsichhälften an und mischte dazu Crème fraîche mit Schlagsahne, da ihre Nerven an diesem Morgen etwas Süßes brauchten. In einem der Schränke fand sie Krokant und dekorierte das Ergebnis damit. Anschließend schnitt sie Tomate, Paprika und Gurke auf, stellte Honig und Kirschmarmelade aufs Tablett und legte das restliche Baguette dazu. Die Kaffeekanne füllte sie bis zum Anschlag, da sie ahnte, dass niemand an diesem Morgen mit einer Tasse auskommen würde. Als sie sich gerade auf den Weg machen wollte, tauchte Bastien in der Tür auf.

»Geht es wieder? Ich dachte, ich lasse dir ein paar Minuten, damit du wieder durchatmen kannst.«

»Ja. Danke«, murmelte sie. »Ich wollte meinen Opa nicht anfahren. Aber erst reden die zwei seit Jahren nicht miteinander und verschweigen uns, dass meine Oma aus dieser Gegend stammt, Henri will mich sogar mit einem Drohbriefchen loswerden, weil er ebenso wenig wie Walter an die Vergangenheit erinnert werden möchte, und dann sitzen sie neben dem Haus und tun so, als könnten sie kein Wässerchen trüben.«

Er nahm ihr das Tablett aus den Händen und hauchte ihr einen Kuss auf die Stirn. »Daher werden wir sie fragen. Gut, dass du so viel Kaffee gemacht hast, das wird zumindest Henri an den Tisch fesseln.« Er schnupperte. »Ebenso wie diese Pfirsiche. Also dann, versuchen wir es noch einmal.«

Bastien hatte den Platz neben dem Haus bereits um zwei Stühle sowie einen Beistelltisch erweitert. Mittlerweile herrschte eine leicht angespannte Atmosphäre. Henri blickte ihnen gewohnt knurrig entgegen, Opa Walter wirkte nervös. Beide hoben die Köpfe und schnupperten, als Bastien das Tablett abstellte. »So, Frühstück und Kaffeenachschub. Emilia?« Er zog ihr einen Stuhl zurück. Bei jedem anderen hätte es wie eine Bemühung gewirkt, die Stimmung zu glätten, aber bei Bastien war es einfach normal. Er ließ den Menschen die Zeit, die sie brauchten – und wenn es sein musste, auch ihre Geheimnisse. Aber wenn jemand bereit war, etwas zu teilen, hatte er stets ein offenes Ohr. Emilia lächelte, da ihr immer mehr Eigenarten auffielen, die sie an ihm liebte, und sie freute sich darauf, ihn mit jedem Tag besser kennenzulernen.

»So«, eröffnete zu ihrem Erstaunen Henri das Gespräch. »Erst mal lassen wir die dumme Siezerei. Dein Opa sitzt hier, und du teilst das Bett mit meinem Enkel, da ist diese Förmlichkeit wohl nicht mehr angebracht.«

Emilia verschluckte sich beinahe an ihrem Kaffee. »Einverstanden«, brachte sie hervor.

Henri nickte. »Dann zu den nächsten Fragen. Walter hat sich gestern spontan entschieden herzukommen, was ja auch kein Wunder ist nach dem, was du hier aufgewirbelt hast. Und ich wette, ihm war das alles auch erst zehn Minuten vor der Abfahrt klar.«

»Eine halbe Stunde«, warf Opa Walter ein und starrte auf seine Tasse. »Ich habe versucht, alles wie immer zu machen, seitdem du mich angerufen hast, Emilia. Nicht daran zu denken, was einst gewesen ist. Weißt du, manchmal braucht man eine Weile, um Dinge zu verarbeiten, die nicht so waren, wie man es sich erhofft hat. Wenn man das einmal geschafft hat, holt man sie ungern wieder zurück. Das Leben schert sich nicht um Einzelschicksale, sondern läuft einfach weiter. Und unsere Aufgabe ist es, uns damit zu arrangieren.« Er drehte die Tasse in seinen Händen, als müsste er sich selbst von dieser Wahrheit ablenken. Auf einmal wirkte er so verletzlich.

»Es tut mir leid, Opa.« Emilia beugte sich vor und berührte seinen Arm.

Er nickte und legte seine Hand mit all den Flecken auf der Haut auf ihre. »Mach dir keine Gedanken, mein Kind. Alles Schwere bringt irgendwann auch etwas Gutes. Das Leben gleicht alles aus, auch wenn es manchmal eine Weile dauert.«

»Ich wollte keine schmerzhaften Erinnerungen wecken«, sagte sie leise. »Erst wollte ich einfach nur sehen, wo du gewesen bist. Was dich so an dieser Gegend fasziniert hat. Hätte ich Maurice Borels Anzeige nicht gefunden, hätte ich das Thema vermutlich auch wieder vergessen. Die Unterlagen im Koffer haben Diane und mich neugierig gemacht, ja, aber noch mehr hat uns aufhorchen lassen, dass du nicht darüber reden wolltest.«

Ein sanfter Wind kam auf, streichelte ihre Wangen und fuhr durch Opa Walters Haar, als wollte er dem Moment die Ernsthaftigkeit nehmen. »Wir haben uns gedacht, dass wir dir vielleicht was Gutes tun. Du warst auf einmal so allein, nach all den Jahren mit Renate.« Ihre Worte waren leiser geworden, und sie fühlte sich schuldig, als der Schmerz in den Augen ihres Opas aufflackerte. »Wir haben gehofft, dass es dich aufheitert, wenn wir Jette finden, die ja niemals existiert hat. Oder alte Freunde aus deiner Zeit in Monieux, die sich dann bei dir melden. Aber nachdem schnell klar war, dass ich hier in ein Wespennest gestochen habe …« Sie verzog das Gesicht. »Da wusste ich, dass mehr dahintersteckt. Und das tut es ja auch.«

Walter schüttelte den Kopf, und in seinen Augen glitzerte es verdächtig. »Das mit dieser ominösen Nachricht an Emilias Tür war wieder so eine Aktion von dir, über die du nicht nachgedacht hast, Henri«, sagte er, ohne den Kopf zu heben.

Henri gab einen Laut von sich, der irgendwo zwischen *Pah* und *Hmpf* lag. »Ich dachte, damit lässt sie die Finger von der Sache. Konnte ja nicht wissen, dass deine Enkelin so sehr nach dir schlägt.«

Emilia beugte sich vor. »Warum haben Oma und du nie etwas gesagt? Nach all den Jahren hätte dir doch nichts mehr geschehen können.«

Er presste die Lippen aufeinander. »Es war ihr Wunsch. Sie hat mich gebeten, die Vergangenheit ruhen zu lassen, um Frieden zu finden. Ich hätte doch alles für sie getan.« Er blinzelte, und eine Träne rann über seine faltige Wange. Erschrocken streichelte Emilia über seine zitternden Finger.

Walter streckte die andere Hand aus, und zu ihrer Überraschung nahm Henri sie.

»Wer hätte ihr schon etwas abschlagen können?« Die Knurrigkeit war verschwunden.

Walter atmete aus, als er den Griff seines alten Freundes erwiderte und damit den Graben schloss, der sich vor so langer Zeit zwischen ihnen aufgetan hatte.

Henri räusperte sich. »Hatte sie ein gutes Leben, *mon ami?*«

Walter blinzelte. Seine Augen waren gerötet, aber dann nickte er. »Ich habe alles getan, um sie glücklich zu machen. Es tut mir leid, dass ich dir nach ihrem Tod nicht geschrieben habe, aber da der andere Brief zurückkam …«

Henri räusperte sich. Auch er hatte mit den Tränen zu kämpfen. »Hauptsache, du hast dich gut um sie gekümmert.«

»Ich denke, das habe ich«, flüsterte Walter.

Emilia sprang auf und legte beide Arme um ihren Opa. Seine Wangen waren feucht. Er drückte sie an sich, ließ aber Henris Hand nicht los. Nach einer Weile tätschelte er ihren Rücken. »Schon gut, meine Liebe.« Er zog ein Stofftuch aus seiner Hosentasche und trocknete sich Augen und Wangen. »Es ist dieser Ort. All die Erinnerungen.« Er lächelte voller Sehnsucht. »Sie sind nicht schwächer geworden nach all den Jahren.«

»Natürlich nicht, *crétin*«, sagte Henri fast schon liebevoll. »Du hast sie schließlich lange verdrängt. Da können sie doch nichts anderes tun, als noch immer so stark zu sein wie früher.«

Ein erstes, zaghaftes Lächeln blitzte durch Opa Walters Traurigkeit. »Du bist noch immer ein Holzkopf, Henri Samain. Aber damit komme ich schon klar.«

»Ich weiß«, sagte Henri.

Beide sahen sich an, griffen synchron zu ihren Tassen und tranken einen Schluck.

Emilia musterte Bastien. Als er ihren Blick bemerkte, nahm er ihre Hand, hauchte einen Kuss darauf, nickte, und endlich konnte sie sich zurücklehnen.

»Vielleicht sollten wir endlich gescheit frühstücken«, sagte Henri, nun wieder so knurrig wie eh und je, und deutete auf die Pfanne. »Was ist in dem Ei drin, Emilia? Hoffentlich kein experimentelles Zeug. Heutzutage gibts ja überall diese Zutaten, für die man einen halben Monatsertrag zahlen muss, weil sie aus Ländern wie Peru eingeflogen werden.«

Sie verbiss sich ein Grinsen. »Nur Käse, Kräuter und Tomaten, also keine Sorge. Warte, ich mach das.« Sie stand auf und verteilte das Ei auf die vier Teller. Die Atmosphäre hatte sich gewandelt, wie ein Gewitter oftmals die Luft klärte. Henri griff nach dem Baguette, und Bastien schenkte sich den dritten Kaffee an diesem Morgen ein. Opa Walter erzählte von seiner Reise mit dem Zug, dass er in einem Hotel in Marseille übernachtet hatte und das letzte Stück zur Farm mit einem Taxi gefahren war, in dem er jedes Schlagloch gespürt hätte – dreihundertachtunddreißig hatte er gezählt, behauptete er steif und fest. Anschließend fragte er Emilia nach ihrer Arbeit bei Maurice aus und wie lange sie noch bleiben würde.

Sie erzählte von dem Angebot von *Matratzen Olmann* in Münster, doch er sah sie nur an, als käme das nicht mal ansatzweise infrage. Was sie in den vergangenen Tagen genauso entschieden hatte. Es war sehr nett von Eduard Scheller, sich für sie einzusetzen und umzuhören, aber die Rückkehr in einen Bürojob ohne die Herausforderungen, die sie sich selbst einmal gestellt hatte, stand nicht mehr auf ihrer Liste.

Nach einer Weile berichtete Bastien von der Situation auf der Samain-Farm, was das Gespräch unweigerlich wieder auf Henris alte Passion für das Pokern lenkte.

»Ich spiele noch immer hin und wieder«, sagte Walter. »Mit Franz, meinem Nachbarn.«

Henri hob die dichten Brauen. »Du kannst noch so viel geübt haben, ich werde dich immer schlagen. So wie früher.«

»Das habe ich anders in Erinnerung«, sagte Walter und nahm sich eine gebratene Pfirsichhälfte. »Aber wenn du mit dem Einsatz dieser netten bunten Plastikchips einverstanden bist, kannst du später gern versuchen, mich vom Gegenteil zu überzeugen.«

Henri wischte den Einwurf mit einer Handbewegung weg. »Ich spiele schon lange nicht mehr um Geld – im Grunde seitdem du damals gegangen bist. Aber die Herausforderung akzeptiere ich natürlich.«

»Gut«, sagte Walter und hob seine Kaffeetasse. »Mach deinem Enkel keine zusätzlichen Probleme, alter Freund. Er scheint sich tapfer zu schlagen.« Damit lehnte er sich zurück und ließ den Blick schweifen, über die Ansätze der Felder, die man von hier sehen konnte und die bereits große Lücken aufwiesen.

Bastien legte sein Besteck beiseite. »Ich hatte einige Rückschläge, auch dieses Jahr bei der Ernte, aber konnte wieder aufholen. Abgesehen davon hat Emilia mich beinahe von einer Idee überzeugt, mit der wir den Betrieb eventuell wieder in die schwarzen Zahlen bringen könnten.« Wieder griff er nach ihrer Hand, und dieses Mal hielt er sie fest.

»Was, nur beinahe überzeugt?«, sagte sie, um ihre Verlegenheit zu überspielen, und erntete einen misstrauischen Blick von Henri und einen neugierigen von Opa Walter.

Bastien hauchte ihr einen Kuss auf die Wange. »Es ist leider noch immer eine finanzielle Frage.«

Emilia hielt die Luft an. Das war er, der Moment, in dem sie nicht schweigen durfte. Langsam atmete sie wieder aus. »Nein«, sagte sie und setzte sich aufrecht, als drei Augenpaare sie anstarrten. »Das ist es nicht.« Sollte sie die Idee, die ihr schon die ganze Zeit durch den Kopf spukte, wirklich aussprechen und damit Realität werden lassen? Bisher hatte sie nichts genauer durchgerechnet. Nichts geplant. Aber dann nickte ihr Opa ihr zu, und sie entschied, dass sie ebenso spontan sein konnte wie er. Schließlich hatte sie nicht nur französische Gene in sich, sondern auch die eines Mannes, der vor vielen Jahren nach Frankreich gegangen war, um einen Teil der Welt zu sehen. »Opa, du wirst beizeiten Rosalie Chambres kennenlernen, Omas Nichte. Durch sie ist die ganze Sache überhaupt erst ans Licht gekommen.«

»Der Aushang in der Boulangerie im Ort«, sagte er und betrachtete sie eingehend. Er merkte ihr vermutlich an, dass sie gerade nervös wurde.

Sie drückte Bastiens Hand, und obwohl er nicht wusste, worum es ihr ging, erwiderte er die Geste und strich mit einem Daumen über ihre Haut. »Rosalie hat sehr konkrete Vorstellungen, von denen sie nicht abweicht. Sie hat das Geld, das Oma damals gehörte und das sie zurückgelassen hat, aufbewahrt und es vor einigen Tagen mir überschrieben.«

Nun war es heraus.

Henri legte eine Hand an den Tisch, als wollte er sich festhalten, und Opa Walter schürzte die Lippen, wie um ihr zu sagen, wie schlecht Rosalies Idee war. Lediglich Bastien blieb bis auf ein rasches Blinzeln ruhig, also redete sie weiter. »Sie lässt in dieser Sache nicht mit sich diskutieren, und nach einigem Überlegen habe ich mich entschieden, das Geld anzunehmen.«

Sie beobachtete, wie sich Henris Hände zu Fäusten ballten und Opa Walter behutsam den Kopf schüttelte. »Und zwar, um es in die Samain-Farm fließen zu lassen.«

»Was?« Bastiens Stimme war leise, aber dennoch lagen tausend Fragen darin. »Emilia, das …«

»Nein, bitte.« Sie hob eine Hand. »Du weißt, dass ich mich von Anfang an für diese Hütten begeistert habe. Es gibt vier davon«, sagte sie zu Opa Walter. »Früher haben Farmhelfer darin gewohnt, aber nun stehen sie schon eine ganze Weile leer.«

Er lächelte mit einer Verträumtheit, die ihr ans Herz ging. »Ich erinnere mich. Eine wurde damals doch für die kleineren Geräte genutzt, oder Henri?«

Henri nickte lediglich, ohne Emilia aus den Augen zu lassen – und sie wollte ihn nicht allzu lange hinhalten. »Sie liegen weit genug vom Haupthaus entfernt, sodass man auf der Farm nicht gestört werden würde, sollten sich dort Besucher aufhalten.« Sie sah zu Bastien und lächelte. »Also werde ich das Geld nutzen, um sie wieder aufzubauen. Die Farm könnte einen guten Zusatzgewinn erwirtschaften, wenn sie Ferienunterkünfte vermietet.«

Drei Köpfe ruckten zu ihr herum. »Das mit dem Geld hast du zuvor nicht erwähnt«, sagte Bastien leise, aber dennoch für jeden hörbar.

Da war er wieder, dieser Stolz, an dem sie sich immer die Zähne ausbeißen würde, den sie aber trotzdem – oder vielleicht genau deswegen – so sehr liebte. »Weil sich das Bild für mich gerade erst so richtig zusammengesetzt hat. Ich wusste schon, dass ich die Summe nicht behalten werde, seitdem Rosalie darauf bestanden hat, sie mir zu überweisen. Aber sie hier einzusetzen – das ist die Lösung. Für alles. Nicht wahr? Denn dann landet das Geld endlich dort, wo es von Anfang an hätte sein sollen.«

»Auf der Samain-Farm«, sagte Opa Walter leise und lächelte, erst nur zaghaft, dann aber so echt und herzlich, dass Emilia wusste, wie erleichtert er über ihre Entscheidung war. »Das ist eine großartige Idee.«

Henri und Bastien wirkten dagegen nicht überzeugt. Henris Stirn war von Runzeln gefurcht, und er öffnete den Mund, aber Emilia war schneller. »Das finde ich auch. Abgesehen davon sind es keine Almosen, weil ich mir nämlich vorstellen könnte, dass Bastien und ich uns auf eine Beteiligung der Ferienunterkünfte für mich einigen.«

»Über welche Summe reden wir eigentlich gerade?«, fragte Opa Walter.

»Knapp einhunderttausend Euro. Mike könnte direkt nach der Ernte mit der Renovierung der Hütten loslegen. Er arbeitet mit mir drüben auf der Borel-Farm.«

Es funktionierte, zumindest bei Henri, der seinen Mund wieder schloss und auf die Tischplatte starrte. Bastien dagegen war noch immer nicht überzeugt. »Das ist ein wirklich großzügiges Angebot Emilia, aber Geld ist nur die eine Sache. Man braucht auch Zeit, um ein solches Projekt zu betreuen, und die habe ich leider nicht. Zumindest noch nicht.«

»Ich weiß«, sagte sie langsam, und ihr Herz schlug vor lauter Aufregung schneller. »Darum könnte ich mich kümmern.« Sie hob eine Hand. »Das ist nur ein Vorschlag. Charles und ich haben irgendwann überlegt, Bake Offs zu veranstalten, also gemeinsames Backen mit zahlenden

Gästen«, fügte sie an, als sie in drei verständnislose Gesichter blickte. »Dafür würde sich die größte Hütte gut eignen. Ich könnte in einem Bereich Kurse abhalten und in einem anderen die Ergebnisse verkaufen, wie in einem Hofladen. Natürlich würde ich darauf achten, der Boulangerie nicht in die Quere zu kommen.« Sie merkte, dass sie vergessen hatte, Luft zu holen. »Es gibt so viele Möglichkeiten! Und da ich momentan Zeit habe und nicht sofort nach der Ernte zurück nach Deutschland fahre …« Mittlerweile war ihr warm. Aus vielen Gründen. Sie hatte noch nie etwas so Wichtiges so spontan entschieden. Sie hatte noch nie einen Schritt gewagt, der ihr Leben so sehr verändern würde. Und sie hatte noch nie zuvor jemandem auf diese spezielle Weise gesagt, dass sie gern in seiner Nähe bleiben würde.

Opa Walter strahlte sie an. »Das ist eine hervorragende Idee!«

»Da hat er ausnahmsweise recht«, brummte Henri. Er tunkte ein Stück Baguette in seinen Kaffee. »Anfangs ist es mir nur hin und wieder aufgefallen, aber du hast etwas von beiden in dir. Marianne und Walter. Wären die Dinge damals nicht so eskaliert, wäre er hier in Monieux geblieben. Er hat auf die Farm gepasst, das konnte jeder sehen. So ist es auch bei dir.«

Emilia starrte in ihre Tasse. Henris Worte hingen in der Luft und brachten eine Flut an Bildern mit sich: die Lavendelfelder in der Morgensonne. Ihre Bank, auf der sie so oft gesessen und mit Rala und Mini geredet hatte. Charles' Boulangerie, in der sie gebacken und Pläne geschmiedet hatte. Die Landschaft mit ihren Bergen, Quellen und kleinen Flüssen. Der verwunschene Garten hinter dem Haus.

Sie wagte ein Lächeln. »Natürlich hängt es davon ab, wie Bastien darüber denkt. Es ist ja nur ein Vorschlag, und die Entscheidung liegt nicht bei mir.« Sie wandte sich ihm zu. »Tut mir leid, ich wollte dich damit nicht überfallen. Aber als ich gerade darüber nachgedacht habe, hat alles so sehr gepasst, dass ich es loswerden musste, ehe ich den Mut verliere.«

Bastien starrte sie an, so lange, dass sie glaubte, er wäre wirklich sauer. »Du meinst das ernst?«, fragte er dann. »All das Geld … du willst es nicht für dich selbst? Und … du würdest hierbleiben?« Sein Ton war ebenso sachlich wie seine Miene, aber als er nach ihren Händen griff, blitzte Hoffnung in seinen Augen auf.

»Natürlich«, sagte sie leise, sodass es beinahe im Gezwitscher der Vögel und in dem Geräusch eines sich nähernden Motors unterging. »Ich möchte nichts lieber als das.« Aufregung flutete ihren Körper, als sie begriff, dass ihre Zukunft womöglich wirklich hier liegen konnte. In Monieux.

Ehe Bastien reagieren konnte, schlug vorn auf dem Hof eine Wagentür. »Henri?«

»Hier hinten, Odile!«, brüllte er so energisch zurück, dass Emilia zusammenzuckte.

Schritte wurden laut, und dann stand Odile vor ihnen, die Hände in die Hosentaschen geschoben und über das ganze Gesicht grinsend. »Oh, ihr seid ja schon wach«, sagte sie zu Emilia und Bastien. »Als ich vorhin mit Henri telefoniert habe, hätte ich gewettet, wir bekommen euch heute nicht zu Gesicht, weil du gestern ja auch so plötzlich vom Hoffest verschwunden warst, Em.« Sie zwinkerte anzüglich. »Die Leute haben nach dir gefragt, sich aber irgendwann von Jessy und Mike und wilden Geschichten aus

Australien ablenken lassen. Ah, Sie müssen Emilias Opa sein!« Sie trat an den Tisch. »Herzlich willkommen in Monieux. Ich bin Odile.«

Opa Walter stand auf, nahm ihre Hand und deutete eine leichte Verbeugung an. »Ich freue mich, Sie kennenzulernen.«

Odile wandte sich zu den anderen um. »Jetzt brauche ich Hilfe. Allein bekomme ich ihn nicht her.«

»Hilfe wobei?«, fragte Bastien, stand aber bereits auf.

»Oh, hat Henri nichts erzählt?« Odile war schon wieder auf dem Weg zurück zu ihrem Wagen, sodass die restlichen Worte untergingen. Trotzdem erhoben sich alle und folgten ihr – Bastien und Emilia vorn, dann Henri und Opa Walter, die sich leise unterhielten.

Odiles hellblauer Citroën parkte auf dem Hof, und Emilia kam es vor, als wären seit ihrem letzten Treffen weitere Aufkleber und Rostflecken hinzugekommen. Odile stand an einer Hintertür und zerrte soeben etwas Metallisches heraus – einen Rollstuhl, erkannte Emilia, als Odile ihn auseinanderklappte.

»Odile?«

»Beifahrersitz«, kam die Antwort, während sie die Fußstützen einstellte und dann um den Wagen herumrollte. Bastien stand bereits dort und sah erst überrascht aus, dann skeptisch und amüsiert. Die beiden beugten sich herab und verbargen die Sicht auf das Wageninnere. Jemand lachte, dann knarrte der Rollstuhl.

Emilia warf Henri und Walter einen Blick zu, aber beide wirkten nicht im Geringsten erstaunt. Henri hatte die Arme vor der Brust gekreuzt, ließ sie nun aber sinken und trat vor. Opa Walter dagegen schien schon wieder den Tränen nahe.

Emilia wandte sich wieder um und begriff. »Vincent?«

Der alte Mann saß im Rollstuhl und hielt sich mit beiden Händen fest, während Odile ihn zum Haus schob. Hier blieb sie stehen, betätigte die Bremse und reichte Vincent Borel einen Arm. Er griff danach, und es dauerte, bis er halbwegs sicher auf den Füßen stand. Endlich hob er den Kopf, nickte Emilia zur Begrüßung nur kurz zu und riss die Augen auf. »Walter. Bei Gott, Walter, du bist es wirklich.«

Opa Walter trat vor, dicht gefolgt von Henri, und fasste Vincents Arm so, dass er ihn gleichzeitig stützte. »Ich hätte dich überall wiedererkannt, Vincent Borel.«

Vincent nickte, hielt inne und nickte noch einmal, die Augen voller Tränen. Opa Walter legte einen Arm um ihn, erst behutsam, aber dann drückte er ihn an sich – und Henri ebenfalls. Stumm standen die drei alten Freunde beieinander. Als leises Schluchzen erklang, zogen Emilia, Odile und Bastien sich zum Tisch zurück.

22

Emilia trat aus der Tür der Destille und wischte sich über den Nacken, wo einzelne Haarsträhnen klebten.

»Das war es«, sagte Maurice, verschränkte die Arme hinter dem Rücken und blickte über die Felder. Sie sahen so anders aus, jetzt, wo man sie des typischen Violetts beraubt hatte. Ein wenig traurig, aber auch hoffnungsvoll, da ein neuer Zyklus beginnen konnte. Die Pflanzen würden sich regenerieren, vermehren und nur wenig Hilfe von Maurice brauchen, um bis zur nächsten Ernte wieder in voller Blüte zu stehen. Die Natur regulierte sich selbst, so wie das Leben, und egal, wie groß die Stolpersteine zwischendurch gewesen waren – sie lagen nun hinter ihnen. Alles hatte sich gefügt.

Rala und Mini rannten quer über die Fläche und blieben immer wieder stehen, nur um abrupt die Richtung zu wechseln. Für sie war das Ganze ein riesiger Spielplatz, der endlich für sie freigegeben war, da die Menschen nun nicht mehr täglich mit lauten, nervtötenden Maschinen darüberfuhren.

»Wir sind fertig«, sagte Emilia, weil sie es einfach aussprechen musste. »Die Ernte ist vorbei.«

»Hm.« Maurice musterte die Hunde eine Weile, vielleicht aber auch die Felder, die ihm sagten, dass seine Tage in Zukunft wieder anders ablaufen würden. »Ich hatte Glück mit euch dreien. Und doppeltes Glück, weil du doch bis zum Schluss geblieben bist.«

»Das freut mich. Es hat wirklich Spaß gemacht.« Die Arbeit war mitunter hart gewesen und vor allem schweißtreibend. Emilia war froh, dass sie hinter ihnen lag, aber sie wusste auch, dass sie diese Tage vermissen würde.

Maurice lachte. »Sag das nicht zu früh. Das Abschlussfest drüben bei Bastien und Henri zählt noch dazu, und ein weiteres Mal kannst du dich nicht wegschleichen.«

»Ich weiß. Aber das bekommen wir schon hin. Mein Opa freut sich auf die Feier und redet seit Tagen von nichts anderem.«

Walter hatte das Gästezimmer der Samain-Farm bezogen und seit seiner Ankunft Tag um Tag die Vergangenheit mit Henri aufgearbeitet. Das war nicht immer leicht. Manchmal waren die Gespräche voller Anspannung gewesen, hin und wieder waren sich die beiden aus dem Weg gegangen, aber alles in allem hatte es ihnen gut getan. Emilia hatte zugesehen, wie ihr Opa sich von Tag zu Tag mehr entspannte, und sogar Henri lächelte manchmal, obwohl er von seiner Grummelei nicht abließ. Regelmäßig besuchten sie Vincent im *La Roseraie*, dem das Wiedersehen mit seinen alten Freunden einiges abverlangt hatte – es fiel ihm immer schwerer, das Bett zu verlassen.

Oft, wenn Emilia aus dem Haus trat, fand sie Henri und Walter an dem kleinen weißen Tisch – morgens mit Kaffee, abends stand auch mal eine Flasche Pastis zwischen ihnen. Es war ein beruhigendes Bild. Manchmal bot Opa Walter ihr abends einen Arm, spazierte mit ihr an den Feldern entlang und erzählte von früher, als er dasselbe mit Marianne getan hatte.

Wann immer sie die Zeit fand, kam Rosalie vorbei und setzte sich zu den beiden Männern, die vergeblich versuchten, sie zum Pokern zu überreden. Rosalie war zwar zu höflich, um sofort zu flüchten, fand sich aber stets früher oder später in der Küche ein, wenn Emilia dort neue Rezepte ausprobierte.

Emilia riss sich von ihren Gedanken los, als sich Maurice neben ihr räusperte.

»Ich muss noch wegen der Lieferung telefonieren. Kannst du die Hunde füttern?«

»Klar. Bis später!«

Maurice nickte und machte sich auf den Weg.

Emilia genoss noch eine Weile die Aussicht und drehte sich um, als jemand ihren Namen rief: Jessy und Mike hatten bereits geduscht und sich umgezogen.

»Em, hast du ein paar Minuten, oder willst du dich erst frisch machen?« Jessy hüpfte auf sie zu, wobei sich ihr bodenlanger Rock um ihre Beine bauschte. Die winzigen Glocken am Saum klingelten.

»Nein, ich muss eh erst die zwei füttern.« Sie deutete auf die Hunde, die mittlerweile mit heraushängenden Zungen in den Feldern lagen. »Was gibt's?«

Mike schnippte sich eine nasse Haarsträhne aus dem Gesicht und zog ein Papier aus der Hosentasche. Papiere, Plural, verbesserte sich Emilia, und musste an die Fundstücke in dem schicksalsträchtigen Koffer in Opa Walters Keller denken. Wie lange schien das bereits her zu sein!

Mike hielt drei Bögen in der Hand, allesamt mit Bleistiftzeichnungen bedeckt. »Hier.« Er stellte sich neben sie. »Die habe ich gestern Abend noch aktualisiert. Es sind natürlich nur Vorschläge, wie man die Hütten bearbeiten beziehungsweise ausbauen könnte, sodass sie optisch noch immer in die Gegend passen.«

Staunend betrachtete Emilia die erste Zeichnung, die umrahmt war von Zahlen, Notizen und Abkürzungen. Aber sie benötigte keine weitere Erklärung, um zu erkennen, was sich Mike gedacht hatte: Der Grundriss war geblieben, dafür war die Hütte mit einer Terrasse samt Geländer versehen. Das Dach setzte, wie auch jetzt, bereits auf halber Höhe im Erdgeschoss an, erstreckte sich aber über eine ganze weitere Etage.

»Mike! Ich finde es großartig.« Sie drehte sich um und musterte die Aussicht, die man von der Glasfront der Hütte aus haben musste: endlose Felder und der Gebirgszug in der Ferne. Schöner konnte der Eindruck nach dem Aufwachen kaum sein. »Das dort wäre dann der Schlafbereich?«

»Ganz genau. Mehr Platz als für ein Doppelbett ist da oben nicht, wenn wir in der besprochenen Preislage bleiben wollen. Aber ich finde, dass die Hütten auch gar nicht so riesig werden müssen, weil sie sonst nicht ins Gesamtbild passen.«

Sie nickte. »Das sehe ich auch so. Abgesehen davon, dass Bastien einen halben Herzinfarkt bekommen würde, wenn da plötzlich Häuser auf seinem Grundstück entstehen.«

Mike deutete auf die Zeichnung. »Wenn wir hier das Dach so überhängen lassen, hätten wir eine Art Sichtschutz. Und zwischen den Hütten ist genügend Platz, um Privatsphäre zu erzeugen, zum Beispiel durch Staudenpflanzen.«

»Wir könnten auch klitzekleine Gärten anlegen.« Emilia sah das Ergebnis bereits vor ihrem inneren Auge. »Das würde einfach toll aussehen!«

Jessy beugte sich vor. »Wenn du einen Zaun so um die äußerste Hütte herumziehst«, ihr Finger beschrieb einen Bogen auf dem Papier, »dann könnte man zudem über einen kleinen Parkplatz nachdenken. Und die Besucher müssten nicht den Hauptweg nutzen.«

Was Bastien ebenfalls gefallen würde.

Mike streckte sich, sodass seine Knochen knackten. »Die vierte Hütte wäre dann ein gesonderter Fall, aber da sind wir uns ja einig.«

»Absolut.« Emilia betrachtete noch einmal die Zeichnungen. »Und das wäre machbar?«

Mike nickte. »Ich bräuchte einen oder zwei Helfer, aber darum könnte ich mich kümmern. Gustave kennt jemanden, der Zeit hätte.«

Jessy klatschte in die Hände. »Komm schon, Em, sag Ja! Es wäre so schön, noch nicht abzureisen. Die Menschen hier sind cool, und wir können weiterhin bei Maurice wohnen.«

Emilia nickte langsam, doch ihre Gedanken wanderten bereits. Ein Teil von ihr war nervös, fragte sich, ob sie das alles so hinbekommen würde, wie sie es sich vorstellte, aber der andere, größere, freute sich einfach nur darauf. Was sollte schon schiefgehen? Sie hatte Freunde, die ihr halfen. Und vor allem hatte sie Bastien, der seine Erleichterung darüber, dass sie blieb, nicht verbarg. So sachlich er sein konnte – es gab auch diese andere Seite an ihm.

Noch wusste sie nicht, für wie lange Monieux ihre neue Heimat sein würde, aber sie hatte Herrn Olmann und Eduard Scheller gestern per E-Mail informiert, dass sie nicht mehr für die angebotene Stelle zur Verfügung stand. Seitdem war ein Gewicht von ihren Schultern verschwunden. Hier auf der Farm wartete viel Arbeit auf sie, aber sie fühlte sich trotzdem frei.

»Em?« Mike wedelte mit einer Hand vor ihrem Gesicht herum. »Hat dein entzückter Ausdruck etwas damit zu tun, dass du Jessy und mich noch eine Weile jeden Morgen sehen darfst?« Er nahm ihre Hand und drückte die Papiere hinein. »Und besprichst du das bitte mit Bastien, ehe ich loslege, sonst jagt er mich mit einer Mistgabel vom Hof.«

»Damit hat er keine guten Erfahrungen«, sagte Jessy ernst und strich ihm über die Wange.

Emilia blinzelte. »Was, Bastien?«

»Nein, Mike. Wir waren mal auf einer Farm in Adelaide, die einem Freund meiner Cousine Ann gehört. Schafe.« Wie zur Bestätigung zwirbelte sie ihre Haarsträhne zu einer Locke. »Ihr Freund, Joel, war ein großer Freund kulinarischer Freuden, wenn sie denn flüssig waren und mit Eis und einer Scheibe Zitrone serviert wurden. Eines Abends hat er zu tief in gleich mehrere Gläser gesehen und Mike für einen Einbrecher gehalten. Obwohl Ann und ich auf ihn eingeredet haben, hat er seine Mistgabel geholt und ist hinter Mike her.«

»Ach du meine Güte, und dann?«

Mike zog eine Grimasse. »Dann bin ich ein paarmal um das Gebäude gerannt, weil ich wissen wollte, wie lange er durchhält. Er war ja nicht mehr so sicher auf den Beinen. Aber er hat ganze vier Runden geschafft, ehe er gestolpert und innerhalb weniger Sekunden am Boden eingeschlafen ist.«

Emilia lachte. »Das Glück würdest du bei Bastien nicht haben, er trinkt kaum Alkohol. Höchstens mal ein Glas Wein.«

»Ja.« Mike sah in die Ferne. »Und er scheint mir auch recht fit zu sein; ich lasse es also lieber nicht drauf ankommen. Aber was hältst du davon, wenn wir kurz zu den

Hütten gehen? Sich alles vor Ort vorzustellen ist meist eine gute Hilfe.«

Zur Antwort rasten zwei hechelnde Hunde auf sie zu. Rala schüttelte den Kopf, wobei auf ihrer Nase einige Blüten tanzten, und nieste dann so energisch, dass ihr gesamter Körper bebte. Dann starrte sie die drei Menschen an und wedelte, während Mini weit gemächlicher zu ihnen aufholte.

»Hab ich mir doch gedacht, dass ich euch heute noch sehe«, sagte Mike und zog zwei Kaustreifen aus seiner Hosentasche. Kurz darauf lagen die Hunde im Gras am Rand des Felds und kauten zufrieden vor sich hin.

Es war ein Bild so vollendeter Idylle, dass Emilia wusste, auf dem richtigen Weg zu sein. Mit Bastien und all ihren Plänen. Sie wollte sehen, in welche Farben sich der Himmel in den späten Monaten des Jahres kleidete, wie sich die Landschaft verfärbte und die Jahreszeit das Leben auf der Farm veränderte. Sie hatten Glück mit dem Niederschlag gehabt, aber sie wusste auch, dass sie sich in einer der wärmsten Regionen Frankreichs befand, die vom Ozeanklima geprägt und generell durch das Jahr hinweg eher regnerisch war. Aber selbst das stellte sie sich wunderschön vor: am Morgen durch das Geräusch des Regens aufwachen und in eine reingewaschene Welt treten.

»Also dann«, sagte sie. »Gehen wir.«

»Es ist ein Freundschaftsring«, betonte Odile, während Mike hinter ihr *Down Under* von *Men at Work* aus der Playlist auswählte und den begeistert applaudierenden Anwesenden ein Glas Vegemite präsentierte. Sie standen etwas abseits von den anderen, die sich um den Grill und den länglichen Tisch vor dem Haus drängten, der mit Salaten und Kuchen vollgestellt war. »Ich fand ihn einfach so schön, und wir wollten etwas, das uns verbindet. Es ist kein Versprechen und erst recht kein Verlobungsring.«

»Hm«, sagten Emilia und Rosalie unisono und sehr, sehr skeptisch, während sie das Stück aus verschlungenen Silberdrähten bewunderten. Für Odile war es überraschend filigran und schlicht, und es passte sehr gut zu ihrem Haar, das sie mittlerweile hellblond und mit einer Totenkopfklammer zur Seite gesteckt trug.

Emilia fand es immer wieder rührend, wie sehr gerade Charles und Odile ihre Beziehung lebten – auch wenn der Ring angeblich nichts zu bedeuten hatte, so war es nicht zu übersehen, dass die zwei unzertrennlich geworden waren. »Er ist wirklich schön. Und er bedeutet doch auch etwas.« Sie zwinkerte.

»Klar.« Odile zog Zigaretten samt Feuerzeug aus der Tasche und zündete sich eine an – der Beweis, dass sie entweder verlegen oder nervös war. »Charles ist mir ja nicht gleichgültig. Aber wir haben geredet und finden, dass uns all diese gesellschaftlich vorgeschriebenen Regeln für Paare gleichgültig sind. Wenn wir uns Ringe schenken wollen, einfach nur so, dann werden wir das tun. Und wenn wir eines Tages heiraten wollen, müssen wir uns vorher nicht lange verloben, sondern fahren in die nächste Kirche.«

»Mit deinem Auto?« Rosalie meinte es absolut ernst, aber Emilia musste dennoch lachen. Vergangene Woche hatte Rala ihr Odiles Auspuff vor die Füße gelegt, den sie auf einem der Wege erbeutet hatte.

»Vor allem musst du erst mal jemanden finden, der euch einfach so traut«, sagte Emilia. »Das hier ist schließlich nicht Las Vegas.«

Odile stöhnte. »Zum Glück. Dahin bekommen mich keine zehn Pferde. Zu laut, und jeder zweite Mensch ist ein Elvis-Imitator.« Sie fuhr erschrocken auf, als Charles zu ihnen trat und sie von hinten umarmte. »Hast du mich erschreckt.«

»Tut mir leid, *mon cœur*.« Er gab sich nicht einmal Mühe, schuldbewusst auszusehen, und hauchte ihr einen Kuss auf die nackte Schulter. »Und, Emilia, bist du bereit für die Boulangerie, wenn Odile und ich unterwegs sind? Noch kannst du einen Rückzieher machen, und ich rufe meinen Cousin in Paris an. Er würde sicher einspringen.«

Nachdem sie ihre Freundschaftsringe getauscht hatten, wollten die zwei zu einer Reise durch Italien aufbrechen.

»Nichts da«, sagte Emilia. »Die Ernte ist vorbei, und noch will Mike nicht, dass ich ihm bei den Hütten in die Quere komme. Ich habe also Zeit. Vor allem muss ich dann nicht jeden Tag zuhören, wie mein Opa und Henri sich gegenseitig Pokerbegriffe um die Ohren schleudern.«

Vier Köpfe wandten sich zu den beiden um, die auf der Bank vor dem Haus saßen und das bunte Treiben auf dem Samain-Hof beobachteten. Sie hatten ihre eigene Tagesroutine entwickelt. Wenn Emilia und Bastien aufstanden, saßen sie bereits mit Kaffee am weißen Tisch und warteten darauf, gemeinsam mit ihnen frühstücken zu können. Tagsüber schliefen sie oder begaben sich auf kurze Spaziergänge, um am Abend lautstark zu pokern. Hin und wieder fuhren sie mit Odile, Emilia, Bastien oder Maurice ins *La Roseraie*, um Vincent zu besuchen.

Opa Walter winkte ihnen zu, und Emilia winkte zurück. Sie liebte es, wie glücklich er hier in Frankreich war. Zwar redete er permanent davon, zurück nach Deutschland zu fahren, da er seinen Nachbarn nicht allein lassen konnte, aber bisher ließ er sich auf kein konkretes Datum festnageln. Manchmal erzählte er von seinem Leben mit Renate, aber seine Stimme brach nur noch selten, wenn er sich an sie erinnerte, und meist saß Henri neben ihm und schien genau zu verstehen, wie er sich fühlte. In dieser Hinsicht hatten Emilia und Diane das erreicht, was sie sich vorgenommen hatten: Er war nicht mehr einsam, und wenn die Trauer durchbrach, hatte er alte Freunde an seiner Seite, die sie mit ihm auffingen.

Jessy gesellte sich mit einem Teller voller bunter Macarons zu ihnen. »Hier, bedient euch, es sind nur noch wenige da.«

»Macarons!« Charles nahm sich einen mit Pistaziengeschmack, schnupperte und biss ab. »Hervorragend, Emilia.«

»Danke, die habe ich heute mit Diane extra für dich gebacken.« Sie deutete auf den Tisch mit den Gebäckschalen. »Zusammen mit Brioches und Croissants, um dir zu beweisen, dass deine Boulangerie in deiner Abwesenheit in guten Händen sein wird. Natürlich kann ich nicht versprechen, hin und wieder etwas Experimentelles anzubieten, aber im Großen und Ganzen bekomme ich das mit Rosalies Hilfe schon hin.«

Rosalie nickte. »Ich kümmere mich um Brot und Brötchen, Emilia um den Rest. Und es sind ja nur zehn Tage. Mach dir keine Sorgen.«

Wenn sich jemand keine Sorgen machte, dann Charles. »Das wird schon«, sagte er und zwinkerte Emilia zu. »Ihr schmeißt den Laden, während Odile und ich durch Mailand und Verona flanieren und vielleicht sogar in Venedig in eine Gondel steigen.«

»Ich bezweifle, dass Odiles Wagen so weit kommt«, sagte Jessy. »Aber Emilia und Rosalie werden sich bestimmt auch um die Boulangerie kümmern, wenn ihr im Nachbarort liegen bleibt und euch entschließt, den Urlaub dort zu verbringen.«

Odile schnappte sich einen Macaron – violett, mit Zitrone und Lavendel – und warf ihn. Jessy fing ihn auf und steckte ihn sich in den Mund.

Emilia lächelte, als sie Bastien bemerkte, der soeben aus der Tür getreten war und einige Worte mit Henri und Walter wechselte, ehe er auf sie zuschlenderte.

»Hallo zusammen.« Er nickte in die Runde, legte einen Arm um Emilias Taille und gab ihr einen raschen Kuss. Der ihm so eigene Duft, vermischt mit einem Hauch Minze und Limette, hüllte sie ein. »Die Stimmung scheint ja gut zu sein.«

Emilia genoss den kleinen Sprint, den ihr Herz immer dann hinlegte, wenn er sie berührte. Manchmal genügte es sogar, wenn sie ihn von Weitem sah. »Wir testen die Macarons. Hier.« Sie hielt ihm einen violetten hin.

Er biss ab und nickte zufrieden. »Die sind nicht von Charles, oder? Zumindest schmecken sie besser als sonst.«

Emilia presste die Lippen aufeinander, um nicht zu lachen. Natürlich hatte Bastien am Nachmittag gesehen, was sie in der Küche fabriziert hatte.

Charles zog Odile an sich. »Siehst du? Es wird keine Probleme geben. Wir können eigentlich auch länger wegbleiben als die paar Tage.«

»Untersteh dich«, sagte Bastien. »Emilia wird hier gebraucht.«

»Ja, ja, ich verstehe«, sagte Charles vielsagend.

Jessy schlug ihm gegen den Arm. »Halte deine französische Fantasie im Zaum. Nein, Em muss das tun, was sie am besten kann – Dinge planen. Mike wird zwar die Hütten wieder auf Vordermann bringen, aber mit der Inneneinrichtung möchte ihn niemand betreuen. Sonst habt ihr hinterher Surfbretter und Sportposter an den Wänden.«

»Und das passt nun wirklich nicht hierher«, sagte Bastien. »Aber da wir gerade davon reden – ich muss euch Emilia leider entführen.«

»Das geht nicht«, rief Odile. »Vor allem nicht schon wieder. Das hier ist die Ernteabschlussparty, und sie findet auf deinem Hof statt, Bastien. Die Hälfte der Leute ist wild drauf, mit Emilia und Rosalie zu reden, nachdem ihr euch beim letzten Fest schon aus dem Staub gemacht habt.«

Bastien sah Emilia in die Augen. »Was meinst du?« Es war nicht mehr als ein Wispern, aber das Versprechen darin bereitete ihr Gänsehaut. Also nickte sie, und in der nächsten Sekunde hob er sie auf seine Arme. »Tut mir leid«, rief er in die Runde, drehte sich noch einmal um und schaffte es, sich mit ihr zu verbeugen. »Unsere persönliche Tradition.«

Unter dem Gelächter der anderen trug er sie zum Haus, stieß die Tür mit einem Fuß auf und ließ Emilia erst zu Boden, als sie sich wieder hinter ihnen geschlossen hatte. »Es sei denn, du möchtest lieber zurück«, flüsterte er und vergrub beide Hände in ihren Haaren.

Sie nahm sich einen Moment Zeit, um ihn zu betrachten und mit einem Finger erst über seine Nase und dann über seine Lippen zu fahren, die so weich und vielversprechend waren.

»Ich denke, ich bleibe bei dir.«

»Gut«, sagte er, während er die Hände sanft unter ihre Bluse schob. Dann beugte er sich vor und küsste sie so stürmisch, dass sie gestolpert wäre, hätte er sie nicht gehalten. Emilia schloss die Augen. »Schlafzimmer«, hauchte sie zwischen zwei Küssen und lachte, als er sie erneut auf seine Arme hob.

Epilog

Zehn Monate später

»Was tust du da?« Emilia blieb vor der Terrasse stehen und verschränkte die Arme vor der Brust. Sie trug ein leichtes Sommerkleid und genoss die Kühle des Morgens. Gegen Mittag würden die Temperaturen steigen, aber noch erträglich bleiben. Allmählich blühte der Lavendel und kleidete die Felder in jenes wundervolle Violett, das sie so sehr liebte. Bald stand die Ernte an. Ihre zweite, und sie freute sich schon jetzt darauf.

Diane ließ das Fernglas in ihren Schoß sinken. Auf dem Tisch vor ihr dampfte Kaffee und verströmte seinen schweren, belebenden Duft. Er mischte sich mit dem der weißen und zartrosa Clematis, die sich um das Holzgeländer rankten. Sie hatte sich in ihrem Korbsessel zurückgelehnt und die Füße auf dem zweiten platziert. Da es in Ferienhütte Nummer drei still war, schlussfolgerte Emilia, dass Markus noch schlief.

Di nickte in Richtung der Felder. Dort stand jemand und hielt etwas in die Höhe. Erst auf den zweiten Blick erkannte Emilia, dass es sich um ein Handy handeln musste – und bei der Person demnach um Cynthia Turner, die Teenager-Tochter aus Ferienhütte Nummer eins. Sie war vorgestern mit ihren Eltern und ihrem kleinen Bruder angereist und gar nicht glücklich über die Abgeschiedenheit der *Chalets* auf der Samain-Farm gewesen. Einzig die Tatsache, dass der Internetempfang hier funktionierte, hatte ihre Welt retten können. »Was bitte treibt sie da? Um …«, Emilia blickte auf ihr eigenes Handy, »… kurz vor acht?«

»Posieren«, sagte Di trocken und trank einen Schluck Kaffee. »Das geht schon über eine halbe Stunde so. Zwischendurch ist sie zurück in die Hütte und hat sich umgezogen und nachgeschminkt. Vermutlich erstellt sie gerade hundert Fotos, und eines oder zwei davon werden für Instagram ausgesucht. Hashtag *Himmel auf Erden*.«

Sie beobachteten Cynthia, die zunächst eine Hand in die Hüfte stemmte und sich leicht drehte, um dann ein Bein anzuwinkeln und die Haare über die Schulter nach hinten zu werfen. Das Ganze zehnmal. Offenbar hatte Di mit ihrer Vermutung recht.

»Hoffentlich sieht Bastien das nicht.« Emilia streckte ihre Hand nach dem Kaffee aus, und Di reichte ihr die Tasse. »Er hat diese Horrorvorstellungen, wenn es um Fotos für Social Media geht, und würde vermutlich aus dem Haus stürmen, um Cynthia davon abzuhalten, sich in seinen Feldern zu räkeln und die Pflanzen zu zerstören, noch ehe sie überhaupt eine Chance hatten, richtig zu blühen.«

»Immerhin macht sie ihrer Unterkunft alle Ehre«, sagte Diane. »Denn was sie wirklich gut draufhat …« Sie deutete über die Schulter, zog einen vollendet übertriebenen Schmollmund und grinste. »Ich präsentiere: Entchen. Wenn sie den Mund so verzieht, sieht sie fast aus wie eines.«

Emilia stutzte … und verstand. Chalet Nummer eins, die linke der drei Wohnhütten, trug den französischen Namen *Cane* – Ente. Bastien hatte Emilia und Mike bei der Renovierung der Unterkünfte vollkommene Freiheit gelassen, nur beim Namen hatte er die Initiative ergriffen. Und so hatte Emilias kleine Holzente mit der roten Schleife, die sie bei ihrer ersten Reise nach Monieux begleitet hatte, als Namenspatin hergehalten. Die anderen Hütten hießen *Chien* – Hund, als Hommage an Mini und Rala, die sich immer mal wieder blicken ließen, sowie *Bourdon* – Hummel, da die kleinen, pelzigen Flieger nicht von den Lavendelfarmen wegzudenken waren.

Mike hatte nicht zu viel versprochen und die Unterkünfte mit Geschick und Kreativität in das verwandelt, was Emilia sich von Anfang an vorgestellt hatte: Rückzugsorte in einer der schönsten Landschaften der Welt, um eine Auszeit vom Alltag genießen zu können. Sie verfügten über je zwei Zimmer, die gerade groß genug waren, um darin zu schlafen und seine Sachen zu verstauen, ein Bad, so winzig wie das im Anbau drüben auf der Borel-Farm, und eine Dachkammer, die ebenfalls als Schlafgelegenheit genutzt wurde. Zudem hatte Mike jeder Hütte eine gemütliche und mit liebevollen Details verzierte Terrasse verpasst, auf der man dank Überhang auch bei Regen sitzen konnte.

Emilia lächelte bei der Erinnerung an die vielen Stunden, in denen sie und die beiden Australier, über und über mit Staub und Holzspänen bedeckt, bei den Arbeiten gelacht hatten. Fast vermisste sie diese Zeit. Vor allem war sie froh, dass Bastien und Henri schließlich mit sich hatten reden lassen und den berühmten Samain-Stolz für eine Weile beiseitegeschoben hatten, sodass Mariannes Geld endlich dorthin hatte fließen können, wo es von Anfang an hätte landen sollen: in die Unterstützung der Farm.

Sie warf einen letzten Blick zu Cynthia Turner, zuckte die Schultern und wandte sich wieder an ihre Cousine. »Ich geh mal rüber und bereite alles für das Bake Off vor.«

Diane deutete auf den freien Stuhl. »Willst du dich noch kurz setzen?«

»Lieb von dir, aber ich muss aufschließen und sehen, ob bei Rosalie alles in Ordnung ist. Sie ist schon nervös, weil sie sich heute zum ersten Mal allein um den Hofladen kümmert.«

Di lehnte sich zurück. »So wie ich sie kennengelernt habe, ist sie immer nervös. Wenn du magst, bin ich nachher nicht beim Backen dabei, sondern helfe ihr.«

Emilia winkte ab. »Sie kommt schon klar, außerdem sind wir ja nur durch eine Wand von ihr getrennt – sie kann klopfen oder rufen, wenn sie Probleme hat. Bis gleich, Süße.«

Diane sprang auf, beugte sich über das Geländer und drückte Emilia an sich. »Ich entspanne mich noch etwas, während du die geschäftige Businessfrau gibst. Du machst das gut, Em.«

Emilia lachte. »Das werden wir sehen. Komm nachher nicht zu spät, ich setze auf deine Unterstützung!«

»Keine Sorge, ich werde da sein. Aber bis dahin«, sie lehnte sich wieder zurück, »genieße ich diesen Ausblick.«

Emilia verstand sie nur zu gut. Selbst nach einem Jahr in Monieux und einem Winter, der seine eigene Romantik mitgebracht hatte, wurde sie es nicht leid, den Blick über die Felder oder die Bergkette hinter dem Haus schweifen zu lassen. Sie war zwischenzeitlich für zwei Wochen nach Deutschland zurückgekehrt, um ihre Wohnung aufzulösen und alles Weitere zu organisieren. Seitdem lebte sie hier, hatte zugesehen, wie sich die Natur nach ihrer Ruhephase Stück für Stück die Landschaft zurückerobert hatte, und folgte ihren Plänen: Sie kümmerte sich um die Vermietung der drei Hütten. In der vierten hatte Mike mit seinen Helfern Fernand und Lino – Claras Neffen – einen Arbeits- und einen Verkaufsraum untergebracht. Dort hielt Emilia hin und wieder ihre in der Gegend mittlerweile berühmten Bake Offs ab, bei denen auch unerfahrene Backbegeisterte lernten, kleine Köstlichkeiten herzustellen. Die Ergebnisse bot sie neben weiteren Backwaren im Hofladen an. Dabei achtete sie darauf, dass sie und Charles' Boulangerie sich nicht in die Quere kamen, was das Sortiment betraf. Bisher funktionierte das einwandfrei, vor allem, da sie sich gegenseitig vertraten, wann immer es nötig war.

Derzeit war die Boulangerie geschlossen, da Charles Monieux ganze vier Wochen den Rücken kehrte – Odile und er hatten sich entschieden, gemeinsam zu reisen. Baguette, Croissants und vieles mehr gab es daher nun auch bei Emilia und Rosalie hatte versprochen auszuhelfen. Sie war furchtbar aufgeregt, aber Emilia glaubte fest daran, dass es keine Probleme geben würde. Da hier fast jeder jeden kannte, konnte man schnell über alles reden.

Vor der größten der vier Hütten blieb sie stehen und war, wie beinahe jeden Tag, aufs Neue verliebt in den Anblick. Sie besaß an der Vorderseite eine wunderbare Auslage, wenn man die beiden Holztüren aufklappte, auf denen in verspielten Buchstaben *Magasin à la ferme Samain* stand – Hofladen der Samain-Farm. Sie wurden von einem von Rosen umrankten Rundbogen eingefasst. Zu beiden Seiten prangten Wandlaternen an der weißen Fassade, die Emilia zudem mit Kränzen, Metallornamenten und natürlich Lavendel dekoriert hatte. Einen hübschen Kontrast bildeten die Türen in hellen Lavendelfarben. Der riesige Gartenzwerg mit dem Herzlich-Willkommen-Schild in der Hand schien dagegen so gar nicht herzupassen, aber Sandrine hatte ihn ihr mit einer solchen Begeisterung in die Arme gedrückt, dass sie es nicht übers Herz gebracht hatte, ihn in den Schuppen zu stellen.

»*Bonjour,* Rosalie«, rief sie, als sie den kleinen Shop durch die Seitentür betrat. Köstlicher Duft von frisch gebackenem Brot wehte ihr entgegen. »Alles in Ordnung?«

Ihre Tante stand vor den Körben, in denen sie ihre Backwaren anboten, und sortierte Croissants mit und ohne Füllung. Es war ein solch harmonisches Bild, dass Emilia sie eine Weile beobachtete. Den Verkaufsraum ihres Lädchens liebte sie am meisten: die dunklen Holzstreben, die rustikalen Regale, die Körbe und Weinkisten – alles inmitten der Wandmalereien, die von Jessy stammten und Vögel sowie Blumen darstellten.

Rosalie blickte auf. Ihre Wangen waren vor Aufregung gerötet. »Ich hoffe schon. Ich habe die Bleche aus dem Ofen geholt, als sich der Wecker gemeldet hat, und die Baguettes reingeschoben.« Sie hauchte Emilia zwei Küsse auf die Wangen und wandte sich dann wieder ihrer Arbeit zu. »Die Croissants sehen schon mal gut aus.«

»Der Rest wird das auch tun«, sagte Emilia. »Schließlich hat Charles uns genaue Anweisungen dagelassen.« Sie deutete auf den Notizblock, wo er jeden Backvorgang detailgenau festgehalten hatte. »Kommst du hier vorne klar?«

Rosalie sah auf. »Wenn etwas ist, kann ich dich rufen?«

»Natürlich, ich bin ja nebenan.« Emilia winkte und trat durch die Tür in das Innerste ihres Reichs, den Back- und

Arbeitsraum. Neben zwei großen Öfen und den sonst üblichen Küchenmaterialien samt Stauraum hatte Mike das Kunststück vollbracht, acht Arbeitsplätze unterzubringen. Zufrieden blickte sie sich um und machte sich daran, Equipment und Zutaten für das heutige Bake Off zurechtzulegen. Sechs Teilnehmer hatten sich vor Ort angemeldet, dazu vier via Internet. Seitdem sie die ersten Sessions in Charles' Boulangerie abgehalten hatten, bekundeten immer mehr Leute ihr Interesse, und zu Emilias Freude machten die Veranstaltungen in der Umgebung die Runde. Ungefähr alle vier Wochen hängte sie Flyer für das kommende Bake Off in der Boulangerie, in Claras Laden und auf Aarons Weingut aus; weitere wurden von Odile, Gustave und Rosalie verteilt.

Da es noch zu früh für Lavendelrezepte war, stand heute der Mille-feuille mit Blaubeeren auf dem Programm. Während Emilia die Zutaten hervorholte, meldete sich ihr Handy. Sie nahm es von der Ablage, warf einen Blick darauf und lächelte, ehe sie das Gespräch annahm. »Guten Morgen! Ihr seid zu früh, wir fangen erst in zwei Stunden an.«

»Das wissen wir!«, brüllte Odile gut gelaunt und kniff die Augen gegen die Sonne zusammen. »Aber die Whitsunday Islands sind so wahnsinnig schön, dass wir dich unbedingt vorher noch teilhaben lassen wollten!« Sie trug einen schwarzen Bikini und wirkte darin mit ihrer hellen Haut wie eine gepiercte Märchenfigur. Langsam schwenkte das Handy durch die Gegend. Sie hatte nicht übertrieben: Emilia sah einen schneeweißen Strand, klares hellblaues Wasser, nur wenige Menschen und … Charles, sonnengebräunt in einer knallroten Badehose.

Er winkte ihr lässig zu, doch man sah ihm an der Nasenspitze an, dass er unbedingt etwas loswerden wollte. »Em! Grüße aus Australien! Wir sind noch von keinem giftigen Tier gebissen oder gestochen worden, was ja schon eine Leistung ist. Aber sag, steht die Boulangerie noch?«

»Wir haben sie abgefackelt, damit ich deine Kunden auch nach deiner Rückkehr behalten kann«, sagte sie todernst.

Er nickte. »Das habe ich mir schon gedacht und daher wirklich lang überlegt, ob wir dir die Überraschung überhaupt zeigen sollen.«

»Ihr habt eine Überraschung für mich?«

Odile und Charles wechselten einen Blick, dann bewegte sich das Bild und zeigte eine Gruppe junger Menschen am Strand, einen Hund, der die Nase tief im Sand vergraben hatte, zwei Surfer, die ihre Bretter mit sich trugen und …

»Jessy!«, rief Emilia.

Jessy stand in einem bunten Kleid neben Odile und winkte, was das Zeug hielt. Ihre Haare waren lang geworden und fielen ihr locker auf den Rücken. Ein Arm lag um ihre Schulter. Mike. Natürlich, wer sollte es sonst sein?

»Ich wusste gar nicht, dass Odile und Charles euch besuchen wollten!«

Jessy breitete die Arme aus, eine Geste, die die gesamte Umgebung einfasste. »Das war so eigentlich auch nicht geplant, aber dann haben wir gehört, dass die zwei auf den Whitsundays sind, und da war Mike nicht mehr zu bremsen.«

»Glaub ihr kein Wort.« Er grinste breit. »Ich konnte gar nicht so schnell packen, da war Jessy schon aus der Tür.«

»Spinner«, sagte sie und hauchte ihm einen Kuss auf die

Wange. »Em, Odile und Charles haben erzählt, dass sie sich nachher online mit euch zum Bake Off treffen?«

»Ja, wir legen in zwei Stunden los. Wollt ihr mitmachen?«

Mike zog die Mundwinkel nach unten. »Unser Backgeschick ist nicht gerade gewachsen in den vergangenen Monaten.«

Emilia wollte gerade antworten, als sie Schritte hinter sich hörte. In der Erwartung, dass Rosalie eine Frage hatte, drehte sie sich um und sah Bastien.

»Diane hat mir verraten, wo du steckst. Dabei hätte ich es mir auch denken können. Hallo Mike. Jessy.« Er winkte in die Kamera, zog Emilia dann aber an sich, gab ihr einen langen, innigen Kuss und ignorierte die Pfiffe aus dem Lautsprecher des Handys. »Ich habe dich vermisst«, flüsterte er.

Sie schmiegte sich an ihn. »Wir haben uns doch beim Frühstück gesehen.«

»Ja, und das ist eindeutig zu lange her.« Er drückte sie noch enger an sich, sodass sie seinen Herzschlag spürte, der ihr jede Nacht verriet, dass sie genau dort war, wo sie sein sollte.

Bastien sah wieder zum Handybildschirm. »Odile und Charles? Was gibt's Neues in Australien? Ein geheimes Familientreffen?«

Emilia wurde warm bei seinen Worten. Seitdem sie zusammen waren, hatte er sich verändert. Noch immer trug er Fremden gegenüber sein Herz nicht gerade auf der Zunge, aber er ließ mehr und mehr Menschen in sein Leben und hatte keine Scheu, ihnen zu sagen, was sie ihm bedeuteten. Zuvor hatte er nur Henri gehabt, nachdem seine Eltern Monieux den Rücken gekehrt hatten. Nun aber wusste er, dass er sich auf seine Freunde verlassen konnte.

Odiles Gesicht kam wieder ins Bild. »So könnte man es nennen. Aber wir, also vielmehr Jessy und Mike, haben eine Frage an Emilia.« Sie reichte das Telefon an Jessy weiter, die ungewohnt nervös wirkte.

»Hey, Mike und ich haben uns gedacht … also, wir haben gehört, dass der Hofladen gut läuft.«

Emilia kuschelte sich an Bastien. »Ich bin sehr zufrieden, ja.«

»Super, denn wir wollten dich fragen …« Jessy sah zu Mike und wurde zum ersten Mal, seitdem Emilia sie kannte, rot.

Mike eilte zu ihrer Rettung und schob sein Gesicht neben ihres. »Jessy will fragen, ob ihr auch Hochzeiten ausrichtet. Mit allem Drum und Dran, also Torte, Torte und vielleicht ein wenig Kuchen. Wie viel Platz in euren Hütten ist, weiß ich ja, aber vielleicht ließe Bastien mit sich reden, damit wir noch ein paar Zelte aufschlagen könnten.«

»Zelte? Bei einer Hochzeit?«, stammelte Emilia und versuchte, all die Informationen zu ordnen.

Mike zuckte die Schultern. »Aussies eben. Uns reichen Grillfleisch und der Sternenhimmel. Und der Grund wäre dieser.« Er griff nach Jessys Hand und hielt sie so in die Kamera, dass der schmale Ring darauf blitzte.

»O mein Gott!« Innerhalb weniger Sekunden durchlief Emilia das gesamte Gefühlsspektrum von Staunen über Fassungslosigkeit bis hin zu Begeisterung. »Jessy, Mike, meinen Glückwunsch! Das ist ja großartig!«

»Danke«, sagte Jessy und lehnte ihren Kopf an Mikes Schulter. »Daher auch unsere Frage. Wir haben überlegt, dass wir gern in der Provence heiraten würden. Und da kamen wir auf euch.«

Emilia überschlug die Möglichkeiten im Kopf. Eine ganze Hochzeit ausrichten? Das war schon etwas anderes, als drei Ferienhütten zu vermieten und gemeinsam mit anderen zu backen. Sie würde viel planen müssen und sich auf ungewohntes Terrain begeben. Andererseits war der Gedanke, Mike und Jessy wiederzusehen, unglaublich verlockend.

»Natürlich ginge das«, sagte Bastien neben ihr mit der ihm so eigenen Ruhe. »Herzlichen Glückwunsch auch von mir, ihr zwei. Das sind tolle Neuigkeiten.«

Sie wandte sich ihm zu und musterte ihn. »Bist du sicher?«

Bastien zuckte die Schultern. »Ich bin vor allem sicher, dass du es hinbekommst.«

Sie horchte seinen Worten nach, dem Versprechen, das darin lag und von der Zukunft erzählte, die sie gemeinsam hier auf der Lavendelfarm erschaffen würden. Als sie die Arme um seinen Hals schlang, pfiff jemand. Vermutlich Charles. Emilia lächelte und blickte aus dem Fenster, als Hundegebell und anschließend ein Motor ertönte. Die ersten Kunden trafen ein, und es war an der Zeit, den Tag offiziell zu beginnen.

Au revoir und vielen Dank!

Das war sie, meine Reise in die Lavendel-Welt der Provence – und auch wenn ich mit dem Planen der Geschichte im Herbst/Winter begonnen habe, ist es nun Sommer, der Lavendel blüht, und natürlich möchte ich auch in diesem Jahr die großen Felder besuchen. Dafür muss ich nicht mal weit reisen: Wusstet ihr, dass Lavendel auch in Deutschland angebaut wird? Das habe ich durch die netten Menschen bei Taoasis erfahren, die sich die Zeit genommen haben, all meine Fragen zum Lavendelanbau zu beantworten: Vielen Dank an die Lavendel-Crew!

Darüber hinaus wäre dieses Buch niemals ohne Freunde und Testleser zustande gekommen, die mich auf unterschiedlichste Weisen in den einzelnen Bereichen der Geschichte unterstützt haben. Für die Hilfe in Sachen Testlesen, Detail-Feedback, Motivationsgründe für Romanfiguren, Motivationsgründe für mich (wenn ich mal einen Durchhänger habe und lieber eine Weltreise machen würde, statt mich an den Schreibtisch zu setzen), Aromawirkung, Wichtigkeit von Düften, Wichtigkeit von Lakritz und Schokolade beim Schreiben, landschaftliche Vielfalt der Provence, Anbau von Lavendel, absolute Notwendigkeit von Hunden im Leben, rechtliche Fragen, Arbeiten auf einer Farm ohne Vorkenntnisse, abendliche Ich-rette-dich-vor-dicken-Riesenspinnen-in-der-Wohnung-Aktionen, liebste Backrezepte … und natürlich für das Verständnis, wenn ich mich zwischenzeitlich hinter dem Bildschirm vergrabe und mich tagelang nicht blicken lasse: *Merci beaucoup* an Markus, Simone, Kirsten, Anke, Kai, Sofie, Nina, Matthew, George, Shinta und Josie.

Und dann sind da noch all die Leute, die es möglich machen, dass diese Idee überhaupt in einem Buch gelandet ist: meine Agentur-Feen Gesa und Kristina, das Heyne-Team rund um Janina, meine Lektorin Catherine, die auch in einem Buch über Frankreich Anglizismen findet (Asche *sur ma tête*!) – und all meine Leserinnen und Leser, die dafür sorgen, dass ich wieder einmal in eine Geschichte abtauchen konnte, die mir so viel Spaß gemacht hat. Ich hoffe, ihr habt euch ebenso wie ich in die Provence mit ihren bezaubernden Rezepten und den noch viel bezaubernderen Menschen verliebt.

(Und denkt immer daran: NICHT im Lavendel parken!)

Emilias Rezepte aus der Provence

Zitronenkuchen mit Lavendel

Zutaten
200 g Mehl
190 g Zucker
150 g Butter
100 g Naturjoghurt
3 Eier
2 1/2 EL getrockneter Lavendel
2 TL Backpulver
1 Prise Salz
Abgeriebene Schale einer Zitrone
Etwas Vanilleextrakt

150 g Puderzucker
Saft einer Zitrone

Zubereitung
Mehl, Backpulver und Salz mischen, anschließend den getrockneten Lavendel fein hacken und hinzufügen – dabei einige Lavendelblüten für die Dekoration zur Seite legen.
Butter schaumig schlagen und den Zucker, die abgeriebene Zitronenschale, einen Teil des Zitronensafts sowie die Eier unterrühren. Zum Schluss den Joghurt und die Vanille untermengen.
Nach und nach die Mehlmischung unter die Butter-Joghurt-Mischung heben und vermischen.

Teig in eine Kastenform (gefettet oder mit Backpapier ausgelegt) geben und 30–40 Minuten bei 180 Grad backen. Abkühlen lassen. Für den Guss den restlichen Zitronensaft mit dem Puderzucker verrühren und darüber geben. Zuletzt mit den Lavendelblüten bestreuen.

Birnenkuchen mit Lavendel

Zutaten
100 g Mehl
50 g gemahlene Mandeln
50 g Zucker
1 Ei
100 g Butter
1 Prise Salz
2 oder 3 Birnen, je nach Größe
1 Zitrone
30 g Butter
2 EL Lavendelhonig
Etwas Vanille
Lavendelblüten

Zubereitung
Für den Teig Mehl, gemahlene Mandeln, Zucker, Ei, Butter und Salz verkneten. Falls er zu trocken oder krümelig ist, noch etwas kaltes Wasser hinzufügen. In Frischhaltefolie ungefähr eine Stunde im Kühlschrank ruhen lassen.
Anschließend den Teig kreisförmig ausrollen (Durchmesser ungefähr 30 cm) und auf das Backblech befördern.
Den Ofen auf 200 Grad (Ober- und Unterhitze) vorheizen.
Die Birnen schälen, entkernen und in schmale Spalten schneiden. Anschließend fächerartig auf dem Teig auslegen, dabei einen breiten Rand lassen.

2 EL Zitronensaft mit den 30 g Butter, dem Honig und der Vanille erwärmen, bis die Butter geschmolzen ist. Mit dem Gemisch die Birnen bepinseln und die Teigränder nach innen schlagen, sodass sie einen Teil der Birnen bedecken. Den Teigrand mit dem übrigen Gemisch bepinseln.
40 Minuten lang backen, dabei die Ofentemperatur nach ungefähr 10 Minuten auf 170 Grad herunterdrehen. Etwas abkühlen lassen und mit Lavendelblüten bestreuen.

Schoko-Madeleines mit Lavendel

Für dieses Gebäck gibt es spezielle Backformen.

Zutaten
120 g Mehl
120 g Butter
80 g Zucker
50 g gemahlene Mandeln
3 Eier
1 Päckchen Vanillezucker
Geriebene Schale einer Orange
2 EL Backkakao
1 EL Lavendelhonig
2 TL Backpulver
1 Prise Salz
Weiße Kuvertüre
Getrocknete Lavendelblüten

Den Backofen auf 200 Grad (Ober- und Unterhitze) vorheizen.
Eier mit Zucker, Orangenschale und Vanillezucker schaumig schlagen.
Butter und Honig in einen Topf geben und schmelzen lassen.
Mehl mit Backpulver, Mandeln, Kakaopulver und Salz vermischen. Anschließend nach und nach in den Eischaum

rühren. Zum Schluss die Honigbutter hinzugeben und rühren, bis der Teig glatt ist. Schüssel mit einem Handtuch abdecken und eine Stunde in den Kühlschrank stellen.
Die Madeleine-Form einfetten und den Teig einfüllen. Dabei etwas Platz lassen, da er noch aufgeht.
Im Ofen 12 bis 15 Minuten backen. Abkühlen lassen.
In der Zwischenzeit die Kuvertüre schmelzen und eine Hälfte der Madeleines hineintauchen. Mit den Lavendelblüten bestreuen.

Lavendel-Cupcakes

Für dieses Gebäck gibt es spezielle Backformen.

<u>Zutaten</u>
230 g Mehl
150 g Butter
90 g Zucker
1 Päckchen Vanillezucker
100 ml Milch
30 ml Sahne
2 Eier
1 1/2 TL Backpulver
1 Prise Salz
2 TL getrocknete Lavendelblüten

100 g Butter
130 g Puderzucker
200 g Frischkäse
Einige Lavendelblüten
Eventuell violette Lebensmittelfarbe

<u>Zubereitung</u>
Den Backofen vorheizen (175 Grad Ober- und Unterhitze).
Die Butter mit dem Zucker und dem Vanillezucker schaumig schlagen, anschließend die Eier unterrühren.
Das Mehl mit dem Backpulver und dem Salz vermischen.

Im Wechsel mit der Milch und der Sahne zur Eimasse geben und kurz kräftig durchrühren. Zum Schluss die getrockneten Blüten unterheben.
Teig in Muffinförmchen füllen, ca. 20 Minuten backen und abkühlen lassen.
Für das Frosting Butter und Puderzucker schaumig schlagen. Nach und nach den Frischkäse unterrühren und das Ergebnis gegebenenfalls mit einigen Tropfen Lebensmittelfarbe einfärben.
Die Creme für eine halbe Stunde in den Kühlschrank stellen. Anschließend mit einem Spritzbeutel auf die Küchlein aufbringen und mit Lavendelblüten verzieren.

Mille-feuille mit Blaubeeren und Lavendel

Zutaten

1 Packung Blätterteig (Die ganz Backwütigen unter euch können den Teig selbstverständlich auch selbst zubereiten, dazu finden sich zahlreiche Rezepte!)
Etwas Zucker
500 ml Milch
5 Eigelb
100 g Zucker
1 Vanilleschote
50 g Maisstärke
50 g Butter
120 g Blaubeeren
80 g Blaubeermarmelade
2 TL getrocknete Lavendelblüten
Etwas Puderzucker

Zubereitung

Den Backofen auf 200 Grad Ober- und Unterhitze vorheizen.
Den Blätterteig auf ein Blech geben, locker mit etwas Zucker bestreuen, mit Backpapier abdecken und für ca. 20 Minuten backen. Anschließend in vier Rechtecke schneiden.
Die Milch mit dem Mark aus der Vanilleschote zum Kochen bringen und 10 Minuten ziehen lassen.
Eigelbe mit Zucker und Maisstärke vermischen, in die

Milch geben und unter Rühren aufkochen. Die Butter hinzufügen und rühren, bis sie geschmolzen ist. Creme abkühlen lassen.

Die Blaubeeren mit der Marmelade erhitzen, abkühlen lassen und die Lavendelblüten unterrühren.

Erst die Creme, dann die Blaubeeren auf drei der Blätterteig-Rechtecke verteilen und diese übereinanderschichten. Das letzte Rechteck oben auflegen und mit Puderzucker bestäuben.

Eclairs mit Vanille-Calvados-Creme

Zutaten
75 ml Wasser
75 ml Milch
2 EL Butter
1 Prise Salz
1 TL Zucker
100 g Mehl
3 Eier

300 g Vanillepudding
100 g Butter
1 Päckchen Vanillezucker
2–3 EL Calvados
Eventuell Puderzucker

Den Backofen auf 220 Grad Ober- und Unterhitze vorheizen.
Wasser und Milch mit Butter, Zucker und Salz aufkochen.
Mehl dazugeben und so lange glatt rühren, bis sich der Teig vom Topfrand löst.
Abkühlen lassen, dann die Eier unterrühren – so lange, bis der Teig glatt ist.
Teig in einen Spritzbeutel mit großer Lochtülle geben und längliche Stangen (5–8 cm) auf ein mit Backpapier ausgelegtes Blech spritzen.

Eclairs 20–25 Minuten backen, bis sie goldgelb sind. Den Ofen in der Zwischenzeit nicht öffnen! Auskühlen lassen.
Für die Füllung den Vanillezucker mit der Butter schaumig schlagen. Pudding und anschließend Calvados einrühren. Creme kaltstellen.
Die Eclairs halbieren, die Creme auf die unteren Hälften spritzen und die anderen darauflegen.
Wenn gewünscht mit Puderzucker bestäuben.

Lavendelblütencreme

Zutaten
200 ml Sahne
7 bis 8 EL frische Lavendelblüten
200 g Mascarpone
40 g Puderzucker
1 Prise Salz
2 EL Krokant

Zubereitung
100 ml Sahne mit 5 bis 6 EL Lavendelblüten aufkochen, Topf abdecken und ca. 30 Minuten ziehen lassen.
Rahm absieben und für eine halbe Stunde in den Kühlschrank stellen.
2 EL des Lavendelrahms mit Mascarpone, Puderzucker und Salz verrühren.
100 ml Sahne mit dem restlichen Lavendelrahm steif schlagen und nach und nach unter die Mascarpone-Masse heben.
Die Creme vor dem Servieren kühl stellen und mit Lavendelblüten und Krokant servieren.

Dazu passen hervorragend Mürbe- oder Butterkekse.

Bon appétit!